CLIVE CUSSLER
&
DIRK CUSSLER

DIE ZEHNTE PLAGE

CLIVE CUSSLER
&
DIRK CUSSLER

Die zehnte Plage

Ein Dirk-Pitt-Roman

Deutsch von Michael Kubiak

blanvalet

Die Originalausgabe erschien 2018 unter dem Titel »Celtic Empire«
bei Putnam's Sons, New York.

FSC
www.fsc.org
MIX
Papier aus verantwortungsvollen Quellen
FSC® C014496

Penguin Random House Verlagsgruppe FSC® N001967

1. Auflage 2021

Redaktion: Joern Rauser
Umschlaggestaltung: © Johannes Wiebel | punchdesign,
unter Verwendung von Motiven von Shutterstock.com
Satz: Buch-Werkstatt, Bad Aibling
Druck und Einband: GGP Media GmbH, Pößneck
Printed in Germany
ISBN 978-3-7341-1024-5

www.blanvalet.de

HANDELNDE PERSONEN

1333 v. Chr.

Meritaton – Ägyptische Prinzessin, Tochter des Pharaos.

Gaythelos – Meritatons Ehemann.

Osarsiph – Prophet, der von Meritaton unterstützt wird.

Ahrwn – Osarsiphs Bruder.

2020

NUMA-TEAM

Dirk Pitt – Direktor der National Underwater and Marine Agency.

Al Giordino – Direktor der Abteilung für Unterwassertechnologie bei der NUMA.

Rudi Gunn – Stellvertretender Direktor der NUMA.

Zerri Pochinski – Dirk Pitts langjährige Sekretärin.

Michael Cruz – Schiffsingenieur und Bergungsexperte bei der NUMA.

Dr. Rodney Zeibig – Meeresarchäologe bei der NUMA.

Summer Pitt – Direktorin der Abteilung für Sonderprojekte bei der NUMA und Tochter von Dirk Pitt.

Dirk Pitt jr. – Direktor der Abteilung für Sonderprojekte bei der NUMA und Sohn von Dirk Pitt.

Hiram Yaeger – Direktor für den Zentralbereich Informatik und Computer-Ressourcen bei der NUMA.

James Sandecker – Vizepräsident der USA und ehemaliger Direktor der NUMA.

REGIERUNGSBEAMTE, POLITIKER UND GESCHÄFTSLEUTE

Loren Smith-Pitt – Dirk Pitts Ehefrau und Kongressabgeordnete aus Colorado.

Senator Stanton Bradshaw – Als Vorsitzender des US Senate Committee on Environment and Public Works zuständig für Umweltgestaltung, Infrastruktur und öffentliche Bauten.

Evanna McKee – CEO von BioRem Global Limited.

Audrey McKee – Field Manager bei BioRem Global Limited und Tochter von Evanna McKee.

Rachel – Assistentin von Evanna McKee.

Ross – FBI-Agent mit dem Auftrag, Elise Aguilar zu beschützen.

Abigail Brown – Ehemalige Premierministerin von Australien.

Gavin – Mitarbeiter Evanna McKees.

Ainsley – Mitarbeiter Evanna McKees.

Irene – Mitarbeiterin Evanna McKees.

Richards – Mitarbeiter Evanna McKees.

HISTORIKER, EXPERTEN UND MEDIZINER

Elise Aguilar – Wissenschaftlerin und Mitglied der United States Agency for International Development in El Salvador.

Phil – Wissenschaftler und Mitglied der United States Agency for International Development in El Salvador.

Rondi – Dorfbewohner in El Salvador und Helfer des amerikanischen Wissenschaftlerteams.

Dr. Stephen Nakamura – Epidemiologe an der Universität von Maryland.

Dr. Susan Montgomery – Direktorin des Environmental Health Laboratory, einer Abteilung der Centers for Disease Control and Prevention (CDC).

Dr. Miles S. Perkins – Wissenschaftler am Inverness Research Laboratory.

Dr. Harrison Stanley – Emeritierter Professor für Ägyptologie an der Universität Cambridge.

Riki Sadler – Biochemikerin und Archäologin, Tochter von Evanna McKee.

Dr. Frasier Smyth McKee – Biochemiker und verstorbener Ehemann von Evanna McKee.

Aziz – Mitarbeiter des ägyptischen Staatsministeriums für Altertumsangelegenheiten.

St. Julian Perlmutter – Seefahrtshistoriker und langjähriger Freund von Dirk Pitt.

Byron – Leiter des Forschungslabors der Centers for Disease Control and Prevention.

Dr. Eamon Brophy – Ehemaliger Leiter der archäologischen Abteilung an der Universität Dublin.

ANDERE

Manjeet Dhatt – Vater eines erkrankten Jungen in Mumbai.

Pratima Dhatt – Mutter eines erkrankten Jungen in Mumbai.

Ozzie Ackmadan – Inhaber des Hotels Abu Simbel Inn.

Bruder Thomas – Mitglied des Franziskanerordens in Killarney, Schottland.

Kapitän Ron Posey – Kapitän der *Mayweather*.

Gauge –, Zweiter Offizier der *Mayweather.*

PROLOG

FLUCHT AUF DEM NIL

MEMPHIS, ÄGYPTEN

1334 v. Chr.

Der Chor inbrünstig klagender Stimmen schwebte wie eine dunkle Wolke über der Stadt. Das Unglück ihrer Einwohner durchtränkte die Lehmziegelmauern der Behausungen und wehte in die nächtliche Wüste hinaus. Aber der Wind beförderte mehr als nur ihre Trauergesänge.

Er trug auch den Hauch des Todes in sich.

Eine geheimnisvolle Plage geißelte das Land und hatte bereits in fast jedem Haushalt zugeschlagen. Vor allem die Kinder und Jugendlichen waren davon betroffen, aber nicht ausschließlich sie. Der Tod hatte noch nicht einmal die königliche Familie verschont und den Pharao selbst mit seinen kalten Klauen dahingerafft.

In den Schatten zwischen den Säulen des Aton-Tempels kauerte eine junge Frau und bemühte sich, die vielstimmigen Totenklagen und den Odem der Krankheit und des Verfalls so gut wie möglich aus ihrem Bewusstsein zu verdrängen. Während der Mond hinter einer Wolke hervortrat und sein fahler Schein die Landschaft in ein geisterhaftes Licht tauchte, rieb sie mit dem Daumen und Zeigefinger der einen Hand über ein schweres goldenes Amulett, das an einer ebenfalls goldenen Halskette hing, und lauschte in die Dunkelheit hinein. Anfangs hörte sie nichts, was auf eine verräterische Bewegung in ihrer Nähe hingedeutet hätte, dann jedoch glaubte sie, das Scharren von Ledersohlen auf Stein zu vernehmen, und sie wandte sich um. Ihre Ohren hatten sie nicht getäuscht. Eine vertraute Gestalt kam mit eiligen Schritten über den Vorplatz des Tempels auf sie zu.

Ihr Ehemann, Gaythelos, hochgewachsen und breitschultrig, hatte dunkles lockiges Haar, dessen Strähnen nach dem anstrengenden Lauf zum Tempel auf seiner Stirn klebten. Als er ihre Hand ergriff und sie auf die Füße hochzog, war seine Haut von der schwülheißen Nachtluft schweißfeucht. »Der Weg zum Fluss ist frei«, berichtete er ihr mit leiser Stimme.

Suchend blickte sie an ihm vorbei. »Wo sind die anderen?«

»Sie halten bei den Booten Wache. Komm, Meritaton, wir dürfen nicht länger warten.«

Sie wandte sich um, blickte in das Dunkel zwischen den Säulen hinter ihr und nickte. Drei männliche Gestalten, bewaffnet mit Wurflanzen und schweren Chepesch-Schwertern, lösten sich aus dem Schatten der Tempelmauer und bildeten einen lebendigen Schutzwall um sie, während sie ihrem Ehemann folgte.

Die Route, die Gaythelos wählte, führte vom Tempel weg und eine Seitenstraße hinunter, deren Staub, der von den Sandalen der Flüchtenden aufgewirbelt wurde, ihre Schritte dämpfte. Trotz der späten Stunde drang aus vielen Häusern der matte Schein brennender Öllampen durch die Spalten der Fensterläden. Die Gruppe hatte es eilig, und niemand sagte ein Wort, während sie das Straßengewirr der ehemaligen Hauptstadt durchquerten.

Der Weg senkte sich sanft zum Flussufer hinab, wo reihenweise kleine Handelsschiffe an einer Mole vertäut waren. Als sie am Ufer entlanggingen, tauchten zwei Männer aus dem Schilfdickicht auf. Sie hatten lange graue Bärte und trugen schäbige Leinengewänder. Obwohl sie – wie ihre Körperhaltung verriet – unterschiedlich alt waren, war die Ähnlichkeit zwischen ihnen so frappierend, dass sie hätten Zwillinge sein können.

Die drei Leibwächter hoben ihre Wurflanzen und machten Anstalten anzugreifen.

»Wachen! Einhalt!«, rief Meritaton.

Die bewaffneten Krieger hielten inne und ließen die Lanzen sinken.

Meritaton ging an ihnen vorbei und begrüßte die beiden Männer. »Osarsiph, Ahrwn, was tut ihr hier? Warum habt ihr diesen unglückseligen Ort nicht verlassen?«

Ahrwn, der jüngere der beiden, trat vor. Ein entschlossener Ausdruck lag in seinen Augen, die so gar nicht zu dem verwitterten Gesicht passen wollten. »Meritaton«, sagte er, »es ist uns unmöglich gewesen, uns unserer Freiheit zu erfreuen und sie auszukosten, ohne dir unseren Dank auszusprechen. Dein Einfluss auf den Pharao war für den Erlass seiner Verordnung von entscheidender Bedeutung. Mit tiefer Anteilnahme hörte ich die Nachricht von seinem Tod in Amarna.«

»Ob ich wirklich so großen Einfluss auf seine Entscheidung hatte, weiß ich gar nicht«, erwiderte die Frau. »Was jedoch außer Frage steht, ist die Tatsache, dass die Hohepriester des Pharaos nun die Herrschaft über das Land an sich gerissen haben – und dass sie der königlichen Familie die Schuld an all dem Leid geben, das Ägypten zurzeit heimsucht.«

»Das Einzige, dessen du dich schuldig gemacht hast – wenn man es überhaupt so nennen kann –, ist, dass du ein großes Herz für die Unterdrückten bewiesen hast«, sagte der Ältere, Osarsiph, und ergriff einen Beutel aus Ziegenleder, den er an einer Schnur um den Hals trug, und legte ihn in ihre Hände. »Du hast uns vor dem vergifteten Wasser des Nils gerettet. Ich bitte dich, jetzt ist für dich der Moment gekommen, an deine eigene Rettung zu denken.«

»Ihr seid vorsichtig und wachsam gewesen – der Pharao war dies nicht. Eigentlich müsst ihr euch bei Gaythelos bedanken, nicht bei mir.« Sie nickte in Richtung ihres Ehemanns. »Er war es, der die Wirkung und Kraft des Apiums kannte.«

Osarsiph wandte sich um und deutete eine Verbeugung vor dem

Mann an. »Kommt ihr mit uns?« Er wies mit einer ausholenden Armbewegung auf das gegenüberliegende Ufer, wo der flackernde Schein zahlloser Lagerfeuer den Horizont erhellte.

»Nein«, antwortete Meritaton. »Wir suchen unser Heil auf dem Meer.«

Der alte Mann nickte, dann sank er vor ihr auf die Knie. »Mein Bruder und ich, wir werden die Erinnerung an dich und deine guten Taten in unseren Herzen tragen. Mögest du in Frieden leben, solange die Sterne am Himmel stehen.«

»Das Gleiche wünsche ich auch dir, Osarsiph. Lebewohl.«

Die beiden Männer kletterten auf ein kleines Floß aus Holz und Papyrus, stießen sich vom Ufer ab und paddelten über den dunklen Fluss zum anderen Ufer hinüber.

»Vielleicht sollten wir uns ihnen doch anschließen«, murmelte Meritaton nachdenklich.

»Die Wüste hält nichts als Mühsal und Entbehrung bereit, Geliebte«, sagte Gaythelos. »Auf uns warten gastlichere Gestade. Aber wir sollten nicht länger herumtrödeln, sondern uns lieber beeilen.«

Er führte die Reisegruppe am Flussufer entlang bis zu der befestigten Anlegestelle der Stadt, ließ die Handelsschiffe hinter sich und nahm dann ein Stück weiter flussabwärts Kurs auf drei Boote, die im Schilf versteckt lagen. Kurz bevor sie sie erreichten, wurden sie von bewaffneten Wachtposten angehalten, die sie nach einem kurzen Wortwechsel an Bord der Boote geleiteten.

Meritaton und Gaythelos ließen sich auf einer Bank unterhalb des einzigen Masts nieder, während die Leinen gelöst wurden und das Boot seinen Liegeplatz verließ. Von den Rudern mehrerer Mannschaftsmitglieder angetrieben, entfernte sich das Boot vom Ufer und folgte den beiden anderen Schiffen in die Mitte des Nils.

Mit einem Gefühl des Unbehagens schaute sich Meritaton auf dem Schiff um. Es war nicht länger als dreißig Meter und hatte ein offenes Deck. Bug und Achtersteven waren hochgezogen. Tonkrüge und Körbe, gefüllt mit großen Mengen Reiseproviant, hatte man auf dem Deck verteilt. Soldaten saßen oder standen an den Dollborden und tauchten kurze Ruder ins Wasser. Die beiden anderen Boote – altgediente Frachtschiffe, die das Mittelmeer mehrmals überquert hatten – lagen genauso tief im Wasser wie das Boot der Prinzessin und ihrer Begleiter.

Quadratische Hauptsegel waren teilweise gehisst und an Bug und Heck aufgeriggt, um die Schiffe zu steuern, während sie von der Flussströmung nach Norden getragen wurden. Kleine Öllampen hingen an den Bugs und erhellten mit ihrem matten Lichtschein die dunklen Fluten vor den Schiffen. Während die Stadt Memphis hinter ihnen in der Nacht zurückblieb, folgten die Schiffe nahezu lautlos ihrem Kurs. Die einzigen Geräusche waren das Plätschern des Wassers gegen ihre Rümpfe und das rhythmische Eintauchen der Ruder in den Fluss.

Nach zweieinhalb Stunden Fahrt flussabwärts – sie hatten etwa zwanzig Kilometer zurückgelegt – wurde auf den Schiffen besorgtes Gemurmel unter den Insassen laut. In nicht allzu großer Entfernung erschien eine Kette von Laternen. Sie gehörte zu einem Schiff, das unbeweglich in der Flussmitte ankerte.

Mit zusammengekniffenen Augen betrachtete Meritaton es. Allem Anschein nach war es ein Frachtschiff. Taue spannten sich von seinem Deck zu beiden Ufern des Flusses, sodass es tagsüber seinen Dienst als Fähre ausüben konnte. Während der Nachtstunden diente es als schwimmende Mautstation für passierende Handelsschiffe. Laute Warnrufe auf dem Schiff verrieten jedoch, dass es in dieser Nacht eine andere Aufgabe hatte, als lediglich Mautgebühren zu kassieren.

»Löscht die Laterne!«, rief der Kapitän von Meritatons Boot, ein vierschrötiger Mann mit kahl rasiertem Schädel, und winkte den vorausfahrenden beiden Frachtschiffen ihrer kleinen Flotte.

Zu spät. Alle drei Schiffe waren bereits gesichtet worden. Ein Trupp Bogenschützen, die sich auf dem Frachtkahn in der Flussmitte in Position begeben hatten, schickte eine Salve von Pfeilen auf die tödliche Reise.

Gaythelos stieß Meritaton von der Bank aufs Deck hinunter. Ein Matrose schrie auf und griff sich an den Hals, der von einem Pfeil durchbohrt worden war.

»Bleib liegen!« Während zwei Leibwächter die Prinzessin in die Mitte nahmen, um sie zu beschützen, schleifte Gaythelos einen Sack Getreide über die Holzplanken und deckte seine Frau damit zu.

Unter dem Sack konnte sie nur hören, wie ein heftiger Kampf entbrannte. Die drei Boote schlugen die Richtung zum gegenüberliegenden Ufer ein und bemühten sich, den Abstand zwischen ihnen und dem Frachtschiff in der Flussmitte so schnell wie möglich zu vergrößern. Als das erste Boot eines der Taue erreichte, die den Frachtkahn im Fluss in Position hielten, lehnten sich mehrere Männer mit Schwertern über den Bug, um es zu durchtrennen. Mehrere von ihnen wurden von den Bogenschützen getroffen, anderen jedoch gelang es, die schwimmende Barriere zu beseitigen.

Nun setzten die drei Boote ihre Fahrt flussabwärts fort, aber von dem Frachtkahn löste sich ein kleines Boot, auf dem sich Schwertkämpfer und Bogenschützen drängten, und nahm die Verfolgung des nächsten Handelsschiffs auf. Es war dasjenige, auf dem sich Meritaton und Gaythelos befanden. Die Jäger holten es sehr bald ein und gingen längsseits. Die Krieger, die nur mit wenig Gegenwehr rechneten, enterten das Boot der Flüchtenden.

Gaythelos sprang mit der bewaffneten Schutztruppe aus den Schatten zwischen den Frachtstücken auf, und gemeinsam empfingen sie die Verfolger mit ihren Bronzeschwertern. Ein mörderischer Kampf Mann gegen Mann entbrannte, um die Angreifer abzuwehren. Bogenschützen auf dem Verfolgerboot zielten blindlings ins Kampfgetümmel und töteten so Krieger beider Parteien. Die Toten stürzten über Bord und wurden von den Fluten des Nils mitgenommen. Hin und her wogte der Kampf, bis es schien, als gewännen die Angreifer die Oberhand. Meritaton, die ahnte, dass ihren Getreuen eine Niederlage drohte, schlängelte sich aus ihrem Versteck und hob das Schwert eines gefallenen Kriegers auf.

»Der Sieg gehört uns!«, feuerte sie die Begleiter an und stieß ihre Klinge in den Leib eines Angreifers.

Ihr Anblick stachelte die Verteidiger an. Sich formierend drangen sie todesmutig auf die Angreifer ein, trieben sie vor sich her zum Achterschiff und töteten sie unbarmherzig. Dann kam das Boot der Angreifer an die Reihe. Vom Blutrausch getrieben, sprangen die Schwertkämpfer der Prinzessin auf das Verfolgerboot und metzelten zunächst die restlichen Bogenschützen nieder, dann stießen sie mit vereinten Kräften das Boot mit seiner blutigen Fracht toter Krieger in die Strömung.

Meritaton tastete sich zum Bug des Schiffes vor, um ihren Ehemann zu suchen. Das Deck war mit Blut getränkt, überall lagen Tote und Verwundete. Gaythelos kam ihr entgegen, in der Hand einen blutigen Dolch. Er schlang die Arme um seine Ehefrau.

»Die Gefahr ist gebannt. Jetzt sind wir sicher«, sagte er. »Du hast uns zum Sieg geführt.« Er wandte sich zu dem Kapitän um, der am Steuerruder saß. Ein Pfeil ragte aus seiner Schulter. »Ist es nicht so?«

Der Mann nickte. »Jetzt wird es keine Hindernisse mehr geben. Wir haben das Delta schon fast erreicht und damit die freie Auswahl unter den zahllosen Wegen zum Meer. Bei Anbruch des Tages wird Ägypten hinter uns liegen.«

Die kleine Flotte ruderte durch die Nacht und folgte einem Seitenarm des Nils, der auf beiden Seiten von Feldern gesäumt wurde, auf denen die Gerste heranreifte. Schon bald lockte am Horizont das Mare Mediterraneum, und es dauerte nicht mehr lange, bis die drei Schiffe auf das türkisblaue Meer hinausglitten. Im strahlenden Licht der aufgehenden Sonne wichen sie einem Konvoi schwer beladener Frachtschiffe aus der Levante aus.

Meritaton saß mit Gaythelos auf der Bank vor dem Schiffsmast und verfolgte mit gemischten Gefühlen, wie die Küste Ägyptens immer winziger wurde. Sie presste den kleinen Beutel aus Ziegenleder gegen ihre Brust und dachte darüber nach, was die Zukunft für sie bereithalten mochte. Während sie einerseits unzählige Leben hatte retten können, hatte sie andererseits auch alles geopfert, das ihr lieb und teuer war.

Sie erhob sich und ging zum Bug des Schiffes. Sie ahnte, dass sie eine neue Bestimmung gefunden hatte. Vor sich das weite Meer, verdrängte sie jede Erinnerung an die Vergangenheit und war nur noch gespannt, welche unbekannte Welt sie jenseits des Horizonts erwartete.

TEIL I

WASSERFALL

1

MAI 2020

COPAPAYO, EL SALVADOR

Mit düsterem Blick verfolgte Elise Aguilar, wie die Begräbnisprozession den staubigen Dorfplatz überquerte. Die vier Männer, die den Sarg trugen, hielten die Köpfe gesenkt und folgten mit schwerfälligen Schritten dem Geistlichen, der den Leichenzug anführte, während sie den weißen Kindersarg auf den Schultern balancierten. Ein kleines Gebinde aus gelben Orchideen verbarg die mit der Hand gemalte Darstellung eines Fußballs, die den Deckel zierte.

Die Eltern und anderen Angehörigen des verstorbenen Kindes folgten dem Sarg. Trotz der halblaut geäußerten Trostworte der restlichen Dorfgemeinschaft schluchzten vor allem die Frauen hemmungslos.

Elise Aguilar blickte der Trauergesellschaft nach, bis sie hinter einer Biegung des Waldwegs verschwand und ihre Totenklage von dem dichten Laubwerk der Bäume verschluckt wurde. Der Friedhof des Dorfes lag auf der Kuppe eines kleinen Hügels jenseits des Waldes.

Sie achtete nicht auf einen schwarzen Jeep, der sich im Schritttempo an dem Trauerzug vorbeischlängelte, während sie kehrtmachte und einem ausgetretenen Fußweg in die entgegengesetzte

Richtung folgte. Sie ging an ein paar schlichten einstöckigen Bauernhäusern mit weißem Gipsverputz vorbei, in denen die dreißig Einwohner des Dorfes wohnten. Der Weg führte bergab und verbreiterte sich zu einem Aussichtsplatz mit ungehindertem Blick auf einen im Licht der Morgensonne schillernden tiefblauen See.

Cerrón Grande lautete der Name des Gewässers. Er war der größte Stausee in El Salvador und angelegt worden, um die Region mit elektrischem Strom zu versorgen. Hunderte von Familien hatten umgesiedelt werden müssen, als der Rio Lempa im Jahr 1976 aufgestaut worden war. Einige der Familien hatten in dem überstürzt aufgebauten Dorf Copapayo eine neue Heimat gefunden. Elise Aguilar ließ den Blick über den See schweifen. Ein Fischer in einem Kanu und ein kleines Arbeitsboot kreuzten auf dem Wasserreservoir, das auf Landkarten auch als Suchitlán-See bezeichnet wurde. Auf der rechten Seite markierte eine grau-blaue Betonbarriere die Krone des Cerrón-Grande-Staudamms, der den See geschaffen hatte.

Elise machte sich an den Abstieg und folgte dem Pfad fast bis zum Seeufer. Dort, vor einem ausladenden Schutzdach aus knorrigen Baumwurzelsträngen, die mit Palmzweigen und Palmblättern bedeckt waren, blieb sie stehen und wischte sich den Schweiß von der Stirn. Ein halbes Dutzend roter Zelte war vor der gegenüberliegenden Seite des Schutzdachs mit den Eingängen zu einem schattigen Bereich unter dem Dach im Halbkreis angeordnet. Auf beiden Seiten dieses Camps erstreckten sich Felder, auf denen sich dichte Reihen sattgrüner Maisstängel in einer sanften Brise wiegten.

Unter dem Schutzdach saßen Mitarbeiter der United States Agency for International Development an provisorischen Arbeitstischen und führten Experimente oder Computerberechnungen durch. Aufgrund des feuchtheißen Klimas bestand die Arbeitskleidung der Wissenschaftler nahezu ausnahmslos aus Shorts und T-Shirts.

Ein schlaksiger Mann mit dicken Brillengläsern und einem wild wuchernden Bart schaute von einem Mikroskop hoch. »Warum dieses lange Gesicht?«, fragte er mit einem Akzent, der seine Bostoner Herkunft verriet.

»Heute findet im Dorf eine Beerdigung statt. Ich bin gerade dort gewesen und habe die Prozession gesehen.«

»Der kleine Junge?«

Elise Aguilar nickte.

»Es ist unendlich traurig. Rondi hat mir vor Kurzem erzählt, dass ein kranker Junge aus dem Dorf in der Klinik in Suchitoto läge. Ich hatte keine Ahnung, dass es so schlimm um ihn stand.«

Der Mann schaute zu einem halbwüchsigen einheimischen Jungen hinüber, der gerade Maisstängel aus einem Blecheimer zog und auf einem Tisch sortierte, und rief: »Rondi, was ist mit dem kleinen Jungen passiert?«

Eilig kam der Teenager zu dem Wissenschaftler herübergelaufen. »Er war kurze Zeit *enfermo*. Letzte Woche kam ein Arzt, untersuchte ihn und nahm ihn mit ins Krankenhaus, aber sie konnten ihm nicht mehr helfen.«

»Weißt du vielleicht, wie die Diagnose des Arztes lautete?«, fragte Elise Aguilar.

Rondi zuckte die Achseln. »*Un misterio*. Ich habe gefragt, aber die Ärzte wollten nichts sagen. Es war genauso wie bei den anderen.«

»Bei welchen anderen?«

»Drei andere Kinder aus dem Dorf sind in den letzten paar Monaten gestorben. Es war die gleiche Sache. Sie werden *enfermo*, und wenn die Ärzte kommen, um ihnen zu helfen, ist es zu spät.«

Elise Aguilar sah ihren Kollegen an. »Phil, was meinst du, hältst du es für möglich, dass diese Todesfälle irgendwas mit den Feldfrüchten zu tun haben?« Sie deutete auf den Eimer mit den Maisstängeln, die Rondi kurz zuvor sortiert hatte.

»Denkst du an das genetisch optimierte Saatgut, das wir im vergangenen Jahr an die Bauern verteilt haben?« Er schüttelte den Kopf. »Ganz sicher nicht. Diese Variante ist nur geringfügig verändert worden, um längere Trockenperioden zu überstehen, und wird überall auf der Welt ohne Beanstandungen eingesetzt.«

Sie nahm seine Information mit einem Kopfnicken zur Kenntnis. »Ich weiß, aber es bricht einem das Herz, hilflos mit ansehen zu müssen, wie Kinder plötzlich krank werden und ihnen nicht geholfen werden kann.«

Er zuckte die Achseln. »Aber wir sind Landwirtschaftsexperten, Elise, und keine Ärzte.« Er warf einen Blick auf das blühende Maisfeld. »Und morgen müssen wir alles zusammenpacken und zehn Meilen weiter nördlich unsere Zelte aufschlagen.«

Er sah den enttäuschten Ausdruck in Elises Augen. »Okay, vielleicht können wir doch etwas mehr tun. Ich schicke unserer für El Salvador zuständigen Country-Managerin eine E-Mail und bitte sie, sich mit der World Health Organization in Verbindung zu setzen. Letztere unterhält hier in El Salvador eine ständige Vertretung. Ich bin sicher, dass sie jemanden herschicken können, um der Sache auf den Grund zu gehen.«

»Vielen Dank im Voraus. Ich finde, die Menschen hier verdienen zu erfahren, was diese offenbar tödliche Krankheit auslöst.«

Er nickte. »Bis wir mehr wissen, brauche ich dich und Rondi aber, damit ihr die Ertragsquote auf Prüffeld 17 berechnet.« Er deutete auf eine schematische Zeichnung von den in Parzellen aufgeteilten Ackerflächen rund um das Dorf. Prüffeld oder Parzelle 17 war ein schmaler Feldstreifen dicht am Stausee.

»*Si*, ich weiß, welches Prüffeld Sie meinen«, sagte Rondi. Er schnappte sich einen Leinensack und schwang ihn sich über die Schulter.

Elise Aguilar folgte ihm auf einem schmalen Trampelpfad durch ein benachbartes Maisfeld. Während sie zügig ausschritten, musste sie ständig an die Begräbnisprozession und an den kleinen weißen Sarg denken.

»Rondi, hat es unter den Kindern in den anderen Dörfern auch schon ungewöhnliche Krankheitsfälle gegeben?«

Er nickte. »Ein Cousin von mir, der Francisco heißt. Es ist noch gar nicht so lange her, dass er gestorben ist. Er wohnte in San Luis del Carmen. Das Dorf liegt auf der anderen Seite des Stausees.«

»Wie alt war er?«

»Vier Jahre, glaube ich.«

»Ich kann mich an den Namen dieses Dorfes nicht erinnern. Weißt du, ob wir auch an die Bauern dort Saatgut verteilt haben?«

Der Junge schüttelte den Kopf. »Nein. Sie haben da seit jeher starke Pflanzen und fahren immer gute Ernten ein. Aber in der vergangenen Woche habe ich dort die *cientificos* gesehen.«

»Welche Wissenschaftler?«, fragte Elise Aguilar verwundert. »Unser Team ist doch erst vor vier Tagen am Cerrón Grande eingetroffen.«

Er hob die Schultern. »Ich weiß. Ich glaube auch nicht, dass sie Amerikaner waren. Als ich mich nach ihnen erkundigt habe, wusste anscheinend niemand, woher sie kamen.«

»Was wollten sie denn dort?«

Wieder zuckte er die Achseln. »Sie haben alle möglichen Fragen nach den *niños* gestellt und einige Feldfrüchte und Wasserproben eingesammelt.« Er blieb an einer Markierungstafel stehen, die aus dem Erdreich ragte. Sie war mit der Zahl 17 beschriftet. »Das ist unser Prüffeld.«

Elise holte eine gelbe Schnurrolle aus Rondis Leinentasche und ging ein paar Schritte in das Maisfeld hinein. Hier wickelte sie ein Stück Schnur ab und spannte sie zu einem Quadrat um ein Büschel Maisstängel auf. Mit Rondis Hilfe kontrollierte sie jeden Stängel innerhalb des Quadrats und notierte die Anzahl der Knospen und Ähren, die sich an jedem Stängel befanden, auf einem Klemmbrett. Dann hob sie die Schnur auf und ging ein paar Schritte weiter ins Feld hinein und wiederholte die Prozedur. Im Camp würde sie dann mithilfe der ermittelten Zahlen den voraussichtlichen Ernteertrag des gesamten Maisfelds berechnen.

»Um zum Camp zurückzukehren, können wir auch den Weg am Seeufer entlang nehmen«, schlug Rondi vor, sobald sie ihre Zählungen beendet hatten. Er ging durch das Maisfeld voraus, um Elise den Weg zu zeigen.

Nach einiger Zeit gelangten sie zu einem nicht besonders hohen Felsvorsprung oberhalb des Stausees. Weniger als eine Meile zu ihrer Rechten erstreckte sich die achthundert Meter lange Betonmauer des Cerrón-Grande-Staudamms. Sie schlugen die entgegengesetzte Richtung ein und folgten dem Uferverlauf zum Camp der Entwicklungshelfer.

In der Nähe des Punktes, wo der Pfad zum Dorf abzweigte, blieb Elise stehen, um erstaunt ein kleines Windrad aus Aluminium zu betrachten, das auf einem Betonwürfel nicht weit von dem Seeufer entfernt installiert war. Ein achtflügeliger Propeller rotierte in der leichten Brise, und Wasser plätscherte unterhalb des Betonwürfels. »Ich kann mich nicht entsinnen, diese Anlage im vergangenen Jahr hier schon gesehen zu haben.«

»Der Wasserstand im Dorfbrunnen war beträchtlich gesunken, daher hat uns die Regierung diese Apparatur zum Geschenk gemacht. Jetzt bekommen wir das Wasser aus dem See. Mr. Phillip hat im vergangenen Jahr kräftig beim Bau mitgeholfen. Das war, nachdem Sie abgereist waren.«

»Werden mit dem Wasser aus dem See auch die Felder versorgt?«

»*Si*, und das Dorf ebenfalls. Es erhält sein Wasser aus einem Rohr, das weit in den Stausee hineinragt. Wir können es dann entweder auf die Felder leiten oder über einen Filter eine Zisterne damit füllen, von wo es dann mithilfe einer Pumpe ins Dorf fließt.«

Elise betrachtete den Propeller noch einige Sekunden länger, dann sah sie Rondi fragend an. »Du hast doch ein Boot, nicht wahr?«

»Ja. Es ist hinter der nächsten Biegung am Seeufer festgemacht.«

»Kannst du mich ein Stück auf den See hinausbringen? Ich würde gern in der Nähe des Einlassrohrs einige Wasserproben nehmen.«

»Ich geh es holen und bin gleich wieder zurück.«

Elise joggte zum Camp und deponierte dort den Leinensack mitsamt den Daten für die Ernteertragsberechnung und ergriff eine Reißverschlusstasche mit einem halben Dutzend Teströhrchen, die in einem Schaumstoffbett mit Klettband gesichert waren. Dann kehrte sie zum Seeufer zurück und wartete dort, bis Rondi in einem kleinen motorisierten Aluminiumboot erschien.

»Tut mir leid«, sagte er und zeigte mit einem entwaffnenden Lächeln die Zähne. »Der Motor hat nicht immer Lust, sofort anzuspringen.«

Das zerbeulte, von den Unbilden der Witterung gezeichnete Boot war mit einem sechs PS starken Motor ausgestattet, der älter war als Rondi und im Leerlauf dicke Qualmwolken ausstieß. Elise legte die Tasche mit den Teströhrchen auf die Sitzbank, schob den Bug des Bootes vom Ufer weg und schwang sich hinein. Rondi manövrierte das Boot im Rückwärtsgang in tieferes Wasser, dann wendete er und nahm Kurs auf die Mitte des Stausees. Sie legten jedoch nur eine kurze Strecke zurück, ehe der Teenager den Motor ausschaltete und das Boot treiben ließ.

Rondi bestimmte ihre Position relativ zum Windrad. »Die Rohröffnung müsste sich genau unter uns befinden.«

Elise holte zwei Teströhrchen aus der Tasche, entkorkte sie und tauchte sie in das klare kalte Wasser. Während sie die Behälter verschloss, entdeckte sie einen toten Fisch, der in ihrer Nähe im Stausee trieb. »Kommt es öfter vor, dass du im See verendete Fische findest?«

Auch für diese Frage hatte Rondi nur ein Achselzucken übrig. »In der Nähe des Damms habe ich schon mehrere gesehen.«

»Würdest du mir genau zeigen, wo?«

Roni musste mindestens ein Dutzend Mal an der Starterschnur

des Außenbordmotors ziehen, bevor er knatternd ansprang. Er hielt auf den Staudamm zu und passierte auf dem Weg dorthin einen betagten Fischer in seinem Kanu, der gerade damit beschäftigt war, ein Ringwadennetz einzuholen. Sie näherten sich der Sicherheitssperre des Damms, die aus nichts anderem bestand als einem simplen Stahlseil, das dicht über der Wasseroberfläche aufgespannt war. Rondi schaltete den Motor wieder aus und ließ zu, dass der Bootsrumpf an dem Seil entlangrutschte. Dutzende von toten Fischen, deren aufgedunsene weiße Bäuche himmelwärts schauten, tanzten träge im Wasser.

Elise Aguilar schoss mit ihrem Mobiltelefon einige Fotos und verspürte einen heftigen Brechreiz bei der Vorstellung, dass die Dorfbewohner nicht aufbereitetes Wasser aus dem See tranken. Sie entnahm dem See zwei weitere Wasserproben, dann ließ sie den Blick über den Stausee wandern.

»Lass uns noch ein Stück weiter nach Norden in Richtung San Luis del Carmen fahren. Ich würde gern eine weitere Wasserprobe in der Nähe des Dorfes nehmen.«

Während Rondi nickte, ertönten auf der dem See abgewandten Seite des Staudamms drei scharfe, tiefe Donnerschläge. Elise und der Junge sahen einander erschrocken an, und dann wurde unter ihnen ein dumpfes Grollen laut. Wie bei einem Erdrutsch geriet der mittlere Abschnitt des Staudamms in Bewegung und zerbröckelte mit einem lauten Krachen, das die Luft vibrieren ließ.

Elise Aguilar stieß einen Schrei aus, während Rondi hektisch versuchte, den Außenbordmotor zu starten. Er erwachte hustend zum Leben, und Rondi schob den Fahrtregler auf Vollgas. Das kleine Boot strebte von dem berstenden Staudamm weg, legte ein paar Meter zurück, ehe es rapide an Tempo verlor. Der kleine Motor heulte gepeinigt auf. Aber das Boot rührte sich nicht vom Fleck.

»Was ist los?«, rief Elise.

»Die Strömung … sie ist zu stark.« Rondi starrte sie mit großen

Augen an. Seine Hand, die auf der Ruderpinne lag und sie hin und her schwenkte, zitterte.

Hinter ihnen regneten die Trümmer des Staudamms auf den Grund der Schlucht gut einhundert Meter unter ihnen hinab, während der Sog des Wassers immer stärker wurde.

Den Fahrthebel nach vorn drückend, bis seine Knöchel schneeweiß hervortraten, starrte Rondi hinter sich auf die Lücke im Staudamm, durch die die Wassermassen des Stausees in die Tiefe stürzten, und schüttelte den Kopf.

Er und Elise konnten nur noch untätig zusehen, während das Boot mit unwiderstehlicher Gewalt rückwärts von der sich verbreiternden Lücke in der Betonmauer und dem tödlichen Wasserfall dahinter angesaugt wurde.

2

Das Rumpeln rollte hallend wie ein Echo aus einer anderen Welt über die nach wie vor fast spiegelglatte Oberfläche des Stausees.

»Was war das?« Dirk Pitts Kopf kam hinter zwei Computermonitoren hoch, auf denen er ein Sonarbild vom Grund des Stausees betrachtet hatte. Er blickte zu dem Mann hinüber, der das Schiff lenkte. Er war gut einen Kopf kleiner als er und schien mit seiner untersetzten Statur viel besser in die drangvolle Enge zu passen, die im Steuerhaus des Arbeitsbootes herrschte.

»Jedenfalls kein Gewitterdonner.« Al Giordino blickte durch das Seitenfenster zum blauen Himmel hinauf. »Oder mein Magen – trotz unserer mageren Verpflegung, die ›Mittagessen‹ zu nennen eine krasse Übertreibung ist.« Er zerknüllte eine leere Kartoffelchipstüte und warf sie aufs Armaturenbrett. Dann blickte er wieder durch die Windschutzscheibe.

Und richtete sich abrupt kerzengerade auf. »Oh Mann, sieh dir das mal an. Es ist der Staudamm.«

Pitt erhob sich, streckte seine Ein-Meter-neunzig-Statur und schaute zum Schiffsbug. Weniger als eine Viertelmeile vor ihnen markierte der Cerrón-Grande-Staudamm die Grenze des Stausees. Aber dieses imposante Bauwerk hatte nun in der Mitte eine riesige Lücke. Zwei kleine Boote waren vor dem Damm zu erkennen, die vom Sog der abfließenden Wassermassen dem Abgrund entgegengerissen wurden.

»Der Damm hat nachgegeben«, sagte er, »und diese Boote nimmt er gleich mit in den Abgrund.«

Giordino schob den Fahrthebel nach vorn. Das Dreißig-Fuß-Arbeitsboot machte einen regelrechten Satz vorwärts, als seine beiden 250-PS-Außenbordmotoren ihre volle Leistung entfalteten. Aber anstatt sich vor der drohenden Gefahr in Sicherheit zu bringen, steuerte Giordino mit Vollgas mitten in das Chaos hinein.

Er drehte sich um und blickte über das offene Achterdeck. Sein Interesse galt einem straff gespannten blauen Kabel, das in ihrer schäumenden Kiellinie verschwand. Einhundert Meter weiter hinter ihnen erschien ein gelber Sonarfisch an der Wasseroberfläche und pflügte durch die Gischt.

»Wir haben jetzt keine Zeit, das Gerät einzuholen«, sagte Pitt, der genau wusste, was Giordino in diesem Augenblick dachte. Er ging zur hinteren Kabinentür. »Versuch, so nahe wie möglich heranzukommen.«

Pitt trat aufs offene Achterdeck hinaus, nahm einen Rettungsring aus einer Wandhalterung und verband ihn mit einer langen Leine, die aufgeschossen in einem Eimer bereitstand. Er ging mit dem Eimer zum Heckspiegel und verknotete das freie Ende der Schnur an einer Belegklampe. Dabei fragte er sich nach einem prüfenden Blick auf den geborstenen Staudamm, ob ihre Bemühungen im Grunde nicht vergeblich waren und sie auf jeden Fall zu spät kämen.

* * *

Elise Aguilar bekam von dem Vermessungsboot, das in voller Fahrt auf sie zuhielt, nichts mit. Sie konzentrierte sich ausschließlich auf den Fischer im Kanu, der um sein Leben kämpfte. Trotz seiner angestrengten Bemühungen, paddelnd ans Seeufer zu gelangen, war der Sog des Wassers, das aus dem Staubecken abfloss, einfach zu stark. Es war nur eine Frage der Zeit, wann das schmale Holzboot durch die Lücke in der Betonmauer in die Tiefe katapultiert würde. Ganz gleich wie gleichmäßig und kraftvoll die sehnigen Arme des Mannes das Paddel auch durchs Wasser zogen, gegen die reißende Strömung hatte er keine Chance.

»Rondi, kannst du ihm nicht helfen?«

Sie musste schreien, um sich gegen das Tosen der Wassermassen durchzusetzen. Der Junge zuckte zusammen, dann veränderte er die Position der Ruderpinne so, dass er mit dem Boot den Kurs des Fischers kreuzte.

Elise streifte sich die Tragschlaufe der Tasche mit den Wasserproben über den Kopf, damit beide Hände frei waren, dann packte sie den Rand des Kanus und zog, sodass beide Boote dicht nebeneinanderlagen. Der Fischer nickte dankbar und setzte seinen Kampf gegen die Strömung mit dem Paddel auf der anderen Seite seines Kanus fort.

Doch es war ein Kampf, den er verlieren *musste*. Beide Boote behielten ihren Kurs in Richtung Abgrund bei, der mittlerweile nur noch höchstens dreißig Meter entfernt war.

Über dem Getöse des Wasserfalls glaubte Elise, ganz andere Töne zu hören: das aggressive charakteristische Röhren von leistungsstarken Bootsmotoren. Das Vermessungsboot rauschte mit Höchsttempo in Richtung Staudamm.

Das Boot beschrieb einen weiten Bogen und zog ein blaues Kabel hinter sich her, dann drosselte es sein Tempo, während es sich zwischen sie und den Staudamm setzte. Ein hochgewachsener Mann mit schwarzem Haar stand am Heck und warf ihnen eine Leine zu.

»Binden Sie eins der Boote an!«, rief er. »Wir nehmen Sie in Schlepp!«

Die Leine landete auf dem Bug des Aluminiumboots, und der Fischer konnte sie ergreifen. Anstatt sie an einem der Boote zu befestigen, schlang er sie mehrmals um sein Handgelenk und sprang ins Wasser.

Elise Aguilar traute ihren Augen nicht. Sie drehte sich um und stellte zu ihrem Schrecken fest, dass ihr Abstand zu der Lücke im Staudamm nur noch höchstens fünfzehn Meter betrug. Der Sog des abfließenden Stauseewassers wurde zunehmend stärker, selbst während sie das Kanu losließ und sich von diesem Ballast befreite.

Aber das Arbeitsboot folgte dem Aluminiumboot, wobei sein Steuermann die beiden Außenbordmotoren mit erstaunlichem Fingerspitzengefühl bediente, sodass sich die Lücke zwischen ihnen um keinen Deut vergrößerte. Der schwarzhaarige Mann am Heck zog so schnell wie möglich Hand über Hand die Rettungsleine ein, bis der Kopf des Fischers neben dem Dollbord auftauchte. Er bückte sich und hievte den alten Mann aus dem Wasser und befreite ihn schnellstens von der Rettungsleine. Nachdem er einige Meter zusammengerafft hatte, schleuderte er sie abermals zum Aluminiumboot hinüber.

»Binden Sie das Boot an!«, rief er.

Während die Leine durch die Luft flog, drehte sich das Aluminiumboot in der stetig zunehmenden Strömung. Die Leine segelte über das Boot hinweg, aber Rondi schaffte es, sie zu angeln. »Ich hab sie!« Dabei beugte er sich weit über den Bootsrand.

Elise Aguilar, die auf derselben Bootseite stand, war seinem Beispiel gefolgt. Da sich beide Bootsinsassen an Steuerbord befanden, bekam das Boot entsprechende Schlagseite, und das Seitendeck geriet unter Wasser.

Elise erkannte die Gefahr und versuchte, mit einem verzweifelten Sprung nach hinten das drohende Unheil zu verhindern, aber es war schon zu spät. Wasser strömte in einem breiten Schwall ins Boot und brachte es zum Kentern.

Elise klammerte sich instinktiv an das Boot, aber es begann zu sinken und zog sie mit nach unten. Sie ließ es los und ruderte mit den Armen, um zur Wasseroberfläche aufzusteigen. Nach Luft schnappend nahm sie wahr, wie Rondi, der die Leine ergriffen hatte, an ihr vorbeiglitt. Mit namenlosem Entsetzen erkannte sie, dass nicht er sich vom Fleck bewegte, sondern sie von der Strömung davongetragen wurde.

Erneut von panischer Angst angetrieben und mit rasendem Herzschlag, der ihre Brust zu sprengen drohte, machte sie verzweifelte Schwimmbewegungen. Aber ihre Kräfte erlahmten, und sie hörte und spürte das Getöse des Wasserfalls, dem sie sich unaufhaltsam näherte.

Ihre wild rudernden Arme stießen plötzlich gegen ein Hindernis. Jemand anders befand sich neben ihr im Wasser. Für einen kurzen Moment keimte in ihr die Hoffnung auf, Rondi und das Rettungsseil erreicht zu haben. Ein flüchtiger Blick zur Seite sagte ihr jedoch, dass sie sich getäuscht hatte. Stattdessen sah sie den schwarzhaarigen Mann aus dem Arbeitsboot neben sich.

Er schlang einen Arm um ihre Taille, zog sie zu sich heran und presste sie gegen seinen Körper. Verwirrt setzte sie ihre verzweifelten Bemühungen fort, gegen die Strömung anzukämpfen. Dann hörte sie seine ruhige Stimme. Sie hielt inne und sah ihn an.

»Halten Sie sich an mir fest und holen Sie tief Luft.« Er zwinkerte ihr mit den grünsten Augen zu, die sie je gesehen hatte.

Ein Adrenalinstoß verhinderte jeden Versuch, die Situation zu verstehen, und nun kam sie widerspruchslos seiner Aufforderung nach. Als sie über die Kante des Staudamms gespült wurden, gab es nichts mehr, was sie hätte tun können.

Er streckte einen Finger in die Luft und führte eine Kreiselbewegung aus, während sie die Arme um ihn schlang und einen letzten Atemzug machte.

Dann übernahm die Schwerkraft die Kontrolle und zog sie in die Tiefe.

3

Elise Aguilar hatte, umgeben von dem herabstürzenden Wasser des Stausees, die Empfindung des freien Falls. Mit fest geschlossenen Augen und angehaltenem Atem klammerte sie sich an Pitt. Seine Arme umschlangen sie, die Beine hatte er angewinkelt und presste sie zusammen, um beim Eintauchen in das Tosbecken am Fuß der Staumauer so wenig Widerstand wie möglich zu bieten. Innerhalb des Wasserschwalls spürte Elise, wie etwas über ihre Beine und an ihrem Rücken entlang aufwärtsglitt.

Ihr kam es vor, als dauerte der Absturz eine Ewigkeit. Sie wappnete sich für den Aufprall auf die Felsen an der Basis des Staudamms. Aber dazu kam es nicht. Stattdessen spürte sie einen Ruck, der von ihrem Retter ausging und sie beinahe aus seiner Umarmung rutschen ließ. Irgendetwas hatte ihren Fall gestoppt.

Sie krallte eine Hand in sein Hemd und zog sich wieder dicht an ihn heran. Sie musste sämtliche Kraftreserven mobilisieren, um dem Druck der Fluten, die unaufhörlich auf sie herabprasselten, standzuhalten. Es war, als ob das gesamte Empire State Building auf sie herabfiel, und zwar jedes Stockwerk einzeln.

Pitt presste sie wieder an sich, und sie versuchte, sich vor der Wasserlawine zu schützen, indem sie den Kopf senkte und die Schultern hochzog.

Sie wagte nur für einen kurzen Moment, die Augen zu öffnen, und sah schäumendes Wasser in breiter Bahn herabrauschen. Während sich ihr rasender Herzschlag ein wenig beruhigte, wurde ihr bewusst, dass sie unbedingt weiteratmen musste. Zwar waren nur wenige Sekunden verstrichen, seitdem sie über die Kante des Staudamms geschwemmt worden waren, aber der Luftmangel wurde zu einer unerträglichen Qual.

Ihre Gedanken rasten. Was würde mit ihnen geschehen, wenn es ihnen nicht gelänge, sich aus dem Wasserfall zu befreien? Niemals würde sie unter Wasser einatmen, sagte sie sich, ganz gleich wie sehr sie nach Luft lechzte. Sie würde den Atem anhalten, bis sie das Bewusstsein verlöre, und sich ihrem Schicksal ergeben.

Die Wucht der Wassermassen, die über sie hinwegrauschten, zerrte an ihren Gliedmaßen und verdrängte ihre Angst zu ertrinken. Ihre Arme schmerzten von der enormen Anstrengung, aber ihren Griff zu lockern, mit dem sie sich an Pitt festhielt, hätte den sicheren Tod bedeutet. Dabei deutete keinerlei Anzeichen darauf hin, dass der sehnige Mann, der sie vor dem Abstürzen bewahrte, mit zunehmender Erschöpfung zu kämpfen hatte. Trotz des zusätzlichen Gewichts der Wasserflut, die auf ihn herabprasselte, hielt er sie unerschütterlich mit seinem Arm fest.

Der Wasserfall stieß sie hin und her und schleuderte sie gelegentlich auch gegen die Betonmauer des Staudamms. Während einer solchen Kollision hatte sie den Eindruck, an der Staumauer entlangzurutschen. Dabei verlor sie zunehmend den Kontakt zu der rauen Oberfläche. Irgendwie schien es, als bewegten sie und ihr Retter sich an der Mauer entlang aufwärts.

Und noch einmal machte sich der Luftmangel bemerkbar. In ihrem Kopf hatte ein dumpfes Pochen eingesetzt, und nun war es, als ob ihre Lunge nach Luft schrie. Die Vorstellung, sich einfach fallen zu lassen, erschien Elise immer verlockender. Dann schrammten ihre Beine über die schartige Kante des Staudamms, und der Druck des Wassers ließ merklich nach.

Sie riskierte es, die Augen zu öffnen, und stellte erstaunt fest, dass sie ein paar Meter weit blicken konnte. Noch stürzte das Wasser aus der Höhe hinab zum Fuß der Staumauer – jedoch nicht mehr mit der ursprünglichen Heftigkeit. Die Gischtwolken, die die Luft vor der Staumauer gesättigt hatten, waren nicht mehr so dicht. Elise erkannte nun, dass Pitt ein blaues Kabel umklammerte, das um sein Bein geschlungen war und in einem gelben wie eine Röhre geformten Objekt dicht unter seinen Füßen endete. Die Nase dieses Objekts hatte ihren Absturz aufgehalten, und ihr Retter stützte sich mit einem Fuß darauf ab.

Elise Aguilar hatte das Gefühl, als würde ihre Lunge jeden Moment explodieren. Sie blickte zu ihrem Schutzengel hoch. Er hatte ein kantiges, aber attraktives Gesicht, dem man ansah, dass es ausgiebig den Strahlen der Sonne ausgesetzt worden war. Seine Augen waren weit offen, und ihr Ausdruck vermittelte sowohl Intelligenz als auch ein ausgeprägtes Selbstvertrauen. Erneut zwinkerten sie ihr zu, und ihr grünes Funkeln sagte ihr, dass sie nicht mehr lange durchhalten müsse und sie beide schon bald in Sicherheit seien.

Der Wasserstrom von oben wurde spärlicher, und Pitt befreite sein Bein von dem blauen Kabel und dem Sonarfisch, vollführte einige kräftige Beinstöße, bis sie durch die Wasseroberfläche brachen. Elise keuchte und füllte ihre Lunge mit frischer Luft, während das dumpfe Pochen in ihrem Kopf allmählich nachließ. Der Wasserfall übte noch immer einen gewissen Druck auf ihre beiden Körper aus, und sie hielt sich weiterhin an Pitt fest, dessen Hände das blaue Kabel in festem Griff hatten.

Elise sah sich um und entdeckte das Vermessungsboot. Auf seinem Achterdeck stand ein Mann mit krausem Haar und südländischen Gesichtszügen, der mit seinen kräftigen Händen und Armen das blaue Kabel einholte. Im Wasser neben dem Boot war Rondi zu sehen, der sich an der Rettungsleine festhielt, die am Heck des Bootes verankert war.

»Das war eine Dusche, die für ein ganzes Leben ausreichen dürfte«, stellte Pitt fest. Er schaute zu ihr hinab und grinste. »Sind Sie okay?«

Immer noch keuchend und nach Luft schnappend nickte Elise und brachte den Anflug eines mühsamen Lächelns zustande.

Giordino zog sie zu dem seitlich angebrachten Heckspiegelausleger, wo sie nicht Gefahr liefen, mit den Propellern der Außenbordmotoren, die das Vermessungsboot in Position hielten, schmerzhaft Bekanntschaft zu machen. Er fasste über den Bootsrand und hob Elise so mühelos ins Boot, als wäre sie leicht wie eine Feder. Pitt kletterte aus eigener Kraft an Bord und winkte dem alten Fischer zu, der den Platz am Ruder übernommen hatte. Dann barg er das restliche Kabel mitsamt dem Sonarfisch.

Giordino empfing Pitt mit einem erleichterten Grinsen. »Ich empfehle dir, ein Fass zu benutzen, wenn du mal wieder Lust verspüren solltest, dich einen Wasserfall hinabzustürzen.«

»Fässer sind was für Weichlinge«, erwiderte Pitt. »Aber danke fürs Abschleppen.«

Giordino ging zur anderen Heckseite und begann, Rondi an Bord zu holen. »Ich hatte gehofft, dass du nicht bis zum Ende rutschst. Ein Glück, dass der Sonarfisch das Kabel im Griff behalten hat.«

»Das gilt aber auch für dich und mich«, meinte Pitt. »Ich fürchte nur, dass das Kabel nun um einiges länger ist als zu Beginn unserer Testfahrt.«

»Ich glaube, für heute dürfte unsere Arbeit beendet sein.« Giordino nickte Elise Aguilar und dem alten Mann zu, dann half er Rondi, ins Boot zu steigen.

Triefnass stand der Junge da, zitterte vor Kälte und stammelte: »Miss Elise … ich dachte, es wäre Ihr Ende … als sie durch die Lücke stürzten … und ich würde Sie nie wiedersehen.«

»Das habe ich auch gedacht.« Elise wandte sich zu Pitt um. »Ich weiß nicht, wie ich mich bei Ihnen bedanken soll.«

Sie machte einen Schritt auf ihn zu und drückte ihm unbeholfen die Hand. »Mein Name ist Elise Aguilar, ich arbeite in der

U.S. Agency for International Development. Ich war gerade dabei, dem Stausee einige Wasserproben zu entnehmen, als der Damm brach.«

Rondi, der sich mittlerweile ein wenig beruhigt hatte, folgte Elises Beispiel und schüttelte Pitt und Giordino die Hand. »Ich glaube nicht, dass es ein Dammbruch war. Ich glaube, er wurde gesprengt.«

Elise sah den Jungen entgeistert an. »Ich bitte dich, Rondi, wer sollte denn hier auf die Idee kommen, einen Staudamm zu sprengen?«

Sie alle wandten sich nach achtern und betrachteten die Überreste der Staumauer. Der Wasserspiegel im Staubecken war um gut sechs Meter gesunken, sodass die zerklüfteten Ränder der breiten Lücke der Betonmauer frei lagen und ungehindert betrachtet werden konnten. Die ausströmende Wasserflut hatte sich deutlich verringert, aber dass Rondis Verdacht begründet war, stand außer Zweifel. Große Schlammbrocken bedeckten das Ufer des Stausees. Als der Sog des Wasserfalls nachließ, glitt das Vermessungsboot langsam vorwärts.

Giordino zauberte eine Thermosflasche aus einem Gerätefach im Ruderhaus hervor und versorgte Elise und Rondi mit heißem Kaffee, dann löste er den Fischer am Ruder ab. Den Fahrtregler behutsam nach vorn schiebend, brachte er das Boot auf sichere Distanz zur Staumauer.

Elise trank einen Schluck Kaffee aus dem Thermosbecher und gab ihn an Rondi weiter. Dann inspizierte sie den Sonarfisch, der auf dem Achterdeck lag. Sie wandte sich an Pitt. »Was hat Sie ausgerechnet zum Cerrón-Grande-Stausee verschlagen?«

»Wir nehmen zurzeit an einer Konferenz über Unterwassertechnologie teil und hatten einen freien Nachmittag. Wir wollten ein neuartiges Sonarsystem ausprobieren und bei dieser Gelegenheit nachschauen, ob auf dem Grund des Sees irgendwelche Monster oder Schiffswracks zu finden sind.«

»Monster oder Schiffswracks?«

»Al und ich arbeiten für die National Underwater and Marine Agency.«

Elise Aguilar war die NUMA – die wohl bedeutendste amerikanische wissenschaftliche Organisation, die sich dem Schutz der Weltmeere verschrieben hatte – nicht fremd, und sie wusste über ihre vielfältigen Aktivitäten bestens Bescheid. Pitt war der Direktor dieses behördenähnlichen Apparats, während sein langjähriger Freund und Kampfgefährte, Al Giordino, die Abteilung für Unterwasser- und Tiefseetechnik dieser Organisation leitete. Pitt war studierter Schiffsingenieur und hatte seit einem kurzen Gastspiel bei der Air Force eine unsterbliche Liebe zur See entwickelt und nutzte jede Gelegenheit, sich aktiv an ozeanografischen Forschungsprojekten zu beteiligen.

»Ja, ich kenne die NUMA«, sagte Elise, »allerdings glaube ich nicht, dass Sie in diesem See irgendwelche Monster oder Schiffswracks finden werden. Übrigens, soweit ich weiß, konnte man bisher alle Wasserfahrzeuge der NUMA an ihrer türkisfarbenen Lackierung erkennen. Hat sich daran etwas geändert?« Sie klopfte mit der Hand auf die weiße Wand des Ruderhauses.

»Wir haben das Boot von einer örtlichen Technikfirma ausgeliehen oder – genauer gesagt – gemietet«, sagte Pitt. »Zu unserem Glück haben sie, was die Motorisierung betrifft, offenbar keine Kosten gescheut.«

Er blickte über die Reling auf einige mit Schlamm bedeckte Autoreifen, die auf dem freigelegten Uferstreifen lagen. »Aber was hatten Sie und der Junge eigentlich auf dem See zu suchen?«

»Ich gehöre zu einem wissenschaftlichen Team, das die hiesigen Bauern bei der Optimierung ihrer landwirtschaftlichen Erträge berät. Außerdem helfen wir bei Fragen des Fruchtwechsels, der Bewässerung und der Anwendung von Düngetechniken. Gleichzeitig bieten wir ihnen neue oder bereits im Einsatz befindliche genetisch modifizierte Getreidesorten an, die eine höhere Produktivität versprechen. Unser Team betreut vorwiegend Bauern in El Salvador und Guatemala.«

Sie deutete auf mehrere Maisfelder in einiger Entfernung. »Die Ernteerträge verschiedener Dörfer in dieser Region haben sich in nur drei Jahren mehr als verdoppelt.«

»Das klingt nach einem Unterfangen, das sich offenbar in jeder Hinsicht lohnt«, sagte Pitt. »Aber ich kann beim besten Willen nicht erkennen, dass sich daraus die Notwendigkeit ableiten lässt, mit einer Nussschale von einem Boot vor einer berstenden Staumauer herumzuschippern.«

»In den letzten Monaten kam es in dieser Region zu unerklärlichen Todesfällen unter Kindern. Rondi erzählte, dass einige Dörfer ihr Trinkwasser aus dem Stausee erhalten, daher kam ich auf die Idee, ein paar Wasserproben zu nehmen und untersuchen zu lassen.« Sie klopfte auf die durchnässte Ledertasche, die immer noch an einer Schnur um ihren Hals hing.

Giordino stand im Ruderhaus und blickte über die Schulter. »Wo möchten Sie abgesetzt werden?«

»So nahe bei diesem Windrad wie möglich.« Rondi deutete auf das Westufer des Stausees.

Giordino wendete das Boot und drosselte das Tempo, als die Wassertiefe abnahm. Als er den Seegrund sehen konnte, unterbrach er die Zündung, klappte die Propellerwellen hoch und ließ das Boot treiben, bis ein lautes Knirschen verkündete, dass es Grundberührung hatte. »So nah wie möglich. Näher geht's nicht. Achten Sie auf Treibsand.«

Elise, Rondi und der Fischer bedankten sich, dann kletterten sie über den Bootsrand und wateten an Land. Elise blieb stehen, sobald sie den freigelegten Uferstreifen erreichte, und winkte dem NUMA-Boot, dann folgte sie ihren Leidensgenossen über fast fünfzig Meter Schlamm- und Sandwüste zum Festland.

Pitt und Giordino warteten, bis das Trio sicheren Grund erreicht hatte. Elise und Rondi wandten sich nach Süden, während sich der alte Fischer in nördlicher Richtung entfernte. »Sollen wir Feierabend machen?«, fragte Giordino mit einem prüfenden Blick zur Sonne, die mittlerweile dicht über dem Horizont stand.

»Natürlich«, sagte Pitt. »Kann gut sein, dass auch wir uns durch tiefen Morast wühlen müssen, wenn wir zum Kai wollen.«

Er ließ sich über den Bootsrand ins Wasser gleiten und schob das Boot in tieferes Wasser, während Giordino die Propeller wieder herunterklappte und die Motoren startete. Sobald Pitt wieder an Bord zurückgelehrt war und sie die Untiefen in Ufernähe hinter sich gelassen hatten, gab Giordino Vollgas. Aber schon nach kurzer Fahrt tippte Pitt ihm auf die Schulter.

»Schalt die Motoren aus!«, rief Pitt.

Giordino erfüllte ihm die Bitte augenblicklich. Das Boot, dessen Bug aufgrund seiner hohen Geschwindigkeit hoch aus dem Wasser ragte, sank langsam zurück, sobald die Motoren verstummten. Er wollte Pitt fragen, weshalb er die Heimfahrt unterbrochen hatte, als er es mit eigenen Augen sehen konnte.

Dort, wo sie Elise Aguilar und die anderen abgesetzt hatten, loderten Flammen, und schwarzer Qualm stieg zum Himmel. Außerdem hallte das stakkatohafte Knattern von Maschinenpistolen über den See.

Jemand griff das Lager der amerikanischen Landwirtschaftsexperten an.

4

Elise Aguilar und Rondi hatten den trockenen Uferbereich gerade erreicht und waren noch damit beschäftigt, mit Grasbüscheln den Morast von ihren Füßen abzuwischen, als eine laute Explosion die Erde erschütterte. Am fernen Rand eines angrenzenden Maisfeldes wallte eine pilzförmige Wolke schwarzen Qualms in die Luft.

»Das ist im Camp passiert«, sagte Elise. »Wir müssen uns beeilen.«

Sie rannte den Pfad hinunter, gefolgt von Rondi, der sich dicht hinter ihr hielt. Aber ihre Kräfte ließen nach den überstandenen Strapazen rapide nach, und als sie das Ende des Feldes erreichten, war sie völlig außer Atem. Der Anblick des Lagers, bis zu dem es nicht mehr weit war, versetzte ihr einen Schock und ließ sie abrupt stehen bleiben.

Das mit Palmwedeln bedeckte Schutzdach oder das, was davon noch übrig war, stand in hellen Flammen. Von den Sitzbänken und den Klapptischen mitsamt den Computern und den sonstigen Arbeitsutensilien waren nur noch verkohlte und schwelende Reste übrig. Fast alle in der Nähe aufgeschlagenen Zelte waren bis zur Unkenntlichkeit zerfetzt.

Phil taumelte hinter einer der Zeltruinen hervor, seine Shorts und sein T-Shirt waren mit Brandflecken übersät. Blutflecken sprenkelten sein Gesicht, wo ihn herumfliegende Trümmer von der Explosion getroffen hatten. Er bemerkte Elise nicht, sondern hob eine Hand, als versuchte er, jemanden auf der anderen Seite des Camps aufzuhalten.

Zwei Gestalten standen jenseits des Kraters, den die Explosion hinterlassen hatte. Sie gehörten nicht zum Team der Entwicklungshelfer, und sie waren auch keine Dorfbewohner. Beide trugen dunkle Overalls, tief ins Gesicht gezogene Baseballmützen und schwarze Sonnenbrillen, die ihre Gesichter verbargen. Aber es war nicht ihre Kleidung, die Elise ins Auge fiel. Es waren die Sturmgewehre, die sie lässig in Hüfthöhe hielten.

Eine der Waffen spuckte Feuer, und eine blutige Naht legte sich quer über Phils Oberkörper. Der Wissenschaftler wurde zurückgeschleudert, stolperte über einen Zelthaken und stürzte zu Boden, wo er reglos liegen blieb.

»Phil!« Elise wollte ihm zu Hilfe kommen. Aber irgendetwas hielt sie auf. Es war Rondi, der ihren Arm packte und sie in die entgegengesetzte Richtung zerrte.

»Rennen Sie, Miss Elise, rennen Sie!« Der Junge zog sie hinter sich her, dann stieß er sie weiter in Richtung Maisfeld.

Benommen gab Elise seinem Drängen nach, machte kehrt und rannte auf das Maisfeld zu. Aus dem Augenwinkel nahm sie einen Lichtblitz auf dem Stausee wahr, aber dann fielen weitere Schüsse, und sie dachte nur noch daran, sich vor ihnen in Sicherheit zu bringen. Sie und Rondi erreichten den dichten Wald voller grüner Maisstängel, als die erste Salve abgefeuert wurde. Rondi schubste sie weiter, während die Kugeln das Erdreich vor ihren Füßen aufwühlten. Dann fanden sie ihr Ziel.

»Schnell! Rennen Sie!«, keuchte Rondi, als ein halbes Dutzend Kugeln seinen Rücken zersiebte.

Elise spürte einen schmerzhaften Stich in ihrem Arm wie von einer zornigen Hornisse, während sie weiterstolperte. Sie sah, wie Rondis Knie nachgaben und er nur noch einen einzigen unsicheren Schritt machen konnte, ehe er zusammensackte. Sie rannte weiter, angetrieben vom Rattern der Maschinenpistolen und ihrem wild klopfenden Herzen. Für einen kurzen Moment verstummten die Schüsse, als einer der Schützen den Explosionskrater zur Hälfte umrundete und dann stehen blieb, um noch einmal zu feuern. Kugeln sirrten über Elises Kopf hinweg und zerhäckselten die noch unreifen Maiskolben in ihrer unmittelbaren Nähe.

Sie taumelte durch die Pflanzenreihen, vollkommen benebelt, während Blut an ihrem Arm herabsickerte. Sie war jetzt nicht in der Verfassung für eine Verfolgungsjagd, bei der sie das Wild war, das es zu erlegen galt. Als sie über einen schmalen Bewässerungsgraben sprang, entdeckte sie auf einer Lichtung einen Haufen getrockneter Maiskolben. Wie eine in die Enge getriebene Ratte wühlte sich Elise dort hinein, nahm eine fetale Haltung ein, machte sich dabei so klein wie möglich und erstarrte zu vollkommener Reglosigkeit.

Aus der Ferne drangen die Schreie ihrer Kollegen und Kolleginnen zu ihr, begleitet von weiteren Feuerstößen. Aber es war das Geräusch raschelnder Maisstängel in ihrer nächsten Nähe, das sie den Atem anhalten ließ. Jemand betrat mit schweren Schritten die Lichtung und hielt dann inne. Das Knistern von zertretenen Maiskolben verriet Elise, dass ihr potentieller Mörder den Maiskolbenhaufen umrundete.

Ein schriller Pfiff ertönte aus der Richtung des Camps. Ihr Verfolger zögerte, dann jagte er einen kurzen Feuerstoß in den Haufen. Er wartete einige Sekunden lang auf eine verräterische Reaktion, ehe er kehrtmachte und zum Camp zurückrannte.

Unter den Maiskolben hatte Elise Mühe, ein Zittern zu unterdrücken. Praktisch vor ihrer Nase waren einige getrocknete Stängel bei dem Feuerstoß zerbröselt worden. Irgendeine geheimnisvolle Macht hatte offenbar dafür gesorgt, dass sie nicht ernsthaft zu Schaden kam. Die Schritte hatten sich entfernt. Lauerte der Killer vielleicht im Schutz der Bäume? Sie konnte nichts anderes tun, als so still wie möglich liegen zu bleiben und sich auf kurze, flache Atemzüge zu beschränken.

Mehrere Minuten verstrichen. Sie hörte, wie der Motor eines Autos angelassen wurde. Dann entfernte sich das Motorgeräusch. Elise wartete noch einige weitere Minuten, dann begann sie, sich aus dem Haufen Maiskolben herauszuarbeiten. Schwindelig vom Blutverlust, kämpfte sie gegen eine drohende Ohnmacht an. Sie hatte sich schon fast ganz aus dem Abfallhaufen herausgegraben, als sie ein Rascheln vernahm. Sie wollte sofort wieder in ihre Deckung zurückkehren, aber es war zu spät.

»Elise?«

Sie wandte sich um und sah, wie Pitt auf die Lichtung kam. Mit wenigen schnellen Schritten war er bei ihr und zog sie vollends aus ihrem Versteck.

»Sieht so aus, als hätten Sie einen Kratzer abgekriegt.« Er riss sich sein Hemd vom Leib und wickelte es um ihren Arm, um die Blutung zu stoppen.

»Zwei bewaffnete Männer haben das Lager angegriffen«, sagte sie heiser. »Sie haben Phil und die anderen erschossen.«

»Wer waren die beiden?«

Elise schüttelte den Kopf, und ihre Augen wurden glasig. Pitt bückte sich, schob einen Arm unter ihre Achselhöhlen und hievte sie behutsam auf die Füße. Sie fand ihr Gleichgewicht wieder, und er geleitete sie zum Seeufer, wo nun auch Giordino erschien, nachdem er sich im Camp der Entwicklungshelfer umgesehen hatte.

»Hast du noch jemanden gefunden?«, fragte Pitt.

Giordino schüttelte bedauernd den Kopf.

»Rondi! Was ist mit Rondi?«, erkundigte Elise sich mit banger Miene.

Giordino blickte wortlos zu Boden.

»Oh nein …«, stöhnte sie, während ihr die Tränen in die Augen traten. Kraftlos lehnte sie sich gegen Pitt.

»Sie braucht ärztliche Hilfe«, sagte er. »Das Beste wäre, sie mit dem Boot so schnell wie möglich nach Suchitoto zu bringen.«

Elise schüttelte mühsam den Kopf. »Die Wasserproben.«

Pitt und Giordino musterten sie fragend, während sie sich die Schnur mit der Tasche über den Kopf streifte und sie Giordino reichte.

»Bitte nehmen Sie die Tasche an sich. Und bewachen Sie sie wie Ihren Augapfel.« Sie konnte das letzte Wort nur noch kraftlos hauchen, ehe sie ohnmächtig wurde und Pitt in die Arme sank.

* * *

Eine halbe Meile entfernt saß eine Frau auf dem Beifahrersitz eines schwarzen Jeeps, der mit laufendem Motor auf einer staubigen Landstraße stand, und beobachtete durch ein Fernglas das Geschehen auf der Lichtung.

»Offenbar sind sie keine Polizisten. So wie es aussieht, sind sie noch nicht mal bewaffnet.« Dann stieß sie einen Fluch aus. »Die Frau hat überlebt und ihnen gerade etwas übergeben … eine kleine Tasche.«

»Ich habe sie auf dem Maisfeld aus den Augen verloren«, sagte der Fahrer, ein Mann mit kantigem Kinn und kurz geschorenem schwarzen Haar. »Sie haben mich zurückgerufen, ehe ich sie aufstöbern konnte.«

»Ich habe einen Lichtblitz auf dem Boot gesehen. Ich dachte, sie gehörten zur Polizei.« Die Frau schüttelte den Kopf. »Ich hatte mich getäuscht.«

»Wir haben immerhin ihre Computer – alle.« Er deutete mit einem Daumen über die Schulter. Auf dem Rücksitz stapelten sich von der Hitze verformte und teilweise geschmolzene Laptops. »Wenn es so wichtig ist, sollten wir zurückkehren und den Job beenden.«

»Dafür ist es jetzt zu spät. Sie kommen schon zum Boot zurück. Aber es scheint, als sei die Frau verwundet.«

»Es gibt nur einen Ort, wo sie ärztliche Hilfe bekommen kann. Suchitoto.«

»Ja.« Die Frau ließ das Fernglas sinken und nickte ärgerlich. »Aber wenn wir dort auf sie warten wollen, um sie gebührend zu begrüßen, sollten Sie jetzt lieber Gas geben.«

5

Von seinen beiden Außenbordmotoren, deren Propeller das Wasser mit höchster Drehzahl aufwühlten, vorwärtsgepeitscht, raste das Arbeitsboot mit knapp vierzig Knoten über den erheblich geschrumpften Stausee. Kurz nachdem Pitt sie an Bord des Arbeitsbootes gebracht hatte, hatte Elise das Bewusstsein wiedererlangt. Er öffnete einen Erste-Hilfe-Kasten und versorgte ihre Wunden mit Verbänden, während Al Giordino Kurs auf Suchitoto nahm und per Funk ärztliche Hilfe anforderte.

Wenige Minuten später erreichten sie das Seeufer vor der Stadt. Dank eines tieferen Kanals, der die Zufahrt zu dem Yachthafen der Stadt erlaubte, konnte Giordino das Boot nur wenige Meter von dem einsamen Pier entfernt auf Grund setzen. Pitt schwang sich über den Bootsrand hinaus, und Giordino reichte ihm Elise über die Reling. Er trug sie zum Holzpier, wo schon ein blassgrüner Pritschenwagen mit entsprechendem Aufbau und einem roten Kreuz auf der Hecktür bereitstand. Zwei junge Männer in weißen Leinenanzügen kamen Giordino mit einer Krankentrage im Laufschritt entgegen, betteten Elise darauf und luden sie in den Wagen.

Ehe der Fahrer sich hinters Lenkrad setzte, sagte Pitt zu ihm: »Sie braucht schnellstens einen Arzt.«

Der Mann nickte. »*La clinica está justo en la ciudad.*«

Pitt verfolgte, wie der Ambulanzwagen wendete, den schmalen Kai verließ und sich schwankend in Richtung Stadt entfernte. Was ihm allerdings vollkommen entging, war ein schwarzer Jeep, der in der Nähe des Piers versteckt hinter einem großen Bootsanhänger parkte. Ein dunkelhaariger Mann stieg aus, und dann folgte der Jeep dem Krankenwagen in die Stadt.

Giordino überquerte den Kai und klimperte mit den Zündschlüsseln des Arbeitsbootes, als er auf Dirk Pitt traf. »Ich hoffe, es hat sie nicht allzu heftig erwischt, und sie kommt bald wieder auf die Beine.«

Pitt nickte. »Sie hat offenbar ziemlich viel Blut verloren, aber ich glaube nicht, dass die Wunde lebensgefährlich ist.«

»Sie macht einen freundlichen Eindruck.«

»Wir können sie besuchen, nachdem wir das Boot zurückgegeben haben.«

Sie folgten einer Uferstraße, wo Anwohner jetzt mit großen Augen auf den Stausee starrten, dessen Wasserstand dramatisch gefallen war. Sie erreichten einen Holzbau am Seeufer und betraten ihn durch eine Tür, über der ein großes Schild verkündete *DARIEN HOCH- UND TIEFBAU*. Ein korpulenter Mann, der an einem überladenen Schreibtisch saß, legte soeben den Hörer des altmodischen Telefons auf die Gabel.

»Dem Himmel sei Dank, dass Sie heil geblieben sind.« Der Mann schaute aus dem Fenster auf das Boot, das neben dem Pier im Schlick gestrandet war.

Pitt grinste verkniffen. »Und Ihr Boot ebenfalls.«

»Ich habe gehört, dass einige Boote durch die Lücke im Damm gespült wurden, und befürchtete schon das Schlimmste.« Mit der Andeutung eines Stirnrunzelns registrierte er Pitts nasse Kleidung.

»Wir kamen nahe genug an das Geschehen heran und konnten ein paar Leuten helfen, aber Ihr Boot war in keinem Moment in Gefahr.«

Eduardo Darien schüttelte den Kopf. »Ich habe Ihre Meldung über den Angriff auf das Lager der Entwicklungshelfer an die zuständigen Behörden weitergeleitet. Einheiten der städtischen

Polizei sind bereits unterwegs, und ein Hubschrauber der militärischen Drogenabwehr ist in San Salvador gestartet. Können Sie die Angreifer beschreiben?«

»Leider haben wir sie gar nicht zu Gesicht bekommen. Sie waren offenbar bestens mit Sprengstoff und automatischen Waffen ausgerüstet.«

»Dies hier ist zwar eine ausgesprochen friedliche Region, aber die Drogenbanden in unserem Land sind vollkommen außer Kontrolle geraten. Es handelt sich wahrscheinlich wieder einmal um territoriale Verteilungskämpfe, fürchte ich. Tut mir leid, dass das amerikanische Helferteam betroffen war und Ihnen auch Gefahr drohte.«

»Das Einzige, was ich selbst zu beklagen habe, ist ein unfreiwilliges Bad im Stausee«, wiegelte Pitt ab. »Was hat der Damm abbekommen?«

Der Bauunternehmer schüttelte den Kopf. »Mir wurde berichtet, dass der obere Abschnitt des Überlaufs nachgegeben hat. Seltsam ist nur, dass ausgerechnet dieser Bereich vor drei Wochen einer sorgfältigen Inspektion unterzogen und als absolut mängelfrei beurteilt wurde.«

»Sabotage?«, fragte Pitt.

»Durchaus möglich. Sehr viele Menschen haben ihr Zuhause verloren, als der Damm gebaut und der Stausee angelegt wurde. Nicht jeder ist mit der Umsiedlung einverstanden gewesen. Und dann weiß man nie, welche seltsamen Ziele einige der Drogenbanden gelegentlich verfolgen.«

»Wir hörten ein mehrfaches lautes Rumpeln, bevor sich die Staumauer teilweise auflöste«, sagte Giordino. »Es klang verdächtig nach einer Serie von Explosionen.«

»Über die Vorfälle wird eine ausführliche Untersuchung stattfinden.« Der Bauunternehmer sah Pitt fragend an. »Haben Sie gefunden, was Sie auf dem Seegrund suchten?«

»Wir wollten eigentlich bloß das Sonar testen, indem wir es

über einige der Ansiedlungen schleppten, die überflutet wurden, als der Damm sich mit dem Wasser des Rio Lempa gefüllt hatte. Wir sind auf ein versunkenes Dorf gestoßen, nicht sehr weit entfernt östlich von hier.« Er deutete auf den Stausee.

Er hatte das letzte Wort kaum ausgesprochen, als eine mächtige Explosion die Bürofenster klirren ließ. Pitt fuhr herum und musste mit ansehen, wie das auf Grund gelaufene Arbeitsboot von einem Feuerball zerrissen wurde und ein wahrer Trümmerregen vom Himmel herabprasselte.

»Mein Boot!« Der Bauingenieur sprang hinter seinem Schreibtisch auf und stürmte zur Tür hinaus.

»Mein Sonar!«, rief Giordino. Er schaffte es noch vor Pitt durch die Tür und folgte Darien zum Seeufer hinunter, wo sie beobachten konnten, wie der restliche Rumpf von einer schwarzen Qualmwolke verschluckt wurde.

»Wie konnte das passieren?«, fragte der Ingenieur.

Pitt schob mit dem Fuß ein schwelendes Stück Glasfaserrumpf, das in ihrer Nähe im Gras gelandet war, hin und her. »Für einen Unglücksfall war diese Explosion zu heftig.«

»Außerdem sind die Treibstofftanks so gut wie leer gewesen«, bemerkte Giordino.

Eduardo Darien ließ den Blick über die verstreuten Bootstrümmer gleiten. »Wer tut so etwas?«

»Höchstwahrscheinlich dieselben Leute, die den Staudamm gesprengt und die Entwicklungshelfer überfallen haben.« Pitt wandte sich um und überflog die Schar der Schaulustigen auf der Uferstraße.

Die Versammlung der Stadtbewohner erinnerte an die Besucher eines Volksfestes, die das Spektakel eines Feuerwerks bewundern. Der einzige Unterschied zu ihnen waren ihre von Schock gezeichneten Gesichter.

Pitt, der erkannte, dass sein Mietwagen von Gaffern eingekeilt wurde, sagte zu Darien: »Die junge Frau, die wir an Land gebracht haben, könnte in Gefahr sein. Wäre es möglich, dass Sie uns zum Krankenhaus bringen?«

Der Bauunternehmer kramte in seinen Hosentaschen und reichte Pitt einen Wagenschlüssel. »Ich rufe erst mal die Polizei und vergewissere mich danach, was ich von dem Boot möglicherweise noch retten kann. Sie können meinen Truck nehmen. Das Krankenhaus ist ein gelbes Gebäude am anderen Ende der Stadt.«

Pitt und Giordino fanden den Pick-up auf seinem Parkplatz hinter dem Holzbau. Pitt schwang sich auf den Fahrersitz und lenkte den Wagen über die einspurige Lehmpiste zur Stadt. Die Straße führte um einen bewaldeten Hügel herum und ins Zentrum von Suchitoto. Es war ein kleines verträumtes Dorf mit Kopfsteinpflasterstraßen und einer hohen, weiß gekalkten Kirche – La Iglesia Santa Lucia – in der Mitte.

Als sie die Ortschaft erreichten, passierten sie einen elegant gekleideten Mann mit Hut und Sonnenbrille, der die Straße entlangschlenderte. Während Pitt an ihm vorbeifuhr, betrachtete er ihn aufmerksam, dann trat er abrupt aufs Bremspedal. Schlingernd kam der Pick-up zum Stehen. Gleichzeitig holte der Mann eine Pistole unter seinem Jackett hervor und feuerte in kurzer Folge zwei Schüsse ins Fahrerhaus des Trucks. Dann flüchtete er durch eine enge Seitengasse.

Aufgrund des Schusswinkels hatte die Kugel die Fahrertür durchbohrt, Pitts Arm, dessen Ellbogen halb aus dem offenen Seitenfenster geragt hatte, aber verfehlt und lediglich das Armaturenbrett getroffen. Pitt legte den Rückwärtsgang ein, rammte das Gaspedal aufs Bodenblech und setzte gerade weit genug zurück, um zu wenden und in die Seitengasse abzubiegen.

»Woher wusstest du Bescheid?«, fragte Giordino, während der Truck die fliehende Gestalt verfolgte.

»Seine Schuhe. Sie waren mit frischem Schlamm besudelt. Außerdem war er nicht wie der typische einheimische Muschelsammler gekleidet.«

Sie holten zu dem Mann auf, bis er um eine Hausecke in eine schmale Seitenstraße abbog. Pitt lenkte den Truck in einen klassischen Powerslide, um ihm zu folgen, aber dann vollführte er eine Vollbremsung und riss das Lenkrad scharf nach links.

Auf dem Kopfsteinpflaster vor ihm waren ein halbes Dutzend kleiner Jungen in ein Fußballspiel vertieft und versperrten die Durchfahrt. Der Truck schrammte an der weiß getünchten Außenmauer eines Eckhauses entlang und blieb dicht vor einem der Jungen stehen. Ein paar Meter weiter hatte sich der Mann bereits durch das Gewimmel der Kinder geschlängelt. Er warf einen Blick zurück auf den demolierten Lastwagen und tauchte in einem langgestreckten Klinkerbau unter.

Giordino stieß die Tür auf seiner Seite auf und sprang aus dem Wagen. »Gut, dass sie keinen Mitspieler verloren haben. Ich schau mal nach, ob ich den Hinterausgang abriegeln kann.« Er sprintete zur Rückseite des Gebäudes und war nicht mehr zu sehen.

Da die Hausmauer jeden Versuch, die Wagentür zu öffnen, vereitelte, rutschte Pitt auf der Sitzbank zur anderen Wagenseite und stieg aus. Für einen kurzen Moment zuckte der Gedanke durch sein Gehirn, wie töricht es war, einen bewaffneten Gegner in einer unbekannten Stadt zu verfolgen. Aber vielleicht kam der Mann gar nicht auf die Idee, dass sein Verfolger unbewaffnet war. Pitt warf einen Blick in den Laderaum des Trucks, schnappte sich einen Hammer, der auf der Ladefläche lag, und rannte in die Straße.

Die spielenden Jungen beäugten neugierig den hochgewachsenen Fremden, der sich dem Bau näherte und unter einem Firmenschild mit der Aufschrift FÁBRICA DE VIDRIO stehen blieb. Pitt ging wachsam auf den Eingang zu, drückte vorsichtig auf die Türklinke, stieß die Tür auf und stürmte ins Fabrikgebäude.

6

Pitt war in einem Ausstellungsraum gelandet und sah sich langen Reihen von deckenhohen Holzregalen gegenüber, jedes bis zum Bersten gefüllt mit Glasobjekten: Blumenvasen, Geschirr, Trinkgläser. Die Fábrica de Vidrio stellte farbenfrohe Glaswaren für den einheimischen Gebrauch und Souvenirs für den Tourismus, eine der wichtigsten Einnahmequellen des Landes, her.

Der Ausstellungsraum war ansonsten leer bis auf eine junge Frau, die auf einem Stuhl hinter einer Theke saß, sich so klein wie möglich machte und Pitt mit ängstlich geweiteten braunen Augen anstarrte.

»*¿El hombre?*«, fragte Pitt.

Sie deutete auf einen Durchgang, der zum Fabrikbereich führte. Pitt eilte hindurch, um eine Biegung herum und wurde von einem Schwall heißer Luft empfangen. Der hintere Teil des Fabrikgebäudes bestand aus einer hohen Produktionshalle, in deren Zentrum sich ein Mischofen, eine Wärmkammer und eine Darre befanden. In weiteren Regalen, die mit Glaswaren gefüllt waren, standen außerdem Vorratsbehälter mit Quarzsand, Soda und Kalksteinmehl bereit.

Zwei Arbeiter saßen auf Hockern neben der offenen Feueresse und formten Tropfen geschmolzenen Glases – die an den Enden von langen Blasrohren, den sogenannten Flöten, hingen – zu zierlichen Blumenvasen. Sie erhoben sich und protestierten lautstark, als der flüchtende Pistolenschütze an ihnen vorbeisprintete und ein Regal, in dem kleine Tierfiguren zum Abkühlen aufgereiht waren, umstieß. Der Mann ignorierte die Drohrufe der Arbeiter und steuerte auf die massive Stahltür am Ende der Halle zu.

Pitt gelangte im selben Moment in die Halle, als der Mann vor der Hintertür stoppte und die Hand auf die Klinke legte. Er kam nicht weiter. Giordino hatte das Gebäude bereits umrundet, befand sich auf der anderen Seite und rammte den Mann, als er die Tür aufstieß. Diese unerwartete Reaktion schleuderte den Gejagten rücklings auf den Betonboden. Er erholte sich jedoch schnell, brachte die Pistole in Anschlag und feuerte zwei Schüsse auf Giordino ab, während er wieder auf die Füße kam. Beide Male hatte er aber zu hoch gezielt, zwang Giordino jedoch, hinter der Tür in Deckung zu gehen. Pitt schaltete sich ein, ehe der Mann ein weiteres Mal schießen konnte.

Auf der anderen Seite des Produktionsbereichs stehend, holte er mit dem Hammer, den er im Pick-up gefunden hatte, aus und schleuderte ihn in Richtung des Schützen. Das Werkzeug wirbelte durch die Luft und traf den Flüchtenden an der Schulter. Vor Schmerzen aufstöhnend sank der Mann auf ein Knie herab, brauchte jedoch nur einen kurzen Moment, um sich wieder aufzuraffen, und machte Anstalten, sich auf dem gleichen Weg zurückzuziehen, auf dem er die Halle erreicht hatte.

Pitt hatte nicht abgewartet, welche Wirkung sein Treffer haben würde, und war noch immer in Bewegung. Sich einem der Glasbläser nähernd, riss er dem Mann das Blasrohr aus den Händen und schleuderte es wie einen Speer auf den Schützen. Das zweckentfremdete Blasrohr traf den ausgestreckten Arm des dunkelhaarigen Mannes so, dass dessen Hand in den glühend heißen Klumpen flüssigen Glases an seinem Ende eintauchte. Der Mann schrie auf, als ihm die Haut weggesengt wurde. Wild den Arm schüttelnd, befreite er sich von der nutzlos gewordenen Pistole und dem größten Teil der flüssigen Glasmasse. Dann stolperte er weiter in Richtung Eingang, wobei er den Produktionsbereich auf der anderen Seite, wo sich der Brennofen befand, umrundete, um Pitt nicht in die Quere zu kommen.

Der zweite Glasbläser entschied, Pitts Beispiel zu folgen. Er holte aus und schleuderte sein Werkzeug hinter dem flüchtenden Mann her. Es traf ihn an der Hüfte, streifte ihn jedoch nur leicht und landete mit einem metallischen Klirren auf dem Betonboden.

Vollkommen desorientiert taumelte der Mann weiter und kollidierte mit einem Regal voller Glaskelche, die auf ihn herabregneten. Er wollte zur Seite ausweichen, stolperte und stürzte ins offene Feuerloch der Schmelzstation. Überraschenderweise gab er keinen Laut von sich.

Pitt und die Arbeiter waren mit wenigen Schritten am Rand der glühenden Öffnung, und dort zog er den Mann nach oben und von dem brennenden Holzkohlebett hoch, ehe seine Haut vollständig verbrannt war. Er zuckte mit keinem Muskel, als Pitt ihn auf den Rücken drehte. Sein Kopf und sein Oberkörper waren mit weißer Asche bedeckt.

»*Está muerto*«, murmelte einer der Arbeiter betroffen.

Auch Pitt erkannte mit einem Blick, dass der Mann tot war.

»Es war wohl einer der Glaskelche.« Giordino kam heran und deutete auf eine Schnittwunde am Hals des Toten.

Pitt sah es ebenfalls – einen kurzen, tiefen Schnitt unterhalb des rechten Ohrs, dessen Ränder von der Hitze im Schmelzofen kauterisiert worden waren. Unter der Asche bedeckte eine dicke Schicht getrockneten Blutes seinen Rücken.

»Eine Scherbe hat offenbar die Halsschlagader aufgeschlitzt«, sagte Pitt. »Er muss längst das Bewusstsein verloren haben und schon tot gewesen sein, als er ins Feuer stürzte.«

»*¡Un accidente!*«, rief der Glasbläser, der den Treffer gelandet hatte. »*Un accidente.*«

»*Si*«, bestätigte Pitt, »*un accidente.*«

Giordino betrachtete den Toten. »Was meinst du, wer er ist?«

Pitt durchsuchte die Taschen des Mannes. »Keine Brieftasche

oder sonstige persönliche Dinge, die ihn identifizieren könnten, aber eine Menge Bargeld.« Er zog einen dicken Stapel amerikanischer Dollars aus einer Sakkotasche, eine Währung, die auch in El Salvador akzeptiert wurde. Dann deponierte er das Bündel neben dem Toten.

»Die typischen Kennzeichen eines Profis«, entschied Giordino.

»Und zwar eines Profis, der wahrscheinlich nicht allein arbeitet.« Pitt sah seinen Freund mit einem Ausdruck tiefer Besorgnis an.

»Meinst du, dass noch immer jemand in der Gegend ist, der es auf Elise abgesehen hat?«

Pitt nickte.

»Dann nichts wie los.«

Pitt erklärte den Arbeitern, sie sollten die Polizei rufen, dann verließ er das Gebäude mit Giordino im Laufschritt. Er konnte nur hoffen, dass ihn sein Bauchgefühl täuschte.

7

Der schwarze Jeep hielt einen konstanten Abstand zu dem Krankenwagen, folgte ihm bis zum Stadtrand und stoppte hinter ihm – etwa einen Häuserblock vom Krankenhaus entfernt. Die Fahrerin, eine Frau mit athletischer Statur, dunkelrotem Haar und einem maskulin wirkenden kantigen Gesicht, beobachtete, wie Elise Aguilar auf einer Krankentrage eilig ins Gebäude geschoben wurde. Sie legte den Gang ein, rollte in mäßigem Tempo am Eingang vorbei und setzte die Fahrt auf der Hauptstraße nach San Salvador fort.

Schließlich wendete sie, kam zurück und lenkte den Wagen auf die Rückseite des Gebäudes. Dort parkte sie im Schatten eines Baums mit Blick auf den Personaleingang. Ihr Partner hatte beteuert, Elise mit einem Schuss getroffen zu haben, ehe sie ins Maisfeld hatte flüchten können. Vielleicht würde sie ohne fremdes Zutun sterben, aber dies durfte auf keinen Fall dem Zufall überlassen werden.

Seit der Explosion am Seeufer war einige Zeit vergangen, und sie hielt auf der Straße Ausschau nach ihrem Partner. Er war nirgendwo zu sehen. Ein kleiner Lieferwagen einer Wäscherei näherte sich dem Krankenhaus und setzte sich rückwärts vor den Personaleingang. Der Fahrer stieg aus, drückte auf einen Klingelknopf, und ein Krankenpfleger öffnete die Tür.

Die Frau lächelte zufrieden und griff nach einer rechteckigen Reißverschlusstasche. Darin befanden sich Schminkutensilien und eine schwarze Perücke. Sie verteilte eine dunkel getönte Creme auf der hellen Haut von Gesicht, Hals und Händen. Dann steckte sie ihr Haar mit einigen Spangen hoch, zog die Perücke darüber und setzte sich ein Paar brauner Kontaktlinsen ein. Als Nächstes setzte sie die schwarze Baseballmütze auf, die sie schon vorher getragen hatte, und zog den Schirm tief herunter. Die letzte Zutat, die ihr natürliches Aussehen verändern sollte, war eine Brille mit großen Gläsern und einem massiven rosafarbenen Rahmen.

Sie wartete, bis der Lieferwagenfahrer das Gebäude mit einer Ladung frischer Wäsche betrat, dann schlüpfte sie hinter ihm unbemerkt durch die offene Tür. Sie gelangte in einen engen dunklen Lagerraum und versteckte sich hinter einem Regal, in dem Bettlaken und Kissenbezüge gestapelt lagen. Auf dem Rückweg sammelte der Fahrer Säcke mit schmutziger Wäsche ein, die den Korridor säumten. Als er mit einer solchen Ladung das Gebäude verließ, schnappte sich die Frau einen der restlichen Säcke und zog ihn in ihr Versteck.

Sie durchwühlte seinen Inhalt, der aus weißen Patientennachthemden bestand, bis ihr die grüne Farbe eines Arztkittels ins Auge fiel. Sie setzte die Baseballmütze ab, schlüpfte in den Kittel und stellte fest, dass er fast genau ihre Konfektionsgröße hatte. Sie richtete sich mit dem Wäschesack im Arm auf, als der Wäschereifahrer wieder hereinkam.

»*Uno más.*« Sie reichte ihm den Sack und machte auf dem Absatz kehrt.

Dann verließ sie den Lagerraum, angelte sich ein Klemmbrett, das neben der Lagerraumtür an einem Wandhaken hing, und betrat den Hauptkorridor des Krankenhauses.

Das Krankenhaus war mit mehr als fünfzig Betten erheblich größer, als sie angenommen hatte. Das würde dazu beitragen, dass ihre Anonymität gewahrt blieb, machte es jedoch auch ungleich schwieriger, die Frau aus dem Boot zu finden. Sie ging zum Krankenhauseingang und hielt sich jedes Mal, wenn ein Angestellter in ihre Nähe kam, das Klemmbrett vor die Nase. In der Nähe des Empfangs markierte ein Paar Schwingtüren, die mit roten Plastikstreifen beklebt waren, den Eingang zur Notaufnahme. Sie drückte einen der Türflügel auf und warf einen Blick in den Raum dahinter.

Bis auf einen Krankenpfleger, der einen Untersuchungstisch säuberte, war er leer. Sie kehrte in den Hauptkorridor zurück und entdeckte eine Tür mit der Aufschrift CUARTO DE RECUPERACIÓN. Als sie diesen Raum betrat, traf sie auf eine ältere Krankenschwester, deren dunkler Teint von tiefen Runzeln durchzogen war und Ähnlichkeit mit faltigem Leder hatte.

»*¿Está de servicio?*«, fragte die Krankenschwester.

Da sie die spanische Sprache nicht perfekt beherrschte, nickte die Frau lediglich stumm und sah sich im Aufwachraum um, denn dies war anscheinend seine Funktion. Er enthielt ein halbes Dutzend Betten, jedes mit einem Blickschutz aus Vorhängen an den Seiten sowie an Kopf- und Fußende versehen. Nur zwei Betten waren belegt. In dem Bett, das der Tür am nächsten stand, lag ein alter Mann. Es wurde von seinen Angehörigen umringt. In einem Bett am anderen Ende des Raums, abgeschirmt hinter einem halb zugezogenen Vorhang, lag Elise Aguilar.

Die Frau ging an der Krankenschwester vorbei, blieb neben Elises Bett stehen und tat so, als überprüfe sie die medizinischen Überwachungsapparaturen. Ein Arm der amerikanischen Entwicklungshelferin war aufwendig bandagiert, und ihr war anscheinend ein starkes Beruhigungsmittel verabreicht worden.

Die Frau blickte verstohlen über die Schulter. Die diensthabende Krankenschwester hatte ihren Platz an der Tür wieder eingenommen und gab über eine Tastatur Daten in einen Computer ein. Die als Ärztin verkleidete Frau zog die Vorhänge um Elises Bett zu, drosselte die Lautstärke des gleichmäßige Pieptöne von sich gebenden Herzmonitors und trat an das Kopfende des Bettes. Sie ertastete unter ihrem Kittel den Griff einer Pistole mit Schalldämpfer, hielt es jedoch nicht für nötig, sie zu benutzen. In ihrem derzeitigen Zustand der Bewusstlosigkeit wäre es ein Leichtes, sie nahezu lautlos und ohne Gegenwehr zu ersticken.

Die Frau streckte die Hand nach Elises Kopfkissen aus und hörte gleichzeitig, wie ein Vorhang zurückgezogen wurde. Sie fuhr herum und erblickte zwei Männer mit geröteten Gesichtern. Der eine war etwa einen Meter neunzig groß, der andere gut einen ganzen Kopf kleiner. Beide waren so sehr außer Atem, als hätten sie einen langen Dauerlauf hinter sich.

»Geht es ihr gut, Frau Doktor?«, fragte Pitt.

Die Frau streifte Pitts immer noch feuchte Kleidung mit einem flüchtigen Blick und erkannte in den Männern das Duo aus dem Arbeitsboot. »*Si.* Die Operation war erfolgreich«, antwortete sie in einem ungehaltenen Tonfall. »Die junge Frau braucht jetzt vor allem Ruhe. *No molestar.*« Sie hob das Klemmbrett hoch und versuchte, die Männer vom Krankenbett wegzudrängen.

Aber Giordino hatte sich bereits auf einen Stuhl neben dem Bett fallen lassen. »Wir gehen nirgendwohin, bis sie sich so weit erholt hat, dass sie aufstehen und diese gastliche Stätte aus eigener Kraft verlassen kann.«

Pitt nickte. »Möglicherweise ist ihr Leben in Gefahr. Können Sie vielleicht zusätzlichen Schutz für sie anfordern?«

Allmählich wurde die Zeit knapp. Sie erkannte die Entschlossenheit in den Mienen der beiden Männer und begriff, dass sie es nicht schaffen würde, sie zum Verlassen des Aufwachraums zu bewegen. Sie warf einen letzten verärgerten Blick auf Elise und nickte.

»Ja, natürlich. Ich werde mich darum kümmern.« Sie wandte sich hastig um und ging mit schnellen Schritten zur Tür.

»Irgendetwas kam mir an ihr ziemlich seltsam vor«, sagte Pitt, sobald sich die Schwingtüren hinter ihr geschlossen hatten.

»Und was, wenn ich fragen darf?«

»Das Blatt auf ihrem Klemmbrett sah aus wie eine ganz ordinäre Inventurliste irgendeines Warenlagers.«

»Vielleicht war sie gerade damit beschäftigt, den Bestand an weißen Ärztesocken zu überprüfen.«

Die beiden Männer verfolgten, wie Elise anfing, sich zu rühren, als nur Sekunden später ein bärtiger Arzt in Begleitung einer Krankenschwester den Aufwachraum betrat und zu Elises Bett kam.

»*¿Cómo está nuestro patiente?*«, erkundigte er sich.

»Laut der anderen Ärztin geht es ihr gut«, beantwortete Giordino die Frage.

»Welche andere Ärztin?«, fragte der Mann auf Englisch.

Pitt beschrieb die Frau, aber der Arzt zuckte mit den Schultern.

Pitt und Giordino sahen sich an, dann deuteten sie auf Elise.

»Jemand, der nicht zum Krankenhaus gehört, trachtet ihr nach dem Leben«, erklärte Pitt. »Bitte benachrichtigen Sie den Sicherheitsdienst und setzen Sie einen Wächter draußen vor die Tür.«

Er eilte zur Tür mit Giordino dichtauf im Schlepptau. Pitt zeigte zum Krankenhauseingang. »Du versuchst es vorn. Ich kontrolliere die Rückseite.«

Er rannte den Korridor hinunter und warf auf der Suche nach der Frau in dem grünen Arztkittel einen kurzen Blick in jedes Zimmer. Schließlich gelangte er zum Lagerraum im hinteren Teil des Krankenhauses, betrat ihn und entdeckte eine offene Tür, die auf den Parkplatz führte. Draußen wurde soeben der Motor eines Autos gestartet.

Als er hinaustrat, wehte ihm eine Staubwolke entgegen, aufgewirbelt von dem schwarzen Jeep, der es offensichtlich sehr eilig hatte, den Parkplatz zu verlassen.

Giordino kam eine Minute später im Laufschritt um die Gebäudeecke. »Ist sie weg?«, fragte er schwer atmend.

Pitt deutete die Straße hinunter. »In einem schwarzen Jeep.«

»Ich glaube, so einen hab ich vorhin unten am See gesehen.«

»Ich vermute, sie hat sich entschieden, ihren Bomben legenden Freund dort zurückzulassen«, sagte Pitt.

»Es war ihnen sicherlich sehr ernst damit, Elise und das Entwicklungshelferteam aus dem Verkehr zu ziehen. Bleibt nur die Frage, weshalb.«

»Vielleicht wegen der Wasserproben? Haben sie denn das Geplänkel in der Glasfabrik überstanden?«

Giordino lächelte. »Hattest du jemals an Al dem Unbesiegbarem gezweifelt?«

Er öffnete den Reißverschluss seiner Windjacke und deutete auf die vier Teströhrchen, die Elise ihm gegeben hatte und die unversehrt aus der Brusttasche seines Hemdes herausragten.

»Das ist ja noch besser, als ein Kaninchen aus einem Hut zu zaubern.«

Sie warteten eine weitere Stunde vor dem Krankenhaus, bis ein Hubschrauber der NUMA eintraf, den Pitt von einem Forschungsschiff angefordert hatte, das vor der Küste El Salvadors kreuzte. Er nahm Elise Aguilar, die mittlerweile aufgewacht war, für einen Kurztrip zum Comalapa International Airport in der Nähe von San Salvador an Bord, wo sie in eine Maschine der Air Force umstieg und in die Vereinigten Staaten ausgeflogen wurde.

Pitt und Giordino blieben zurück, um Polizei und Vertreter der Botschaft über das Geschehen zu unterrichten, ehe sie am nächsten Morgen einen Geschäftsflug nach Washington buchten. Was sie zurückließen, war das ungelöste Rätsel, wer den Cerrón-Grande-Staudamm zum Teil zerstört hatte – und weshalb.

8

Die Lichter von Detroit, die von der Wasserstraße reflektiert wurden, erschienen auf den schwarzen Fluten wie ein Nachthimmel voller kristallen funkelnder Sterne. Dicht gedrängt aufragende Wolkenkratzer aus illuminiertem Stahl und Glas demonstrierten trotz der jüngsten wirtschaftlichen Probleme der ehrwürdigen Industriestadt an der kanadischen Grenze einen unbeugsamen Durchhaltewillen. Kapitän Ron Posey ließ den Blick von Detroits strahlender Aura auf der Steuerbordseite seines Schiffes zu einem ähnlichen Lichtspektakel auf der Backbordseite des Schiffes weiterwandern. Zu mitternächtlicher Stunde wusste Windsor, Kanada, sich mit einem mindestens genauso warmen Lichtschein, erzeugt von repräsentativen Bauwerken und unzähligen Privathäusern, gegen die amerikanische Konkurrenz zu behaupten. Posey rieb sich die Augen und konzentrierte sich wieder auf den schwarzen Meeresarm zwischen den Städten, der sich nach und nach zum Detroit River verengte.

»Sir, warum gönnen Sie sich nicht ein wenig Schlaf?«, fragte sein Zweiter Offizier, ein aufgeweckter und stets gut gelaunter junger Mann namens Gauge. »Das Radar zeigt, dass momentan nur geringer Verkehr herrscht.«

Posey hatte den größten Teil der letzten beiden Tage, seit die *Mayweather* in Thunder Bay am Westufer des Lake Superior zu ihrer derzeitigen Passage aufgebrochen war, auf der Kommandobrücke verbracht. Der 12000-Bruttoregistertonnen große Tanker hatte in Alberta Ölsand geladen, der für eine Raffinerie in Quebec bestimmt war.

Posey hasste es, das Kommando, wenn auch nur für eine kurze Zeitspanne, abzugeben, aber er wusste auch, dass er keine übermenschlichen Fähigkeiten besaß. Vor zwei Stunden war er von seinem Zweiten Offizier dienstplanmäßig abgelöst worden, und doch war er weiter auf der Kommandobrücke geblieben, wo er ständig auf und ab marschierte. Er blieb stehen und blickte aus dem Fenster. »Ich verschwinde in der Koje, sobald wir das erste Wasser des Lake Erie unterm Kiel haben.«

Die Einfahrt in den Eriesee war nur noch fünfundzwanzig Meilen weit entfernt. Der restliche Weg führte durch die stellenweise beängstigend enge Fahrrinne des Detroit River. Und dort herrschte häufig reger Verkehr, selbst um diese späte Stunde noch. Posey wusste, dass er keinen Schlaf finden würde, bis der Tanker das sichere Fahrwasser des Binnensees vor sich hatte.

Der Zweite Offizier befahl dem Rudergänger, die Geschwindigkeit zu drosseln, während sich das Schiff Grosse Pointe näherte. Der Tanker tastete sich näher an das in Michigan gelegene Ufer heran, während voraus Peche Island auftauchte, wo der Detroit River entsprang. Kurz vor der letzten Jahrhundertwende war dieser Wasserweg der betriebsamste Flussabschnitt auf der ganzen Welt gewesen. Die Zeiten und die Industrie hatten sich dramatisch verändert, aber der Fluss war für die oberen Großen Seen nach wie vor von entscheidender wirtschaftlicher Bedeutung.

Ein blinkendes Lichtsignal machte sie darauf aufmerksam, dass sie sich Windmill Point näherten. Dahinter gabelte sich der Fluss in zwei Fahrrinnen auf, die rechts und links um Belle Isle – einen pittoresken Park, der von der Stadtverwaltung Detroits unterhalten wird – herumführten. Da die Hauptfahrrinne dem Verlauf der Ostküste der Insel folgte, bereitete sich der Steuermann darauf vor, den Tanker behutsam nach Backbord zu lenken.

»Auf Ihrem Kurs kommt Ihnen ein großer Kahn entgegen«, sagte Posey.

Gauge folgte Poseys Blick zum Radarschirm, auf dem eine längliche weiße Erscheinung zu sehen war, die Belle Isle soeben hinter sich gelassen hatte und langsam in ihre Richtung schwenkte. Laut einer Texteinblendung auf dem Radarschirm handelte es sich um die MS *Duluth*, die mit zehn Knoten nach Norden unterwegs war. Der Zweite Offizier schaute aus dem Brückenfenster, konnte jedoch nur einen dunklen Schatten erkennen.

Kapitän Posey hatte bereits ein Fernglas ergriffen und kontrollierte das vor ihnen liegende Fahrwasser. »Dieser Idiot hat sämtliche Lichter gelöscht und besetzt die westliche Seite des Fleming Channel.«

Der Fleming Channel war die ausgebaggerte Fahrrinne östlich von Belle Isle und für gewerblichen Verkehr reserviert.

Gauge griff nach dem Mikrofon des Funkgeräts und rief die *Duluth*. Er erhielt keine Antwort.

»Sieht so aus, als hätten wir es mit einem Schüttgutfrachter zu tun, der außerdem noch ganz schön groß ist.« Er nahm das Fernglas herunter und blickte zu einem Überkopfmonitor hinauf, der eine digitale Karte des Stroms zeigte. Ein weißes Rechteck stellte die *Mayweather* dar, die sich der nördlichen Spitze der Belle Isle näherte. Die *Duluth* erschien als gelbes Dreieck und kam vom Fleming Channel.

Wenn beide Schiffe ihrem aktuellen Kurs folgten, würde die *Mayweather* abgedrängt und daran gehindert werden, in den Kanal einzufahren, es sei denn, sie ging das Wagnis ein, vor dem Bug des Frachters nach Osten zu kreuzen.

Gauge wusste genau, was dem Kapitän in diesem Augenblick durch den Kopf ging. »Wir haben zwei Möglichkeiten. Entweder halten wir unsere Position, bis die *Duluth* uns passiert hat, oder wir entscheiden uns für den westlichen Kanal.«

Posey nickte. Sein Zorn auf das andere Schiff legte sich, und er hatte nur noch die Sicherheit seines eigenen Schiffes im Sinn. »Sehen wir zu, dass wir zu diesem Idioten auf Distanz gehen und ihm nicht ins Gehege kommen. Wir nehmen Kurs auf den westlichen Kanal, bis er uns passiert hat.«

Gauge gab die Anweisungen an den Steuermann weiter, und der Bug des Tankers wanderte langsam nach rechts in Richtung der Lichter Detroits.

Als die schwarzen Umrisse des Frachters näher kamen und er seinen aggressiven Kurs beibehielt, schüttelte Posey den Kopf. Aufgrund des Verlaufs und der Strömungsverhältnisse der Wasserstraße hielt die *Duluth* geradewegs auf die *Mayweather* zu.

Ein wahres Gebirge von einer schäumenden Bugwelle schob das andere Schiff vor sich her, und Posey erkundigte sich bei Gauge nach seiner geschätzten Geschwindigkeit.

»Ich tippe auf mindestens vierzehn Knoten«, antwortete der Zweite Offizier gepresst.

Die beiden Schiffe lagen jetzt genau im rechten Winkel zueinander. Der Frachter näherte sich zügig, passierte die Landspitze der Belle Isle und hätte spätestens in diesem Moment einen Schwenk nach Steuerboot einleiten müssen. Aber nichts dergleichen geschah.

»Sir, sie hat es auf uns abgesehen!«

Die Angst in Gauges Stimme war nicht zu überhören. Auf dem Radarschirm war zu verfolgen, dass der Frachter scharf nach Backbord drehte und die Absicht hatte, die *Mayweather* zu rammen.

»Ruder hart rechts!«, rief Posey. »Maschine volle Kraft voraus!«

Der Steuermann drückte den Hebel der Steuerung in die befohlene Richtung. Aber dem Tanker blieb keine Zeit mehr, darauf zu reagieren. Der Frachter hielt auf das einhundert Meter lange Schiff zu. Sein Bug würde es genau in der Mitte treffen.

Sekunden vor der Kollision hallte von der *Duluth* ein lauter Knall über das Wasser, und das Steuerhaus des Frachters explodierte und verschwand in einem Feuerball. Posey starrte wie gebannt zu dem anderen Schiff hinüber, ehe er sich für den Zusammenprall wappnete.

Dar Frachter rammte die *Mayweather* mittschiffs und schob sich fast bis zur Hälfte auf das Deck des Tankers, ehe sein Schwung aufgebraucht war. Die Männer auf der achtern gelegenen Kommandobrücke verspürten nur einen leichten Ruck, aber sie hörten das durchdringende Kreischen, als Stahl durch Stahl schnitt. Nur wenige Schritte entfernt konnten sie die Überreste der Kommandobrücke der *Duluth* betrachten, deren Brandgeruch ihre Nasenschleimhäute reizte.

Während überall auf dem Tanker Alarmglocken ertönten, gab Posey seinem Zweiten Offizier den Befehl, die Mannschaft zusammenzurufen. Die *Mayweather* hatte den Todesstoß erhalten und war beinahe in zwei Hälften geschnitten wurden. Der Kapitän spürte bereits eine starke Schlagseite nach Backbord, als er auf die Brückennock hinaustrat, um den Schaden zu kontrollieren.

Die *Duluth* hatte sich irgendwie befreien können und stampfte nun stromaufwärts in Richtung Grosse Point. Ein Schnellboot erschien und ging neben dem Frachter längsseits. Posey konnte die Strickleiter, die von der Reling des Frachters herabhing, und die langhaarige Gestalt, die auf ihr zum Wasser hinunterkletterte, kaum erkennen. Sie sprang auf das Schnellboot hinunter, das augenblicklich wendete und davoneilte. Ebenso wie der Frachter bewegte es sich ohne Positionslichter durch die Dunkelheit.

Posey konzentrierte sich wieder auf das, was von der *Mayweather* noch übrig war. Das Schiff war im Begriff, den Kampf gegen den Strom zu verlieren. Wie durch ein Wunder war keiner seiner Leute verletzt worden. Die nur wenige Mitglieder zählende Mannschaft kam hinter der Brückenbasis zusammen und stieg in eine rundum geschlossene Rettungsinsel. Posey verließ als Letzter sein Schiff, schloss die Luke, und die Insel rauschte eine Fluchtrampe hinab.

Sie schlug auf dem dunklen Wasser auf und entfernte sich mithilfe des integrierten Motors ein Stück, während sich die *Mayweather* schwerfällig auf die Seite legte. Posey verfolgte für einige Sekunden das Geschehen, dann schlug er die Hände vors Gesicht. Tausende Gallonen klebrigen Rohöls ergossen sich in diesem Moment aus den geborstenen Tanks in den Detroit River und sorgten für die seit Jahren wahrscheinlich schlimmste maritime Umweltkatastrophe.

Ein dumpfer Schlag, der über das Wasser hallte, ließ ihn erschrocken aufblicken. War der Alptraum noch nicht zu Ende? Ein paar hundert Meter stromaufwärts war die *Duluth* durch einen kleinen Jachthafen gerauscht, in dem dicht an dicht Freizeitboote vertäut waren, und bei Windmill Point Park auf Grund geraten.

Posey musterte den – offenbar Amok laufenden – Frachter mit einer Mischung aus nackter Angst und rasender Wut. Wie ließ sich sein Verhalten erklären? Die einzige Antwort auf diese Frage kam nicht von dem Frachter, sondern von seinem eigenen tödlich verwundeten Schiff. Mit einem protestierenden Gurgeln in ihren überfluteten Frachträumen richtete sich die *Mayweather* noch einmal auf, ehe sie endgültig auf den Grund des Flusses sank.

9

Der Ruck, als der Jetliner auf der östlichen Landebahn des Dulles International Airport in Washington aufsetzte, riss Pitt unsanft aus dem Schlaf. Er und Al Giordino schüttelten die Nachwirkungen des frühmorgendlichen Flugs von San Salvador in ihre Heimat ab, holten ihr Gepäck vom Band und fuhren zur NUMA-Verwaltungszentrale am Ufer des Potomac. Im Vorzimmer von Pitts Büro im neunten Stock des Gebäudes wurden sie bereits von Rudi Gunn erwartet.

Pitts stellvertretender Direktor war ein schmächtiger, drahtiger Mann mit kurz geschorenem Haar und einer markanten Hornbrille. Mit der betont strammen Haltung, die er sich während seiner Tätigkeit als Commander der Navy angewöhnt hatte, löste er die anstehenden Aufgaben mit einer Kombination aus intellektueller Brillanz und trockenem Humor. Er beäugte die Reisetaschen und Packsäcke, die eine Ecke in Pitts Büro ausfüllten, und runzelte die Stirn. »Was ich aber nicht sehe, ist der Prototyp unseres neuen Seitensonarsystems, der euch doch auf eurem Ausflug begleitet hat.«

»Den haben wir in El Salvador zurückgelassen«, gestand Giordino. »In ungefähr tausend Stücken.«

»Schlimm genug, dass ihr die Landschaft einer befreundeten Nation verschandelt, aber war es unbedingt nötig, gleichzeitig auch noch unsere neueste Vermessungsapparatur zu zerstören?«

»Nichts davon ist unser Werk gewesen, Rudi.« Pitt ließ sich in seinen Schreibtischsessel fallen.

»Aber wir haben auch eine gute Nachricht für unsere Buchhaltung«, sagte Giordino. »Der Typ, der unser gemietetes Boot in die Luft gesprengt hat, tat es erst, nachdem wir die Schlüssel zurückgegeben hatten. Sonst hätten wir auch noch diese Kosten am Hals gehabt.«

»Das Außenministerium ließ verlauten, dass die Regierung von El Salvador um Unterstützung des FBI bei den Ermittlungen in dieser Angelegenheit bittet«, sagte Gunn. »Man ist der Auffassung, dass der Cerrón-Grande-Staudamm absichtlich gesprengt wurde und ein enger Zusammenhang mit der Ermordung der amerikanischen Landwirtschaftsexperten besteht.«

»So viel haben wir uns auch schon zusammengereimt«, sagte Pitt. »Fragt sich nur, weshalb das Ganze.«

»Die örtlichen Behörden gehen davon aus, dass eine Drogenbande hinter der Geschichte steckt. Das Helferteam campierte möglicherweise in nächster Nähe einer Schmuggelroute, oder einer der Drogengangster hat für eine rivalisierende Bande gearbeitet. Ich kann jedoch nicht erkennen, wo dort eine Verbindung zur Sprengung des Staudamms bestehen sollte.«

»Wenn ihr mich fragt, haben unser Bombenleger und unser schießwütiger Glasbläser nicht wie ein Einheimischer ausgesehen.«

»Und«, meinte Pitt, »die falsche Ärztin im Krankenhaus war ein raffinierter Schachzug.«

»Soweit ich gehört habe, konnten die Behörden El Salvadors keine der beteiligen Personen identifizieren«, sagte Gunn. »Der schwarze Jeep wurde in einem Fluss in der Nähe von Sal Salvador gefunden, wo er offenbar versenkt worden war. Er war einige Tage zuvor vom Parkplatz einer Mietwagenfirma am Flughafen gestohlen worden.«

»Auch das kommt mir erheblich professioneller vor, als man es von einer einheimischen Drogenbande erwarten würde«, sagte Pitt. »Habt ihr irgendetwas davon gehört, wie es Elise Aguilar geht? Das ist die Landwirtschaftsexpertin, die wir aus dem Stausee gezogen haben.«

»Nachdem du sie nach San Salvador hast bringen lassen, hab ich ein paar Beziehungen spielen lassen, um ihr einen Platz in einer Militärmaschine zu verschaffen, die zur Andrews Air Force Base geflogen ist. Sie hat früher in der Army gedient, was die Dinge vereinfachte. Sie traf gestern dort ein und kam ins Walter Reed. Laut jüngsten Informationen geht es ihr ganz gut. Das Krankenhauspersonal erwähnte, dass sie sich mehrmals nach irgendwelchen Wasserproben erkundigt habe.«

Giordino deutete auf eine der Reisetaschen. »Die stammen aus dem Stausee. Es könnte ein Hinweis darauf sein, weshalb jemand daran interessiert war, das gesamte Helferteam auszuschalten.«

Gunn zog einen Notizzettel aus der Tasche und reichte ihn Giordino. »Wenn du die Proben hast, dann sollen sie zwecks Analyse einem Dr. Stephen Nakamura an der Universität von Maryland geschickt werden. Er arbeitet in der dortigen Abteilung für Epidemiologie.«

»Ich lasse sie per Kurier zustellen, sobald wir hier fertig sind. Ich nehme aber an, dass wir momentan Wichtigeres zu tun haben.«

Rudi Gunn nickte. »Du hast meine Nachricht erhalten und kennst sicher die jüngsten Meldungen. In Detroit sieht es nicht sehr gut aus. Wir haben es dort mit einer ernsten Umweltkatastrophe zu tun.«

»Ist dafür nicht die EPA zuständig?«, fragte Giordino.

»Der Präsident wünscht, dass die NUMA die Sequestrierung und Bergung des gesunkenen Tankers überwacht. Die örtlichen Dienststellen der EPA sind damit total überfordert. Ich habe schon mal eins unserer Teams als Vorhut in Marsch gesetzt und für uns drei morgen früh einen Flug gebucht.«

»Al und ich werden in der Maschine sitzen. Du bleibst am besten hier und bedienst die Medien und hältst mögliche politische Auswirkungen in Grenzen. Mir ist es lieber, dass du hier den Löwenbändiger spielst, als erleben zu müssen, dass der gesamte Zirkus in Detroit über uns hereinbricht.«

»Das kann ich machen«, erwiderte Gunn.

»Wie schlimm ist es denn?«, wollte Giordino wissen.

»Die Rede ist von mehreren tausend Gallonen Öl, die pro Stunde in den Fluss sickern.«

»Welche Folgen hat es für die Region?«

»Detroit bezieht sein gesamtes Trinkwasser aus dem Fluss. Die Stadt musste sämtliche Abzapfventile schließen und sucht zurzeit nach alternativen Quellen. Es besteht die reale Gefahr, dass schon bald nichts mehr aus den Wasserhähnen kommt. Der Präsident fürchtet natürlich, dass ein politisches Erdbeben die Folge ist, wenn es dazu kommt.«

»Die Bergung können wir in Angriff nehmen, aber was ist mit der Säuberung?«

»Die EPA ist vor Ort und arbeitet bereits daran. Das Problem ist, dass Ölsand mit Lehm und verschiedenen anderen Kohlenwasserstoffverbindungen vermischt ist. Der Umgang damit ist erheblich komplizierter als mit mittelschwerem oder leichtem Erdöl, da Ölsand schwerer ist als Wasser. Es lagert sich auf dem Grund des Flussbetts ab und muss abgesaugt werden. Zurzeit konzentrieren sie sich darauf, das kontaminierte Oberflächenwasser abzupumpen.«

Giordino schüttelte mit skeptischer Miene den Kopf. »Viel Glück.«

»Ich hatte bereits einen Anruf von der Geschäftsleitung von BioRem Global Limited. Sie haben sich erkundigt, welche Sanierungspläne wir haben.« Gunn sah Pitt und Giordino fragend an.

»Ich kenne BioRem Global«, sagte Pitt. »Es ist eine Biotech-Firma, die bakterielle Mikroorganismen produziert, die zur Beseitigung von Umweltschäden eingesetzt werden. Man nennt diese Methode Bioremediation, daher der Firmenname. Der Betrieb ist einer der bedeutendsten Sponsoren der Ocean Preservation Society«, fuhr er fort und warf einen Blick auf den Terminkalender auf seinem Schreibtisch. »Zufällig veranstaltet BioRem Global heute Abend eine Spendengala.«

»Was die Beseitigung von Verseuchungen durch Öllecks in der Nordsee betrifft, können sie eine beachtliche Bilanz vorlegen«, sagte Gunn. »Die Firma wurde vor ein paar Jahren während der Deepwater-Horizon-Katastrophe im Golf von Mexiko erst sehr spät zu Rate gezogen. Ich habe gehört, dass sich ihr Produkt zur Neutralisierung von Umweltschäden durch Erdöllecks als ausgesprochen wirksam erwies. Die Firmenleitung erklärte, sie verfüge über ein Mittel, das in der Lage sei, Ölsand zu zersetzen und unschädlich zu machen – und dass sie es sehr schnell in ausreichender Menge zur Verfügung stellen könne. Das Einzige, was noch nicht vorliege, sei die amtliche Genehmigung, in amerikanischen Gewässern einen Praxistest durchzuführen.«

»Richtig, das Deepwater-Horizon-Leck befand sich außerhalb der amerikanischen Hoheitsgewässer«, erinnerte sich Pitt.

»Ich habe einen Wissenschaftler damit betraut, eine Probe zu untersuchen, die uns zur Verfügung gestellt wurde.«

»Das Produkt könnte von entscheidender Bedeutung sein, wenn es darum geht, Umweltschäden an einem räumlich begrenzten Ort wie dem Detroit River zu beseitigen«, stellte Giordino fest.

»Das ist richtig«, sagte Pitt. »Wer ist der Chef dieser Firma, Rudi? Vielleicht lohnt sich ein Besuch der Gala, um sich mal ausführlich mit ihm über sein Produkt zu unterhalten.«

»Nicht mit ihm«, sagte Gunn. »Mit ihr. Sie heißt Evanna McKee. Sie erwähnte, dass sie in Washington sei, daher dürfte sie sich wegen der Gala zurzeit hier aufhalten.«

»Ich versuche, in Erfahrung zu bringen, was wir tun können. In der Zwischenzeit steht uns eine umfangreiche Bergungsaktion ins Haus.«

»Wie groß ist der Tanker, den wir heben sollen?«, fragte Giordino.

»Die *Mayweather* ist knapp einhundert Meter lang – ein typischer Tanker für den Dienst auf den Großen Seen.«

»Wir sollten lieber sämtliche Bergungsressourcen in der Gegend aktivieren«, sagte Pitt, »und sie so schnell wie möglich nach Detroit in Marsch setzen.«

»Das habe ich bereits in die Wege geleitet«, antwortete Gunn.

Eine burschikose Frau mit rehbraun getöntem langem Haar betrat unaufgefordert das Büro, in der Hand einen dicken Stapel Post. »Willkommen zurück im Kampfgetümmel, Boss«, sagte Zerri Pochinski, Pitts langjährige Sekretärin, mit einem herzlichen Lächeln.

»Danke. Aber allmählich komme ich zu der Überzeugung, dass ich lieber in Mittelamerika hätte bleiben sollen.«

»Und Rudi den ganzen Spaß gönnen? Ich habe mir übrigens Ihren Terminkalender vorgenommen und gesehen, dass Sie um vier Uhr eine Konferenz mit der Abteilung für Forschung und Entwicklung anberaumt haben. Soll ich sie angesichts der Ereignisse in Detroit verschieben?«

»Ja, das muss jetzt warten. Und können Sie Lorens Büro anrufen und fragen, ob sie mich heute zu der Ocean-Preservation-Gala begleiten kann?«

»Natürlich. Aber haben Sie wirklich Lust, sich auf einer Spendengala herumzudrücken?«

Pitt schüttelte mit übertriebener Leidensmiene den Kopf. »Eigentlich nicht. Ich weiß wirklich nicht, was schlimmer ist – an einer Wohltätigkeitssause mit dummschwätzenden Politikern teilzunehmen oder gegen eine Ölpest zu kämpfen und ihre Folgen zu beseitigen.«

»Beides ist gleichermaßen riskant, aber ich denke, dass sie vollkommen recht haben.« Sie machte mit einem eleganten Hüftschwung kehrt, um das Büro zu verlassen. »Sie hätten tatsächlich lieber in Mittelamerika bleiben sollen.«

10

Nachdem er die ersten Maßnahmen zur Bergung der *Mayweather* geplant und eingeleitet hatte, lieh sich Pitt bei der Fahrbereitschaft der NUMA einen Jeep und fuhr zum Reagan National Airport. Er parkte neben einem Hangar, der am Rand des Flugfelds stand und einen verlassenen Eindruck machte, schaltete eine Alarmanlage aus und betrat das Gebäude.

Das vernachlässigte Äußere der Flugzeughalle stand in scharfem Kontrast zu dem, was sich Pitts Augen in ihrem Innern darbot. Er knipste die Beleuchtung an und hatte eine so weit wie möglich auf Hochglanz polierte und chromblitzende Ansammlung historischer Transportmittel vor sich. Ein liebevoll restaurierter Pullman-Eisenbahnwagen stand auf einem Schienenpaar auf der einen Seite der Halle, während aus einer Ecke die propellerbewehrte Nase eines Ford-Trimotor-Passagierflugzeugs hervorlugte. Ein seltenes Exemplar der düsengetriebenen Messerschmitt 262 war neben einer mit einem Außenbordmotor ausgerüsteten Badewanne aufgestellt worden, auch sie war – wie ihre imposanteren Geschwister – ein Andenken an einstige Heldentaten. Der größte Teil der Stellfläche wurde jedoch von Pitts beeindruckender Kollektion klassischer Automobile aus der ersten Hälfte des zwanzigsten Jahrhunderts eingenommen.

Pitt schleppte seine Koffer und Reisetaschen an den Schmuckstücken aus Stahl und Chrom vorbei, dann blieb er für einen kurzen Moment vor einem frisch lackierten Chassis und einem Stapel bereits grundierter Karosserieelemente stehen. Kurz vor seiner Reise nach El Salvador hatte er in Bulgarien die Komponenten eines 1925er Isotta-Fraschini erstanden und bedauerte nun, dass er bis auf Weiteres kaum Zeit finden würde, diesen klassischen italienischen Oldtimer fachgerecht zu restaurieren.

Er stieg eine Wendeltreppe zu einem Apartment hinauf, duschte, zog frische Kleidung an und kehrte nach unten in die Halle zurück. Er ließ den Blick prüfend über mehrere Fahrzeuge in der Nähe des Hangartors wandern, dann angelte er einen Schlüsselbund von einer Werkbank und ging auf einen schnittigen beige und lindgrün lackierten Roadster zu.

Er rutschte hinter das großzügig bemessene Lenkrad und betätigte mehrmals den Anlasser, bis der Motor schließlich ansprang. Seines Zeichens ein 1931er Stutz DV-12 Speedster, hatte dieses Schmuckstück eine maßgeschneiderte Karosserie der berühmten Weyman Body Fabrice mit tief ausgeschnittenen Türen und einem sich verjüngenden Boattail-Heck.

Pitt rangierte den Wagen durch das Hangartor hinaus, verriegelte das Gebäude und aktivierte die Alarmanlage. Dann kurvte er rasant über das Rollfeld zur Flughafenausfahrt. Angetrieben wurde der Stutz von einem 156 PS starken Achtzylinderreihenmotor mit doppelten oben liegenden Nockenwellen und zweiunddreißig Ventilen, der dem vergleichsweise leichten Fahrzeug zu beeindruckenden Beschleunigungswerten verhalf. Immerhin war er in seiner Blütezeit bei diversen Autorennen erfolgreich eingesetzt worden. Pitt fädelte sich in den fließenden Verkehr auf dem George Washington Parkway ein und gelangte wenig später über die Arlington Memorial Bridge nach Washington, D.C. Unter den bewundernden Blicken gaffender Touristen fuhr er über die Washington Mall zum Capitol Hill und hielt dort vor dem Rayburn House Office Building an, in dem sich die Büros der Abgeordneten des Repräsentantenhauses befanden.

Ein Wachmann beäugte misstrauisch den Wagen, der mit laufendem Motor am Bordstein stand, und gab Pitt mit einem Handzeichen zu verstehen, er solle weiterfahren, wurde jedoch, als er, um seiner Aufforderung Nachdruck verleihen, abermals winkte, von einer attraktiven Frau, die gerade das Gebäude verlassen hatte, gestoppt. »Ist schon okay, Oscar. Das ist nur mein Chauffeur.«

»Ja, natürlich, Congresswoman.« Der Wachmann tippte gegen seinen Mützenschirm. »Schöner Wagen, welche Marke auch immer.«

Mit ihren hohen Wangenknochen, den violetten Augen und einer gertenschlanken Figur, die von einem körperbetonten Prada-Kostüm umschmeichelt wurde, entsprach Loren Smith-Pitts äußere Erscheinung eher der eines Titelmodells der *Vogue*. Kaum jemand hätte auf den ersten Blick die langjährige, erfahrene Kongressabgeordnete Colorados in ihr vermutet.

Sie trat auf den Wagen zu, wo Pitt sie umarmte und mit einem Kuss begrüßte. »Du hast mir gefehlt«, flüsterte sie ihm ins Ohr.

Obgleich noch nicht lange verheiratet, konnten sie doch schon auf eine längere Liebesbeziehung zurückblicken. Den Pflichten im Rahmen ihrer jeweiligen Tätigkeit uneingeschränkt nachzukommen war eine ständige Herausforderung, aber sie schafften es immer, ausreichend Zeit füreinander abzuzweigen, und nach wie vor bestimmte glühende Leidenschaft ihr Verhältnis zueinander.

Mit einem amüsierten Lächeln verfolgte sie, wie er auf seinen Platz hinter dem Lenkrad zurückkehrte. »Ich hätte mir eigentlich denken können, dass du mit etwas vorfährst, das mir die Frisur ruiniert.«

»Wir haben es nicht weit. Außerdem finde ich dich vom Wind zerzaust besonders sexy.«

Er legte den ersten Gang ein und lenkte den Stutz vom Bordstein weg. Nur ein paar Blocks die Mall hinunter bog Pitt auf den für Besucher reservierten Parkplatz des Smithsonian National Museum of Natural History ab. Arm in Arm schlenderten sie auf das imposante Gebäude zu, in dessen Lobby momentan eine große Gala veranstaltet wurde.

»Gibt es schon etwas Neues über die Mörder in El Salvador?«, erkundigte sich Loren.

»Die örtlichen Behörden betrachten das Ganze als einen Vorfall, der seine Ursache in Gebietsstreitigkeiten rivalisierender einheimischer Drogenbanden hat.« Er unterließ es, seine Skepsis hinsichtlich dieser Theorie zu äußern.

Loren schüttelte den Kopf. »Das Komitee für auswärtige Angelegenheiten ist empört und behandelt die Angelegenheit als einen gezielten Angriff auf amerikanische Entwicklungshelfer und verlangt Antworten.«

»Ich wäre froh, wenn auch einige meiner Fragen beantwortet würden. Was ist sonst noch in deiner Bastion der Demokratie geschehen?«

»Unser Unterausschuss für Umweltfragen wurde von dem gestrigen Unglück in Detroit kalt erwischt und ist in heller Aufregung.«

»Ich mache mich morgen früh auf den Weg dorthin. Wir sind vom Präsidenten um Unterstützung gebeten worden.«

»Das dürfte das Klügste sein, was ihm in den letzten Wochen eingefallen ist. Die Leute von der EPA hingegen kommen auf keine anderen Ideen, als immer nur Schuldige zu suchen und zu verklagen.« Sie kuschelte sich an ihn. »Auch wenn ich zugeben muss, dass es mir gar nicht passt, dich so bald wieder abreisen zu sehen.«

Sie betraten die südliche Rotunde des Museums, wo ein Pulk Politiker und sonstiger Strippenzieher Cocktailgläser schwenkend in launige Konversation vertieft war. Dabei kam Pitt nicht umhin festzustellen, dass viele der Gäste dem ausgestopften und faltigen Elefantenbullen ähnelten, der in der Lobby auf einer künstlichen Savannenparzelle den Rüssel schwang. »Die reinste Edelsause«, sagte er, während er auf eine Bar an der Seite zusteuerte, wo sich die Eisskulptur eines Wals um eine große Bowlenschüssel schmiegte.

»Das Ganze ist sicher von Spendern finanziert worden. Die Ocean Preservation Society ist eine der wenigen Non-Profit-Organisationen, die tatsächlich in einem Bereich, der gerade dir am Herzen liegt, Gutes bewirken. Ich weiß aus zuverlässiger Quelle, dass keiner ihrer Manager auch nur einen Cent Vergütung für seine Tätigkeit erhält.«

»Bravo!«, lobte Pitt.

Seine Frau wurde von einer Menge Lobbyisten erkannt, die ihre Nähe suchten und sie umringten, kaum dass Pitt und sie sich ins Partygetümmel gestürzt hatten. Pitt grinste Loren mit einem Anflug von Schadenfreude an, während sie versuchte, den Belagerungsring zu sprengen, kämpfte sich zur Bar durch und bestellte einen Don Juan Blanca Tequila on the rocks.

Ein paar Minuten später schob er sich gerade eine Baguettescheibe mit Räucherlachs in den Mund, als sie wieder an seiner Seite auftauchte.

»Vielen Dank, dass du mich den Haifischen zum Fraß überlassen hast«, sagte sie, während er ihr ein Glas Champagner reichte.

»In diesen Gewässern müsstest du dich doch viel mehr zu Hause fühlen als ich«, sagte er mit einem Lächeln. »Wie hast du es geschafft, sie so schnell abzuschütteln?«

»Ich sagte ihnen, dass – wenn sie mich weiter daran hinderten, mir an der Bar etwas zu trinken zu holen – ich mich für ein Gesetz starkmachen würde, das sämtliche Lobbyisten aus dem District of Columbia verbannt. Danach machte ich sie auf das Eintreffen des Minderheitenführers aufmerksam, und schon zerstreuten sie sich wie ein Fliegenschwarm.«

»Ich dachte, sie müssten mittlerweile wissen, dass unter deinem verführerischen Äußeren eine gewiefte Taktikerin der Spitzenklasse verborgen ist.«

»Das hält sie aber nicht davon ab, es immer wieder zu versuchen.«

Pitt bemerkte einen korpulenten Mann mit sorgfältig quer über seinen ansonsten kahlen Schädel gekämmtem silbergrauem Haar, der durch das Gästegewühl auf sie zuwalzte. Dabei grinste er unsicher, und sein Blick sprang ständig im Raum hin und her.

»Schau nicht hin«, sagte Pitt, »aber ein großer weißer Hai ist auf dem Weg zu dir.«

Loren wandte sich um und streckte die rechte Hand aus. »Senator Bradshaw, wie schön, Sie wiederzusehen.«

Senator Stanton Bradshaw, Vorsitzender des Senate Committee on Environment and Public Works und ein – je nach Betrachtungsweise – bekannter oder berüchtigter Hinterzimmer-Dealmaker, ergriff Lorens Rechte mit seiner dicken Patschhand und schüttelte sie.

»Wie geht es Ihnen, Congresswoman? Sie sehen heute einfach atemberaubend aus.«

»Ich kann nicht klagen, danke. Ich nehme an, dass Sie meinen Mann – Dirk – kennen? Oder nicht?«

»Ja, natürlich.« Er schwenkte die Hand weiter zu Pitt, während sein Blick an Loren hängen blieb.

Pitt schüttelte die fleischige Pratze des Senators und hinterließ einen kräftigen Hauch Räucherlachsaroma an ihr.

Nun sah der Senator Pitt an und lächelte. »Hatten Sie nicht irgendetwas mit der Verhinderung dieses Terroranschlags im vergangenen Jahr in Baltimore zu tun?«

»Ich habe nur eine unbedeutende Rolle gespielt.«

»Dann sind wir Ihnen alle eine Menge Dank schuldig.« Der Senator wischte sich die Hand an seinem Hosenbein ab und wandte Pitt abrupt den Rücken zu.

»Wissen Sie, meine Liebe«, sagte er zu Loren, »der Senat hat gerade eben einen Gesetzesantrag zur Bioremediation angenommen, der demnächst in Ihrem Kongressausschuss zur Beratung ansteht. Ich gehe davon aus, dass wir in dieser Angelegenheit Ihre volle Unterstützung haben.« Er entblößte mit einem Grinsen einen Mundvoll gebleichter Zähne, die Pitt erst recht an ein Haifischmaul erinnerten.

»Ich habe die Gesetzesvorlage noch nicht eingehend studiert, daher muss ich mich vorläufig mit einer Einschätzung zurückhalten.«

»Wenn wir den Vorschlag durchbringen, wäre das ein wichtiger Sieg für unsere Partei.« Er drehte sich halb zu Pitt um. »Ich bin sicher, Ihr Ehemann weiß zu würdigen, dass dieser Sieg auch für sein Anliegen förderlich wäre.«

»Um ganz ehrlich zu sein, Senator«, sagte Pitt, »Ihnen geht es doch zuerst um Ihre Partei. Und mit Parteien hat mein Anliegen absolut nichts zu tun. Wenn Sie meine Frau überzeugen wollen, müssen Sie mich aus dem Spiel lassen.«

Loren verschluckte sich beinahe an ihrem Champagner, als sie ein Lachen unterdrückte und Pitt strafend ansah. »Also … ich verspreche, dass ich den Vorschlag einer eingehenden, fairen Prüfung unterziehen werde«, sagte sie zu dem Senator.

Bradshaw lief für einen kurzen Moment rot an, dann besann er sich auf seine geschliffenen Manieren. »Natürlich werden Sie das.«

»Senator, kennen Sie zufälligerweise Evanna McKee, die Chefin von BioRem Global?«, fragte Pitt. »Ich glaube, sie ist die Schirmherrin der Society.«

»Selbstverständlich. Sie ist eine ganz liebe Freundin und sponsert diese Veranstaltung.« Er überflog den Raum und entdeckte eine weibliche Gestalt in einem weißen fließenden Kleid im hinteren Teil der Rotunde. Bradshaw ergriff Lorens Arm. »Kommen Sie mit, ich mache Sie beide mit ihr bekannt.«

Pitt ließ sich sein Glas an der Bar noch einmal auffüllen und kam zu Loren zurück. Dann folgten sie dem Senator zu einer attraktiven älteren Dame, die allein zwischen den miteinander plaudernden Gästen stand, als ob sie von einem unsichtbaren Schutzschirm umgeben sei. Sie war schlank und hatte einen hellen Teint. Die Eleganz ihres weißen Kleides wurde von einer Brosche in der Form eines Skarabäus unterstrichen, die an einer goldenen Halskette hing. Platinblondes Haar umrahmte ein erstaunlich ausdrucksloses Gesicht, in dem der erste Anflug einer oder zweier Falten allenfalls zu erahnen war. Ihren eisblauen Augen entging anscheinend nichts von dem, was sich in ihrer nächsten Umgebung abspielte. Für Pitt spiegelten sie Kälte und ein allgemeines Misstrauen wider.

»Evanna McKee, darf ich Ihnen Congresswoman Loren Smith und ihren Ehemann, Dirk Pitt, den Direktor der NUMA, vorstellen?«, sagte Bradshaw. »Evanna ist die großzügige Sponsorin dieser festlichen Gala.«

»Es ist mir ein Vergnügen, Mrs. McKee.« Loren schüttelte ihre Hand. »Vielen Dank, dass Sie die Stiftung so tatkräftig unterstützen. Wie man leider feststellen muss, liegt heutzutage nur wenigen Menschen das Schicksal der Ozeane am Herzen.«

»Ich helfe immer gern, wo ich kann«, sagte Evanna McKee. Ihr schottischer Akzent war unverkennbar. »Ehrlicherweise muss ich zugeben, dass das Anliegen dieser Stiftung unseren geschäftlichen Interessen entgegenkommt.«

»Als Chefin von BioRem Global«, sagte Bradshaw, »haben Sie im Kampf gegen die Meeresverschmutzung bemerkenswerte Erfolge zu verzeichnen.«

McKee presste die Lippen zu einem schmalen Strich zusammen, während sie einen Händedruck mit Pitt wechselte. »Habe ich den Senator richtig verstanden, dass Sie die NUMA leiten?«

Er nickte. »Wenn ich nicht gerade damit beschäftigt bin, launischen Kongressangehörigen Gesellschaft zu leisten.«

»Ich habe mich vor Kurzem mit einem Ihrer Manager – ich glaube, Rudi Gunn – über die Tragödie in Detroit unterhalten.«

»Ja, ich hatte gehofft, Sie heute hier anzutreffen. Rudi meinte, Ihre Firma arbeite an einem Produkt, das bei der Beseitigung der Folgen dieses Unfalls eine große Hilfe sein könnte.«

»Unsere Firma entwickelt Mikroorganismen, um die Verseuchung von Gewässern unter Kontrolle zu halten. Wir können ein Bakterium anbieten, das sich von Kohlenwasserstoffverbindungen ernährt, wie die *Mayweather* sie geladen hat. Ich fürchte, sein praktischer Einsatz ist in den Vereinigten Staaten noch nicht genehmigt worden, aber in Europa und Asien haben wir damit hervorragende Erfolge zu verzeichnen.«

»Da es in einer dicht bewohnten Gegend Detroits zu dem Unfall kam, ist es von entscheidender Bedeutung, die Folgen schnellstens einzudämmen und zu beseitigen«, sagte Pitt.

»Unser BioRem-Produkt ist sowohl sicher als auch hochwirksam, und wir stehen bereit, um einzugreifen. Aber die Zeit drängt.«

»Kann ich irgendetwas tun, um zu bewirken, dass endlich grünes Licht gegeben wird?«, fragte Pitt.

»Der Senator ist uns bereits dabei behilflich, den Gang des Verfahrens zu beschleunigen.«

»Die Räder der Bürokratie bewegen sich bei der EPA nur ausgesprochen langsam, aber immerhin haben wir jetzt erste Fortschritte zu verzeichnen«, sagte Bradshaw. »Ich bin sicher, dass wir infolge der Krise in Detroit die verwaltungstechnischen Vorgänge beschleunigen können. Ich beabsichtige, gleich morgen früh einen Antrag zur vorübergehenden Aussetzung des Verfahrens auf den Tisch des EPA-Chefs zu legen.«

McKee sah Pitt fragend an. »Ich denke, eine entsprechende Empfehlung von Seiten der NUMA würde sicher nicht schaden.«

»Aber gern, wenn Sie es für sinnvoll halten«, sagte Pitt.

»Das ist vollkommen unnötig, meine Liebe«, sagte Bradshaw zu McKee. »Ich bin völlig sicher, dass die Genehmigung spätestens morgen vorliegen wird.«

»Ich habe bereits veranlasst, dass morgen früh ein Schiff mit einer Ladung Lösungsmittel in Detroit eintrifft. Wenn die Genehmigung erteilt wurde«, fuhr McKee fort, »wen sollen wir dann kontaktieren, um das Entladen und die Verteilung zu koordinieren?«

»Sie haben so jemanden vor sich«, sagte Pitt. »Ich werde morgen in Detroit sein, um die Leitung der Bergungsoperation zu übernehmen. Ihre Leute können sich mit mir abstimmen, wenn dem Senator die Freigabe vorliegt, und dann werden wir sehen, wie wir den Einwohnern von Detroit am wirkungsvollsten helfen können.«

»Na, hervorragend. Ich unterrichte gleich morgen meinen Supervisor. Es ist wirklich ein seltener Glücksfall, dass wir diese Chance hatten, uns kennenzulernen.«

»Dem kann ich nur beipflichten.«

»Mrs. McKee«, ergriff Loren das Wort, »ich glaube, ich muss mich bei Ihnen entschuldigen. Sind Sie nicht die Vorsitzende der Women's Governance League?«

»Nun ... ja. Das ist sogar eines unserer Lieblingsprojekte. Wir unterstützen Frauen in Führungspositionen in allen Bereichen des Lebens und bieten ihnen ein umfangreiches Netzwerk. Ich würde es als eine große Ehre betrachten, sollten Sie in Erwägung ziehen, unserer Organisation beizutreten. Ihre Erfolge im Kongress sind für alle Frauen auf der Welt eine große Inspiration.«

»Mir ist gerade eben eingefallen, dass Sie mich im vergangenen Jahr eingeladen hatten, anlässlich Ihrer Versammlung in Paris als Rednerin aufzutreten. Leider hatte ich mich zu diesem Zeitpunkt in Bulgarien aufgehalten. Ich fürchte, mir war nicht richtig klar, mit wem – oder mit was – ich es zu tun hatte.«

»Wir halten immer Ausschau nach erfolgreichen Frauen, um sie unseren jüngeren Mitgliedern als eine Art Ansporn zu präsentieren. In diesem Jahr findet unsere Jahreshauptversammlung in zwei Wochen in Schottland statt. Ich würde mich freuen, wenn Sie daran teilnehmen könnten. Ich kann sogar eine Flugverbindung arrangieren. Sie können Ihre Frau gern begleiten, Mr. Pitt. Sie hätten reichlich Gelegenheit, die ergiebigen Fischgründe in den schottischen Highlands zu erkunden, während wir Ihre Frau auf Trab halten.«

»Es könnte sein, dass ich dann noch immer in Detroit bin und nach dem Tanker angle, aber trotzdem vielen Dank.«

Eine stattliche schwarze Frau in einem eleganten grauen Kostüm trat von der Seite her an McKee heran und flüsterte ihr etwas ins Ohr.

»Es tut mir leid, aber ich muss mich entschuldigen, um ein Ferngespräch anzunehmen. Es war reizend, Sie beide kennenzulernen.« Sie wandte sich an Loren. »Ich freue mich schon jetzt darauf, wenn wir uns in Schottland wiedersehen.«

Pitt sah ihr nach, während sie sich entfernte, um ein Büro im Verwaltungstrakt des Museums aufzusuchen.

»Eine interessante Frau«, sagte Loren.

»Ja, und ausgesprochen überzeugend«, pflichtete der Senator bei. »Sie sollten sich ihrer Interessengemeinschaft anschließen. Sie ist sehr einflussreich.« Wobei nicht zu erkennen war, ob er Evanna McKee oder die von ihr geleitete Interessengemeinschaft meinte.

»Ich werde ernsthaft darüber nachdenken.«

Loren und Pitt entschuldigten sich bei dem Senator, während der Vorsitzende der Stiftung ein Podium betrat, um einen kurzen Film anzusagen. Er zeigte dramatische Sequenzen von verschmutzten Ozeanen und um ihr Leben kämpfenden Meerestieren, gefolgt von aktuellen Meldungen über Forschungsprojekte zum Schutz der Weltmeere. Während der Abspann lief, stellte Pitt fest, dass der Film von BioRem Global produziert worden war.

Sie mischten sich unter die Gäste und begrüßten noch einige Vorstandsmitglieder der Wohltätigkeitsorganisation, ehe Pitt seine Frau zum Ausgang steuerte.

»Na, siehst du, das war doch nicht besonders schlimm, oder?« Loren griff nach Pitts Hand, während sie zum Parkplatz gingen.

»Es wurde von dem Augenblick an besser, als wir den Senator abgeschüttelt hatten. Das scheint eine Stiftung zu sein, die wertvolle Arbeit leistet. Und sie wird – wie es scheint – von deiner neuen schottischen Freundin maßgeblich gefördert.«

»Eins der Vorstandsmitglieder meinte, ihre Firma habe der Stiftung eine namhafte Spende zukommen lassen und plane, auch weiterhin als aktiver Partner in Erscheinung zu treten. Das sorgt natürlich für gute Publicity. Aber Zugang zum amerikanischen Markt zu erhalten spielt sicherlich auch eine eine wichtige Rolle.«

»Was weißt du über diese Evanna McKee?«

»Nicht viel mehr, als dass sie die Firma von ihrem Mann, einem hervorragenden Mikrobiologen, geerbt hat. Vertrauter bin ich eher mit ihrem Wirken als Frauenrechtlerin. Sie hat sich weltweit für eine Gesetzgebung eingesetzt, die Frauen vor Gewalt und der Beschneidung ihrer Rechte bewahrt, und sie kämpft dafür, dass mehr Frauen politische Führungspositionen einnehmen. Über die Women's Governance League weiß ich jedoch nicht besonders viel. Soweit ich gehört habe, ist die Liga eine Art weibliche trilaterale Kommission und äußerst verschwiegen.«

»Ich nehme an, das heißt, wenn du beitrittst, wechselst du nicht den geheimen Händedruck mit mir.«

Loren lachte. »Natürlich nicht.« Sie drückte seine Hand auf vollkommen normale Art und Weise. »Du bist schließlich niemand, dem man vertrauen kann.«

»Das hätte ich mir eigentlich denken können … Also, beabsichtigst du jetzt ernsthaft, nach Schottland zu reisen?«

»Der Kongress verabschiedet sich in einer Woche in die Sommerpause. Wenn du dann noch immer in Detroit zu tun hast, ja, dann werde ich es wohl tun. Und falls deine Arbeit in Detroit abgeschlossen ist … Nun, Schottland soll das reinste Angelparadies sein.«

Sie stiegen in den Stutz, verließen den Parkplatz und fuhren auf der Constitution Avenue nach Westen. Es war ein ungewöhnlich warmer Maiabend, und der Duft von Kirschblüten erfüllte die Luft, als sie sich in den Kreisverkehr um das Lincoln Memorial einfädelten. Um diese späte Uhrzeit herrschte auf der Arlington Bridge nur geringer Verkehr, und Pitt konnte dem Stutz die Sporen geben. Endlich frei von allen Verpflichtungen ihres Amtes, kostete Loren jetzt genussvoll aus, wie der Fahrtwind mit ihrem Haar spielte.

»Die Nacht ist noch jung«, sagte Pitt. »Was hältst du von einer ausgedehnten Spazierfahrt?«

»Wenn ich daran denke, dass du schon morgen wieder auf Achse bist, würde ich den Abend lieber mit anderen Aktivitäten verbringen … zu Hause.« Sie rutschte auf der durchgehenden Sitzbank dichter an ihn heran.

Pitt deutete ein Kopfnicken an, trat leicht aufs Gaspedal und lenkte den Sportwagen in Richtung Hangar.

11

Der Anblick des kastenförmigen Deckaufbaus der *Mayweather*, der aus dem Fluss ragte, erinnerte an ein billiges Autobahnrasthaus. Pitt registrierte einen Schaumkragen an der Rückseite des Aufbaus, wo die Fluten des Detroit River sich an dem Hindernis brachen. Während sich der Rumpf des Schiffes vollständig unter Wasser befand, war der an dieser Stelle fast seichte Fluss nicht tief genug, um auch den hohen Brückenaufbau des Tankers zu überspülen.

»Ich glaube, wir brauchen uns wegen notwendiger Dekompressionspausen nicht den Kopf zu zerbrechen«, sagte Giordino. Er lenkte einen kleinen Wasserflitzer, den er in der Harbor Mill Marina von Detroit gemietet hatte. Dabei umrundete er das abgesackte Heck des Tankers und nahm Kurs auf eine große Arbeitsschute, die östlich des Tankerwracks mitten im Fluss ankerte.

»Aus den Karten geht hervor, dass die Wassertiefe in diesem Abschnitt des Stroms nicht mehr als zehn Meter beträgt«, sagte Pitt. »Abgesehen von der Strömung sind die Voraussetzungen für eine erfolgreiche Bergung gar nicht so schlecht.«

»Außer dass uns die Heckenschützen auf dem Capitol Hill aufs Korn nehmen, wenn wir unsere Aufräumarbeiten nicht schnellstens abschließen.«

»Seit wann machst du dir Sorgen wegen möglicher politischer Folgen?«

»Seit ich einen Blick auf meine Rentenansprüche geworfen

und festgestellt habe, dass ich noch weitere zwanzig Jahre arbeiten muss, um mich auf Bora Bora komfortabel zur Ruhe setzen zu können.«

Giordino ging neben der Schute, die in Steinwurfweite eines leeren Tankers lag, der flussaufwärts am Ufer vertäut war. Ein bärtiger Mann mit der Statur eines Bären und einer NUMA-Baseballmütze auf dem Kopf machte die Leinen des Bootes fest und half den beiden Insassen an Bord der Schute.

»Willkommen in Camp Maui«, begrüßte Michael Cruz die Besucher. Cruz war Schiffsingenieur und Bergungsexperte bei der NUMA und führte das Vorauskommando.

»Camp Maui?«, fragte Giordino.

»Unser kleines Inselparadies, das von zwei riesigen, hässlichen Stahlkästen eingerahmt wird.«

Skeptisch betrachtete Giordino den verwitterten Decksaufbau und das mit Ölflecken übersäte Deck. »Nicht unbedingt meine Vorstellung von einem Paradies.«

»Das war das Beste, was wir auf die Schnelle bereitstellen konnten«, erklärte Cruz mit einem breiten Grinsen. Der massige Ingenieur verbarg ein ständiges Lächeln unter seinem Vollbart, und das amüsierte Funkeln in seinen Augen verriet, dass er jederzeit zu irgendwelchen Späßen aufgelegt war. »Kommen Sie, ich führe Sie herum.«

Cruz brachte sie zu ihren Kabinen, dann begaben sie sich in den behelfsmäßigen Konferenzraum. An den Wänden hingen Unterwasserfotos des havarierten Tankers sowie eine mit Hand ausgeführte Risszeichnung des Schiffes. Cruz deutete auf eine nautische Karte des Detroit River, die auf dem Tisch lag. Darauf waren die Positionen der beiden Wracks markiert.

»Die *Mayweather*, die eine volle Ladung Ölsand aus Thunder Bay an Bord hatte, näherte sich um kurz nach Mitternacht der Belle Isle. Die *Duluth*, ein neunzig Meter langer Stückgutfrachter, war mit voller Kraft flussaufwärts unterwegs, führte einen scharfen

Schwenk aus und rammte den Tanker mittschiffs. Die *Mayweather* sank sehr schnell, während die *Duluth* sich irgendwie frei machen und ihre Fahrt flussaufwärts fortsetzen konnte, bis sie vor Grosse Pointe auf Grund lief.«

»Wir haben einen Abstecher zu ihr gemacht, bevor wir hierherkamen«, sagte Pitt. »Wie es aussieht, arbeiten einige Schlepper bereits daran, sie wieder flottzukriegen.«

»Das ist richtig. Sie soll flussabwärts in ein städtisches Dock gegenüber Grosse Isle geschleppt werden, wo das FBI dann die Kontrolle übernimmt.«

»Weshalb wurde das FBI hinzugezogen?«, wollte Giordino wissen. »In den Nachrichten, die ich verfolgen konnte, war ausschließlich davon die Rede, dass das Ganze ein Unfall war.«

Cruz schüttelte den Kopf. »Es war kein Unfall. Der Kapitän der *Duluth* und mehrere Mannschaftsmitglieder sind bei einer Explosion auf der Kommandobrücke nur wenige Sekunden vor der Kollision ums Leben gekommen.«

»Wir haben die Brandspuren an den Aufbauten gesehen«, sagte Pitt.

»Vertreter des städtischen Leichenschauhauses und Kriminaltechniker waren die ganze Nacht an der Arbeit und sammelten die sterblichen Überreste der Schiffsbesatzung ein. Noch hat kein Reporter davon Wind bekommen und sich darauf gestürzt. Die Behörden sind bemüht, alles unter der Decke zu halten. Zumindest solange die Untersuchung noch nicht abgeschlossen ist.«

»Sollte es ein Terrorattentat gewesen sein«, sagte Pitt, »dann war es wirkungsvoller als die meisten. Gibt es schon Verdächtige?«

»Ich habe nichts dergleichen gehört, aber ich bin, was Informationen betrifft, auch ziemlich weit vom Schuss. Ich habe hier draußen wirklich genug zu tun.«

»Dann erzählen Sie mal, mit was wir bei der *Mayweather* rechnen müssen.«

»Das Schiff ist immer noch in einem Stück – aber auch nur so eben. Die *Duluth* hat den Tanker in einem Winkel von sechzig Grad gerammt und ihn sauber aufgeschlitzt – wie eine Melone.«

»Ist das Leck sehr groß?«

Cruz nickte. »Auf der Wasseroberfläche merkt man nicht viel davon. Aber ROV-Kameras zeigen in größerer Tiefe dichte Ölwolken.«

Pitt deutete flussaufwärts. »Der leere Tanker. Ist man dort darauf vorbereitet, die nicht beschädigten Bunker leer zu pumpen?«

»Ja. In dieser Hinsicht hatten wir Glück. Der Tanker überquerte gerade den Lake Huron, und zwar mit knochentrockenen Tanks. Die Eigner der *Mayweather* haben ihn sofort gechartert und ein ganz hübsches Sümmchen auf den Tisch gelegt. Sie hoffen, den größten Teil der Ladung retten zu können.«

»Ein paar leere Ölbunker würden uns die Bergung um einiges erleichtern.« Pitt wandte sich an Giordino. »Was hältst du davon, wenn wir uns das Ganze mal aus der Nähe ansehen?«

»Ich dachte schon, du würdest gar nicht fragen.«

Cruz führte sie zu einem kleinen Deckhaus, dem sogenannten Tauchcontainer, wo jeder in einen Trockentauch-Schutzanzug schlüpfte und Pressluftflaschen, Tarierweste und Lungenautomat aus einem Regal nahm. Dann begaben sich die Männer zur Tauchplattform an einem Ende der Schute und legten die Ausrüstung an. Nachdem sie gegenseitig den korrekten Sitz der Geräte überprüft hatten und Anstalten machten, ins Wasser zu steigen, hielt ein Mitglied des Bergungsteams einen motorisierten Unterwasser-Scooter für jeden bereit.

»Ich hatte gehofft, wir müssten am Wrack nicht warten, bis jemand kommt und uns zur Schute zurückbringt«, sagte Giordino.

»Ohne diese Dinger würden wir im Eriesee landen«, meinte Cruz grinsend.

Pitt rückte eine Stirnlampe über seiner Gesichtsmaske zurecht und knipste sie an. »Wir sollten stromabwärts am Bug anfangen und uns dann stromaufwärts vorarbeiten.« Er nahm das Mundstück seines Lungenautomaten zwischen die Zähne und ließ sich von der Tauchplattform aus in den Fluss gleiten.

Jetzt – im Mai – war das Wasser des Detroit River noch eiskalt, und Pitt fröstelte, bis sich die Luftpolster seines Trockentauchanzugs mit seiner Körperwärme aufgeheizt hatten. Zwar war der Fluss nicht so sauber wie das Schmelzwasser eines arktischen Gletschers, dafür aber klarer, als Pitt erwartet hatte, und damit ermöglichte es eine Sichtweite von immerhin fünf bis sechs Metern.

Er schaltete den Antrieb des Scooters auf die niedrigste Stufe, richtete ihn nach vorn und ließ sich abwärtsziehen, bis das Flussbett unter ihm erschien. Mit einem visuellen Bezugspunkt im Blick konnte er die Kraft der etwa drei Knoten schnellen Strömung erkennen.

Er wartete, sah schließlich die Lichtpunkte der Stirnlampen von Cruz und Giordino näher kommen und glitt dicht über dem Grund weiter, bis vor ihm die wuchtige Masse des Tankers erschien. Der mit schwarzer Farbe gestrichene Rumpf hatte gleichmäßig aufgesetzt, und die weiße Höchstlademarke befand sich einige Meter unterhalb der Wasseroberfläche. Pitt ließ sich mit der Strömung treiben und schwebte an den Bugplatten entlang, bis er die runde Nase des Bugs erreichte.

Mit Giordino und Cruz dicht hinter ihm, wandte er sich flussaufwärts genau dorthin, wo die *Duluth* den Tanker gerammt hatte. Pitt schwamm ein Stück in das aufklaffende Schiffsinnere und betrachtete die Seitenwände der rostbraunen Ölbunker, die aufgeschlitzt worden waren. Dort, wo schwarze Ströme Öl durch zahlreiche Risse in den Stahlwänden austraten, verdunkelte sich das Wasser. Pitt stieg zum Hauptdeck auf, wo er erkennen konnte, dass der Frachter das Tankschiff bis auf drei Meter vollständig durchschnitten hatte.

Pitt schaltete den Antrieb des Scooters einige Stufen höher und drehte eine Runde um das gesunkene Schiff, ehe er vollends auftauchte und zur Schute zurückkehrte. Als er zur Tauchplattform gelangte, tauchte ein Paar glatter weiblicher Hände vor ihm ins Wasser und nahm ihm den Scooter ab, damit er an Bord klettern konnte.

Pitt zog sich auf die Plattform hoch und sah sich einer rothaarigen Frau in einem körpernah geschnittenen Overall gegenüber. Sie musterte Pitt von Kopf bis Fuß mit strenger Miene. »Haben Sie Ihr Bad beendet, damit ich endlich den Kampf gegen diese Ölpest aufnehmen kann?«

Pitt nahm die Tauchmaske ab und quittierte ihren unausgesprochenen Vorwurf mit einem entwaffnenden Grinsen. Von seiner Reaktion überrascht, hielt sie für einen Moment inne, sodass ihr der Scooter aus den Händen rutschte und polternd aufs Deck fiel. Während sie den Scooter wieder aufhob, befreite sich Pitt von der Pressluftflasche und der Tarierweste. Dann streckte er ihr die Hand entgegen.

»Ja, wir haben die Besichtigung abgeschlossen. Und vielen Dank für die Hilfe. Ich bin Dirk Pitt.«

»Audrey McKee, Field Manager bei BioRem Global. Der Supervisor der Schute hat mich informiert, dass Sie die *Mayweather* inspizieren wollten.«

»McKee heißen Sie? Dann müssen Sie die Tochter von Evanna McKee sein. Ich hatte erst gestern das Vergnügen, Ihre Mutter kennenzulernen.«

Audrey McKee nickte. »Schon möglich. Sie hält sich zurzeit in Washington auf.«

»Wir sind gleich heute Morgen mit der ersten Maschine herübergeflogen.«

Giordino und Cruz tauchten auf und kletterten an Bord. Pitt machte sie mit Audrey McKee bekannt.

»Hoffentlich haben Sie einen Riesensack hungriger Bakterien mitgebracht«, sagte Giordino.

Audrey McKee deutete auf einen kleinen Frachter, der an dem kanadischen Ufer des Stroms vertäut war. Die beiden großen

Stahlbehälter, die auf seinem Vorderdeck standen, waren nicht zu übersehen.

»Wir verfügen über einen ausreichenden Vorrat an bioremediationsfähigem Wirkstoff zur Beseitigung von Ölsandschäden, den wir jederzeit einsetzen können.«

»Die Rede ist von lebenden Bakterien, nicht wahr? Oder meinen Sie irgendwelche synthetischen Lösungsmittel?«, wollte Cruz wissen.

»Genau genommen handelt es sich um unterschiedliche Varianten von Mikroorganismen, die von uns entwickelt wurden und sich von Kohlenwasserstoffmolekülen ernähren.«

»Stellen sie keine Gefahr für andere Meereslebewesen dar?«

»Überhaupt nicht«, erwiderte sie. »Sie sind für die Meerestiere – und die Umwelt – absolut unschädlich. Ungefähr genauso wie die guten Bakterien in unserem Magen, ohne die wir nicht überleben würden.«

»Wurde schon eine Genehmigung erteilt«, fragte Pitt, »dass sie auch in amerikanischen Gewässern eingesetzt werden dürfen?«

»Eine Sonderfreigabe ist heute Morgen von der EPA unterzeichnet worden. Also haben wir jetzt die amtliche Erlaubnis, unser Produkt im Detroit River einzusetzen.«

»Das ist eine gute Nachricht«, sagte Giordino. »Wie wollen Sie die Mikroorganismen ausbringen?«

»Wir legen Schläuche zu den aufgerissenen Bereichen des Wracks und mischen die konzentrierte Lösung mit Wasser. Die Mikroben greifen das Öl an und zersetzen es in seine chemischen Bausteine und verdauen anschließend die giftigen Bestandteile. Leider lassen sich die Schadstoffe aufgrund der Flussströmung nicht an einem Ort konzentrieren. Aber wenn wir die Bereiche des Ölaustritts lokalisieren und ins Visier nehmen können, müsste es uns eigentlich gelingen, die Verschmutzung in den Griff zu bekommen und rückgängig zu machen.«

»Wir haben eine ziemlich genaue Vorstellung davon, wo sich

die Lecks befinden.« Pitt wandte sich an Cruz. »Mike, wann ist der Tanker, der die Ladung der *Mayweather* übernehmen soll, einsatzbereit?«

»Ich vermute, wir können heute Nachmittag damit anfangen, die intakten Bunker leer zu pumpen, und zwar starten wir am Heck. Voraussichtlich brauchen wir zwei Tage, um alles restlos zu übernehmen. Ich habe mein Team in drei Gruppen aufgeteilt, sodass wir in drei Schichten rund um die Uhr arbeiten können.«

Pitt lächelte Audrey McKee an. »Wie es aussieht, brauchen wir Ihre hungrigen Ölfresser nicht allzu lange in Anspruch zu nehmen.«

»Ich möchte ebenso wenig wie Sie, dass der Fluss mit Rohöl verseucht wird.« Sie deutete auf den versunkenen Bug der *Mayweather.* »Wir suchen uns eine Position flussabwärts und fangen sofort damit an, die Schläuche zu den beschädigten Anschnitten des Wracks zu verlegen.«

»Gut – damit hätten wir so etwas wie einen Aktionsplan«, sagte Pitt.

»Stehe ich mit Ihnen hier auf der Schute in Verbindung, sodass wir uns eventuell abstimmen können?«, fragte Audrey McKee.

»Al und ich werden nicht ständig an Bord erreichbar sein, daher sollten Sie Ihre einzelnen Schritte am besten mit Mike koordinieren.«

Cruz sah Pitt fragend an. »Also wollen Sie die Operation nicht von unserer luxuriösen Arbeitsschute aus leiten?«

Pitt fasste den aus dem Wasser ragenden Decksaufbau der *Mayweather* ins Auge.

»Ach nein«, sagte er und schüttelte den Kopf. »Al und ich werden die meiste Zeit im Fluss verbringen, wo wir dieses kapitale hässliche Monster in zwei handliche Hälften zerschneiden.«

12

Die Flamme des Unterwasserschneidbrenners brannte so hell wie die Mittagssonne. Während er sich mithilfe einer saugnapfähnlichen Vorrichtung auf dem glatten Rumpf der *Mayweather* in Position hielt, führte Pitt den Schweißbrenner über die Außenseite der gut einen Zentimeter dicken Stahlplatten, aus denen der Rumpf zusammengeschweißt war. Etwa zehn Meter entfernt, allerdings auf der Innenseite des Schiffes, fraß sich Giordinos Brenner in einem parallelen Schnitt durch den deutlich dünneren Stahl des inneren Rumpfs. Von der Wasseroberfläche mit Atemluft versorgt, hatten die Männer fast zwei Tage lang durchgearbeitet, um den gesunkenen Tanker zu zerteilen.

Auf dem Grund des Flusses kniend, führte Pitt den Schneidbrenner senkrecht nach unten – bis dorthin, wo der Rumpf in die Sedimentschicht eingesunken war. Dabei traf er auf den horizontal geführten Schnitt von der anderen Seite. Über die Funksprechverbindung seines Taucherhelms wies er einen Angehörigen des Helferteams auf der Schute an, die Sauerstoffzufuhr für den Schweißbrenner zu unterbrechen und den elektrischen Strom auszuschalten. Das Feuer an der Spitze der Brennerlanze erlosch, und Pitt schob den dunklen Schutzfilter vor der Sichtscheibe seines Taucherhelms hoch.

Zufrieden mit seinem Werk, wickelte er den Versorgungsschlauch des Schweißbrenners auf, schwamm am äußeren Rumpf entlang zur Wasseroberfläche und deponierte Schlauch und Brennerlanze auf dem Deck des gestrandeten Tankers. Dann tauchte er auf der gegenüberliegenden Seite ab und gelangte ins Schiffsinnere. Während er sich Giordino von der Seite näherte, brannte sein Partner eine letzte Öffnung in den inneren Schiffsrumpf.

Er schaltete seinen Schweißbrenner aus, klappte den dunkel getönten Schutzfilter seiner Tauchermaske hoch und nickte Pitt zu. »Ich glaube, das war's«, drang seine Stimme verzerrt aus dem Lautsprecher in Pitts Tauchermaske. »Wenn du kleinere Stücke haben willst, brauche ich ein neues Paar Arme.«

»Ich weiß gar nicht, ob es in Michigan überhaupt noch genug Elektroden gibt, um die ganze Prozedur zu wiederholen«, sagte Pitt. »Ich habe zwar keine Ahnung, wie es mit dir steht, aber ich brauche jetzt erst mal ein kühles Bier.«

Sie stiegen zur Wasseroberfläche auf, wo ihre Helfermannschaft sie an den Versorgungsleitungen zur Schute zog. Cruz erwartete sie schon, als sie an Deck kletterten und ihre Helme abnahmen. »Da ist ja unser Zweimann-Abbruchunternehmen. Wie ist es gelaufen?«

»Die Lanzen gingen durch den Stahl wie heiße Messer durch Butter«, antwortete Giordino.

»Sind Sie schon fertig?«

Pitt nickte. »Innerer und äußerer Rumpf wurden sauber halbiert.«

Cruz nickte. »Das ging aber schnell. Ich hatte damit gerechnet, dass Sie mindestens noch einen weiteren Tag bräuchten.«

Pitt öffnete den Reißverschluss seines Trockentauchanzugs und trat an die Reling. Um den gesunkenen Tanker herrschte dichtes Gedränge, überlagert von dem Lärm zahlreicher auf Hochtouren laufender Generatoren. Die *Mayweather* war von Arbeitsschiffen umringt, von der Schute und dem Entsorgungstanker auf der einen Seite, während der BioRem-Frachter südlich vom Wrack vertäut war. Dicke Schlauchbündel hingen von den Decks der letzten beiden Schiffe herab und verbanden sie mit dem Wrack.

Pitt richtete den Blick flussaufwärts auf einen neuen Besucher des Unfallorts. Eine breite Schute mit schwerem Hebekran hatte sich in Position begeben, um das in zwei Hälften zerschnittene Schiff aus seinem nassen Grab zu hieven.

»Wie steht es mit der Entleerung der Ölbunker?«, wollte Pitt wissen.

»Der Heckbereich ist nahezu vollständig frei von Ölsand«, antwortete Cruz. »Sobald das Heck gehoben wurde, können wir mit dem vorderen Abschnitt anfangen.«

»Bringen Sie das Kranschiff längsseits, sobald der letzte Tropfen Rohöl abgepumpt wurde«, sagte Pitt.

Cruz nickte. »Das ist der Plan. In der Zwischenzeit lasse ich von meinen Leuten die Kranseile anbringen. Ich denke, morgen früh können wir mit dem Heben des Achterschiffs anfangen.«

»Informieren Sie lieber die Leute von BioRem über Ihre Planung. Ich könnte mir vorstellen, dass sie ihre Schlauchleitungen einholen wollen, bis der Heckabschnitt vollständig gehoben wurde.«

»Ich gebe Audrey McKee entsprechend Bescheid. Eine flussabwärts positionierte Kontrollstation meldet einen deutlichen Rückgang der Ölverschmutzung. Offenbar sind ihre kleinen Helfer fleißig an der Arbeit.«

»Freut mich zu hören.« Pitt betrachtete das Wrack. »Mit ein wenig Glück haben wir bis morgen Abend beide Tankerhälften auf dem Trockenen.«

Cruz nickte. »Vielleicht kommen wir viel früher nach Maui, als ich gehofft habe.«

* * *

Um drei Uhr morgens lagen Hebeschiff und *Mayweather* dicht nebeneinander, und die Kranseile befanden sich an Ort und Stelle. Beim ersten Licht des Tages gab Pitt das Startzeichen, die Hebephase einzuleiten. Die Winden wurden eingeschaltet, die Seile spannten sich, und das Heck der *Mayweather* wurde hoch genug gehievt, sodass eine Prahm des Army Corps of Engineers unter die Wrackhälfte geschoben werden konnte. Anschließend schleppten zwei Bugsierschiffe die Prahm mit ihrer massiven Last den Detroit River abwärts in Richtung Cleveland und weiter zu einem Schrottplatz, wo sie ganz zerlegt werden sollte.

»Wir sind schon fast zu Hause«, stellte Pitt zufrieden fest.

»Für den Bugabschnitt werden wir nicht so lange brauchen, weil dort weniger Ölbunker leer gepumpt werden müssen«, sagte Cruz.

Die übernächtigte Crew der Schute nahm den Bugabschnitt des Wracks ins Visier und begann sofort mit den notwendigen Arbeiten, ohne sich eine Pause zu gönnen. Der Entsorgungstanker suchte sich eine günstige Position neben dem Bug der *Mayweather*, während Cruz das Anschließen der Abpumpschläuche überwachte. Unterdessen suchten Pitt und Giordino die günstigsten Positionen für die Kranseile, um den Hebeprozess so schnell wie möglich zu starten, sobald der Inhalt der Ölbunker gesichert worden war. Das hochfrequente Summen der Generatoren des BioRem-Frachters bedeutete, dass Audrey McKee weitere Speiseleitungen verlegt hatte, um die Bakterienkonzentration im Flusswasser zu erhöhen und auf diese Weise den Reinigungsprozess zu beschleunigen.

Am frühen Abend rief Pitt alle Beteiligten zu einer Lagebesprechung bei gegrillten Spareribs und Bier zusammen, die von einem Restaurant in Grosse Pointe auf die Schute geliefert wurden.

»Die Pumpen des Entsorgungstankers arbeiten mit Volllast«, berichtete Cruz. »Bis Mitternacht müssten die letzten Bunker leer sein.«

»Bis dahin dürfte auch die nächste Prahm des Army Corps eintreffen«, sagte Pitt. »Erst mal überlassen wir alles Weitere der zweiten Schicht und hauen uns für ein paar Stunden aufs Ohr. Wir treffen uns um Mitternacht, um zu entscheiden, ob wir noch vor Tagesanbruch den Bug des Wracks heben können.« Er wandte sich an Audrey McKee. »Wie sieht es bei Ihnen aus? Ist noch genug von der Bakterienlösung vorhanden?«

»Kein Problem. Für ein oder zwei Tage haben wir genug in unseren Tanks«, antwortete sie, während sie ein Gähnen unterdrückte.

Cruz nickte, zupfte eine Fleischfaser von der letzten Sparerib und wischte sich mit einer Serviette den Mund ab. »Schlaf wäre gut. Aber ich denke, ich sollte lieber selbst in den Fluss steigen, um mich zu vergewissern, dass die Öltanks wirklich sauber sind.«

»Al sollte Sie begleiten«, sagte Pitt. »Ein nächtlicher Solo-Tauchgang bei dieser Strömung ist nicht gerade ratsam.«

»Das ist nicht nötig. Ich bin sicher längst wieder an Bord, ehe Sie sich die Decke über die Ohren gezogen haben«, meinte Cruz mit seinem unbeschwerten Lächeln. »Wir sehen uns dann um Mitternacht.«

Ein paar Minuten später holte Cruz sich eine Pressluftflasche, zwängte sich in einen Tauchanzug und ließ sich von der Tauchplattform rücklings in den Fluss fallen. Er schaltete den Scheinwerfer seines Unterwasser-Scooters ein und überwand die kurze Strecke zum Bug der *Mayweather*. Hier glitt er über das Oberdeck und versuchte, in dem trüben Wasser etwas zu erkennen. Dabei schlängelte er sich durch ein Gewirr von Rohrleitungen und schmalen Laufstegen auf dem Tankerdeck.

Nicht weit von der zum Flussufer hin gelegenen Reling hielt er über einem dicken weißen Schlauch inne, der sich von der Wasseroberfläche herabschlängelte. Er war mit einer Speiseleitung verbunden, die zu einem der Ölbunker der *Mayweather* verlief. Durch diese Leitung wurde der zähflüssige Ölsand in die Bunker des Entsorgungstankers gesogen. Ein mit mehreren Kameras bestücktes ROV stand auf dem Deck über dem Schlauch und ermöglichte der Mannschaft auf dem Deck des Tankers, das Abpumpen zu verfolgen. Als er nirgendwo ein Leck entdecken konnte, winkte Cruz in die Kameras, machte kehrt und setzte seinen Weg zum Bug fort.

Rote Markierungsbänder an zwei Ventilen zeigten an, dass nur noch zwei Bunker darauf warteten, geleert zu werden. Das Bergungsteam bewegte sich mit dem Abpumpen also genau im vorausberechneten Zeitplan.

Er überquerte das Deck, kehrte zu dem regelrecht ausgefranst erscheinenden Ende des Bugabschnitts zurück und ließ sich bis auf den Grund des Stroms hinuntersinken, wobei er gleichzeitig die aufgerissenen Seitenwände der Ölbunker inspizierte. Ihm fiel ein Paar gelber BioRem-Schläuche auf, die in einem Abstand von einigen Metern zueinander an der Kante eines geborstenen Tanks befestigt waren, von dem dunkle Ölwolken aufstiegen und auf ein Leck hindeuteten.

Cruz schob sich an das Schlauchende heran, das ihm am nächsten war, und hielt eine Hand über die Öffnung. Er rechnete damit, den Strom der austretenden Bakterienlösung zu spüren. Aber er konnte nichts dergleichen wahrnehmen. Er lenkte den Scooter zum zweiten Schlauch, aber auch dieser war offenbar inaktiv. Dann folgte er den Schläuchen, die sich im Flussbett an dem Bugabschnitt des abgetrennten Schiffsrumpfs entlangwanden. Nach knapp zehn Metern vor dem Bug des Tankers endeten die Schläuche.

Cruz untersuchte die offenen Schlauchenden, die mit großen Steinen beschwert auf dem Grund des Flusses lagen, und ließ sich von seinem Scooter wieder zur Wasseroberfläche hinaufziehen.

Über sich konnte er vage die dunklen Umrisse des BioRem-Frachters ausmachen. Vielleicht war die Mannschaft gerade im Begriff, die Speiseleitungen zu wechseln. Dann bemerkte Cruz zwei dünne Schnüre, die vom Schiff ins Wasser hingen und nach achtern verliefen. Er drosselte den Antrieb des Scooters und ließ sich von der Flussströmung tragen, bis er die vermeintlichen Schnüre als ein Paar schwarzer Schläuche identifizierte. Sie führten auf den Grund des Flusses, verliefen jedoch in entgegengesetzter Richtung – von der *Mayweather* weg.

Cruz startete den Scooter wieder und folgte den beiden Schläuchen. Etwa siebzig Meter flussabwärts wanden sich die Schläuche eine steinige Böschung hinauf und endeten an einem breiten Metallgitter, das in Beton eingelassen war. Die Schläuche waren mit Klemmen an dem Gitter befestigt, und als Cruz mit einer Hand über den Schlauchöffnungen hin und her wedelte, spürte er den Strömungsdruck einer Flüssigkeit, die durch die Schläuche in den Fluss gepumpt wurde.

Dafür musste es eine Erklärung geben. Aber Cruz hatte keine Vorstellung, wie sie aussehen konnte. Wurde an dieser Stelle möglicherweise Schmutzwasser entsorgt? Er würde Audrey McKee anfunken und fragen, sobald er an Bord der Schute zurückgekehrt wäre.

Er steigerte die Leistung des Scooter-Antriebs, um die Strömung zu überwinden, und wandte sich flussaufwärts, um den schwarzen Schläuchen zu folgen.

Als er sich dem BioRem-Schiff näherte, erschienen zwei winzige verschwommene Lichtpunkte im Wasser. Nicht lange, und er konnte zwei Taucher erkennen, die in einem Abstand von etwa drei Metern zueinander mit ähnlichen Scootern auf ihn zukamen. Cruz drosselte das Tempo, während sie weiter zügig auf ihn zuhielten, und erkannte zu spät, dass sie ein Objekt zwischen sich mitschleppten.

Es war ein engmaschiges Netz, und sein Kurs führte mitten hinein. Er richtete die Nase seines Scooters ruckartig aufwärts, um über das Gespann hinwegzugleiten, aber die Taucher schlossen bereits das Netz hinter ihm. Einer der beiden streckte eine Hand aus und stieß Cruz den Scooter aus den Händen, während der andere Taucher einen stabilen Kabelbinder ins Netz einfädelte und zuzog.

Wutentbrannt versuchte sich Cruz mit kraftvollen Beinschlägen aus dem Netz zu befreien. Eine Hand fand eine Lücke, und er streckte den Arm aus und bekam einen der Taucher zu fassen.

Während er ihn dicht zu sich heranzog, spürte er, wie eine Klinge ihn seitlich am Hals streifte – und er atmete einen Mundvoll Wasser ein. Der andere Taucher hatte seinen Atemschlauch von hinten durchschnitten und zog Cruz auf den Grund des Flusses hinab.

Cruz wollte seinem Gegner einen Arm um den Hals legen, aber allein gegen zwei Gegner hatte er keine Chance, und der andere Mann konnte sich aus seinem Griff befreien.

Wut verwandelte sich in Panik, als nur noch das Ringen nach Luft seine Sinne beherrschte und er darum kämpfte, sich aus der tödlichen Umklammerung zu befreien. Die beiden Taucher befanden sich jetzt hinter ihm und drückten ihn mit dem Gesicht auf den Flussgrund.

Die Tauchermaske tief im Schlick, wehrte er sich mit aller Kraft. Aber vergebens. Festgenagelt und halb benommen von dem Sauerstoffmangel, konnte er nicht verhindern, dass sein Mund sich noch einmal mit Wasser füllte und er von einer aufwallenden schwarzen Schlickwolke verschluckt wurde.

13

»Mike wird vermisst.«

Die Worte trafen Pitt wie ein brutaler Tiefschlag. »Wie lange schon?«, fragte er, richtete sich in seiner Koje auf und bemühte sich, einen klaren Kopf zu bekommen.

»Er hat sich vor einer halben Stunde abgemeldet und die Schute über die Tauchplattform verlassen«, sagte Giordino. »Die Deckswache meldete ihn vor zehn Minuten als vermisst. Er ist im Wasser in der Nähe eines Ölbunkers und nicht zu erreichen, da er kein Funkgerät mitgenommen hat. Auf dem Entsorgungstanker hat man ihn vor zwanzig Minuten auf einem der Videobildschirme gesehen.«

»Durchaus möglich, dass er seinen Luftvorrat bis zur Neige verbraucht und daher länger im Wasser sein dürfte, aber sorge trotzdem dafür, dass jeder verfügbare Taucher ins Wasser kommt und nach ihm sucht. Und zwar sofort!«

»Ich schicke einen Matrosen mit einem Beiboot zum Bug der *Mayweather*, nur für alle Fälle.«

Während Giordino alles Notwendige einleitete, rief Pitt die vier anderen NUMA-Taucher zusammen und entwickelte mit ihnen einen Plan für eine systematische Suche. Ein paar Minuten später verließen sie unter seiner Führung die Schute und machten sich auf den Weg zur *Mayweather*.

Starke Regenfälle im Norden hatten zur Folge, dass der Fluss, der vom Lake St. Clair gespeist wurde, merklich anschwoll und sein Wasser stärker getrübt war und die Sichtweite sich auch wegen der einsetzenden Dunkelheit dramatisch verringerte. Pitt nutzte den Scooter, um über dem Oberdeck der *Mayweather* hin und her zu kreuzen. Er suchte den Bereich in der näheren Umgebung des Absaugschlauchs ab, dann tauchte er am stumpfen Bug der vorderen Schiffshälfte abwärts. Er kontrollierte die durchtrennten Stahlwände, dann fiel ihm ein Lichtpunkt ins Auge, und er wandte sich um.

Die vergleichsweise zierliche Gestalt einer Taucherin näherte sich. Audrey McKee sah ihn ausdruckslos an, deutete auf das Flussbett hinter ihr und schüttelte den Kopf. Pitt richtete den Scheinwerfer seines Scooters nach unten und fand einen schwarzen Gegenstand, der sich deutlich auf dem hellen sandigen Flussgrund abzeichnete. Eine Schwimmflosse, kein Zweifel.

Pitt schwamm an Audrey McKee vorbei und leuchtete mit dem Scheinwerfer seines Scooters in das nächste aufgeschnittene Abteil. In diesem Fall war es ein aufgerissener Ölbunker, in dessen Seitenwand ein Loch mit sägeartig gezackten Rändern klaffte. Das Wasser in seinem Innern, das nicht von der Flussströmung erreicht wurde, war vollkommen klar, und Pitts Scheinwerferstrahl fiel auf einen menschlichen Körper in einem blauen Nasstauchanzug, der im Bunker verkeilt war.

Während McKee ihren Scheinwerfer ebenfalls auf den Bunker richtete, zwängte er sich hinein und sah sich Michael Cruz genau gegenüber. Die starren Augen des NUMA-Technikers blickten durch ihn hindurch. Eine Schnalle von Cruz' Tarierweste hatte sich an einem verbogenen Stahlzinken verfangen, sodass der Tote in seiner augenblicklichen Position fixiert wurde. Sein Regulator lag schlaff auf seiner Brust. Pitt registrierte, dass dieser und die damit verbundene Tauchkonsole offenbar brandneu waren.

Pitt ließ den Taucher an seinem Platz und suchte den Ölbunker mit der Scooterlampe ab. Dann schlängelte er sich wieder aus dem Bunker heraus, wo McKee noch wartete. Ein weiteres Paar Lichter näherten sich durch das trübe Wasser, und zwei der NUMA-Taucher, die zu dem Suchtrupp gehörten, erschienen. Pitt deutete auf den Ölbunker, dann gab er ihnen mit Handzeichen zu verstehen, dass er auftauchen wolle. Audrey McKee folgte ihm, während er nach oben entschwand und Kurs auf die Schute nahm.

Giordino stand auf der Tauchplattform und legte letzte Hand an seine Tauchausrüstung, um sich ebenfalls an der Suche zu beteiligen. Er half Audrey McKee, aus dem Wasser zu steigen, und dann verfolgte er, wie Pitt an Bord kletterte. Giordino erkannte sofort, dass er keine guten Nachrichten zu verkünden hatte. »Habt ihr ihn gefunden?«

»In einem der aufgerissenen Öltanks. Wie es auf den ersten Blick aussieht, hat er das Innere des Tanks untersucht, als er mit seiner Ausrüstung an irgendeinem Hindernis hängen blieb. Offenbar konnte er sich nicht befreien und hatte schließlich seine Atemluft verbraucht.«

McKee schüttelte den Kopf. »Wie schrecklich.«

»Wie konnte das passieren?«, fragte Giordino. »Mike war ein erfahrener Taucher.«

Pitt nickte.

»Es sah in dem Bunker ziemlich eng aus«, sagte McKee, »die Seitenwände waren vollkommen verzogen, und scharfkantige Stahltrümmer engten die Bewegungsfreiheit noch zusätzlich ein. Vielleicht hat er auch das Sediment aufgewirbelt und die Orientierung verloren. Ich selbst hatte eine Zeit lang ein besonderes Faible fürs Höhlentauchen, und ich weiß, wie leicht man sich dabei verirren kann.«

»Und dazu war er erschöpft«, sagte Giordino. »Genauso wie wir alle.«

Pitt starrte auf die Deckplatten. Cruz war ein guter Taucher. Zu gut.

»Wir unterbrechen unsere Aktivitäten, bis wir ihn an Land gebracht und die Polizei benachrichtigt haben.« Pitt drehte sich zu

Audrey McKee um. »Am besten bläuen Sie Ihren Tauchern noch einmal ein, auf keinen Fall unter Wasser allein zu operieren.«

Eine Stunde später holten Mitglieder der Wayne County Sheriff's Marine Unit Mike Cruz in einem Leichensack an die Wasseroberfläche und transportierten ihn an Land. Nach einem halben Tag Verzögerung wegen einer Sicherheitsüberprüfung wurde das am Vortag eingetroffene zweite Kranschiff neben das Wrack bugsiert, sodass der Bugabschnitt der *Mayweather* gehoben werden konnte. Er folgte dem Heckabschnitt auf einer Prahm nach Cleveland, während die verbleibenden Schiffe ihre Säuberungsarbeiten fortsetzten. Audrey McKee teilte Pitt per Funk mit, dass der Bio-Rem-Frachter Kurs auf Ontario nehmen wolle, und wünschte ihm und Giordino alles Gute.

»In einer Stunde sollte ein Schlepper erscheinen, um unsere Schute ans Ufer zu ziehen«, sagte Giordino. »Wir können aber auch das Beiboot benutzen, um das Schiff sofort zu verlassen. Rudi hat Plätze in einer Abendmaschine gebucht, die in drei Stunden startet.«

Pitt schüttelte den Kopf. Die Strapazen der letzten Tage hatten ihre Spuren in seinem Gesicht hinterlassen, aber seine Augen blickten hellwach und entschlossen. Da war nicht einmal ein Anflug von Zufriedenheit wegen der erfolgreichen Bergungsoperation, die erheblich früher abgeschlossen worden war, als sie sich anfangs ausgerechnet hatten. Das Einzige, was Pitts Gedanken beherrschte, war der tragische Tod von Michael Cruz.

Er holte sich eine frische Pressluftflasche. »Ich will mir ein allerletztes Mal die Unfallstelle ansehen.« Pitt ließ den Blick einige Sekunden lang über den Fluss wandern, ehe er auf die Tauchplattform herunterstieg.

»Ich kümmere mich inzwischen darum, dass die restlichen Geräte richtig verstaut werden«, sagte Giordino. Er spürte deutlich, dass sein Freund in diesem Moment nicht an Gesellschaft interessiert war.

Pitt tauchte mit dem Scooter ins Wasser, ließ sich bis auf den Grund sinken und dann flussaufwärts ziehen. Er erreichte den eingeebneten Bereich des Flussbetts, wo das Heck der *Mayweather* aufgesetzt hatte, und schwebte darüber hin und her, während er sich gleichzeitig mit der Strömung flussabwärts treiben ließ. Die Sichtweite hatte sich nur geringfügig verbessert und betrug nicht mehr als knapp zwei Meter. Aus dieser Höhe untersuchte er den Flussgrund.

Dort, wo sich der Bug des Tankers in den Schlick gegraben hatte, hielt er für einen Moment inne, dann trieb er weiter. Seine Gedanken begannen zu wandern, während er sich auf den konturlosen Flussgrund konzentrierte und alte Autoreifen, Bierdosen und anderer Abfall unter ihm erschienen. Nach ein paar Minuten kehrte er um und beschleunigte den Scooter gegen die Strömung.

Er machte Anstalten, ihn in Richtung Schute zu lenken, als ein hellfarbener Gegenstand seine Aufmerksamkeit erregte und er die Propellerdrehzahl drosselte. Er gehörte nicht zu dem Müll, der sich an dieser Stelle angesammelt hatte. Es war ein vertrauter Gegenstand, der erst vor Kurzem verloren gegangen war. Pitt stoppte, klaubte ihn aus dem Sand und kehrte zur Schute zurück.

14

Senator Stanton Bradshaw blickte aus dem Fenster auf das Washington Monument mit seinen roten Warnleuchten an der Spitze, die durch die einbrechende Dunkelheit blinkten. Eins musste er zugeben, die Thomas Jefferson Suite des Willard InterContinental Hotel bot dem Gast einen atemberaubenden Blick auf die Monumente an der National Mall und darüber hinaus. Er trank einen Schluck geeisten Bourbon, wandte sich von dem Panoramafenster ab und konzentrierte sich auf seine Gastgeberin.

Evanna McKee, die auf einem roten Sofa saß, blätterte in einem Buch mit einem amtlichen Siegel auf dem Deckel. »Ist dies der von dem Komitee ausgearbeitete und angenommene Gesetzesvorschlag?«

»Ja, vom Senatsausschuss für Umwelt und öffentliche Bauten. Wir müssen uns aber noch mit dem Repräsentantenhaus beraten, wenn dessen Vorschlag auf dem Tisch liegt.«

»Ich verlasse mich darauf, dass Sie spätestens dann Ihren Einfluss geltend machen.«

»Ich tue, was ich kann«, versprach Bradshaw. »Die Abgeordnete Smith, die sie neulich kennengelernt haben, leitet den Unterausschuss, der die Gesetzesvorlagen begutachtet. Dummererweise ist sie eine harte Nuss, die es erst noch zu knacken gilt. Allerdings wurde der Gesetzesentwurf eher behutsam formuliert, und er wird auch erst im Kleingedruckten präzise. Dort findet sich die klare Sprache, die Ihnen das Tor öffnet, um Ihre BioRem-Produkte uneingeschränkt in amerikanischen Gewässern einsetzen zu können. Und genau das ist es doch, was Sie sich gewünscht haben.«

»Und wofür Sie bezahlt werden. Erzählen Sie mir mehr über diese Kongressabgeordnete.«

»Loren Smith – oder Smith-Pitt, wie sie sich jetzt nennt – vertritt Colorado schon seit einigen Jahren im Kongress. Sie ist Vorsitzende der Kongressunterausschüsse für Umwelt und Wasserwesen, Energie und Meeresökologie, und außerdem leitet sie das Komitee für auswärtige Angelegenheiten. Sie wird vor allem wegen ihrer Kenntnisse in gesetzgeberischen Fragen hochgeschätzt – und auch wegen ihrer moralischen Berufsauffassung und ihrer absoluten Unparteilichkeit. Mehrere Gesetze zur Förderung der Kriegsveteranenversorgung und zu Frauenrechtsfragen tragen ihre unverwechselbare Handschrift. Leider steht sie nicht in dem Ruf, für die im Kongress üblichen Geheimverhandlungen und Hinterzimmer-Deals empfänglich zu sein.«

»Ich verstehe«, sagte McKee. »Es scheint, als sollte ich mich bei ihr stärker in Erinnerung bringen. Ich glaube, ich rufe sie an und lade sie persönlich zu meiner Konferenz in Schottland ein. Wenn ich den richtigen Ton treffe und es mir gelingt, sie zu überzeugen, könnte sie in Zukunft eine wichtige Verbündete sein.« Sie legte den Gesetzesvorschlag auf einen Couchtisch. »Vielen Dank, dass Sie der EPA die Genehmigung für den Unfall in Detroit abgerungen haben. Sie können sich demnächst über eine Gutschrift auf Ihrem Konto in Dubai freuen.«

Bradshaw leerte sein Glas und verbeugte sich vor McKee so elegant, wie ein vom Alter gezeichneter, übergewichtiger und dazu beschwipster Senator es gerade noch zustande brachte. »Ich danke Ihnen, Mrs. McKee. Wie immer war es mir ein besonderes Vergnügen, Ihnen bei der Wahrnehmung Ihrer Interessen behilflich sein zu können.«

»Rachel wird Sie hinausbringen.«

Die dunkelhäutige Frau, die er zum ersten Mal während der

Gala im Museum gesehen hatte, betrat das Wohnzimmer der Suite und nickte ihm zu. Der Senator folgte der auffällig breitschultrigen Frau zur Tür.

Ein paar Sekunden später trat Audrey McKee aus einem Schlafzimmer in den Salon. Sie war eine Stunde zuvor aus Detroit angekommen, hatte ausgiebig geduscht und trug jetzt statt ihres Overalls eine sportlich elegante Kombination aus Bluse und langer Hose. »Wie kannst du es nur ertragen, mit diesem Schwein Geschäfte zu machen?«, fragte sie.

»Für Geld würde er alles tun. Ich ziehe es vor, Leute zu engagieren, die bereit sind, für eine angemessene Summe ihre Seele zu verkaufen und nach meiner Pfeife zu tanzen. Sie ermöglichen mir, ungehindert meine Ziele zu verfolgen.«

»Trotz allem, er ist immer noch ein Schwein.«

»Was auf alle Männer zutrifft. Einige sind unserem Anliegen dienlich – so wie gemietete Schläger oder Marionetten. Mit seiner Hilfe werden wir schon bald in der Lage sein, unseren Einfluss in ganz Amerika geltend zu machen.«

Audrey nickte. »Wir haben soeben damit begonnen, die wichtigen Städte der Welt zu infiltrieren. New York und Los Angeles wären optimale Neuerwerbungen.«

McKee schlug einen zweiten Heftbinder auf und betrachtete eine Landkarte. Größere Hafenstädte überall auf dem Erdball waren markiert und mit unterschiedlichen Zahlencodes versehen. McKee schaute von der Landkarte hoch zu ihrer Tochter.

»Was haben wir in Mumbai verteilt?«

»Die letzten Reste unserer zweiten Mischung, den EP-2-Mix«, erwiderte Audrey McKee. »Als er ausgeliefert wurde, hatten wir immer noch die Hoffnung, dass die Nebenwirkungen minimal seien. Aber wie wir in El Salvador feststellen mussten, war dies nicht der Fall.«

Evanna McKee nickte. »Also gut, wir wissen, dass die erste Mischung die ursprünglichen Eigenschaften hatte, darum führten wir die Tests an einem Ort durch, wo niemand den Unterschied bemerken würde. In Kenia, Tansania, Nigeria. Dr. Perkins hat unsere Hoffnung auf unbedenkliche Nebenwirkungen der zweiten Mischung genährt, als wir vor ein paar Monaten damit angefangen haben, sie auszubringen. Jetzt wissen wir, dass er sich geirrt hat.«

»Wir können von Glück reden, dass nirgendwo ein Verdacht aufkam. Die Todesfälle in den anderen Drittweltländern, wo EP-2 zum Einsatz kam, weckten keine gesteigerte Aufmerksamkeit. Niemand hat unbequeme Fragen gestellt.«

»Aber das Risiko, dass irgendetwas bekannt wird, ist nach wie vor ernst zu nehmen«, sagte McKee und sah ihre Tochter mit düsterer Miene an. »Und es werden vor allem die westlichen Einsatzorte sein, die bei Auffälligkeiten einer genaueren Prüfung unterzogen werden.«

»Das ist richtig, aber die Risikowahrscheinlichkeit hat sich mit der Einführung des neuen Produkts grundlegend verändert. Die ersten Einsätze mit der dritten Mischung, EP-3, haben absolut unbemerkt stattgefunden.«

»Gab es keine Störungsmeldungen aus Detroit?«

»Nichts«, erwiderte Audrey. »Das Produkt erweist sich als nicht wahrnehmbar. Wir können die Verteilung unbesorgt beschleunigen. Die einzige Verzögerung könnte sich ergeben, wenn wir die Produktion steigern und nicht genug Ausgangsmaterial zur Verfügung steht.«

»Möglicherweise können wir schon in Kürze den nötigen Nachschub aus einer anderen Quelle beziehen.«

McKee erhob sich und richtete den Blick auf die dunkle Skyline. »Wir stehen praktisch an der Schwelle eines wahrhaft triumphalen Moments. In nur wenigen Wochen wird es keine wichtige Stadt mehr geben, die sich unserem Zugriff entziehen kann. Danach ist der globale Umkipppunkt unabwendbar. Wann es so weit ist, ist dann nur noch eine Frage der Zeit.«

»Und das alles wird geschehen, bevor jemand auch nur den

Versuch unternommen hat, ein Gegenmittel zu entwickeln. Dann hast du es geschafft, Mutter. Dann hast du die Menschheit und ihre Zukunft von Grund auf verändert.«

»Ja«, sagte Evanna McKee leise. »Innerhalb nur einer Generation werden wir die Bevölkerung des Planeten praktisch auf den Kopf stellen.« Für einen Moment weidete sich McKee an dieser Vorstellung. Ihre marmorartige Maske bekam Risse, und sie erlaubte sich den Anflug eines Lächelns. »Und jetzt erzähl, wie die Dinge in Detroit gelaufen sind.«

»Wir haben damit angefangen, die Ölpest einzudämmen und zu bekämpfen. Dann leiteten wir den EP-3-Mix ein, nachdem das Wrack des Tankers leer gepumpt und entfernt worden war. Die Bergung erfolgte schneller, als wir erwartet hatten, daher blieb uns für die Einleitung nur etwa ein Tag Zeit, nachdem die Stadt ihr Trinkwasser wieder aus dem Fluss bezog. Es ergab sich allerdings ein kleines Problem. Eine unserer Unterwasserkameras hat aufgezeichnet, wie ein NUMA-Taucher die Speiseleitungen unter unserem Schiff untersuchte.«

»Konnte er irgendetwas sehen?«

»Wenn ja, dann hatte er keine Gelegenheit, irgendjemanden darüber zu informieren. Wir haben uns um ihn gekümmert, bevor er mit jemandem sprechen konnte.«

»Habt ihr ihn eliminiert, ohne dass es verdächtig aussah?«

Audrey nickte. »Es hat wie ein Unfall ausgesehen. Zum Glück geschah es abends, als die Arbeiten schon beendet waren und der Unfallort geräumt worden war.«

»Wahrscheinlich wird es das Beste sein, wenn du morgen mit mir nach Schottland zurückkehrst.« Evanna McKee hielt für einen Moment inne. »Wir haben jedoch ein weiteres ungelöstes Problem. Ich habe von meinem Senator erfahren, dass sich eine Wissenschaftlerin des in El Salvador beschäftigten Teams der U.S.-Entwicklungshilfe hier in Washington aufhält. Ihr Name ist Elise Aguilar.«

»Ich hatte versucht, sie in El Salvador zu beseitigen.«

McKee sah ihre Tochter strafend an. »Eure Operation in El Salvador war ein Fiasko.«

»Wir haben nichts anderes getan, als die EP-2-Einspeisung im Nachhinein abzusichern«, verteidigte sich Audrey. »Wir hatten doch keine Ahnung, dass die Entwicklungshelfer plötzlich auf die Idee kamen, das Wasser zu testen. Wir hielten es für geraten, kein Risiko einzugehen.«

»Ihr wolltet kein Risiko eingehen? Sie waren dorthin gekommen, um den Bauern bei einem landwirtschaftlichen Aufbauprogramm behilflich zu sein. Sie hatten einen offiziellen Auftrag. Ihr habt einen internationalen Zwischenfall inszeniert.«

»Wir wissen, dass sie Wasserproben entnommen haben – oder zumindest diese Frau ist dabei beobachtet worden.«

»Wäre sie mit den anderen getötet worden, dann brauchten wir uns zumindest jetzt keine Sorgen mehr zu machen.«

»Da ist noch etwas … das du im Zusammenhang damit wissen musst«, sagte Audrey. »Der Mann, der diese Wissenschaftlerin auf dem Cerrón-Grande-Stausee gerettet hat, war derselbe, den die NUMA nach Detroit schickte, um die *Mayweather* zu heben.«

»Er ist auf dem Cerrón-Grande-See gewesen? Bist du dir ganz sicher?«

Audrey nickte. »Er heißt Dirk Pitt. Und er ist der Direktor der NUMA.«

»Ja, ich habe Pitt während der Gala kennengelernt. Hat er dich wiedererkannt?«

»Nein.«

»Nun, dann sollte er uns keine Probleme bereiten.«

»Wie ich gehört habe, ist er in seinem Job ziemlich erfolgreich.«

»Möglicherweise brauche ich seine Frau, aber nicht ihn.« Evanna McKee wandte sich um und betrachtete wieder die Lichter von Washington. »Ich habe zwei Leute hier, die sich dieser Aguilar annehmen werden. Sollte Pitt auf die Idee kommen, sich einzumischen, dann erwartet ihn eine ziemlich unangenehme Überraschung.«

15

Es war üblich, dass Rudi Gunn auf seinem Schreibtisch einen Stapel Post vorfand, wenn er sein Büro morgens in der Verwaltungszentrale der NUMA betrat. Absolut nicht üblich war jedoch der besonders große Briefbeschwerer, der ihn an diesem Tag erwartete. Auf den zweiten Blick entpuppte er sich als nur mäßig benutzter gelber Tauch-Scooter mit der Aufschrift NUMA in türkisfarbenen Lettern, der mitten auf seinem Schreibtisch parkte. Umwickelt war er mit einem Atemregulator. Gunn studierte das Gerät, dann klemmte er es sich unter den Arm und trug es zu Dirk Pitts Eckbüro am Ende des Korridors.

»Gibt es ein Problem mit der Garantie?« Er lehnte den Scooter an Pitts Schreibtisch und ließ sich in einen Besuchersessel fallen.

Pitt, der den Bericht des Sheriffs aus Detroit studierte, blickte kurz hoch. »Er hat Mike Cruz gehört.«

Gunn nickte und konnte sich noch immer keinen Grund denken, weshalb das Gerät auf seinem Schreibtisch gelandet war. Er wartete geduldig darauf, dass Pitt ihn ins Bild setzte.

»Ich habe ihn auf dem Grund des Detroit River gefunden. Und zwar sechzig bis siebzig Meter von Mikes Leiche entfernt.«

»Vielleicht ist er ihm aus den Händen gerutscht und hat sich ohne Mike selbstständig gemacht.«

»Nein, bei diesem Modell muss man mit der Hand ständig Druck auf den Antriebsregler ausüben. Anderenfalls stoppt der Propeller.«

»Vielleicht hat der Fluss ihn ein Stück mitgenommen. Soweit ich weiß, herrscht dort, wo ihr gearbeitet habt, eine ziemlich starke Strömung.«

»Mike befand sich etwa in der Mitte des Schiffes in der Nähe der Kiellinie. Der Apparat hätte sich etwa zwanzig Meter vom Schiff entfernen und einen Schwenk von neunzig Grad ausführen und anschließend einem Kurs flussabwärts folgen müssen. Ich weiß zwar, dass aufgrund besonderer Strömungsverhältnisse unter Wasser die seltsamsten Dinge passieren können, aber ich glaube nicht, dass es so war.«

»Und was denkst du?«

»Ich glaube, Mike wurde ermordet.«

Gunn reagierte nicht einmal mit einem Blinzeln, während er sich diese Feststellung durch den Kopf gehen ließ. »Ich habe gerade den Bericht des Detroit Sheriff's Office gelesen.« Er deutete mit einem Kopfnicken auf den Schnellhefter, den Pitt in der Hand hielt. »Dort ist von einem Unfall die Rede, der zum Tod durch Ertrinken führte. Für endgültige Klarheit soll eine in Kürze anberaumte Autopsie sorgen.«

»Mike war viel zu erfahren.«

»Desorientierung und Panik können selbst den versiertesten Taucher heimsuchen«, gab Gunn zu bedenken. »Es war fast Nacht, als er ins Wasser ging, hinzu kamen eine starke Strömung und eine extrem schlechte Sicht. Das ist für jemanden, der einen Solo-Tauchgang absolviert, eine gefährliche Mischung. Außerdem dürfte er nach den Doppelschichten ziemlich erschöpft und übermüdet gewesen sein.«

Wahrscheinlich traf das zu, dachte Pitt, doch genau das quälte ihn. Er hätte Cruz nicht erlauben dürfen, allein zu tauchen, ungeachtet seiner Erfahrung. Pitt fühlte sich an seinem Tod schuldig, und er hoffte, dass dieses Bewusstsein sein Urteilsvermögen nicht trübte.

»Er hat in seichtem Wasser operiert. Falls seine Pressluftflasche sich irgendwo verhakt hatte, hätte er sich jederzeit von ihr befreien und mit ein paar Flossenschlägen zur Wasseroberfläche aufsteigen können. Aber es gibt keinerlei Anzeichen, dass er es überhaupt versuchte. Abgesehen von der Position seines Scooters ist da noch sein Regulator.«

Gunn nahm ihn in die Hand und inspizierte das Gerät. »Kommt mir nicht so vor, als sei er beschädigt. Im Gegenteil, ich finde, er sieht brandneu aus.«

»Zu neu, wenn du mich fragst. Außerdem ist es nicht das Fabrikat, das wir gewöhnlich bei unseren Einsätzen benutzen.«

»Meinst du, dass jemand seinen Regulator vertauscht hat?«

»Möglich wäre es.«

Gunn betrachtete den Regulator, dann sah er wieder Pitt an. »Falls er tatsächlich ermordet wurde, weshalb haben sie seine Leiche im Wrack zurückgelassen? Sie hätten ihn flussabwärts treiben lassen können, wo höchstwahrscheinlich niemand jemals seine Leiche gefunden hätte.«

»Entweder sollte es wie ein Unfall aussehen, oder man wollte auf diese Weise verhindern, dass flussabwärts nach ihm gesucht wurde.«

»Das könnte eine Erklärung für ein Motiv sein, aber wer sollte so etwas getan haben?«

Pitt schüttelte den Kopf. »Das ist das große Rätsel. Ich habe die Kapitäne der anderen Schiffe gefragt, die am Unfallort waren, um verschiedene Arbeiten auszuführen. Keiner hatte irgendwelche unbekannten Boote oder Schiffe gesichtet, die sich während Mikes Tauchgang näherten. Aber es war immerhin tiefe Nacht.«

»Damit bleiben als mögliche Täter«, sagte Gunn, »eine überschaubare Anzahl an Tauchern übrig – alle von den Schiffen, die an der Bergungsoperation beteiligt waren.«

»Insgesamt elf, soweit ich in Erfahrung bringen konnte. Sechs NUMA-Taucher auf der Schute inklusive Al und ich, drei Taucher auf dem BioRem-Frachter und je ein Hilfstaucher auf dem

Kranschiff und dem Entsorgungstanker. Unsere Taucher waren während Mikes Ausflug allesamt an Bord. Die anderen Schiffe meldeten das Gleiche.«

»Dann muss entweder jemand lügen, oder es war tatsächlich ein Unfall. Es wird schwierig sein, das eine oder das andere zweifelsfrei zu beweisen.«

Pitt sah Gunn in die Augen, aber sein Blick verriet, dass er in diesem Moment mit seinen Gedanken ganz woanders war. »Ich möchte, dass du mir jede verfügbare Information über BioRem Global beschaffst.«

»Hast du einen Verdacht?«

»Kann ich nicht behaupten. Aber deren Frachter war der einzige, der flussabwärts unterhalb der *Mayweather* vertäut war.«

»Okay, ich werde es tun und beschaffe aus Detroit das Ergebnis der Autopsie, sobald es verfügbar ist.«

Gunn wollte das Büro verlassen, als Zerri Pochinski, Pitts Sekretärin, gerade den Kopf durch den Türspalt schob. »Tut mir leid, Sie beide zu stören, aber draußen wartet Besuch für Sie. Haben Sie Zeit, um eine gewisse Elise Aguilar zu empfangen?«

»Natürlich«, antwortete Pitt lebhaft. »Führen Sie sie auf der Stelle herein.«

Er kam Elise Aguilar bis zur Tür entgegen und wurde mit einer herzlichen Umarmung begrüßt. Bekleidet mit einem Businesskostüm von Elie Tahari und das dunkle Haar zu einem Pferdeschwanz zusammengerafft, hatte sie nicht die geringste Ähnlichkeit mit der vollkommen durchnässten Wissenschaftlerin, der Pitt in El Salvador das Leben gerettet hatte.

»Das nenne ich wirklich eine wunderbare Überraschung«, sagte Pitt. Er machte sie mit Rudi Gunn bekannt und lud sie ein, Platz zu nehmen. »Ich bin nicht nur überrascht, Sie so bald wiederzusehen, ich stelle auch voller Staunen fest, wie gut Sie sich erholt haben.«

Elise Aguilar errötete. »Ich fühle mich auch sehr gut. Zwei

Tage im Walter Reed Hospital haben mir als Motivation gereicht, schnellstens wieder auf die Beine zu kommen. Nur dies hier werde ich wohl noch einige Wochen mit mir herumschleppen.« Sie hob ihren linken Arm, der in einem semi-rigiden Castverband steckte. »Die Ärzte haben mir versichert, dass der Arm am Ende so gut wie neu sei.«

»Das sind zur Abwechslung mal fantastische Neuigkeiten«, sagte Pitt erfreut.

»Ich habe in den Zeitungen von Ihrer Bergungsoperation in Detroit gelesen und hoffte schon, Sie hier wieder anzutreffen. Ich wollte mich bei Ihnen für alles bedanken, was Sie unternommen haben, um mir das Leben zu retten.«

»Es tut mir leid, dass wir Ihren Kollegen nicht helfen konnten.«

»Das ist auch ein Grund, weshalb ich hier bin«, sagte sie. »In der nächsten Woche findet ein Gedenkgottesdienst für meine getöteten Freunde statt. Ich wäre Ihnen dankbar, wenn Sie und Mr. Giordino daran teilnehmen würden.«

»Es wird uns eine Ehre sein«, sagte Pitt.

»Dirk hat mir von Ihrem Absturz den Staudamm hinunter berichtet«, sagte Gunn. »Können Sie mir vielleicht verraten, ob Sie irgendetwas von Interesse in den Wasserproben gefunden haben, die Sie dem Stausee entnahmen?«

Elise Aguilar lächelte. »Das ist der dritte Grund für meinen Besuch. Wie ich gehört habe, hat Mr. Giordino die Proben zu Dr. Stephen Nakamura an der Universität von Maryland geschickt. Er ist Professor für Epidemiologie in der dortigen Abteilung für Umwelthygiene und ein wichtiger Berater unseres Ministeriums. Er ließ mir heute Morgen eine Nachricht zukommen, dass er eine der Proben getestet und eine merkwürdige Entdeckung gemacht habe.«

»Und was entdeckte er?«, fragte Gunn.

»Er wollte am Telefon nicht ins Detail gehen, sondern legte mir nahe, ihn aufzusuchen und mich mit ihm auszutauschen.«

»Meinen Sie, dass das, was er gefunden hat, von Bedeutung sein könnte?«

Sie nickte. »Er deutete an, dass er die Absicht habe, eine der restlichen Proben an die Centers for Disease Control in Atlanta zu schicken, und dass die anderen an ein Forschungsinstitut im Vereinigten Königreich gehen sollten. All das sagt mir, dass in diesem Wasser irgendetwas enthalten sein muss, das möglicherweise mit dem Überfall auf unser Camp in einem Zusammenhang steht.« Sie wandte sich direkt an Pitt. »Wären Sie unter Umständen daran interessiert, mich nach College Park zu begleiten? Da Sie entscheidend mitgeholfen haben, die Proben zu schützen und vor unbefugtem Zugriff zu bewahren, dachte ich mir, dass Sie vielleicht aus erster Hand erfahren wollen, was sie enthalten.«

»Wenn sich irgendetwas in dem Wasser befand, das die Zerstörung des Damms und den Überfall auf Ihre Leute ausgelöst haben könnte«, sagte Pitt, »dann möchte ich in der Tat darüber Bescheid wissen.« Er warf einen Blick auf den Castverband. »Zu guter Letzt sollte man auch eines bedenken: Einhändig in dieser Stadt herumzukutschieren dürfte ein sicherer Weg sein, um schon bald ins Walter-Reed-Krankenhaus zurückzukehren.« Er erhob sich hinter seinem Schreibtisch. »Rudi, passt du solange auf den Laden auf?«

Pitt lieh sich in der Tiefgarage einen Jeep aus dem umfangreichen Fahrzeugpark der NUMA und fuhr sie in den kleinen Vorort College Park in Maryland. Die Universität von Maryland bestand aus einer Mischung roter Backsteinbauten georgianischen Stils, die sich auf den gut fünfhundert Hektar einer sorgfältig gestutzten Rasenfläche verteilten. Elise dirigierte sie zu dem nördlichen Rand des Campus, wo sie neben dem moderneren Gebäude der School of Public Health parkten.

»Dr. Nakamuras Büro befindet sich im Tiefparterre neben einem Forschungslabor«, sagte Elise Aguilar, während sie auf eine Treppe zusteuerte, die von der Lobby abwärtsführte. Da zurzeit Vorlesungen abgehalten wurden, waren die Korridore menschenleer. Als sie das Tiefparterre erreichten, kam ihnen auf der Treppe ein elegant gekleidetes Paar entgegen. Die Frau schleppte eine schwere Reisetasche, während der Mann zwei FedEx-Pakete unter dem Arm hatte. Elise Aguilar grüßte sie mit einem freundlichen »Hallo«, aber die beiden ignorierten sie und hatten lediglich für Pitt einen kurzen eisigen Blick übrig.

Elise ging durch einen langen Korridor voraus, passierte auf dem Weg drei Laborräume, deren Türen die Aufschrift *environmental health epidemiology research no admittance* trugen. Am Ende des Korridors blieb Elise vor einer Tür stehen und drückte auf die Klinke. Die Tür war verschlossen. Sie klopfte zwei Mal. Niemand reagierte.

»Das ist seltsam.« Sie trat zurück, um sich zu vergewissern, dass sie vor der richtigen Tür standen. Die Lettern Dr. Stephen Nakamura auf dem Namensschild schlossen jeden Zweifel aus. »Vielleicht hält er sich gerade im Labor nebenan auf.«

Während sie ihr Mobiltelefon aus der Tasche zog, um ihn anzurufen, verließ ein Hausmeister das gegenüberliegende Büro und schaute zu ihnen herüber. »Wollen Sie dort hinein? Ich glaube, der Professor hört in seinem Alter nicht mehr so gut.« Der Mann angelte eine Schlüsselkarte aus der Brusttasche seines Overalls und entriegelte die Tür.

»Vielen Dank«, sagte Elise Aguilar.

»Kein Problem. Es war heute nicht das erste Mal.«

Elise zog die Tür auf und trat über die Schwelle. Pitt folgte ihr und ließ zu, dass die Tür automatisch mit einem leisen Seufzer hinter ihnen ins Schloss fiel. Das Büro war lang und schmal. Hohe Bücherregale bedeckten auf beiden Seiten die Wände. Ein kleiner runder Konferenztisch stand in der Mitte des Raums. Am anderen Ende war der mit Papierstapeln überladene Tisch des Professors zu sehen. Durch eine Seitentür in Höhe des Schreibtisches gelangte man in das angrenzende Labor.

Nakamura saß an seinem Schreibtisch. Er wandte ihnen den

Rücken zu und hatte den Kopf zur Seite geneigt, um ein Telefon zwischen Ohr und Schulter festzuhalten. Während sich die Besucher dem Professor näherten, flüsterte Elise Aguilar: »Hallo, Dr. Nakamura?«

Sie wedelte mit der Hand, um ihn auf sie und Pitt aufmerksam zu machen. Er veränderte seine Körperhaltung jedoch nicht. Sie wollte einen weiteren Schritt machen, aber Pitt ergriff ihren Arm und zog sie zurück.

»Was ist los?«, fragte sie.

Pitt gab keine Antwort, aber sie hörte, weshalb er sie zurückgehalten hatte. Es war das Besetztzeichen, das aus der Ohrmuschel drang und anzeigte, dass vergessen worden war, den Hörer auf die Gabel zu legen.

Pitt schlängelte sich an Elise vorbei und suchte sich eine Position, von der aus er einen ungehinderten Blick auf Nakamura hatte. Der Wissenschaftler rührte sich nicht, und Pitt konnte auch erkennen, weshalb. Sein Gesicht war aschfahl, die Augen waren weit aufgerissen, und in der Schläfe klaffte ein rundes rotes Einschussloch.

16

Elise Aguilar achtete nicht auf Pitts Warnungen, sondern trat neben ihn, sodass auch sie die Schusswunde sehen konnte. Sie stieß einen Schrei des Entsetzens aus.

Während Pitt sie zu beruhigen versuchte, überflogen seine Blicke den Raum. Die unterste Schublade eines Aktenschranks neben dem Schreibtisch stand offen. Eine Lücke zeigte an, dass eine Akte fehlte. Auf dem Boden neben seinen Füßen lag ein versiegelter Pappkarton ohne Adressaufkleber. Papiere waren um den Schreibtisch herum auf dem Fußboden verstreut. Ein Netzkabel, das zu einem Laptop gehörte, hing aus einer Steckdose herab. Aber von einem Laptop war nichts zu sehen. In einem Ausgangskorb aus Kunststoff entdeckte Pitt auf einem Bündel FedEx-Versandformulare einen Satz Wagenschlüssel sowie eine am selben Stahlring angehängte Schlüsselkarte. Er drehte sich zu dem Professor um. Ein dünner Blutfaden unterhalb des Einschusslochs glänzte feucht. Der Wissenschaftler war noch nicht lange tot.

»Wir können nichts mehr für ihn tun.« Pitt zog Elise von dem Schreibtisch weg. »Ich denke, wir sollten die Polizei rufen.«

Er erstarrte, als es auf der anderen Seite des Büros zwei Mal gedämpft knallte. Es war noch nicht einmal so laut wie Sektkorken. Ein Stück des Türschlosses fiel herab und rollte über den Fußboden. Pitt schob Elise hinter einen Aktenschrank, während die Bürotür nach einem kraftvollen Fußtritt aufflog und die Frau, die ihnen auf der Treppe begegnet war, hereinkam. Sie hatte kurzes

Haar, dunkle Augen und eine schwarze Pistole mit Schalldämpfer in der Hand. Sie fasste Pitt ins Auge, hob die Pistole und schoss.

Pitt hechtete an Nakamuras Schreibtisch vorbei. Während die Kugel an ihm vorbeipfiff, streckte er sich und knipste die Wandbeleuchtung aus. Da nun Dunkelheit im Büro herrschte, sprang er auf die Füße und tastete auf dem Schreibtisch des Professors herum. Er fand die Schlüssel und die Papiere, die darunter lagen, dann schlich er sich zur seitlich gelegenen Labortür.

Zwei Mündungsblitze leuchteten am hinteren Ende des schmalen Büroraums auf, und Kugeln schlugen in die Wand hinter dem Schreibtisch ein. Pitts tastende Hand fand Elise Aguilar, und er zog sie zu sich. Er hielt die Schlüsselkarte hoch und hörte, wie das Schloss klickte, dann zog er die Seitentür auf und stieß seine Begleiterin hindurch. Am anderen Ende des Büros fand die Frau den anderen Wandschalter und knipste die Beleuchtung wieder an. Sie konnte gerade noch sehen, wie Pitt der Entwicklungshelferin ins Labor neben dem Büro folgte und die Tür zuschlug.

Das Labor war verwaist. Kein Student hatte sich dorthin verirrt. Aber es war vollgestopft mit Computern, Mikroskopen, Kühlschränken und einer Kollektion von Hightech-Geräten. Elise hatte sich von ihrem Schreck erholt und robbte an mehreren Arbeitstischen entlang. Ihr Ziel war der hintere Abschnitt des Labors und ein Ausgang, den sie dort vermutete.

Pitt nahm sich genug Zeit, um ein Regal mit mehreren Computern vor die Tür zu schieben und das Licht wieder auszuknipsen. Er war Elise in die Mitte des Büros gefolgt, als sie zwei weitere dumpfe Laute hörten. Die Tür öffnete sich einen Spaltbreit und stieß heftig gegen das Computerregal. Die bewaffnete Frau warf sich abermals gegen die Tür, sodass einer der Computer aus dem Regal auf den Fußboden polterte.

Sie würden es nicht schaffen, den Raum rechtzeitig zu verlassen, daher dirigierte Pitt seine Leidensgenossin hinter einen Arbeitstisch und ging neben ihr auf Tauchstation. Ein kleiner Kühlschrank bot ihnen zusätzlichen Schutz. Während die Angreiferin erneut das Computerregal rammte, suchte Pitt nach einer Waffe. Da er in seiner Nähe nichts erblickte, was sich als Waffe eignete, öffnete er den Kühlschrank. Darin fand er einige Dosen Sodawasser, mehrere kleine Pakete verderblichen Inhalts und eine große Flasche Alkohol. Er angelte sich die Getränkedosen und den Alkohol und gab Elise im Flüsterton eine Anweisung. »Schalten Sie die Heizplatte über Ihrem Kopf ein.«

Sie fasste nach oben, fand die Kochplatte auf dem Arbeitstisch und drehte den Knopf des Thermostaten auf die höchste Einstellung. Gleichzeitig robbte Pitt zum Gang zwischen den Arbeitstischen und öffnete den Schraubverschluss der Alkoholflasche. Er legte die Flasche auf den Fußboden, versetzte ihr einen Stoß und verfolgte, wie sie den Gang hinunterrollte und dabei ihren Inhalt auf dem Linoleumboden verteilte. Klirrend prallte sie gegen die Laborwand, als die Frau das Computerregal ganz zur Seite schob und das Labor betrat.

»Ducken Sie sich und versuchen Sie, durch die Hintertür zu verschwinden«, flüsterte Pitt.

Er nahm eine Rolle Papierhandtücher vom Arbeitstisch und legte ein Ende auf die mittlerweile rot glühende Heizplatte. Ein weiterer leiser Knall ertönte, und ein kleines Trümmerteilchen wurde dicht neben seiner Hand aus dem Arbeitstisch herausgesprengt. Pitt konnte hören, wie die Frau näher kam, während sich das Papier entzündete. Er hielt es in die Nähe des verschütteten Alkohols, bis dieser in Flammen aufging, dann schleuderte er die brennende Papierrolle in Richtung ihrer Gegnerin.

Der Alkohol auf dem Fußboden fing Feuer. Kleine Flammenzungen tanzten quer durch das Labor und erreichten die Flasche, die in einer gedämpften Explosion zerschellte. Die Frau musste erst den Papierhandtüchern ausweichen und dann versuchen, die Flammen, die sie umzingelten, zu löschen.

Pitt gab Elise ein Zeichen. »Los!«

Er wischte die glühende Heizplatte auf ein Plastiktablett, dann sprang er auf und schleuderte die beiden Sodawasserdosen. Die erste verfehlte ihr Ziel, aber die zweite traf die Frau seitlich am Kopf. Pitt nutzte die Gelegenheit, um zum Ausgang vorzurücken, über den nächsten Labortisch zu hechten und einen Computermonitor vom Tisch zu befördern.

Dank dieses Ablenkungsmanövers konnte Elise ungefährdet zur Tür rennen und in den Korridor gelangen, während die bewaffnete Frau die Wirkung des Kopftreffers abschüttelte und einen weiteren Schuss auf Pitt abfeuerte.

Die Heizplatte brachte das Plastiktablett zum Schmelzen und füllte das Labor nach und nach mit dichtem schwarzem Qualm. Pitt nutzte seine Deckung, um zur nächsten Werkbank zu kriechen, einen Armvoll Glasbehälter von der Tischplatte einzusammeln und sie im Dauerfeuer dorthin zu werfen, wo er seine Gegnerin vermutete. Ein Becherglas zerschellte an der Wand dicht neben der Frau und hielt sie für einen Moment auf. Das qualmende Tablett löste endlich einen Feueralarm aus, dessen rhythmisch plärrendes Hupen durch das ganze Gebäude hallte. Die Frau erstarrte.

Pitt wusste, was als Nächstes geschehen würde. Es wäre seine einzige Chance, vom Ort des Geschehens zu flüchten. Er erreichte das Ende der Werkbank und schaute zur Tür. Die Entfernung dorthin betrug weniger als drei Meter, kam ihm in diesem Moment aber nahezu unüberwindbar vor. Dicht neben der Tür stand ein Rollwagen, der mit Testapparaturen beladen war.

Mit dem letzten Glaskolben ausholend, schleuderte Pitt ihn der Frau entgegen, um sich noch ein paar zusätzliche Sekunden Zeit zu verschaffen. Es dauerte länger, als er gehofft hatte, aber endlich entfaltete der brennende Kunststoff seine gewünschte Wirkung. Mit einem lauten Rauschen öffneten sich die Ventile der Sprinkler an der Labordecke und deckten alles mit einem wahren Wolkenbruch zu.

Pitt stürmte zur Tür und rannte an ihr vorbei zu dem Gerätekarren. Er duckte sich dahinter und versetzte ihm einen kraftvollen Stoß, sodass er den Gang zwischen den Arbeitstischen hinunterrollte. Dann streckte Pitt die Hand nach dem Türknauf aus.

Die bewaffnete Frau starrte mit zusammengekniffenen Augen in den künstlichen Regen und feuerte drei Schüsse ab, die allesamt von dem Karren, der auf sie zurollte, aufgefangen wurden.

Pitt stieß die Tür auf und erreichte den Korridor. Er schaffte nur einen einzigen Schritt, ehe er stocksteif stehen blieb.

Elise Aguilar war ein kurzes Stück von ihm entfernt. Sie reckte das Kinn trotzig in die Luft, aber in ihren dunklen Augen, mit denen sie Pitt ansah, lag ein wortloses Flehen. Sie versuchte zu reden. Kein Laut drang über ihre Lippen. Denn der männliche Begleiter ihrer Gegnerin hatte in einem brutalen Würgegriff einen Arm um ihren Hals geschlungen, aus dem sie sich aus eigener Kraft nicht befreien konnte.

17

Pitt brauchte nur eine Sekunde, um die Szene in sich aufzunehmen und zu analysieren. Er sperrte den lärmenden Feueralarm und die blinkenden roten Warnlichter aus seiner Wahrnehmung aus und konzentrierte sich ganz auf den Mann, der Elise in seiner Gewalt hatte. Pitt erkannte in ihm denjenigen wieder, der die beiden FedEx-Pakete getragen hatte, die nun neben der voluminösen Reisetasche auf dem Boden lagen. Der Mann war schlank, hatte jedoch eine athletische Figur. Sein Haar war kurz geschnitten, der Bart sorgfältig getrimmt und der Ausdruck seiner Augen mitleidlos. Was Pitt jedoch nicht an ihm sehen konnte, war eine Waffe.

»Sie können sie haben«, sagte Pitt und bückte sich nach den beiden Kartons.

Der Mann antwortete: »Nein.« Er lockerte den Arm, mit dem er Elise im Schwitzkasten festhielt, und bückte sich ebenfalls, um Pitt die Kartons vor der Nase wegzuschnappen.

Pitt hatte mit dieser Reaktion gerechnet. Mit zwei schnellen Schritten hatte er sich dem Mann bis auf Armeslänge genähert, ballte die linke Hand zur Faust und führte einen bilderbuchmäßigen Uppercut aus, der den Mann an der Kinnspitze erwischte.

Der Kopf des Mannes wurde nach hinten gerissen, und seine Knie zitterten. Die Pakete krampfhaft festhaltend, entließ er Elise aus dem Würgegriff und sank zu Boden.

Pitt bekam Elise Aguilars Hand zu fassen und zog sie hinter sich her den Korridor hinunter. Der Feueralarm hatte Studenten und Professoren aus den Hörsälen gescheucht, und einige von ihnen strömten schon zur Treppe. Pitt wühlte sich durch die Menge, ohne Elises Hand auch nur für eine Sekunde loszulassen. Sobald sie die Treppe erreicht hatten, drehte er sich um und sah, wie die Frau aus dem Büro kam – und beim Anblick ihres außer Gefecht gesetzten Partners und der Menschenmenge sofort ihre Pistole im Schulterhalfter verschwinden ließ. Pitt schob Elise vor sich her, um sie vor ihren Gegnern abzuschirmen, und gemeinsam rannten sie die Treppe hinauf.

Eine noch größere Schar flüchtender Universitätsbesucher wälzte sich durch die Lobby des Gebäudes. Pitt und Elise folgten der Menge nach draußen, überquerten die Straße und entfernten sich nach Osten. Beim Klang einer dumpfen Explosion, die offenbar das Tiefparterre erschüttert hatte, zögerten sie einen kurzen Moment. Als sie einer kleinen Studentengruppe eine Landstraße hinunter folgten, gelangten sie auf das Gelände einer von der Universität zu Schulungszwecken betriebenen Nutztierfarm und schlüpften in eine Scheune, in der es von Ziegen wimmelte, die sie mit lautem Meckern begrüßten.

Pitt vergewisserte sich, dass sie nicht verfolgt wurden, und eilte schließlich mit Elise zu seinem Jeep, den er auf dem nahen Parkplatz abgestellt hatte. Von dem Wagen aus führte er zwei Telefongespräche. Im ersten – mit der Campuspolizei – meldete er die Ermordung Dr. Nakamuras und lieferte gleichzeitig eine Beschreibung des mutmaßlichen Mörderpaars. Der zweite Anruf war nur kurz und galt Rudi Gunn in der NUMA-Zentrale.

Während er den Jeep startete, musterte er Elise Aguilar prüfend. »Sind Sie okay?«

Ihr Kopfnicken fiel nicht besonders überzeugend aus.

Pitt wählte eine indirekte Route um das Footballstadion der Universität herum, wobei er die Straße hinter ihnen aufmerksam im Auge behielt. Als er sicher sein konnte, dass ihnen kein Schatten folgte, fädelte er sich in den lebhaften Verkehr auf dem Capital Beltway ein, um nach Virginia zurückzukehren.

»Ich kann einfach nicht glauben, dass Stephen tot ist«, sagte Elise. »Weshalb sollte jemand ihn töten wollen … und uns gleich mit ihm?«

»Ich glaube, wir werden in Kürze erfahren, dass die Explosion in seinem Büro stattgefunden hat«, sagte Pitt. »Ich denke an den versiegelten Karton neben dem Schreibtisch des Professors. Deshalb sind seine Mörder zurückgekehrt. Sie befürchteten wohl, wir würden die Bombe entdecken und ihre Zündung verhindern.«

»Aber weshalb? Was hat Stephen getan?«

Pitt achtete darauf, den anderen Verkehrsteilnehmern auf dem Freeway nicht zu nahe zu kommen. »Als Antwort auf diese Frage fallen mir nur die Wasserproben ein. Zwischen den beiden ungebetenen Besuchern in Nakamuras Büro bestand eine gewisse Ähnlichkeit, was ihre Ausstrahlung betraf. Mir drängte sich sofort der Verdacht auf, dass der Kerl, der Sie im Korridor abgefangen hat, derselbe war, der in Suchitoto versuchte, mich und Al aus dem Verkehr zu ziehen. Und ich vermute, dass sich in den FedEx-Paketen die Wasserproben befanden. Die beiden haben Dr. Nakamuras Laptop sicherlich nur deshalb mitgenommen, damit niemand die Testergebnisse publik machen konnte.«

»Was kann an diesen Wasserproben denn so wichtig sein?«

Pitt schüttelte den Kopf. »Keine Ahnung. Wer immer unsere Gegner sein mögen, sie haben Sie möglicherweise verfolgt.«

Elise erschauerte. »Entsetzliche Typen sind das – diese beiden. Ich kann nur hoffen, dass sie jetzt zufrieden sind, wenn es wirklich nur die Wasserproben waren, auf die sie es abgesehen hatten.«

»Hatte Dr. Nakamura sämtliche Wasserproben aus dem Stausee?«

»Ja.«

»Und es gibt keine Möglichkeit, sie ein zweites Mal zu beschaffen?«

»Als der Staudamm zerstört wurde, dürfte das kontaminierte Wasser so gut wie vollständig abgeflossen sein.« Sie blickte aus dem Seitenfenster, während sie am Potomac River entlangfuhren. »Ich kann veranlassen, dass dem Stausee weitere Proben entnommen werden. Es wird allerdings einige Wochen dauern. Falls die Quelle der Verseuchung noch aktiv ist, besteht zumindest die Chance, dass wir die gleichen Ergebnisse erhalten.«

Sie überlegte. Dann hellte sich ihre Miene auf. »Moment mal. Unsere Kleider. Wurden die Sachen, die Sie im See getragen haben, schon gewaschen?«

Pitt nickte.

»Meine wurden im Krankenhaus entsorgt. Aber nicht meine Schuhe.« Sie deutete auf ein Schild, das die Ausfahrt nach Arlington, Virginia, ankündigte. »Könnten Sie mich zu meinem Apartment bringen? Als ich ins Wasser ging, habe ich ein Paar Laufschuhe getragen, die sich vollgesogen haben müssten. Möglicherweise lassen sich irgendwelche Rückstände oder sogar Bakterien in dem Material nachweisen. Ich würde sie gerne untersuchen lassen.«

Pitt lächelte. »Besser Ihre Turnschuhe als meine … Sagen Sie mir, wie ich fahren soll.«

Er folgte ihren Anweisungen und kam zu einem Gartenapartment in einem roten Klinkerbau in der Nähe des Arlington Cemetery und begleitete sie zu ihrer Wohnung. »Sie sollten einige Sachen für die Nacht zusammenpacken«, empfahl er ihr, während er im Wohnzimmer wartete. Sie kehrte ein paar Minuten später mit einem kleinen Koffer zurück. Und mit düsterer Miene.

»Haben Sie die Schuhe gefunden?«, fragte Pitt, nahm ihr den Koffer ab und trug ihn zum Jeep.

»Ich habe sie in den Koffer gepackt.« Sie sah ihn nervös an. »Ich glaube, irgendjemand war in meinem Apartment. Ich bin mir nicht ganz sicher. Ein paar Dinge befinden sich nicht mehr dort, wo sie gewesen waren. Könnte es sein, dass ich mir etwas einbilde?«

»Vielleicht, aber ich denke eher, Sie haben ein gutes Gespür. Deshalb bringen wir Sie auch lieber irgendwohin, wo Sie sicher sind.«

In der NUMA-Zentrale trafen sie Rudi Gunn in Pitts Büro an, wo er sich mit einem FBI-Agenten unterhielt.

»Ihr beide scheint ja richtig auf Verdruss abonniert zu sein«, sagte Gunn. Er machte sie mit dem Agenten bekannt, einem breitschultrigen Mann namens Ross.

»Ich nehme sie für die Dauer der Ermittlungen unter meine Fittiche«, erklärte Ross. »Ich habe arrangiert, dass die junge Lady so lange, wie es nötig ist, in einem sicheren Versteck in Georgetown untergebracht wird.«

»Vielen Dank«, sagte Elise. »Ich glaube schon, dass inzwischen jemand in mein Apartment eingebrochen ist. Wissen Sie, ob die Campuspolizei der Universität von Maryland mittlerweile die beiden Personen gefasst hat, die in Dr. Nakamuras Büro eingedrungen sind?«

»Ich habe noch nichts davon gehört«, sagte Ross. »Nach der Explosion herrschte ein großes Durcheinander im Gebäude des Instituts für Epidemiologie und Volksgesundheit. Vielleicht erweisen sich die Videoaufnahmen der Überwachungskameras als hilfreich.«

Er wandte sich an Pitt. »Das Explosionszentrum befand sich in Dr. Nakamuras Büro. Haben Sie ihn dort gefunden?«

»Ja«, sagte Pitt. »Ich vermute, sie haben versucht, es wie einen Unfall aussehen zu lassen, um seine Ermordung zu kaschieren. Wie der Zufall so spielt, sind wir genau zum falschen Zeitpunkt erschienen.«

Ross stellte ein kleines Audioaufnahmegerät auf. »Können Sie mir Ihre ersten Eindrücke von dem Geschehen schildern? Wir brauchen später, wenn es Ihnen recht ist, auch noch eine ausführliche Aussage von Ihnen.«

Pitt und Elise lieferten eine kurze Zusammenfassung der Ereignisse in der Universität. Aber Elise Aguilar wurde im Laufe des Gesprächs immer wortkarger und sank in ihrem Sessel bald ganz zusammen. Ross schaltete den Rekorder aus. »Was halten Sie davon, wenn ich Sie jetzt gleich in Ihr Versteck bringe?«

»Das wäre mir sehr recht. Aber eins nach dem anderen.« Sie öffnete ihren Koffer und reichte Pitt einen Plastikbeutel mit ihren Schuhen. »Können Sie diese an Dr. Susan Montgomery, Leiterin des Environmental Health Laboratory im CDC in Atlanta, adressieren?«

»Natürlich. Ist sie diejenige, der Nakamura die Wasserproben schicken wollte?«

Elise nickte.

»Dann habe ich ihre Adresse.« Er umarmte Elise. »Ruhen Sie sich aus. Ein ausgiebiger Schlaf würde Ihnen guttun.«

»Vielen Dank, Dirk.« Ihre Augen waren trübe vor Erschöpfung.

Gunn und Pitt begleiteten die Entwicklungshelferin und ihren Beschützer zum Fahrstuhl, dann kehrten sie in Pitts Büro zurück.

»Die Arme sieht ja aus, als habe man sie geradezu durch die Mangel gedreht«, meinte Gunn mitfühlend.

»Sie hatte nicht damit gerechnet, dass die Ereignisse am Cerrón Grande sie bis hierher nach Washington verfolgen würden. Ich übrigens auch nicht.«

»Jemand wollte verhindern, dass diese Wasserproben identifiziert werden, und war bereit, dafür einen Mord zu begehen.«

»Und das in zwei Ländern. Ich denke, damit haben wir ein Motiv zumindest für den Tod des Entwicklungshelferteams in El Salvador.«

»Was befindet sich in dem Beutel?«, fragte Gunn.

»Die Schuhe, die Elise Aguilar bei ihrem Bad im See getragen hat. Sie hofft, dass sie irgendeinen Hinweis enthalten.«

»Gute Idee. Übrigens, woher kanntest du die Adresse der Wissenschaftlerin?«

Pitt griff in die Tasche und holte die beiden FedEx-Versandformulare hervor, die er von Nakamuras Schreibtisch mitgenommen hatte. Das obere Formular war an Dr. Susan Montgomery adressiert. Er reichte Gunn die beiden Dokumente. »Nakamura wollte die Proben an zwei andere Wissenschaftler schicken. Diese Montgomery arbeitet beim CDC, die andere Adresse gehört zu einem Labor in England.«

»Neben den Adressen sind auf den Formularen auch die Telefonnummern eingetragen.« Gunn warf einen Blick auf eine Schiffsuhr an der Wand. »Für einen Anruf in England ist es wohl zu spät, aber in Atlanta ist möglicherweise noch jemand anzutreffen.«

Pitt wählte die Nummer, und Dr. Montgomery meldete sich bereits nach dem zweiten Klingeln. Pitt redete einige Minuten lang mit ihr, dann legte er auf.

»Sie weiß nichts von den Proben, die Nakamura ihr schicken wollte. Offenbar tauschen sie ständig Proben aus, um sie anonymen und neutralen Tests zu unterziehen. In den meisten Fällen handelt es sich um den Nachweis von Krankheitskeimen. Sie war zutiefst geschockt, als ich ihr von seinem Tod erzählte.«

»Ein Pech, dass sie nicht miteinander gesprochen haben.« Gunn überflog die Adresse auf dem zweiten Versandformular und runzelte die Stirn. »Dr. Miles Perkins vom Inverness Research Laboratory«, las er laut vor.

»Kennst du ihn?«

»Nicht ihn persönlich, aber das Inverness Research Lab. Mir ist der Name heute schon einmal untergekommen. Sie sind an irgendwelchen biotechnischen Forschungsprojekten beteiligt.«

»Gibt es dort irgendetwas, das von besonderem Interesse für uns ist?«

»Eigentlich nicht. Auffällig ist nur, wer als Eigentümer hinter der Firma steht.« Gunn kniff die Augen zusammen, während er Pitt das Formular zurückgab.

»Lass mich raten …«, sagte Pitt. »Sind sie möglicherweise Teil eines ganz bestimmten schottischen Unternehmens von internationalem Renommee?«

Gunn nickte. »Du hast es erraten. Inverness Research ist eine hundertprozentige Tochter von BioRem Global Limited.«

TEIL II

AMARNA

18

Manjeet Dhatt hörte das Schluchzen seiner Frau, noch ehe er die Tür ihres Hauses öffnete. Als er das einzige große Zimmer ihrer Hütte in den Dharavi-Slums von Mumbai betrat, fand er sie in einer Ecke auf dem Fußboden sitzend vor, wo sie ein kleines Kind in den Armen wiegte.

»Was ist los, Pratima?«

Die Frau sah zu ihm hoch. Ihre Wangen waren tränennass. »Es ist unser Baby. Es ging ihm den ganzen Tag schon sehr schlecht. Der Kleine musste sich ständig übergeben.«

Dhatt untersuchte das Kind. Der Junge war noch keine zwei Jahre alt. Seine Haut war glühend heiß, und er lag vollkommen schlaff in den Armen seiner Mutter. Seine hervorquellenden Augen waren trübe und zuckten ruhelos hin und her. Dhatt strich seinem Sohn über den Kopf, dann kniff er ihn behutsam in den Arm. Die Haut fühlte sich hart und gummiartig an.

»Wir müssen ihn ins Krankenhaus bringen.«

Der besorgte Mann, der den Lebensunterhalt seiner kleinen Familie als Tuk-Tuk-Fahrer auf den Straßen von Mumbai verdiente, half seiner Frau auf die Füße und nahm ihr das Kind ab. Sie verließen ihre mit Wellblech gedeckte Hütte und trotteten an Abfallhaufen vorbei eine enge Lehmstraße hinunter, deren fauliger Gestank ihnen fast den Atem raubte. Sechs genauso schmutzige Straßen Dharavis weiter erreichten sie das kleine Krankenhaus. Nachdem sie es durch ein gläsernes Portal betreten hatten, mussten sie feststellen, dass der Eingang mit einer ganzen Schar Hilfesuchender verstopft war.

Dhatt erkannte einen Nachbarn in der Warteschlange. Fast jeder der Wartenden hatte ein Baby auf dem Arm oder ein kleines Kind an der Hand. Er kämpfte sich bis zum Empfangspult durch.

»Mein Sohn …«

»Sie müssen warten«, schnitt eine ältere Frau hinter dem Pult ihm das Wort ab. Sie deutete auf die überfüllte Vorhalle. »Sie sind alle genauso krank.«

Dhatt füllte ein Anmeldeformular aus, dann schlurfte er zu seiner Frau zurück, die einen freien Fleck auf dem Boden gefunden hatte, und setzte sich neben sie. Sie mussten fast eine ganze Stunde warten, bis eine junge Frau, die einen weißen Kittel trug, hinter dem Empfangspult hervortrat und damit begann, die Patienten im Wartebereich zu befragen und zu untersuchen. »Im Untersuchungszimmer ist kein Platz mehr«, verkündete sie. »Bleiben Sie alle, wo sie sind. Ich komme zu Ihnen.«

Als sie endlich zu den Dhatts kam, drängten sich die Wartenden fast bis auf die Straße. Sie maß den Puls ihres Sohnes, dann rief sie eine Assistentin zu sich. Ein Infusionsbeutel wurde gebracht, und die Ärztin legte dem Jungen einen Infusionszugang an die Armvene. »Halten Sie den hoch«, instruierte sie Manjeet Dhatt und drückte ihm den Beutel in die Hand.

»Der Junge … wird er wieder gesund?«, fragte Dhatt.

»Ja, ich denke schon. Es war gut, dass Sie so frühzeitig mit ihm hierhergekommen sind. Nicht mehr lange, und unsere Medikamentenvorräte sind erschöpft.«

»Ist es die Cholera? Wir achten immer darauf, welches Wasser wir trinken.«

Die Ärztin nickte. »In diesem Fall ist es keine Frage der Sorgfalt. Die ganze Stadt scheint infiziert zu sein, sogar Bandra. Und diese Krankheit verläuft tödlicher als alle anderen bisher.« Sie sah einer Frau hinterher und ging schnell weiter zu den nächsten Patienten.

Dhatt setzte sich wieder neben seine Frau und achtete darauf, den Infusionsbeutel weiter hochzuhalten. Während er darauf wartete, dass sich der Zustand seines Sohnes sichtbar besserte, blickte er gelegentlich auf die andere Seite des Raums hinüber zu der Frau im Sari.

Auch sie saß auf dem Boden und murmelte vor sich hin, während sie einen Säugling hin und her wiegte. Als Dhatt einen kurzen Blick auf das Baby erhaschen konnte, sah er, dass es tot war. Die Mutter hatte sich offenbar geweigert, es herzugeben, und musste schon seit Stunden hier sitzen.

Es war nicht das letzte tote Kind, das er zu Gesicht bekam. Ein nicht versiegender Strom von gramgebeugten Eltern, die ihre Kinder nicht vor der tödlichen Krankheit hatten schützen können, verließ das Krankenhaus. Ihre Klagerufe vermischten sich mit dem Weinen der leidenden Kinder.

Die vollkommen überarbeitete Ärztin kam einige Zeit später zurück und nahm ihm den leeren Infusionsbeutel ab. »Ihr Sohn sieht schon besser aus. Ich fürchte, das ist alles, was ich für Sie tun kann. Bringen Sie ihn nach Hause und achten Sie darauf, dass er genug zu trinken bekommt.«

»Vielen Dank, Doktor.«

Erleichtert betrachtete Dhatt seinen Sohn. Er hatte jetzt die Augen geöffnet und schien kräftiger zu sein. Er wäre einer der Glücklichen. Dhatt konnte es in seinem Herzten spüren.

Der Tuk-Tuk-Fahrer stützte seine Frau, als sie sich erhob, um zur Tür zu gehen. Irgendetwas beschäftigte ihn, seit er das Krankenhaus betreten hatte, und er hielt an der Tür inne, um sich darüber klar zu werden, was es war. Er schaute sich in der überfüllten Vorhalle um und ließ den Blick über die Eltern und ihre kranken Kinder wandern. Es dauerte einen Moment, bis er erkannte, was so seltsam war. Und dann traf es ihn wie ein Blitz.

Alle kranken Kinder waren männlichen Geschlechts. Es war, als würden ausschließlich Jungen von der rätselhaften Seuche heimgesucht.

19

ÄGYPTEN

»Ist es wirklich ein Bestattungsboot?«

Dr. Rodney Zeibig richtete sich in einer staubigen Grube auf, in der er sich längere Zeit über einen freigelegten Holzbalken gebeugt und diesen mit einem Schaber behutsam von einer festgebackenen Sandschicht befreit hatte. Ein tragbarer Baldachin über seinem Kopf hielt die glühenden Strahlen der ägyptischen Sonne ab. Selbst im Schatten erreichte die Temperatur noch fast die Vierzig-Grad-Marke. Ein heißer Wind, der vom Nil über das ebene Gelände wehte, machte die Bedingungen, unter denen die Ausgrabungsarbeiten stattfanden, keinen Deut angenehmer. Zeibig nahm seinen Indiana-Jones-Filzhut ab und wischte sich mit einem Taschentuch über die Stirn, dann blickte er in die sanften blauen Augen einer jungen blonden Frau hinauf, die über ihm am Rand der Grube stand.

»Nach meiner Einschätzung wurde es nicht zu diesem Zweck gebaut.« Er deutete auf ein Paar parallel verlaufender Gräben, die von der Grube in der Mitte in beide Richtungen ausstrahlten. Verwitterte und kaum noch als solche zu erkennende Holzplanken in dem sandigen Grund erstreckten sich über mehr als zwanzig Meter.

»Was wir hier sehen, weist sämtliche bekannten Merkmale eines *sekhet*-Bootes auf. So wurden die Arbeitsschiffe genannt. Sie ähnelten den Schuten oder Prahmen, wie wir sie heute kennen, und wurden benutzt, um Granit oder Alabaster aus den stromaufwärts gelegenen Steinbrüchen zu holen. Dieses Boot hier ist sehr solide gebaut, hat einen flachen Rumpf und weist an den Seiten sogar Reste grüner Farbe auf.« Er betrachtete den Querbalken. »Die klassischen Bestattungsschiffe waren nicht mit Farbe bemalt und hatten ebenso wie die königlichen Schiffe einen gebogenen Rumpf, wie man ihn bei den Schilfflößen in der Frühzeit des ägyptischen Reichs antrifft.« Er lächelte. »Aber ich bin eigentlich nicht mehr als ein durchreisender Meeresarchäologe und erst gestern hier eingetroffen. Solange die anderen Mitglieder des Teams unterwegs sind, um die Proviantvorräte aufzustocken, sollten Sie Ihren leitenden Ägyptologen und furchtlosen Expeditionsleiter lieber um Rat fragen.«

Er wandte sich zu einem braun gebrannten älteren Mann in einem Khakianzug um, der soeben zwei Arbeiter über das Ausgrabungsfeld dirigierte. »Harry. Deine großzügige Wohltäterin möchte wissen, wo sich das Grab befindet.«

Mit einem fröhlichen Lächeln eilte Dr. Harrison Stanley, emeritierter Professor der Ägyptologie aus Cambridge, zu den beiden hinüber. »Nun ja, Riki Sadler, ich hatte keineswegs die Absicht, Sie vergangene Woche in die Irre zu leiten, als ich Ihnen gegenüber andeutete, dass wir hier auf ein Grab stoßen könnten. Es gab lediglich einige Anzeichen, die auf eine solche Möglichkeit hinwiesen.«

»Mr. Zeibig meint, dies sei ein Frachtboot und kein Bestattungsschiff.« Sie hatte den gleichen aristokratisch anmutenden englischen Akzent wie Stanley.

»Nun, ich denke, es ist beides. Aber Rodney hat vollkommen recht, es scheint ein *sekhet* zu sein, das benutzt wurde, um Steine aus Assuan herbeizuschaffen. Die Frage ist, warum es hierhergelangt ist, in die Nähe eines königlichen Palastes. Die Antwort könnte die Entdeckung liefern, die wir in der Nähe seines Bugs gemacht haben und die Raum für eine interessante Interpretation lässt.«

Er sprang in die Grube hinunter und forderte Riki Sadler und Zeibig mit einem Winken auf, ihm zu folgen. Die schlanke junge Frau kletterte hinter Stanley her, und Rodney Zeibig folgte ihr dichtauf. Stanley marschierte durch einen der schmalen Gräben, der nach einem Neunzig-Grad-Schwenk in einer weiteren Grube endete. Stanley stieg etwa einen halben Meter ab und blieb vor einem halb freigelegten Kalksteinquader stehen. Riki Sadler trat neben ihn und betrachtete das Artefakt.

Quadratisch und mit etwa einem halben Meter Seitenlänge, waren die obere Fläche und die Seitenflächen mit eingeritzten Hieroglyphen-Reihen bedeckt. Das zentrale Basrelief zeigte mehrere Tiere, einige Töpfe und Krüge und außerdem einen runden Brotlaib. Unterhalb der Gravuren befanden sich zwei kleine schüsselförmige Becken und zwischen ihnen die Darstellung eines halbwüchsigen Jungen, der auf einem Schiff stand.

»Könnte dies ein Opfertisch sein?«, fragte Riki Sadler.

»Richtig geraten!«, lobte Stanley.

Riki schob trotzig das Kinn vor. »Sie haben vielleicht vergessen, Professor, dass ich Diplome in Biochemie und Archäologie vorweisen kann und lange auf Ihrer Ausgrabungsstätte in Theben gearbeitet habe.«

»Natürlich. Sie waren auch dort, als wir den mumifizierten Leichnam des Kindes fanden. Wenn Ihr Stiefvater ebenfalls dabei war, verlor alles andere an Bedeutung und rückte in den Schatten. Frasier war ein derart wichtiger Gönner und aktiver Mitarbeiter bei unseren Ausgrabungen, dass mir häufig andere wichtige Ereignisse entfallen, bei denen er nicht beteiligt war. Ich bin Ihrer Familie für die Unterstützung unserer Arbeit zutiefst dankbar und weiß Ihre Anwesenheit hier durchaus zu schätzen.«

»Wir alle hegen ein großes Interesse an der Regierungszeit des Königs Echnaton«, sagte Riki Sadler, »und werden in unseren Bemühungen, mehr über seine Herrschaft zu erfahren, von der Aussicht angetrieben, ein weiteres Grabmal zu entdecken.«

»Sie könnten eine große Enttäuschung erleben«, sagte Stanley. »Wie Sie wissen, wurden die Pharaonengräber von Amarna im Tal – dem sogenannten Königs-Wadi – mehrere Kilometer östlich der Stadt aus dem Fels gehauen. Daher ist kaum damit zu rechnen, dass wir hier – sozusagen so weit vom Schuss – auf ein bedeutendes Grabmal stoßen.«

»Ich denke, Sie haben soeben eines entdeckt.«

Stanley entblößte seine Zähne in einem breiten Lächeln. »Vielleicht, meine Liebe, vielleicht. Wie wir wissen, wurden Opfertische gerne über alten Gräbern aufgestellt. Tatsache ist, dass hier bei früheren Ausgrabungen zahlreiche Tische gefunden wurden. Natürlich wurden sie den Tempeln zugeordnet, und sie waren aus Keramik gefertigt. Dennoch, da gibt es die Inschrift auf diesem Tisch. Also vielleicht haben wir Glück, und unsere Erwartungen werden erfüllt.«

»Harry«, ergriff Zeibig das Wort, »was lesen Sie denn aus diesen Schriftzeichen heraus?«

Stanley holte ein kleines Notizbuch aus der Brusttasche seiner Feldjacke hervor. »In der Darstellung finden sich die üblichen Opfergaben. Meine erste sinngemäße Übersetzung lautet: ›Ein Geschenk des Königs für den Herrscher der Zwei Horizonte, das seine Opfergaben in Form von Brot, Rind, Geflügel und allen guten und reinen Dingen aufnehmen soll zum Wohl des Sohnes der Henuttaneb, der geliebten Schwester des Königs.‹«

»Demnach ist der Tisch selbst«, sagte Zeibig, »eine Opfergabe für den Toten?«

»Ja, für den namenlosen Neffen des Pharaos. Während der Ära des Alten Reichs waren die geopferten Speisen dafür bestimmt, den Göttern und den Verstorbenen während ihrer langen Reise in die Unterwelt als Proviant zu dienen. Zurzeit des Neuen Reichs, als Amarna erbaut wurde, wurde die Darbringung der Opfergaben in bildlicher Form geleistet. Während der Regierungszeit Echnatons führte der König – oder Pharao – als einziger Mittelsmann zu den Gütern die eigentliche Darbringung aus.«

»Dieser verstorbene Junge«, fragte Riki Sadler, »könnte er der Neffe des Pharaos Echnaton gewesen sein?«

Stanleys Augen funkelten. »Das ist es, was die ganze Sache so aufregend macht. Es könnte nämlich bedeuten, dass dies hier ein königlicher – oder zumindest ein adliger – Opfertisch ist. Wir wissen, dass Echnaton eine Schwester namens Henuttanaheb hatte, aber nirgendwo gibt es einen schriftlichen Hinweis, dass sie einen Nachkommen gehabt haben soll. Seltsam ist in diesem Fall die Zeichnung des Schiffes mit dem Jungen. Dies ist ein Bild, das ich noch nie an einem Opfertisch gesehen habe. Die Möglichkeit einer Verbindung zu dem soeben ausgegrabenen Schiff hinter uns drängt sich geradezu zwingend auf.«

»Vielleicht hat der junge Mann eine besondere Vorliebe für die Schifffahrt gehegt«, sagte Zeibig. »Oder er ist auf einem Boot gestorben.«

Stanley nickte. »Das wäre absolut einleuchtend.«

»Wie sehen Ihre weiteren Ausgrabungspläne aus, was den Bereich unterhalb des Opfertisches betrifft?«, wollte Riki Sadler wissen.

»Also …«

Ein Gewehrschuss hallte von der gegenüberliegenden Seite des Ausgrabungsfeldes zu ihnen herüber. Stanley fuhr herum und sah einen Mann mit staksigen Schritten auf sie zukommen. Er war ein Angestellter des ägyptischen Museums für Antiquitäten und besuchte die Ausgrabungsstätte regelmäßig. Ein kleiner roter Fleck auf seinem weißen Oberhemd vergrößerte sich zu einem blutigen Wappen, und dann stolperte der Mann und stürzte in den Sand.

»Aziz!«, rief Stanley, kletterte aus der Grube heraus und rannte auf den Gestürzten zu. Als dann ein Gewehrschütze aus dem Graben am Rand des Feldes auftauchte und in seine Richtung feuerte, blieb er stehen. Die Kugel schlug vor Stanley ein und wehte eine

Sandwolke auf seine Schuhe. Der Archäologe erstarrte und streckte langsam die Arme in die Höhe.

Sie waren zu dritt, jeder mit einer weit geschnittenen weißen Baumwollhose und einem weißen Oberhemd bekleidet. Um ihre Identität zu verschleiern, hatten sie sich mit Kopftüchern und Sonnenbrillen ausstaffiert. Mit automatischen Pistolen bewaffnet, hielten sie Riki, Zeibig und Stanley in Schach und trieben sie zu der offenen Grube, in der das Heck des vermeintlichen Bestattungsbootes freigelegt worden war. Ein hoher Haufen Sand, der mit einer Planierraupe zusammengeschoben worden war, wölbte sich am hinteren Rand der Grube und versperrte die Sicht zum Nil.

Die beiden Arbeiter waren bereits in die Grube getrieben worden und zitterten am ganzen Leib, weil sie erwarteten, jeden Augenblick erschossen und in der Grube begraben zu werden.

Einer der Schützen – er trug ein kariertes Kopftuch – baute sich vor Zeibig auf. »Wer sind Sie, und was tun Sie hier?«

»Mein Name ist Rodney Zeibig. Ich bin Meeresarchäologe bei der NUMA und halte mich hier im Zuge von Ausgrabungsarbeiten in der Nähe des vor Amarna gelegenen Nilufers auf. Dr. Stanley hat mich eingeladen, einen Blick auf das Schiff zu werfen, das er hier entdeckt hat.«

Der Schütze machte einen Schritt auf Zeibig zu und brachte die Pistole in Anschlag. »Wo ist das Grab?«

Rodney Zeibig schüttelte den Kopf. »Ich weiß nichts von einem Grab.«

Drohend fixierte der Schütze Zeibig. Dann holte er mit einer blitzschnellen Bewegung aus und schlug Zeibig mit der Pistole ins Gesicht. Er traf den Archäologen mit dem Pistolenlauf am Kinn.

Zeibig taumelte rückwärts und stolperte zu den beiden Arbeitern in die Grube. Er landete auf der Seite und verspürte einen weiteren Schmerz, als die Kante eines Sprechfunkgeräts, das er am Gürtel befestigt hatte, gegen seine Hüfte gepresst wurde. Er kam wieder auf die Füße, blieb gebückt stehen und stützte sich mit der Hand auf das Funkgerät.

Der Mann mit der Pistole betrachtete ihn einige Sekunden lang, dann schüttelte er den Kopf und ging zu den anderen. Mit den Fingern ertastete Zeibig die Kontrollknöpfe des Funkgeräts und drehte die Lautstärke herunter. Dann begann er rhythmisch auf die Sendetaste zu tippen und schaltete das Gerät in schneller Folge an und aus.

Der Pistolenschütze näherte sich Riki Sadler, die stocksteif dastand und sich nicht zu rühren wagte. Stanley machte zwei Schritte und schob sich zwischen sie und den Bewaffneten.

»Sie brauchen hier niemanden zu misshandeln«, sagte Stanley. »Wir führen hier lediglich archäologische Grabungen durch und sind dabei auf ein Arbeitsboot gestoßen. Hier gibt es keinen Schatz, wenn es das ist, was Sie suchen.«

Der Schläger holte abermals mit der Pistole aus und schmetterte sie in Stanleys Magengrube. Als der Archäologe nach vorn einknickte, presste ihm der Angreifer die Pistole gegen den Hals und zwang ihn, sich aufzurichten. »Ich habe keine Zeit für Spielchen oder Lügen. Hier gibt es ein Grab, und ich blase Ihnen den Schädel weg, wenn Sie nicht die Wahrheit sagen.«

Stanley verzog schmerzhaft das Gesicht, als sich die Mündung der Pistole in das weiche Fleisch unter seinem Kinn bohrte. Seine Augenlider flatterten hektisch, und er brachte die Andeutung eines Kopfnickens zustande. »Was wollen Sie wissen?«

20

Ein Strom von Luftblasen stieg auf und zerplatzte an der Oberfläche des Nils. Dies signalisierte die Anwesenheit eines Tauchers und markierte seinen Weg. Einen Moment später erschien eine Frau in einem blauen Desco-Air-Hat-Taucherhelm und einem farblich dazu passenden Trockentauch-Schutzanzug an der Wasseroberfläche. Sie orientierte sich, dann schwamm sie an einer Sicherheitsleine entlang zu einem kleinen Boot. Sie hielt sich mit der einen Hand an der Tauchleiter fest, streifte mit der anderen die Schwimmflossen ab und reichte sie einem Mann mit nacktem Oberkörper und dunklem Haar, der am Heckspiegel wartete.

Während Dirk Pitt jr. rein äußerlich mit seinem Vater wenig gemein hatte, war die Ähnlichkeit dieser beiden miteinander offensichtlich. Beide hatten die gleiche hochgewachsene schlanke Statur und die gleichen markanten Gesichtszüge, die von einem stets aufblitzenden freundlichen Lächeln aufgelockert wurden. Der jüngere Pitt streckte eine Hand aus, hievte seine Zwillingsschwester an Bord und war ihr dabei behilflich, den Taucherhelm abzunehmen.

Summer Pitt schüttelte ihre Mähne roten Haars auf, dann hakte sie eine Unterwasserkamera von einer Öse an ihrem Tauchgeschirr los und überließ sie ihrem Bruder. Er schaltete einen emsig vor sich hin summenden Luftkompressor ab, wandte sich dann um und hielt die Kamera hoch. »Hast du deinem Idol nachgeeifert – Ansel Adams?«

»Das hätte ich bestimmt, wenn es ihm damals gefallen hätte, Schneestürme zu fotografieren«, antwortete Summer. »Denn genauso hat es da unten bei der Strömung und dem trüben Wasser ausgesehen. Nicht gerade die besten Bedingungen, um gute Fotos zu schießen.«

»Mach den Nil nicht so schlecht, sonst bist du dafür verantwortlich, dass die Flussgöttin schmollt.«

»Sie muss endlich ihre göttliche Stimme erheben und den Ägyptern klarmachen, dass sie damit aufhören sollen, den Fluss zu verschmutzen.«

Um zu vermeiden, unter der heißen Sonne gar gekocht zu werden, pellte sie sich aus dem vulkanisierten Trockentauchanzug und zog sich ein T-Shirt und eine Shorts über den Bikini, den sie darunter trug. Sie war genauso groß wie ihr Bruder, aber auffallend hellhäutig, und sah jetzt Dirk mit ihren grauen Augen triumphierend an.

»Ich glaube, wir haben den richtigen Ort erwischt. Was ich dort unten gefunden habe, könnten die Überreste von Stützpfeilern sein, die eine gleichmäßige Reihe vom Ufer in Richtung Flussmitte bilden. Auf beiden Seiten sind kleine Hügel und andere wellenartige Erhebungen zu erkennen, bei denen es sich um versunkene Artefakte handeln könnte. Außerdem bin ich mir ziemlich sicher, im tieferen Wasser gegen einen mit Werkzeug bearbeiteten Steinquader gestoßen zu sein. Wenn unsere Überlegungen, die Veränderungen im Flussbett betreffend, richtig sind, dann scheinen wir auf die Überreste eines Kais oder Piers gestoßen zu sein.«

Dirk ging die Ansammlung von Digitalfotos auf dem Sucherschirm durch und nickte. »Ansel wäre stolz auf dich. Das Ganze sieht nach ausreichend überzeugenden Hinweisen aus, um mit dem ägyptischen Altertumsministerium einen Ausgrabungsplan zu entwickeln. Es besteht eine hohe Wahrscheinlichkeit, dass in der Umgebung einer kommerziellen Hafenanlage jede Menge gut erhaltener kultureller Schutt zu finden ist, selbst wenn er schon dreitausend Jahre alt ist.«

»Angesichts der alljährlichen Überschwemmungen, die Massen von Sediment den Fluss hinunterspülen, könntest du recht haben. Wahrscheinlich wurde, was immer im Fluss gelandet ist, ziemlich schnell verschüttet.« Lauschend legte Summer den Kopf schief. »Was für ein Geräusch ist das?«

Dirk lauschte ebenfalls. Es war ein rhythmisch auf und ab schwellendes atmosphärisches Rauschen.

»Das kommt vom Funkgerät.«

Er ging zum Ruderhaus hinüber und griff nach einem gelben Sprechfunkgerät. Eine Folge von Klicklauten drang aus dem Lautsprecher. Dirk hielt das Funkgerät an die Lippen und drückte auf die Sendetaste. »Rod, bist du es? Bitte melde dich.«

Keine Antwort, nur das ständige Klicken.

Summer kam zum Ruderhaus. »Klingt wie ein SOS-Ruf.«

Dirk konzentrierte sich auf die sich wiederholenden Klicklaute – drei Mal kurz, drei Mal lang und dann wieder drei Mal kurz. Er versuchte noch einmal, Rodney Zeibig zu rufen, erreichte ihn jedoch ebenso wenig wie kurz zuvor. Er legte das Sprechfunkgerät beiseite und gab Summer ein Zeichen. »Lenk das Boot ein Stück flussaufwärts, während ich den Anker einhole. Unser allseits beliebter Schaufelschwinger ist wahrscheinlich in Schwierigkeiten.«

Er zog sich ein Oberhemd über, turnte zum Bug des Bootes und packte das Ankerseil. Summer stand bereits im Ruderhaus und lenkte das Boot gegen die Nilströmung. Dirk holte das Ankerseil ein, während sie durch das trübe Wasser glitten, bis er den Anker vom Flussgrund hochhieven konnte. Summer wendete, startete flussabwärts und hielt das Boot dabei dicht am östlichen Ufer des Flusses.

Sie befanden sich in der Nähe von Amarna in der Wüste Mittelägyptens, gut dreihundertzwanzig Kilometer südlich von Kairo entfernt. Von Pharao Echnaton auf einer rundum von Bergen geschützten Ebene am Ostufer des Nils erbaut, hatte die Stadt vor über dreitausend Jahren für kurze Zeit die Rolle einer ägyptischen

Hauptstadt erfüllt. Kurz nach Echnatons Tod war dann Theben wieder zur Hauptstadt bestimmt worden. Die noch junge Stadt wurde nicht nur verlassen und aufgegeben, ihre Steinbauten und Monumente wurden außerdem geplündert, abgerissen und zerschlagen, um als Baumaterial an anderen Orten verwendet zu werden. Dennoch war Amarna die einzige antike ägyptische Stadt, die von den Generationen nachfolgender Bewohner nicht vollkommen zugedeckt wurde.

Auf der etwa zehn Kilometer langen Ebene, die von hohen Kalksteinfelsen umrahmt wurde, befanden sich zwei kleine moderne Dörfer – eins etwa im Bereich des Zentrums der alten Stadt und das andere in Höhe ihrer südlichen Wohnbezirke. Aber Dirk und Summer arbeiteten am nördlichen Ende der Ebene nicht weit von dem Standort der königlichen Residenz entfernt, die als Nordpalast bezeichnet wurde. Summer lenkte das Boot den Fluss hinunter – auf dem keine anderen Schiffe oder Boote zu sehen waren – und legte an einem baufälligen Pier an. Dirk sprang vom Bug an Land und vertäute das Boot, dann wartete er auf Summer.

Selbst auf diesem verlassenen Wüstenabschnitt wurden die Nilufer landwirtschaftlich intensiv genutzt. Die Zwillinge standen in einem Sojafeld, das sich wie ein breiter grüner Teppich am Flussufer entlang erstreckte. Sie bewegten sich landeinwärts bis zu einer Ansammlung nicht allzu hoher Bäume, in deren Schutz sie stehen blieben, um sich zu orientieren. In geringer Entfernung konnten sie vereinzelte Rufe lauter Stimmen hören.

Gleich hinter dem kleinen Wäldchen befand sich der Standort des alten Palastes. Kniehohe Abschnitte einer Lehmmauer umgaben die verstreuten Überreste von Säulen, Haushöfen und königlichen Bauten, die dort einst gestanden hatten. Dr. Stanleys Ausgrabungsstätte erstreckte sich einige Dutzend Meter weiter südlich und wurde durch mehrere Baldachinzelte, einen zerbeulten Pickup-Truck und einen gelben Schaufellader markiert.

Summer krampfte eine Hand um Dirks Arm und deutete auf

einen blutüberströmten Körper, der bäuchlings in der Mitte des Ausgrabungsfeldes lag. »Grabräuber? Antiquitätendiebe?«, flüsterte sie.

»Wahrscheinlich.«

Dass sich Terroristen an einen derart abgelegenen Ort verirrten, war höchst unwahrscheinlich. Angesichts des langen Kampfs ägyptischer Behörden gegen die Plünderung der zahlreichen Kulturdenkmäler war die Aussicht auf schnellen Profit wohl ein näher liegendes Motiv. Wenn es tatsächlich Diebe waren, dann traten sie besonders dreist auf, indem sie eine aktive Ausgrabungsstätte überfielen. Wie der Tote auf dem Feld zeigte, waren sie offenbar bereit, notfalls zu töten, um in ihren Besitz zu bringen, woran sie interessiert waren.

Berge von Grabungsaushub stellten für die mordlustigen Besucher eine natürliche Deckung dar, daher drangen Dirk und Summer ein Stück in das Wäldchen ein. Hinter einer Platane am gegenüberliegenden Rand der Baumgruppe kauerten sie sich nieder und beobachteten drei bewaffnete Männer, die vor einer Grube standen. Hinter ihnen befand sich ein übermannshoher Erdhaufen.

In der Grube wurden Zeibig und einige andere Personen von einem untersetzten Mann bewacht, an dessen Gürtel mehrere Handgranaten hingen. Als sich dieser Wächter kurz in den Wind drehte, wurde für einen kurzen Moment das gemusterte Kopftuch zur Seite geweht, und zum Vorschein kam ein sorgfältig gestutzter schwarzer Bart. Dirk und Summer mussten hilflos mit ansehen, wie Dr. Stanley von einem Bewaffneten mit kariertem Kopftuch aus der Grube gezogen wurde und einen brutalen Schlag mit der Pistole ins Gesicht einzustecken hatte.

»Sie werden ihn töten«, flüsterte Summer. »Wir müssen Hilfe suchen!«

»Dazu ist keine Zeit mehr. Das nächste Dorf ist eine halbe Meile entfernt, und genauso weit ist es bis zum Büro des Antiquitätenministeriums im Norden. Wir würden viel zu lange brauchen, um es zu finden und mit Verstärkung zurückzukommen, falls wir überhaupt jemanden finden, der uns helfen kann.«

»Was sollen wir tun?«

Dirk starrte auf den toten Regierungsvertreter, der, soweit sie wussten, eine Pistole in einem Schulterhalfter bei sich gehabt hatte. Die drei Grabräuber gingen am Rand des Grabens auf und ab, wobei sie mit den Schuhen kleine Staubwolken aufwirbelten.

Dirk tippte seiner Schwester auf die Schulter. »Wir sollten schnell handeln. Aber vorher musst du mir eine Frage beantworten.«

»Und?«

Er deutete auf die Szene. »Kannst du mit einem Schaufellader umgehen?«

21

Blut sickerte in kleinen Rinnsalen an Stanleys Wange herab, aber er blieb vollkommen unbeeindruckt. Er stand hoch aufgerichtet und mit stoischer Miene am Rand der Grube, während der Mann mit dem Kopftuch ihn mit einem Trommelfeuer von Fragen überschüttete.

»Ich weiß nichts von irgendwelchen Gräbern. Die königlichen Grabmäler von Amarna befinden sich ausnahmslos im Wadi östlich von hier. Sollten innerhalb der Stadt irgendwelche Gräber existiert haben, so waren sie den einfachen Leuten vorbehalten und dürften vor Jahrzehnten, wenn nicht gar Jahrhunderten geöffnet und ausgeräumt worden sein.«

»Was ist mit dem Grabmal, das hier versteckt ist?« Der Mann mit der Pistole versuchte gar nicht erst, seine Ungeduld zu verbergen.

»Reine Spekulation«, erwiderte Stanley. »Wir haben ein Arbeitsboot und einen Opfertisch ausgegraben, das ist alles. Beides könnte ein Hinweis auf die Existenz eines Grabmals sein. Es könnte aber auch gar nichts zu bedeuten haben. Ersteres ist unwahrscheinlich. Und sollte hier wirklich ein Grab verborgen sein, dann könnte es Wochen oder gar Monate dauern, bis wir darauf stoßen.«

»Wo würden Sie zuerst nachschauen?«

Stanley betrachtete den Opfertisch, dann sah er auf den Boden, als ob er dort die Antwort auf die Fragen finden könne. Er streckte einen Arm aus und richtete den Zeigefinger auf die andere Seite der Ausgrabungsstätte.

»Vielleicht dort drüben. In diesem Bereich zwischen dem Boot und dem Nordpalast. Dort muss irgendwann einmal ein sehr wichtiges Bauwerk gestanden haben.«

Nachdenklich betrachtete der Mann mit dem Kopftuch die Stelle, dann blickte er sekundenlang zu Riki Sadler hinüber. Schließlich wandte er sich wieder zu Stanley um. »Sie lügen mich doch an«, zischte er wütend. »Dafür werden Sie sterben.«

Als Riki aufschrie: »Nein!«, hob er seine Waffe und richtete sie auf Stanleys Stirn.

Ein dumpfes Rumpeln, begleitet von einem metallischen Rasseln erklang in der Nähe, gefolgt von einer dichten Wolke schwarzen Qualms, die hinter ihnen in die Luft wallte. Die Pistolenträger wandten sich zu dem Lärm um – und der Erdhügel begann plötzlich zu schwanken und dann auf sie herabzuregnen.

Einer der Männer kam zu Fall und wurde fast bis zum Brustbein von der Erdlawine begraben. Er stieß einen heiseren Schrei aus, als sich eine riesige stählerne Schaufel dicht über seinem Kopf ins Erdreich fraß. Einer seiner Komplizen versuchte, sich aus seiner misslichen Lage zu befreien und ihn aus dem Erdhaufen zu ziehen, aber er musste sich mit einem Sprung zurück in Sicherheit bringen, als der Schaufellader den ersten der Männer unter seinen breiten grobstolligen Reifen zermalmte.

Der dritte Gangster stieß Stanley zur Seite, richtete seine Waffe auf das Fahrzeug und feuerte auf die Fahrerkabine. Wegen der Staubschicht, die ihre Fenster bedeckte, war für ihn nicht zu erkennen, dass der Schaufellader führerlos war.

Zeibig begriff zuerst, was hier geschah, und zog Riki und die beiden Arbeiter durch den Graben und weg von dem zusammenbrechenden Erdhaufen hinter sich her. Dann, durch die wallenden Staubschleier kaum auszumachen, tauchte vor ihnen plötzlich eine andere Frau im Graben auf.

»Summer?«, fragte Zeibig.

»Schnell, hier entlang. Bleib im Graben.« Sie folgte dem Verlauf der Erdrinne.

»Wo ist Dirk?«

»Ich hoffe, dass er uns ausreichend Deckung gibt. Kommt schon!«

Riki zögerte, aber Zeibig versetzte ihr einen Stoß. »Folgen Sie Summer. Ich hole Harrison.«

Nachdem er ein paar Schritte zurückgegangen war, fand Zeibig den Archäologen, der am Grabenrand entlangstolperte. Mit einem Griff raffte Zeibig das Hemd auf seiner Brust zusammen und zog ihn mit sich. »Kommen Sie, Harry, hier geht's lang.«

Die beiden trabten hinter den anderen her, während der Frontlader rumpelnd und schwankend die Nachhut bildete und mit seiner Schaufel immer wieder neue Staubwolken aufwirbelte.

Die Vorderräder des Laders rollten den Erdhügel hinunter, sackten in den Graben, und das gesamte Fahrzeug kippte jetzt nach vorn auf die Nase und steckte an Ort und Stelle unverrückbar fest. Nur ein paar Schritte entfernt beharkten die beiden restlichen Grabräuber das Führerhaus mit Dauerfeuer aus ihren Pistolen, bis sie begriffen, dass niemand darin saß, der den Lader lenkte. Sie schauten sich suchend um und entdeckten die beiden flüchtenden Archäologen.

Der Grabräuber mit dem karierten Kopftuch hob seine Waffe und richtete sie auf die beiden Männer, doch dann – als er die hochgewachsene Gestalt entdeckte, die in der Mitte des Grabungsfeldes kauerte – suchte er sich ein neues Ziel.

Während Summer den Frontlader in Gang setzte, hatte Dirk die Palastruinen im Laufschritt umrundet und war zur Leiche des Agenten aus dem Antiquitätenministerium gesprintet. Er kniete neben dem Toten und nahm dessen Waffe an sich. Diese entpuppte sich als ein klobiger, nostalgisch anmutender Webley-Mk-VI-Revolver, der jedoch mit seinen Patronen Kaliber .455 eine Waffe mit absolut tödlicher Durchschlagskraft war. Dirk hatte kaum die Hand um den Griff des Revolvers gelegt, als es mehrmals knallte und Sandfontänen in seiner Nähe hochgeschleudert wurden. Er presste sich hinter der Leiche des Altertumsagenten, die von zwei Kugeln getroffen wurde, flach auf den staubigen Erdboden. Die Quelle der beiden Schüsse ortend, sprang Dirk auf und feuerte seinerseits zwei schnelle Schüsse ab, dann sprintete er quer über die Ausgrabungsstätte.

Der Grabräuber erholte sich schnell genug von dem unerwarteten Auftauchen eines neuen Gegners, um eine weitere Salve abzufeuern. Diesmal ging jede Kugel ins Leere, und Dirk rollte sich in die Grube, in der sie den Opfertisch teilweise freigelegt hatten. Summer erschien einige Sekunden später, nachdem sie die anderen in geduckter Haltung durch den Graben geführt hatte.

Das Lächeln, das Summer ihren Schicksalsgefährten zeigte, fiel ein wenig verkniffen aus. »Ich glaube, jetzt haben wir sie genau da, wo wir sie haben wollten …«

»Ich habe noch ein paar Schuss übrig«, sagte Dirk. »Mit denen wir uns genug Zeit verschaffen könnten, um Hilfe anzufordern.«

»Das dürfte ohne Netz nicht ganz einfach sein.«

Riki Sadler schlängelte sich an Summer vorbei an die Spitze der Gruppe und schob den Kopf vorsichtig über den Grabenrand. Dirk betrachtete die attraktive Frau.

»Sie sollten lieber den Kopf unten halten«, riet er und richtete sich wie ein Stehaufmännchen neben ihr auf, um sich einen schnellen Überblick zu verschaffen. Dabei hatte er den Webley im Anschlag.

Die beiden Grabräuber waren in den Graben abgetaucht, der rechtwinkelig zu Dirks und Summers Graben verlief, und kamen Stück für Stück näher. Dirk feuerte einen Schuss ab, der dicht vor dem anvisierten Graben einschlug und eine Staubfahne aufwirbelte.

Die beiden Männer duckten sich für einen Moment, dann

sprang einer von ihnen auf und schleuderte einen Gegenstand in Richtung der Gruppe um Dirk und Summer.

»Achtung! Granate!«, rief Dirk. »Köpfe runter!«

Die Granate landete in Stanleys Nähe am Ende der Reihe im Graben, hüpfte ein Stück über den Erdboden, blieb dann liegen und explodierte keine Sekunde später.

Mit einem ohrenbetäubenden dumpfen Knall schleuderte die Explosion eine Wolke Erdreich und noch mehr Staub in die Luft. Sobald sich dieser gesetzt hatte, arbeitete Dirk sich durch die Schwaden bis zum Explosionsherd vor. Er passierte die beiden Arbeiter, die – offenbar unversehrt geblieben – im Begriff waren, sich wieder aufzurappeln. Zeibig hatte Stanley bereits erreicht und beugte sich über ihn.

»Wie geht es dem Professor?«, wollte Dirk wissen.

Da er ein heftiges Klingeln in den Ohren hörte, konnte Zeibig Dirks Frage nicht hören. Immerhin registrierte er Dirks Anwesenheit. »Es ist das Bein«, sagte er.

Zeibig hatte einige Blutspritzer auf einem Arm und der Schulter, erschien jedoch deutlich weniger in Mitleidenschaft gezogen als Stanley. Der englische Archäologe war mit Staub bedeckt und mit Blut besudelt, aber seine Kleidung und seine Gliedmaßen erschienen intakt. Zeibig hatte bereits Stanleys Hosenbein in Streifen gerissen und benutzte den Stoff, um einen feucht glänzenden roten Fleck in der Nähe seines Knies zu verbinden.

Die Augen glasig und ins Leere starrend, murmelte der Archäologe etwas Unverständliches vor sich hin.

Summer erschien hinter Dirk. »Zu einem weiteren Treffer dieses Kalibers dürfen wir es auf keinen Fall mehr kommen lassen.«

Dirk nickte. Er sprang mit dem Revolver im Anschlag hoch und feuerte einen Schuss auf den im Schatten liegenden Punkt des Grabens, wo er die Grabräuber vermutete.

Dann ging er wieder in Deckung. »Wir müssen zusehen, dass wir von hier verschwinden.«

»Ich glaube nicht, dass er laufen kann«, sagte Summer, während sie mit dem Kopf auf Stanley deutete.

Dirk betrachtete den Engländer einige Sekunden lang. Dass es ihm nicht gut ging, war auf keinen Fall zu übersehen. Er zwängte sich an Zeibig und Summer vorbei und suchte sich eine Position, von der aus er den Punkt im Auge hatte, wo die beiden Gräben aufeinandertrafen. Er hob den Revolver und wartete darauf, dass der erste Grabräuber den Kopf um die Ecke schob.

»Dirk, sieh dir das an.«

Zeibig hatte begonnen, an der Grabenwand herumzukratzen, aber sein Körper versperrte Dirk die Sicht.

»Was ist da?«

»Eine Öffnung.«

Dirk richtete sich auf, schoss ein weiteres Mal, dann versuchte er wieder, etwas zu erkennen. Summer kauerte mittlerweile neben Zeibig und half ihm, einen größeren Kalksteinquader aus der Grabenwand herauszuhebeln und zur Seite zu rollen. Dort, wo sich der Quader befunden hatte, klaffte jetzt ein schwarzes Loch.

»Offenbar ist das eine Folge der Explosion. Die Granate hat eine Lücke in die Grabenwand gesprengt«, sagte Zeibig. »Es ist mir aufgefallen, weil ich einen kühlen Luftzug am Bein spürte.«

Der NUMA-Archäologe holte sein Mobiltelefon aus der Tasche, aktivierte die Lampenfunktion und schob es in die Öffnung in die Grabenwand. Er bückte sich und warf einen Blick hinein, dann wandte er sich zu Summer um und nickte bekräftigend.

»Anscheinend ein Gang oder ein Tunnel.«

Der Webley bellte erneut. Am entfernten Ende des Grabens warf sich einer der Grabräuber nach hinten und entging einem Treffer im wahrsten Sinne des Wortes um Haaresbreite.

»Das war der letzte Schuss«, verkündete Dirk Pitt Jr. halblaut. »Jetzt steht uns nur noch ein Weg offen – dort hinein.«

Summer und Zeibig hatten einen weiteren Stein aus der Grabenwand herausgekratzt und eine etwa einen Meter breite Öffnung geschaffen. Zeibig dirigierte die beiden Arbeiter als Erste mit einer Handbewegung durch die Öffnung, dann schob er Stanley hinein, ehe er selbst diesen Weg benutzte und mit Summer im Schlepptau folgte. In der Öffnung wandte er sich noch einmal um.

Die junge blonde Frau hatte sich zu der gegenüberliegenden Grabwand umgedreht und machte plötzlich Anstalten, an ihr hinaufzuklettern. Dirk streckte sich, schlang einen Arm um ihre schmale Taille, ehe sie den Grabenrand erreichte, und zog sie nach unten. Sie fuhr herum und starrte ihn an, einen Ausdruck der Überraschung in ihren Augen.

»Es … tut mir leid. Ich hatte plötzlich Angst und bin in Panik geraten.«

Erst in diesem Moment fiel ihm ihre ganze Schönheit auf – die ausdrucksvollen Augen, die vollen Lippen, der helle Teint –, absolut makellos trotz der Wüstensonne, die in dieser Gegend den ganzen Tag lang unbarmherzig vom Himmel herabbrannte.

»Wir alle haben Angst«, erwiderte Dirk mit einem verständnisvollen Lächeln. »Ich kann Ihnen aber versichern, es wird eher noch schlimmer, wenn Sie versuchen, ganz hinauszuklettern. Wie wäre es, wenn wir unser Glück in der anderen Richtung versuchen?« Er deutete auf die Öffnung neben ihren Füßen.

Ihr Blick sprang von Dirk zu der Öffnung in der Grabenwand und wieder zu ihm zurück. »Ich heiße Riki«, sagte sie und legte eine Hand auf seinen Arm. »Vielen Dank.« Sie schenkte ihm noch ein nervöses Lächeln, dann tastete sie sich zu der Öffnung und verschwand darin.

Dirk folgte ihr, wand sich durch das Loch und landete auf einem Boden aus regelmäßig geformten Steinplatten. Im Lichtschein von Zeibigs Mobiltelefonlampe war ein langer, schmaler Tunnel mit Seitenwänden aus Kalksteinblöcken zu erkennen. Der Boden senkte sich nach links und verbreiterte sich kurz hinter der Wandöffnung.

»In dieser Richtung ist offenbar alles dicht«, stellte Zeibig fest, als er den Lichtstrahl nach rechts richtete und nichts als eine glatte Wand zu erkennen war.

»Dann schlage ich vor, dass wir dem Tunnel abwärts folgen«, sagte Dirk. »Da wir nur über eine einzige Lampe verfügen, müssen wir unbedingt zusammenbleiben.« Er griff durch das Loch nach draußen in den Graben und fügte die Kalksteinbrocken so gut wie möglich wieder in die Öffnung ein. Im Tunnel wurde es schlagartig dunkel.

»Ich habe noch eine zweite Lampe«, meldete sich Stanley mit matter Stimme zu Wort. »Sie steckt in der Brusttasche meines Oberhemdes.«

Summer ging neben ihm auf ein Knie herunter und fand eine Kugelschreiberlampe in der Hemdtasche. Sie knipste sie an und leuchtete damit an den beiden Arbeitern vorbei in den leeren Höhlengang.

»Übernimm du die Führung«, sagte Dirk zu seiner Schwester. »Rod und ich helfen Dr. Stanley.«

Summer nickte. Sie tastete sich an den beiden Ägyptern vorbei und schritt langsam den Tunnel hinunter. Anfangs musste sie sich tief ducken, um nicht mit dem Kopf an die Decke zu stoßen, aber je tiefer sie vordrangen, desto mehr nahm die Ganghöhe zu. Riki und die Arbeiter blieben dicht hinter ihnen, während Zeibig und Dirk Mühe hatten, mit Stanley zwischen sich Schritt zu halten.

Der Tunnel fiel bis zu einer engen Biegung ab, durch die sie sich einzeln hindurchzwängen mussten. Während Dirk dieses Hindernis als Letzter überwand, wurde es hinter ihm hell. Die Grabräuber hatten ihren Fluchtweg entdeckt und räumten die Steine aus der Öffnung in der Grabenwand.

»Wir sollten uns lieber beeilen!«, rief Dirk. Er stützte Stanleys rechten Arm und seine rechte Schulter, während er ihn durch die Biegung bugsierte und Zeibig den Archäologen auf der anderen Seite in Empfang nahm.

Der Tunnel beschrieb eine Kehre um fast einhundertachtzig

Grad, dann begradigte er sich und ging in einen lang gestreckten Felsengang über, dessen leichtes Gefälle weiter bestehen blieb.

»Was hältst du davon, Rod?«, fragte Dirk. »Welche Bedeutung könnte dieser Tunnel haben?«

Zeibig schwenkte den Lichtstrahl seines Telefons über die offenbar mit hohem Aufwand geglätteten Wände, auf denen sonst aber keinerlei Schriftzeichen oder bildliche Darstellungen zu erkennen waren. »Ich sehe nichts, was uns einen brauchbaren Hinweis liefern könnte.«

»Vielleicht ein unterirdischer Verbindungsgang zwischen zwei Gebäuden«, sagte Stanley. »Oder auch …« Er wurde von einem Hustenanfall, ausgelöst durch die abgestandene Luft, unterbrochen. Dirk und Zeibig legten eine kurze Pause ein, bis Stanley ihnen ein Zeichen gab, dass er sich erholt habe. Dann setzten sie den Weg fort.

Sie gelangten zu einer weiteren Biegung und zwängten sich abermals seitwärts gehend hindurch. Während er Stanley durch den Engpass hindurchzog, stieß Zeibig mit Summer und Riki zusammen.

Kurz darauf hatte auch Dirk das Hindernis überwunden. »Warum geht es nicht weiter?«

»Ich tippe auf eine Grabkammer!«, sagte Stanley, der seine Beinverletzung offenbar für einen Moment vergessen hatte.

Im Lichtschein von Summers Taschenlampe und Zeibigs Smartphone konnte Dirk erkennen, dass sie sich tatsächlich in einer Grabkammer befanden. Der Raum war sehr eng bemessen und vermittelte den Eindruck, möglicherweise unter Zeitdruck konstruiert worden zu sein. Drei seiner Wände waren kahl. Auf der vierten zeigte ein Wandgemälde zahlreiche Gestalten vor einem Fluss im Hintergrund. Vor dem Wandgemälde stand ein Podest, auf dem ein kleiner, aus Holz gezimmerter Sarg ruhte. Er war kaum anderthalb Meter lang. In den Deckel waren – wie es schien – die Gesichtszüge dessen eingraviert, der in diesem Sarg seine ewige Ruhe gefunden hatte. Im Gegensatz zu dem berühmten Grabmal des Tutanchamun war der Sarg nicht vergoldet, sondern von Hand mit Farbe bemalt. Am Fußende des Sargs waren eine Kollektion von Tonkrügen und Tonfiguren, das Modell eines Bootes, ein schwerer Holzstab und ein Spielzeugstreitwagen aus purem Gold arrangiert. Ein kaum wahrnehmbarer Geruch von Weihrauch lag in der abgestandenen Luft.

»Tatsächlich«, murmelte Summer, »es ist ein Grabmal.«

In andächtigem Schweigen schauten die anderen sich um. Zeibig schoss mit seiner Kamera Bilder aus allen Blickwinkeln, während Summer ihm mit ihrer Kugelschreiberlampe ausreichendes Licht spendete.

Ihre Andacht wurde durch das Erscheinen der Grabräuber gestört, die sich inzwischen vom Höhlengang aus näherten.

»Dort geht es weiter«, flüsterte Summer. Sie richtete ihre kleine Lampe auf einen niedrigen Durchgang in der gegenüberliegenden Wand. Damit duckte sie sich und verschwand in einem angrenzenden Raum. Die anderen folgten ihr so leise wie möglich. Während er an dem Sarg vorbeiging, ergriff Dirk den Holzstab, dann kroch auch er in den Nebenraum.

Summer hatte sie in eine wesentlich kleinere Kammer geführt, in der sie weder irgendwelche Grabbeigaben noch Wandmalereien entdecken konnten. Und was ebenfalls fehlte, war ein zweiter Ausgang.

Summer untersuchte die Wände und schüttelte enttäuscht den Kopf. »Ende der Fahnenstange.«

Dirk geleitete Stanley in eine Ecke der Kammer und half ihm, sich auf den Boden zu setzen. Dann wandte er sich an Zeibig und die beiden ägyptischen Arbeiter und senkte die Stimme. »Das Beste, was wir tun können, ist, ihnen aufzulauern und sie zu überrumpeln, wenn sie hier hereinkommen.« Er wog den Stab prüfend in der Hand. »Die anderen suchen sich Plätze an den Seitenwänden und halten sich tunlichst vom Eingang fern.«

Er und Zeibig bauten sich auf beiden Seiten der Eingangsöffnung auf, während die anderen auf Tauchstation gingen. Sie löschten die Lichtquellen, und in der Kammer wurde es so finster wie auf dem Grund eines tiefen Brunnens.

In der gespenstischen Dunkelheit hörten die sieben nur noch den Schlag ihrer Herzen. Der Geist des dreitausend Jahre alten Bewohners der Grabkammer erfüllte jede Nische der Gruft mit tödlicher Stille.

Dann betraten ihre Verfolger die Grabkammer.

22

Trotz der vergleichsweise eiskalten Luft in der unterirdischen Kammer waren Dirks Hände, die den antiken Holzstab umklammerten, mit einem Schweißfilm bedeckt. Er stand abwartend neben dem niedrigen Durchlass zum Nebenraum, die Arme hochgereckt, um den ersten Grabräuber niederzuschlagen, der den Eingang benutzte. Plötzlich spürte er neben sich die warme Ausstrahlung eines Wesens aus Fleisch und Blut und streifte mit dem Ellbogen ein Teil eindeutig weiblicher Anatomie. Zu klein für Summer, dachte er und begriff, dass Riki ihn in der Dunkelheit gefunden hatte. Sie lehnte sich an ihn und legte Hilfe suchend eine zitternde Hand auf seine Schulter

Ein flackernder Lichtschein wischte an der Eingangsöffnung zum Nebenraum vorbei, als die beiden Grabräuber die Grabkammer inspizierten. Mehrmals näherte sich das Licht der Öffnung, aber sie interessierten sich offenbar nicht für das Innere des Nebenraums.

Die sieben Personen, die sich dort versteckten, verhielten sich vollkommen ruhig und wagten kaum, mehr als nur einen gelegentlich flachen Atemzug auszuführen.

Dann brach in der Grabkammer ein regelrechtes Bleigewitter los. Die Feuerstöße hallten von den Kalksteinwänden wider und in den Nebenraum hinein, aber sie wurden nicht von Projektilen begleitet. Nach mehreren Sekunden trat in der Kammer wieder vollkommene Stille ein.

Dirk und Zeibig behielten ihre Position rechts und links der Einlassöffnung bei. Aber das Einzige, was einen Weg in den Nebenraum fand, waren dichte Wolken Pulverdampf. Das Licht des Telefons bewegte sich wieder, gefolgt von einem Scharren auf dem rauen Steinboden. Dann wurde es dort dunkel und still.

Dirk und seine Gefährten waren erstarrt und blieben in diesem Zustand. Ihre Sinne aufs Äußerste angespannt, sagte keiner von ihnen ein Wort. Schließlich erhob sich Dirk aus seiner Kauerhaltung und legte einen Arm um Riki, die neben ihm stand, und drückte sie, um sie zu beruhigen. »Alle bleiben vorerst hier«, wies er die im Raum Anwesenden im Flüsterton an.

Er tastete den oberen Rand des Durchgangs ab und duckte sich hindurch in die Grabkammer. Er konnte sich nicht erinnern, selbst bei Tauchfahrten, die ihn fast bis auf den Grund der Tiefsee geführt hatten, jemals von einer derart totalen, bedrückenden und sämtliche Sinne lähmenden Dunkelheit umgeben gewesen zu sein. Vollkommen blind streckte er beide Hände aus und schlurfte zentimeterweise über den Boden. Patronenhülsen knirschten unter seinen Schuhsohlen, während er sich dem gegenüberliegenden Durchgang näherte. Obwohl er ihn nicht sehen konnte, registrierte seine Lunge den zunehmenden Gehalt an Pulverdampf in der Atemluft.

Seine Fingerspitzen berührten schließlich die gegenüberliegende Wand und den Rand des Durchgangs zur Grabkammer. Er tastete sich hindurch und nahm einen schwachen Lichtfleck zu seiner Rechten wahr. Die Grabräuber hatten den ersten Korridor bereits hinter sich gelassen und befanden sich nun im äußeren Höhlengang hinter der Biegung, die noch das Licht ihrer Lampen reflektierte.

Dirk kehrte in den Nebenraum zurück und sagte leise: »Sie sind weg. Ihr könnt herauskommen.«

Die LEDs des Mobiltelefons und der Kugelschreiberlampe flammten auf. Summer führte die Gruppe nach draußen, wobei die beiden Ägypter den englischen Archäologen, der sich in einem halb bewusstlosen Dämmerzustand befand, auf beiden Seiten stützten.

»Bist du ganz sicher, dass sie fort sind?«, flüsterte Summer.

»Ja.« Dirk ergriff die Hand seiner Schwester und richtete den Lichtstrahl der Kugelschreiberlampe auf die vordere Wand. Das Podest war leer. Der Sarg war verschwunden. »Offenbar haben sie gefunden, was sie gesucht hatten.«

Riki Sadler seufzte. »Demnach war die Vermutung, dass wir es mit Grabräubern zu tun haben, also absolut richtig.«

»Was hatte denn diese wilde Schießerei zu bedeuten?«, fragte Summer.

»Ich vermute, sie hatten für das Wandgemälde nicht allzuviel übrig.« Zeibig richte sein Telefonlicht auf die Wand der Grabkammer. Ein kleiner Abschnitt im unteren Bereich war total zerschossen. Von dem Bild, das diese Fläche bedeckt hatte, war nichts mehr zu erkennen.

»Äußerst merkwürdig«, stellte Summer fest. »Weshalb zerstören sie ein Wandgemälde?«

»Hier haben wir noch etwas Merkwürdiges.« Zeibig bückte sich zum Sockel des Podestes hinunter, wo noch immer die Tonfiguren standen. Sie und die Tonkrüge, das Bootsmodell und der kleine Streitwagen aus Gold erschienen vollkommen unberührt. »Irgendwie ergibt es überhaupt keinen Sinn, dass Grabräuber einen schlichten Holzsarg stehlen und ein goldenes Artefakt zurücklassen.«

Summer zuckte die Achseln. »Vielleicht haben sie den Streitwagen gar nicht gesehen.«

»Und noch etwas anderes ist seltsam«, sagte Zeibig. »Ich konnte einen der Männer sehen, während wir uns im Vorraum befanden. Soweit zu erkennen war, trug er eine Schutzmaske, wie man sie von Chirurgen kennt, und dünne Gummihandschuhe.«

»Ich weiß, dass häufig Handschuhe getragen werden, um wertvolle Artefakte zu schützen«, sagte Summer, »aber die Maske finde ich ziemlich … erstaunlich.«

Riki Sadler legte Dirk eine Hand auf den Arm. »Können wir die Kammer jetzt verlassen und ans Tageslicht zurückkehren? Dr. Stanley braucht schnellstens ärztliche Hilfe.«

»Natürlich. Summer, kannst du wieder die Führung übernehmen?«

Dirk und Zeibig nahmen Stanley erneut in die Mitte, während Summer die Kammer verließ und dem inneren Korridor folgte. Ein leises Rumpeln ertönte, während sie sich durch den Höhlengang bewegte, in kurzen Abständen stehen blieb und ihre Lampe ausschaltete – für den Fall, dass die Grabräuber ihnen doch noch auflauerten. Schließlich erreichte sie die erste Biegung und wagte einen vorsichtigen Blick um die Ecke.

Im äußeren Korridor war es dunkel und still. Sie ging weiter, bis ein Haufen aus Erdreich und Geröll ihr den Weg dorthin versperrte, wo sie in den Höhlengang eingedrungen waren. Sie schaute hoch und erwartete, durch die Risse und Spalten der geborstenen Decke Tageslicht eindringen zu sehen.

Stattdessen war dort alles dunkel. Sie leuchtete mit der Lampe nach oben.

Die Stahlschaufel des Frontladers war auf die Öffnung gestülpt worden und sperrte sie zusammen mit den Geistern der Toten in ihrer unterirdischen Welt ein.

23

Dirk benutzte den Holzstab aus der Grabkammer, um den rissigen Kalkstein, der die ursprüngliche Einlassöffnung umgab, zu lockern und herauszubrechen. Aber nur wenige kleine Gesteinsbrocken rieselten von der Decke herab. Seine Bemühungen waren erfolglos. Der Rahmen der Laderschaufel deckte größere Kalksteinplatten auf beiden Seiten der Öffnung ab, sodass diese sich nicht herausbrechen ließen.

»Ein Königreich für eine Spitzhacke«, murmelte er und schlug mit dem Stab gegen die Wand. »Gegen dieses massive Mauerwerk kann man mit einem einfachen Holzknüppel nichts ausrichten.«

Zeibig suchte im Licht seiner Telefonlampe die Wände ab. »Solide gebaut, das muss man ihnen lassen. Dicke Kalksteinquader für die Wände, den Boden und die Decke. Selbst ein Blinder würde erkennen, weshalb dieses Grab dreitausend Jahre unversehrt überdauern konnte.«

»Das mag für den Ägypter, der hier bestattet wurde, von Vorteil gewesen sein«, sagte Summer, »aber wie kommen wir hier raus?«

»Irgendjemand wird herfahren, um sich nach dem toten Agenten des Antiquitätenministeriums zu erkundigen, und dann sind da auch noch die Familien der Arbeiter.« Riki deutete auf die beiden Ägypter. »Ihnen wird sicher auffallen, dass der Schaufellader nicht dort steht, wo er eigentlich stehen sollte.«

»Das ist wahr«, sagte Summer und nickte. »Aber wie lange wird das dauern?«

Für einige Zeit herrschte in dem Felsengang bedrückende Stille. Dann ging Dirk zu Stanley hinüber, der auf dem Boden saß und mit dem Rücken an der Tunnelwand lehnte. »Professor, wie Sie wissen, sind wir durch die Decke in dieses Gangsystem gestürzt. Wie sind die Erbauer eigentlich in dieses Grabmal gelangt?«

Stanley hob den Kopf. Sein Gesicht war beinahe genauso bleich wie die Kalksteinmauer hinter ihm. Er bewegte sich ständig an der Schwelle zur Ohnmacht und kämpfte gegen die Schmerzen seiner Beinverletzung.

Er sah Dirk mit glasigen Augen an und zwang sich zu einem Lächeln. »Über eine Treppe«, sagte er leise. »Halten Sie Ausschau nach Stufen, die zur Erdoberfläche führen. Möglicherweise ist der Zugang dorthin auch getarnt und nicht auf den ersten Blick zu erkennen.«

»Natürlich. Danke, Professor.« Dirk gab Zeibig ein Zeichen. »Am besten, du bleibst hier und leistest Dr. Stanley Gesellschaft, während Summer und ich uns gründlich umschauen.«

Zeibig nickte. Dirk schnappte sich den Holzstab, dann ging er zu Summer, die ihn mithilfe ihrer Kugelschreiberlampe zu dem Geröllhaufen am Ende des Höhlengangs führte. Sie nahmen den Schutthügel in Angriff und konnten sich schon bald nur noch auf allen vieren vorwärtsbewegen.

»Dieses Hindernis können wir unmöglich überwinden«, sagte sie, »ohne einen Bagger oder sonstiges schweres Gerät einzusetzen.«

»Dahinter gibt es nur eine Wand aus Steinblöcken«, erinnerte sich Dirk. »Ich glaube, wir können getrost davon ausgehen, dass der Eingang ganz gewiss nicht dort zu suchen ist.«

»Dann nichts wie zurück zur Grabkammer.«

Summer machte kehrt, ging durch den Tunnel zurück und drängte sich an den anderen vorbei. Dirk ließ sich ein wenig Zeit, als er Riki passierte und den Duft ihres Parfüms inhalierte. Sie schenkte ihm ein freundliches Lächeln, das er erwiderte, bevor er Summer weiter folgte. Mittlerweile ließ sie den Lichtstrahl ihrer

Minilampe über die Seitenwände gleiten und interessierte sich vor allem für die Fugen zwischen den Kalksteinquadern. Sie fand keinen einzigen Hinweis auf eine Unregelmäßigkeit im Mauerwerk oder so etwas wie einen verborgenen Zugang. Die Steinmetze der Pharaonenzeit hatten ausgezeichnete Arbeit abgeliefert.

Sie erreichten die erste Haarnadelbiegung und schlängelten sich zwischen den glatten gekrümmten Wänden in den inneren Korridor. Dirk strich mit den Handflächen über beide Gangwände, bis sie wieder vor der Grabkammer standen. Hier und im Nebenraum untersuchten sie jeden Quadratzentimeter Wand und Boden. Nirgendwo gab es eine Spur von einer Stufe, geschweige denn einer Treppe oder einem geheimen Einlass. Schließlich kehrten sie durch den Höhlengang zu ihrem Ausgangspunkt zurück.

»Es muss eine andere Zugangsmöglichkeit existieren«, sagte Summer.

Dirk klopfte mit dem Holzstab auf den Boden und erzeugte einen dumpfen abgehackten Laut. »Offenbar haben wir es überall mit solidem Kalkstein zu tun, egal, wo wir nachschauen.«

Summer überwand die äußere Biegung als Erste. Als Dirk ihr folgte, schrammte das obere Ende des Stabs über die Gangwand.

Summer blieb stehen und fuhr herum. »Hey, mach das noch einmal.«

»Was soll ich machen?«

»Gegen die Wand klopfen. Diesmal klang es anders.«

Dirk schlug mit dem Stab gegen die Seitenwand. Die Folge war der gleiche vertraute Laut.

»Nein, ich meine dort hinten, in Höhe der Biegung.«

Dirk schlängelte sich zwischen die Seitenwände, die an dieser Stelle dicht aufeinander zurückten, dann klopfte er gegen die gekrümmte Wand. Der Ton war deutlich heller. Dirk fuhr mit der Hand über die Wölbung und versuchte dann sein Glück mit den Knöcheln.

»Es ist ein viel weicheres Material und fühlt sich fast wie Gips an, und es ergibt durchaus einen Sinn. Es ist weitaus aufwendiger, eine gekrümmte Wand aus einem großen Steinklotz herauszumeißeln. Und hier sind keine Fugen zu sehen. Das hätte uns eigentlich früher auffallen müssen.«

»Bei diesem Licht ist so etwas leicht zu übersehen.« Summer wischte jetzt auch mit der Hand über das Mauerwerk. »Vielleicht ist es Gips, der mit Sand gemischt wurde. Das Material hat fast die gleiche Textur wir Kalkstein. Meinst du, es könnte uns gelingen, einen Durchbruch zu schaffen?«

»Wir können es versuchen. Bleib hier. Ich komme gleich wieder zurück.«

Dirk schnappte sich die Kugelschreiberlampe und ließ Summer für eine Minute in der Dunkelheit stehen, während er zu den anderen zurückmarschierte. Als er dann wieder bei Summer erschien, hatte er zwei scharfkantige Kalksteinbrocken, die in den Höhlengang hinuntergefallen waren, in den Händen. Ein Trümmerteil und die Lampe überließ er seiner Schwester. Den anderen drehte er in der Hand und hämmerte ihn dann mit einer scharfen Kante gegen die Wand des Ganges.

Der Stein hinterließ eine tiefe Rille im Gips und wirbelte gleichzeitig eine Wolke weißen Staubs auf. Dirk drehte sich zu seiner Schwester um. »Ziemlich primitiv diese Methode, aber wirkungsvoll.«

Summer klemmte sich die Lampe zwischen die Zähne und begann ebenfalls, die Gipswand mit dem Kalksteinbrocken zu bearbeiten. Als die ersten Gipstrümmer herausbrachen, konnten sie erkennen, dass die Schicht etwa fünf Zentimeter dick war. Dahinter befand sich zusammengepresster Sand.

In Schulterhöhe beginnend, kratzte jeder von ihnen eine schmale vertikale Rinne bis zum Boden in den Gips. Dirk beendete sein Werk als Erster.

Während er den Schutt beiseiteräumte, rief Summer ihn zu sich. »Sieh dir das an.«

In Kniehöhe hatte sie ein großes Stück Gips aus der Wand gebrochen und einen kleinen Hohlraum dahinter geöffnet. Sie schabte den Sand heraus und legte die vordere Kante einer horizontal im Sand eingebetteten massiven Kalksteinplatte frei.

»Eine Stufe«, entschied Dirk, als Summer die Lampe darauf richtete. »Ich wüsste nicht, was es sonst sein sollte.«

Er attackierte den Gips oberhalb der Platte mit frischem Elan. Mit vereinten Kräften schnitten sie eine etwa einen halben Meter breite Öffnung in den Gips und holten danach den Sand hinter der Gipswand heraus. Auf diese Weise legten sie zwei weitere Treppenstufen frei.

Nicht lange, und der Platz reichte nur noch für einen von ihnen aus, daher wechselten sie sich dabei ab, den Sand zu entfernen, während der andere ihn beiseiteschaufelte. Sie gruben einen engen Tunnel, der den Stufen aufwärtsfolgte, bis sie eine Decke aus Kalksteinplatten erreichten, die kleiner waren als die Deckenplatten über dem Höhlengang. Dirk hatte keine Schwierigkeiten, den Mörtel, der die Platten zusammenhielt, zu entfernen, und schaffte die Bruchstücke aus dem Weg.

Der Sand über ihnen gab bereitwillig nach, aber Dirk musste mit seinem Kalkstein eine etwa dreißig Zentimeter dicke Schicht wegkratzen, bevor ein heftiger Hammerschlag mit dem Stein ein kleines Loch öffnete, durch das Tageslicht hereindrang. Dirk nahm eine Sanddusche, als er die Öffnung erweiterte und den Kopf dann ins Tageslicht schob.

Von den Grabräubern war nichts zu sehen. Die Leiche des Agenten der Antiquitätenbehörde war verschwunden, desgleichen, so nahm er an, die Leiche des dritten Grabräubers.

Er ließ sich in das Loch zurückrutschen. »Sieht gut aus da oben.«

Summer grinste. »Ich werde mal den anderen Bescheid sagen, dass wir den Vordereingang gefunden haben.«

Stanley war der Erste, der am Fuß der Treppe erschien, gestützt von Zeibig und einem der Arbeiter. Dirk half dem Archäologen, durch die Öffnung zu klettern, denn bettete er ihn in den Wüstensand.

»Immer noch heiß hier draußen«, flüsterte Stanley mit einem gequälten Lächeln. Er richtete den Blick auf die Öffnung. »Sie haben es geschafft.«

»Der Schlüssel war Ihr Hinweis, nach den Stufen Ausschau zu halten«, sagte Dirk.

»Wahrscheinlich ist dies der Eingang zu einer Familien-Nekropole. Aber wie wir sehen konnten, hatte man nur ein einziges Kind hier bestattet. Nachdem Echnaton gestorben war, wird die Familie ihr Zuhause aufgegeben haben, wie alle anderen Einwohner Amarnas es auch getan haben.«

»Aber dann frage ich mich, weshalb sie den Sarg nicht mitnahmen.«

»Das werden wir wohl nie erfahren.« Seine Augen schlossen sich, als wären ihm die Lider zu schwer.

Dirk machte kehrt und half Riki und Summer durch die Einlassöffnung, dann suchte sein Blick das Dorf im Norden.

Einer der Arbeiter kletterte heraus und kam zu ihm herüber. »In dem Dorf gibt es einen Arzt. Ich werde ihn suchen.«

Bevor Dirk auf den Vorschlag reagieren konnte, hatte der Mann bereits kehrtgemacht und entfernte sich im Laufschritt.

Summer durchsuchte das Lager des Archäologen und kehrte mit einem kleinen Erste-Hilfe-Set zurück. Stanleys Wunden waren verbunden, als ein SUV mit dem Arzt, einem Polizisten und dem Chef der örtlichen Antiquitätenbehörde angerauscht kam. Da Stanley einen besorgniserregend schwachen Puls hatte, veranlasste Dirk sofort seinen schnellen Abtransport. Nach knapp einer Stunde landete ein Sanitätshubschrauber und brachte den Archäologen ins Krankenhaus.

Sobald sich die Sandwolken, die der Helikopter in die Luft peitschte, gelegt hatten, ließen sich die restlichen Mitglieder der

Gruppe von der Polizei über den Hergang der Ereignisse befragen. Der junge Polizist schien vollkommen überfordert zu sein, aber er machte sich umfangreiche Notizen. Dirk vermutete, dass in diesem abgelegenen Teil Ägyptens kaum genug Leute rekrutiert werden konnten, um den Angriff zu untersuchen und die Schuldigen zu finden.

Mit Zeibigs Hilfe fand er eine Plane, die er über den neu geschaffenen Zugang zum Grabmal decken konnte.

»Die Ausgrabungsstätte wird rund um die Uhr bewacht, bis ein archäologisches und ein Sicherheitsteam aus Kairo hierherbeordert werden«, versprach der Vertreter des Antiquitätenministeriums. »Wir werden alles in unserer Macht Stehende tun, um die verloren gegangenen Artefakte wieder herbeizuschaffen.«

»Ich hoffe auch, dass Sie die Kerle finden, die Ihren Kollegen getötet haben«, sagte Dirk.

Im Lager suchte Riki Sadler ihre Siebensachen zusammen – Dirk kam zu ihr und reichte ihr die Hand. »Kann ich Sie irgendwohin mitnehmen?«

Sie blickte ihm in die Augen und antwortete mit einem hoffnungsvollen Lächeln: »Das wäre wirklich sehr freundlich. Ich sollte in zwei Tagen mit Dr. Stanley nach Kairo aufbrechen, um von dort aus nach Hause zu fliegen. Und wohin wollen Sie?«

»Flussaufwärts nach Assiut, wohin der Professor gebracht wurde. Wir haben uns bei der dortigen Universität ein Vermessungsboot ausgeliehen.«

»Das käme für mich wie gerufen. Dort gibt es einen großen Flughafen, von dem aus ich direkt nach Kairo fliegen könnte. Außerdem hätte ich dann Gelegenheit, mich zu vergewissern, wie es Dr. Stanley geht. Sind Sie sicher, dass Sie für mich an Bord Platz haben?«

»Es ist zwar keine Pharaonenbarke, aber wir werden schon Platz für Sie schaffen«, versprach Dirk. »Zur Not schlafe ich auf dem Dach.«

24

Die Abenddämmerung setzte bereits ein, als Riki Sadler mit Dirk und Summer Pitt sowie Rodney Zeibig an Bord des Vermessungsbootes ging. Sie fuhren ein kurzes Stück nilaufwärts, dann ankerten sie für die Nacht in einer geschützten Bucht. Dirk zündete auf Deck einen Grill an und briet Lammkebab, während Summer Rodney Zeibig in der Bordküche beim Zubereiten von Falafeln half.

»Ich hatte eigentlich Doseneintopf erwartet«, sagte Riki, während sie mit den anderen an dem achtern gelegenen Arbeitstisch Platz nahm, der bei dieser Gelegenheit als Dinnertafel diente.

Dirk entkorkte eine Flasche italienischen Weißwein und füllte die Gläser. »Wir bemühen uns, auf nicht allzu viel zu verzichten, wenn wir im praktischen Einsatz sind.« Er hob sein Glas zu einem Toast. »Auf einen aufregenden Tag in der Wüste.«

Hungrig von ihren soeben überstandenen Strapazen verzehrten sie genussvoll die Mahlzeit.

»Was genau macht die NUMA denn hier in Amarna?«, wollte Riki wissen, während sie ihren Teller mit einem kräftigen Nachschlag füllte.

»Wir unterstützen ein vom ägyptischen Antiquitätenministerium und der Universität von Amarna gemeinsam durchgeführtes Projekt«, antwortete Dirk, »in dessen Verlauf die Uferprofile der antiken Städte Amarna und Akoris untersucht werden. Summer hat im vergangenen Jahr eine Bestandsaufnahme der Wasserfauna vor Amarna durchgeführt und ist dabei südlich von hier auf einige versunkene Kulturschätze gestoßen. Rod und ich sind ihr zu Hilfe gekommen und haben mit dem Sonar einige Bodenprofil- und sedimentechografische Vermessungen der von ihr untersuchten Zonen gemacht.«

Summer lachte. »Ich habe mich bloß einsam gefühlt, weil ich niemanden hatte, der mir dabei Gesellschaft leistete, vorübergehend mein Dasein bei über vierzig Grad im Schatten zu fristen.«

»Waren Sie lange hier?«, fragte Riki.

»Jedenfalls lange genug«, erwiderte Summer und legte einen weiteren Kebabspieß auf ihren Teller. »Ich einen ganzen Monat, und die Jungs zwei Wochen. Laut Zeitplan sollen wir hier morgen unsere Zelte abbrechen.«

»Ich bin froh, dass Sie hier gewesen sind«, sagte Riki. »Ich weiß nicht, was hätte geschehen können, wenn Sie nicht aufgetaucht wären.«

»Dafür müssen Sie sich bei Rod bedanken«, sagte Summer. »Er spielte mit der Sendetaste seines Sprechfunkgeräts herum, und wir haben schließlich erkannt, dass es ein dringender Notruf war.«

»Ein nervöser Finger, mehr nicht«, winkte Zeibig bescheiden ab.

»Und inwiefern haben Sie mit Dr. Stanley und der Ausgrabung zu tun?«, fragte Dirk.

»Die Firma, bei der ich arbeite, sponsert seit vielen Jahren Dr. Stanleys Aktivitäten in Ägypten. Ich mache die Public Relations für diese Firma, was mir ermöglicht, mich an Ort und Stelle über Dr. Stanleys Projekte zu informieren und ihn jederzeit vor Ort aufsuchen zu können. Der Firmengründer war ein Hobby-Ägyptologe und seit vielen Jahren mit ihm befreundet. Leider ist er schon von uns gegangen, aber die Firma tritt weiterhin als Sponsor auf. Es ist eine Art Vermächtnis seiner Leidenschaft für Ägypten und seine Kultur.«

»Eine wirklich gute Sache«, sagte Zeibig. »Aber Sie haben erwähnt, dies sei nicht Ihr erster Ausflug in die ägyptische Wildnis.«

»Ganz und gar nicht. Ich habe Dr. Stanley schon bei mehreren Ausgrabungen nach Ägypten begleitet.« Sie lächelte verlegen. »Meine Doktorarbeit hat Nofretete und die ihr zuzuordnenden archäologischen Beweise behandelt.«

»Sie haben also Archäologie studiert?«, fragte Dirk entgeistert, »und sind sozusagen vom Fach?«

Als Riki nickte, lachte Zeibig schallend. »Sie haben etwas an sich, das mir auf Anhieb gefallen hat.«

»Vielleicht können Sie uns über ein Artefakt aufklären, auf das Summer gestern gestoßen ist.« Dirk erhob sich und verschwand im Ruderhaus.

»Es ist ein kleiner Stein mit einer Inschrift. Ich habe ihn auf dem Nilgrund an einer Stelle gefunden, wo sich möglicherweise so etwas wie ein Pier befand, auf dem Handelswaren umgeschlagen wurden«, sagte Summer. »Ich hatte gehofft, dass Dr. Stanley vielleicht einen Blick darauf werfen würde.«

»Er könnte sich den Stein doch auch in Assiut ansehen«, meinte Riki. Sie schaute hoch, als Dirk erschien, in den Händen das Bruchstück einer Steinplatte mit gezackten Rändern. Summer schob einige Teller und Schüsseln beiseite, damit Dirk die Platte auf den Tisch legen konnte.

»Eigentlich ist es nicht erlaubt, Artefakte von ihren Fundorten zu entfernen«, sagte Dirk. »Summer hat diesen Stein rein zufällig gefunden und die Erlaubnis erhalten, ihn aus dem Wasser zu holen.«

Er maß etwa sechzig mal sechzig Zentimeter und war alabasterfarben. Am Kopfende waren einige Hieroglyphen zu sehen und darunter das Fragment einer Reliefdarstellung.

»Ich würde darauf tippen, dass dieser Stein Teil eines Monuments ist«, sagte Zeibig.

»Er war ungefähr dreißig Zentimeter tief im Schlick vergraben«, sagte Summer. »Ich entdeckte ihn, als ich unsere Ankerleine hochzog. Dann suchte ich seine nähere und fernere Umgebung ab, fand jedoch keine weiteren Bruchstücke.«

Riki beugte sich über den Stein und studierte die Schriftzeichen und das Bildfragment.

»Können Sie Hieroglyphen lesen?«, fragte Summer.

Riki ließ den Stein nicht aus den Augen, während sie den Kopf schüttelte. »Nur ein paar Zeichen. Ich erkenne einen Hinweis auf den Nil und auf den Gott Osiris. Höchstwahrscheinlich ist es eine Art Loblied auf den Nil, damals war das ein beliebtes Thema.«

»Was erkennen Sie in dem Bild?«, fragte Dirk. »Wir waren der Meinung, es zeigt eine Frau in einem Boot, dem ein zweites mit Bogenschützen besetztes Boot folgt.«

»Ich würde eher auf eine zeremonielle Reise tippen – der Königin oder einer Prinzessin – mit einer adligen Eskorte«, sagte Riki. »Es könnte auch bloß ein hoher Würdenträger sein, der flussabwärts nach Memphis reisen möchte und auf diese Weise den Fluss und dessen Göttin um gutes Gelingen bittet.«

»Klingt einleuchtend«, sagte Summer. »Und was ist mit den Booten? Kannst du dazu noch etwas Interessantes beisteuern, Rod?«

»Es ist der Einheitstyp aus Schilf, das typische Transportmittel auf dem Nil. Ohne Verzierungen, wie man sie üblicherweise bei königlichen oder zeremoniellen Booten findet.«

»Ich kenne einige Experten in Kairo, die uns weitere Informationen liefern könnten«, sagte Riki. »Meinen Sie, ich könnte die Platte ausleihen, um sie ihnen zu zeigen?«

»Wir müssen sie zuerst der archäologischen Abteilung der Universität von Assiut übergeben«, sagte Summer, »aber ich bin sicher, dass man dort keine Probleme haben wird, sie zu verleihen oder möglicherweise sogar zu Studienzwecken eine Kopie von ihr herzustellen.«

»Das wäre wirklich ausgezeichnet. Haben Sie sonst noch irgendwelche Entdeckungen gemacht?«

»Nur die Überreste der Stützpfeiler – oder was wir dafür halten.

Was ich vor dem Schlafengehen noch erledigen muss, ist, die Ergebnisse unserer sedimentechografischen Messungen in eine Karte potentieller Fundorte einzutragen und zu vermerken, welche Parallelen sich ergeben.«

»Wobei mir gerade etwas einfällt«, sagte Zeibig. »Ich muss einige Notizen über die Arbeit auf Dr. Stanleys Boot nachtragen, solange die Erinnerung noch einigermaßen frisch ist.« Er stand auf und räumte die restlichen Teller vom Tisch ab. Die anderen beteiligten sich und entfernten die Schüsseln mit den Speiseresten. Dann zogen sich Summer und Zeibig an den kleinen Arbeitstisch in der Bordküche unter Deck zurück, um ihre Tagesarbeit abzuschließen.

»Und was ist mit Ihnen?«, fragte Riki. »Keine Hausaufgaben?«

Dirk schüttelte lächelnd den Kopf. »Ganz sicher nicht, wenn man die Chance hat, einen Wüstensonnenuntergang zu beobachten. Darf ich Sie auf die Aussichtsterrasse einladen?« Er deutete auf eine Leiter, die auf das Dach des Ruderhauses führte.

Riki schenkte ihm einen verträumten Blick, dann stieg sie die Leiter hinauf. Dirk schnappte sich den restlichen Wein und zwei Gläser und folgte ihr. Das kleine Dach bot lediglich einer Polsterbank mit hoher Rückenlehne Platz, die an der vorderen Reling vertäut war. Dirk löste die Sicherungsgurte und drehte die Bank herum, bis sie nach Westen mit Blick über den Fluss ausgerichtet war. Die Sonne sank bereits unter den Horizont und erzeugte am Abendhimmel eine wahre Explosion unzähliger Schattierungen von Orange.

»Das ist in Ägypten immer der schönste Teil des Tages«, sagte Dirk, füllte zwei Gläser und gesellte sich zu Riki, die bereits auf der Polsterbank Platz genommen hatte.

»Endlich hat auch die Hitze kapituliert.« Sie beobachtete, wie eine altertümliche Dhau bei leichtem Schiebewind flussaufwärts segelte. »Ich weiß nicht, wie die Einheimischen sie ertragen können.«

»Ein paar tausend Jahre genetischer Anpassung waren sicherlich eine Hilfe.«

»Ich glaube kaum, dass ich mich daran gewöhnen könnte, nicht einmal in ein paar tausend Jahren.« Sie sah Dirk von der Seite an. »So weit vom nächsten Ozean entfernt müssen Sie sich ziemlich verloren vorkommen.«

»Das schon, aber ich bin an warmes Klima gewöhnt. Summer und ich sind auf Hawaii aufgewachsen.«

»Wie hat es Sie beide zur NUMA verschlagen?«

»Wir hatten schon immer ein besonderes Faible fürs Wasser. Sie hat Ozeanografie studiert, während ich mich auf den Schiffsmaschinenbau stürzte. Am Ende gingen wir zu unserem Vater, der bei der NUMA angestellt war, und jetzt nehmen wir an Unterwasserprojekten rund um die Welt teil.«

Für Riki war es leicht, seine Begeisterung zu sehen. »Sie können sich wirklich glücklich schätzen, stets tun zu dürfen, was Sie lieben.«

»Zwischen gelegentlichen Pressekonferenzen antike Mumien auszugraben klingt aber auch nicht so übel«, sagte er.

Riki nickte. »Ich liebe meine Arbeit ... auch wenn bestimmte Bereiche meines Jobs schwierig sein können«, erwiderte sie vage.

Dirk wartete darauf, dass sie fortfuhr. Aber sie sagte nichts mehr. Er nahm einen Anflug von Zerbrechlichkeit in ihren Augen wahr. Er war ihm schon früher aufgefallen, während des Überfalls in dem Graben, dieser Eindruck von Verletzlichkeit. Es war eine Eigenschaft, die er als äußerst reizvoll empfand.

Die Sonne tauchte vollends unter den Horizont, und der Himmel färbte sich rötlich grau. Der Wind frischte vom Nil herüber auf, und die Luft kühlte sich merklich ab. Riki rückte näher an Dirk heran.

»Sind Sie jemals in England gewesen?«, fragte sie.

»Gelegentlich. Vor ein paar Monaten erst waren Summer und ich in London.«

»Sie sollten mal wieder dorthin kommen«, sagte sie leise.

»Das würde mir gefallen.«

Die Unterhaltung versiegte. Eine kalte Böe bewirkte, dass Riki Sadler sich an ihn drängte, und er legte einen Arm um ihre Schultern. So saßen sie noch immer auf der Bank, als mit dem nächsten Morgen die Sonne am östlichen Himmel aufging.

25

Drei Stunden, nachdem das NUMA-Forschungsboot zur Weiterreise nilaufwärts den Anker gelichtet hatte, erschienen die modernen Bauten von Assiut am westlichen Flussufer. Als eine der ältesten Städte der Welt hatte sich Assiut seine Bedeutung als Universitätsstadt, als wichtiges landwirtschaftliches Zentrum und als größte Stadt in Oberägypten erhalten können.

Summer, die am Ruder stand, navigierte das Boot durch eine Schleuse neben zwei Stauwehren, bekannt als Assiut Barrages, bevor sie einen Flussufer-Kai erreichte. Dirk machte das Boot fest und kehrte an Bord zurück, wo Summer und Riki sich um Zeibig und sein Mobiltelefon drängten.

»Haben wir endlich wieder ein Netz?«, fragte Dirk.

Zeibig nickte. »Seit etwa zehn Minuten.«

»Warum dann diese Aufregung? Konnte dir endlich mal jemand ein Selfie mit einem Kamel schicken?«

»Rod hat einige Bilder im Grabmal gemacht«, sagte Summer. »Darunter auch eins von dem Wandgemälde, bevor darauf geschossen wurde.«

»Ich habe die Ecke, die dran glauben musste, ganz gut getroffen.« Zeibig drehte den Bildschirm, damit Dirk das Foto betrachten konnte. Es zeigte eine Frau, die eine Hand nach einem Mann ausstreckte, der vor ihr stand und einen Stab festhielt. In einiger Entfernung hinter ihm drängte sich eine kleine Menschengruppe zusammen.

»Ich kann nichts Dramatisches erkennen«, sagte Dirk. »Bist du sicher, dass dies die Ecke ist, die zertrümmert wurde?«

Zeibig nickte. »Auf dem Weg nach draußen habe ich noch mehr Bilder gemacht.« Er blätterte weiter bis zu einer Totale von dem Wandgemälde, auf dem die beschädigte rechte untere Ecke deutlich zu erkennen war. »Es ist wirklich seltsam.«

»Vielleicht war es reiner Zufall, und sie haben nur um sich geschossen, damit wir uns nicht aus dem Nebenraum herauswagten, während sie sich mit dem Sarg aus dem Staub machen konnten«, meinte Riki. »Und bei der Ecke rechts unten war die Gefahr, von einem Querschläger erwischt zu werden, am geringsten.«

»So könnte es gewesen sein«, gab Dirk zu. »Aber ich denke trotzdem, dass die Polizei und das Antiquitätenministerium eine Kopie erhalten sollten.«

»Ja«, pflichtete Zeibig ihm bei. »Vielleicht besteht ja die Möglichkeit, das Bild zu restaurieren. Ich lasse Dr. Stanley eine Kopie zukommen.«

»Apropos Dr. Stanley«, sagte Riki. »Ich glaube, ich rufe gleich das Krankenhaus an, um mich zu erkundigen, wie es dem Professor geht.« Sie sprang auf den Kai und holte ihr Smartphone aus der Tasche.

»Ich finde, wir sollten ihn besuchen«, sagte Summer. »Das Boot entladen können wir später immer noch.«

»Wenn irgendwo ein Mittagessen drin ist, bin ich gern dabei«, sagte Dirk.

Riki kam eine Minute später ins Boot zurück. »Die Schwester vom Dienst meinte, es gehe ihm gut und er könne jederzeit Besuch empfangen. Und das würde ich gern auf der Stelle tun.«

»Das ist genau das, was wir uns auch gerade überlegt haben«, sagte Summer.

Sie hielten ein Taxi an, zwängten sich hinein und ließen sich auf dem kürzesten Weg zum Assiut University Hospital bringen. Es war ein weitläufiger moderner Komplex, der auf dem weiten, sorgfältig gepflegten Gelände der drittgrößten Universität Ägyptens stand. Sie erfragten Stanleys Zimmernummer am Empfangspult im Parterre und fuhren mit einem Lift in den vierten Stock hinauf.

Stanley war in einem Privatzimmer mit Blick auf einen Garten untergebracht. Der Professor saß aufrecht in seinem Bett und las die englischsprachige Ausgabe der *Al-Ajram Weekly*. Sein linkes Bein war aufwendig verbunden, sonst aber sah der Professor wie das blühende Leben aus.

Riki war mit drei Schritten an seinem Bett und umarmte ihn. »Wie geht es Ihnen, Professor?«

»Ziemlich gut, wie ich zugeben muss.« Seine Lebensgeister wurden bei ihrem Anblick hellwach. »Das Bein schmerzt noch, und ich bin immer noch ein bisschen müde. Ansonsten fühle ich mich aber wohl.«

»Wir haben uns große Sorgen gemacht, als sie ohnmächtig wurden, kaum dass Sie das Grabmal verlassen hatten«, sagte Zeibig.

»Ich habe einen schönen Helikopterflug verschlafen, wurde mir erzählt. Ich denke, ich hatte einiges an Blut verloren, als ich hier eintraf. Die Ärzte haben mir sofort eine Transfusion gegeben. Pharao Echnaton wäre sicher erfreut gewesen … jetzt fließt ägyptisches Blut in meinen Adern.«

Zeibig lächelte. »Als Nächstes werden Sie sicher den Wunsch haben, eine Pyramide zu bauen.«

»Aber nur Ihretwegen.« Stanley wandte sich an Dirk und Summer Pitt. »Ich hatte noch nicht die Gelegenheit, mich bei Ihnen dafür zu bedanken, dass Sie mir das Leben gerettet haben. Und das meiner Arbeiter ebenfalls.«

Dirk schüttelte den Kopf. »Für den Altertumsagenten konnten wir leider nichts tun, fürchte ich.«

»Es ist eine Tragödie, dass diese Diebe noch immer ihr Unwesen treiben. Es ist schon das zweite Mal, dass ich von einem Grabräuber heimgesucht wurde. Sie erinnern sich bestimmt, Riki, wie uns vor einigen Jahren in Theben ein Kindersarkophag gestohlen wurde.«

»Ich weiß«, bestätigte sie. »Zumindest ist damals niemand zu Schaden gekommen.«

»Ich nehme an, das ist in diesen Breiten ein allgemeines Berufsrisiko.«

»Wann lässt man Sie wieder raus?«, erkundigte sich Summer.

»In ein oder zwei Tagen. Ich kann es kaum erwarten, nach Amarna zurückzukehren und mich in diesem Grab einmal bei anständiger Beleuchtung umzusehen. Es ist eine wunderbare Entdeckung. Ich denke, wir müssen uns bei den Dieben dafür bedanken.«

»Irgendwann hätten auch Sie es sicher gefunden«, versicherte ihm Riki. »Sie wussten doch, dass der Opfertisch ein Hinweis auf einiges mehr war.«

»Das stimmt natürlich. Ich wünsche mir nur, dass ich mich daran erinnern könnte, was wir in seinem Innern gesehen haben.«

»In diesem Punkt kann ich Ihnen helfen.« Zeibig holte sein Telefon hervor und zeigte Stanley seine Fotos, die er im Grabmal aufgenommen hatte. »Ein Vorher-Bild und ein Nachher-Bild. Ich denke daran, sie Ihnen so bald wie möglich zuzusenden.«

Stanley bewunderte die Fotos von dem Sarg, dann konzentrierte er sich auf das Wandgemälde und versuchte die dargestellten Szenen zu deuten. Genauso wie die Bilder in anderen ägyptischen Gräbern enthielten sie Kombinationen von Schrifttafeln und großformatigen Illustrationen, die in drei Abschnitte aufgeteilt waren.

Auf der linken Seite knieten mehrere Personen und hatten die Arme erhoben, um der Sonne zu huldigen. Hinter ihnen stand ein kleiner Sarkophag. Der mittlere Abschnitt zeigte im oberen Bereich einen Mann und eine Frau, die auf einem Thron saßen und hohe Hüte trugen. Die Strahlen der Sonne trafen nur sie. Auf der rechten Tafel war ein schmales blaues Band mit kleinen Gruppen von Gestalten auf beiden Seiten zu sehen. Die Illustrationen wurden durch zwei vertikale Hieroglyphen-Blöcke voneinander getrennt.

Stanley lächelte. »Ein wenig dunkel da drin, aber die Bilder sind wunderschön. Sehen Sie sich nur die hellen Farben an. Fast genauso beeindruckend wie die Wandbilder im Grabmal der Nofretete.«

»Können Sie uns erklären, was sie darstellen?«, fragte Summer.

»Für einige Elemente kann ich das wirklich. Das Bild auf der linken Seite ist eine Huldigung Atons ebenso wie die Inschriften, die an anderen Orten in Amarna zu finden sind.« Er nahm eine aufrechtere Haltung im Bett ein. »Wie Sie wahrscheinlich wissen, hat der Pharao Echnaton, als er an die Macht kam, die Stadt Amarna praktisch auf dem Reißbrett erschaffen. Diese Absicht entsprang seiner Entscheidung, das polytheistische System der Götterverehrung, das in sämtlichen vorangegangenen Dynastien praktiziert wurde, abzuschaffen. Später erhielt er den Beinamen ›Häretischer Pharao‹, weil er die zahlreichen Götter auslöschte und eine monotheistische Religion etablierte, die auf der Verehrung Atons oder der Sonnenscheibe basierte.«

Stanley trank einen Schluck Wasser. »Als Akt des Aufbegehrens gegen den Pharao machte sein Sohn Tutanchamun nach dessen Tod alles wieder rückgängig. Echnatons gesamte Regierungszeit wurde aus den ägyptischen historischen Aufzeichnungen gelöscht. Aber für ein paar Jahre pflegte Echnaton eine einfachere Form der Götterverehrung in einer von ihm geschaffenen Hauptstadt. Seine Macht wird durch die Darstellung des neben seiner Frau Nofretete sitzenden Pharaos im oberen Bereich des Mittelteils des Wandgemäldes symbolisiert.«

»Betrauern die Gestalten auf dem linken Teil den Tod ihres Kindes?«, fragte Summer.

»Ich glaube, die Eltern des verstorbenen Kindes bitten Echnaton und Nofretete um den Trost Atons. Beachten Sie, dass die Sonnenstrahlen lediglich das sitzende Paar berühren.« Er hielt das Foto hoch und zeigte es den anderen. »Das weist darauf hin, dass die beiden den Pharao und seine Frau darstellen, da nur sie es waren, die auf direktem Weg mit Aren kommuniziert haben. Mal sehen, ob ich mit den Hieroglyphen etwas anfangen kann.«

Er vergrößerte das Foto und konzentrierte sich auf die linke Symbol-Gruppe.

»Die Zeichen bedeuten: ›Die Eltern des königlichen Neffen betrauern den Verlust ihres Sohnes durch die Große Krankheit. Sie bitten Aton, sie vor zukünftigem Leid zu verschonen.‹«

»Die Schwester des Pharaos Echnaton ist auf dem Opfertisch erwähnt worden«, sagte Riki.

»Ja, das ist richtig. Es scheint, als erweise sich unsere Annahme, dass das Grab für Echnatons Neffen bestimmt war, als zutreffend. Unsere Ausgrabungsstätte grenzt an den Nordpalast, in dem höchstwahrscheinlich die Familie residierte. Obgleich ein Mitglied der königlichen Familie, wurde der Schwester des Pharaos offenbar kein Recht auf ein gemeinsames Grab mit den anderen Angehörigen in der Felsengruppe östlich von Amarna zugestanden. Nichtsdestoweniger ist der Grundriss des Grabmals aufschlussreich. Zweifellos war es als Familiengrab geplant und musste vorzeitig genutzt werden, als der Junge starb.«

»Einen Hinweis auf die Todesursache finden wir auf der dritten Tafel«, sagte Zeibig. »Zumindest im oberen Teil, wo tote Menschen an einem Fluss dargestellt wurden.«

Stanley rief die nächsten Fotos auf und vergrößerte den rechten Abschnitt des Wandgemäldes.

»Ich sehe, was Sie meinen. Es scheint, als hielten mehrere Gestalten leblose Kinder auf den Armen.« Er schaute vom Telefonbildschirm hoch. »Es gibt historische Beweise für eine Seuche während Echnatons Regentschaft. Vielleicht war sie auch die Ursache für den Tod des Kindes in unserem Grabmal.«

Zeibig deutete auf die untere Ecke. »Dieser Teil wurde von den Grabräubern zerstört.«

Stanley aktivierte abermals die Vergrößerungsfunktion. »Eine

Frau in eleganter Kleidung steht in einem Boot. Sie winkt oder überreicht etwas, und zwar einem Mann auf dem gegenüberliegenden Ufer. Ich wüsste nicht, welche Bedeutung es haben könnte.«

»Findet sich in den Hieroglyphen eine mögliche Erklärung?«, fragte Summer.

Stanley studierte die zweite Symbol-Gruppe. »Die Königstochter übergibt das Apium von Faras, ehe sie aus Ägypten flieht.«

»Weshalb sollte eine Königstochter aus Ägypten fliehen?«, wollte Zeibig wissen.

»Gute Frage«, sagte Stanley. »Soweit wir wissen, hatte Echnaton sechs Töchter und seinen jungen Sohn, Tutanchamun. Es wäre ungewöhnlich, wenn ein Mitglied der königlichen Familien fluchtartig das Land verließe. Der Grund waren vielleicht die Unruhen nach seinem Tod.« Er rieb sich das Kinn. »Sein Aton-Kult galt als umstritten. Vor allem die Hohepriester wehrten sich dagegen. Nach seinem Tod kam es sicherlich zu einem Machtkampf, der möglicherweise auch die königliche Familie in Mitleidenschaft zog. Echnatons Nachfolger war eine undurchsichtige Gestalt, die dem Priesterstand angehörte. Er nahm nur für kurze Zeit die Rolle des Pharaos ein, bis Tutanchamun den Thron bestieg. Natürlich war Tut noch ein Kind, das von Ratgebern angeleitet wurde und sofort die Anbetung Atons untersagte.«

»Politische Intrigen in Reinkultur«, sagte Zeibig.

»Was ist die Bedeutung dieses Apiums von Faras?«, fragte Summer.

»Das ist recht interessant, falls ich es richtig interpretiere. Faras war eine weithin bekannte alte Stadt und Festung. Von einem damit in Verbindung stehenden Apium – oder Heilmittel, wenn man will –, mit dessen Hilfe sich diese Krankheit hätte heilen lassen, ist mir aber nichts bekannt.«

»Vielleicht«, sagte Summer, »findet sich in Faras eine Erklärung.«

»Durchaus möglich«, sagte Stanley, »aber ich fürchte, wir werden es nie erfahren.«

»Und warum nicht?«

»Weil die Stadt Faras, oder das, was von ihr noch übrig ist, auf dem Grund des Nassersees ruht.«

Eine Krankenschwester betrat das Zimmer und brachte das Mittagessen für den Professor. Gleichzeitig forderte sie die Besucher auf, sich von ihm zu verabschieden. Zeibig versprach, ihm die Fotos zu schicken, und Riki sagte zu, sich in einigen Wochen mit ihm in Amarna zu treffen.

Als die Gruppe das Krankenhaus verließ, erwartete sie draußen eine nahezu unerträgliche trockene Hitze.

Dirk wandte sich an Riki. »Haben Sie noch Zeit für ein gemeinsames Mittagessen, bevor Sie fliegen?«

Sie nickte. »Ich glaube, ein oder zwei Stunden bleiben mir noch, dann muss ich mich auf den Weg zum Flughafen machen.«

»Da wir uns auf einem Campus befinden«, sagte Summer, »dürften wir in der Nähe ganz bestimmt ein paar Cafés finden.«

Sie folgten einem Fußweg, der den Hauptboulevard des Campus säumte. Als sie sich einer Nebenstraße näherten, segelte eine weiße Limousine in rasanter Fahrt quer durch den fließenden Verkehr und bremste mit quietschenden Reifen neben ihnen. Von dem Wagen und seinem seltsamen Verhalten abgelenkt, bemerkte keiner von ihnen, dass sich ihnen ein Mann mit Baseballmütze und Sonnenbrille von hinten im Laufschritt näherte. Er rammte Zeibig den Lauf einer Pistole in den Rücken. »Los, in den Wagen!« Dann schob er Zeibig in Richtung der Limousine, wirbelte herum und wedelte mit der Pistole, um die anderen abzuschrecken.

Dirk warf einen Blick auf den Wagen. Der Fahrer hatte eine Pistole in der linken Armbeuge auf ihn gerichtet. Es war aber nicht die Pistole, die ihn beunruhigte, sondern der sorgfältig gestutzte schwarze Bart des Mannes. Als er ihn das letzte Mal gesehen hatte, hatte sein Besitzer in Amarna eine Granate nach Dirk geworfen.

Auch Summer erkannte ihn. »Rod, tu, was er sagt.«

Zeibig hatte Mühe, die Tür zu öffnen, dann rutschte er auf die Rückbank. Der Mann auf dem Fußweg sprang in den Wagen und zog mit einem Knall die Tür hinter sich zu.

Während sich der Wagen mit durchdrehenden Reifen entfernte, sahen sich Dirk und Summer entsetzt an.

Beide hatten die gleiche bohrende Frage auf der Zunge.

Weshalb waren ihnen die Gangster nach Assiut gefolgt und hatten Zeibig gekidnappt?

26

»Hol die Polizei«, rief Dirk. »Ich versuche, sie zu verfolgen!«

Er sprintete los hinter der Limousine her, die den Block hinunterraste. Er hoffte, irgendeinen Wagen anhalten zu können, sah jedoch nur einen altersschwachen Gemüselaster, der zudem noch in entgegengesetzter Richtung unterwegs war. Ein Stück voraus auf dem Bürgersteig entdeckte er eine Studentin, die einen Hidschab trug und eben gerade einen roten Motorroller vor einem Fahrradständer parkte.

Die junge Frau erschrak, als Dirk auf sie zugerannt kam, die Lenkstange packte, ihr die Maschine entriss und auf die Fahrbahn schob.

»Sorry … ich brauch den Flitzer«, sagte er. »Die Polizei kommt gleich.« Er deutete hinter sich auf Summer und Riki, dann suchte er den Starterknopf.

Die junge Frau folgte ihm und verlangte auf Arabisch wütend die Rückgabe des Rollers. In Ermangelung eines separaten Starterknopfs drehte Dirk den Zündschlüssel, gab Gas und startete durch, bevor sie nahe genug heran war, um ihm mehr als nur ein paar Schimpfworte an den Kopf zu werfen.

Der Motorroller, eine mindestens zwanzig Jahre alte rote Vespa, sah aus, als habe er einhundert Sandstürme überstanden. Doch erleichtert stellte Dirk fest, dass das alte Ding trotz seiner ramponierten äußeren Erscheinung zuverlässig funktionierte.

Einen ganzen Block entfernt musste die weiße Limousine das

Tempo drosseln, als sie einem Bus in einen Kreisverkehr folgte. Dirk gab weiter Vollgas und kurvte waghalsig durch den leichten Verkehr. Die Limousine fädelte sich in den Kreisverkehr ein, passierte die ersten beiden Ausfahrten und bog dann in eine Nebenstraße ein, die durch das Zentrum des Universitätsgeländes verlief.

Dirk fuhr durch den Kreisverkehr und schnitt die Kurve, indem er scharf nach links abbog. Dieses Manöver kostete die Limousine einige Sekunden ihres Vorsprungs, und Dirk holte bis auf zwanzig Meter zu ihr auf.

Nicht ahnend, dass Dirk ihm im Nacken saß, bewegte sich der Fahrer im Auto über die mit Bäumen gesäumte Landstraße. Erst als das kurzatmige Knattern des Vespamotors an seine Ohren drang, blickte er in den Rückspiegel und sah Dirk schnell näher kommen. Anstatt Gas zu geben, rammte er den Fuß aufs Bremspedal und legte den Rückwärtsgang ein.

Dirk, der vom Aufflammen der Rückfahrleuchte regelrecht überrumpelt wurde, nahm sofort Gas weg und bremste scharf. Doch er war zu nah. Als der Kofferraum der Limousine auf ihn zuraste, vollführte er einen harten Schwenk nach rechts. Die Stoßstange tippte sein Hinterrad an und ließ ihn quer über die Straße in Richtung einer hohen Platane rutschen.

Dirk gab behutsam Gas und korrigierte die Stellung des Lenkers. Die Vespa wurde nach vorn gezogen, hüpfte über einen Bordstein und taumelte an dem Baumstamm vorbei. Dirk betätigte abermals die Bremse, musste nun jedoch einen weiteren Schwenk ausführen, um einem Studenten auf einem Fahrrad auszuweichen. Dabei querte er den Bürgersteig und rauschte in einen Bougainvillea-Strauch. Dornen schrammten über seine Haut, ansonsten aber war er unversehrt. Die Vespa, nun mit einigen zusätzlichen Kratzern auf ihrer von vielfältigen Kampfspuren gezeichneten Außenhaut, signalisierte ihr Durchhaltevermögen mit einem gleichmäßigen Leerlaufknattern.

Zwei Studenten waren sofort zur Stelle und halfen Dirk, sich aus dem Gebüsch zu befreien.

»Sind Sie verletzt?«, fragte einer der beiden.

»Nur mein Ego hat einen Knacks abbekommen«, antwortete er. »Trotzdem vielen Dank.«

Er unterzog den Motorroller einer schnellen Sichtkontrolle, schwang sich auf den Sitz und drehte am Gasgriff. Die Limousine hatte ihre Fahrt inzwischen fortgesetzt. Dirk lenkte sein Zweirad ein Stück über den Bürgersteig und dann zurück auf die Fahrbahn, um die Jagd mit einem Block Rückstand wieder aufzunehmen. Diesmal war die Vespa deutlich weniger kooperativ und gab hinter ihm einige protestierende Laute von sich, da das verbogene Hinterrad am Karosserieblech entlangschleifte.

Dirk kitzelte so viel Tempo wie möglich aus dem Motorroller heraus, während er sich gleichzeitig bemühte, den Wagen nicht aus den Augen zu verlieren. Die Limousine hatte das andere Ende des Universitätsgeländes erreicht, als die Straße vor einer Querstraße endete, die parallel zu einem Gewässer namens Ibrahimiyya-Kanal verlief. Der Wagen bog nach rechts ab und entfernte sich auf der Kanalstraße in Richtung Nil.

Irgendwo in der Ferne heulte eine Sirene. Dirk hoffte, dass Summer und Riki der Polizei eine genaue Beschreibung der Limousine geben konnten. Als er die Kanalstraße erreichte, war er gezwungen, das Tempo zu drosseln, um einem Tieflader Platz zu machen, dann bog er ebenfalls nach rechts ab. Er überholte den Lastwagen und hielt nach der Limousine Ausschau.

Sie war nicht mehr da.

Er hielt sich mit dem Gas zurück und suchte verzweifelt die Umgebung ab. Und dann erschien der Wagen plötzlich wieder, diesmal über ihm. Vor ihm schlängelte sich eine Straßenabfahrt wie eine Spirale in die Höhe, überspannte die Kanalstraße und führte zu einer Brücke über den Ibrahimiyya-Kanal.

Dirk folgte dem Verlauf der Abfahrt. Als er nach der letzten

Schleife auf die Brücke einschwenkte, nahm er eine kleine Rauchwolke wahr. Die weiße Limousine legte eine Vollbremsung hin, schlitterte am Bordstein entlang und stoppte. Die hintere Tür sprang auf, und Zeibig wurde hinausgestoßen. Der Gangster auf dem Rücksitz folgte ihm. Eine Hand hatte Zeibigs Hemd auf der Brust zusammengerafft, in der anderen befand sich eine Pistole. Die beiden Männer stolperten zum Bürgersteig. Der Bewaffnete versetzte Zeibig einen brutalen Stoß, sodass er gegen das Geländer der Brücke prallte.

Während Dirk sich ihnen zügig näherte, richtete der Entführer seine Pistole auf Zeibig. Über eine Abflussrinne im Bordstein lenkte Dirk die Vespa auf den Bürgersteig und hielt auf die beiden Männer zu.

Der Mann mit der Pistole wirbelte herum und sah Dirk auf sich zukommen. Er hob die Pistole, um zu feuern. Dann aber übernahm sein Selbsterhaltungstrieb die Kontrolle, und er entschied sich für die Sicherheit des Autos. Er hechtete auf den Rücksitz.

Aber er hatte zu lange gezögert.

Der Vorbau des Motorrollers erwischte den Mann noch an der Schulter, schlug ihm die Pistole aus der Hand – und riss ihm fast den Arm ab.

Die Kollision hob das Heck der Vespa ruckartig an, ehe sie wegrutschte. Dirk wurde in die Luft geschleudert, hielt sich jedoch an der Vespa fest, als diese auf das Brückengeländer krachte. Er hatte nur noch eine Möglichkeit, sich zu retten und vor schlimmeren Schäden zu bewahren – er musste sich von dem Roller trennen, noch bevor dieser aufschlug.

Als die Vespa abrupt gestoppt wurde, stieß er sich mit einem Arm von ihr ab. Der Schwung hob Dirk über das Brückengeländer hinweg. Er krümmte seinen Körper zusammen und wappnete sich für den Aufprall. Doch dazu kam es nicht. Jedenfalls nicht sofort.

Bis zum Kanal hinunter waren es sechs oder sieben Meter. Der Aufprall auf die Wasseroberfläche war hart.

Das kalte Wasser allerdings war erfrischend und milderte den physischen Schock. Mit langen Armzügen strebte Dirk zur Wasseroberfläche und schwamm zu einem Betonsockel, hielt sich an seinem Rand fest und schnappte nach Luft. Sobald er sich orientiert hatte und seine Lage einschätzen konnte, verdrängte er die Schmerzen in den Knien und seinem Ellbogen und schwamm zum Kanalufer.

Dort hielt sich Zeibig schon bereit, um ihn an Land zu ziehen. »Bist du okay?«, erkundigte er sich bei Dirk.

Dirk nickte. »Meine Rolle war perfekt, nur mit dem Eintauchen hat es ein wenig gehapert.«

»Ich würde dir trotzdem eine Zehn geben. Ein wahrer Kamikaze-Sprung.«

»Ich dachte schon, er würde dich erschießen.« Er schaute zur Brücke hinauf. »Sind sie weg?«

»Nachdem du dem Typen fast den Arm abgerissen hast, hatte er wenig Lust, noch länger in der Nähe zu bleiben. Er kroch auf allen vieren in den Wagen, und weg waren sie.«

»Erst mal sind wir sie los«, stellte Dirk zufrieden fest. Sie machten sich auf den Weg zurück zur Straße. »Den Fahrer kannte ich. Er war gestern in Amarna und hat mit Granaten um sich geworfen. Was wollten sie von dir?«

»Keine Ahnung. Sie haben mir das Telefon abgenommen und nach dem Passwort gefragt. Das war's. Ich habe immer noch meine Brieftasche. Und meine heile Haut.«

Zurück auf der Brücke betrachtete Dirk die Überreste der Vespa und schüttelte den Kopf. »Mal sehen, ob wir die Mädchen finden können.«

Sie gingen zurück zum Universitätsgelände und trafen dort schon bald auf Summer und Riki, die vor dem Krankenhaus standen, wo sie mit einem ägyptischen Polizeibeamten sprachen, der offenbar gerade eingetroffen war. Summer musste ein zweites Mal hinschauen, als sie Dirks nasse Kleidung bemerkte.

Die Studentin im Hidschab reagierte natürlich vollkommen anders. »Das ist er. Der eine der beiden. Er hat meinen Motorroller gestohlen.« Sie wollte sich wütend auf ihn stürzen.

Dirk wich zurück und kollidierte mit Riki.

Sie lachte. »Wirken Sie immer so magnetisch auf das weibliche Geschlecht?«

Dirk ging zu dem Polizeibeamten hinüber und hob die Hände in einer beschwichtigenden Geste. »Ja, es stimmt, ich habe mir den Roller ausgeliehen, um meinen Freund zu retten. Es tut mir leid, dass er jetzt ein Trümmerhaufen ist. Ich verspreche, ich werde ihr einen neuen kaufen.«

Der Polizeibeamte machte aus seiner Skepsis kein Hehl und überwachte den Austausch von Informationen. Die junge Frau beruhigte sich schließlich, als Dirk und die anderen untereinander einen ansehnlichen Geldbetrag einsammelten und ihr in die Hand drückten. Dann stellte der Polizist einige Fragen zu Zeibigs Entführung. Er notierte sich die Antworten, als habe er es mit einem vollkommen alltäglichen Fall zu tun. Danach wollte er von Zeibig wissen, wo er zu erreichen sei.

»Zurzeit wohne ich auf einem Boot, aber morgen kehre ich in die Vereinigten Staaten zurück.«

Auch das notierte sich der Beamte und verließ anschließend den Ort des Geschehens.

»Ich gehe nicht davon aus, dass wir noch einmal von ihm hören werden«, sagte Summer.

»So groß ist die Stadt auch wieder nicht«, sagte Zeibig. »Möglich wäre es schon, dass sie den Eigentümer identifizieren oder der Wagen irgendwo gesehen wird.«

»Bleibt zu hoffen, dass uns das nicht passiert. Hat noch jemand Lust auf ein Mittagessen?«

Dirk deutete auf seine nasse Kleidung. »Solange ich in diesem Aufzug bei Tisch geduldet werde, bin ich dabei.«

In einem Straßencafé ein paar Blocks weiter fanden sie einen freien Tisch, danach kehrten sie zum Boot zurück. Summer ging als Erste an Bord. Nach einem Blick ins Ruderhaus blieb sie abrupt stehen. In ihren Augen lag ein zorniges Funkeln, als sie sich umdrehte. »Wir hatten Besuch.«

Im Ruderhaus und in der Bordküche sah es aus, als hätte dort ein Tornado gewütet. Papiere, Vorräte und Möbel lagen in einem totalen Durcheinander herum. Der Eindruck des Chaos setzte sich im Vorderschiff noch fort. Jede der drei Kabinen war gründlich durchsucht worden. Seltsamerweise waren ihre Laptops noch vorhanden.

»Ich frage mich, worauf sie es abgesehen hatten«, sagte Dirk verwundert.

»Soweit ich sehen kann, fehlt nichts«, meinte Summer nach einem Rundumblick. »Nicht dass wir irgendetwas von Wert hatten, das zu stehlen sich gelohnt hätte.«

»Ich weiß, was sie mitgenommen haben«, meldete sich Zeibig einige Minuten später. »Das Steinrelief aus Amarna.«

Eine gründliche Suche ergab, dass es tatsächlich der einzige fehlende Gegenstand war.

»Sie müssen uns bis hierher verfolgt haben.« Dirk hob einige Prüfberichte vom Fußboden auf und legte sie auf den Küchentisch.

»Vielleicht hofften sie, auf dem Boot noch mehr Objekte aus dem Grab zu finden«, sagte Riki. »Wenn sie es einem Privatsammler anbieten, wird das Relief sicherlich einen stolzen Preis erzielen.«

»Das ist einfach das Letzte«, schimpfte Summer und verdrehte die Augen. »Jetzt können wir bei der hiesigen Polizei den nächsten Bericht abliefern.«

Zeibig seufzte. »Mach das mit deinem Telefon.«

»Wahrscheinlich lohnt es die Mühe gar nicht«, sagte Dirk. »Sie haben alles von uns erfahren, was sie wissen wollten. Aber vielleicht wäre es gut, das Krankenhaus anzurufen und um verstärkte Sicherheitsmaßnahmen für Dr. Stanley zu bitten.«

Riki schaute auf die Uhr.

»Wird es für Sie Zeit aufzubrechen?«, fragte Dirk.

»Ich fürchte, ja.«

Während Dirk ihr Gepäck an Land trug, verabschiedete sie sich von Summer und Zeibig.

»Es tut mir leid, dass Sie so viel Ärger hatten«, sagte sie. »Ägypten gehört nicht gerade zu den sichersten Gebieten der Welt. Der Professor und ich, wir können Ihnen für Ihre Hilfe nicht genug danken.«

»Sorgen Sie nur dafür, dass er weiter in der Erde herumwühlen kann«, sagte Zeibig. »Für ihn dürfte es das Beste sein. Ansonsten wünsche ich Ihnen einen guten Flug.«

Dirk wartete auf dem Kai auf sie, und sie schlenderten gemächlich zur Uferstraße oberhalb des Bootshafens.

»Kommen Sie bald nach Ägypten zurück?«, fragte er.

»Ich glaube, in England wartet ein wahrer Berg an Arbeit auf mich. Und wie ist es mit Ihnen?«

»Hier sind wir so gut wie fertig, aber wir haben noch ein wenig Freizeit, bevor wir unser nächstes Projekt in Angriff nehmen. Vielleicht kann ich mir während der Heimreise einen kleinen Abstecher erlauben.« Er wartete auf ihre Reaktion.

»Das würde mir gefallen.«

Als das Taxi neben ihnen anhielt, öffnete Dirk für Riki die Tür, stellte ihr Gepäck auf den Rücksitz und umarmte sie. »Bis bald.«

»Das hoffe ich.« Sie stellte sich auf die Zehenspitzen und hauchte ihm einen Kuss auf die Wange, dann stieg sie ins Taxi ein. Während es losfuhr, drehte sie sich noch einmal zu Dirk um, der ihr zuwinkte.

»Zum Flughafen?«, fragte der Taxifahrer.

Sie wartete, bis das Boot und der Kai außer Sicht gerieten.

»Nein«, antwortete sie dann in sachlichem Tonfall. »Bringen Sie mich zum Hotel Ramses.«

27

Pitt ging an seiner Sammlung erlesener Oldtimer vorbei und erklomm die Wendeltreppe im hinteren Abschnitt des Flugzeughangars. Die Stufen führten zu einem Apartment im ersten Stock mit Blick auf den chromblitzenden Wagenpark. Als er das Apartment betrat, war zu seiner Überraschung der Esstisch elegant gedeckt – zu einem Dinner für zwei. Lange schlanke Kerzen brannten neben einer offenen Flasche Rotwein zwischen den beiden Gedecken.

Loren kam aus der Küche, in den Händen einen dampfenden Kochtopf, den sie zum Tisch trug. Sie streifte ein Paar Ofenhandschuhe ab, schlang Pitt die Arme um den Hals und gab ihm einen innigen Kuss.

»Du kommst gerade rechtzeitig«, sagte sie mit einem Funkeln in den Augen.

»Gibt es etwas Besonderes zu feiern?«

»Zum einen fliege ich morgen nach Schottland. So richtig begeistert darüber bin ich zwar nicht, weil ich angenommen hatte, dass du noch einige Zeit in Detroit zu tun hättest. Zum anderen dachte ich, dass dir nach deiner Eskapade in College Park ein gemütliches Abendessen in entspannter Atmosphäre guttun würde.«

»Da wirst du sicher keinen Einwand von mir hören. Was gibt's zum Essen?«

»Bouillabaisse nach einem Rezept von St. Julian Perlmutter.«

»Dann muss sie gut sein. Der alte Haudegen kocht ja wie ein Weltmeister.« Pitt schenkte Wein ein – es war ein klassischer

Châteauneuf-du-Pape –, während Loren großzügige Portionen des südfranzösischen Fischeintopfs auf den Tellern verteilte.

»Ich weiß nicht, ob dieser Trip eine gute Idee ist«, sagte Loren, während sie sich hinsetzten und zu essen begannen. »Ich habe mich irgendwie dazu verpflichtet gefühlt zuzusagen, als Evanna McKee anrief, um mich einzuladen. Sie hat mich geradezu inständig gebeten, an der Konferenz teilzunehmen.«

»Sie kann sehr überzeugend und energisch sein. Es könnte eine gute Gelegenheit für dich sein, dich weiter zu vernetzen.«

»Schon richtig, aber das ist für mich nicht von Bedeutung. Irgendetwas an der Frau kommt mir seltsam vor. Ich kann nur nicht genau sagen, was es ist. Sie war ziemlich neugierig und spielte ›Zwanzig Fragen‹ mit mir.«

»Was wollte sie wissen?«

»Zum Beispiel, in welchen Ausschüssen ich sitze und auf welche Weise meine und Senator Bradshaws sowie die Wege anderer Abgeordneter sich kreuzen. Sie erkundigte sich außerdem nach meinen politischen Ambitionen.«

»Deinen politischen Ambitionen?«

»Ich habe gelacht und geantwortet, dass ich nichts dergleichen hätte. McKee schien meine Karriere mehr am Herzen zu liegen als mir. Weißt du, was sie mich dann noch fragte? Ob ich mir vorstellen könne, das Amt des Präsidenten auszuüben.«

»Was hast du ihr geantwortet?«

»Dass ich es durchaus als Ehre empfinden würde, dieses Amt zu übernehmen, aber nicht bereit sei, an dem Wahlmarathon teilzunehmen, um es zu erringen.«

»Kluges Mädchen.«

»Sie fing an, die Namen aller möglichen Prominenten zu nennen, auf deren Unterstützung ich zählen könne, und signalisierte die Bereitschaft, mir in jeder Weise behilflich zu sein, meine Position zu stärken. Was hältst du davon?«

»Frauen in Führungspositionen zu platzieren ist ihr offensichtlich ein wichtiges Anliegen«, sagte Pitt. »Vielleicht sucht sie auch Unterstützung, um die Produkte ihrer Firma in den Vereinigten Staaten einsetzen zu können. Oder sie erkennt, dass du in Washington erheblichen Einfluss hast, und möchte dich als Mitglied in ihrem Verein.«

»Wahrscheinlich hast du recht. Sie wusste anscheinend auch ganz gut über die NUMA Bescheid und löcherte mich mit Fragen über dich.«

»Was wollte sie wissen?«

»Sie fragte nach der Detroit-Geschichte und anderen Unterwasserprojekten, an denen du beteiligt warst. Und sie erwähnte El Salvador und erkundigte sich, ob du noch einmal dorthin zurückkehren würdest.«

»Ob ich nach El Salvador gehe?« Pitt entspannte sich und ließ sich die Frage durch den Kopf gehen. »Eine der Wasserproben aus dem Cerrón-Grande-Stausee sollte an einen Wissenschaftler in einer ihrer Firmen geschickt werden.«

»Das ist seltsam«, sagte Loren. »Eine befreundete Umweltlobbyistin hat mir zwei interessante Dinge verraten. Zwar kennt sie Evanna McKee nicht persönlich, aber sie kennt einige Leute, die für ihre Firma tätig sind. Sie berichtete mir von einem ihrer Sanierungsprojekte im Mittleren Osten vor einiger Zeit. Dort sollen einige Leute, die das Reinigungsmittel eingesetzt hatten, schwer erkrankt sein, und einige starben sogar. Das Ganze wurde aber vertuscht und der Öffentlichkeit als regional begrenzte aggressive Grippeepidemie verkauft.«

»Der für die Bioremediation notwendige Grundstoff, den sie der NUMA zur Verfügung gestellt haben, erwies sich als vollkommen sicher«, sagte Pitt, »aber wer weiß, was sie in anderen Teilen der Welt in die Landschaft kippen.«

»Die EPA hat ihnen in Detroit jedenfalls grünes Licht gegeben«, sagte Loren. »Die andere Sache, von der meine Freundin erzählt hat, war der vorzeitige Tod eines hochrangigen Wissenschaftlers, der für BioRem Global gearbeitet hatte. Offenbar kam er bei einem Autounfall ums Leben.«

»Tragisch«, sagte Pitt, »aber nicht ungewöhnlich.«

»Stimmt, aber meine Freundin meinte, es gebe Gerüchte, dass es kein Unfall war.«

»Er wurde ermordet? Weshalb?«

»Diese Frage habe ich ihr ebenfalls gestellt. Sie meinte, es könnte damit zu tun haben, dass er mit seinen Untersuchungen in einen geheimen Forschungsbereich vorgestoßen ist.«

Pitt betrachtete nachdenklich sein Weinglas, dessen Inhalt er einige Sekunden lang kreisen ließ, stellte es dann wieder auf den Tisch und aß weiter.

Später, als sie die Mahlzeit beendet hatten, deckten sie den Tisch ab und begaben sich ins Wohnzimmer.

»Ich glaube, ich sollte lieber packen«, sagte Loren wenig später. »Kannst du mir einen Koffer holen?«

Als Pitt ins Wohnzimmer zurückkehrte, trug er zwei große Koffer.

»Ich brauche nur einen«, sagte Loren.

»Der andere ist für mich.«

»Wohin willst du denn?«

»Nach Schottland«, antwortete Pitt mit einem vielsagenden Lächeln. »Ich habe das Gefühl, ich sollte dem Forschungszentrum von Biorem Global und seiner so wissbegierigen Chefin einen persönlichen Besuch abstatten.«

28

»Sie scheint richtig nett zu sein, wenn auch ein wenig still«, meinte Summer zu Dirk, als er an Bord zurückkam.

»Ja, Riki hat einen klugen Kopf.«

»Als wenn das alles wäre, was dich an ihr interessiert.«

»Ich weiß überhaupt nicht, wovon du redest.«

Zeibig tauchte aus der Bordküche auf, einen Stapel Sonarprotokolle in den Händen. »Hätte Riki das Ende von Evil Knievels Höllenritt auf dem Roller gesehen, wäre sie sicher schon um einiges früher abgereist.«

Dirk schüttelte den Kopf. »Wovon redet ihr?«

»Die Universität möchte morgen gern das Boot zurückhaben, sehr wahrscheinlich allerdings ohne den ganzen Kram, der hier herumliegt«, sagte Zeibig. »Vielleicht könnt ihr euch darum kümmern, die gesamte Technik einzupacken, während ich die Protokolle zusammensuche und ein bisschen ordne.«

»Nur zu gern.« Dirk hatte es eilig, sich aus dem Blickfeld seiner Schwester zu verziehen.

Am frühen Abend hatten sie das Boot auf Vordermann gebracht und die Sonarausrüstung für den Heimflug sicher verpackt. Eine erfrischende Brise kam vom Fluss herüber und wehte in die Küche, während Zeibig sich mit einer eisgekühlten Flasche Mineralwasser auf die Sitzbank fallen ließ. Summer suchte sich einen Platz, wo sie ihren Laptop aufklappen konnte, während Dirk hereinkam und ihr Trio komplett machte.

»Ich denke, das war's soweit«, sagte Dirk, streckte sich und verschränkte die Arme hinter dem Kopf. »Wir brauchen nur noch unsere persönlichen Dinge einzusammeln und sind schon morgen früh durch die Tür.«

Summer blickte von ihrem Computer hoch. »Ich konnte den Polizeibeamten erreichen, mit dem wir uns unterhalten haben. Ich habe ihm von dem Boot und der abhandengekommenen Steinplatte berichtet. Er versprach, beides in den Bericht mit aufzunehmen, meinte aber gleichzeitig, ohne ein Foto könne er nicht allzu viel unternehmen.«

»Das Foto dürfte mit Rods Telefon wer weiß wo in der Weltgeschichte herumirren«, sagte Dirk.

Zeibig betrachtete die Flasche Wasser in seiner Hand. »Vielleicht auch nicht.«

»Was meinst du?«, fragte Summer.

»Bevor wir Amarna verlassen hatten, versuchte ich, einige Fotos von dem Grabmal per E-Mail an die archäologische Datenbank der NUMA zu schicken. Ich hatte vergessen, dass wir dort kein Mobilfunknetz hatten, darum wurde die Mail nicht abgeschickt.«

»Aber die Mail könnte doch gesendet worden sein«, sagte Dirk, »als wir heute Morgen nach Assiut kamen und wieder ein Netz hatten.«

»Genau daran dachte ich gerade. Ich bin ziemlich sicher, dass ich auch einige Bilder von Summers Steinrelief hinzugefügt habe.«

»Wenn die Fotos irgendwo abgelegt wurden«, sagte Summer, »dann wird Hiram sie finden.« Sie warf einen Blick auf ihre Armbanduhr. »In Washington ist es jetzt kurz nach elf. Versuchen wir mal unser Glück.«

Sie gab einen Befehl über die Tastatur ihres Laptops ein und initiierte einen Videoanruf bei der NUMA-Zentrale. Nach mehrmaligem Klingeln erschien ein Bild – zu sehen war ein schlanker, sportlich wirkender Mann mit langem Haar, das er zu einem Pferdeschwanz zusammengerafft hatte. Bekleidet war er unter anderem mit einem T-Shirt, auf dessen Brust der Schriftzug von Derek and the Dominos prangte, mit dem seinerzeit ihr berühmtestes Album *Layla* erschienen war. Er saß an einem halbrunden Tisch mit einer Videowand im Rücken, die den gesamten Laptop-Bildschirm ausfüllte.

»Dr. Livingston, nehme ich an?«, fragte er in Anspielung auf die historische Begegnung des Afrikaforschers und des Zeitungsreporters am 10. November 1871 mitten im afrikanischen Urwald.

»Nein, es sind lediglich Pitt und Zeibig, fürchte ich.« Summer drehte den Laptop so herum, dass er die anderen sehen konnte. »Aber du hast immerhin den richtigen Kontinent erraten. Respekt.«

»Wie stehen die Dinge bei unserer Truppe Flussnomaden?«

»Hier ist es heiß, staubig, und wir lechzen nach einem kalten Bier.«

»Ich fürchte, damit kann ich euch nicht dienen.«

»Viel dringender bräuchten wir zurzeit auch so etwas wie die Hilfe Gottes.« Summer berichtete von der Entdeckung des Steinreliefs und des Grabmals sowie den Ereignissen, die sich daraus ergaben, und von Zeibigs offenbar vergeblichem Versuch, die E-Mail auf den Weg zu bringen.

Hiram Yaeger sah Summer Pitt an und nickte. »Ich bin froh, dass ihr heil aus all dem herausgekommen seid. Und was den Download der Mail betrifft, das ist ein Kinderspiel.« Er wandte sich zur Computerkonsole um und tippte auf der Tastatur.

Yaeger war Chef und geistiger Vater des Computer Resource Center der NUMA. Trotz seiner hippiehaften äußeren Erscheinung gehörte er nicht zu denen, die mit Räucherstäbchen wedelnd und mit Fingerzimbeln klingelnd auf der Suche nach einem gewissen Hare Krishna durch die Straßen tanzten. Er hatte praktisch im Alleingang die Rechenressourcen der NUMA so weit gesteigert, dass sie mit den wichtigen Nachrichtendiensten Schritt halten konnte. Ein im Wesentlichen von ihm entwickelter Supercomputer lieferte die notwendige Leistung, um Daten über Meeresströmungen, Wassertemperaturen, die ozeanische Fauna und Wetterbedingungen an einigen tausend Messpunkten rund um den Erdball zu sammeln, zu sortieren und zu analysieren. Bevor Summer sich versah, holte Yaeger ein Foto von Amarna am Nil auf die Videowand.

»Ist er das?«, fragte er. »Ich habe einen Ordner auf einem Server gefunden, der Rods archäologische Datenbank vor etwa zehn Stunden belieferte. Er enthält nichts anderes als Bilder im JPEG-Format.«

»Das ist der Ordner«, bestätigte Zeibig und schlug mit der flachen Hand auf den Tisch. »Gut gemacht, Hiram. Kannst du die Ordner der Reihe nach durchgehen? Dort müssten sich ein oder zwei frühe Fotos von einem weißen Steinrelief befinden, das Summer aus dem Fluss geholt hat.«

Yaeger blätterte ein Dutzend Fotos durch, die auf dem Vermessungsboot gemacht worden waren – sie zeigten Uferabschnitte des Nils und Sonarprofile des Flussbetts –, und fand schließlich ein Foto, auf dem Summer ein Objekt aus dem Wasser zog. Danach folgte eine Nahaufnahme von der Steintafel, noch immer nass glänzend vom Fluss.

»Das ist es«, stellte Summer zufrieden fest.

Yaeger tippte abermals. »Ich habe es jetzt per E-Mail an euch drei zurückgeschickt.«

»Hiram, solange die Datei noch offen ist«, sagte Dirk, »könntest du Max bitten, uns zu verraten, was sie davon hält?«

»Klar«, erwiderte Yaeger. »Dazu muss ich sie erst mal aufwecken.«

Vor der Videowand erschien plötzlich eine bildschöne Frau in einer aufreizend engen Bluse und einem sehr kurzen Rock. Als holografisches Abbild seiner Ehefrau nachempfunden, war Max von Yaeger als benutzerfreundliches Interface zu dem komplexen Hochleistungsrechner der Agency geschaffen worden.

»Guten Morgen, Hiram«, sagte das Abbild mit verführerischer Stimme. »Sehe ich richtig, dass du schon Besuch hast?«

»Ja, Max. Es sind Freunde, die sich zurzeit in Ägypten aufhalten.« Er stellte die Gruppe vor, mit der die Videoverbindung bestand.

»Es ist immer ein besonderes Vergnügen, sich mit intelligenten Leuten zu unterhalten.« Max sah ihren Schöpfer mit einem Augenzwinkern an. »Wie kann ich dir heute behilflich sein?«

»Sieh dir dieses Foto von einer Steintafel an, die Summer in der Nähe von Amarna aus dem Nil geborgen hat«, sagte Yaeger. »Was kannst du uns über sie erzählen?«

Max betrachtete das Foto, während der Computer das Bild scannte und mit einem internen Archiv sowie mit einem Dutzend akademischer und privater Forschungsdatenbanken an verschiedenen Orten der Welt verglich. Schon nach wenigen Sekunden zeigte Max ein strahlendes Lächeln.

»Herzlichen Glückwunsch, Summer«, sagte sie. »Du hast anscheinend ein sehr altes und wahrlich einmaliges Objekt gefunden.«

»Abgesehen davon, dass es mittlerweile gestohlen wurde und niemand weiß, wo es sich zurzeit befindet«, sagte Summer, »erzähl doch mal, was du darüber in Erfahrung bringen konntest.«

»Vorbehaltlich weiterer Untersuchungen, die sicherlich zusätzliche Informationen zutage fördern, lässt sich so viel feststellen: Die Platte wurde aus Alabaster gefertigt, das in verschiedenen Wüstenregionen Oberägyptens vorkommt und im Altertum bei der Errichtung diverser Bauwerke und zahlreicher Monumente Verwendung fand. Obwohl beschädigt, ist darauf ein Bild der Sonne deutlich zu erkennen, mit der während der Regentschaft Echnatons der Gott Aton dargestellt wurde. Daher wurde dieses Relief wahrscheinlich während der achtzehnten Dynastie in der Ära des Neuen Königreichs geschaffen und datiert von 1350 vor Christus.«

»Genau das hatten wir angesichts des Fundortes in nächster Nähe von Amarna gehofft. Kannst du die Hieroglyphen entziffern?«

Max rümpfte die Nase. »Anscheinend ist es ein Fragment von einer größeren Tafel oder eines Monuments. Da der Text nicht vollständig ist, kann ich nur die sichtbaren Glyphen übersetzen, und deren Inhalt ist nicht eindeutig. Wie ihr selbst sehen könnt, haben wir es mit zwei Gruppen von Hieroglyphen zu tun. Die Symbole auf der linken Seite befinden sich innerhalb eines vertikal ausgerichteten Ovals. Dies ist eine klassische Kartusche, die gewöhnlich einen königlichen Namen enthält. In diesem Fall ist es die Prinzessin Meritaton, die älteste Tochter des Pharaos Echnaton und seiner Frau Nofretete.«

»Wurde sie in Amarna beerdigt?«, fragte Zeibig.

»Nein. Auf einer erhaltenen Grenzstele in Amarna werden Grabmäler beschrieben, die für Echnaton, Nofretete und Meritaton vorbereitet, aber niemals benutzt wurden. Die Mumie Echnatons ist erst kürzlich dem Grab KV55 im Tal der Könige in der Nähe Thebens zugeordnet worden. Von Meritaton wurde bisher weder ein Grabmal noch ihre Mumie gefunden«, sagte Max. »Eine mögliche Erklärung liefert die andere Inschrift der Steinsäule.«

»Nur weiter so«, sagte Hiram.

»Der Inhalt des zweiten Schriftfelds legt den Schluss nahe, dass es eine Huldigung oder eine an den Gott Aton gerichtete Fürbitte für den Pharao und andere ist, die in Amarna durch das vergiftete Wasser des Nils gestorben sind. Prinzessin Meritaton, die beim Tod ihres Vaters nicht anwesend war, wird für vogelfrei erklärt, weil sie jemandem namens Osa Hilfe zuteilwerden ließ. Zumindest ist Osa offenbar der erste Teil des Namens, da der Stein an dieser Stelle abgebrochen ist. Das ist alles, was ich aus den sichtbaren Symbolen herauslesen kann.«

»Klingt ziemlich dramatisch«, sagte Summer. »Ich hätte eher etwas in der Richtung von ›Hier ruht König Tut‹ erwartet.«

»Es ist auf jeden Fall ein wichtiger Hinweis darauf, dass Echnaton an einer Krankheit starb, die durch den Fluss übertragen wurde«, stellte Zeibig fest.

»Sie bezieht sich anscheinend auf das Wandgemälde und auf das, was Dr. Stanley über die Epidemie verlauten ließ«, sagte Dirk. »Mal sehen, was Max mit dem Wandgemälde anfangen kann. Hiram, ist es möglich, dass du noch mehr Fotos von Rod aufrufst?«

Eine Vielzahl dunkler Bilder erschien auf dem Bildschirm.

»Dies dort, halt mal an«, sagte Zeibig. »Das ist die beste Aufnahme von dem gesamten Wandgemälde, bevor es zerschossen wurde. Max, welche Erklärung fällt dir zu diesem Bild ein? Was erkennst du darin?«

Max schien die Videowand eingehend zu betrachten, während die Computer im Hintergrund das Bild mit lautloser Effizienz berechneten und interpretierten.

»Vergleicht man es mit Bildern von anderen ägyptischen Bestattungsfeldern, stellt es das Grabmal selbst dar«, sagte Max. »Zu sehen ist eine Darstellung des Verstorbenen – ein kleiner Junge –, der offenbar auf dem Weg ins Jenseits ist. In dem Wandgemälde ist auch die Bitte des Pharaos enthalten, dass Aton das Kind auf seiner Reise beschützen möge.«

»So lautete Dr. Harrison Stanleys Interpretation«, sagte Summer. »Er meinte, das Bild auf der rechten Seite stelle eine königliche Tochter dar, die vor ihrer Flucht aus Ägypten etwas übergibt, das Apium von Faras genannt wird.«

»Ja, das ist auch meine Übersetzung der Hieroglyphen-Kolumne. Anscheinend zeigt das Bild hinter der Königstochter sterbende Kinder entlang des Nils.«

»Enthält das Bild darüber hinaus noch mehr Informationen?«, fragte Dirk.

Der Teil des Wandgemäldes erschien augenblicklich vergrößert auf der Videowand hinter Max. Auch wenn sie dem Bildschirm den Rücken zuwandte, lieferte sie die gewünschte Erläuterung, als hätte sie das Bild eingehend studiert und wäre vollkommen vertraut mit ihm.

»Dank der Vergrößerung sind zwei Inschriften schwach zu erkennen«, sagte sie. »Die Frau auf dem Boot, die den Sack zum Ufer reicht, trägt ein Armband, auf dem sich eine Kartusche befindet.« Max hielt für einen kurzen Moment inne, während sich die nächste Vergrößerung des Fotos aufbaute und das Handgelenk auf dem Bildschirm erschien. »Die Hieroglyphen in der Kartusche bilden den Namen Meritaton.«

»Schon wieder Meritaton – wie auf dem Relief«, stellte Summer überrascht fest. »Lassen sich die beiden Männer in ihrer Nähe identifizieren?«

»Auf den ersten Blick ist nichts zu erkennen. Die Art ihrer Kleidung weist sie als Arbeiter aus.«

»Diese Prinzessin Meritaton ist anscheinend in Armana eine prominente Erscheinung gewesen«, sagte Zeibig.

»Max«, meinte Hiram, »du hast von zwei kleinen Inschriften gesprochen. Welche ist die zweite?«

»Sie befindet sich auf dem Sack, den Meritaton in ihren Händen hält«, antwortete Max. »Sie ist nur kurz und lautet ›Faras‹.«

»Das Apium von Faras«, sagte Dirk. »Hat dies irgendeine besondere Bedeutung, Max?«

»Es gibt Hinweise, dass es sich um ein sehr wirksames Heilmittel handelt. Faras war ein wichtiges Verwaltungszentrum in der nubischen Region Oberägyptens. Ein wichtiger Tempel stand in der Stadt, die von einer Festungsmauer umgeben war. Die Priester von Faras waren für ihre medizinischen Kenntnisse bekannt. König Tutanchamun weihte ihnen und ihrer Kräutermedizin einen Schrein. Einige Jahrhunderte später wurde eine christliche Kathedrale in der Stadt erbaut, die erst 1960 ausgegraben wurde, kurz bevor der Assuan-Hochdamm angelegt und das ganze Gebiet geflutet wurde.«

»Wurde der Schrein Tutanchamuns vor der Flutung des Stausees entfernt und in Sicherheit gebracht, wie es mit einigen anderen ägyptischen Monumenten geschehen ist?«

»Nein, der Tempel und sein Schrein wurden vor dem Fluten nicht geborgen, wahrscheinlich aufgrund ihres sehr schlechten Zustands.«

»Max, kannst du uns den genauen Standtort des Tempels nennen?«, fragte er.

»Ich kann ihn mithilfe der Angaben im Bericht eines englischen Ausgrabungsprojekts im Jahr 1903 berechnen.« Kaum eine Sekunde später erschienen auf dem Videoschirm die entsprechenden GPS-Koordinaten. »Ihr solltet euch allerdings vor Krokodilen in Acht nehmen.«

»Danke für den Tipp. Und auch dir noch einmal danke, Hiram. Deine Angaben sind für ägyptische Archäologen von unschätzbarem Wert.«

»Kein Problem. Ich bin hier, falls ihr mich brauchen solltet.«

Max und Yaeger verschwanden von dem Bildschirm, als Summer die Verbindung trennte. Dann öffnete sie ihre E-Mail-Box und rief Zeibigs Foto des noch unversehrten Wandgemäldes auf.

»Eine außergewöhnliche Darstellung einer interessanten Frau«, sagte Summer. Ehrliche Bewunderung lag in ihrer Stimme.

»Ich würde gern mehr über sie erfahren«, schloss Zeibig sich an.

»Irgendetwas an dieser Geschichte ergibt für mich keinen Sinn«, sagte Dirk. »Das Interesse von Antiquitätenräubern an einem Grabmal in Amarna kann ich noch nachvollziehen. Auch kann ich verstehen, dass sie unser Boot nach weiteren Artefakten durchsucht haben. Was ich jedoch nicht begreife, ist, weshalb sie das Risiko eingegangen sind, identifiziert zu werden, indem sie Rods Mobiltelefon gestohlen haben?«

»Vielleicht befürchteten sie genau das. Nämlich identifiziert zu werden«, sagte Zeibig. »Wahrscheinlich haben sie angenommen, ich hätte sie irgendwann fotografiert.«

»Das wäre eine Möglichkeit«, sagte Summer. »Ich denke jedoch, es dürfte das unversehrte Wandgemälde gewesen sein, das ihnen Sorge bereitete.«

»Das könnte der Grund sein«, sagte Dirk. »Welcher halbwegs anständige Grabräuber lässt denn einen Streitwagen aus purem Gold zurück?«

»Daraus ergibt sich die Frage, was an dieser Darstellung der Prinzessin Meritaton auf dem Wandgemälde so wichtig sein kann?« Summer vergrößerte die untere Ecke des Fotos und rückte die Prinzessin in dem Boot in die Mitte des Bildschirms.

»Vielleicht ist es gar nicht die Prinzessin«, sagte Dirk. »Vielleicht geht es um das, was sie in den Händen hält.«

»Das Apium von Faras.«

Dirk nickte.

»Es sieht wie irgendein Kraut aus«, sagte Zeibig. »Um was könnte es sich handeln?«

»Vielleicht um gar nichts Besonderes«, sagte Dirk. »Ich glaube, es gibt nur einen Weg, eine Antwort auf diese Frage zu finden.«

Summer sah ihren Bruder stirnrunzelnd an. »Max sagte, dass der Tempel auf dem Grund des Nassersees steht.«

Dirk grinste seine Schwester herausfordernd an. »Seit wann lässt du dich von ein bisschen Wasser aufhalten?«

29

Was Dirk verniedlichend »ein bisschen Wasser« nannte, entsprach im Fall des Nassersees einer Menge mit dem Volumen von nahezu hundertfünfundsechzig Kubikkilometern. Geschaffen durch die Errichtung des Assuan-Staudamms im Jahr 1902 und vergrößert durch den Assuan-Hochdamm im Jahr 1971, ist der Nassersee eines der größten künstlich geschaffenen Gewässer der Welt und erstreckt sich über fünfhundert Kilometer von der Stadt Assuan in Oberägypten bis in die nördliche Wüstenregion des Sudans.

Summer Pitt blickte aus dem Fenster eines Pendler-Flugzeugs mit Propellerantrieb und betrachtete die grenzenlos erscheinende dunkle Wasserfläche unter sich. Die Uferlinie des Sees erschien wie ein Fransensaum aus kapillardünnen Wasserarmen, die sich durch den Wüstensand schlängelten. In dem rauen und leeren Brachland, das den See umgab, waren nur wenige Anzeichen von Leben zu entdecken.

Summer lehnte sich zu Dirk hinüber. »Dieser See ist unfassbar riesig. Wir befinden uns jetzt schon seit einer halben Stunde über ihm.«

»Viel mehr Kopfzerbrechen bereitet mir seine Tiefe.« Dirk hatte sich in einen Bericht über archäologische Ausgrabungen in Nubien vor der Fertigstellung des Assuan-Hochdamms vertieft. »An einigen Stellen sind es gut zweihundert Meter bis zum Grund.«

»Wenn das bei Faras der Fall ist, dann hätten wir Rod nach Kairo folgen und nach D. C. zurückfliegen sollen.«

»Die gute Nachricht ist, dass Faras weit vom Damm entfernt ist. Die Stadt befindet sich in der Nähe des sudanesischen Teils des Staubeckens, das den Namen Nubia-See trägt. Dort beträgt die maximale Tiefe nur einhundertvierzig Meter, üblich sind jedoch im Durchschnitt nicht mehr als dreißig Meter.«

»Ich nehme die dreißig Meter. Wo genau hat Max die Stadt im See lokalisiert?«

»In der Nähe des zentralen Flusskorridors, leider, ein Dutzend Meilen südlich von Abu Simbel. Dort schwankt der Pegelstand stellenweise ziemlich heftig, sodass wir unmöglich voraussagen können, mit welcher Wassertiefe wir rechnen müssen, ehe wir an Ort und Stelle sind.«

Kurze Zeit später setzte die Maschine auf der Rollbahn des Abu Simbel Airport auf, und Dirk und Summer folgten einem Strom von Touristen über den kochend heißen Asphalt. Sie holten ihre Koffer vom Gepäckband, gingen an zwei Reisebussen vorbei und winkten einem verwittert aussehenden Taxi. Die Fahrt durch das staubige Dorf bis zu einem von Rissen durchzogenen Betonkai am See dauerte keine fünf Minuten. Ein lächelnder Mann mit Schnurrbart in einem weißen Anzug stand auf dem Kai neben einem offenen Wasserflitzer und wartete schon auf sie.

»Miss Pitt, ich bin Ozzie Ackmadan und Inhaber des Abu Simbel Inn.« Er kam eilig auf sie zu, ergriff Summers Hand und schüttelte sie. »Das Boot, um das Sie gebeten haben, ist startbereit. Ich habe es auftanken lassen und zwei Pressluftflaschen bestellt, die heute Morgen angeliefert wurden.«

»Sehr freundlich von Ihnen, uns schon hier zu erwarten.«

»Genießen Sie Ihren Tag auf dem See. Sie können das Boot hierher zurückbringen, wir kümmern uns darum. Das Hotel finden Sie zwei Straßen weiter in dieser Richtung.« Er deutete auf eine Straße, die zum Hafen herunterführte. »Ich habe zwei Zimmer für Sie reserviert. Ihr Gepäck können Sie bei mir lassen, ich bin mit einem Wagen hergekommen und nehme es gleich mit ins Hotel.«

»Vielen Dank«, sagte Summer. »Dann unterhalten wir uns später ausführlich.«

Dirk lud ihre Tauchsäcke ins Boot und warf den Außenbordmotor an. Summer machte die Leinen los, mit denen das Boot am Kai vertäut war, kehrte ins Boot zurück und setzte sich in den Bug, während Dirk das Boot aus der kleinen Bucht herauslenkte.

Er drehte für einen kurzen Moment das Boot nach Norden und folgte ein Stück dem Uferverlauf, um eine der erstaunlichsten Attraktionen Ägyptens zu betrachten. Dicht am Wasser stand der Tempel von Abu Simbel mit seinen vier kolossalen Statuen des sitzenden Pharaos Ramses II.

»Wirklich beeindruckend, wenn man direkt davorsteht«, sagte Summer und staunte über den Größenunterschied zwischen den Skulpturen und den Touristen, die wie Ameisen vor ihnen herumliefen.

»Nicht weniger beeindruckend ist«, sagte Dirk, »dass sie in den 1960ern von ihrem ursprünglichen Standort zusammen mit dreiundzwanzig anderen Monumenten hierhertransportiert worden sind, die ansonsten in dem vom Assuan-Hochdamm aufgestauten See versunken wären.«

»Wirklich schade, dass unser Faras-Tempel damals der Staumauer zum Opfer gefallen ist.«

Dirk schwenkte mit dem Boot nach Süden und gab Vollgas. Sie ließen Abu Simbel hinter sich und durchquerten einen besonders kargen Abschnitt des Sees, der für etwa fünfundsiebzig Kilometer im Sudan lag.

Dirk griff in seinen Gerätesack, holte einen GPS-Empfänger heraus, den er in Assiut gekauft hatte, und schaltete ihn ein. Die Koordinaten des Faras-Tempels, die Max genannt hatte, waren bereits einprogrammiert, und Dirk steuerte den Punkt an, der nur noch ein gutes Dutzend Kilometer entfernt war. Während das Boot durch die Wellen pflügte, machte Summer ihre Tauchausrüstung einsatzbereit und vergewisserte sich, dass die Pressluftflaschen einen maximalen Füllstand hatten.

Als sie den vorbestimmten Punkt eine halbe Stunde später erreichten, navigierte Dirk das Boot genau über diese Position, und Summer warf von ihrem Platz im Bug aus einen Anker ins Wasser. Gleichzeitig ließ sie die Leine durch die Hand laufen und maß ihre Länge, bis die Leine schlaff wurde. Summer befestigte sie an einer Klampe und wandte sich zu ihrem Bruder um. »Sieht so aus, als seien es nur gut zwanzig Meter. Wir haben wohl Glück.«

»Richtige Glückspilze werden wir sein, wenn wir Überreste des Tempels finden.«

Trotz einer Wassertemperatur von knapp dreißig Grad an der Oberfläche schlüpften sie in leichtgewichtige Nasstauchanzüge, da es auf dem Grund des Sees sicherlich erheblich kälter wäre. Ehe sie ihre Pressluftflaschen schulterten, angelte Dirk einen zusammengefalteten Bogen Papier aus seinem Gerätesack und ließ Summer einen Blick darauf werfen.

»Hiram hat eine Handzeichnung von Faras gefunden, die Ende des neunzehnten Jahrhunderts angefertigt wurde. Darauf ist der Grundriss des Tempels deutlich zu erkennen. Ein großer Teil des Materials, aus dem der Tempel erbaut wurde, fand – nachdem es abgetragen wurde – anderweitig Verwendung, aber es sind noch immer Reste vorhanden, darunter auch eine Altarwand. Die Festungsmauer war ein solides Bauwerk und ziemlich imposant. Die Ruine als solche ist so gut erhalten, dass wir uns ein Bild von dem Gebäude machen können. Der Tempel stand am nördlichen Ende der Festungsmauer und beherbergte unter anderem einen kleinen Gebetsraum.«

Summer studierte die Zeichnung und nickte. »Ich finde, das ist erheblich mehr als nur eine Nadel im Heuhaufen. Wenn wir den Tempel und den Gebetsraum lokalisieren können, haben wir auch gute Chancen, den Tutanchamun-Schrein und seine Beschreibung des Faras-Apiums zu finden.«

»Die englischen Archäologen, die als Erste hier mit Ausgrabungen begonnen haben, platzierten es im Altarraum. Mal sehen, ob Max uns hinführt.«

Dirk ergriff eine leistungsstarke Unterwasserlampe, während Summer eine Unterwasserkamera an ihrer Tarierweste befestigte, dann ließen sich beide über den Bootsrand rückwärts ins Wasser fallen. Da sie in ihren Nasstauchanzügen auf dem Boot heftig zu schwitzen begonnen hatten, empfanden sie das Wasser des Sees als angenehm erfrischend. Sie schwammen zum Bug, trafen sich an der Ankerleine und tauchten auf den Seegrund hinab.

Die Sichtverhältnisse in dem Süßwassersee waren erstaunlich gut. Wie erwartet, wurde das Wasser spürbar kälter, als sie auf ihrem Weg nach unten die Thermokline passierten. Dirk stellte fest, dass der Anker tief in den weichen Schlick eingesunken war. Er hielt sich darüber in der Schwebe und blickte sich suchend um, während Summer zu ihm kam.

Der Seegrund war beinahe genauso kahl und öde wie die Wüstenlandschaft außerhalb des Wassers ringsum. An dieser Stelle gedieh gerade genug pflanzliches Leben, um ein Trio Barsche anzulocken, die an einigen mit Moos bedeckten Felsen knabberten.

Der gleichförmige braune Seegrund wurde stellenweise von Gesteinsformationen aufgelockert, die als bizarre zerklüftete Felsnadeln zum Himmel über dem See aufragten. Zu Dirks großer Enttäuschung war in ihrer nächsten Nähe nichts zu erkennen, das aussah, als sei es von Menschenhand geschaffen.

Summer tippte ihm auf den Arm und deutete auf eine der Formationen. Auf den ersten Blick sah sie wie all die anderen Gebilde aus – nicht mehr als eine zufällige Ansammlung mächtiger Felsblöcke. Als er jedoch näher heranschwamm, stellte Dirk fest, dass Summer gar nicht auf die Steine gedeutet hatte, sondern auf eine Erscheinung dicht dahinter.

Sie hob sich nicht mehr als dreißig oder fünfzig Zentimeter vom Seeboden ab, erstreckte sich jedoch schnurgerade über sechs bis sieben Meter. Dirk wischte mit einer Hand über die Oberfläche und entfernte eine dicke Schlammschicht. Als sich das Wasser allmählich klärte, erkannte er einen Verbund gebrannter Lehmziegel. Er entsprach der Beschreibung der Festungsmauer. Dirk gab Summer mit dem Daumen das Okay-Zeichen.

Dann wandte er sich zu der Mauer um, fuhr mit der Hand an ihrer Vorderseite abwärts und wühlte sich bis zum Ellenbogen in den Schlick. Selbst in dieser Entfernung vom Assuan-Hochdamm hatten sich große Mengen Schlick angesammelt und bedeckten die Überreste der antiken Stadt. Deshalb würde sich ihre Suche deutlich schwieriger gestalten.

Sie folgten den Resten der Mauer ein paar Meter weit nach Westen bis zu einer Art Eckhügel und einem nur vage zu erkennenden schmalen Grat, der nach Norden verlief. Dieser Grat knickte schließlich nach Osten ab. Beide Taucher stiegen ein kleines Stück in die Höhe, um die Festungsmauer besser überblicken zu können. Und auch diesmal war es Summer, die fündig wurde.

In nicht allzu großer Distanz nach Norden ragte ein rundes Objekt aus dem Schlick: die Reste einer Säule. Summer erreichte ihren Fund mit einigen Flossenschlägen, befreite eine kleine Fläche von dem abgelagerten Schlick und legte die kannelierte Oberfläche frei. Während die Festungsmauer sicherlich allein nach rein funktionellen Gesichtspunkten errichtet worden war, dürften kunstvoll verzierte Säulen eher Teil des gesuchten Tempels sein.

In den Berichten über die dort ausgeführten Ausgrabungen wurden die Maße der Tempelgrundfläche mit sechsundfünfzig mal sechsundzwanzig Metern angegeben. Im Gegensatz zur Festungsmauer existierte keine der Außenwände noch. Als sie nach Norden schwammen, schälten sich mehrere Säulenstümpfe aus dem Schlick. Offenbar waren sie Teil des Innenhofs der Tempelanlage. Am Ende der Säulenreihe stießen sie auf eine Steinmauer. Dahinter wartete eine dichte Ansammlung weiterer Säulenstümpfe.

Es konnte kein Zweifel mehr bestehen. Die dichte Ansammlung von geborstenen und im Schlick vergrabenen Säulen entsprach der Zeichnung von der Haupthalle des Tempels. Sie schwammen langsam über die Säulenfragmente hinweg, die wie die Zähne eines Dinosauriers aus dem Schlick aufragten. Dicht dahinter befand sich der Andachtsraum des Tempels.

Sie schwammen an der Halle vorbei, in der Hoffnung, dahinter das Tempelmonument zu finden. Stattdessen markierte eine ein paar Meter weit entfernte wuchtige Steinmauer die Rückseite des Andachtsraums. In seinem Innern, wo eigentlich das Monument hätte stehen müssen, waren nur Sand und Gesteinsbrocken zu sehen.

In den historischen Aufzeichnungen wurde darauf hingewiesen, dass ein großer Teil der Bausteine des Tempels weggeschafft worden sei, um bei der späteren Errichtung anderer Monumente Verwendung zu finden. Dennoch deuteten die Zeichnungen darauf hin, dass eine kleine Nische und eine Mauer zumindest bis etwa 1890 erhalten geblieben waren. Zu dieser Zeit hatte sich das Herz des Andachtsraums immer noch an Ort und Stelle befunden.

Da ihre Tauchzeit auch in dieser mäßigen Tiefe begrenzt war, nahm sich Summer den Innenhof vor und untersuchte jeden Stein und jede Erhebung, die unter dem Schlick zu erkennen war. Dirk konzentrierte sich auf die südöstliche Ecke des Andachtsraums. Es ragten zwar keine auffälligen Formen aus dem Sediment, aber dann zögerte er doch bei einer flachen Erhebung neben der Säulenhalle.

Er tauchte mit der Hand in den Schlamm und ertastete die glatte Oberfläche eines Steins mehrere Zentimeter tief im Schlick. Danach fuhr er mit dem Arm über den Stein, räumte das Sediment weg und wirbelte eine dichte Schlammwolke auf. Dann verhielt er sich vollkommen still und lauschte seinem Atem im Regulator, während sich die Schlammwolke verzog und das Wasser wieder aufklarte. Er beugte sich vor, unterzog den freigelegten Stein einer genaueren Kontrolle und lächelte zufrieden.

Eine Reihe von tief eingemeißelten Hieroglyphen verlief an der schartigen Basis des Steinquaders.

Dirk winkte Summer zu sich herüber, dann nahm er die Schlammmassen ernsthaft in Angriff. Summer folgte seinem Beispiel an dem entgegengesetzten Ende. Eine dichte Schlammwolke verteilte sich im Wasser und hüllte sie ein. Und dann, nachdem die Strömung die Wolke aufgelöst hatte, konnten sie ihre Entdeckung in Augenschein nehmen.

Zwölf Zentimeter dick und aus rotem Marmor bestehend, war der rechteckige Klotz etwa drei Meter lang und hatte eine abgerundete Spitze. Er zeigte die traditionelle Form einer ägyptischen Gedenkstele und erinnerte an einen modernen Grabstein. Seine zerklüftete Basis passte genau zu einem gleich geformten Sockel und deutete darauf hin, dass er aus der Nische herausgekippt war. Dabei war der Steinklotz an mehreren Stellen gesprungen, sodass er für diejenigen, die den Tempel als Steinbruch missbrauchten, keinen Nutzen mehr hatte.

Was die Hieroglyphen, die die immer noch auf Hochglanz polierte Oberfläche des Quaders bedeckten, bedeuteten, konnten Dirk und Summer zwar nicht sagen, aber es weckte in ihnen das brennende Interesse, das Geheimnis eines solchen Zeugen aus der geschichtlichen Frühzeit zu enthüllen. Dirk fuhr mit der Hand über die Inschriften, die immer noch deutlich ertastbar waren. Summer holte ihre Kamera hervor und suchte sich eine günstige Aufnahmeposition über der geborstenen Stele. Während sie ihre Kamera mehrmals auslöste, vernahmen sie plötzlich einen dumpfen Knall und spürten ein heftiges Vibrieren im Wasser um sie herum.

Sie sahen einander alarmiert an, dann suchten sie den Seegrund ab. Die Quelle des Dröhnens war zu weit entfernt, als dass sie hätten bestimmen können, in welcher Richtung sie sich befand. Aber auf jeden Fall war der Laut künstlich erzeugt worden.

Dann blickte Dirk nach Süden und nahm im Wasser dicht unterhalb der Oberfläche ein Funkeln war. Ein helles Objekt sank herab. Während es sich leicht schaukelnd dem Grund des Sees näherte und schließlich in der Nähe des mit Säulenstümpfen umgebenen Innenhofs auf dem Bodenschlamm aufsetzte, erlebte er einen heftigen Schock, als er es identifizierte.

Es war ihr Tauchboot.

30

Eine Granate hatte das Boot versenkt.

So sah es zumindest für Dirk aus. In dem kleinen, schlanken Rumpf klaffte in Bugnähe ein faustgroßes Loch, von dem aus sich feine Risse wie Spinnenbeine über den Bootsrumpf zogen. Schwarze Brandspuren und zahlreiche Splitternarben bedeckten die Rumpffläche rund um das Leck. Die vordere Sitzbank war weggesprengt worden und hing an einem einzigen dünnen Metallanker über die niedrige Reling herab.

Summer deutete auf den Außenbordmotor und den Treibstofftank, der am Heckspiegel befestigt war. Beide waren intakt und der schlagende Beweis dafür, dass die Explosion nicht zufällig stattgefunden hatte.

Ihre Tauchzeit war abgelaufen, daher hatten sie keine andere Wahl, als aufzusteigen. Dirk deutete zur Wasseroberfläche und hielt drei Finger hoch, mit denen er eine Null formte. Dann machte er eine horizontale Bewegung mit der flachen Hand. Summer nickte und bewegte die Schwimmflossen, um langsam der Wasseroberfläche entgegenzuschweben.

Bei etwa zwölf Metern Tauchtiefe ließ sie eine Traube Luftblasen aus ihrer Tarierweste aufsteigen, um ihr Tempo zu drosseln, und ging drei Meter höher in den Schwebezustand. Dirk vollführte das gleiche Manöver, bis er neben ihr erschien.

Ihre Tauchtiefe reichte aus, um von der Wasseroberfläche nicht bemerkt zu werden. Trotzdem waren sie bereits nahe genug, um

Schiffe sehen zu können, auf denen auf ihr Auftauchen gewartet wurde. Ein solches Schiff trieb genau über ihren Köpfen.

Abgesehen von seinem weißen Rumpf konnte Dirk wenig erkennen, was ihm weitere Aufschlüsse über den Eigner oder seinen Lenker hätte liefern können. Eines zumindest war sicher: Wer immer sich auf dem Boot aufhielt, hatte nicht die Absicht, sie mit Cocktails und Horsd'œvres zu empfangen. Während Dirk das Schiff von unten studierte, machte er ein paar Schatten auf der ihm zugewandten Seite aus.

Die Ursache waren ihre Luftblasen. Die unbekannten Besucher hatten sie entdeckt und warteten nun darauf, dass sie an der Wasseroberfläche erschienen.

Dirk wandte sich zu Summer um und gab ihr durch Handzeichen zu verstehen, dass sie bleiben solle, wo sie gerade war. Er ließ ein wenig Luft aus seiner Tarierweste ab, schlängelte sich aus dem Gurtgeschirr und reichte sie mitsamt der Pressluftflasche seiner Schwester. Dann gab er ihr noch weitere stumme Anweisungen mit den Händen und wartete, bis sie ihm signalisierte, dass sie verstanden habe. Er konnte die Sorge in ihren grauen Augen erkennen, daher zwinkerte er ihr aufmunternd zu. Er öffnete seinen Bleigürtel und ließ ihn auf den Seeboden sinken und holte ein letztes Mal an seinem Regulator tief Luft. Dann zog er ihn aus dem Mund, entfernte sich von Summer und schwamm zur Wasseroberfläche.

Anstatt senkrecht aufzusteigen, visierte er die Mitte des Bootsrumpfs an, wo er vor Sicht von oben geschützt wäre. Während er schwamm, atmete er so langsam aus, dass nur wenige Luftblasen aufstiegen. Mit dem dunklen Schatten des Bootes über seinem Kopf streckte er die Hand aus, um sich daran abzufangen, und achtete darauf, den im Leerlauf rotierenden Propellern nicht zu nahe zu kommen. Er tastete sich zur anderen Seite des Bootes weiter und wagte es, den Kopf weit genug aus dem Wasser zu strecken, um atmen zu können. Leises Stimmengemurmel erklang über ihm an Deck, gefolgt von einem lauten Warnruf.

Summer war auf die Sekunde pünktlich. Nachdem sie in aller Ruhe bis dreißig gezählt hatte, entließ sie einen Schwall Luftblasen aus Dirks Regulator, die tanzend zur Wasseroberfläche aufstiegen. Dann füllte sie seine Tarierweste, ließ sie los und schaute ihr nach, während sie den Luftblasen folgte.

Dirk streifte Tauchmaske und Schwimmflossen ab und zog sich an der Bootsseite hoch, um sich mit einem schnellen Blick zu orientieren. Zwei Männer standen an der gegenüberliegenden Reling und blickten in den See. Einer hielt ein kompaktes Sturmgewehr im Anschlag, der andere deutete nach unten auf die Wasseroberfläche. Als die Tarierweste auftauchte, gab der Mann mit dem Sturmgewehr einen langen Feuerstoß ab.

Den Lärm als Deckung ausnutzend, zog Dirk sich auf den Kabinenkreuzer hoch und sprintete die paar Schritte quer über das Deck. Er reckte die Ellenbogen vor und griff an. Der Schütze erahnte eine Bewegung hinter sich. Doch ehe er sich umdrehen konnte, trafen Dirks Ellenbogen seinen Rücken und warfen ihn nach vorn. Da er seine Waffe festhielt, hatte er keine Chance, sein Gleichgewicht zu halten. Seine Knie prallten gegen die Reling, und er stürzte aus dem Boot.

Dirk federte zurück und bemühte sich, festen Stand zu bewahren, dann verspürte er einen Schlag gegen die Brust. Er schaute hoch und grinste den zweiten Mann an, dessen Faustschlag an seinem nassen Tauchanzug abgeglitten war. Dirk erkannte seinen Gegner auf Anhieb. Er war der Mann, den er in Assiut mit der Vespa erwischt hatte. Mittlerweile trug er den rechten Arm in einer Schlinge, die er jedoch abstreifte, um Dirk mit einer rechten Geraden außer Gefecht zu setzen.

Dirk wich dem Hieb mit einem Sidestep aus, und der Mann machte einen Satz vorwärts. Er schlang die Arme um Dirk, nagelte seine Arme fest und versuchte, ihn über Bord zu werfen.

Nur wenige Zentimeter entfernt heulten die Zwillingsmotoren des Bootes aggressiv auf. Der unsichtbare Lenker am Steuerruder hatte die Gashebel auf volle Kraft geschoben.

Das Deck stieg unter ihren Füßen in die Höhe, als die Propeller sich ins Wasser wühlten. Ineinander verkeilt und daran gehindert, ihr Gleichgewicht zu halten, stürzten beide Männer auf eins der Motorgehäuse. Dirk landete neben dem anderen Mann und spürte, wie sie beide von der Motorhaube herunterrutschten.

Dirk streckte einen Fuß aus, stemmte die Zehen gegen die Kante des Heckspiegels und konnte sich für einen kurzen Moment in Position halten. Dann geriet der andere Mann weiter ins Rutschen und hielt sich an Dirk fest. Ihr gemeinsames Gewicht war zu viel, und Dirk verlor den Halt. Die winzige Atempause erlaubte ihm noch, sich auf den anderen Mann zu wälzen, als sie endgültig von dem Motorgehäuse herunterrutschten.

Die Zwillingsschrauben rotierten mit mehr als sechstausend Umdrehungen pro Minute, als sie ins Wasser eintauchten und der Rücken des Gangsters von den Flügeln einer Schraube getroffen wurde. Dirk spürte einen kurzen Ruck, ein Aufbäumen, dann lockerte sich der Griff des Mannes, als sie in dem sich rot färbenden Wasser absackten. Als der Lärm der Motoren verhallte, stieß Dirk den leblosen Körper von sich und tauchte auf.

Ein paar Meter entfernt kämpfte der andere Gangster offensichtlich um sein Leben. Er hatte seine Waffe verloren und schien weniger an Dirk interessiert zu sein als daran, den Kopf über Wasser zu behalten.

In einiger Entfernung wendete der Kabinenkreuzer in einem engen Bogen und kehrte zu ihnen zurück. Dirk beobachtete ihn und wartete darauf, dass er das Tempo drosselte, um den anderen Mann aufzufischen, der laute Rufe ausstieß und mit den Armen ruderte. Stattdessen behielt er sein Tempo bei und raste direkt auf Dirk zu.

Während sich der scharfkantige Bug des Bootes näherte, knickte Dirk nach vorn ein und versuchte zu tauchen. Aber sein Nasstauchanzug, der einen spürbaren Auftrieb hatte, verhinderte es. Und ohne Schwimmflossen hatte Dirk Mühe, überhaupt unter Wasser zu bleiben. Als der Rumpf schon bedrohlich nahe war, warf sich Dirk herum und schwamm mit kräftigen Zügen auf den Gangster zu.

Der Lenker des Bootes verlor ihn für einen kurzen Moment aus den Augen, dann versuchte er, den Kurs zu korrigieren, aber um Sekundenbruchteile zu spät. Das Boot rauschte an Dirk vorbei und verfehlte seine Beine um wenige Zentimeter. Dirk stoppte, tauchte auf und beobachtete das Boot, das seine Geradeausfahrt noch ein kurzes Stück fortsetzte und dann zu einer Kehre ansetzte.

Eine Hand packte seine Schulter, und er fuhr herum und erblickte den um sein Leben paddelnden Gangster, der sich Halt suchend an ihn klammerte. Es war der bärtige Autofahrer aus Assiut.

»Hilf mir«, keuchte er. »Ich ertrinke.«

Der Mann war in Panik, trat wie wild um sich, während er sich an Dirks Rücken klammerte.

Während Dirk sich wehrte und darum kämpfte, sich zu befreien, behielt er den Kabinenkreuzer im Auge. Er hatte die Kehre abgeschlossen und jagte nun erneut auf sie zu.

Von dem Gangster behindert, hatte Dirk keine Chance, abzutauchen und dem Boot zu entgehen. Er musste sich um jeden Preis losreißen. Also rammte er dem Mann einen Ellbogen in die Rippen. Namenlose Verzweiflung flackerte in den Augen des anderen. Dirk streckte die Arme hoch, um die Umklammerung des Mannes aufzubrechen, aber dessen Finger hatten sich wie Geierklauen in seinen Nasstauchanzug gekrallt. Die Motoren des Bootes dröhnten in Dirks Ohren. Er wappnete sich für die Kollision, während irgendetwas eines seiner Fußgelenke umklammerte.

Einen Sekundenbruchteil, bevor das Boot ihn erwischte, wurde er unter Wasser gezerrt. Der Gangster hielt sich an ihm fest, während Dirk abwärtsgezogen wurde. Das Boot traf auf das Hindernis in Gestalt des Gangsters.

Die Hand des Mannes rutschte ab und erlaubte Dirk, sich vollends von ihm zu lösen und einen halben Meter tiefer zu tauchen. Als der weiße Rumpf über ihm davonglitt, verfehlten die tödlichen Propeller seinen Kopf nur um wenige Millimeter.

Als der Wasserwirbel nachließ, spürte Dirk, wie eine Schwimmflosse über sein Gesicht wischte. Summer, die einen Arm um seinen Fuß geschlungen hatte, schwamm wie entfesselt auf den Seegrund hinunter. Dann zog sie Dirk an sich und schob ihm ihren Regulator zwischen die Zähne. Während er einen tiefen Atemzug machte, ließ sie Luft aus ihrer Tarierweste ab, um deren Auftrieb zu mindern. Sie blieb in ihrer Überkopfposition und paddelte leicht mit den Schwimmflossen, während er sich an ihrer Weste festhielt. Zusammen schwammen sie parallel zum Seeboden weiter und bedienten sich abwechselnd aus dem Regulator. Über ihnen rauschte der Kabinenkreuzer mit Höchstgeschwindigkeit mehrmals über ihre Köpfe hinweg.

Dirk und Summer warteten, bis sich das Boot entfernte, der Motorenlärm verstummte und friedlicher Stille Platz machte. Sie blieben unter Wasser, bis Summers Pressluftflasche fast leer war, dann erst wagten sie aufzutauchen.

Dirk blickte sich um. Weit im Norden konnte er das Boot erkennen. Er wandte sich zu Summer um, die neben ihm schwamm und ihre Tauchermaske abnahm.

»Sind sie endgültig weg?«, fragte sie.

»Ich denke schon. Danke für deine Rettungsaktion. Das war der knappste Haarschnitt, den ich seit Langem hatte.« Er fuhr sich mit der Hand über den Kopf.

»Wirklich ein ganz übler Zeitgenosse. Ich konnte von unten alles gut beobachten. Wer immer das Boot gelenkt hat, dieser Typ hatte für seine eigenen Leute offenbar nicht das Geringste übrig.« Sie deutete mit einem Kopfnicken auf den zweiten Gangster, der in kurzer Entfernung im Wasser trieb.

»Wer das Boot gelenkt hat, konnte ich nicht sehen«, sagte

Dirk. »Die beiden anderen waren unsere bewaffneten Freunde aus Amarna und aus Assiut.«

»Schwer zu glauben, dass sie uns bis hierher verfolgen konnten.«

Dirk betrachtete die leere Wasserfläche und die Wüstenlandschaft rund um den See. »Ein geradezu idealer Ort, um jemanden ohne Augenzeugen zu töten.«

»Aber ganz und gar nicht geeignet, um sich dort ohne Boot aufzuhalten. Meinst du, sie wollten uns töten, weil wir bereits manches wissen, das wir nicht wissen sollen?«

»Deswegen oder wegen der Dinge, wie wir in Faras finden könnten.« Dirk deutete auf die Kamera, die an Summers Tarierweste hing. »Hast du Fotos gemacht?«

»Habe ich. Ob sie uns bei dem weiterhelfen, was wir bereits gesehen haben, bleibt abzuwarten.«

»Apropos weiterhelfen, wohin möchtest du schwimmen, nach Westen oder nach Osten?«

Sie befanden sich fast genau in der Mitte des Sees und hatten bis zu jedem Ufer eine Schwimmdistanz von gut vier Kilometern zu überwinden.

Summer schaute nach Westen, dann nach Osten. Danach spannte sie sich plötzlich an. Nackte Angst flackerte in ihren Augen. »Ich glaube nicht, dass wir nach Osten schwimmen sollten«, flüsterte sie so leise, dass sie kaum zu verstehen war.

Dirk wandte sich um und folgte ihrem Blick.

Keine zehn Meter entfernt ragte ein Paar kalter gelber Augen nur wenige Zentimeter aus dem Wasser und musterte die beiden Menschen mit einem Ausdruck tödlicher Vorfreude.

31

Das Nilkrokodil war ein Tier, das von den alten Ägyptern lange verehrt wurde. Ein beim Volk beliebter Gott hatte die Gestalt eines Krokodils. Dargestellt mit dem Körper eines Menschen und dem Kopf eines Krokodils, wurde ihm angedichtet, den Nil erschaffen zu haben und die Pharaonen mit Kraft und Macht auszustatten. Dennoch wurde Sobek auch als eine düstere Gottheit betrachtet, die ständig besänftigt werden musste, um die Menschen vor ihrer im Fluss lebenden Manifestation zu beschützen. Als besondere Form der Huldigung wurden häufig lebende Krokodile in Tempelteichen gehalten, und mumifizierte Krokodile waren in zahlreichen antiken Grabmälern zu finden. Dennoch war das tödliche Reptil auch zu Recht weithin gefürchtet.

Bruder und Schwester interessierten sich kaum dafür, wie dieses Tier, das diese Region seit einigen tausend Jahren als sein Jagdrevier betrachtete, im Altertum von den Menschen behandelt wurde. Sie wussten nur, dass das Nilkrokodil in Afrika mehr Todesfälle verursachte als sämtliche Haiattacken auf der ganzen Welt insgesamt. Und sie konnten deutlich erkennen, dass die fünf Meter lange Bestie vor ihnen mehr als nur ein wenig neugierig war.

»Gib mir deine Schwimmflossen«, flüsterte Dirk, »und dann geh hinter mir in Deckung und zieh dich langsam und so unauffällig wie möglich zurück.«

Summer streifte die Schwimmflossen ab und gab sie unter Wasser an Dirk weiter. Dabei bewegte sie sich unendlich langsam, obgleich ihr Herz wie ein Dampfhammer in ihrer Brust arbeitete. Sie bemühte sich, das Krokodil nicht anzusehen, während sie mit behutsamen Zügen rückwärtsschwamm.

Dirk hielt sich wassertretend in Position, bis Summer sich in einer halbwegs sicheren Entfernung befand, dann wandte er sich allmählich nach links. Das Krokodil beäugte ihn eine Minute lang träge, danach peitschte sein mächtiger Schwanz auf die Wasseroberfläche, und das Reptil raste wie ein grüner Torpedo durch das Wasser.

Dirk machte kehrt und schwamm, so schnell er konnte. Er blieb an der Oberfläche und arbeitete heftig mit Armen und Beinen, um das Krokodil anzulocken. Er wartete nicht, bis die Bestie ihm folgte, sondern schwamm, als wäre der leibhaftige Teufel hinter ihm her. Er hätte sich keine Sorgen machen müssen. Das Krokodil hatte ihn sofort als willkommene Beute auserkoren.

Es war ein Wettrennen, das zu gewinnen Dirk nicht die geringste Chance hatte. Angetrieben von seinem massigen Schwanz schaffte das Nilkrokodil kurzzeitig bis zu dreißig Stundenkilometer.

Dirk hatte allerdings auch gar nicht vor, es abzuhängen, sondern er wollte es nur zu einer leichteren Beute locken. Die Leiche des zweiten Gangsters war von der Strömung erfasst worden und trieb allmählich stromabwärts, hatte sich jedoch noch nicht allzu weit vom Ort des bisherigen Geschehens entfernt.

Während Dirk die Leiche des Bärtigen ansteuerte, spürte er, wie das Krokodil aufholte. Schon fast in Höhe des Gangsters, hörte er ein lautes Knacken und fühlte, wie etwas an seiner Schwimmflosse zupfte. Er schwamm weiter zu dem Toten und an ihm vorbei, dann stoppte er und hielt den Atem an.

Das offene Maul des Krokodils schnellte aus dem Wasser und schloss sich um Knochen und Fleisch. Mit einem Schlag des Schwanzes zerrte es den toten Gangster unter Wasser. In den See hinabtauchend, wandte es seine bevorzugte Jagdmethode an – indem es die Beute in seinem Maul ertränkte – und registrierte gar nicht, dass die Beute in diesem Fall längst tot war.

Dirk verhielt sich weiterhin vollkommen still, während das Krokodil seine Tauchfahrt fortsetzte. Sobald nichts mehr von ihm zu sehen war, entfernte er sich – diesmal mit ruhigen, kraftvollen Zügen.

»Es könnte jederzeit zurückkommen, um sich einen Nachschlag zu holen«, warnte Summer, als er sie erreichte.

Dirk schwamm zügig weiter. »Dann sollten wir auf keinen Fall in der Nähe bleiben, um es herauszufinden.«

Summer trennte sich von ihrer Pressluftflasche, und gemeinsam legten sie eine Strecke von ungefähr zwanzig Metern stromaufwärts zurück. Sie wandten sich nach Westen und begnügten sich mit einer mäßigeren Geschwindigkeit.

»Ich hoffe, unser grün geschuppter Freund hat keine hungrigen Bundesgenossen mitgebracht.« Summer warf einen sichernden Blick voraus und über die Schulter. Als Dirk sich eines Kommentars enthielt, versetzte sie ihm einen Rippenstoß. »Was weißt du, was ich nicht weiß?«

»Es heißt, im Nassersee sollen an die zehntausend Krokodile leben.«

»Zehntausend? Und dann bist du so verrückt, uns hier tauchen zu lassen?«

»Das Risiko in der Mitte des Sees war nicht besonders groß.«

»Ja, das mag sein, aber da stand uns noch ein Boot zur Verfügung.«

»Wenigstens brauchst du dir keine Sorgen zu machen«, sagte Dirk grinsend. »Soweit ich weiß, greifen sie niemals ihresgleichen an.«

Summer schüttelte nur wortlos den Kopf und schwamm weiter, obgleich sie wusste, dass Krokodile in Ufernähe weitaus häufiger anzutreffen waren. Im Augenblick war das Seeufer noch mindestens anderthalb Kilometer entfernt. Bei jedem Schwimmzug fragte sie sich allerdings, ob sie die Strecke überhaupt schaffen würden.

Sie taten es nicht.

Zehn Minuten später hörte Dirk ein knatterndes Geräusch und hielt inne, um sich zu vergewissern, was diesen Lärm verursachte. Eine kleine Fähre erschien, die den See zwischen der sudanesischen Stadt Wadi Halfa im Norden und Abu Simbel überquerte. Dirk und Summer schwammen auf sie zu und winkten und riefen, als die Fähre näher kam.

Es war kaum mehr als eine offene motorisierte Schute mit einem kleinen Steuerhaus am Heck und einer Leinenmarkise über dem Hauptdeck. Ein nicht sehr großer Mann lenkte das Boot auf sie zu und schaltete den Motor aus, während ein halbwüchsiger Junge ihnen half, an Deck zu klettern.

»Sie sind aber weit vom Festland entfernt«, sagte der Teenager in gebrochenem Englisch. Er verzog sich, als sie sich an Deck befanden, und begann ein langes Seil aufzuschießen, als fände eine Rettung wie diese jeden Tag statt.

Summer entdeckte eine kleine Schar Passagiere auf einer Bank unter der Markise und steuerte auf einen freien Platz zu. Dirk folgte ihr und betrachtete verblüfft ein Paar Kamele, die an der Bugreling angebunden waren. Eine Spur feuchter Fußstapfen auf den Deckplanken hinterlassend, ließ er sich neben Summer nieder. Auf seiner anderen Seite machte ein älterer Mann in einem verwaschenen Khakianzug ein Schläfchen. Sein Gesicht wurde von einem Strohhut überschattet. Zu seinen Füßen leistete ihm ein kleiner Dackel schlafenderweise Gesellschaft, sein Bett war ein Leinenrucksack mit den gestickten Initialen C.C. auf einer Seitentasche.

Der Mann wurde offenbar von dem schmatzenden Geräusch geweckt, als sich die Zwillinge in ihren triefenden Nasstauchanzügen hinsetzten. Er schob die Krempe seines Hutes hoch, musterte seine neuen Nachbarn aus klaren grauen Augen und lächelte. »Interessanter Ort, um schwimmen zu gehen«, sagte er in makellosem Englisch. »Wussten Sie, dass es in diesem See von Krokodilen wimmelt?«

»Sagen Sie bloß.« Dirk hielt seine beiden Schwimmflossen hoch, von denen eine deutliche Bissspuren aufwies, und reichte sie Summer. Er schaute wieder zu den Kamelen. Sie waren mit Spitzhacken, Schaufeln und einer Campingausrüstung beladen. »Sind das Ihre Kamele?«

»Das sind die guten alten Margy und Bess.« Der alte Mann deutete mit einem Arm, dessen Haut von vielen Jahren in der Sonne braun und faltig wie Leder war, auf die Tiere. »In ihrem Alter sind sie keine Wüstenschiffe mehr, sondern eher nicht mehr ganz dichte Schleppkähne.«

»Darf ich fragen«, sagte Dirk, »was Sie hier draußen treiben?«

»Sie können es archäologische Goldsuche nennen.«

»Befinden sich die bedeutenden Königsgräber nicht weiter oben im Norden? Ich denke ans Tal der Könige.«

»Die meisten Pharaonen des Neuen Königreichs sind dort oder in der Nähe beerdigt worden«, sagte er. »Allerdings ist das Grab, für das ich mich interessiere, nicht ägyptisch, sondern mazedonisch.«

»Sie meinen doch nicht etwa das Grab Alexanders des Großen?«

»Sehr gut, mein Junge. Sie kennen sich offenbar in Geschichte aus.«

Dirk schüttelte den Kopf. »Ist es nicht so, dass man annimmt, sein Grab befände sich irgendwo unter den Straßen Alexandriens?«

»Das könnte durchaus der Fall sein. Einige glauben auch, er wurde in der Siwa-Oase in der Wüste beerdigt. Andere tippen auf einen anderen Ort.« Der alte Mann lächelte weise, als kenne er sämtliche Geheimnisse.

Dirk nickte. »Dann hoffe ich aufrichtig, dass Sie das Grabmal finden.«

»Irgendwer wird schon der Glückliche sein – am Ende. Es spricht nichts dagegen, dass es auch Margy, Bess und Mauser sein können.« Er deutete auf den schlafenden Dackel. »Was haben Sie beide denn in diesem Teil des Nassersees zu suchen?«

»Wir interessieren uns für die Stadt Faras. Wir wollen dort tauchen.« Dirk beschrieb ihre Suche nach der Gedenkstätte für Tutanchamun. Was er jedoch ausließ, war der Angriff auf ihr Boot.

»Ich vermute, unter diesen Fluten sind dank des Assuan-Staudamms noch immer einige aufregende Geheimnisse verborgen. Was interessiert Sie so besonders an der Gedenkstätte Tutanchamuns?«

»Der enge Bezug zu einem Heilmittel – oder einer Arznei – namens Apium von Farras.«

Der alte Mann schüttelte den Kopf. »Davon habe ich noch nie gehört. Wissenschaftler finden heutzutage Arzneien gegen Krankheiten in allen möglichen seltsamen Pflanzen oder Meerestieren. Ich nehme an, jemand glaubt, durch die Entdeckung antiker Heilmethoden oder Arzneien reich werden zu können, oder auch indem er dafür sorgt, dass sie nicht in andere Hände gelangen. Es scheint, dass sich viele Menschen aus dem einen oder anderen Grund besonders für die Geheimnisse der alten Ägypter interessieren.«

»Wir selbst sind uns hinsichtlich seiner Bedeutung noch nicht einmal ganz sicher«, gestand Summer.

»Die Geschichte hat eine ganz eigene Art, uns Hinweise zu liefern. Wir müssen nur lernen, sie richtig zu deuten. Manchmal liegen sie direkt vor unserer Nase.«

Er erhob sich und streckte seine Beine aus, als die Fähre langsamer wurde. Der Dackel wachte auf, streckte sich ebenfalls und folgte dem Mann wie ein Schatten.

»Ich glaube, wir machen uns mal wieder auf den Weg«, sagte der Alte. »Viel Glück bei Ihrer Suche.«

»Das Gleiche wünschen wir Ihnen«, sagte Dirk.

Die Fähre fuhr in den Hafen von Abu Simbel ein und stoppte

an demselben Betonkai, von dem Dirk und Summer einige Stunden zuvor abgelegt hatten. Der alte Mann machte seine Kamele von der Reling los und führte sie von dem Schiff herunter. Dann trottete er mit ihnen durch die Stadt, gefolgt von dem Dackel, der mit seinen kurzen Beinen ein wenig Mühe hatte, das Tempo mitzuhalten.

»Seltsamer alter Knacker«, sagte Summer.

»Ein bisschen verrückt«, pflichtete Dirk ihr bei. »Aber was er gesagt hat, klang gar nicht so dumm. Er äußerte einige interessante Gedanken.«

»Und wir haben möglicherweise eine ganze Menge mehr.« Sie hielt die Kamera hoch. Aber ihr Gesicht verzog sich, als sie über das Hafenbecken blickte. Der Kabinenkreuzer, der versucht hatte, ihnen zu einem nassen Grab zu verhelfen, lag am Ufer gegenüber halb auf dem Strand.

Summer sah Dirk fragend an. »Meinst du, sie warten auf uns?«

Er betrachtete das Boot. Er konnte keine Leine erkennen, die sich zum Ufer spannte. »Ich finde, es sieht so aus, als hätten sie es verdammt eilig gehabt, an Land zu kommen. Ich vermute, dass sie sich längst aus dem Staub gemacht haben. Vielleicht kann uns Ozzie verraten, wer sie waren.«

»Er meinte, zum Hotel gehe es dort entlang.« Summer stieg auf den Kai hinauf und schlug den Weg zu einer unbefestigten Straße ein.

Dirk holte sie ein und meinte kopfschüttelnd: »Das hier wird aber eine teure Übernachtung.«

»Warum?«

»Zwei Zimmer, Abendessen und ein Schnellboot. Alles sozusagen als Zugabe zu einer nagelneuen Vespa.«

Summer lachte. »Erinnere mich daran, dass ich dir nie meinen Wagen leihe.«

Das breite Grinsen gefror auf Ozzie Ackmadans Gesicht, als er vom Verlust seines Bootes erfuhr. Er erholte sich aber schnell, und seine fröhliche Art kehrte sofort wieder zurück, als Dirk ihm anbot, für angemessenen Ersatz zu sorgen.

»Ich bin mir nicht sicher, was genau geschehen ist«, sagte Dirk. »Ich glaube, der kleine weiße Kabinenkreuzer am Kai hat unser Boot rein zufällig gerammt, als wir gerade tauchten.«

»Das Boot gehört meinem Cousin«, sagte Ackmadan. Kurz darauf telefonierte er. Nach einem kurzen Wortwechsel ließ er das Telefon für einen Moment sinken. »Mein Cousin meint, er habe das Boot heute Morgen an zwei Männer aus Kairo vermietet, die bar bezahlten. An die Namen kann er sich nicht mehr erinnern. Er wartet darauf, dass sie zurückkommen, um das Boot und die Schlüssel zu übergeben.«

»Trug einer der Männer seinen Arm in einer Schlinge?« fragte Dirk.

Ackmadan gab die Frage weiter. »Ja«, sagte er.

»Bestellen Sie Ihrem Cousin, sie haben das Boot in der Einfahrt aufs Ufer gesetzt und darauf verzichtet, es zu sichern. Ich wette, sie haben sogar den Zündschlüssel stecken lassen.«

Eine Minute später schaltete Ackmadan sein Telefon aus. »Mein Cousin ist sehr verärgert. Er sagte, er wolle sich an die Polizei wenden, um die Männer zu melden.«

»Ich habe meine Zweifel, dass die Polizei sie ausfindig machen wird«, erwiderte Dirk mit einem kurzen Blick zu Summer. »Aber ich denke, sein Boot ist okay.«

Eine Hotelangestellte geleitete sie zu ihren Zimmern, wo sie vor dem Abendessen noch duschten und sich umzogen. Summer holte einen Laptop aus ihrem Gepäck und suchte sich einen Platz auf einer Gartenterrasse mit Blick auf den See, wo sie auf Dirk wartete. Ein System aus teilweise undichten Decken-Luftbefeuchtern senkte die Temperatur auf erträgliche Werte, während die Sonne im Westen verblasste.

»Ist es ganz unbedenklich, dass man uns in der Öffentlichkeit sieht?«, fragte Summer, während er an ihrer Seite Platz nahm.

»Nach diesem Schwimmmarathon ist es mir viel zu lästig, mir darüber den Kopf zu zerbrechen.« Er reichte ihr einen Gin Tonic, den er von der Bar mitgebracht hatte.

»Ich würde gern wissen, wer diese Leute sind«, sagte Summer.

»Ich tippe auf Grabräuber.« Er bemerkte, dass auf Summers Laptopschirm ein Unterwasserfoto erschien, und beugte sich vor, um es eingehender zu betrachten. »Faras?«

»Ich habe es gerade von meiner Kamera heruntergeladen.« Sie blätterte ein Dutzend Unterwasserfotos durch, die den Innenhof des Tempels und den Schrein zeigten, dann hielt sie bei einer Aufnahme der Tutanchamun-Stele an.

»Ein schönes Bild«, sagte Dirk, »aber von den Hieroglyphen ist nicht viel zu erkennen.«

»Ich habe noch ein paar Nahaufnahmen gemacht, ehe wir von dort verschwunden sind.« Sie blätterte zu den drei nächsten Fotos weiter, von denen jedes weitere Details der Inschriften zeigte.

»Sie sind ziemlich gut geworden«, stellte Dirk fest. »Mit ihrer Hilfe müsste eine Übersetzung möglich sein.«

Summer tippte einen kurzen Befehl, dann schaltete sie den Bildschirm aus. »Ich habe die Fotos eben an Hiram gesendet und ihn gebeten, die Inschrift von Max übersetzen zu lassen.« Sie trank einen Schluck von ihrem Gin Tonic. »Wenn das WLAN hier nicht genauso schwach ist wie die Drinks, müssten wir spätestens nach dem Abendessen eine Antwort haben.«

Dirk winkte einem Kellner, und sie bestellten gegrillten Barsch frisch aus dem See. Nach ihrem Abenteuer einigermaßen hungrig, leerten sie ihre Teller bis auf den letzten Krümel. Nachdem sie sich zum Dessert eine Portion *khushaf* – ein Kompott aus getrockneten Früchten und Datteln – geteilt hatten, sah Summer in ihrer E-Mail-Box nach.

»Hiram hat sich gemeldet.« Ihre Augen strahlten.

»Und was verrät uns die Stele?«

»Hier ist Max' Übersetzung. ›Der König von Ober- und Unterägypten‹, Nebkheperure, schenkt diese Kultstätte den Priestern von Faras. Seine Majestät würdigt auf diese Weise das wohltätige Werk der Priester und die heilende Kraft der Pflanze von Shahhat. Das gesegnete Apium, das Prinzessin Meritaton an sich brachte und unter den Apiru-Sklaven verteilte, bewies seine unerschöpfliche heilende Wirkung. Seine Majestät bittet die Priester, alle Möglichkeiten zu nutzen, um das Apium wiederherzustellen – zum Erhalt der Gesundheit der königlichen Familie und in liebevoller Verehrung Amuns.«

»Also«, sagte Dirk. »Das war aufschlussreich.«

Summer las den Text noch einmal mit großen Augen. »Ich kann es fast nicht glauben. Noch ein Hinweis auf Prinzessin Meritaton.«

»Es bestätigt, was wir auf dem Wandgemälde sahen. Das Apium wurde tatsächlich von Meritaton beschafft – und das führte offensichtlich zu ihrem Exil.«

»Die Inschrift liefert uns auch eine Information über die Pflanze, die offensichtlich von einem Ort namens Shahhat stammt. Vielleicht können wir jetzt das Rätsel lösen. Aber wer ist dieser König Nebkheperure?«

Summer zuckte die Achseln und startete eine Internetsuche. Sie nickte, als ihr das Ergebnis auf dem Laptop präsentiert wurde. »Ich hätte es mir eigentlich denken können. Es war der Krönungsname für Tutanchamun. Er war natürlich der jüngere Bruder von Meritaton sowie der Sohn und Nachfolger Echnatons.«

»Das war wirklich eine Familie, die in der Geschichte ihre Spuren hinterlassen hat«, sagte Dirk und schüttelte ungläubig den Kopf. »Es klingt, als hätten sie gar nicht erkannt, was ihnen mit diesem Apium zur Verfügung stand, bis Meritaton auf den Plan trat.«

»Sie hat wahrscheinlich die Sklaven mit dem Apium versorgt, damit sie sich vor der Seuche schützen konnten. Möglicherweise kam es zu einem Engpass, woraus sich ein Streit entwickelte.«

Dirk blickte auf den See hinaus. »Auf der Tafel, die du gefunden hast, gab es eine Andeutung, dass Echnaton selbst an der Seuche erkrankte und starb. Vielleicht fühlte sich Meritaton deswegen schuldig, oder sie wurde angefeindet, weil sie anderen half, nachdem ihr Vater gestorben war.«

»Tutanchamun deutet anscheinend an«, sagte Summer, »dass sie die Wirksamkeit des Apiums gar nicht erkannt hatten. Vielleicht verwarf der Pharao gegen Meritatons Rat seine Anwendung, und dann wurde Meritaton nach seinem Tod in einen Machtkampf verwickelt. Vielleicht gibt es dieses Apium tatsächlich. Es könnte sogar sein, dass die Gangster gerade hinter dieser Substanz her sind.« Sie griff wieder zu ihrem Glas und trank einen Schluck. »*Eine* Sache stört mich noch. Dieser Gangster in Amarna, der die Mumie gestohlen hat.«

»Das geht auch mir die ganze Zeit durch den Kopf«, sagte Dirk. »Warum haben sie uns nicht in dem Grabmal ausgeschaltet, als sie die Gelegenheit dazu hatten?«

»Vielleicht war ihnen noch nicht klar, was wir wussten oder was wir herausfinden würden«, sagte sie. »Aber das ist es gar nicht, was mir Kopfzerbrechen bereitet. Als sie das Grabmal betraten, trug einer von ihnen laut Rodneys Beschreibung einen chirurgischen Mundschutz und Gummihandschuhe.«

»Sowohl auf dem Wandgemälde als auch auf der Stele ist von einer Seuche die Rede.«

»Ja, aber die Gangster hatten zu diesem Zeitpunkt beides noch gar nicht zu Gesicht bekommen. Es ist kein Geheimnis, dass Amarna von einer Seuche heimgesucht wurde, auch wenn derartige Vorsichtsmaßnahmen bei gewöhnlichen Grabräubern eher selten zu beobachten sind.«

»Es sei denn«, wandte Dirk ein, »sie wussten genauestens über die Krankheit Bescheid und interessierten sich aus diesem Grund für das Grabmal.«

»Genau.«

»Weißt du, Riki hat mir etwas Interessantes erzählt. Vor ein paar

Jahren haben sie in Theben das Grabmal eines Kindes entdeckt. Sie beschrieb, wie Dr. Stanley außer sich vor Zorn war, als er feststellen musste, dass das Grab ausgeplündert worden war.«

»Eigentlich seltsam, dass ausgerechnet ihm zwei Kindermumien unter der Nase weggestohlen werden. Jemand muss seine Arbeit mit Argusaugen verfolgen.«

»In Faras sind keine Mumien mehr zu finden.«

»Stimmt. Nur die Stele« – Summer tippte gegen den Laptopbildschirm – »und das Apium von Faras.«

»Beides steht in einer engen Beziehung zu Meritaton«, sagte Dirk. »Vielleicht will jemand um jeden Preis verhindern, dass über sie oder das Apium irgendetwas bekannt wird.«

»Die Ägypter haben uns das genaue Rezept nicht hinterlassen. Aber wir wissen, dass Meritaton es mitgenommen hatte, als sie aus Ägypten geflohen war.«

»Dann gibt es nur einen Weg, mehr darüber zu erfahren«, sagte Dirk. Er leerte sein Glas mit einem Schluck und lächelte seine Schwester unternehmungslustig an. »Wir suchen und finden Meritatons Grab.«

TEIL III

DIE GEHEIMNISSE DES LOCHS

32

»Es geht um die Schuhe«, sagte eine Stimme in dem gleichförmigen kontrollierten Tonfall eines Roboters am Telefon. »Was meinten Sie, woher sie stammen und wie sie zu Ihnen gelangt sind?«

»Sie kommen aus einem Stausee, der Cerrón Grande heißt, in El Salvador«, erwiderte Rudi Gunn. »Elise Aguilar, die Mitarbeiterin eines amerikanischen landwirtschaftlichen Entwicklungshilfeprogramms in Mittelamerika, hat sie getragen, als sie ein unfreiwilliges Bad in dem See nahm.«

Die Stimme am Telefon hielt für einen Moment inne. »War das nicht dort, wo dieser Staudamm gebrochen ist?«

Dr. Susan Montgomerys sachliche und methodische Art, Probleme in Angriff zu nehmen, prädestinierte sie für ihren Job als Seuchenforscherin bei den Centers for Disease Control in Atlanta.

»Ja«, sagte Gunn. »Das hat die Beschaffung einer Wasserprobe auch so schwierig gemacht.«

»Ich habe die Proben von Dr. Nakamura nie erhalten. Ich kann gar nicht glauben, dass er nicht mehr unter uns weilt.«

»Seine Wasserproben sind zerstört worden, deshalb haben wir die Schuhe geschickt. Wir haben Grund zu der Annahme, dass zwischen den Wasserproben und seinem Tod ein Zusammenhang besteht.«

»Wie geht es Miss Aguilar gesundheitlich?«

»Ich habe sie gestern gesehen und mich heute Morgen mit ihr unterhalten«, antwortete Gunn. »Abgesehen von einer Armverletzung, die nichts mit den Wasserproben zu tun hat, scheint sie wohlauf zu sein.«

»Wurden in der Umgebung der Quelle, aus der die ursprünglichen Wasserproben stammten, irgendwelche ungewöhnlichen Krankheitsfälle gemeldet?«

»Miss Aguilar glaubt, dass in einigen Dörfern rund um den Stausee die Kindersterblichkeit signifikant zugenommen hat.«

»Würden Sie Miss Aguilar bitten, mit mir Kontakt aufzunehmen? Ich würde gerne ein CDC-Team zum Cerrón-Grande-See schicken, um weitere Untersuchungen durchzuführen.«

»Ich werde ihr bestellen, dass sie sich telefonisch bei Ihnen melden soll. Was haben Sie herausgefunden?«

»Zum jetzigen Zeitpunkt lässt sich noch nichts mit Sicherheit sagen, da wir soeben erst eine einzige brauchbare Probe extrahiert haben«, erklärte Montgomery. »Es scheint, als enthielte sie ein durch Wasser übertragenes Bakterium, das der Cholera ähnelt.«

»Das Auftreten von Cholerabakterien ist doch meistens eine Folge verunreinigten Trinkwassers, nicht wahr?«, sagte Gunn. »Könnte der Stausee mit derart belastetem Abwasser verseucht worden sein?«

»Das ist durchaus möglich.« Nach einer kurzen Pause fuhr Montgomery fort. »Aber es wäre schon äußerst seltsam, da seit mehr als zehn Jahren in El Salvador keine Cholerafälle gemeldet wurden. Weitaus besorgniserregender sind die von Ihnen erwähnten Todesfälle.«

»Die Begleitumstände erscheinen auf jeden Fall höchst merkwürdig«, sagte Gunn.

»Trotzdem möchte ich kein voreiliges Urteil abgeben«, sagte Montgomery. »In Kürze wissen wir mehr. Biochemische Analysen und DNS-Tests werden genaue Hinweise liefern, was sich in dem Wasser befindet. In der Zwischenzeit würde ich den Gesundheitszustand aller Personen überprüfen, die sich in der näheren und weiteren Umgebung des Stausees aufhalten oder mit seinem Inhalt direkt oder indirekt in Kontakt kamen.«

»Vielen Dank, Doktor. Ich würde es begrüßen, wenn Sie mich, was Ihre Untersuchungen betrifft, auf dem Laufenden hielten.«

»Das werde ich ganz bestimmt. Ich bin froh, dass Sie und Miss Aguilar sich mit der Bitte um Unterstützung an uns gewandt haben.«

Gunn führte zwei weitere Telefongespräche. Auch wenn es bereits nach fünf Uhr war, hatte er an diesem Tag noch eine weitere Aufgabe zu erledigen. Er nahm die Treppe in den fünften Stock und traf Hiram Yaeger an seinem üblichen Platz vor der leicht gebogenen Videowand an. Gerade jetzt führte er zusammen mit zwei jungen Softwareingenieuren eine Code Review durch, und Gunn wartete noch, bis der Vorgang abgeschlossen war und die beiden Softwarespezialisten an ihre Arbeitsplätze zurückkehrten, ehe er sich bei Yaeger bemerkbar machte.

»Ich hoffe, ich störe nicht«, sagte Gunn.

Yaeger schüttelte den Kopf. »Ein kleiner Softwarefehler im Uplink mit dem Satellitensystem, das die Eisbergrouten im Nordatlantik aufzeichnet.«

»Ich hatte eben ein Gespräch mit Dr. Susan Montgomery von den CDC in Atlanta. Es scheint, als befände sich etwas im Wasser des Cerrón-Grande-Stausees, was dort nicht sein sollte.«

»Gefährlich für Pitt?«

»Zweifelhaft. Mittlerweile hätten längst irgendwelche Symptome bei ihm auftreten müssen. Ich habe eine Nachricht für ihn hinterlassen, aber er war bereits nach Übersee gestartet. Außerdem unterhielt ich mich mit der jungen Frau, die er gerettet hat, Elise Aguilar, und ihr geht es gut. Sie hat mir versprochen, einen Arzt aufzusuchen, um auf Nummer sicher zu gehen.«

»Und was ist in dem Wasser?«, fragte Yaegere.

»Montgomery tippt auf Cholera. Zurzeit wartet sie auf weitere Untersuchungsergebnisse.«

»Aber davon hätten Dirk und Elise doch sicher längst etwas gespürt.«

»Das denke ich auch.«

»Meinen Sie, es ist noch etwas anderes?«

»Um ganz ehrlich zu sein, ich weiß nicht, was ich denken soll. Montgomery hat darauf hingewiesen, dass in El Salvador seit Jahren kein Cholerafall gemeldet wurde. Könnten Sie einmal nachprüfen, ob es in der Gegend andere choleraähnliche Krankheitsfälle gab?«

Yaeger bearbeitete bereits seine Tastatur, ehe Gunn seinen Satz beendet hatte. Die Videowand wurde mit einer leuchtenden Karte der Weltmeere ausgefüllt. Lediglich in einer Ecke am oberen Bildschirmrand war noch eine Tafel mit ägyptischen Hieroglyphen zu sehen, die jedoch auf Yaegers getippte Anweisung verschwand und durch ein Suchfenster ersetzt wurde.

»Was war das?«, wollte Gunn wissen.

»Die Inschrift auf einem antiken Monument, das Dirk und Summer auf dem Grund des Nassersees gefunden haben.«

»Ich dachte, sie seien längst auf dem Heimweg«, sagte Gunn. »Ich habe die restlichen Arbeiten ihres Projekts so lange gecancelt, bis die ägyptischen Behörden sich bereit erklären, erhöhte Sicherheitsmaßnahmen für unsere Leute zu ergreifen. Sie und Zeibig hatten großes Glück, von diesen Grabräubern nicht getötet worden zu sein.«

»Sie sind offenbar überzeugt, dass hinter diesen Diebstählen noch etwas ganz anderes steckt als reine Profitgier.«

Gunn schüttelte den Kopf. »Was immer es sein könnte, es ist das Risiko nicht wert.«

Der Bildschirm in der Ecke der Wand zeigte eine Liste, in der weltweit sämtliche Choleraausbrüche während der vorangegangenen zwei Jahre aufgeführt waren. Die tödlichsten Epidemien waren in Afrika, im Jemen, auf Haiti und in Indien verzeichnet.

»Die Zahl der Cholerafälle ist zwar weltweit ständig zurückgegangen, aber es sieht trotzdem so aus, als hätten wir seit Kurzem wieder einen leichten Anstieg zu verzeichnen. Schwarzafrika kämpft schon seit Langem gegen die Krankheit«, sagte Yaeger. »Aufgrund des andauernden Kriegszustands sind die Gesundheitsversorgung und die Sanitärdienste im Jemen völlig zusammengebrochen. Haiti hat die Folgen des letzten Erdbebens noch nicht überwunden, während Indien nach wie vor große Mühe hat, seine schwache Infrastruktur zu verbessern.«

»Dass die Cholera gelegentlich dort grassiert, ist verständlich. Gibt es woanders ungewöhnliche Häufungen von Krankheitsfällen?«

Yaeger tippte eine entsprechende Anfrage. »An einigen Orten kam es tatsächlich während des vergangenen Jahres zu einer Zunahme von gemeldeten Krankheitsfällen. Mumbai, Kairo, Karatschi und Shanghai stehen ganz oben auf der Liste. Soweit ich mich erinnere, war vor Kurzem in den Nachrichten die Rede von einem schweren Ausbruch in Mumbai, der sich offenbar über das gesamte Stadtgebiet ausdehnte.«

»Dass auch Shanghai auf der Liste steht, überrascht mich. Und dann auch noch so weit oben auf der Liste«, sagte Gunn.

Yaeger startete eine Parallelsuche. »Laut den neuesten Nachrichten sollen Verunreinigungen, die in einem Klärwerk nicht ausreichend beseitigt wurden, die Ursache gewesen sein. Es kam zu einer Serie von Todesfällen, die immer noch anhält.«

Gunn schüttelte den Kopf. »Ich glaube, wir müssen abwarten, ob die CDC und das FBI irgendetwas Ungewöhnliches über El Salvador herausfinden.«

Er stand auf und machte Anstalten, das Büro zu verlassen, aber Yaeger hob eine Hand. »Warten Sie, Rudi. Ich habe hier noch ein paar weitere Informationen, um die Sie gebeten hatten.« Er griff nach einem dünnen Schnellhefter und reichte ihn seinem Boss.

Gunn warf einen Blick auf die erste Seite und setzte sich wieder. »BioRem Global Limited, das ist unser Partner in Detroit. Haben Sie da etwas Interessantes gefunden?«

»Nicht viel, fürchte ich. Es ist eine Firma in privater Hand, daher sind die öffentlich zugänglichen Informationen eher spärlich. Sie wurde Ende der 1990er von Dr. Frasier Smyth McKee gegründet. Allen erreichbaren Kommentaren zufolge soll er ein begnadeter Biochemiker gewesen sein. Er gab seinen Posten als Leiter der Forschungsabteilung an der Universität von Edinburgh auf, um die Firma zu gründen. Ursprünglich konzentrierte er sich auf die Beseitigung von Ölteppichen in der Nordsee mithilfe von Mikroorganismen.« Yaeger deutete mit dem Kopf auf den Schnellhefter. »Die Firma hat ihre Produktpalette seitdem erweitert und bietet verschiedene Reinigungsmittel zum Kampf gegen großräumige Verschmutzungen durch Umweltgifte an. Grundlage sind in jedem Fall genetisch veränderte Mikroben.«

»Leitet McKee die Firma noch?«

»Er ist vor fünf Jahren bei einem Bootsunfall ums Leben gekommen. Seine Frau, Evanna McKee, hat die Firma geerbt und sitzt zurzeit im Chefsessel.«

»Stimmt. Ich habe vor Kurzem mit ihr gesprochen.«

»Sie ist eine wichtige Persönlichkeit in der Geschäftswelt und in der Politik, auch wenn ihre Firma nahezu unsichtbar agiert.«

»Welche Leistungen bietet sie eigentlich an? Was weiß man über ihre Kunden?«

»Schwer zu sagen. Viele ihrer Aufträge sind auf privater Basis zustande gekommen. Kein Betrieb sieht es gerne, mit spektakulären Giftunfällen in Verbindung gebracht zu werden. In der Liste werden einige der schlimmsten Katastrophen aufgeführt, die es bis in die Nachrichten geschafft haben.«

Gunn blätterte in dem Bericht. »Sie sind regelmäßig zur Stelle, wenn ein Umweltunglück internationale Aufmerksamkeit hervorruft«, stellte er nach oberflächlicher Lektüre fest. »Ein Feuer in einer Kunstdüngerfabrik am Jangtse, ein Chemieunfall in der Seine in der Nähe von Paris und ein geplatzter Öltank in Karatschi. Und all das ist während der letzten sechs Monate geschehen.«

»Bemerkenswert ist vor allem ihre zunehmende globale Präsenz während der vergangenen zwei Jahre.«

Gunn blätterte weiter und richtete sich ruckartig in seinem Schreibtischsessel auf. Drei weitere Schadensfälle weckten seine Aufmerksamkeit.

»Eine geplatzte Petroleum-Pipeline in der Nähe von Mumbai, eine undichte Zyanidlaugungsgrube in einer Goldmine in El Salvador und ein Chemieunfall in Kairo.« Er blickte auf die Videowand, auf der noch immer die Übersichtskarte der Choleraausbrüche zu sehen war.

»Mumbai und Kairo stehen auf der Liste, desgleichen Karatschi. Mit dem Jangtse-Unfall könnte Shanghai gemeint sein. Und alles zusätzlich zu El Salvador.«

»Als läge diesen Ereignissen ein gemeinsamer Nenner zugrunde«, sagte Yaeger. »Mal sehen, was wir über die Reinigungsaktion in der Goldmine herausfinden können.«

Er rief einige Meldungen auf, die in den Medien El Salvadors erschienen waren, und ließ sie aus dem Spanischen übersetzen. Dann überflogen Yaeger und Gunn die Artikel auf dem großen Bildschirm.

»Eine Zyanidlaugungsgrube der stillgelegten Goldmine in Potonico wurde offenbar durch einen Erdrutsch in Mitleidenschaft gezogen, sodass giftige Chemikalien ins Grundwasser gelangten«, sagte Yaeger. »Die örtlichen Behörden äußerten den Verdacht, dass Umweltaktivisten den Erdrutsch absichtlich ausgelöst hätten, um weitere Unterstützer für ihre Forderung nach einem landesweiten Verbot der Goldförderung zu mobilisieren.«

»Wo liegt die Ortschaft?«, fragte Rudi Gunn.

Yaeger rief eine Landkarte von El Salvador auf. »Im Nordosten des Landes. Dreißig Meilen von San Salvador entfernt am Ufer des Cerrón-Grande-Stausees.«

»Bingo! Da haben wir die Verbindung.«

»Sieht ganz danach aus, als habe das von BioRem gelieferte Produkt für die Beseitigung der chemischen Verseuchung durch die Goldmine«, sagte Yaeger, »einige unschöne Nebenwirkungen entwickelt.«

»Tödliche Nebenwirkungen, die sich in dem Stausee verbreitet haben – und die möglicherweise als Motiv ausreichten, um den Staudamm zu sprengen und das amerikanische Entwicklungshelferteam zu töten. Was können Sie über das Sanierungsprojekt in Kairo in Erfahrung bringen?«

Yaeger startete eine weitere Suche und übersetzte anschließend die ägyptischen Zeitungsartikel. »Offenbar ein Ölteppich nach einer Tankerhavarie auf dem Nil in Höhe der Einfahrt in den Ismailia-Kanal. Es ist zu einer Kollision und einem Feuer gekommen.«

»Gibt es irgendeinen Zusammenhang mit dem Choleraausbruch?«

Yaeger scrollte sich durch die aufgerufenen Texte. »Es scheint, als ob es zu einem großflächigen Ausbruch in den nordöstlichen Vororten Kairos gekommen sei. Zweihundert Todesfälle wurden gezählt, aber die Zahl der Toten ist mit Sicherheit um einiges höher, weil davon auszugehen ist, dass nicht alle Krankheitsfälle mit Todesfolge gemeldet wurden. Die Behörden vermuten als Ursache nicht ausreichend gereinigtes Trinkwasser. Der Ausbruch begann einige Tage nach dem Tankerunglück.«

»Unser nächster Treffer«, stellte Gunn fest.

»Sehen Sie sich mal diesen Artikel in der *Cairo News* an.«

Ein Zeitungsausschnitt mitsamt einer Box, die die Übersetzung bereithielt, erschien auf dem Bildschirm. Die Überschrift lautete: »Keine Todesopfer nach nächtlicher Kollision eines Tankers mit anschließendem Großbrand auf dem Nil.«

»Das klingt wie die Geschichte in Detroit«, sagte Yaeger.

Gunn beugte sich vor, während er den Artikel las. Dann sank er in seinem Sessel zurück und lockerte seine Krawatte. »Hiram«, sagte er, »ich glaube, wir brauchen jetzt eine Kanne Kaffee. So wie es aussieht, haben wir eine lange Nacht vor uns.«

33

Als das Telefon klingelte, saß St. Julian Perlmutter gerade am Küchentisch seines Hauses und wischte mit der einen Hand ein paar Krümel seines Frühstücks vom Paisley-Muster auf den Revers seines Lieblingshausmantels. Er ließ Krümel Krümel sein und streckte den Arm über einen Stapel aufgeschlagener Bücher und einen Teller hinweg, auf dem ein zur Hälfte verzehrtes Stück Frühstückskuchen lag, um den Hörer eines altmodischen Messingtelefons abzunehmen, das in den 1940ern auf einem Ozeandampfer seine Arbeit verrichtet hatte.

»Perlmutter«, meldete er sich mit einem rollenden Bariton, der seinen Ursprung in den unergründlichen Tiefen seiner massigen Gestalt hatte.

»Hi, Julian. Ich bin's – Summer.«

»Oh, hallo, Miss Pitt.« Seine Stimme zerfloss geradezu vor Freundlichkeit. »Wie ist die Lage bei Ihnen im Niltal?«

»Unerträglich heiß und so trocken wie ein nackter Martini. Ich hoffe, ich hab Sie nicht geweckt.«

Perlmutter warf einen Blick auf ein antikes Ziffernblatt über dem professionellen Gaskochherd mit fünfter Zentralflamme, dessen Zeiger auf Viertel nach acht standen. »Ganz bestimmt nicht. Ich bin seit fünf Uhr auf den Beinen und beschäftige mich schon mit Ihrer Anfrage.«

»Dann haben Sie meine E-Mail bekommen.«

»Natürlich. Eine wirklich verrückte Geschichte, die Sie mir da aufgetischt haben. Ägyptische Prinzessinnen und biblische Plagen.«

»Klingt ziemlich unglaublich«, pflichtete sie ihm bei. »Deshalb wollten wir auch, dass Sie Ihr kundiges Auge darauf werfen, und gleichzeitig wollten wir Sie fragen, ob Sie irgendetwas über Prinzessin Meritatons Flucht aus Ägypten und übers Meer ausgraben konnten.«

Perlmutter, ein langjähriger Freund der Pitts, galt als der wohl weltweit bedeutendste Schifffahrtshistoriker. Sein Haus in Georgetown vor den Toren Washingtons war bis unters Dach gefüllt mit alten Logbüchern, Seefahrerliteratur und seefahrtsgeschichtlichen Büchern und Zeugnissen jeder Art. Der gewichtige Historiker, der außerdem bekannt war für seine leidenschaftliche Begeisterung für erlesene Küche, verfügte über ein enzyklopädisches Wissen über alle Arten von Seefahrzeugen von den ersten Einbäumen bis hin zu den modernsten Kreuzfahrtschiffen.

Er lachte glucksend ins Telefon. »Ich bin kein Ägyptologe, aber ich kenne einen guten. Bob Samuelson in Columbia. Wir haben uns über Ihre Entdeckungen unterhalten. Er bestätigte, dass alles, was Sie über die Apiru und ihre Verbindung zu Meritaton herausgefunden haben, als bemerkenswert – wenn nicht sogar als sensationell – einzustufen ist. Er hat vor allem das Wandgemälde in Amarna hervorgehoben, auf dem möglicherweise der Ausbruch einer Seuche dargestellt wird.«

»Wie Ihr englischer Archäologe meinte«, fuhr Perlmutter fort, »spricht einiges dafür, dass während der Regentschaft Echnatons eine Epidemie ausbrach, die auch Angehörige der königlichen Familie hingerafft haben könnte. In diesem Zusammenhang wies Dr. Samuelson auf eine interessante Tatsache hin. Nach Echnaton hatte für fast fünfzig Jahre kein Pharao mehr einen männlichen Nachkommen. Zumindest in seiner Erblinie sind für einen langen Zeitraum keine Söhne mehr nachzuweisen.«

»Das ist seltsam«, sagte Summer. »Welche Art von Seuche die

Menschen damals heimsuchte, konnten wir nicht aufklären, aber vieles in den Inschriften und auf dem Wandgemälde deutet darauf hin, dass Meritaton in Gestalt des Apiums von Faras möglicherweise über ein Mittel – irgendeine Substanz oder Arznei – verfügt haben muss, mit dem die Krankheit geheilt werden könnte.«

»Das war auch unsere Schlussfolgerung. Wissen wir, ob das Kind in dem Grabmal in Amarna ein Opfer dieser Seuche war?«

»So viel geht zumindest aus dem Wandgemälde hervor. Aber ohne die gestohlene Mumie des Kindes werden wir diese Frage nicht eindeutig klären können.«

»Das ist klar. Es scheint, als scheue jemand keine Mühe, sämtliche Informationen über die Prinzessin und ihre Verbindung zu den Apiru zu unterdrücken. Möglicherweise auch alle Hinweise auf das Heilmittel.«

»Zu diesem Ergebnis sind wir ebenfalls gekommen«, sagte Summer. »Wir haben Hiram Yaeger auf das Apium von Faras angesetzt. Er kämmt zurzeit das Internet nach Informationen durch, was sich hinter dieser Bezeichnung verbergen könnte. Wir hatten gehofft, von Ihnen zu erfahren, wohin Meritaton mit ihrem Schiff geflohen sein mag.«

»Ich verfüge über Informationen über die Reisen einer ägyptischen Prinzessin«, sagte er. »Sie müssen wissen, dass die alten Ägypter exzellente Seefahrer und Schiffsbauer waren. Es ist durchaus möglich, dass das erste Segel auf einem Papyrusboot auf dem Nil zum Einsatz kam. Später haben sie große flache Lastkähne konstruiert, um Steine zu ihren zahlreichen Baustellen entlang des Nils zu transportieren. In der Periode des Neuen Königreichs, als Echnaton herrschte, trieb Ägypten lebhaften Handel mit Griechenland und den Bewohnern des Horns von Afrika. Man kann also davon ausgehen, dass sie in der Lage war, große Entfernungen mit einem Schiff oder sogar begleitet von einer Flotte zurückzulegen. Was sie offensichtlich auch getan hat.«

»Haben Sie Belege für ihre Seereise gefunden?«

»Nicht nur die, sondern auch noch einiges mehr. Von den Archäologen wissen wir, dass bisher keinerlei Hinweise auf eine Bestattung in Ägypten gefunden wurden, also können wir die Suche getrost ausweiten. Und in dieser Hinsicht gibt es Indizien, dass sie bis zur Iberischen Halbinsel gelangt ist und in der Nähe des heutigen Amposta in Spanien, südlich von Barcelona, eine Siedlung gegründet hat.«

»Das klingt logisch«, sagte Summer. »Auf der anderen Seite des Mittelmeers, aber außerhalb der Reichweite der ägyptischen Staatsmacht und weitgehend sicher vor Verfolgung. Eine unbezahlbare Information, Julian, die uns wichtige Erkenntnisse liefert. Gibt es möglicherweise in Spanien Ruinen oder sonstige Überreste aus dieser Zeit, die Dirk und ich uns ansehen sollten?«

»Ich glaube, Sie würden dort nur wertvolle Zeit vergeuden, weil die Prinzessin sich nicht allzu lange in Spanien aufhielt. Was ich Ihnen aber empfehle, ist, sich weiter nördlich zu orientieren«, sagte Perlmutter. »Es scheint, als sei unsere ägyptische Prinzessin ziemlich weit herumgekommen, wie es so schön heißt – und als habe sie historisch eine sehr viel wichtigere Rolle gespielt, als man vermutet.«

»Wie meinen Sie das?«

Wieder ließ Perlmutter sein glucksendes Lachen hören. »Vorsichtig ausgedrückt spricht einiges dafür, dass sie ein keltisches Reich gegründet hat.«

34

Loren schüttelte den Kopf, dann schloss sie das Fenster. »Fahr langsamer! Ich war zwar mit dem Wagen einverstanden. Aber ich habe nicht gesagt, du könntest damit wie ein Verrückter durch die Weltgeschichte rasen.«

Pitt zuckte die Achseln. »Das ist nicht meine Schuld. Es ist der Wagen. Er ist hungrig und will nichts anderes, als so schnell wie möglich viele Meilen fressen.«

Nachdem ihre Maschine nach dem Flug aus Washington in Edinburgh gelandet war, hatte er im Büro der Autovermietung nicht anders gekonnt und war der Versuchung erlegen. In der Halle voller europäischer Limousinen und Coupés fiel ihm der schwarze Mini John Cooper Works GP sofort ins Auge. Pitt konnte dem Vier-Zylinder-Twin-Power-Turbo-Motor mit zwei Litern Hubraum und den zweiundsechzig Stundenmeilen in fünf Komma zwei Sekunden nicht widerstehen. Er buchte das Upgrade, während sich Loren im Waschraum der Damentoilette frisch machte.

»Es war der letzte Wagen, den sie uns überlassen konnten«, sagte er entschuldigend und zwängte mit einiger Mühe ihr Gepäck auf den mikroskopisch kleinen Rücksitz.

»Was du nicht sagst«, meinte Loren mit dem Anflug eines Lächelns. Sie hatte das Poster gesehen, auf dem der Mini Cooper zu besonders günstigen Konditionen angeboten wurde, und sofort gewusst, dass ihr Mann sich diese Gelegenheit nicht entgehen lassen würde. Sobald sie die Stadt hinter sich gelassen hatten, fuhren sie nach Norden in die schottischen Highlands. Loren machte es sich auf dem Beifahrersitz bequem und genoss es zu beobachten, wie Pitt und der Wagen zu einer Einheit verschmolzen und sich wie auf Schienen durch die Kurven der bergigen Landschaft bewegten. Am liebsten hätte sie laut aufgelacht, als sie die kindliche Freude in der Miene ihres Mannes sah. Offensichtlich war er in seinem Element, was sie ihm neidlos gönnte.

Gelegentlich hielten sie an, um die stellenweise wild zerklüftete Landschaft in Ruhe zu betrachten. Allmählich wurden – je weiter sie nach Norden vordrangen – die tiefblauen Seen und Teiche, die zwischen den sattgrünen Hügeln funkelten, dunkler und geheimnisvoller.

Die Straße senkte sich schließlich ab und schlängelte sich über einen Flickenteppich fruchtbarer Acker- und Weideflächen, ehe sie einen letzten Schwenk machte und direkt nach Inverness führte. An der Mündung des River Ness in den Murray Firth gelegen, war Inverness mit seinen knapp fünfzigtausend Einwohnern die Hauptstadt des schottischen Verwaltungsbezirks Highland. Pitt fuhr durch die Stadt, überquerte den River Ness und folgte ihm so lange nach Westen, bis er von dem berühmten Loch geschluckt wurde.

Loren warf einen Blick auf den Loch Ness hinunter, der sich bis zum Horizont erstreckte. »Er ist viel größer, als ich immer angenommen hatte.«

»Er bietet Dutzenden von Nessies ausreichend Platz, um sich zu verstecken«, sagte Pitt.

»Ich finde ihn wunderschön, ob mit seinem Ungeheuer oder ohne.«

Sie folgten mehrere Meilen weit der nördlichen Uferstraße und passierten das Dorf Drumnadrochit und die Ruine von Urquhart Castle. Die Festung aus dem dreizehnten Jahrhundert auf einem Felsvorsprung oberhalb des Sees gelangte in den 1930ern zu neuem

Ruhm, als in den Gewässern zu ihren Füßen ein Objekt fotografiert wurde, das als Ungeheuer von Loch Ness bezeichnet wurde.

Aus Rücksicht auf eine Busladung Touristen drosselte Pitt das Tempo, beschleunigte wieder und durchquerte mehrere kleine Dörfer mit zum Teil unaussprechlichen Namen. Etwa in Höhe der Seemitte bremste er vor einem schweren schmiedeeisernen Tor, das von einem Paar Steinsäulen und einem wuchtigen Kopfstein aus Granit eingerahmt wurde. Eingraviert in den Kopfstein waren die Lettern McKEE und ein Habicht im Flug.

»Ich glaube, dies ist die Adresse«, sagte Pitt.

»Eine bescheidene Hütte.« Loren Smith-Pitt betrachtete das imposante Herrenhaus am Ende der Zufahrt.

Ein weiblicher Wachtposten in Uniform suchte ihre Namen auf einem iPad, dann winkte die Frau sie durch die Einfahrt und erklärte ihnen mit knappen Worten den Weg zu einem Parkplatz an der Seite des Landsitzes. Pitt hielt neben einer Mercedes-Maybach-Limousine an, aus der soeben mehrere elegant gekleidete Frauen ausgestiegen waren.

Loren sah erst Pitt an und danach kritisch an sich selbst und ihm herab. »Hätten wir für unsere Reise nicht lieber eine gediegenere Garderobe wählen sollen?«

Pitt lehnte sich zu ihr hinüber und küsste sie auf die Wange. »Dann hätte zumindest die letzte Etappe nicht annähernd so viel Spaß gemacht.«

Er holte ihr Gepäck aus dem Mini Cooper und ging mit Loren zum Eingang des Herrensitzes. Die Fassade war ein Mosaik aus alten und neuen Mauersteinen und sah aus, als hätte jemand die Reste einer alten Burg wie Urquhart Castle eingesammelt und daraus ein modernes Gutshaus erbaut.

Der Grundriss entsprach einer klassischen mittelalterlichen Festung, allerdings in einem viel kleineren Maßstab. Mit hohen Zinnen bewehrte Mauern zogen sich bis zum Wasser hinunter. An jeder Ecke erhob sich ein runder Wehrturm. Ein offener Innenhof bildete das Zentrum, von dem aus man in die offenen Korridore blicken konnte, die den Zugang zu den einzelnen Zimmern ermöglichten.

Loren und Pitt überließen ihr Gepäck einem Portier und stiegen die Treppe hinauf. Nach der Kontrolle durch das weibliche Wachpersonal eines zweiten Sicherheitsgürtels traten sie durch eine hohe Flügeltür in einen anheimelnd erleuchteten Rundsaal, in dem einige Powerfrauen, mit den äußerlichen Attributen ihrer jeweiligen gehobenen Positionen ausgestattet, in kleinen Gruppen Champagner trinkend und erlesene Horsd'œvres verzehrend beieinanderstanden und sich angeregt miteinander unterhielten. Ihr Murmeln echote von dem auf Hochglanz polierten Marmorfußboden und den hohen Wänden wider. Pitt und Loren hatten kaum ein paar Schritte in den Saal hinein getan, als sie auch schon von Audrey McKee begrüßt wurden.

Sie machte sich mit Loren Smith-Pitt bekannt, schüttelte ihr die Hand und wandte sich dann zu Pitt um. »Schön, dass wir schon so bald wieder zusammentreffen. Ich war freudig überrascht, als ich Ihren Namen auf der Gästeliste fand.«

Anfangs erkannte Pitt in ihr nicht die Frau wieder, die er in Detroit kennengelernt hatte. Anstelle ihres Arbeitsoveralls trug sie jetzt ein magentafarbenes Businesskostüm und eine Seidenbluse. Ihr dunkelrotes Haar wallte weich auf die Schultern herab, und ein dezentes Make-up betonte ihre Augen, die Pitt mit sichtlichem Wohlwollen musterten.

»Die Freude ist ganz auf meiner Seite«, erwiderte er. »Ich hatte auch nicht erwartet, Sie hier anzutreffen.«

»Dies ist ein besonders wichtiger Anlass sowohl für die Firma als auch für meine Familie. Es ist für uns eine große Ehre, Sie beide als unsere Gäste begrüßen zu dürfen.« Sie blickte sich in der Rotunde um. »Wir haben einige sehr wichtige Persönlichkeiten aus Business und Politik eingeladen, mit denen ich Sie gern bekannt machen würde.«

Loren hatte bereits eine europäische Premierministerin, die

Chefin eines Modekonzerns und die Vorstandsvorsitzende einer internationalen Mediengruppe entdeckt. »Das Ganze«, sagte sie, »kommt mir wie eine Art internationale Gipfelkonferenz vor.«

»So könnte man es durchaus nennen. Wir laden Frauen in Führungspositionen rund um den Globus ein und dürfen uns stets eines überraschend positiven Zuspruchs erfreuen.« Sie musterte Pitt mit einem scherzhaft missbilligenden Stirnrunzeln. »Doch ich fürchte, unsere Nachmittagsveranstaltungen sind ausschließlich für die anwesenden Damen reserviert. Aber es wäre mir ein Vergnügen, einen angenehmen Nachmittag für Sie zu gestalten. Wenn Sie wollen, erst eine Teestunde und dann eine Runde Golf auf einer wunderschönen Achtzehn-Loch-Anlage in Inverness. Außerdem hält der Loch Ness einige Überraschungen bereit, wenn Sie sich lieber als Petrijünger versuchen wollen.«

»Das alles klingt ausgesprochen verführerisch«, sagte Pitt, »aber ich bin im späteren Verlauf des Tages mit einem wissenschaftlichen Mitarbeiter einer Ihrer Tochterfirmen, dem Inverness Research Laboratory, verabredet. Vielleicht kennen Sie ihn. Es ist Dr. Miles Perkins.«

Audrey deutete ein Kopfnicken an. »Dr. Perkins hat für uns einige grundlegende Untersuchungen über die Wirksamkeit unserer ökologischen Produkte durchgeführt. Darf ich fragen, weshalb Sie ihn aufsuchen?«

»Eine gemeinsame Bekannte an der Universität von Maryland hat ihn mir empfohlen. Ich benötige die präzise Analyse einer Wasserprobe aus einem See in El Salvador.«

»Ich verstehe. Und ich bin mir sicher, dass er Ihnen da weiterhelfen kann. In der Zwischenzeit zeigt Ihnen jemand Ihre Zimmer. Sie müssen von der weiten Reise furchtbar müde sein. Was Sie betrifft, Loren, so versammeln wir uns in etwa einer Stunde im großen Speisesaal, für den Fall, dass Sie sich noch ein wenig frisch machen wollen.« Auf ein kaum wahrnehmbares Kopfnicken hin erschien ein livrierter Türsteher.

»Das wäre sehr nett«, sagte Loren. »Vielen Dank für die Einladung und auch dafür, dass Sie uns gestatten, hier zu wohnen. Ich hatte nicht erwartet, dass wir in einer Burg übernachten würden.«

»Das Anwesen hat nur noch einen Bruchteil seiner früheren Ausmaße«, sagte Audrey. »Ursprünglich wurde die Burg im sechzehnten Jahrhundert von den Jakobitern erbaut, und dann ist sie verfallen. Mein Vater erwarb die Ruine von einem Privateigentümer und baute sie nach eigenen Plänen wieder auf. Verglichen mit anderen schottischen Burgen mag sie ziemlich klein sein, aber sie hat ihren eigenen Charme und ist eine echte lokale Sehenswürdigkeit. Ich hoffe, Sie werden Ihren Aufenthalt genießen.«

Der Türsteher geleitete Pitt und Loren durch einen Seitenflur zu ihrem Zimmer, das sich an seinem Ende befand. Audrey sah ihnen nach, dann mischte sie sich unter die Gäste, wechselte hier und da ein paar Worte und steuerte unauffällig durch die Rotunde auf eine Treppe mit kunstvoll gedrechseltem Geländer zu, der sie bis zum oberen Absatz folgte. Dort holte sie eine Schlüsselkarte aus der Tasche ihrer Kostümjacke und schob sie in das Elektronikschloss einer Seitentür.

Dahinter befand sich ein lang gestreckter Raum mit einem Einwegspiegel, durch den man den Rotundensaal überblicken konnte. Evanna McKee saß in einem mit üppigen Stickereien verzierten altenglischen Sessel und war gerade in die Lektüre eines ausgedruckten Redenmanuskripts vertieft. Rachel, ihre dunkelhäutige allgegenwärtige Assistentin, saß in einer Nische, von der aus sie die Tür wachsam im Auge behielt.

»Die Gäste können es kaum erwarten, dass du dich ihnen zeigst«, sagte Audrey.

McKee schaute nicht hoch. Audrey nahm einen Anflug von Schwermut bei ihr wahr.

»Sie werden meinen Ausführungen sicher noch interessierter folgen, wenn ich einen dramatischen Auftritt im Speisesaal inszeniere«, sagte McKee leise. »Sind alle Effekte einsatzbereit?«

»Alles wurde perfekt vorbereitet. Beleuchtung, Musik, Aromatherapie – und natürlich die Getränke. Du wirst das aufmerksamste Publikum auf dem Planeten haben. Die Direktorin des UN Environmental Program wird dich ankündigen und vorstellen. Sie wurde für diese Aufgabe entsprechend aufgepeppt.«

»Sehr gut. Was wir hier versammelt haben, ist unser bisher eindrucksvollstes Auditorium.«

»Es gibt nur ein Problem.« Audrey schluckte und räusperte sich. McKee schaute fragend von ihrem Manuskript hoch.

»Der Direktor der NUMA, Dirk Pitt, hat seine Frau hierherbegleitet.«

»Ich habe es gesehen.« McKee deutete mit einem feingliedrigen Finger auf den Einwegspiegel.

»Er hat seine Verabredung mit Dr. Perkins heute Nachmittag bestätigt. Und er ließ verlauten, dass er eine Wasserprobe aus El Salvador mitgebracht habe, die er untersuchen lasse wolle.«

McKee zeigte kaum eine Reaktion. Ihre Miene blieb starr wie aus einem Eisblock herausgemeißelt. »Ich war über die Verabredung informiert. Unser guter Dr. Perkins weiß von seiner Anwesenheit hier und erwartet ihn schon. Aber ich hatte keine Ahnung von der Wasserprobe.«

»Unsere Leute haben versichert, dass sie alle Proben in Washington an sich gebracht hätten.«

»In diesem Fall ergibt sich die Möglichkeit festzustellen, ob noch weitere Proben existieren. Versuch in Erfahrung zu bringen, was Pitt weiß. Wenn es zu viel ist, musst du notfalls Maßnahmen ergreifen, um ihn zu eliminieren.«

Audrey lächelte ihre Mutter vielsagend an. »Das ist eine Aufgabe, auf die ich ausgezeichnet vorbereitet bin.«

»Sehr gut. Am besten kümmerst du dich jetzt um unsere Gäste. Ich komme gleich herunter.«

Audrey gab ihrer Mutter einen Kuss auf die Wange, dann verließ sie zusammen mit Rachel den Raum. McKee blieb allein zurück und blickte auf den Einwegspiegel. Sie interessierte sich in diesem Moment nicht für die Gäste im Rotundensaal, sondern betrachtete ihr eigenes Spiegelbild. Dieses Gesicht erwiderte ihren Blick mit einem Ausdruck von Überdruss. Selbsthass verdunkelte ihre Augen, während sich die Klauen der Depression in ihr Bewusstsein gruben.

Der Kampf gegen ihre Dämonen dauerte schon ewig an. Während des größten Teils ihres Lebens hatte er sie begleitet. Er hatte bereits sehr früh begonnen, als ihr Vater sie, die fünfjährige Evanna, und ihre Mutter verlassen hatte. An einem Tag war er noch zugegen gewesen, und schon am nächsten Tag war er verschwunden. Gerüchten zufolge war er nach Dundee gegangen und gründete dort eine neue Familie. Die junge Evanna fühlte sich dafür verantwortlich. Sie nahm die Schuld an der Trennung und an dem Leid, das sie ihrer Mutter zufügte, bereitwillig auf sich. Diese Schuld explodierte jedoch geradezu, als ihre Mutter sich – unfähig, die emotionale und wirtschaftliche Last zu bewältigen – das Leben nahm.

Evannas Welt geriet vollständig aus den Fugen. Aufgezogen von einer senilen Tante und einem Onkel, der keine Hemmungen hatte, sich an ihr zu vergreifen, verwandelte sich ihr Schuldgefühl in Wut. Wut auf ihren Vater, auf ihren Onkel und die meisten Männer. Von da an schwebte eine dunkle Wolke der Verzweiflung und ständiger Selbstmordgedanken über ihr und verfolgte sie wie ein drohender Schatten auf Schritt und Tritt.

Als sie einen jungen Soldaten namens Sadler heiratete, konnte sie sich für kurze Zeit von dieser Last befreien. Sie gebar eine Tochter, die die Freude in ihre triste Welt brachte, bis ihr Mann in den Nahen Osten versetzt wurde. Die Vergangenheit meldete sich wieder, die Depressionen kehrten zurück und mündeten in einem fehlgeschlagenen Selbstmordversuch. Alles wendete sich schließlich zum Besseren, als sie Frasier McKee kennen lernte. Seine Lebensfreude und Unbeschwertheit nahmen sie auf Anhieb gefangen und versprachen eine glückliche gemeinsame Zukunft. Aber auch dieser Traum fand ein bitteres Ende.

Evanna McKee strich mit den Fingerspitzen über die Konturen ihres Gesichts. Und wie sie es bereits unzählige Male zuvor getan hatte, unterdrückte sie ihre Zweifel und ihre Depression mit Zorn. Sie ballte die Hände zu Fäusten und presste sie zusammen, bis ihre Knöchel schneeweiß hervortraten, und dann machte sie einen tiefen Atemzug. Sie erhob sich aus ihrem Sessel, richtete sich kerzengerade auf und verließ mit energischen Schritten den Raum, mit nichts anderem im Sinn als einem unstillbaren Rachedurst.

35

Dr. Susan Montgomery setzte einen gläsernen Objektträger in das Probenfach des Elektronenmikroskops ein und aktivierte seine Kontrollen. Sobald die Maschine in dem Probenfach ein Vakuum erzeugt hatte und ein Elektronenstrahl die eingesetzte Probe abzutasten begann, erschien ein dunkles, verschwommenes Objekt auf dem Monitor des angeschlossenen Computers. Dr. Montgomery justierte den Vergrößerungsgrad, bis drei längliche Gebilde auf dem Bildschirm zu erkennen waren. Sie waren schwarz mit undeutlichen Umrissen und ähnelten einer Ansammlung von Lakritzbonbons.

Die Epidemiologin der Surveillance and Data Branch der CDC verglich das Bild mit einer Serie von Fotos des *Vibrio-cholera*-Bakteriums im Datenspeicher des Computers. Zumindest auf den ersten Blick glich die Bakterienprobe auf dem Objektträger dem Cholera erzeugenden Bakterium aufs Haar. Aber eine Reihe anderer biochemischer Untersuchungen hatte ergeben, dass zwischen beiden Erregern bestenfalls eine entfernte Ähnlichkeit bestand.

Montgomery wusste, dass nicht alle Formen der Cholerabakterien toxisch waren. Die Bakterien in der Wasserprobe aus dem Cerrón-Grande-Stausee hingegen produzierten Toxine, wie aus den entsprechenden Tests eindeutig hervorging. Und das Toxin reagierte positiv auf die meisten biochemischen Tests zum Nachweis des *V. cholera* 01, der klassischen Untergruppe, die gewöhnlich bei tödlichen Ausbrüchen dieser Krankheit gefunden wurde. Mehrere andere Testergebnisse waren jedoch inkonsistent und lieferten ihr Anlass zu der Vermutung, dass sie es mit etwas vollkommen anderem zu tun hatte.

Ihr war bewusst, dass die Cholera als Krankheit schon seit Jahrhunderten, wenn nicht gar Jahrtausenden, eine Geißel der Menschheit war. Nicht weniger als sieben weltweite Cholerapandemien seit 1817 hatten den Planeten heimgesucht und dabei Millionen Menschen getötet. Die Krankheit, bei Weitem nicht ausgerottet und speziell in den Entwicklungsländern an der Tagesordnung, wird durch mit Fäkalien verunreinigtes Trinkwasser oder kontaminierte Lebensmittel ausgelöst und weiterverbreitet. Kinder fallen ihr durch rapide Dehydration zum Opfer.

Die Cholera trat im Jahr 2010 nach dem Erdbeben auf Haiti als biblische Plage der Neuzeit in Erscheinung. Katastrophenhelfer aus Nepal schleppten das Bakterium ein und kontaminierten den Aribonite River, Haitis größte und wichtigste Wasserstraße und zugleich die wichtigste Trinkwasserquelle der Insel. Der Ausbruch der Seuche forderte während der nachfolgenden Jahre in dem ohnehin schon verwüsteten Land zehntausend Todesopfer.

Stirnrunzelnd betrachtete Montgomery das vergrößerte Bild auf dem Monitor, als die Labortür aufgestoßen wurde und ein Mann mit buschigem Haar, der einen grünen Laborkittel trug, hereingestürmt kam. Er trug einen Aktenordner unter dem Arm und wirkte sehr ernst. Montgomery kannte den Direktor des Labors als notorischen Witzbold und stets zu Scherzen aufgelegt. Also registrierte sie sofort die Veränderung in seinem Auftreten.

»Hi, Byron«, sagte sie. »Sind dies meine DNA-Homologie-Berichte?«

»Ja. Ich glaube aber, Sie sollten lieber sitzen bleiben, wenn Sie sie lesen.«

Er zog sich einen Stuhl heran und reichte ihr den Ordner.

»Beunruhigende Ergebnisse?«

»Das kann man wohl sagen. Erste Analysen bestätigen Ihre Vermutung. Das in der El-Salvador-Probe nachgewiesene Bakterium hat tatsächlich eine andere genetische Struktur als *Vibrio cholera* o1. Eine DNA-Analyse weist auf siebzehn zusätzliche Gen-Cluster in der Genomstruktur hin. Was sich daraus ergibt, können wir zurzeit noch nicht mit Sicherheit sagen.«

»Siebzehn?«, fragte Montgomery. »Das ist eine bemerkenswerte Differenz. Höchstwahrscheinlich eine isolierte Mutation, die sich im El-Salvador-Stausee vermehrt hat.«

Byron sah sie ernst an, dann schüttelte er den Kopf. »Ich fürchte nein. Der Computer hat dieselben oder ähnliche Bakterien in zwei der drei anderen Wasserproben gefunden, die Sie uns zur Analyse runtergeschickt haben. Außerdem verzeichneten wir fünf zusätzliche Treffer bei den Kontrollproben in unserer Datenbank.«

Montgomery schoss regelrecht aus ihrem Sessel hoch. »Was meinen Sie?«

»Sie haben uns pathogenverdächtige Wasserproben aus Kairo, Mumbai und Haiti geschickt. Eine Analyse der Proben aus Kairo und Mumbai erbrachte praktisch das gleiche Ergebnis wie Ihre Probe aus El Salvador. Außerdem haben wir Hinweise auf ähnliche Pathogene in Wasserproben aus Karatschi, Rio, Paris, Shanghai und Sydney gefunden. Nur die Probe aus Haiti wies deutliche Unterschiede auf. Sie enthielt das klassische Pathogen *V. cholera* o1.«

»Sind denn die gleichen Tests durchgeführt worden?«, fragte Montgomery. »Es ist vielleicht nur eine rhetorische Frage. Aber sind Sie sich ganz sicher?«

»Ja. Also, sie alle haben die gleiche Struktur wie die El-Salvador-Probe, bis auf die Proben aus Paris, Rio und Sydney. Diese wiesen noch einen zusätzlichen Gen-Cluster auf. Verglichen mit den anderen Proben haben wir es anscheinend mit zwei vollkommen neuen Serogruppen zu tun, auf die wir noch nie zuvor gestoßen sind.«

»Nicht nur eine also, sondern gleich zwei? Das kann nicht sein.« Susan Montgomery schüttelte den Kopf. »Es dauert seine Zeit, bis sich ein neues Pathogen ausbreitet. Davon, dass es gleichzeitig an verschiedenen Orten des Globus auftritt, hat man noch nie etwas gehört – bis auf den heutigen Tag nicht.«

»Das ist wahr, aber die Wasserproben aus Kairo, Haiti und Shanghai sind schon mehrere Wochen alt.«

Montgomery blätterte den Ordner durch und studierte die Analysen. »Von Choleraausbrüchen in Paris oder Sydney habe ich bisher nichts gehört – und auch nicht in Rio, wo so etwas am ehesten zu erwarten wäre.«

Byron schüttelte den Kopf. »Vielleicht hat die zusätzliche genetische Struktur die Toxizität verringert.«

»Wir sollten dem Himmel dankbar sein, wenn es so wäre. Trotzdem, wie ist das Bakterium in die öffentliche Wasserversorgung von Paris und Sydney gelangt? Diese Wasserproben waren aufbereitet, nicht wahr?«

»Ja, sie wurden der offiziellen Trinkwasserversorgung entnommen. Und Ihre Vermutung ist ebenso gut wie meine.«

Montgomery konnte nicht glauben, was sie hörte. Eine mutierte Form des Cholerabakteriums verbreitete sich wie eine weltweite Seuche, allerdings ohne eine zu erwartende hohe Tödlichkeitsrate. Zumindest vorläufig. Wie konnte sich das Pathogen so schnell ausbreiten? Sie sah Byron prüfend an und erkannte an seiner Miene, dass er weitere schlechte Nachrichten zu verkünden hatte.

»Gibt es sonst noch etwas?«

Byron nickte. »Jede dieser Proben, bis auf die aus Haiti, enthielt eine signifikante Menge an Bakterien in einem ungewöhnlich hohen mutationsfreundlichen Zustand.«

Montgomery erschauderte. Grundsätzlich waren alle Bakterien fähig, zu potentiell gefährlicheren Formen zu mutieren. Gewöhnlich waren Anzeichen für Mutationen nur in einem geringen Prozentsatz von Bakterienkolonien nachzuweisen. Hingegen war die Chance, dass Bakterien in einem sogenannten Hypermutationsstatus erfolgreich mutierten, bis zu eintausend Mal höher.

Susan Montgomery hatte das Gefühl, einen brutalen Schlag in die Magengrube erhalten zu haben. Sie blickte auf den Computermonitor mit seinem Bild von der Handvoll verschwommener Lakritzbonbons.

»Wissen Sie, was das heißt?«, sagte sie leise.

Als Byron nicht reagierte, beantwortete Montgomery ihre eigene Frage.

»Es heißt, dass wir einen vollkommen unbekannten, absolut tödlichen Erreger vor uns haben – und nicht den Hauch einer Vorstellung, wie wir ihn stoppen können.«

36

»Was für ein wundervolles Panorama.«

Loren zog zwei schwere Vorhangbahnen auf und gab den Blick von Südwesten auf den lang gestreckten Loch Ness frei. Eine Gruppe von Paddlern folgte dem Verlauf des Seeufers direkt vor ihren Fenstern. Ansonsten war der See vollkommen leer und seine Oberfläche nahezu spiegelglatt.

Pitt hob ihr Gepäck auf die Kofferständer. »Dieses Zimmer ist der reinste Luxus. Du musst auf der Liste der Ehrengäste ganz oben stehen.«

Obgleich sehr groß, war ihr Zimmer doch mit antiken Möbeln im edwardianischen Stil eingerichtet. Holzgetäfelte Wände bildeten den gediegenen Hintergrund für Ölgemälde von Jagdszenen und zwei große Spiegel mit abgeschrägten Kanten. Gegenüber dem Fenster und dem Sitzbereich stand ein mit Schnitzereien verziertes Himmelbett.

»Das dürfte kaum der Fall sein.« Loren durchquerte das Zimmer und öffnete ihren Koffer. »In der Lobby herrscht kein Mangel an Macherinnen und Entscheidungsträgerinnen. Sogar die spanische Ministerpräsidentin ist hier. Evanna McKee muss sich ein absolut exklusives Netzwerk aufgebaut haben.«

»Dann halt die Augen offen und versuch herauszukriegen, was sie verkauft.«

Loren quittierte Pitts Bemerkung mit einem leichten Kopfschütteln und holte ein zerknittertes Kleidungsstück aus dem Koffer. »Der Zoll hat sich unser Gepäck offenbar besonders gründlich vorgenommen.«

Pitt klappte seinen Koffer auf und fand ein ähnliches Durcheinander vor.

»Wie lange wirst du unterwegs sein?«, fragte Loren und verschwand im Bad, um sich die Haare zu kämmen und ihr Make-up aufzufrischen.

»Ich bin in der Stadt verabredet. Allzu lange dürfte es aber nicht dauern. Doch so, wie es aussieht, wird man mich hier so bald nicht wieder hereinlassen. Möglicherweise bleibt mir nichts anderes übrig, als mich in irgendeinen Pub zu setzen und abzuwarten.«

Loren kehrte ins Zimmer zurück und umarmte Pitt. »Lass mich nicht zu lange allein. Und wenn sie die Haustür abschließen, hänge ich ein zusammengeknotetes Bettlaken aus dem Fenster.«

Pitt begleitete sie zurück in die Rotunde, die sich zu leeren begann, als die Gäste nach und nach in den Speisesaal abwanderten. Pitt gab Loren einen Abschiedskuss, dann verließ er das Herrenhaus. Er faltete sich in den Mini Cooper und schlug den Weg zurück nach Inverness ein.

Kurz bevor er das Stadtzentrum erreichte, entdeckte er eine Parkanlage in Flussnähe und legte einen Zwischenstopp ein. Er holte eine Teströhre aus seiner Sakkotasche, stieg aus und ging zum Fluss hinunter. Er füllte die Röhre mit einer Wasserprobe aus dem River Ness. Zehn Minuten später bog er auf den Parkplatz eines unauffälligen Gebäudes am anderen Ende der Stadt ein. Die zur Straße gelegenen Fenster des Gebäudes waren dunkel getönt, und auf seiner Rückseite stand ein eingezäuntes Lagerhaus. Lediglich ein schlichtes Schild neben der Eingangstür informierte mit der Inschrift INVERNESS RESEARCH / BIOREM GLOBAL LTD. Besucher über seinen Eigentümer und seinen Zweck.

Der Wartebereich im Innern war bis auf eine Empfangsdame mittleren Alters, die hinter einem rundum verglasten Empfangspult stand, leer.

»Kann ich Ihnen behilflich sein?«, fragte sie mit unwirscher Stimme. Schwarze Locken kräuselten sich über einem Paar dunkler Augen, die Pitt mit einem Ausdruck betrachteten, der normalerweise für lästige Hausierer reserviert war.

Pitt nannte seinen Namen und die Verabredung mit Dr. Miles Perkins als Grund seines Besuchs.

»Dr. Perkins erwartet Sie schon«, sagte die Frau. »Würden Sie dies bitte ausfüllen, während ich Sie anmelde?« Sie schob einen Formularvordruck und ein Besucherabzeichen mit Klammer über das Pult und griff dann nach einem Telefonhörer. »Er kommt gleich, um Sie abzuholen«, sagte sie, nachdem sie den Hörer wieder aufgelegt hatte.

Ein korpulenter Mann Anfang vierzig in weißem Oberhemd mit Krawatte und einem schlecht sitzenden Sportsakko kam aus einem Seitenkorridor. Er war jünger, als Pitt erwartet hatte, und bewegte sich so energisch wie ein Rugbyspieler.

»Mr. Pitt?« Er streckte eine Hand aus, die so hart war wie Granit.

»Sehr nett, Sie kennenzulernen.« Pitt ergriff die dargebotene Hand mit einem ähnlich festen Griff. »Danke, dass Sie sich so kurzfristig zu diesem Treffen bereit erklärt haben.«

»Es kommt nicht jeden Tag vor, dass ich Besuch aus Amerika bekomme. Kommen Sie doch mit in mein Büro.«

Er ging voraus durch die erste offene Tür im Korridor. Das Büro war ein schlichter, fast kahler Raum mit einem Holzschreibtisch und zwei Besucherstühlen. Ein Bücherregal hinter dem Schreibtisch enthielt eine Handvoll wissenschaftlicher Magazine und Texte, während auf dem Schreibtisch nur ein Telefon und ein Familienfoto standen.

»Bitte nehmen Sie Platz.« Perkins parkte seine gewichtige Gestalt hinter dem Schreibtisch. »Wann sind Sie in Schottland angekommen?«

»Heute Morgen. Meine Frau nimmt an der Konferenz auf dem Herrensitz der McKees teil.«

»Ach ja, die Women's Governance League«, sagte Perkins. »Also, was kann ich für Sie tun?«

Pitt griff in seine Sakkotasche, holte die kleine Glasröhre heraus und legte sie auf den Schreibtisch. Perkins betrachtete sie einen Moment lang, streckte dann die Hand aus und nahm sie an sich.

»Dies ist eine Wasserprobe, die in El Salvador gezogen wurde«, erklärte Pitt. »Im Cerrón-Grande-Stausee, um genau zu sein.«

Er wartete auf eine Reaktion. Von Perkins kam nichts dergleichen.

»Warum El Salvador?«, fragte er stattdessen.

»Es war eine der vier Wasserproben, die Dr. Stephen Nakamura von der Universität Maryland zwecks Analyse zugestellt wurden. Unglücklicherweise gingen drei Proben verloren, als Dr. Nakamura ums Leben kam.«

»Ich habe von dem Feuer in seinem Labor gehört«, sagte Perkins. »Das ist ein tragischer Verlust.«

»Kannten Sie ihn gut?«

»Wir lernten uns vor ein paar Jahren in einem Seminar kennen. Hat er Ihnen diese Probe gegeben?«

»Sie stammt aus derselben Quelle wie die anderen Proben in seinem Besitz. Soweit ich gehört habe, ließ er auch Ihnen eine Probe zukommen, um sie von Ihnen untersuchen zu lassen.«

»Ja, er hatte mir deswegen per E-Mail eine Anfrage geschickt. Vielen Dank, dass Sie diese Probe mitgebracht haben.« Der angespannte Tonfall in Perkins' Stimme signalisierte jedoch eher deutliches Missfallen und weniger Dankbarkeit. »Können Sie mir etwas über Herkunft und Art der Probe erzählen?«

»Ein Team amerikanischer Landwirtschaftsexperten glaubt, dass zwischen dem Wasser und einigen rätselhaften Todesfällen in Dörfern am Ufer des Stausees möglicherweise ein Zusammenhang besteht.«

»Ich verstehe. Nun, wir können uns die Probe auf jeden Fall einmal ansehen.«

»Vielleicht können Sie mir auch eine Frage beantworten«, sagte Pitt. »Aus welchem Grund hätte Dr. Nakamura eine Wasserprobe ausgerechnet hierher nach Schottland schicken sollen?«

»Unsere Firma gehört zu den führenden Institutionen auf dem Gebiet der Bioremediationsforschung«, erklärte Perkins. »Wir verfügen über die notwendigen Ressourcen, um biologische Verunreinigungen aufzuspüren und zu identifizieren, die anderen Einrichtungen dieser Art fehlen. Außerdem war Dr. Nakamura mit dem verstorbenen Gründer unserer Firma, Frasier McKee, eng befreundet.«

Während Perkins das Glasröhrchen mit der Wasserprobe gegen das Licht hielt und leicht schüttelte, warf Pitt einen Blick auf das Familienfoto auf dem Schreibtisch. Es zeigte Perkins zusammen mit seiner Frau und zwei Jungen im Kindesalter am Rand eines Fußballfeldes. Mehrere ältere Automodelle parkten neben dem Spielfeld. Pitt registrierte, dass Perkins in diesem Augenblick die gleiche Kleidung trug wie auf dem Foto.

»Hat Dr. Nakamura auf irgendeine Weise verlauten lassen, was die Wasserprobe möglicherweise enthielt?«, fragte Pitt.

»Nein. Aber ich werde Sie umgehend über das Ergebnis unserer Analyse ins Bild setzen. Es dürfte nur ein oder zwei Tage dauern.«

Wie auf ein Stichwort klingelte in diesem Moment das Telefon auf dem Schreibtisch. Perkins nahm den Hörer ab, meldete sich und hörte kurz zu, dann legte er auf. »Es tut mir leid, Mr. Pitt, aber ich werde im Labor gebraucht. Es war sehr nett, Sie kennenzulernen.« Er erhob sich aus seinem Schreibtischsessel.

»Vielen Dank, dass Sie mir Ihre Zeit geopfert haben.« Während Pitt sich ebenfalls erhob, deutete er auf das Foto. »Sie haben eine reizende Familie. Wie heißen Ihre beiden Jungen?«

Perkins schaute auf das Foto. Das Zögern in seiner Stimme war kaum wahrnehmbar, aber doch nicht zu überhören. »Finn und Liam.«

Ohne einen weiteren Kommentar geleitete er Pitt in die Eingangshalle. »Genießen Sie Ihren Aufenthalt in Schottland«, sagte er, schüttelte Pitt die Hand und entschwand durch den Korridor.

Pitt fuhr einige Straßen weit in Richtung Stadtzentrum, dann kehrte er um. Er navigierte sich in einem Bogen durch Nebenstraßen zum Laborgebäude zurück, näherte sich ihm durch eine Seitenstraße und parkte einen Block davon entfernt.

Während der Mini von der Querstraße aus nicht zu sehen war, hatte Pitt einen ungehinderten Blick auf den Eingang von BioRem Global. Das Gebäude wachsam im Auge behaltend, holte er sein Telefon hervor und wählte Hiram Yaegers Nummer in der NUMA-Zentrale.

»Rufen Sie an, um zu erfahren, welchen Scotch Sie mir aus Schottland mitbringen sollen?«, fragte Yaeger.

»Ich dachte, Sie seien ein ausgewiesener Weintrinker«, erwiderte Pitt.

»An bestimmten Tagen brauche ich etwas Stärkeres als Traubensaft. Was kann ich für Sie tun?«

»Wie wäre es mit einer schnellen und möglichst schmutzigen Biografie eines gewissen Dr. Miles S. Perkins aus Inverness, Schottland?«

Yaegers Finger flogen über eine Computertastatur, und Pitt erhielt nur Sekunden später die gewünschte Auskunft.

»Dr. Miles S. Perkins, Promotion in Biologie an der Universität von Aberdeen.«

»Das klingt, als sei er unser Mann.«

»Geboren in Kirkcaldy, Schottland, Alter fünfundvierzig Jahre. Studium der Chemie und Mikrobiologie. Er lehrte mehrere Jahre an der Universität von Edinburgh, war ein Schüler von Dr. Frasier McKee. Kam im Jahr 2010 als Chef der Forschungsabteilung zu BioRem Global Limited. Er veröffentlichte zahlreiche Artikel und Aufsätze über Mikrobiologie und die Nutzung von Bakterien für industrielle Zwecke. Seit siebenundzwanzig Jahren verheiratet mit Margaret Anne Perkins. Keine Kinder.«

»Keine Kinder?«, fragte Pitt.

»Keins, das ich Ihnen zeigen kann.«

»Gibt es Fotos von ihm?«

»Ich habe ein paar aus seiner Zeit an der Universität. Ein schmächtiger Mann mit Brille und welligem dunklem Haar. Ich schicke Ihnen die besten per E-Mail. Haben Sie ihn kennengelernt?«

»Vorgeblich«, sagte Pitt. »Danke, Hiram. Ich bringe Ihnen diesen Whisky mit.«

»Bowmore, wenn ich eine Bitte äußern darf. Danke im Voraus, Boss.«

Pitt sah seinen Verdacht bestätigt. Der Mann, den er gerade getroffen hatte, war nicht Perkins oder auch nur eine halbwegs gute Imitation. Er tippte auf einen Angehörigen des Sicherheitsdienstes, der einen entsprechenden Befehl erhalten hatte. Seine Sprache und sein Auftreten entsprachen in keiner Weise dem eines angesehenen Wissenschaftlers. Das Familienfoto hatte ausgesehen, als sei es soeben erst hergestellt worden, indem der falsche Dr. Perkins mit Photoshop einer anderen Familie hinzugefügt worden war. Dann waren da dieses sterile Büro und das mehr oder weniger leer stehende Gebäude. Die Frage, die sich aufdrängte, war, weshalb das Ganze – und dann auch noch mit einem solchen Aufwand?

Die Antwort, so hoffte er, würde er in Kürze erhalten. Ein grauer Volkswagen tauchte auf, der offenbar hinter dem Gebäude geparkt hatte. Als der Pkw in die Straße einbog, die aus der Stadt hinausführte, konnte Pitt erkennen, dass der Fahrer eine Glatze hatte. Pitt startete den Mini und folgte dem Volkswagen in sicherer Entfernung. Dabei passierte er das BioRem-Gebäude.

In dem Gebäude stand die Empfangsdame an einem Fenster und beobachtete, wie Pitt vorbeifuhr. Sie eilte zu ihrem Empfangstisch, nahm das Telefon, wählte eine Nummer und stieß einen Fluch aus, als am anderen Ende die VoiceMail-Funktion ansprang.

Sie wählte eine zweite Nummer, unter der bereits nach dem ersten Rufzeichen abgehoben wurde.

»Hat es ein Problem bei dem Treffen gegeben?«

»Nein, es lief bestens«, antwortete die Empfangsdame. »Er behauptete, eine Wasserprobe aus El Salvador mitgebracht zu haben, die wir einkassieren konnten. Ich schicke das Video sofort auf die Reise. Das Problem ist Richards. Er ist gerade mit der Probe gestartet, um sie ins Labor zu bringen. Ich glaube, dass Pitt sich an ihn gehängt hat.«

»Haben Sie versucht, Richards anzurufen?«

»Ja, aber er antwortete nicht.«

»Ich verstehe. Er hätte vorsichtiger sein sollen.« Eine Pause setzte ein. Dann: »Positionieren Sie einen der Lastwagen auf der Straße von Foyers zum Labor. Stoppen Sie ihn auf der Rückfahrt. Lassen Sie es aussehen wie einen Unfall.«

Die Empfangsdame hatte keine Gelegenheit, zu widersprechen oder irgendwelche Fragen zu stellen. Mit einem Klicken wurde die Verbindung getrennt.

37

Nach Inverness nahm der Volkswagen Kurs nach Süden und folgte der Dores Road am River Ness entlang bis zu der Stadt gleichen Namens. Der Wagen durchquerte das Dorf, dann bog er auf eine schmalere Straße ab, die am südöstlichen Ufer des Loch Ness verlief.

Pitt hielt sich so weit zurück, dass er den anderen Wagen nicht aus den Augen verlor. Er folgte dem Volkswagen zehn Meilen weit, abwechselnd in Sicht und außer Sicht, bis sie Foyers erreichten, ein Dorf, das für seine nahe gelegenen Wasserfälle berühmt war. Die asphaltierte Straße schwenkte nach Süden und an dem Dorf vorbei und weg vom Loch. Der VW geriet hinter einer Kurve außer Sicht, aber als Pitt in der Kurve beschleunigte, war das Fahrzeug plötzlich verschwunden. Pitt bemerkte den dünnen Schleier einer Staubwolke zu seiner Rechten, bremste scharf und lenkte den Wagen auf eine einspurige unbefestigte Landstraße, die sich durch einen Wald schlängelte. Der Volkswagen war noch einmal für einen kurzen Moment zu sehen, dann wurde er von einer Senke verschluckt.

Pitt drosselte das Tempo, hielt sich weiterhin außer Sicht, während die Straße an zwei verträumten viktorianischen Häusern vorbeiführte und schließlich eine Holzbrücke über den River Foyers überquerte. Im Zickzack verlief die Straße über einen bewaldeten Bergkamm nicht weit vom See. Die blauen Fluten funkelten stellenweise zwischen den Bäumen rechts von Pitt, als die Straße dem

Uferverlauf folgte. Pitt blieb auf der Landstraße und registrierte, dass sie keine Möglichkeit bot, an der der VW hätte abbiegen können.

Nach einer weiteren Meile bemerkte Pitt einen Grenzstein an der Seite. Es war der erste an dieser schmalen Straße. Er gab Gas, als er sich dem Stein näherte, und erkannte, dass es kein Grenzstein war. Tatsächlich war es eine Kamera auf einem Pfosten. Als er sie in zügiger Fahrt hinter sich ließ, beschrieb die Straße eine Kurve und führte über eine nicht sehr hohe Hügelschulter abwärts und endete vor einem stählernen Torbogen. Ein schneller Blick enthüllte, dass ein hoher Metallzaun rechts von dem Tor zu einem oberhalb liegenden Wald führte und sich auf der linken Seite bis hinab zum Seeufer erstreckte. Pitt trat aufs Bremspedal und kam auf der Kuppe des Hügels schlingernd zum Stehen. Das schwere Stahltor schloss sich, und der graue Volkswagen kurvte auf einen Parkplatz, der stellenweise durch eine dichte Hecke abgeschirmt wurde. Der Mann, der Perkins verkörpert hatte, stieg aus dem Wagen und entfernte sich auf einem asphaltierten Fußweg.

Pitt setzte mit dem Mini zurück, lenkte ihn über die Hügelkuppe und fand hinter der Kamera an der Straße eine kleine Lichtung. Über dem Tor der Einfahrt waren weitere Kameras installiert. Falls sie tatsächlich überwacht wurden, müsste sicher schon bald jemand erscheinen, um nach dem Rechten zu sehen.

Pitt wartete jedoch gar nicht erst auf das Begrüßungskomitee. Er stieg aus dem Mini Cooper, rannte zu den Bäumen links von ihm hinüber, dann änderte er die Richtung und kehrte zu dem umzäunten Gelände zurück. Er näherte sich dem Zaun, einer drei Meter hohen Stahlbarriere mit Ziehharmonikadraht auf der Krone. Dicht dahinter waren elektronische Bewegungsmelder im Abstand von jeweils wenigen Metern auf kurzen Pfosten aufgereiht. Ziemlich extreme Sicherheitsvorkehrungen für ein ökologisches Forschungslabor, dachte Pitt.

Er schlich sich an den Zaun heran, machte sich dabei so gut wie möglich unsichtbar, bis er einen uneingeschränkten Überblick über das Gelände hatte. Es wurde von einem Gebäude mit tief heruntergezogenem Dach beherrscht, das zum Teil wie ein Bunker in den Untergrund eingegraben war. Es erschien düster und rein funktionell und war, soweit Pitt erkennen konnte, fensterlos. Zum Seeufer hin durch dichte Vegetation getarnt, verschmolz die gesamte Anlage perfekt mit ihrer Umgebung.

Pitt zog sich zwischen die Bäume zurück und suchte sich einen Weg hinunter zum See, um sich von dort dem Komplex zu nähern. Der hohe Zaun reichte bis zum Wasser hinab, wo er innerhalb des Grundstücks von wuchtigen Felsblöcken abgeschirmt und gesichert wurde. Ein Stück von den Felsblöcken entfernt, die wie eine Mole ein Stück in den See hineinragten, ankerte ein Boot nicht weit vom Ufer entfernt.

Es war eine kleine Tankschute, den Schiffen ähnlich, die Pitt vom Mississippi River und aus dem Golf von Mexiko kannte, wo sie für den Transport von Chemikalien oder Treibstoff eingesetzt wurden. Aber üblicherweise verkehrten sie nur auf Inlandflüssen. Mit dunkelgrauer Farbe angestrichen, war der Tanker mit Fendern umkränzt, die wie eine Girlande aus schwarzen Doughnuts aussahen. Auf dem Deck war niemand zu sehen.

Pitts Aufmerksamkeit wurde durch das aggressive Kläffen eines Hundes abgelenkt. Ein brauner Schatten kam vom Kai auf ihn zugerannt, und er zog sich so schnell wie möglich vom Zaun zurück. Als der Rottweiler die Barriere erreichte, war Pitt längst wieder zwischen den Bäumen verschwunden und auf dem Rückweg zu seinem Wagen. Er hatte erst einmal genug gesehen.

Wieder im Mini hinter dem Lenkrad sitzend, entfernte er sich zügig. Er hatte etwa eine Viertelmeile zurückgelegt, als sich aus der Gegenrichtung ein Fahrzeug mit mäßiger Geschwindigkeit näherte. Es war ein großer Lastwagen mit hohem Führerhaus und einer breiten, hoch angesetzten Stoßstange, die die schmale Straße abriegelte. Pitt bremste und zog nach links aufs Bankett. So eng die Straße auch war, der Platz für den Lastwagen reichte aus, um den Mini Cooper ungehindert zu passieren.

Aber der Lastwagen hatte gar nicht die Absicht, sich an ihm vorbeizuzwängen.

Anstatt das Tempo zu verringern und sich auf der anderen Straßenseite zu halten, schaltete der Fahrer des Trucks in den nächsthöheren Gang, um zu beschleunigen. Der Bug des Lasters schwang zur Straßenseite herum – und zwar auf Pitts Straßenseite.

Da er weder nach rechts noch nach links ausweichen konnte, legte Pitt den Rückwärtsgang ein und trat aufs Gaspedal. Der kleine getunte Sportwagen machte einen regelrecht Satz nach hinten und wirbelte dabei eine Wolke aus Geröll und Erdreich hoch.

Pitt kurbelte am Lenkrad, um den Wagen auf der Straße zu halten, während der Lastwagen immer größer wurde und fast die gesamte Windschutzscheibe ausfüllte.

Es war nicht zu vermeiden. Der Lastwagen war bereits zu nahe herangekommen, und Pitts beschleunigter Rückzug hatte um wenige Sekunden zu spät eingesetzt. Kühlergrill und Stoßstange des Trucks versperrten ihm total die Sicht, als sie gegen den Mini krachten. Doch es war kein vernichtender Zusammenstoß. Zum Glück waren beide Wagen genau frontal kollidiert, sodass der Mini geradeaus zurückgeschoben wurde. Pitt behielt das Lenkrad im Griff und den Fuß auf dem Gaspedal.

Pitt erholte sich schnell von dem Rammstoß, achtete auf die Fahrtrichtung des Mini Cooper, während seine Reifen wieder Grip fanden. Sich in der Straßenmitte haltend, setzte der Sportwagen seine Flucht zurück fort.

Der Kühlergrill des Lastwagens füllte noch immer Pitts Windschutzscheibe vollständig aus, und er kam ein weiteres Mal näher. Diesmal war es nur ein leichter Stoß. Der Mini hatte mittlerweile sein Tempo merklich gesteigert und begann, sich von dem Truck zu entfernen. Während der Abstand zunahm, schaute Pitt zum

Führerhaus des Lastwagens hinauf und erblickte hinter dem Lenkrad ein vertrautes Gesicht.

Es war die schwarzhaarige Empfangsdame aus dem BioRem-Gebäude, und sie machte Anstalten, Pitt ein drittes Mal zu attackieren.

Mit hohem Tempo rückwärtsfahrend, folgte Pitt der Straße. Es gab keinen Zentimeter Raum für einen Fahrfehler – oder gar eine Flucht. Die Bäume, die die Straße bis zum Tor säumten, verengten sie zu einem engen Korridor.

Der Motor des Mini Cooper heulte gepeinigt auf. Der Tachometerbalken näherte sich dem roten Bereich. Pitt konnte nicht schneller werden. Und der Truck holte wieder zu ihm auf.

Im Rückspiegel gewahrte Pitt jetzt den Kamerapfosten, der schnell näher kam. Dahinter befand sich die kleine Lichtung, auf der er mit dem Wagen gewendet hatte. Vor ihm schloss der Lastwagen die Lücke zwischen ihnen. Dessen Fahrerin machte einen zu allem entschlossenen Eindruck. Wenn sie ihn nicht bereits weit vor dem Tor erwischte, würde sie ihn am Ende dagegenschieben und zermalmen.

Er schaute abermals in den Rückspiegel – und wusste, er hatte nur eine einzige Chance.

Er hielt sein Tempo, bis er nicht mehr als nur noch dreißig Meter von der Kamera entfernt war, dann rammte er den Fuß aufs Bremspedal. Der Mini erzitterte und schlingerte unter dem Widerstand der von einem Antiblockiersystem gesteuerten Bremsen, blieb jedoch sicher in der Spur, während er schnell an Tempo verlor. Pitt behielt den sich rasend nähernden Lastwagen im Blick und achtete gleichzeitig auf den Kamerapfosten. Der Pfosten kam zuerst.

Als er neben dem Seitenfenster erschien, nahm Pitt den Fuß vom Bremspedal und riss das Lenkrad nach links. Das Heck des Mini Cooper schwang in die gleiche Richtung herum. Pitt trat sofort wieder auf die Bremse, während der Mini rückwärts von der Straße rutschte.

Der Truck erreichte den Punkt eine Sekunde später. Er war zu schnell, um etwas anderes tun zu können, als Pitts Richtung zu folgen.

Pitt verließ die Straße, der Truck touchierte das vordere Ende des Minis, riss dessen Stoßstange ab und versetzte ihn in eine Kreiseldrehung. Dieser Stoß rettete Pitt das Leben. Anstatt nämlich rückwärts in die dicht beieinanderstehenden Bäume zu rauschen, verlor der Mini den Großteil seines Schwungs während der Drehung, prallte von der Seitenfläche des Lastwagens ab und kam auf dem Straßenbankett zum Stehen.

Während die Empfangstante noch versuchte, den Lastwagen so schnell wie möglich zu stoppen, überprüfte Pitt seine augenblickliche Lage. Er war unversehrt, sein Wagen war weitgehend intakt, und der Motor lief rund. Er schalte auf Vorwärtsfahrt und gab Gas. Für einen kurzen Moment drehten die Räder durch und schleuderten loses Erdreich in die Luft, dann schoss der Mini vorwärts. In seinem Rückspiegel konnte Pitt noch die Bremslichter des Lastwagens sehen, während er hinter dem Hügel verschwand.

Mit Vollgas folgte er der Geröllstraße, bis er den Asphaltbelag der Straße am See entlang nach Foyers erreichte. Während er in der einsetzenden Abenddämmerung langsam durch das Dorf rollte, betrachtete er die kleine Kirche am Seeufer. Er bog in die schmale Zufahrt ein und parkte hinter dem Kirchturm. Er kauerte sich in ein dichtes Gebüsch neben der Kirche und beobachtete die Straße. Nach zehn Minuten ohne Anzeichen irgendwelcher Verfolger kehrte er zu seinem ramponierten Mini zurück.

Das Seeufer befand sich nicht weit entfernt am Fuß eines kleinen Hügels. Dort entdeckte Pitt einen winzigen Kai mit einem Ruderboot, das an einem Poller festgemacht war. Er ließ den Blick über das gegenüberliegende Seeufer wandern und entdeckte das Herrenhaus der McKees etwas weiter westlich. Es stand dem versteckten Anwesen am diesseitigen Ufer des Sees fast genau gegenüber.

Er lehnte sich gegen den Kotflügel des Minis, holte sein Smartphone hervor und wählte eine Nummer in Washington D. C. Al Giordino knurrte am anderen Ende ein unwirsches »Hallo«.

»Al, haben wir zurzeit irgendwo in britischen Gewässern ein NUMA-Unterseeboot in Reichweite?«

»Lass mich nachsehen.« Giordino zog im Technologielabor der NUMA einen Computer zu Rate. »Du hast Glück«, meldete er eine Minute später. »Die *Sea Nymph*, eins der kleineren Tauchboote, verstaubt gerade auf dem Deck des arktischen Forschungsschiffs *Norse*. Die *Norse* wiederum liegt für die nächsten Tage zwecks einiger Reparaturen an ihren Druckstrahlrudern in Liverpool im Trockendock.«

»Würde es dir gefallen, dich in einen Flieger nach Liverpool zu setzen, das Boot auf einen Lkw zu laden und es nach Schottland zu bringen?«

»Wie es der Zufall will, habe ich ein besonderes Faible für Frauen mit Tartanmützen. Daher lautet die Antwort *ja*. Was ist denn los? Haben deine Gastgeber kein anständiges Unterhaltungsprogramm für dich zusammengestellt?«

»Im Gegenteil. Es war etwa *zu* abwechslungsreich.« Pitt tippte mit dem Fuß gegen die verformte Motorhaube des Mini Cooper.

»Ich denke, ich sollte die Strecke in vierundzwanzig Stunden schaffen.«

»Ich erwarte dich in einem Dorf namens Foyers. Dort steht eine Kirche in der Nähe eines kleinen Kais. Kirche und Kai liegen am Loch Ness.«

»Gehen wir auf Monsterjagd?«

Pitt blickte über das Wasser zum Herrenhaus. Gelbe Scheinwerfer illuminierten seine Außenmauern und verliehen dem Gebäude im zunehmenden Dunkel der heraufziehenden Nacht die Ausstrahlung eines drohenden Fanals.

»Könnte sein, dass es genau darauf hinausläuft.«

38

Loren Smith-Pitt verspürte eine leichte Übelkeit, zugleich fühlte sie sich aber vollkommen entspannt, und ihr war ein wenig schwindelig – alles gleichzeitig. Es musste eine Folge des Jetlags und die Wirkung des Alkohols sein, dachte sie, während sie den Champagner in dem Glas kreisen ließ, das ihr geradezu aufgenötigt worden war, kaum dass sie die Bankethalle als eine der letzten Konferenzteilnehmerinnen betreten hatte.

Der Speisesaal mit seiner hohen Decke war der größte Raum auf McKee Manor und mit ausgesucht mittelalterlicher Pracht gestaltet worden. Wuchtige Marmorsäulen ragten in jeder Ecke auf und teilten die Wände, die mit Landschaftsmalereien von den schottischen Highlands bedeckt waren. Hoch oben über dem matt glänzenden Parkettfußboden zeigte ein aufwendiges Deckenfresko, das eines Michelangelos würdig war, die biblische Szene von Mariä Verkündigung. Loren konnte nicht umhin, eine erstaunliche Ähnlichkeit zwischen der Maria auf dem Gemälde und ihrer Gastgeberin, Evanna McKee, zu registrieren.

Die Banketttafeln der Halle waren durch schlanke hohe Bistrotische ersetzt worden, an denen sich die Mitglieder der Governance League mit ihren Getränken versammelten. Ständig die Farbe wechselndes Stimmungslicht flutete von Leuchtkörpern über ihren Köpfen herab, und dezente Wellness-Musik drang aus unsichtbaren Lautsprechern. Außerdem nahm Loren den Duft von Lavendel wahr, während sie durch das Gedränge auf eine kleine Bühne in der Mitte der Halle zuschlenderte.

»Congresswoman Smith?«

Eine vertraut wirkende Frau mit kurzem braunem Haar winkte ihr von einem der Stehtische in der Nähe zu.

»Ich dachte mir schon, dass Sie es sind.« Sie sprach mit australischem Akzent und streckte Loren zur Begrüßung eine Hand entgegen. »Abigail Brown von der Weltbank.«

»Natürlich, Madame Prime Minister. Wir haben uns während der International Disaster Relief Conference im vergangenen Jahr bei den Vereinten Nationen kennengelernt.« Loren empfand es als ein wenig peinlich, dass sie die ehemalige Premierministerin Australiens, die mittlerweile die Weltbank leitete, nicht auf Anhieb erkannt hatte.

»Bitte, nennen Sie mich Abby. Meine politische Phase liegt endgültig hinter mir. Sie haben übrigens hervorragende Arbeit geleistet, als Sie die Hilfsaktionen für die von den schrecklichen Monsunüberschwemmungen Vertriebenen in Bangladesch organisierten.«

»Egal, was getan wird, es ist niemals genug. Und wie es scheint, wartet immer schon die nächste Katastrophe hinter den Kulissen.« Loren deutete auf die Bühne. »Haben Sie früher schon einmal an diesem Seminar teilgenommen?«

»Nein, dies ist mein erstes Mal, und ich konnte es kaum erwarten, endlich dabei zu sein.«

»Ich habe Mrs. McKee erst vor ein paar Wochen persönlich kennengelernt«, erzählte Loren. »Ich hatte keine Ahnung, dass sie derart weitreichende Kontakte hat.«

»Die hat sie wirklich. Die ökologischen Produkte ihres Mannes kommen auf der ganzen Welt zum Einsatz, und sie ist ganz wesentlich am Erfolg der Firma beteiligt. Hinzu kommt noch, dass sie unermüdlich dafür kämpft, dass Frauen in höherer Zahl in Führungspositionen aufsteigen. Ich habe sozusagen hinten herum erfahren, sie habe sich mit Nachdruck dafür starkgemacht, dass ich die Leitung der Weltbank übernehme, dabei kenne ich sie kaum.«

»Kannten Sie denn ihren Mann?«

»Leider nein. Frasier McKee starb schon vor mehreren Jahren. Offenbar war er eine brillante Persönlichkeit.« Abigail Brown blickte durch den Saal, dann hielt sie sich eine Hand vor den Mund. »Außerdem muss er ein notorischer Schürzenjäger gewesen sein. Es heißt, er sei kurz vor seinem Tod im Begriff gewesen, sich von Evanna scheiden zu lassen, um seine kolumbianische Geliebte zu heiraten.«

»Ist das der Grund, weshalb Männer bei dieser Konferenz nicht willkommen sind?«, fragte Loren mit einem wissenden Lächeln.

Brown nickte, dann massierte sie ihre Schläfen und kniff die Augen blinzelnd zusammen. »Ich wünschte, man würde die Beleuchtung ein wenig dämpfen. Sie macht mich richtig benommen.«

»Mir geht es genauso«, gestand Loren. »Ich dachte schon, es läge am Champagner.«

Die Gäste ahnten nicht, dass die flackernde farbige Beleuchtung nicht nur stimmungsfördernd sein sollte. Spezielle Leuchtkörper strahlten violettes, rosafarbenes und purpurnes Licht ab, das bekanntermaßen eine beruhigende und den Willen lähmende Wirkung hatte. Düsen neben den Lampenfassungen versprühten einen feinen Nebel, in dem Kamille-, Patschuli- und Lavendelöl enthalten war und der die einlullende Wirkung des Lichts noch verstärkte.

Doch dort endete die psychologische Beeinflussung noch lange nicht. Die Champagner- und Wassergläser, die auf Tabletts bereitstanden, waren mit Spuren von Meskalin und Scopolamin präpariert. Die kombinierte Wirkung dieser Maßnahmen sollte die Gäste in einen labilen Bewusstseinszustand versetzen und ihre Aufnahmebereitschaft und Beeinflussbarkeit steigern. Dieser Zustand war die Grundvoraussetzung für eine Massenhysterie. Aber das ahnte in diesem Moment niemand der Anwesenden.

Das Licht verlor an Intensität, und ein von einem Sinfonieorchester intonierter Marsch wurde von den Lautsprechern übertragen. Nach und nach verstummte das Partygemurmel in der Halle, während ein Scheinwerfer die Bühne anstrahlte und Evanna McKee in den Lichtkegel trat. Sie trug ein maßgeschneidertes weißes Leinenkostüm sowie eine massivgoldene Halskette und goldene Ohrringe. Mit straff nach hinten frisiertem und zu einem Knoten geflochtenem Haar und einem perfekten Make-up, das ihrem Gesicht einen makellos schimmernden Glanz verlieh, verkörperte sie zu gleichen Teilen eine Industriemagnatin und eine gealterte Schönheitskönigin, die nichts von ihrem Zauber verloren hatte.

Ihr Auftritt entfesselte unter den Versammelten einen Sturm der Begeisterung.

»Ladys, Freundinnen, Führerinnen der Welt«, begann sie, »ich heiße Sie – euch – auf McKee Manor willkommen. Wieder einmal kommen wir in schwesterlicher Eintracht zusammen, um den Kampf für eine neue Weltordnung fortzusetzen. Ich stehe vor Ihnen mit dem Versprechen, dass wir mit Ihrer Hilfe eine bedeutungsvolle und dauerhaft veränderte Welt erschaffen werden, eine Welt, in der Frauen den ihnen rechtmäßig zustehenden Platz im Kreis der Mächtigen einnehmen werden.«

Sie verkündete ihre Botschaft mit der selbstsicheren, Respekt einflößenden Stimme einer erfahrenen Politikerin. Und als sei sie tatsächlich eine charismatische Politikerin bei einer Wahlkundgebung, jubelten ihr die Versammelten nach jedem Satz begeistert zu.

»Heute«, sagte sie, »werden wir mit einer weltweiten Führungskrise konfrontiert. Seit Jahrzehnten, Jahrhunderten und sogar Jahrtausenden haben wir auf dieser Erde nichts anderes gesehen als Krieg, Streit, Hunger und Krankheit. Trotz der enormen Fortschritte in Wissenschaft und Technologie werden wir nach wie vor immer wieder von den gleichen Katastrophen heimgesucht. Die Welt von heute ist korrupter und gefährlicher als je zuvor. Dies ist eine Folge der Krise in der Führerschaft – genauer gesagt, eine Krise der männlichen Führung.«

Anfeuerungsrufe hallten durch den Saal, und McKee lächelte.

»Es ist in unserer Rolle begründet und liegt in unserer Verantwortung, ja, ich wage zu behaupten, es ist unsere Bestimmung, die Kontrolle über die von totalem Versagen gezeichneten Institutionen zu übernehmen, die uns wert und teuer sind, und sie zu erneuern und zu neuen Ufern zu führen. Als Frauen wurden wir lange genug unterdrückt und als minderwertig betrachtet. Jetzt sind wir an der Reihe, die Fehler der Vergangenheit zu korrigieren. Es ist an uns, Misstrauen, Arroganz und das provinzielle Denken auszumerzen, das unsere Gesellschaft bisher gelähmt hat. Es ist an uns, die Welt an einen Ort zu führen, an dem nicht Schmerz und Leid regieren, sondern Hoffnung und Zuversicht, und wo das Streben nach Verbesserung in allen Bereichen des Lebens ein verbrieftes Grundrecht ist.«

Tosender Applaus folgte auf ihre Worte. Sogar Loren konnte sich eines Gefühls der Begeisterung nicht erwehren und verspürte den unwiderstehlichen Drang, McKee in ihren Bemühungen zu unterstützen. Sobald sich der Applaus gelegt hatte, fuhr McKee mit zunehmender Eindringlichkeit fort.

»Doch keine von uns kann die Aufgaben, die vor uns liegen, allein bewältigen. Wir müssen zusammenarbeiten. Jede von uns muss ihren Schwestern eine helfende Hand reichen. Wir müssen einander unterstützen, damit jede von uns das gesetzte hohe Ziel erreicht. Nur wenn wir zusammenstehen, können wir uns die Machtfülle sichern, die nötig ist, um echte und dauerhafte Veränderungen einzuleiten.«

Jetzt wurde ihre Stimme sanft, und ihr Blick richtete sich in die Ferne.

»Diese Welt wird sich schon bald in unserem Sinn verändern.

Während der nächsten und der übernächsten Generation wird es zunehmend einfacher sein, die Strecke, die vor uns liegt, zu bewältigen. Aber wir dürfen in unserem Kampf nicht nachlassen, wir dürfen uns nicht auf kleinen Erfolgen ausruhen. Wir müssen die Leiter ersteigen, müssen die sprichwörtliche gläserne Decke zertrümmern und durchstoßen und den uns zustehenden Platz auf dem Gipfel des Berges einnehmen. Gemeinsam werden wir – die Boudicca-Schwesternschaft – den Sieg erringen, der uns zusteht. Ich danke allen, die hier versammelt sind.«

Während der Lichtkegel sich verdunkelte, brandete ein ohrenbetäubender Applaus durch den Bankettsaal. Einige Frauen stießen Jubelrufe aus, andere wiegten sich mit geschlossenen Augen hin und her, als seien sie in Trance.

Die Beleuchtung im Saal hellte sich nach und nach wieder auf, und Loren sah Abigail Brown an. Die Australierin hatte zerlaufende Mascaraflecken unter den Augen, während sie, von ihren Gefühlen überwältigt, heiße Tränen weinte.

Loren strich mit den Fingerspitzen über ihr Gesicht. Ohne genau zu wissen, weshalb, ertastete sie auch bei sich selbst – an ihren Wangen – einen Tränenstrom.

39

Während der letzten Etappe seines Sinkflugs stieß der Jetliner durch die unterste Schicht Regenwolken und gab die Erde wieder für die Blicke der Reisenden frei. Eine Patchworkdecke aus grünen Weiden und Äckern dehnte sich aus, so weit das Auge reichte. Dirk blickte aus einem Fenster auf dieses Bild und sah, weshalb Irland auch »die grüne Insel« genannt wurde.

»Wer hätte gedacht, dass wir den Spuren einer ägyptischen Prinzessin nach Irland folgen würden?«, sagte er zu Summer, die neben ihm saß.

»Julian meinte, wir könnten über das, was wir hier finden, überrascht sein.«

Die Maschine landete kurze Zeit später auf dem Shannon Airport im südwestlichen County Clare. Nachdem sie die Zollformalitäten erledigt und ihr Gepäck eingesammelt hatten, nahmen sich Dirk und Summer einen Mietwagen und fuhren zum Frachtterminal.

»Haben Sie etwas für die NUMA?«, erkundigte sich Summer am Schalter, während Dirk telefonierte.

Sie bestätigte mit ihrer Unterschrift den Empfang von zwei Paketen und zwängte sie in den Kofferraum, während Dirk sein Gespräch beendete. Als sie die Kofferraumklappe schloss, bemerkte sie, dass ihr Bruder fröhlich grinste.

»Sag nichts. Riki Sadler?«

Dirk nickte. »Offenbar war sie überrascht, von mir zu hören, aber sie hat noch etwas in Dublin zu erledigen und meint, sie könne hierherkommen. Sie versucht, einen Flug von Edinburgh zu erwischen, und hofft, in ein oder zwei Tagen mit uns zusammenzutreffen. Und sie sagt, sie freue sich darauf, uns wiederzusehen.«

»Uns?« Summer hob eine Augenbraue und warf Dirk den Schlüssel zu. »Da du so glücklich bist, darfst du uns auch dorthin fahren.«

Das ließ sich Dirk, der offenbar die Liebe seines Vaters zu allen Fahrzeugen, die mit Verbrennungsmaschinen angetrieben wurden, geerbt hatte, nicht zwei Mal sagen. Er setzte sich hinter das Lenkrad und startete den Motor. Sich so weit links haltend wie möglich, beschränkte er sich auf ein mäßiges Tempo, ehe er sich hundertprozentig an den Linksverkehr gewöhnt hatte, während er die Stadt Limerick durchquerte. Anschließend folgten sechzig Meilen durch eine vorwiegend ebene Landschaft bis nach Tralee. Diese malerische irische Provinzstadt, im Jahr 1216 von den Normannen gegründet, war vor allem für ihren alljährlichen Schönheitswettbewerb bekannt, bei dem die »lieblichste und anmutigste« Frau des Landes zur *Rose of Tralee* gekrönt wurde.

Dirk hielt sich an Summers Wegbeschreibung und fand ihr Hotel zwischen dem Rathaus und einem ausgedehnten Stadtpark. Nachdem sie dort eingecheckt hatten, unternahmen sie einen Spaziergang zu einem mehrere Blocks entfernten großen senffarbenen Gebäude, über dessen Eingang ein emailliertes Schild in KIRBY's BROGUE INN einlud. Sie traten ein und fanden sich in einem gepflegten und gemütlichen Pub wieder, der sich allmählich mit durstigen Gästen füllte.

Sie hielten noch Ausschau nach einem geeigneten Platz, als ein schmächtiger Mann vom Ende der Theke auf sie zukam. Er hatte grau meliertes Haar und einen gleichfalls mit silbergrauen Fäden durchsetzten Schnurrbart und trug ein zerknautschtes Oberhemd mit Oxfordkragen unter einem Tweedsakko mit Fischgrätenmuster.

»Sind Sie die Yanks von der NUMA?«, fragte er mit schwerfälligem irischem Akzent.

»Die und keine anderen.« Dirk stellte sich und seine Schwester vor. »Dann müssen Sie Dr. Brophy sein.«

»Eamon Brophy, stets zu Ihren Diensten. Brophy für meine Freunde. Kommen Sie.« Er machte auf dem Absatz kehrt. »Ich habe hinten einen ruhigen Tisch, da sind wir ungestört. Was dagegen, mir bei einem oder zwei Bier Gesellschaft zu leisten?«

»Keineswegs«, erwiderte Dirk. »Für eine solche Gesellschaft bin ich immer zu haben.«

Brophy schlug mit der flachen Hand auf die Theke und machte sich bei der schwarzhaarigen Barkeeperin bemerkbar. »Noreen, einen Guinness-Dreier, bitte.«

Er ging weiter zu einem kleinen Tisch in einer hinteren Ecke des Gastraums. An den Wänden neben dem Tisch hingen gerahmte antike Whisky-Poster. Während sie sich setzten, bemerkte Dirk neben einem leeren Bierglas eine altmodische Tonpfeife auf der Tischplatte.

»Das ist typisch irisch. Genau so habe ich es mir vorgestellt«, sagte Summer.

»Abgesehen von dem Bier«, meinte Brophy mit einem Augenzwinkern, »bekommt man hier auch das beste Essen von allen Pubs in ganz Kerry.«

»Wohnen Sie in Tralee?«, fragte Summer.

Ihr neuer Bekannter schüttelte den Kopf. »Nachdem ich mich als Leiter der archäologischen Abteilung an der Universität Dublin zur Ruhe gesetzt hatte, kauften meine Frau und ich einen kleinen Bauernhof in der Nähe von Annascaul oberhalb der Dingle Bay. Die Ortschaft liegt etwa dreißig Kilometer östlich von hier.«

Noreen brachte das bestellte Guinness und nahm Brophys leeres Glas vom Tisch.

»Danke, Schatz.« Er hob sein Glas und sah Dirk und Summer an. »Auf meine neuen Freunde. Möge das Pech Ihnen für den Rest Ihres Lebens nachlaufen, Sie jedoch niemals einholen.«

Er trank einen tiefen Schluck, dann stellte er das Glas auf den

Tisch. »Nun aber zur Sache, mein alter Freund St. Julian Perlmutter erzählte mir, Sie beteiligten sich an einer Suche, die schon dreieinhalbtausend Jahre lang dauert und in Nordafrika begonnen hat.«

»Wir verfolgen die Geschichte der Prinzessin Meritaton.« Dann berichtete Summer von ihren Funden in Ägypten. »Wir haben Beweise dafür gefunden, dass Ägypten während der Regentschaft des Pharaos Echnaton von einer Seuche heimgesucht wurde, dass jedoch eine Gruppe von Sklaven dank der Tochter des Pharaos verschont wurde und überlebt hat.«

»Der Beweis ist wirklich hochinteressant«, warf Dirk ein.

»Meritaton hat den Sklaven, seinerzeit bekannt als Apiru, anscheinend auf irgendeine Weise geholfen«, fuhr Summer fort. »Sie blieben von der Krankheit verschont, weil Meritaton ihnen etwas gab, das Apium von Faras genannt wurde – allem Anschein nach war es eine antike Arznei, die aus einer Pflanze namens Silphium gewonnen wurde.«

»Davon habe ich noch nie gehört«, gestand Brophy.

»Das ist durchaus verständlich, weil die Pflanze längst ausgestorben ist«, sagte Dirk. »Wir haben einen Hinweis auf einem Schrein in Faras – Ägypten – gefunden, dass dieses Apium von einer Pflanze stammt, die in einem Ort namens Shahhat gewachsen ist. Bei unseren weiteren Recherchen sind wir nur auf einen antiken Ort gestoßen, auf den die Beschreibung zutraf, und zwar in Libyen.«

»Dieser Ort liegt im bewaldeten Hochland im Nordosten Libyens«, sagte Summer. »Es war die einzige bekannte Region, in der Silphium vorkam. Die Einheimischen fingen an, diese Pflanze zu ernten, nachdem sie mehr und mehr zum Würzen von Speisen und als Medizin benutzt wurde. Die Ägypter hatten sogar eine Hieroglyphe, um diese Pflanze darzustellen.«

Brophy trank noch einmal aus seinem Glas und hörte weiter zu.

»Bei den Griechen und den Römern stand Silphium in hohem Ansehen und wurde sehr geschätzt«, sagte Dirk. »Hippokrates und

Plinius der Ältere haben seine Wirksamkeit gegen eine ganze Reihe von Beschwerden und Krankheiten ausführlich beschrieben. Tatsächlich könnte Silphium ausgestorben sein, weil die Römer einen besonders hohen Bedarf hatten. Die Pflanze konnte nicht landwirtschaftlich angebaut werden, und es gab einfach zu viele Sammler. Sie war derart wertvoll, dass Caesar eine bestimmte Menge in den römischen Staatsschatz aufnahm, und eine Legende weiß zu berichten, dass Nero der letzte Zweig zum Geschenk gemacht wurde. Heute können wir nur Vermutungen über ihre Eigenschaften anstellen. Einige Botaniker sind überzeugt, dass sie mit Fenchel verwandt ist.«

»Ich verstehe.« Brophy massierte sein Kinn. »Dieses Silphium – oder Apium von Faras – schützte die Apiru-Sklaven demnach vor der Seuche. Und Sie glauben, wenn Sie das Grab der Prinzessin Meritaton finden, dann finden Sie auch das Apium?«

»Diese Möglichkeit besteht«, sagte Summer. »Es gibt aber noch andere Interessenten, die zurzeit hinter diesem Apium her sind.«

»Wir wissen, dass es absolut unmöglich klingt«, sagte Dirk, »aber können Sie uns verraten, ob es irgendwelche Verbindungen zwischen der Prinzessin und Irland gibt? Julian hat erwähnt, dass in historischen Aufzeichnungen entsprechende Hinweise zu finden seien.«

Brophy lächelte. »Haben Sie sich jemals gefragt, wie Schottland entstanden ist?«

Dirk und Summer sahen sich stirnrunzelnd an. »Eigentlich nicht«, antwortete Summer.

»Der Name Schottland leitet sich vom lateinischen *scoti* ab, und *scoti* ist der Name für die Gälen. *Scotia* heißt ›Land der Scoten‹. Mit diesem Wort wurde im Mittelalter die Region im Norden Englands bezeichnet, in der Gälisch gesprochen wurde.«

Dirk sah seine Schwester wieder fragend an. Hatte der Archäologe möglicherweise zu viel Bier konsumiert, bevor sie den Pub betreten hatten?

»Aber Jahrhunderte früher«, sagte Brophy, »hat sich der Name Scoti auf Irland bezogen. Daher wurde Irland auch *Scotia major* genannt, und Schottland hieß *Scotia minor.*«

»Ich dachte, Irland wurde Hibernia genannt.« Summer bewunderte das Kleeblatt, das die Barkeeperin in die Schaumkrone ihres Guinness gezeichnet hatte, dann nippte sie an dem Glas.

»Das ist richtig«, sagte Brophy. »So lautete der klassische lateinische Name, abgeleitet von dem keltischen Wort *Iveriu*, woher Irland letztlich seinen Namen bekommen hatte.«

Summer stellte ihr Glas auf den Tisch. »Wer waren die Gälen?«

»Aye, die Gälen waren die Ersten, die Irland in der Neusteinszeit besiedelten. Gälisch ist die Sprache eines der keltischen Stämme, die sich später im Land niederließen. Sie entwickelte sich zu unserer gegenwärtigen irischen Sprache, während Schottland sich seine eigene Version des Gälischen schuf. Aber viel interessanter ist für Sie wahrscheinlich der Ursprung des Wortes *Gael* selbst.«

Er griff nach seinem Bierglas, leerte es zur Hälfte und wischte sich den Schaum von seinem Schnurrbart ab. »Der Name Gael geht auf das altirische Wort *Goídel* zurück, das laut einiger Sprachexperten seinerzeit die Bedeutung von ›wilde Männer‹ oder ›Krieger‹ hatte. Allerdings behauptet eine irische Legende, dass die Gälen aus einem gewissen Goídel Glas hervorgegangen sind.«

»Klingt wie ein ziemlich zerbrechlicher Zeitgenosse«, scherzte Summer. »Was weiß man von ihm?«

»Um mehr über ihn zu erfahren, müssen wir die *Chronica Gentis Scotorum* zu Rate ziehen. Sie ist die erste Geschichte Schottlands in Schriftform und um 1360 erschienen. In der *Chronica*«, sagte Brophy, »taucht unser Freund Goídel Glas unter den Namen Gaytheus oder Gaythelos auf. Er wird als junger griechischer Prinz beschrieben, der aus seiner Heimat verbannt wurde. Er reiste nach Ägypten, zog weiter nach Spanien und segelte schließlich nach Britannien.«

»Er war in Ägypten?«, fragte Summer. Sie und Dirk lehnten sich vor.

Brophy trank von seinem Bier und nickte. »Das war er. Und während er sich dort aufhielt, fand er eine Braut. Die Tochter eines Pharaos, weniger hat es wohl nicht sein dürfen. Sie tauchte später in den irischen Geschichtsbüchern als Queen Scota auf.«

Dirk und Summer schauten einander verblüfft an.

»Könnte das Prinzessin Meritaton gewesen sein?«, fragte Dirk.

»Der Name ihres Vaters – laut der Legende ein Pharao – liegt im Dunkeln, und Scota ist offensichtlich kein ägyptischer Name. In anderen Aufzeichnungen aus dieser Zeit ist von einem Pharao namens Achencres die Rede. Dies, so stellte sich heraus«, sagte Brophy, »ist die griechische Schreibweise des Namen Echnaton. Daraus ergibt sich mit hoher Wahrscheinlichkeit, dass – sofern die frühen Hinweise zutreffen – Prinzessin Meritaton und Queen Scota ein und dieselbe sind.«

»Wir sind auf Darstellungen gestoßen«, sagte Summer, »die den zwingenden Schluss nahelegen, dass Scota – oder Meritaton – und ihr Ehemann, Gaythelos, aufgrund einer Seuche aus Ägypten flohen. Sie segelten nach Spanien, dann stießen sie wieder in See und gelangten schließlich nach Irland.«

Summer schüttelte den Kopf. »Kaum zu glauben, dass sie mit dem Schiff so weit gekommen sind.«

»Aye, es gibt vieles, was wir über die Schifffahrt in jener Zeit nicht wissen. Was uns an gesicherten Beweisen vorliegt, bestätigt, dass sogar damals schon ein reger Handelsverkehr zwischen unseren Inseln und dem Mittelmeer an der Tagesordnung war. Sobald unsere gute Prinzessin angekommen war, tauchte sie in zahlreichen historischen Berichten auf. Aber Vorsicht! Sie unterscheiden sich, was wichtige Details betrifft, zum Teil sogar grundlegend voneinander. Nehmen wir zum Beispiel einen Bericht aus dem sechsten Jahrhundert, bekannt als das *Buch der Invasionen.* Darin ist zu lesen, dass sie und ihre Begleittruppe – die Rede ist von einem ›Stamm von Kriegern‹ – mit einer Schiffsflotte in Irland eintrafen.«

Brophy versuchte, die junge Frau hinter der Theke auf ihren Tisch aufmerksam zu machen. »Am dritten Tag nach ihrer Landung kam es zu einem Kampf mit den Einheimischen, der als Schlacht von Sliabh Mis in die Geschichte einging. In deren Verlauf kam Queen Scota ums Leben. Ihre Streitmacht setzte den Kampf jedoch fort und hat am Ende auch gesiegt. Es heißt, dass die Herrschaft über das Land zwischen ihren beiden Söhnen aufgeteilt wurde und dass das Volk fortan die Scottis genannt wurde. Deren Nachkommen wanderten später nach Schottland aus, aber erst, nachdem sie in den Jahrhunderten vor ihrem Aufbruch eine Art keltisches Reich aufgebaut hatten.«

»Es erscheint fast unglaublich, dass eine ägyptische Prinzessin und deren Nachkommen in der Bronzezeit über Irland und Schottland geherrscht haben sollen«, sagte Summer. »Wie stehen die Chancen, dass diese ganze Geschichte nur ein Mythos ist?«

Brophy stützte sich mit den Ellbogen auf den Tisch und lehnte sich vor. »In jedem Mythos ist ja meist ein Körnchen Wahrheit enthalten. Leider gibt es in Irland keine Aufzeichnungen, die dreieinhalbtausend Jahre zurückreichen.« Er lächelte. »Allerdings ist nicht zu leugnen, dass sie in der Frühgeschichte Irlands und Schottlands eine prägende Rolle gespielt hat.«

»So viel zu schriftlichen Nachweisen. Aber was ist mit archäologischen Funden?«, fragte Dirk. »Gibt es in diesem Bereich irgendwelche physischen Zeugnisse, die auf eine Verbindung mit Ägypten hindeuten?«

Brophy nickte. »Es gibt durchaus einige hochinteressante Verbindungen. Drei Schiffe aus der Bronzezeit wurden vor einigen Jahren in Yorkshire entdeckt und ein weiteres später in Dover, die nach Meinung zahlreicher Fachleute typische ägyptische Konstruktionsmerkmale aufweisen. Sprachforscher finden frappierende Ähnlichkeiten zwischen dem alten Gälisch und der phönizischen

Sprache. Und jüngste DNS-Untersuchungen ergaben, dass ein großer Anteil des irisch-keltischen Blutes seinen Ursprung in Iberia und Nordafrika hatte.« Brophy beugte sich weiter vor. »Die interessanteste Verbindung findet sich wahrscheinlich an einem Ort namens Tara.«

»Wo Scarlett O'Hara zu Hause war?«, fragte Summer irritiert.

»Offen gesagt, meine Liebe, nein«, sagte Brophy, indem er seiner Stimme so gut es ging den typischen Clark-Gable-Tonfall verlieh. »Ich meine den Hill of Tara nördlich von Dublin. Das ist eine alte Kultstätte, die als heiligster Ort auf dem Boden der frühen irischen Königreiche gilt. In den 1950ern ist dort eine Grabanlage entdeckt worden, die ein Skelett aus der Bronzezeit enthalten hat. Eine Kohlenstoffanalyse datierte es auf etwa 1350 vor Christus.«

»Das ist Meritatons Zeit«, sagte Summer.

»Der Leichnam wurde mit einer Bronzehalskette geschmückt, die mit türkisfarbenen Perlen besetzt war. Fayence-Perlen werden sie genannt. Die Herstellungsmethode soll in Ägypten entwickelt worden sein. Auf jeden Fall sind sie mit den Fayence-Perlen in dem goldenen Kragenschmuck Tutanchamuns identisch.«

»Könnte es Meritatons Skelett gewesen sein?«, fragte Summer.

»Nein, dafür war es wohl zu jung, und außerdem war es männlich. Sie gaben ihm den Namen Prinz von Tara.«

»Wenn seine sterblichen Überreste die lange Zeit überdauert haben«, begann Dirk zuversichtlich, »dann könnte das Gleiche doch auch mit Meritatons Überresten geschehen sein.«

»Wo könnte sie bestattet worden sein?«, fragte Summer. »Sie haben gesagt, dass sie in der Schlacht von Sliabh Mis gefallen sei. Ist das ein bestimmtes Schlachtfeld?«

Brophy schüttelte den Kopf. »Es ist eine Hügelkette, die sich über die Dingle-Halbinsel erstreckt. Die Kämpfe haben an verschiedenen Orten am Fuß der Hügel stattgefunden und zogen sich über Wochen, wenn nicht sogar Monate hin. Laut der historischen Aufzeichnungen aus dieser Zeit wurde sie irgendwo zwischen dem Sliabh Mis und der See begraben.«

»Wie groß ist das Gebiet?«

»Fast zwanzig Kilometer lang. Aber wir brauchen gar nicht so viel Gelände durchzukämmen. Wir haben es um einiges einfacher.« Er lächelte. »Deshalb habe ich mich mit Ihnen auch in Tralee verabredet. Nur fünf Kilometer südlich von hier befindet sich der Ort, den wir unter die Lupe nehmen müssen.«

»Nicht in den Bergen?«

»Nein, es ist ein malerisches Tal. Sein Name lautet Glenscota. Es gilt als historische Grabstätte der Queen Scota.«

40

Lange nach Einbruch der Dunkelheit kehrte Pitt ins Herrenhaus zurück. Er parkte den zerbeulten Mini mit der Motorhaube dicht vor der Begrenzungsmauer, um seine Blessuren vor allzu aufmerksamen Blicken zu verbergen, dann schlenderte er zum Eingang. McKees Leibwächterin, Rachel, stand gleich hinter der Tür auf dem Posten und begrüßte Pitt mit einem unfreundlichen Kopfnicken. Ansonsten war im Rundsaal niemand mehr zu sehen. Pitt ging auf sein Zimmer, das von einer kleinen Tischlampe sparsam erhellt wurde. Loren lag im Bett und schlief.

Er ließ sich behutsam auf dem Bettrand nieder und strich Loren das Haar aus dem Gesicht. Sie hatte offenbar etwas Mühe, die Augen zu öffnen.

»Da bist du ja«, flüsterte sie. »Ich habe es nicht geschafft, wach zu bleiben. Wahrscheinlich steckt mir noch immer der Jetlag in den Knochen. Ich habe einen Imbiss aufs Zimmer bringen lassen für den Fall, dass du Hunger hast.« Sie deutete auf eine zugedeckte Vorlegeplatte auf einem Beistelltisch.

Pitt küsste sie auf die Wange. »Ruh dich weiter aus. Ich komme gleich zu dir.«

Sie lächelte, schloss die Augen und sank sofort wieder zurück in den Schlaf.

Pitt ging zu dem Tablett hinüber und hob den Deckel hoch, unter dem ein Teller mit gegrilltem Lachs und Kartoffeln zum Vorschein kam. Er nahm einige Bissen, schenkte Wein aus einer offenen Flasche in ein Glas und setzte sich auf die Couch vor dem Panoramafenster.

Der Loch erschien als tiefschwarzes Band mitten in der nächtlichen Landschaft. Einige gelbe Lichter funkelten in den grauen Hügeln auf der gegenüberliegenden Seite des Sees. Im Süden konnte Pitt einen dunklen Fleck im Wasser ausmachen. Es waren die Konturen des Tankers. Während er ab und zu einen Schluck von seinem Wein trank, ruhte sein nachdenklicher Blick auf dem Schiff und dem seltsamen bunkerähnlichen Bauwerk am Seeufer.

* * *

In einem sparsam erleuchteten Zimmer im zweiten Stock verfolgte Evanna McKee jede seiner Bewegungen auf einem Farbmonitor. Eine Wand von Bildschirmen lieferte die aktuellen Bilder eines ganzen Dutzends von Überwachungskameras innerhalb des Herrenhauses. Hinzu kamen die Bilder einer Handvoll weiterer Kameras, die unsichtbar in einigen ausgewählten Gästezimmern installiert waren. Sie verfolgte aufmerksam, wie Pitt seine Mahlzeit beendete, sich auszog und zu Bett ging.

»Ganz offensichtlich ist er kein Geist«, sagte sie mit eisig klirrender Stimme.

An einem Schreibtisch auf der anderen Seite des Zimmers saß Audrey, sah ihre Mutter an und schüttelte den Kopf. »Irene hat berichtet, dass er, als sie versuchte, ihn in der Nähe des Labors von der Straße zu schieben, an ihr vorbeischlüpfen konnte und entkommen ist.«

»Hat er es geschafft, in die Anlage einzudringen?«

»Er ist nicht weiter gekommen als bis zur Einfahrt auf das Gelände.«

McKee kam herüber und nahm ihr gegenüber Platz. Das starke Make-up, das sie für ihren Auftritt im Bankettsaal aufgelegt hatte, machte jetzt im Lichtschein der Bildschirme eine aufgedunsene teigige Maske aus ihrem Gesicht.

»Ich habe mir das Video von seiner Unterhaltung mit Richards angesehen.« Sie schüttelte ungehalten den Kopf. »Ich glaube, Pitt wusste sofort, dass er nicht den echten Perkins vor sich hatte. Warum hatte dieser Idiot es auch so eilig, ins Labor zurückzukehren? Er hätte vorsichtiger sein sollen. Schließlich wusste er doch, was los war.«

»Er wollte die Wasserprobe, die Pitt ihm überlassen hatte, so schnell wie möglich testen.«

»Und?« McKee beugte sich vor, das Gesicht aufs Äußerste angespannt.

»Es gibt keinen Grund, sich Sorgen zu machen, Mutter. Die Probe enthielt nicht die geringsten Spuren eines unserer biologischen Produkte. Richards meint, Pitt habe das Wasser wahrscheinlich aus dem Loch entnommen.«

»Auf jeden Fall weiß er irgendetwas. Sonst wäre er nicht hier.«

»Professor Nakamura hat eindeutig zu verstehen gegeben, dass er sämtliche Proben des Wassers aus El Salvador, die von dem landwirtschaftlichen Helferteam eingesammelt wurden, erhalten habe. Sie wurden allesamt aus seinem Büro herausgeholt. Pitt kann nicht mehr als einige vage Vermutungen haben – aber ich gebe zu, dass er gefährlich ist.«

»Wie lange bleiben er und seine Frau hier?«

»Auch wenn das Seminar schon morgen zu Ende geht, habe ich Loren Smith-Pitts Einladung um einen weiteren Tag verlängert, desgleichen die Einladung der Weltbank-Direktorin. Beide sind in diesem Jahr zum ersten Mal hier und bekleiden ja auch sehr einflussreiche Positionen. Ich dachte, dass wir die beiden auf diese Weise gemeinsam in unserem Sinn bearbeiten können.«

»Also gut, wie du meinst«, sagte McKee. »Aber behalte Mr. Pitt wachsam im Auge. Sollte er sich wieder in der Nähe des Labors herumtreiben, dann töte ihn auf der Stelle.«

»Das könnte sich auf unsere Einflussnahme auf seine Frau als nachteilig erweisen.«

McKees Augen glühten hasserfüllt. »Dann müssen wir die Behandlung entsprechend intensivieren.«

Die Zimmertür wurde geöffnet, und Riki Sadler kam herein, in der Hand eine Tasse Tee, die sie vor McKee auf den Tisch stellte. Dann nahm sie neben ihr Platz.

»Mutter, ich habe eben einen Anruf von den beiden NUMA-Zwillingen bekommen, die unsere Bergungsaktion im Grabmal in Amarna so empfindlich gestört haben.« Riki sprach langsam und in einem geradezu ehrfürchtigen Tonfall, um ihre Mutter nicht noch mehr in Rage zu bringen.

»Ich dachte, sie seien tot.«

»Das dachte ich auch. Als ich ihre Tauchposition im Nassersee hinter mir gelassen hatte, war von ihnen nichts mehr zu sehen gewesen. Ich habe keine Ahnung, wie sie die Aktion überleben konnten.«

»Sie haben sich in Ägypten als echte Landplage erwiesen.«

»Als ich in Amarna eingetroffen bin, hatte ich keine Ahnung, dass Dr. Stanley dem Grabmal schon so nahe gekommen war, dass er jeden Moment davor stand, es zu entdecken. Und damit, dass auch sie plötzlich dort erscheinen würden, war überhaupt nicht zu rechnen gewesen.«

»Wissen sie irgendetwas?«, fragte McKee.

»Sie haben immerhin die Verbindung zwischen der ägyptischen Prinzessin Meritaton und dem Apium von Faras aufgedeckt.«

McKee beugte sich vor, die Miene besorgt und die Stirn in steilen Falten. »Demnach kennen sie die Wirkung des Apiums. Ich habe ein Foto von dem Wandgemälde im Grabmal. Anscheinend bestätigt es seine Verwendung als Medizin gegen die Seuche.«

»Vater wusste darüber Bescheid, nachdem er einen entsprechenden Hinweis auf einem Monument in Theben gefunden hatte, und dennoch hat er es nicht mehr geschafft, seine Existenz zu beweisen.«

»Wenn dieses Apium ein Heilmittel gegen die Seuche war, dann könnte man es auch als Mittel gegen das von uns entwickelte Agens einsetzen«, sagte Audrey.

»Wissen diese NUMA-Leute möglicherweise auch schon, dass es vollständig verbraucht wurde und nicht mehr existiert?«, wollte McKee wissen.

»Ich glaube schon. Ich habe gerade erst erfahren, dass sie vermuten, Meritaton sei in Irland begraben – in der Person der Queen Scota. Und dass sie offenbar denken, in ihrem Grabmal sei vielleicht noch etwas von dem Apium aufzufinden.«

»Queen Scota?«, fragte McKee. »Gibt es irgendwelche Hinweise auf ihr Grab?«

»Offenbar existiert in der Grafschaft Kerry eine Grabstätte, die bisher noch nie gründlich in Augenschein genommen wurde.«

»Du musst dich sofort dorthin auf den Weg machen und dafür sorgen, dass eine solche Untersuchung ergebnislos verläuft. Lass unseren Firmenjet gleich startklar machen, und nimm Gavin und Ainsley mit.« Sie strich ihrer Tochter mit einer Hand über das Haar. »Wir sind schon so weit gekommen. Große Dinge stehen unmittelbar bevor. Lass uns in diesem wichtigen Moment unsere Stärke beweisen.«

»Ja, Mutter.« Riki erhob sich und verließ das Zimmer.

McKee sah ihr nach, dann richtete sie den Blick auf Audrey. Sie waren so verschieden, ihre beiden Töchter. Riki war immer absolut freundlich und betrachtete die Welt mit einer Haltung naiver Unvoreingenommenheit, während Audrey von derlei Einschränkungen vollkommen frei war. Ihr Handeln zielte regelmäßig und ausschließlich auf Erfolg um jeden Preis. Sie wusste, dass dies Frasiers Werk war.

Als er an einem Tag spätabends betrunken nach Hause kam, stolperte er in der Dunkelheit in eins der Zimmer seiner Töchter. Vielleicht war er auf der Suche nach Evanna, oder, was noch wahrscheinlicher war, nach seiner Stieftochter, Riki, aber es war Audrey, die er dort vorfand. Später wurde nie darüber gesprochen, aber der Schaden war angerichtet. Audrey war danach nur noch eine verbitterte Hülle ihrer selbst, während Evanna in sich wieder den Zorn anfachte, den sie jahrelang unterdrückt hatte. Nie mehr, schwor sie sich, und sie tat alles, um dies zu gewährleisten.

Als sie sich an Audrey wandte, war McKees Stimme voller Sorge. »Deine Halbschwester klingt irgendwie unsicher.«

»Sie hat Interesse an Pitts Sohn vorgetäuscht, um in Erfahrung zu bringen, was er wusste. Vielleicht hat sie Hemmungen, ihn zu töten.«

McKee nickte. »Sie ist nicht so stark wie du. Das war sie nie. Vielleicht hätten wir sie nicht davor schützen sollen, die Wahrheit zu erfahren.«

»Es hat keinen Sinn, jetzt die Schatten der Vergangenheit wieder zum Leben zu erwecken«, sagte Audrey ausdruckslos.

»Wenn sie doch nur so stark wäre wie du. Aber vielleicht kann sie es noch lernen. Ruf Gavin an und bestell ihm, er soll den Sohn in Irland bei der ersten Gelegenheit töten.«

Sie wandte sich um und blickte auf den Monitor, der Pitt schlafend in seinem Bett zeigte, und fragte sich, ob es nicht besser wäre, das Gleiche auch mit Dirks Vater zu tun.

41

Während sie eine schmale Landstraße fünf Kilometer von Tralee entfernt hinunterfuhren, entdeckte Summer am Straßenrand ein Schild mit der Aufschrift FEART SCOITHIN. Diese Entdeckung löste einen leichten Schock bei ihr aus.

»Scotas Grab?«

»Aye«, antwortete Brophy vom Rücksitz. »Tal der Kleinen Blume wird dieser Ort genannt. Verlassen Sie hier die Straße. Wir haben nur noch einen kurzen Fußmarsch vor uns.«

Dirk fand eine Lichtung neben der Straße und brachte den Mietwagen dort zum Stehen. Er stieg aus, öffnete den Kofferraum und hob die Kiste heraus, die sie am Frachtterminal des Shannon Airport abgeholt hatten. In der Kiste fand er einen rechteckigen Kasten, einen LED-Schirm, vier Räder, einen Rahmen und einen Schraubenschlüssel. Er setzte die Teile zu einer Apparatur zusammen, die Ähnlichkeit mit einem Rasenmäher hatte, zwischen dessen Lenkergriffen der Bildschirm befestigt war.

Brophy schüttelte den Kopf. »Haben Sie etwa vor, mit diesem Ding Gras zu mähen?«

»Auf gewisse Weise, ja«, erwiderte Dirk. »Dies ist ein Bodenradar. Wenn die Bedingungen des Erdreichs mitspielen, erlaubt es uns einen Blick auf alle unter der Erdoberfläche verborgenen Objekte.«

»Wie zum Beispiel einen Sarg?«

»Wie zum Beispiel einen Sarg.«

»Dann sollten wir nicht mehr allzu lange warten, sondern gleich mit dem Rasenmähen anfangen.« Brophy angelte sich eine Schaufel aus dem Kofferraum und marschierte los.

Er führte sie durch ein Tor, hinter dem ein schmaler, offenbar sorgfältig gepflegter Fußweg begann. Grasbewachsene Hügel ragten vor ihnen auf, aber der Weg schwenkte ab in ein enges Tal, das von Birken und dichten Heidekrautbüschen gesäumt war. Dirk wendete das Radarsystem so, dass er es auf zwei Rädern auf dem Fußweg hinter sich herziehen konnte.

Brophy deutete nach rechts. »Der hohe Berg dort drüben, das ist der Knockmichael Mountain. Wir befinden uns hier am östlichen Ende der Sliabh Mis Mountain. Und es muss irgendwo hier in der Nähe in diesem Tal oberhalb von Tralee gewesen sein«, fuhr Brophy fort, »wo die große Schlacht stattgefunden hat. Meritaton und ihre Streitmacht kämpften gegen den Stamm, der hier herrschte, sie besiegten ihn und übernahmen die Kontrolle über diese Region. Aber, wie gesagt, sie selbst starb schon während der Kampfhandlungen.«

Das idyllische Tal, das von einem sprudelnden Bach – dem Fingal Stream – durchflossen wurde, sah ganz und gar friedlich aus. Es fiel Summer schwer, sich in dieser paradiesischen Umgebung die Schlacht zwischen Bronzezeitkriegern vorzustellen, die bewaffnet mit Äxten, Schwertern und Lanzen unbarmherzig aufeinander eindrangen. Als wollte das Wetter ihre Gedanken unterstreichen, erschien am Himmel eine schwarze Wolke und drohte mit einem kräftigen Regenschauer.

Sie folgten dem Fußweg für etwa eine halbe Stunde bergauf und überquerten auf ihrem Weg den Bach auf einer schmalen Brücke. Der Weg endete auf einer weiten Lichtung, die von jungen Eichen umgeben war und auf der einige mächtige Felsklötze offenbar ungeordnet im Gras lagen. Am Ende der Lichtung bedeckten Felsbrocken den Abhang eines kleinen Hügels, auf dessen Kuppe eine Art Walze aus Beton die Position des Grabmals markierte.

Brophy deutete auf das Gebilde. »Etwas Hässlicheres konnte ihnen wohl nicht einfallen! Achten Sie bloß nicht darauf. Es zeigt sowieso nicht den richtigen Ort an. Wir sollten die gesamte Lichtung absuchen.«

Dirk senkte die rechteckige Antenne des Radarsystems so weit ab, bis sie fast den Erdboden berührte, dann schaltete er das Gerät ein. Er justierte seine Empfindlichkeit, bis eine Reihe gewellter grauer Linien die obere Hälfte des Bildschirms ausfüllte. Ähnlich einem Flugradar sendete das Gerät Mikrowellenimpulse ins Erdreich, die in Form eines zweidimensionalen Bildes reflektiert wurden.

Brophy blickte Dirk über die Schulter. »Wie sieht es aus?«

»Das System ist darauf ausgelegt, etwa sechs Meter tief ins Erdreich einzudringen, aber wir können froh sein, wenn wir es schaffen, bis in zwei Meter Tiefe ein genaues Bild zu erhalten. Die Erde ist vermutlich recht lehmhaltig und nass, beides sind keine guten Voraussetzungen für den Einsatz eines Bodenradars.«

»Oder für verschollene Artefakte«, sagte Summer.

Brophy lächelte. »Und das Graben fällt auch viel schwerer. Jemand, der sich mit einer Schaufel abmühen muss, würde sich bestimmt sicher nicht allzu tief hineinwühlen.« Brophy und Summer folgten Dirk dichtauf, als er sein GPR über die Lichtung schob. Dirk zog schnurgerade Bahnen, räumte Steine weg, die im Weg lagen, und stoppte an jedem auffälligen Punkt und ließ Brophy einige Zentimeter tief graben, bis er auf soliden Fels stieß.

»Nur ein Test.« Dirk grinste. »Ich habe einen dunklen Fleck gesehen, der aussah wie ein Stein.«

Brophy verzog das Gesicht und stützte sich auf die Schaufel. »Ich bin nicht mitgekommen, um zu testen. Ich bin hier, um zu finden.«

Dirk lachte und schob das Gerät weiter, um mit dem Iren nicht in Streit zu geraten. Er überging ein paar kleinere Fundstücke, während er sich dem mit Steinen bedeckten Monument am Ende der Lichtung näherte. Dort nahm er Summers Hilfe in Anspruch, um das Gerät den Berghang hinaufzuschieben, wobei er sich einen Weg um die Steine herum suchte, die den Merkstein umgaben.

Brophy setzte sich auf einen der Steine, verfolgte ihre Bemühungen und wartete auf den Jubelschrei »Eureka!«, der jedoch nicht erklang. Sie schleppten das Bodenradar wieder den Hügel hinunter und setzten sich zu Brophy.

»Entweder liegt sie nicht hier«, sagte Dirk, »oder sie wurde so tief bestattet, dass wir nichts von ihrem Grab erkennen können.«

Summer schaute auf das Tal, das sich über ihnen zwischen den Bergen hindurchwand. »Könnte es sein, dass sie weiter oben ihre letzte Ruhe gefunden hat?«

»Möglich.« Brophy holte seine Tonpfeife hervor und zündete den nach Kirschen duftenden Tabak an, mit dem er sie gestopft hatte. Das süßliche Aroma trieb in einer sanften Brise über die Lichtung. »Sie könnte überall in den Sliabh Mis Mountains begraben worden sein, denke ich. Man könnte hier ein Leben lang einen Stein nach dem anderen umdrehen, um am Ende doch kapitulieren zu müssen.« Er deutete mit der Pfeife in einer ausholenden Geste auf die Lichtung. »Ein Punkt kommt mir allerdings ein wenig seltsam vor. Unsere Grabmäler aus der Bronze- und aus der Steinzeit befinden sich ausschließlich in erhöhten, strategisch günstigen Positionen. Aber auf dieses Grabmal trifft nichts von beidem zu.« Er deutete auf den höchsten Berg im Norden.

»Wenn es nach mir gegangen wäre, hätte ich sie dort oben beerdigt, auf dem Gipfel des Knockmichael. Aber andererseits muss man bedenken, dass nicht ich vor dreieinhalbtausend Jahren erschöpft vom Kampf hier unten gestanden habe.«

»Das ist richtig.« Dirk erhob sich. »Es sei denn, sie haben sie hier während der Schlacht beerdigt und sind dann nicht mehr zurückgekehrt.« Er begann, das Radar wieder über die Lichtung zu schieben. Als er es um einen massiven Felsbrocken herumlenkte, erschien ein verschwommener Schatten auf dem Bildschirm. Es war einer der Treffer, die er vorher ignoriert hatte, da er ihm in der Nähe des wuchtigen Felsblocks zu klein und unbedeutend erschienen war. Als er sich ein Stück von dem Stein wegbewegte, zeichnete sich eine längliche, schlanke Form ab. Er schob das Radar ein drittes Mal über das Objekt, stoppte und bat Brophy um die Schaufel.

Dieser reichte ihm das Gewünschte. »Noch ein Stein?«

»Es ist irgendetwas Kleines, was auch immer es sein mag.«

Er fuhr mit der Schaufel an der Vorderseite des Felsklotzes entlang und grub einen kleinen Haufen dunklen festgebackenen Erdreichs aus. »Ein Wunder, dass wir durch diese dichte Schicht überhaupt etwas wahrnehmen konnten«, sagte er und vergrößerte das Loch, da er wusste, dass er mindestens dreißig Zentimeter tief graben musste, um an das Objekt heranzukommen. Das dichte Erdreich erwies sich als erstaunlich locker, und er grub weiter, bis das Schaufelblatt klirrend gegen einen harten Widerstand stieß.

Behutsam schob er die Erde beiseite, die seinen Fund bedeckte. Summer ging auf die Knie hinunter, griff in das Loch und wischte weitere Erdkrumen weg.

»Es ist eine Statue.« Sie gab Dirk ein Zeichen, die Schaufel aus dem Loch herauszuziehen, und förderte mit den Händen weiter kleine Erdklumpen ans Tageslicht, bis sie den Gegenstand freigelegt hatte.

Es war tatsächlich eine Statue, aus grauem Stein von Hand gemeißelt und etwa dreißig Zentimeter hoch.

»Nur zu, holen Sie sie heraus.« Brophy stand am Rand des Lochs und beugte sich über Summers Schulter.

Summer kratzte mit den Fingern mehr Erde weg, bis die Statue frei lag. Sie hob sie vorsichtig aus dem Erdloch heraus und reckte sie in die Luft wie eine Schauspielerin, die gerade einen Oscar errungen hatte und ihn allen Zuschauern im Saal zeigen wollte.

Es war eine eher grobe Darstellung einer barfüßigen Frau, die einen Mantel trug. Und den Kopf einer Löwin hatte.

»Seht euch nur den Kopfschmuck an!«, rief Summer.

Die Figur trug ein gestreiftes Nemes-Kopftuch, wie es üblicherweise auf den Darstellungen und den Grabmasken ägyptischer Pharaonen zu sehen war.

»Ich glaube, das ist Sachmet.« Brophys Stimme klang mindestens eine Oktave höher. »Wenn mich meine Erinnerung nicht im Stich lässt, war sie eine ägyptische Kriegsgöttin und als ›Herrin des Zitterns‹ gefürchtet.« Er sah Summer stirnrunzelnd an. »Außerdem wurde sie als Heilerin verehrt und konnte Seuchen abwenden und Krankheiten kurieren.«

»Ich dachte, Sie seien auf die keltische Geschichte spezialisiert«, sagte Dirk.

»Ich habe ein einjähriges Praktikum in der altägyptischen Abteilung des Britischen Museums absolviert«, erklärte er stolz.

Summer drehte die Statue in ihren Händen hin und her. »Können wir absolut sicher sein, dass diese Figur ägyptischer Herkunft ist?«

»Ich glaube schon. Es sei denn, jemand hat ein ordinäres Souvenir vergraben, um sich einen Scherz zu erlauben.« Brophy strich mit den Fingerspitzen über die kleine Statue. »Auf jeden Fall sieht sie absolut echt aus.«

»Während es sich bei unserem Fund anscheinend um ein echtes Artefakt handelt«, sagte Summer zu Dirk, »gibt es trotzdem keinen Hinweis auf ein Grab. Hältst du es für möglich, dass das Grab in einer tieferen Erdschicht liegt, wohin unser GPR nicht vordringen konnte?«

»Auch das wäre möglich, da wir nur dreißig Zentimeter tief graben mussten.« Dirk schob einen Erdbrocken in das Loch zurück, dann bückte er sich und deutete auf den großen Stein.

»Da ist etwas.« Er wischte eine Erdschicht beiseite, die an dem freigelegten Felsklotz klebte. Sie rieselte unter seinen Fingern herab und gab den Blick auf eine Reihe von Symbolen frei, die in den Felsen eingraviert waren.

»Hieroglyphen?«, fragte Summer. Diesmal war es ihre Stimme, die eine Oktave höher klang.

»Professor«, sagte Dirk, »reichen Sie mir noch einmal die Schaufel.«

Er grub einige Zentimeter tiefer und legte einen ebenen Abschnitt des Steins frei. Auf der glatten Fläche waren die feinen Striche der Konturen eines Bootes zu erkennen. Desgleichen eine Reihe von Hieroglyphen, die sich darunter befand.

Summer hockte sich neben Dirk, um die Symbole eingehender zu betrachten.

»Das sind sie! Eindeutig ägyptische Hieroglyphen.«

»Ich fasse es nicht«, murmelte Brophy, als er die Inschrift über ihre Schulter hinweg betrachtete.

»Das ist wirklich ein besonders schöner Merkstein für ein Grab.« Summer holte ihr Smartphone hervor und machte mehrere Bilder. »Mal sehen, ob Max diese Schriftzeichen übersetzen kann.«

Dirk deutete auf die Darstellung des Bootes. »Die Ähnlichkeit mit einer ägyptischen Barke oder einem Byblos-Boot ist unverkennbar.« Er schob das GPR in zunehmend größeren Kreisen um den Stein herum, dann winkte er Summer aus dem Loch heraus und bugsierte stattdessen das Radar in die Grube. Aufmerksam betrachtete er den Bildschirm, dann schüttelte er den Kopf. »Da ist nichts Auffälliges zu sehen.«

Die Regenwolken über ihnen begannen sich zu öffnen, und ein zaghaftes Tröpfeln steigerte sich schon bald zu einem soliden Wolkenbruch.

Brophy blickte zum Himmel. »Vielleicht wollen uns die Götter auf diese Weise mitteilen, dass hier unten außer der Statue nichts mehr zu finden ist.«

»Oder dass dies alles ist, was wir hier finden können.« Dirk holte das GRP aus dem Erdloch heraus, und Summer gab die Statue an Brophy weiter und angelte sich die Schaufel. Sie füllte die Grube wieder auf und deckte die Schriftzeichen auf dem Felsen zu.

»Ich informiere die Universität«, entschied Brophy. »Dies sollte für die archäologische Abteilung der willkommene Anlass sein, eine gründliche Untersuchung in die Wege zu leiten.«

Dirk zog das Radar zu ihrem Wagen zurück und verstaute es im Kofferraum, während Brophy und seine Schwester einstiegen. Als er selbst wieder hinter dem Lenkrad saß, überprüfte Summer ihr Smartphone.

»Ich glaube, ich hatte während des Rückwegs ein Signal. Hiram hat soeben geantwortet.« Sie lächelte. »Max hat es schon wieder geschafft.«

»Nun sagen Sie schon«, drängte Brophy. »Wie lautet die Inschrift?«

»›An diesem Ort starb die Prinzessin von Amarna nach siegreichem Kampf‹«, las Summer von ihrem Telefon ab. »›Sie ruht jetzt am Falcon Rock am Meer, um ihre Reise in die Unterwelt anzutreten.‹«

»Die Prinzessin von Amarna«, sagte Dirk.

»Sie ist hier gestorben.« Summer nickte. »Die Legende trifft zu. Aber sie wurde entfernt …«

Dirk wischte sich einen Regentropfen von der Stirn. »Professor, haben Sie schon mal von diesem Falcon Rock gehört?«

Brophy zuckte die Achseln. »Es ist auf jeden Fall keine Landmarke, die mir bekannt vorkommt. Es müsste irgendwo an der Küste sein.« Er überlegte einen Moment. »Wir sollten nach Killarney fahren.«

»Glauben Sie, dass der Falcon Rock dort zu finden ist?«, fragte Summer.

»Dort befindet sich das Franziskanerkloster. Dessen Bibliothek enthält eine umfangreiche Sammlung früher irischer Manuskripte und geologischer Berichte. Ich wette jeden Knopf meiner Jacke, dass sie auch über das ein oder andere historische Namensverzeichnis verfügen, das uns eine Antwort liefern kann.«

Dirk startete den Motor. »In welcher Richtung liegt Killarney?«

»Fahren Sie ein Stück die Straße hinunter. Irgendwann müssen wir Kurs nach Osten nehmen und lassen den Sliabh Mis hinter uns. Es sind etwa fünfzig Kilometer durch einen besonders schönen Teil der Grafschaft Kerry.«

Während Dirk auf die schmale Landstraße zurückkehrte, entging ihm ein silbermetallicfarbener Audi, der hinter einer dichten Hecke parkte. Die Limousine war ihnen unbemerkt von Tralee bis hierher gefolgt. Nun setzte sie sich in Bewegung und verließ das Versteck, um sich unbemerkt an Dirks Mietwagen zu hängen.

42

Ein üppiges Frühstücksbüfett war in der Rundhalle des Herrenhauses aufgebaut worden, in der sich Evanna McKees reiche und einflussreiche Gäste drängten. Pitt und Loren fanden einen Tisch, an dem sie ein wenig abseits vom allgemeinen Treiben ihre erste Tagesmahlzeit aus geräuchertem Lachs – aus dem Loch – mit frischen Bagels und dampfendem Kaffee einnahmen.

Audrey hatte sich unter die Gäste gemischt, unterbrach ihren Rundgang des Öfteren, um ein wenig Konversation zu machen, und achtete darauf, ihren Tisch nicht auszulassen. »Guten Morgen«, wünschte sie ihnen mit einem Lächeln, das wie angeklebt erschien. »Haben Sie gut geschlafen?«

»Wie eine Tote«, antwortete Loren. »Ich fühle mich noch immer ein bisschen groggy und ganz und gar nicht fit.«

»Ein kräftiges Frühstück sollte in diesem Fall für Besserung sorgen. Zumindest hoffe ich das für Sie. Wir haben einen anstrengenden Tag vor uns, der mit Seminaren und den Auftritten prominenter Rednerinnen ausgefüllt ist.« Sie beugte sich ein wenig vor und senkte die Stimme zu einem Flüstern an. »Sie dürfen sich auf keinen Fall den Vortrag der spanischen Ministerpräsidentin entgehen lassen. Was sie zu sagen hat, ist in höchstem Maß motivierend für unser Anliegen.«

»Ich bin gespannt und freu mich schon darauf.«

»Und wie steht es mit Ihnen, Mr. Pitt«, fragte Audrey McKee, »was haben Sie für heute geplant?«

»Ich denke, ich werde mein Anglerglück auf dem Loch versuchen. Ich meine gehört zu haben, dass man sich ein Stück die Straße weiter in Drumnadrochit ein Boot mieten kann. Stimmt das?«

»Ja, das ist richtig. Das Wetter ist im Augenblick ideal für einen Tag auf dem Wasser. Vielleicht sind Sie erfolgreich und versorgen unsere Küche mit reichlich Frischfisch.«

»Ich werde es auf jeden Fall versuchen.«

»Also viel Glück und Petri heil. Loren, wir erwarten Sie dann in Kürze im Bankettsaal.«

Während Audrey sich entfernte, um sich um die anderen Gäste zu kümmern, lehnte sich Loren über den Tisch und sagte mit leiser Stimme: »Ich wusste gar nicht, dass du die nötige Geduld fürs Angeln hast. Auf eine solche Idee kommst du ja sonst nicht mal im Urlaub.«

Pitt blickte sich im Rundsaal um und fragte sich, ob an diesem Ort mit geheimen Abhörvorrichtungen zu rechnen war. »Es kommt eigentlich nur auf die Art der Beute an. Und ich bin der Meinung, dass man in diesen Gewässern einen kapitalen Fang machen kann.«

Loren schüttelte den Kopf. »Also, tu bitte, was du willst, aber bring bloß kein Monster mit.« Sie erhob sich ein wenig schwerfällig, wandte sich von ihm ab und folgte den anderen Frauen, die in Richtung Banketthalle strömten. Seltsamerweise – und für sie absolut ungewöhnlich – hatte sie es unterlassen, sich mit einem Kuss von ihm zu verabschieden.

Pitt sah ihr mit wachsender Sorge nach. Loren wirkte von Stunde zu Stunde geistesabwesender. Audrey erschien, hakte sich bei ihr unter und geleitete sie durch den Flur. Die jüngere McKee drehte sich um, sah Pitt an und schenkte ihm ein süffisantes Lächeln. Er verfolgte, wie die beiden Frauen in Richtung Bankettsaal entschwanden, verspürte selbst ein leichtes Schwindelgefühl, vertraute jedoch weiter auf seinen Instinkt, dass irgendetwas in diesem gesamten Arrangement nicht stimmte. Er roch an seiner

Kaffeetasse, dann stellte er sie zurück, ohne sie zu leeren. Er kehrte auf ihr Zimmer zurück, holte sein Sakko aus dem Kleiderschrank und steckte die Wagenschlüssel ein.

Als er das Zimmer verließ, war der Korridor menschenleer, und er entschied, die Gelegenheit zu nutzen und sich gründlich umzuschauen. Ihr Zimmer lag an der hinteren Ecke des Herrenhauses, und er folgte dem Korridor an der vorderen, zum See hin gelegenen Seite. Die Panoramasuiten, nach schottischen Clans benannt und mit bronzenen Namensschildern auf den Türen, waren durch schmale Fenster voneinander getrennt, durch die man auf den See hinausblicken konnte. Gleichartige Zimmer säumten den Korridor auf der anderen Seite und gingen auf den zentralen Innenhof hinaus.

Pitt wanderte zur gegenüberliegenden Ecke, wo der Korridor einen Schwenk machte und am Speisesaal vorbei zur vorderen Rotunde führte. Nicht weit von der Gebäudeecke entfernt, blieb er vor einer Seitentür stehen, die kein Namensschild aufwies. Er drückte probeweise auf die Türklinke, und die Tür öffnete sich zu einer Treppe, die mit Teppichboden belegt war und nach unten verschwand. Einige Lampen erhellten sie notdürftig, in deren trübem Licht Pitt ins Parterre gelangte.

Die Teppichstufen gingen in einen Holzfußboden über, dessen massive Bohlen von dem jahrhundertelangen Gebrauch stark abgenutzt waren. Der leere offene Raum war schwach erleuchtet und ungeheizt. Als er auf einer Seite einen Stapel Eichenfässer entdeckte, begriff Pitt auch weshalb. Neben ihnen fand er Holzregale, die mit Weinflaschen gefüllt waren. Er zog eine Flasche heraus, blies den Staub vom Etikett und las laut: »›Chateau Lafite Rothschild, 1961.‹ Nobel, nobel, Mr. McKee.«

Er legte die Flasche zurück und gelangte an einigen weiteren Weinregalen vorbei in einen dunklen Nebenraum. Nach einem Wandschalter tastend, knipste er das Licht in einem gediegen möblierten Raum mit Nussbaumwandtäfelung und einem Eisbärenfell als Teppich an. Zwei ausgestopfte kapitale Lachse, vermutlich aus dem Loch, zierten die Wände über den Türen. Ein Paar Ohrensessel stand in der Mitte des Raums mit dem Gesicht zu einer Seitenwand.

Nach einem weiteren Schritt ins Zimmer hinein konnte Pitt sehen, dass auf und vor der Wand einige museumswürdige Artefakte arrangiert waren. Die Hauptattraktion – in einer Glasvitrine – waren ein Jackett mit Weste und ein Kilt, besudelt mit Lehm und Blut und laut einer Schrifttafel als Highland-Rebellenuniform ausgewiesen, die den Jakobiter-Aufstand im Jahr 1745 miterlebt hatte. Ein Dolch, eine Lanze und eine Donnerbüchse waren dekorativ daneben angeordnet. Ein bronzenes Schild in der Vitrine verkündete ANGUS MCKEE, BATTLE OF CULLODEN.

Auf beiden Seiten war außerdem eine beeindruckende Ansammlung antiker Waffen zu sehen, von mittelalterlichen Streitäxten bis hin zu Duellpistolen aus dem achtzehnten Jahrhundert. Was Pitt besonders ins Auge fiel, war eine mit aufwendigen Gravuren verzierte Enterpistole mit Steinschloss und aufgestecktem Bajonett in einem offenen Holzkasten. Der Kasten selbst war genauso verstaubt wie die Weinflaschen. Diese Sammlung hatte seit langer Zeit niemand mehr betrachtet.

Pitt knipste das Licht wieder aus und verließ den Raum. Ein Korridor verlief nach rechts zur Vorderseite des Herrenhauses. Auf dem Weg dorthin passierte Pitt mehrere leere Lager- und Vorratsräume sowie zwei nebeneinanderliegende dunkle Büros. Dann stand er plötzlich vor einer Flügeltür. Sie war verriegelt.

Er ging zurück und betrat das erste Büro. Es verfügte über alle Attribute, die ein Arbeitszimmer für einen hochrangigen Manager aufweisen konnte – holzgetäfelte Wände, persische Teppiche und einen Mahagonischreibtisch. An den Wänden hingen Ölgemälde von historisch bedeutenden Frauenpersönlichkeiten wie Kleopatra, Jeanne d'Arc und Queen Elizabeth. An der Wand am anderen Ende des Raums prangte die deckenhohe Darstellung einer rothaarigen Frau mit erhobenem Schwert, die im Begriff war, mit einem Trupp Krieger eine römische Legion anzugreifen.

Der spartanisch anmutende Schreibtisch war aufgeräumt. Nur ein einziges Foto auf der Schreibtischplatte zeigte Evanna McKee mit Audrey und Riki im Eingang des Herrenhauses. Pitt öffnete die Schreibtischschublade und fand einen Kalender, in dem zukünftige Meetings in Paris, Jakarta und Istanbul eingetragen waren. Er hörte Musikfetzen, begleitet von dumpfen Basstönen, und schloss daraus, dass er sich direkt unter der Banketthalle befand.

Dann verließ er das Büro wieder und warf noch einen Blick in den angrenzenden Raum. Eher bescheiden eingerichtet, diente er offensichtlich als funktionales Arbeitsbüro mit zwei Schreibtischen im Standardformat, jeder mit einem Desktopcomputer ausgestattet.

Pitt trat an einen der Schreibtische und fand dort einen Stapel schlanker Aktenordner mit dem BioRem-Logo auf den Deckeln. Er blätterte den obersten Ordner durch und stellte fest, dass er Angaben über Firmenumsätze und -gewinne enthielt. In einem anderen Ordner waren Frachtraten aufgelistet.

Seine Finger erstarrten, als er eine Seite aufschlug und auf Fotos von zwei Schiffen stieß. Das erste war ein Archivbild von einem vertraut aussehenden Tanker mit schwarzem Rumpf und rotem Deck. Pitt hielt das Foto ins Licht, um den Namen auf dem Rumpf entziffern zu können. *Mayweather*. Das zweite Foto zeigte ebenfalls einen Tanker, den Pitt jedoch nicht erkannte. Er prägte sich seinen Namen ein. *Alexandria*.

Das leise metallische Knirschen einer Türklinke ertönte am Ende des Korridors. Pitt legte den Aktenordner auf seinen Platz, zog sich zur Wand zurück und presste sich mit dem Rücken dagegen. Durch den Spalt der halb offenen Tür sah er eine Gestalt, die die Flügeltür des benachbarten Büros aufschloss und hindurchging.

Pitt wollte kein Risiko eingehen, bei seiner Erkundungstour ertappt zu werden, und kehrte in den Korridor zurück. Er eilte auf dem Weg zurück, den er gekommen war, und durchquerte das Waffenzimmer. Als er zur Treppe huschte, bemerkte er eine kurze Treppe an einer Seitenwand, die vor einer Tür aus massiven Holzbalken endete.

Er stieg sie hinauf, öffnete die Tür und blickte in ein kleines Bootshaus, das sich an der dem See zugewandten Fassade des Herrenhauses befand. Ein schlankes schwarzes Schnellboot schaukelte in einem schmalen Becken, durch ein Paar hoher Schiebetüren vor neugierigen Blicken vom See verborgen. Das Boot sah bestens gewartet aus und bereit, jederzeit benutzt zu werden, was dem Anschein nach auch regelmäßig der Fall war. Der Zündschlüssel steckte im Zündschloss. Pitt schloss die Tür des Bootshauses, stieg die Treppe zum Hauptgeschoss hinauf und verließ das Herrenhaus.

Draußen passierte er eine Angestellte des Wachdienstes, die sofort zu ihrem Telefon griff, sobald Pitt sich ein kurzes Stück entfernt hatte. Während er seinen ramponierten Mini Cooper holte, bemerkte er zwei Personen, die in einen dunklen BMW einstiegen und dessen Motor starteten. Er lenkte den Mini durch das Tor der Einfahrt und bog nach Inverness ab.

Anfangs begnügte sich Pitt mit gemütlichem Tempo und beobachtete im Rückspiegel, wie der BMW ebenfalls das Anwesen verließ und ihm in beträchtlicher Entfernung folgte.

Pitt begann, mit dem Wagen zu spielen, indem er abrupt beschleunigte, dann wieder langsamer wurde und dieses Manöver mehrmals wiederholte. Dabei konnte er sich eines belustigten Lächelns nicht enthalten, als er sah, dass der andere Wagen seinem Beispiel präzise folgte. Den Rest des Weges legte er schließlich in gleichmäßigem Tempo zurück, passierte die Ruine von Urquhart Castle und das Dorf Drumnadrochit, ehe er in eine Seitenstraße abbog, die laut einem Hinweisschild zum Bootsanlegeplatz am Seeufer führte.

Nachdem er der Uferstraße ein kurzes Stück gefolgt war, gelangte er zu einem Holzpier, an dem ein halbes Dutzend kleiner Boote vertäut waren. Pitt betrat einen verwitterten Holzbau neben dem Pier und wurde von einer zierlichen älteren Frau begrüßt, die gerade eine Thermosflasche mit frischem Kaffee füllte.

Sie betrachtete ihn von Kopf bis Fuß. »Sie müssen der Yank sein, der mit leeren Händen die Lachse im Loch Ness das Fürchten lehren will«, sagte sie mit einer Stimme, die genauso rau klang wie das Wetter in dieser Region.

»Der bin ich tatsächlich«, sagte Pitt, »auch wenn ich lieber den ein oder anderen Hecht aus dem Wasser ziehen würde.«

»Aye, und offenbar ein richtiger Draufgänger noch dazu. Sind Sie sicher, dass Sie keinen Führer engagieren möchten? Die meisten Besucher buchen als Begleiter einen Einheimischen, um ihrem Anglerglück ein wenig nachzuhelfen.«

»Heute ist es mir zur Abwechslung mal lieber, wenn die Fische mich finden.«

Sie nickte und sah ihn mit einem Ausdruck von Respekt an. »Das ist in den meisten Fällen auch die bessere Taktik. Wie Sie wünschten, habe ich Ihr Boot vorbereitet und eine komplette Angelausrüstung hineingelegt. Außerdem gebe ich Ihnen auf Kosten des Hauses Kaffee und Sandwiches mit auf den Weg.« Sie reichte ihm einen kleinen wasserdichten Beutel.

Dann führte sie ihn am Pier entlang zu einem kleinen Ruderboot mit Außenbordmotor. »Sie wissen, wie Sie auf dem Wasser zurechtkommen?«

Pitt lächelte. »Seit ich ein kleiner Junge war.« Er zog an der Starterschnur, und der kleine Motor sprang sofort knatternd an.

»Nehmen Sie sich nur in Acht, wenn Wind aufkommt«, sagte sie mit einem Augenzwinkern. »Am besten beißen die Fische in der Nähe der Burg.«

»Vielen Dank.« Pitt winkte der Frau, während er das Boot vom Pier abstieß und auf die Seemitte zuhielt. Er schaute zur Hauptstraße und konnte zwischen den Bäumen den BMW ausmachen, der am Straßenrand parkte.

Pitt bewegte sich deutlich sichtbar vom Ufer weg, dann schwenkte er nach Osten in Richtung Inverness. Er legte eine kurze Strecke zurück, ehe er den Motor ausschaltete und das Boot treiben ließ, während er seine Angel vorbereitete. Er entschied sich für einen Blinker als Köder und begann damit, ihn auszuwerfen und wieder einzuziehen. Soweit er erkennen konnte, hatte ihn der BMW weiterverfolgt.

Eine halbe Stunde lang behielt er diese Praxis noch bei, dann startete er den Motor wieder und ging auf Kurs nach Westen. Er passierte die Einfahrt in den Wasserarm nach Drumnadrochit und versuchte etwa eine Stunde lang sein Anglerglück vor Urquhart Castle, um schließlich weiter nach Westen zu navigieren, bis er sich in Höhe von McKee Manor befand. Er schaute zu den Bootshaustoren hinüber, deren graue Farbe mit den Mauern des Herrenhauses verschmolz. Während er sich auf das Herrenhaus konzentrierte, schlich der BMW die Uferstraße entlang, um das Boot im Fokus zu behalten.

Pitt entfernte sich weiter vom Ufer, wo die Fische zu seinem Ärger plötzlich Interesse an seinem Köder entwickelten. In schneller Folge gingen ihm eine Forelle und zwei Barsche an den Haken, die er sofort wieder in den See zurückwarf. Dabei hatte er nur Augen für das gegenüberliegende Ufer des Sees. Zwischen den Bäumen war von dem Labor kaum etwas zu erkennen. Eine willkommene Hilfe war für Pitt die Strömung, die ihn in die gewünschte Richtung trug.

Eigentlich war es nicht so sehr das Labor, was ihn in diesem Moment interessierte, sondern das, was auf dem See geschah. Der Tanker, den er zuerst gesehen hatte, war mittlerweile verschwunden und durch einen anderen von gleicher Größe ersetzt worden. Wie sein Vorgänger ankerte er ebenfalls ein Stück vom Seeufer entfernt. Auf dem Schiff war kein Name zu lesen, sondern nur eine römische Zahl.

Er entdeckte zwei Arbeiter auf dem Deck, die auf beiden Seiten einander gegenüber mit irgendwelchem technischen Gerät herumhantierten. Nach etwa einer Stunde lichtete das Schiff den Anker und nahm Kurs nach Südwesten in Richtung Fort Augustus.

Pitt setzte seine Angeltour fort und zog einen kleinen Lachs ins Boot, der sich tapfer wehrte. Während er den Haken vorsichtig aus seinem Maul löste und den Fisch ins Wasser zurückgleiten ließ, wurde Pitt Zeuge, wie sich ein anderer Tanker aus der Richtung näherte, in die der vorherige verschwunden war. Er tastete sich an ein kleines rotes Floß heran und ankerte auf der gleichen Position wie seine Vorgänger. Dieses Schiff trug die Zahl XVII.

Pitt holte sein Smartphone hervor und machte ein Foto, das er anschließend an Rudi Gunn in Washington schickte. Fünf Minuten später klingelte sein Telefon. Rudi rief zurück.

»Ist das der Tanker mit dem Scotch, den du nach Hause schicken wolltest?«, fragte Gunn.

»Ich glaube, du hängst viel zu oft bei Hiram herum. Und nein, was immer es sein mag, was er geladen hat, ich würde es noch nicht einmal on the rocks konsumieren.«

»Wurde das Foto auf dem Loch Ness gemacht?«

»Vor etwa fünf Minuten.« Pitt schilderte sein Treffen mit Perkins und die Entdeckung des geheimen und getarnten Labors. »Kannst du für diese Tanker eine Satellitenüberwachung organisieren, um in Erfahrung zu bringen, wohin sie unterwegs sind? Sie müssen in Fort Augustus in den Caledonian Canal einfahren und ihm bis in den Atlantik folgen.«

»Sind diese Tanker seetüchtig?«

»Wie es den Anschein hat, ja. Sie tragen keine Namen, sondern nur römische Zahlen.«

»Ich setze mich mal mit Hiram in Verbindung und erkundige mich, was er tun kann«, sagte Gunn. »Eine Dauerüberwachung in dieser Region könnte heikel werden, aber wir können vielleicht im Vorhinein bestimmte Überwachungszeitpunkte festlegen.«

»Eine Sache noch«, sagte Pitt. »Kannst du an die Daten eines Frachters namens *Alexandria*, Heimathafen Malta, herankommen?«

»Die *Alexandria*?«

»Du kennst sie?«

»Das kann man wohl sagen. Vor ein paar Monaten war die *Alexandria* in eine schwere Kollision mit einem kleinen Kohletransporter im Ismailia-Kanal in der Nähe von Kairo verwickelt. Die gesamte Mannschaft kam ums Leben, und ein Austritt von Chemikalien wurde festgestellt. Deine Freunde von BioRem Global waren zur Stelle und führten die Sanierung durch.«

»Ich fand den Namen des Schiffes in McKees Büro zusammen mit der *Mayweather*. Das sind dann schon zwei Schiffe, die nach einer Kollision mitsamt ihrer Mannschaft gesunken sind.«

»Ich fürchte, es ist viel schlimmer. Hiram und ich sind auf ein Muster von Binnengewässer-Havarien gestoßen, wie die in Kairo und Detroit. In jedem Fall kam BioRem Global zu Hilfe und führte die Säuberung mit ihren Mikroben durch, die im Wasser so wirksam sind. Und in jedem Fall kam es in der nächsten Umgebung der Unfallorte zu choleraähnlichen Ausbrüchen mit zahlreichen Todesfällen.«

»Cholera? Vielleicht war das Wasser im Cerrón-Grande-Stausee damit verseucht.«

»Genau genommen«, sagte Gunn, »ist es keine Cholera, sondern etwas, das nur ihre besonders gefährlichen Eigenschaften mitbringt. Wir hatten in der jüngeren Vergangenheit überall auf der Welt zahlreiche Ausbrüche zu verzeichnen, für die es bislang keine einleuchtende Erklärung gibt. Noch schlimmer ist, dass die CDC die gleichen Bakterien in allen Wasserproben nachweisen kann. Sie erklären, dass es sich um ein Pathogen handelt, das ihnen noch nie zuvor untergekommen sei, und dass sie sich seine plötzliche Verbreitung nicht erklären können. Hiram und ich haben herausgefunden, dass es in nahezu jedem Fall eindeutige Beweise dafür gibt, dass BioRem Global in nächster Nachbarschaft aktiv war. Wir haben den Verdacht, dass die Krankheit nicht nur in El Salvador unzählige Kinder dahingerafft hat. Bei den CDC ist man auch der Auffassung, dass dieses Pathogen dazu neigt, zu einer tödlicheren Form zu mutieren, und befürchtet den Ausbruch einer nicht mehr zu kontrollierenden Pandemie.«

»Ist es in Detroit zu irgendwelchen überraschenden Krankheitsfällen gekommen?«

»Zwar wurden keine Todesfälle oder Erkrankungen gemeldet, aber die CDC haben gerade in der Stadt entnommene Wasserproben getestet und ein identisches Pathogen gefunden. Wie sich herausstellte, bezieht Detroit den größten Teil seines Trinkwassers von einem Punkt flussabwärts dicht unterhalb der Stelle, wo die *Mayweather* gesunken ist.«

»Und flussabwärts dicht unterhalb der Position, an der BioRem Global seine Bakterien im Fluss verteilt hat«, fügte Pitt hinzu. »Vielleicht hatte Mike Cruz herausgefunden, dass sie ihr Produkt in die Trinkwasserversorgung Detroits eingeleitet haben.«

»Was wir im NUMA-Labor untersuchten, könnte ein ganz anderes Agens gewesen sein«, sagte Gunn. »Nichts davon ergibt einen Sinn. Wäre es möglich, dass sie versuchen, ihre Umsätze dadurch anzukurbeln, dass sie örtlich begrenzte Umweltkatastrophen auslösen? Und warum lassen sie zu, dass ihr Produkt in die Trinkwasserversorgung gelangt, wenn es so gefährlich ist?«

»Es gibt genügend Unfälle und natürliche Katastrophen, um ihnen ausreichend lukrative Aufträge zu verschaffen. Da muss noch etwas anderes dahinterstecken.«

»Hast du irgendeine Vorstellung, was es sein könnte?«

Pitt ließ den Blick von dem BMW, der am Straßenrand parkte, zu dem getarnten Labor am gegenüberliegenden Seeufer wandern. »Nein, habe ich nicht«, gab er zu. »Aber ich habe die Absicht, es herauszufinden.«

43

Eine halbe Stunde Fahrt von Tralee nach Süden brachte Dirk, Summer und Eamon Brophy nach Killarney in der Nähe des Lough Leane, seines Zeichens der größte der drei Seen des Killarney-Nationalparks in der Grafschaft Kerry. Brophy leitete sie durch das Zentrum der geschäftigen Touristenstadt und dirigierte Dirk zu einem Parkplatz vor einer imposanten Kirche in viktorianischem Baustil. Eine Hinweistafel hinter einem schmiedeeisernen Zaun informierte den interessierten Betrachter über ihren Namen und ihre Funktion – FRANCISCAN FRIARY OF KILLARNEY.

»Die besten frühen historischen Aufzeichnungen befinden sich in den christlichen Kirchen und Klöstern«, erklärte Brophy, während sie das Kirchengelände betraten. »Die meisten lokalen Kirchenbücher und historischen Aufzeichnungen werden mittlerweile im Public Records Office in Dublin aufbewahrt. Aber die Franziskaner von Killarney besitzen eine umfangreiche Sammlung von historischen Dokumenten, die sie nicht herzeigen wollten. Daher ist das Kloster der ideale Ort, um nach dem Falcon Rock zu suchen.«

Brophy wandte sich zur Kirche um, deren Chor mit einem eindrucksvollen Buntglasfenster abschloss, das man vom Kirchengelände aus ausgiebig bewundern konnte. Am Haupteingang vorbeigehend, führte er Dirk und Summer zu einer zweiten Tür am anderen Ende der Fassade.

Während die drei den Kirchenbau durch diese Tür betraten,

rollte der silbermetallicfarbene BMW vor dem Kloster aus und stoppte. Riki Sadler, die auf der hinteren Sitzbank saß, schaute von einem Tablet hoch. »Laut GPS-Signal sind sie hier irgendwo.«

»Ich sehe ihren Wagen.« Die Frau hinter dem Lenkrad des Audi deutete die Straße hinunter.

»Suchen Sie einen geeigneten Parkplatz«, wies Riki sie an. »Offenbar sind sie in die Kirche gegangen.«

Im Büro des Klosters trafen Dirk, Summer und Brophy auf einen jungen Mann im traditionellen braunen Habit des Ordens der minderen Brüder, der hinter einem Empfangspult saß.

»Ist Bruder Thomas zu sprechen?«, fragte Brophy.

»Ja, natürlich, die erste Tür rechts.«

Sie gingen durch den Flur und betraten ein kleines Büro, dessen ohnehin sparsam bemessener Platz von Stapeln theologischer Fachbücher eingenommen wurde. Ein älterer Mann mit Bart und Brille saß an einem Schreibtisch und überprüfte eine Spendenabrechnung.

»Dürfen wir Sie kurz stören, Bruder Thomas?«, fragte Brophy.

»Aber ja, und wenn das nicht Eamon Brophy ist.« Er stand auf und schüttelte seinen Besuchern die Hand, während Brophy ihn mit Dirk und Summer bekannt machte.

»Ich habe Sie schon lange nicht mehr in Killarney gesehen«, sagte Thomas.

»Ich versuche ja auch, mich zur Ruhe zu setzen, aber diese jungen Leute lassen es einfach nicht zu. Sie glauben allen Ernstes, dass in Irland die Tochter eines Pharaos beerdigt wurde, nach der zu suchen sich lohnen würde.«

»Ach ja, unsere verpflanzte ägyptische Prinzessin. Das ist wirklich eine uralte Legende, von der ich immer geglaubt habe, dass sie ein Körnchen Wahrheit enthält.«

Brophy beschrieb ihre Entdeckungen an der Grabstätte und deutete mit einem Kopfnicken auf die Statue, die Summer in Händen hielt. »Wir hoffen, dass Sie ein Orts- und Namensverzeichnis besitzen, mit dessen Hilfe wir diesen geheimnisvollen Falcon Rock finden.«

»So etwas besitzen wir in der Tat. Wir haben vor Kurzem alles, was wir an alten Schriften aufbewahren, digitalisieren lassen, fanden bisher aber noch keine Zeit, die Dateien zu ordnen. Daher denke ich, dass es erfolgversprechender ist, wenn wir die Bücher einzeln durchsuchen.«

Der Klosterbruder ging mit ihnen zu einem kleinen separaten Gebäude auf dem hinteren Teil des Kirchengrundstücks. Aus rauem Kalkstein erbaut und mit seinem hohen Giebeldach und seiner soliden Tür aus massiven Holzbalken vermittelte sein wehrhaftes Äußeres, dass es erheblich älter war als der Klosterbau aus dem neunzehnten Jahrhundert.

»Dies ist jetzt unsere Bibliothek«, erklärte Thomas. Er schob einen schweren Schlüssel in das Eisenschloss der alten Holztür. »Früher diente dieser Bau den ersten Franziskanern als Getreidespeicher. Noch heute finden wir Reste davon in den Spalten und Fugen des Holzfußbodens.«

Der Innenraum war schmal, mit einer hohen Decke und dem bereits von Thomas erwähnten Fußboden aus massiven Holzbohlen. Durch zwei kleine Fenster dicht unterhalb der Decke fiel ein wenig Tageslicht herein. Thomas betätigte einen Wandschalter, und weiches gelbliches Licht von zwei antiken Kronleuchtern erhellte den Raum. Hohe Regale, gefüllt mit Büchern, bedeckten die Innenwände auf beiden Seiten. In der Mitte des Raums standen zwei Lesetische.

»Einigen Leuten kommt es geradezu klaustrophobisch eng vor. Ich aber finde es gemütlich«, sagte der Mönch und ließ ihnen den Vortritt.

»Ich weiß, was Sie meinen«, sagte Summer. Sie blickte hinauf zu dem großen Riemenrad einer Seilwinde hoch oben über der Tür. »Ein Relikt des alten Getreidesilos?«

»Richtig. Das Gebäude besaß einst eine zweite Etage. Die Winde diente zum Hinaufziehen von Heuballen und Getreidesäcken für den Winter.«

Er ging zu einem der hinteren Regale. »Unsere frühesten historischen Aufzeichnungen befinden sich hier. Dazu gehört auch ein Namensverzeichnis.« Er fuhr mit den Fingern über die Rücken einer Buchreihe und stoppte bei einem braunen Ledereinband und zog den Folianten heraus.

»Bruder Thomas?« In der Tür war der junge Mönch vom Empfang erschienen. »Ihre Konferenzschaltung mit der Erzdiözese beginnt in fünf Minuten.«

»Ach ja. Danke, Robert.« Thomas reichte Summer den Band aus dem Regal. »Bedienen Sie sich. Sollten Sie etwas von Interesse finden, steht vorn in meinem Büro ein Fotokopierer. Ich nehme an, das Gespräch wird nicht länger als eine Stunde dauern. Danach stehe ich Ihnen gerne wieder zur Verfügung.«

»Vielen Dank, Bruder«, sagte Summer. »Wir sehen zu, dass wir kein Durcheinander hinterlassen, und gehen mit den Büchern so sorgfältig um wie nur möglich.«

Thomas ließ die Tür, in deren Schloss der Schlüssel steckte, offen und folgte Robert zu seinem Büro. Summer setzte sich an einen der Lesetische, schlug das Buch auf und schaute zu Brophy hoch. »Ich denke, jetzt sind Sie gefragt. Der Text ist Gälisch.«

»Keine Sorge.« Er ließ sich neben ihr auf der Sitzbank nieder. »Mal sehen, ob wir in dieser Gegend etwas finden, das auf den Namen Falcon Rock hört.«

Hinter ihnen ging Dirk die Regalfächer durch, versuchte die Titel auf den Buchrücken zu entziffern, und zog den ein oder anderen Band heraus. Die meisten waren auf Gälisch und behandelten die Geschichte Killarneys und der näheren und weiteren Umgebung. Er fand ein Buch auf Englisch über die einheimische Tierwelt Irlands und kam damit zum Lesetisch.

»Also, es gibt ein Falcon Field in der Nähe von Kilgarvan im Süden und einen Falcon Cove bei Ballylongford weiter oben im

Norden«, sagte Brophy. »Aber keiner der beiden Orte befindet sich in Küstennähe.«

»Dies könnte eine Hilfe sein.« Dirk las aus seinem Buch vor. »Der Wanderfalke ist in Irland weitverbreitet. Vor allem während der warmen Jahreszeit bevorzugt er als Lebensraum die felsigen Klippen in Küstennähe.«

»Das ergibt durchaus einen Sinn.« Brophy blätterte in seinem Buch. »Leider finde ich hier keinen Hinweis auf einen Wanderfalken.«

»Vielleicht bietet die Übersetzung der Hieroglyphen verschiedene Deutungsmöglichkeiten«, sagte Summer. »Zum Beispiel könnte ein Rabe gemeint sein. Oder ein hoher Felsen, wo der Falke nistet.«

Brophy suchte einen Ort, auf den diese Beschreibung zutraf, und deutete auf eine aufgeschlagene Buchseite.

»*Sceillec!*« Sein enttäuschter Blick hellte sich schlagartig auf. »*Sceillec* ist ein altirisches Wort und bedeutet ›steiler Felsen‹ oder ›tiefer Felsspalt‹ oder ›spitzer Stein‹.«

»Würde das zu einer Klippe an der Küste passen?«, fragte Summer.

Brophy nickte. »Das moderne Wort lautet *skellig*. Vor der Küste Kerrys gibt es ein Inselpaar – die Skelligs.«

Dirk blickte wieder in sein Buch. »Ich habe diesen Namen im Text über den Wanderfalken gesehen.« Er fuhr mit einem Finger am Seitenrand entlang. »Da ist es. ›Skellig Michael ist einer der bekanntesten an der Küste gelegenen Lebensräume oder Nistplätze des Wanderfalken.‹«

Ein breites Grinsen erschien in Brophys Miene.

»Könnte das der gesuchte Ort sein?«, fragte Summer.

»Skellig Michael ist ein zerklüfteter hoher Steinhaufen draußen im Meer. Dieser Steinhaufen ist gleichzeitig einer der geheimnisumwittertsten Orte in Irland. Er hätte mir sofort einfallen sollen. Im *Buch der Invasionen* wird berichtet, dass Meritaton zwei Söhne durch ein Schiffsunglück verloren hat, während eines wie aus dem Nichts aufkommenden Unwetters.«

»Das klingt nach einem Treffer«, sagte Dirk. »Wenn Meritatons Söhne auf der Insel den Tod gefunden haben, dann hatte sie möglicherweise den Wunsch, mit ihnen bestattet zu werden.«

»Wo ist diese Insel?«, fragte Summer.

Die Antwort auf diese Frage ließ lange auf sich warten. Über den Tisch am Ende des Raums gebeugt, hatte niemand von ihnen bemerkt, wie die Tür behutsam weiter geöffnet worden war. Ein Mann mit Sonnenbrille erschien lange genug in der Öffnung, um einen großen länglichen Gegenstand in den Raum zu schleudern. Die Tür wurde zugeschlagen und der Schlüssel im Schloss umgedreht. Als sie bei dem Geräusch herumfuhren, erblickten die drei lediglich einen Glasbehälter, der in hohem Bogen durch die Luft flog, senkrecht herabstürzte und einen brennenden Docht wie einen kleinen Feuerschweif hinter sich herzog.

Der Glasbehälter – offensichtlich eine Flasche – schlug ein paar Schritte von der Tür entfernt auf dem Holzfußboden auf und zerschellte explosionsartig in einer Wolke aus Glassplittern, Qualm und Feuer. Ihr Inhalt bestand aus einer eilig hergestellten Mischung aus Benzin, Puderzucker und flüssigem Waschmittel, die etwa die gleichen Eigenschaften aufwies wie Napalm. Die klebrige Substanz spritzte in alle Richtungen und ergoss sich wie ein Regen aus brennenden Tropfen auf den Fußboden und die Bücherregale.

Summer, Dirk und Brophy blieben von einem direkten Kontakt zwar verschont, mussten in namenlosem Entsetzen aber hilflos dabei zuschauen, wie der vordere Teil der Bibliothek von einem Feuersturm verschlungen wurde.

»Ich versuche es an der Tür!«, rief Brophy. Er zog sich sein Tweedsakko über den Kopf und stürmte an Dirk vorbei. Eingehüllt in eine Wolke dichten schwarzen Qualms, erreichte er die Tür und legte die Hand um die Eisenklinke. Er drückte und zog, allerdings ohne eine Wirkung zu erzielen. Als er begriff, dass die

Tür verriegelt war, trommelte er dagegen und rief um Hilfe, aber diese Tür war mindestens zehn Zentimeter dick.

Der Qualm, den er eingeatmet hatte, machte ihn benommen, und er taumelte rückwärts. Ein starker Arm fing ihn auf, eine Hand packte ihn am Kragen und zerrte ihn in den hinteren Teil des Raums. Er landete auf dem Tisch, während Dirk ihn losließ und mit flachen Händen auf seine Kleidung schlug, um die Glutnester zu löschen, die sich bereits dort eingebrannt hatten. Allmählich füllte sich der gesamte Raum mit beißendem Qualm.

Summer wurde von einem Hustenkrampf geschüttelt, während sie Dirks Arm packte. »Wir sitzen in der Falle. Was sollen wir tun?«

Dirk deutete nach oben zur Decke.

Das Knattern der lodernden Flammen erschien ohrenbetäubend, und doch war seine seltsame Antwort deutlich zu verstehen.

»Wir machen es wie die Heuballen.«

44

Schwarze Rauchfäden drangen durch die Spalten zwischen den Dachpfannen und kräuselten sich in der Luft, aber da das Gebäude auf dem hinteren Teil des Klostergrundstücks stand, nahm vorn im Hauptgebäude niemand davon Notiz. Im Innern war der Rauch so dicht wie ein Novembernebel und brannte bei jedem Atemzug in den Lungen der Eingeschlossenen.

Dirk und Summer schleiften Brophy bis zur hinteren Wand der Bibliothek und setzten ihn dort auf den Boden.

Brophy hustete und machte eine Handbewegung, als wollte er sie verscheuchen. »Lassen Sie mich hier und retten Sie sich.«

»Setz dich zu ihm auf den Boden, um halbwegs saubere Luft einzuatmen!«, rief Dirk seiner Schwester zu.

Er kippte einen der Lesetische auf die Seite und funktionierte ihn zu einem notdürftigen Schutzschild um, dann ging er zu einer fahrbaren Regalleiter hinüber. Die Bücherregale waren etwa drei Meter hoch, und die Wölbung der Decke betrug weitere anderthalb Meter. Er kletterte die Leiter hoch und wechselte auf das oberste Regalbrett hinüber.

Da sich der Rauch unter der Decke sammelte, konnte Dirk kaum die Hand vor Augen sehen. Er tastete sich auf dem Regalbrett an der Wand der Bibliothek entlang. Der Qualm, der von unten zum Dach hochwirbelte, brannte in seinen Augen und machte ihn nahezu blind. Da die Luft immer heißer wurde, kam er sich vor, als stünde er im Wind vor einem Gartengrill.

Die Hitze wogte in Wellen nach oben und raubte ihm den Atem. Er stolperte das Regalbrett entlang und sackte auf die Knie, als er plötzlich ins Leere trat. Die vordere Wand der Bibliothek mit der Tür war noch etwa zwei Meter entfernt und unter ihm. Aber er orientierte sich nach oben, nicht nach unten.

Das große, mit Rost bedeckte Riemenrad hing dicht unter dem mittleren Deckenbalken. Er kniff die Augen zusammen, um durch den Rauch hindurch etwas zu erkennen, wovon er hoffte, dass es noch vorhanden war.

Er hatte Glück. Zwei kleine Türen in der vorderen Gebäudewand ermöglichten den Zugang und eine Lüftung der oberen Etage des ehemaligen Getreidesilos. Nun blieb nur noch zu wünschen, dass sich die Türen öffnen ließen. Aber es war kein Getreide, das er durch diese Türen befördern wollte.

Er zog sich ein Stück zurück, dann machte er einen schnellen Schritt und sprang vom Regalbrett herab. Er streckte seine langen Arme nach dem Rad aus und bekam den äußeren Ring mit beiden Händen zu fassen. Er war glühend heiß, aber das Feuer, das unten im Bibliotheksraum tobte, war noch heißer. Dirk pendelte mit den Beinen vor und zurück, um Schwung zu holen, dann warf er die Beine nach vorn und rammte die Füße gegen die beiden Türen. Er federte zurück, und die Türen gaben nur einen dumpfen Laut von sich und rührten sich nicht. Er wiederholte den Versuch – mit dem gleichen Ergebnis.

Es war zu spät, um über den Sinn seiner Aktion nachzudenken. Wenn sich die Türen nicht öffnen ließen, würde er ins Feuer abstürzen. Seine Arme schmerzten schon, als er weiter vor- und zurückschwang und mit den Füßen die Türen attackierte. Die Hitze und der Qualm wurden intensiver, und er konnte kaum noch etwas sehen, geschweige denn einen richtigen Atemzug machen. Immer wieder warf er die Beine nach vorn und legte – so gut es ging – sein gesamtes Gewicht dahinter.

Und dann gaben die Türen doch nach. Nicht mit einem Knirschen und indem sie zersplitterten, sondern sie flogen mit einem lauten Knall auf und rissen sich beinahe von den Angeln los.

Dirk spürte einen kühlen Lufthauch, als er zurückschwang. Er warf sich noch einmal nach vorn und ließ diesmal das Rad los. Als seine Beine und sein Oberkörper durch den Türrahmen rutschten, fing er sich mit den Armen ab. Seine Hände krallten sich um das Sims, und er ließ für einen Augenblick die Beine ins Leere pendeln, dann löste er den Griff.

Er landete auf den Füßen und rollte sich über den Untergrund, um die Wucht des Aufpralls zu mindern. Der Assistent von Bruder Thomas kam angerannt.

»Was ist denn passiert?« Robert starrte Dirk entsetzt an.

Dirks Gesicht war rußgeschwärzt, und Qualmwölkchen stiegen von seiner Kleidung auf. Er rannte zur Tür der Bibliothek. Sie war von außen verriegelt worden, aber der Schlüssel war verschwunden.

»Der Schlüssel!«, rief er. »Haben Sie einen zweiten?«

Robert sah ihn verständnislos an und zuckte hilflos die Achseln.

»Holen Sie Hilfe!«, brüllte Dirk ihn an, dann sprintete er los. Er schaute sich suchend um und entdeckte einen kleinen weißen Pkw, der gerade auf den Parkplatz rollte. Dirk rannte über den Rasen auf den Wagen zu, während dieser in eine Parklücke rangiert wurde. Eine junge Frau, die eine Küchenschürze trug, stieg aus und klimperte dabei mit den Wagenschlüsseln, während Dirk, hustend und mit Ruß bedeckt, auf sie zukam.

»Entschuldigen Sie, Miss.« Dirk angelte ihr die Schlüssel aus der Hand und riss die Fahrertür auf. »Es brennt, und ich muss unbedingt Ihren Wagen ausleihen.«

Die Frau wich zurück und atmete zischend ein, als sich diese seltsame Erscheinung hinter das Lenkrad klemmte und den Motor anließ. In den Rückwärtsgang schaltend, gab Dirk Vollgas, und der Wagen machte einen Satz nach hinten. Dirk bremste, wendete, schoss vorwärts, hüpfte über einen Bordstein und gelangte auf den Rasen. Ein dumpfer Laut, ein Knacken, und der Auspuff röhrte wie ein liebestoller Hirsch. Dirk blickte in den Rückspiegel und sah den Auspufftopf mitsamt dem Endrohr vor dem Bordstein liegen.

Er stellte fest, dass er hinter dem Lenkrad eines winzigen Fiat 500 saß. Auf dem Beifahrersitz stand ein Blech mit Erdbeerkuchen, der offenbar für einen Wohltätigkeitsbasar des Klosters bestimmt war. Ein Stück vor ihm stieg schwarzer Qualm vom Dach der Bibliothek auf. Mittlerweile hatte sich eine kleine Schar Schaulustiger angesammelt, und in der Ferne erklang die Sirene eines Feuerwehrwagens.

Dirk behielt den Fuß auf dem Gaspedal, während er mit dem Fiat auf die Ecke der Kirche zuhielt. An einem imaginären Scheitelpunkt lenkte er scharf nach rechts. Der kleine Pkw rutschte über die Grasnarbe, dann fanden seine Räder auf dem Fußweg zur Bibliothek Widerstand. Dirk trat das Gaspedal abermals bis zum Bodenblech durch und stemmte die Arme gegen das Lenkrad.

Der Fiat war nur wenige Zentimeter schmaler als die Türöffnung, und er rammte die dicke Holztür mit voller Wucht. Die Wagenfront faltete sich ein kleines Stück zusammen, und Dirk wurde von einem explodierenden Airbag gegen die Rückenlehne des Fahrersitzes genagelt. Für einen kurzen Moment rührte sich die schwere Tür nicht, dann aber gaben ihre altersschwachen Scharniere doch nach, und sie kippte in die Bibliothek hinein und landete krachend auf den Holzbohlen des Fußbodens.

Hinter der Tür tobte ein rasendes Inferno. Dirk verdrängte den heftigen Schmerz in seiner Brust und stellte fest, dass der Motor des Fiat immer noch lief und der Wagen zentimeterweise vorwärtskroch. Dabei schleiften seine Reifen an den Innenseiten der zerbeulten Radkästen entlang.

Über die Tür hinweg lenkte Dirk den Wagen in die Bibliothek. Auf den ersten drei Metern war er von Flammen eingehüllt, doch dann ließ er sie hinter sich. Vor dem umgestürzten Tisch brachte

Dirk den Fiat zum Stehen. Er betätigte die Hupe und hielt den Atem an. Eine Sekunde später lugten zwei rußverschmierte Gesichter über die Tischkante.

Dirk drückte den Airbag zusammen, kroch aus dem Wagen und kam zum Tisch.

»Ein Feuerwehrwagen … wäre vielleicht … geeigneter gewesen«, stellte Summer hustend fest.

»Der hätte aber nicht durch die Tür gepasst. Ich hoffe, du hast nichts dagegen, deinen Sitzplatz zu teilen.«

Er führte Brophy zum Beifahrersitz. Summer quetschte sich neben ihn. Von dem Erdbeerkuchen, der sich im Fußraum breitgemacht hatte, war nicht mehr viel zu erkennen. Dirk nahm wieder den Platz hinterm Lenkrad ein und rangierte den Wagen rückwärts durch die Flammen hinaus auf den Rasen.

Die Feuerwehr von Killarney traf nur Sekunden später ein. Feuerwehrmänner schlossen Löschschläuche an einen Feuerhydranten an und nahmen die Bibliothek ins Visier. Sanitäter untersuchten das Trio auf eine mögliche Rauchvergiftung hin und verpassten jedem von ihnen vorsichtshalber eine ausgiebige Sauerstoffdusche. Bruder Thomas näherte sich, während sie es sich auf einer Steinmauer bequem machten und die Löscharbeiten verfolgten.

»Dem Herrn sei Dank, dass Ihnen nichts Ernstes zugestoßen ist. Ich schwöre, dass ich die Tür nicht abgeschlossen habe und den Schlüssel stecken ließ. Es tut mir so leid, dass Sie eingesperrt wurden. Wie konnte das Feuer überhaupt ausbrechen?«

»Es war Brandstiftung«, sagte Brophy. »Jemand meinte, wir hätten Appetit auf einen extra großen Molotowcocktail, und hat uns damit eingeschlossen.«

Das Gesicht des Mönchs wurde bleich. »Brandstiftung? Das kann nicht Ihr Ernst sein. Konnten Sie sehen, wer es war?« Er sah sich um und studierte die Gesichter der Umstehenden.

Brophy schüttelte den Kopf. »Wir hatten mit den Rücken zur Tür gesessen.«

»Wahrscheinlich sind wir selbst daran schuld«, sagte Summer. »Wir wurden auch schon in Ägypten angegriffen, als wir in der gleichen Angelegenheit Recherchen angestellt hatten. Sie müssen uns hierher gefolgt sein.« Sie wandte sich zu Dirk um, und er nickte.

»Aber wer sollte Sie denn wegen einiger alter verstaubter Bücher töten wollen?«, fragte Bruder Thomas. »Und aus welchem Grund?«

»Wir wissen nicht, wer sie sind«, sagte Dirk. »Aber sie haben uns eine unmissverständliche Botschaft geschickt. Aus Gründen, die uns bislang unbekannt sind, wollen sie verhindern, dass wir Meritaton finden.«

Summer legte Brophy eine Hand auf den Arm. »Wir wollten Sie nicht in Gefahr bringen, Professor. Dirk und ich, wir können ab jetzt allein weitermachen.«

Brophy stand auf und ging auf und ab. »Also, ich lasse mich von diesen Feiglingen nicht abschrecken. Wenn sie einen Kampf wollen, dann sollen sie ihn kriegen. Ich kann ihnen nur raten, nicht einmal im Traum daran zu denken, uns aufhalten zu wollen.«

Summer quittierte diese Kampfansage mit einem Lächeln, und Brophy zwinkerte ihr vergnügt zu. »Außerdem sind diese Kerle ein wenig zu spät gekommen. Wir wissen wahrscheinlich längst, wo die Prinzessin geblieben ist. Ich sage nur Skellig Michael.«

Die Feuerwehrleute beendeten ihre Bemühungen und rollten die Schläuche ein. Bruder Thomas ging zur Bibliothek und warf einen Blick hinein. Kopfschüttelnd ließ er ihn über das Schlachtfeld wandern. Die Wände und das Dach hatten den Feuersturm weitgehend unversehrt überstanden, aber sonst herrschte in dem Bibliotheksraum das vollkommene Chaos. Sein vorderer Teil war mit verkohltem Müll gefüllt. Wie durch ein Wunder erschienen die Regale im hinteren Teil des Raums nahezu unberührt. Sie standen noch, und die Bücher waren schlimmstenfalls mit einigen Rußflocken bedeckt, aber abgesehen davon, dass sie zum Teil einiges vom Löschwasser mitbekommen hatten, befanden sie sich offenbar noch in einem guten Zustand.

Summer trat neben ihn und legte ihm tröstend eine Hand auf die Schulter. »Ich finde es so schade, dass die Bibliothek vernichtet wurde.«

»Die wirklich wertvollen Bücher sehen aus, als hätten sie das Inferno überlebt«, sagte Thomas und deutete auf die hinteren Regale. »Ich glaube, nur die neueren Kirchenbücher mussten daran glauben, und die haben wir zum Glück digitalisiert, sodass ihr Inhalt wenigstens in Dateiform verfügbar ist.« Er blickte zum Himmel. »Dafür danken wir dir, gütiger Gott. Es hätte alles viel schlimmer kommen können. Es hätte sogar Tote geben können.«

Der Mönch kehrte mit ihnen ins Kloster zurück, wo sie sich waschen und frisch machen konnten. Während sich Summer und Brophy bei dem Mönch für seine Unterstützung bedankten, fiel ihnen auf, dass Dirk verschwunden war. Sie fanden ihn draußen, wo er sich soeben von einer offensichtlich ziemlich wütenden jungen Frau entfernte. Er machte ein langes Gesicht und trug einen zerknitterten Karton in der Hand, aus dem roter Saft rann.

»Sind das die Reste des Kuchenbüfetts?«, fragte Brophy.

»So könnte man es nennen«, antwortete Dirk. »Es wurde mir als Beigabe überreicht.«

»Als Beigabe?«

»Zu dem Auto, das ich gerade gekauft habe.«

»Warum dann so muffig? So was ist doch immer ein Grund zur Freude.«

Dirk deutete auf den ramponierten Fiat. »Aber nicht, wenn man nicht damit fahren kann.«

45

Es war kurz vor Einbruch der Dämmerung, als Pitt das Fischerboot nach Drumnadrochit zurückbrachte. Er lief in die Marina ein, vertäute das Boot am Kai und bedankte sich bei der Vermieterin mit einem großzügigen Trinkgeld für die ihm zur Verfügung gestellte Angelausrüstung. Während er zu seinem Wagen ging, tat er so, als ignoriere er den schwarzen BMW, von dem aus jede seiner Aktionen auf dem See aufmerksam beobachtet worden war. Dann nahm er den kürzesten Weg zur Uferstraße, um zum McKee Manor zurückzukehren.

Als er sich dem Herrenhaus näherte, lenkte er den Wagen ein beträchtliches Stück vor der Einfahrt abrupt von der Straße und parkte. Durch diese Aktion überrumpelt, musste der schwarze BMW an Pitt und dem Herrenhaus vorbeifahren und an der nächsten Kurve anhalten. Pitt ging zu Fuß zur Torwache und deutete auf seinen Wagen.

»Ich hatte in der Stadt einen kleinen Unfall. Es ist nur ein Blechschaden. Ein Abschleppdienst holt den Mini heute Abend ab. Ich habe dort Bescheid gesagt, dass der Wagen vor dem Anwesen auf der Straße steht.«

Die Wächterin ließ den Blick zwischen dem Mini und Pitt hin und her wandern, dann nickte sie. »Ich verstehe. Er ist da draußen sicher.« Dann winkte sie Pitt durch die Einfahrt.

Ehe er den Weg zum Herrenhaus fortsetzte, registrierte Pitt, dass der Parkplatz auf dem Anwesen fast leer war. Vor dem Haupteingang hatten sich einige Frauen mit Koffern und Reisetaschen versammelt, wo sie auf den Pendelbus zum Flughafen warteten, um die Heimreise anzutreten. Er schlängelte sich an ihnen vorbei und ging hinauf auf Lorens und sein Zimmer und fand Loren vor dem Spiegel, wo sie gerade ihr Make-up auffrischte.

»Da bist du ja«, sagte sie kurz angebunden. »Wir sind in zwanzig Minuten mit Mrs. McKee zum Dinner verabredet.«

»Sieht so aus, als würden alle abreisen«, sagte Pitt. »Ich dachte, es fänden noch weitere Konferenzen statt.«

»Nur die neuen Teilnehmerinnen wurden eingeladen, noch einen Tag länger hierzubleiben.«

In Lorens Stimme lag eine ungewöhnliche Härte, und ihre Augen erschienen glasig.

»Fühlst du dich wohl?« Pitt legte einen Arm um ihre Schultern.

Sie schob sofort seinen Arm weg. »Bis vor einer Minute war alles okay«, schnappte sie. »Sieh lieber zu, dass du fertig wirst.«

Pitt musterte seine Frau besorgt, enthielt sich jedoch eines Kommentars. Er wusch sich die Hände, spritzte sich Wasser ins Gesicht und schlüpfte in ein Sportsakko. Zusammen begaben sie sich in den Speisesaal, wo ein einziger Tisch mit Blick auf den Innenhof gedeckt worden war. McKee und Audrey standen mit Abigail Brown in der Nähe und unterhielten sich, jede mit einem Drink in der Hand. McKees hochgewachsene Assistentin, Rachel, hielt sich im Hintergrund und fixierte Pitt.

Während Loren ihren Mann mit der ehemaligen australischen Ministerpräsidentin bekannt machte, erschien eine Serviererin und bot den Neuankömmlingen Champagner an. McKee bat ihre Gäste an den Tisch, wo sie selbst den Platz an der Stirnseite einnahm. Pitt nahm ihr gegenüber Platz.

»Ich würde mich an deiner Stelle mit dem Trinken ein wenig zurückhalten«, flüsterte er seiner Frau zu, während sie sich setzten. Sie schüttelte unwirsch den Kopf und trank demonstrativ einen Schluck Champagner.

»Wo ist Ihre Tochter heute Abend?«, erkundigte sich Abigail Brown bei Evanna McKee.

»Riki musste wegen einer geschäftlichen Angelegenheit mach Irland fliegen.« McKee wandte sich an Pitt. »Ich habe gehört, Sie hätten sich heute die Zeit mit Angeln vertrieben. Hatten Sie Glück?«

»Ein paar Fische haben angebissen, aber es lohnte sich nicht, sie zu behalten. Trotzdem war es recht angenehm auf dem Wasser. Der Loch hat wirklich seinen ganz besonderen Reiz.«

»Mein verstorbener Mann liebte es zu angeln«, sagte Evanna McKee. »Im Keller sind ein paar kapitale Lachse, die er ausstopfen ließ.« Sie bedachte Pitt mit einem bohrenden Blick.

Er erwiderte den Blick. »Die würde ich mir gern einmal ansehen. Habe ich es richtig verstanden, dass Ihr Mann bei einem Bootsunfall auf dem See ums Leben kam?«

»Ja, er besaß ein italienisches Speedboat, mit dem er häufig über den See raste.« Sie erzählte es in einem Tonfall, als spräche sie über das Wetter. »Ich glaube, ihm kam eine größere Welle in die Quere, die das Boot so hochwarf, dass es sich überschlug.«

»Wie traurig. Ich hörte, er soll ein Mensch mit beachtlichem Intellekt und hohen moralischen Grundsätzen gewesen sein.«

Die Serviererin erschien wieder und stellte eine Schüssel Räucherlachssalat neben jedes Gedeck. Während Pitt und McKee ihren Dialog über die Länge des Tisches hinweg fortsetzten, verharrten die anderen Frauen in unbehaglichem Schweigen und stocherten in ihrem Essen herum.

»Frasier ist in der Tat ein brillanter Mann gewesen. Er war mit Leib und Seele Wissenschaftler, und er liebte die Archäologie und das Leben unter freiem Himmel. Aber wie die meisten Männer hatte er auch seine Fehler.«

Pitt sah, wie Audrey nickte. »Mir sind einige Artefakte aufgefallen, die hier präsentiert werden«, sagte Pitt. »Ich nehme an, seine Liebe zur Archäologie schloss auch das alte Ägypten mit ein.«

McKee streichelte reflexartig die allgegenwärtige Kartusche, die an ihrer Halskette hing.

»Vater war von allem fasziniert, was einen Bezug zu Ägypten hat«, sagte Audrey. »Er ließ es sich nicht nehmen, archäologische Ausgrabungsprojekte zu besuchen oder sich aktiv daran zu beteiligen.«

»Er hat in der Wüste die nötige Inspiration für seine Forschungsarbeit gefunden«, fügte McKee hinzu. »Dr. Perkins erwähnte, Sie hätten ihm eine Wasserprobe überlassen mit der Bitte, sie zu untersuchen. Ich glaube, er deutete auch an, dass ihm nichts Ungewöhnliches an der Probe aufgefallen sei.«

»Ich habe noch gar nicht wieder von ihm gehört.«

»Er sagte, die Probe stamme aus El Salvador ...«

»Ja. Aus dem Cerrón-Grande-Stausee in der Nähe von San Salvador. Ihre Firma soll in einer nahen Goldmine irgendwelche Arbeiten ausgeführt haben.«

»Wir sind an Projekten auf der ganzen Welt beteiligt«, erwiderte McKee beiläufig, ohne dazu nähere Angaben zu machen. »Was haben Sie denn in der Probe zu finden geglaubt?«

»Etwas, das für den Tod mehrerer Kinder in den benachbarten Dörfern verantwortlich sein könnte.«

»Traurigerweise kommt es mit schrecklicher Regelmäßigkeit in den weniger weit entwickelten Ländern immer wieder zu solchen Ausbrüchen. Die Wasseraufbereitungstechniken sind nicht überall so effektiv, wie sie es eigentlich sein sollten.«

»Auf welche Weise sorgen Sie eigentlich dafür, dass Ihre Produkte keine schädlichen Nebenwirkungen haben?«, fragte Pitt.

»Wir überwachen und testen unsere Produkte mit strenger Regelmäßigkeit. Nach Lage der Dinge finden all unsere Einsätze und Anwendungen vorwiegend im Ozean statt und weniger häufig in einer Süßwasserumgebung. Unsere Mikroben sind nicht schädlicher oder gefährlicher als die Bakterienstämme auf einem Stück Blauschimmelkäse. Ich bin mir sicher, dass gerade Sie als Direktor der NUMA unsere Maßnahmen zum Schutz der Ozeane in jeder Hinsicht gutheißen würden.«

»Zweifellos«, sagte Pitt. »Dieses Gebäude auf der anderen Seite des Sees – ist dort Ihr Labor untergebracht?«

Die kontrollierte Starre wich aus McKees Miene und machte nun einer Wut Platz, die wie ein Gluthauch über den Tisch fegte. Es war, dachte Pitt, auch ein Ausdruck umfassender Verwirrtheit. Fast eine Minute verstrich, bis ihre Gastgeberin sich wieder in der Gewalt hatte.

»Unsere Forschungseinrichtungen befinden sich in Inverness«, sagte sie dann halblaut und mit heiserer Stimme.

Als der erste Gang serviert wurde, verstummten alle Gespräche am Tisch: Lammstelzen mit Gerste, Rosmarin und Wurzelgemüse.

Loren versuchte, das Eis zu brechen. »Das ist köstlich.«

»Ja, sehr gut.« Pitt heftete den Blick auf McKee. »Ich finde es nett von Ihnen, dass wir noch einen weiteren Tag hierbleiben dürfen, nachdem die anderen Gäste schon abgereist sind.«

»Das bieten wir ausschließlich den Gästen an, die das erste Mal bei uns sind«, sagte McKee. »Morgen veranstalten wir eine Art Initiationszeremonie.«

»Eine Initiation?«

»Die Aufnahme in die Schwesternschaft der Boudicca«, ergriff Loren das Wort. »Das ist die Frauenorganisation, die Mrs. McKee vor einiger Zeit ins Leben gerufen hat.«

»Ich wusste gar nicht, dass hier so etwas wie ein Geheimbund aktiv ist«, sagte Pitt mit einem humorlosen Grinsen.

»Daran ist überhaupt nichts Geheimes«, sagte Audrey. »Es ist lediglich eine Gruppe von geistesverwandten Frauen, die sich gegenseitig in der Wahrnehmung ihrer Interessen unterstützen.«

McKee sah Pitt fragend an. »Kennen Sie die Geschichte der Boudicca?«

Pitt nickte. »Eine keltische Königin, die in Britannien eine blutige Revolte gegen die Römer angezettelt hat, nachdem ihr Mann,

König Prasutagus, gestorben war.« Er streifte Audrey mit einem kurzen Blick. »Soweit ich mich entsinne, hatte sie zwei Töchter.«

»Ganz richtig«, sagte McKee. »Wir bemühen uns, die keltische Kraft und den Geist Königin Boudiccas zu erhalten und sowohl unser privates als auch unser berufliches Leben entsprechend zu gestalten.«

»Sie war eine mutige Kämpferin. Ich hoffe allerdings, dass Ihre Schwesternschaft – im Gegensatz zu ihr – mit Aufhängen, Verbrennen und Kreuzigen nichts im Sinn hat.«

»Diese Praktiken sparen wir uns für die auf, die gegen uns sind«, erwiderte McKee mit einem eisigen Lächeln.

»Welche Kriterien müssen für eine Mitgliedschaft erfüllt werden?«

»Alle unserer Mitglieder sind erfolgreiche Frauen, die in Wissenschaft, Wirtschaft und Politik beachtliche Leistungen vorweisen können. Wir haben uns der gegenseitigen Unterstützung verschrieben, um zu größerem Einfluss zu gelangen. Frauen machen die Hälfte der Weltbevölkerung aus, sind jedoch im Kreis derer, die die wichtigen Führungspositionen besetzen, seit jeher sträflich unterrepräsentiert. Es wird Zeit für eine neue globale Ordnung mit einem höheren Frauenanteil an den Schaltstellen der Macht. Wir glauben, dass die Welt ein sicherer und gerechterer Ort sein kann, wenn die Frauen in höherem Maß die Führung übernehmen. Sind Sie nicht auch dieser Meinung, Mr. Pitt?«

»Mit den richtigen Frauen an der Spitze könnte die Welt wohl tatsächlich ein solcher Ort sein.« Er tätschelte den Arm seiner Frau.

Das Gesprächsthema wechselte zu Politik, wofür sich Pitt weniger interessierte. Als er nicht mehr im Mittelpunkt des Interesses stand, streckte er die Hand nach einem Salzstreuer in der Tischmitte aus und stieß absichtlich sein Weinglas um. Er stand von seinem Stuhl auf, ließ die Serviette auf seinen Teller fallen und ergriff das umgekippte Glas. Eine Serviererin kam schnell herüber, um die Weinpfütze aufzuwischen.

»Agnes«, befahl McKee, »bringen Sie Mr. Pitt ein frisches Glas Wein.«

Während sich Pitt wieder hinsetzte, klaubte er mit seiner Serviette ein großes Stück Lammfleisch auf und legte es unbemerkt in seinen Schoß. Als die Unterhaltung fortgesetzt wurde, faltete er die Serviette um das Fleisch zusammen und bugsierte es in seine Sakkotasche.

Ein Dessert aus Beeren und Schlagsahne wurde serviert, und die Gästerunde wurde zunehmend stiller. Pitt nahm in den Augen Lorens und Abigail Browns einen apathischen Ausdruck wahr.

»Ich denke, wir alle hatten heute einen anstrengenden Tag«, sagte McKee. »Schlafen Sie sich aus, Ladys, damit wir morgen Ihre offizielle Aufnahme in die Schwesternschaft feiern können.«

Alle wünschten eine gute Nacht, und Pitt geleitete Loren auf ihr Zimmer.

»Was hältst du davon, dass wir die morgige keltische Kriegerzeremonie schwänzen«, sagte er, »und diese gastliche Stätte schon vor dem Frühstück verlassen?«

»Das kann ich nach so vielen Gesten der Gastfreundschaft von ihrer Seite unmöglich tun«, murmelte Loren, während sie ein Gähnen unterdrückte. »Sie möchte sogar, dass ich Präsidentin des Vereins werde.« Die Worte kamen ein wenig lallend aus ihrem Mund.

Dann schlüpfte sie unter die Bettdecke und schlief ohne einen weiteren Kommentar ein.

Pitt deckte Loren richtig zu und schaute sich mit wachsendem Zorn suchend um. Die Wahrscheinlichkeit war hoch, dass sie von McKee betäubt worden war, um leichter manipuliert werden zu können. Zu welchem Zweck – da konnte er nur raten.

Er strich über ihr Haar, öffnete die Handtasche auf ihrem Nachttisch und nahm eine Schachtel Dramamine-Tabletten heraus, die sie als Erste Hilfe bei Anfällen von Reisekrankheit immer bei sich hatte. Er löschte das Licht im Zimmer, setzte sich ans Fenster und harrte geduldig der Dinge, die in Kürze kommen würden.

46

Riki Sadler duckte sich auf dem Rücksitz des Audi, als ein Feuerwehrwagen mit heulender Sirene vorbeiraste. Entsetzt verfolgte sie, wie er vor dem Franziskanerkloster stehen blieb. Über einer Zeile von Backsteinhäusern auf der gegenüberliegenden Straßenseite stieg eine schwarze Qualmwolke in den Himmel.

Sie warf einen zweiten Blick auf ein elektronisches Display auf ihrem Schoß. Das Signal des GPS-Senders an Dirks Mietwagen zeigte an, dass er noch immer vor dem Kloster parkte. Sie holte ihr Mobiltelefon hervor und entschied, zwei zusätzliche Minuten zu warten. Es dauerte nicht lange, bis sie einen Mann und eine Frau in dunkler Kleidung – der Mann trug eine leere Reisetasche – über die Straße kommen sah. Sie näherten sich mit eiligen Schritten und stiegen vorn in den Audi ein.

»Was um alles in der Welt haben Sie getan?«, fragte Riki mit mühsam gebändigtem Zorn.

Der Mann, ein kahlköpfiger, stark übergewichtiger Schlägertyp namens Gavin, grinste verschlagen. »Wir haben sie bis zu einem kleinen Gebäude hinter der Kirche verfolgt. Es hatte nur eine Tür, und jemand hatte den Schlüssel im Schloss stecken lassen. Ainsley hatte an der Straße eine Tankstelle gesehen, und in einem Laden für Gartenartikel fanden wir eine Flasche mit weitem Hals und Schraubdeckel, sodass wir einen extragroßen Molotowcocktail basteln konnten.« Er grinste. »Von den Leuten dürfte mittlerweile nur noch ein Häufchen Asche übrig sein.«

Riki explodierte fast vor Wut. »Ich hatte euch befohlen, sie zu verfolgen und festzustellen, wohin sie fahren. Davon, sie zu töten, war nicht die Rede. Was haben Sie sich dabei gedacht?«

Gavins zufriedenes Grinsen verflüchtigte sich, und er geriet in Rage. »Verdammt noch mal, Mrs. McKee hat uns gesagt, sie sollten bei der ersten Gelegenheit, die sich bietet, beseitigt werden.«

»Mrs. McKee?«, fragte Riki. Sie zwang sich, ganz ruhig zu bleiben und tief Luft zu holen. »Ich wollte herausbekommen, was sie wussten.« Sie starrte Gavin an und schüttelte den Kopf. »Mit einer Flasche Benzin auf der Straße herumzulaufen und eine historische Kirche in Brand zu setzen erscheint mir nicht besonders vernünftig.«

»Es war eine Selbstbedienungstankstelle«, versuchte Ainsley abzuwiegeln. Die schrille, fast piepsige Stimme wollte nicht zu ihrem Pfannkuchengesicht und zu ihrer stämmigen Statur passen. »Wir haben alles in einer Reisetasche transportiert, wie Sie sehen. Niemand hat irgendetwas davon mitbekommen.«

»Darauf sollten wir uns lieber nicht verlassen«, sagte Riki. »Und jetzt müssen wir zusehen, dass wir von hier verschwinden. Aber schnell!«

Ainsley folgte den Hinweisschildern, die sie aus Killarney herausführten. Als die Stadt hinter ihnen lag, schlug Riki plötzlich mit der Faust auf die Rückenlehne des Fahrersitzes und rief: »Stopp! Halten Sie an! Sofort!«

Ainsley bremste scharf und lenkte den Wagen nach links aufs Straßenbankett. Sie drehte sich zum Rücksitz um, wo Riki fast mit der Nase ihr Tablet berührte. Die junge Frau studierte das Display sekundenlang, dann sah sie das Brandstifterpärchen auf den Vordersitzen entgeistert an. »Ihr Wagen bewegt sich.«

Gavin zuckte die Achseln. »Vielleicht schleppt die Polizei ihn ab.«

Riki schüttelte den Kopf. »Nein, er verlässt die Stadt.« Sie deutete auf eine Scheune am Rand eines Feldes ein kurzes Stück die Straße hinunter. »Parken Sie dahinter.«

Ainsley befolgte die Anweisung und setzte den Wagen so weit zurück, dass er für die Verkehrsteilnehmer, die Killarney verließen, nicht zu sehen war. Riki verfolgte auf ihrem Tablet, wie sich der Wagen wenige Minuten später näherte. Dann hob sie den Kopf und blickte durch die Windschutzscheibe.

Der kleine Mietwagen flitzte vorbei mit Dirk hinterm Lenkrad, Summer neben ihm und Brophy auf dem Rücksitz. Anscheinend hatte keiner der drei den neben der Scheune geparkten Audi bemerkt, da sie um die nächste Kurve bogen und ihre Fahrt nach Norden ohne Unterbrechung fortsetzten. Und keiner der drei hatte auch nur entfernt Ähnlichkeit mit einem Häufchen Asche.

Es war fast dunkel, als Dirk etwa eine Stunde später vor ihrem Hotel in Tralee anhielt.

Brophy schlug eine Einladung zum Abendessen freundlich, aber mit Nachdruck aus. »Es war ein ziemlich strapaziöser Tag. Ich muss zurück nach Hause zu meiner Frau«, sagte er. »Aber wir können uns gleich morgen früh in Portmagee treffen. Es ist keine Stunde Fahrt von hier entfernt. Ich kümmere mich bis dahin um ein Boot, damit wir dem Falcon Rock einen Besuch abstatten können.«

»Wir sind zur Stelle«, versprach Dirk. »Bleibt nur zu hoffen, dass unsere Kleider dann nicht mehr riechen, als hätten wir die Nacht auf einem Grill verbracht.«

Er und Summer duschten, zogen sich um und suchten dann ein italienisches Restaurant in Hotelnähe auf. Nachdem sie den ersten Schluck Wein getrunken hatte, bemerkte Dirk, wie seine Schwester jedes Mal, wenn ein neuer Gast hereinkam, zur Tür blickte. »Erwartest du noch jemanden?«

»Die Leute, die uns in Ägypten aus dem Verkehr ziehen wollten, haben uns bis hierher verfolgt.«

»Möglich. Aber ich habe meine Zweifel, dass sie uns auch beim

Abendessen Gesellschaft leisten wollen, es sei denn die Gnocchi hier sind wirklich gut.«

Summer schüttelte den Kopf. »Das finde ich gar nicht witzig.«

»Wir wissen nicht mit letzter Sicherheit, ob zwischen beiden Vorfällen überhaupt eine Verbindung besteht.«

»Natürlich wissen wir es. Deshalb hast du doch den Wagen hinter dem Hotel geparkt.«

»*Touché.* Aber in diesem Moment müssen sie überzeugt sein, dass wir in dem Feuer umgekommen sind.«

»Hoffen wir es.« Sie trank einen Schluck Wein. »Sie müssen wissen, dass wir die Verbindung zwischen Meritaton und Irland aufgespürt haben. Vielleicht hat Dr. Brophy irgendwem gegenüber etwas davon erwähnt.«

»Sie beschützen offensichtlich das Grab Meritatons – oder sie versuchen es vor uns zu finden«, sagte Dirk.

»Dafür kann es eigentlich nur zwei Gründe geben. Entweder befindet sich in dem Grab oder in seiner Nähe ein Schatz, oder es geht um das Apium von Faras.«

»So weit von Ägypten entfernt«, sagte Dirk, »erscheint mir die Möglichkeit der Existenz eines Schatzes eher minimal. Ich nehme an, dass alles, was die lange Zeit seitdem überdauert hat, schon längst von Grabräubern weggeschleppt worden ist.«

»Was können wir morgen tun, falls sie sich wieder an unsere Fersen heften?«

»Wir machen auf unserer Fahrt nach Portmagee einen weiten Umweg und halten nach eventuellen Verfolgern Ausschau. Auf den kleinen Straßen in dieser Gegend dürfte es nicht allzu schwierig sein festzustellen, ob wir beschattet werden.«

Nachdem sie ihr Menü aus Burrata auf Tomatensalat mit Pesto und Pappardelle mit Lammragout verzehrt hatten, kehrten sie ins Hotel zurück. Dirk bereitete sich gerade darauf vor, ins Bett zu gehen, als jemand an seine Tür klopfte. Da er mit seiner Schwester rechnete, die vielleicht noch eine Frage hatte, öffnete er die Tür und sah Riki Sadler mit einer Reisetasche über der Schulter vor sich.

»Mir wurde erklärt, das Hotel sei ausgebucht«, sagte sie mit einem verführerischen Lächeln. »Besteht die Chance, dass Sie noch Platz für eine kurzzeitig obdachlose Reisende haben?«

47

Pitt schlüpfte leise in seine Nachtkampf-Kombi aus schwarzer Hose, schwarzem Hemd und schwarzer Windjacke, die er seinen Reiseutensilien vorsichtshalber schon hinzugefügt hatte, wartete im Salon ihrer Suite bis Mitternacht, hauchte seiner schlafenden Frau einen Kuss auf die Stirn und öffnete ein Fenster. Dann kletterte er hinaus, zog den Fensterflügel zu, hangelte sich ein Stück am Sims entlang, ließ sich fallen und landete auf einem glatten Findling, der halb aus der Erde ragte. Er entfernte sich vom Herrenhaus, dessen Fenster teilweise noch erhellt waren, und erreichte die Einfahrt. Dann überquerte er die Straße und rannte im Schutz der Bäume, die die Fahrbahn säumten – für einen eventuellen Wachposten unsichtbar – zu seinem Wagen.

Er fand den Mini noch genau dort vor, wo er ihn am frühen Abend geparkt hatte. Er nahm den Gang heraus und schob den Wagen auf die Fahrbahn. Da sie an dieser Stelle ein leichtes Gefälle hatte, war es ihm ein Leichtes, den Wagen um die nächste Kurve herum und außer Sicht von der Einfahrt zu schieben. Pitt stieg hinein, startete den Motor und fuhr mit eingeschaltetem Standlicht in Richtung Drumnadrochit. Erst nach einer Meile schaltete er das Fernlicht ein und steigerte das Tempo.

Er hatte nur eine kurze Strecke zurückgelegt, als in seinem Rückspiegel ein Scheinwerferpaar auftauchte. Pitt behielt eine zügige Geschwindigkeit bei, bis er Urquhart Castle erreichte. Dort bremste er scharf, lenkte den Mini auf den Besucherparkplatz und schaltete die Scheinwerfer aus. Er beobachtete die Straße und sah wenig später, wie sich sein Verfolger näherte. In etwa einer Viertelmeile Entfernung stoppte er und blieb mit laufendem Motor am Straßenrand stehen.

Pitt schaltete die Scheinwerfer wieder ein und stieg aus. Er ging zum Wagenheck, bückte sich und fuhr mit der Hand an der Innenseite der hinteren Stoßstange entlang. Am linken Ende berührten seine Finger einen kleinen metallenen Würfel, der mit einem Magnet an der Stoßstange klebte.

»Erwischt«, murmelte Pitt leise und inspizierte den GPS-Peilsender. Er überlegte, ob er ihn einfach in den See werfen sollte, stieg jedoch nach einigen Sekunden wieder in den Mini und legte den Sender auf den Beifahrersitz. Er verließ den Parkplatz und folgte der Straße, ohne noch einmal anzuhalten, bis nach Inverness, das er nach einigen Minuten erreichte. Er brauchte nicht in den Rückspiegel zu blicken, um zu wissen, dass ihn der andere Wagen noch immer verfolgte.

Inverness lag um diese Uhrzeit in tiefem Schlaf, abgesehen allerdings von einigen Pubs im Stadtzentrum, in denen noch reger Betrieb herrschte. Pitt kurvte ziellos durch die Straßen auf der Suche nach einem Köder. Er fand ihn in Gestalt eines Straßenreinigungswagens auf seiner nächtlichen Runde. Pitt wendete und fuhr dem Wagen entgegen. Einen Block vor ihm bog er in eine Gasse ein, wo er den Mini hinter einem Müllcontainer parkte. Dann schnappte er sich den Peilsender und ging zur Straße.

Er entdeckte einen Fahrradständer in Bordsteinnähe und tat so, als suche er einen Schlüssel, um das Schloss eines der dort abgestellten Fahrräder zu öffnen. Als sich der Reinigungswagen mit ihm auf gleicher Höhe befand, klebte er den Peilsender mit seinem Magneten auf die Rückwand des Wagens. Dann kehrte er in die Gasse zurück und ging hinter dem Abfallcontainer in Deckung, bis der Kehrwagen das Ende des Blocks erreicht hatte. Er brauchte nur eine Minute auszuharren, bis der schwarze BMW im Schritttempo an der Gassenmündung vorbeischlich, besetzt mit einer Frau und einem Mann auf dem Fahrer- und dem Beifahrersitz.

Sobald der Wagen außer Sicht war, stieg Pitt in den Mini und fuhr zur Straße zurück. Dort wandte er sich nach links in Richtung Stadtausfahrt. Schließlich bog er in die Dores Road ein, nahm Kurs nach Süden und ließ seine Verfolger hinter sich.

Über die Uferstraße gelangte Pitt in das kleine Dorf Foyers, wo er zur alten Kirche zurückkehrte. Er umrundete das Gebäude und parkte wie kurz zuvor schon hinter seinen hohen Steinmauern. In Wassernähe entdeckte er einen Tieflader mit Hebekran. Er ging zum Wasser hinunter, passierte den Lastzug und betrat den kleinen, ganz im Dunkeln liegenden Kai. Das gelegentliche Aufglühen einer Zigarre an seinem Ende signalisierte ihm, dass er nicht allein war.

Pitt ging über den knarrenden Holzkai und traf auf Al Giordino, der lässig auf einer Taurolle lag, eine Zigarre paffte und zum klaren Nachthimmel hinaufschaute.

»Die Aussicht hier ist fantastisch«, sagte er. »Ich habe schon Mars und Venus gefunden, und ich habe eine Sternschnuppe gesehen.«

»Hast du dir was gewünscht?«

»Klar. Ich wünschte mir, ich sähe das Kreuz des Südens von einem Strand auf Tahiti.« Er zerdrückte die Zigarre und kam auf die Füße. Ebenso wie Pitt trug er schwarze Kleidung.

»Gab es Probleme mit der *Nymph*?«

»Kein einziges«, sagte Giordino. »Rudi hat sie getestet. Ich hab sie dann in Liverpool übernommen und hierhergebracht.« Er deutete mit einer ausholenden Geste auf die Umgebung. »Diesen Ort bei der herrschenden Dunkelheit zu finden war das schwerste Stück Arbeit.«

Pitt musste das Wasser vor dem Kai absuchen, um das türkisfarbene Tauchboot zu sehen, das ein paar Meter entfernt vertäut war. Tief im Wasser liegend, war von der winzigen Zwei-Mann-Nussschale kaum etwas zu erkennen.

»Die Batterien sind vollständig aufgeladen«, sagte Giordino. »Darf ich davon ausgehen, dass wir keine offizielle Einladung haben?«

»Nicht im strengen Sinn.« Pitt berichtete von seinem Verdacht gegen das Labor.

»Rudi deutete irgendwas von einer potentiellen globalen Seuche an. Dabei hat er ziemlich panisch geklungen. Glaubst du, hier ist die Quelle?«

»Möglich wäre es.« Pitt kletterte ins Tauchboot. »Diese Einrichtung ist vom Land aus umfangreich gesichert. Daher dachte ich mir, um sie näher in Augenschein zu nehmen, sollten wir uns von der Wasserseite aus heranmachen.«

Giordino nickte. »Mit der *Sea Nymph* haben wir beides, Unsichtbarkeit und die Fähigkeit, auch in schwarzem Wasser alles zu erkennen.« Er machte die Leinen los, folgte Pitt ins Boot und schloss die Klappe über seinem Kopf.

Pitt hangelte sich in den Pilotensitz, führte eine Serie von Sicherheitsschecks durch, dann schaltete er die Druckstrahlruder ein und lenkte das Tauchboot zur Seemitte. Dabei hielt er es nur wenige Zentimeter unter der Wasseroberfläche, sodass eine schlanke Mastspitze in Hecknähe aus dem Wasser ragte.

Sie enthielt eine um 360 Grad drehbare Videokamera und einen GPS-Empfänger. Verbunden mit einem Bildschirmpaar in der Mittelkonsole, lieferte beides Pitt und Giordino ein Bild vom Seeboden sowie eine digitale Landkarte, auf der ihre genaue Position verzeichnet war. Während Pitt den Helligkeitsgrad der Bildschirmdarstellung justierte, aktivierte Giordino ein System von Fächerecholot-Einheiten an den vier Ecken des Tauchboot-Untergestells.

Die *Sea Nymph* war für Tiefseeexplorationen in zugangsbeschränkten Umgebungen bestimmt, daher war sie sehr kompakt und zeichnete sich durch extreme Manövrierbarkeit aus. Die kombinierten Echolote lieferten ein auf akustischer Basis erzeugtes Rundumbild, vervollständigt durch die Daten über Sediment- und Wasserqualität, die von entsprechenden Sensoren geliefert wurden.

Giordino begrenzte den Aufnahmebereich des Sonars auf einhundert Meter, aber da die *Sea Nymph* hoch oben über dem Seegrund operierte, war auf seinem Monitor nur ein mit grünem Schnee gefüllter Kreis zu sehen. Er blickte auf einen digitalen Tiefenmesser und stieß einen überraschten Pfiff aus. »Siebenhundert Fuß Tiefe an dieser Stelle. Nicht gerade der ideale Ort, um seinen Wagenschlüssel zu verlieren.«

»Der Loch ist zwar schmal, aber sehr tief.« Pitt steigerte die Geschwindigkeit. Mit ihrem hydrodynamisch optimierten schlanken Bug erreichte die *Sea Nymph* mehr als fünf Knoten. Pitt navigierte mithilfe einer digitalen Karte, während er gleichzeitig die Videobilder im Auge behielt, um jederzeit auf potentiellen Schiffsverkehr vorbereitet zu sein.

Sie hatten keine allzu weite Strecke zurückgelegt, als er McKee Manor am nördlichen Seeufer lokalisierte und die Geschwindigkeit drosselte. Ein Stück voraus entdeckte er auch die Lichter eines anderen Schiffes, das mit dem gleichen Kurs unterwegs war wie der Tanker, den er während seines Angelausflugs beobachtet hatte.

»Die verdächtige Anlage befindet sich am südlichen Seeufer«, sagte Pitt. »Mich interessiert brennend, wie sie ihre Tanker beladen.«

»Okay, verstanden. Ich achte darauf, dass wir nicht mit dem Bauch über den Seeboden schrammen.«

Während Pitt den Kurs des U-Bootes auf das südöstliche Ufer ausrichtete, behielt er den Videomonitor im Auge. Bei Nacht war das getarnte Gebäude so gut wie unsichtbar. Das Schwimmdock erschien als schwarze Linie auf der Wasseroberfläche, und Pitt hielt darauf zu. Er drosselte das Tempo, ließ die *Nymph* bis auf fünfundzwanzig Fuß sinken und überließ die Steuerung dem Sonarsystem.

»Der Boden steigt zügig an«, meldete Giordino. »Wassertiefe weniger als einhundert Fuß und abnehmend.«

Die durchlaufenden Sonarangaben der vorderen Echolote zerbröselten und wurden durch ein Panorama des Seebodens vor und unter ihnen ersetzt. Mithilfe eines Joysticks dirigierte Pitt die Außenscheinwerfer der *Nymph*, in deren Lichtschein nicht mehr zu erkennen war als eine dunkle, trübe grüne Brühe.

»So viel«, sagte Giordino, »zu dem kristallklaren Highlands-Wasser in meinem Scotch Whisky.«

»Das ist der Torf im Erdreich. Das gleiche Zeug, das deinem Whisky zu seinem rauchigen Aroma verhilft, befindet sich auch im Wasser.«

»Schmeckt auf jeden Fall besser, als es aussieht.« Giordino tippte mit einem Finger auf den Sonarmonitor. »Wir haben eben grad irgendetwas links von uns passiert. Tiefe bei dreißig Metern.«

Pitt blickte auf den Bildschirm. Ein gradliniger Schatten mit abgerundetem Ende deutete auf ein Objekt hin, das vom Seeboden aufragte. Pitt lenkte die *Nymph* in dessen Richtung und ließ sie so weit absinken, bis auf dem Monitor der Seeboden erschien. Er navigierte das Tauchboot näher an ihren Fund heran, bis er in voller Größe im Licht ihrer Scheinwerfer unter ihnen lag.

»Ein Boot«, stellte Giordino fest. »Und ein besonders schönes dazu.«

Selbst unter der dicken Schlickdecke waren die schnittigen Konturen eines großen Rennboots deutlich zu erkennen. Pitt ließ die *Nymph* so darüber hinweggleiten, dass ihre Strahlruder einen Teil des Sediments wegbliesen, dann verharrte er über dem Boot in der Schwebe, um sich einen besseren Überblick zu verschaffen. Befreit von seiner schlammigen Tarnung, waren seine Mahagoniaufbauten zu erkennen. Einst auf Hochglanz polierte Messingbeschläge entwickelten im Licht der Scheinwerfer noch immer ihren warmen Glanz.

»Ziemlich exotisch für diese Gegend«, stellte Giordino fest.

»Das muss McKees Boot sein. Er soll bei der Havarie eines italienischen Rennboots ums Leben gekommen sein.« Die Scheinwerfer des Tauchboots enthüllten chromblitzende Lettern, offenbar war das der Name des Bootes – RIVA.

»Sagtest du, es war ein Unfall?«, fragte Giordino. »In diesem Punkt bin ich mir nämlich nicht so sicher. Sieh dir mal die Motorhaube und die Windschutzscheibe an.«

Pitt wendete die *Sea Nymph* und brachte sie über dem Cockpit des Bootes in Position. Die Windschutzscheibe, die Motorhaube und die Sitze im Cockpit waren von zahlreichen winzigen runden Löchern durchsiebt. Auf der gegenüberliegenden Seite klaffte ein großes Loch mit ausgefransten Rändern im Bootsrumpf.

»Für mich sind das die typischen Anzeichen einer Explosion«, stellte Pitt fest.

»Die Rache einer betrogenen Ehefrau?«

»Ich würde es nicht von vornherein von der Hand weisen.«

Pitt kreuzte ein zweites Mal über dem Wrack, während Giordino mit der Außenkamera ein Video aufnahm, dann lenkte er die *Nymph* zum Seeufer. Er folgte dem ansteigenden Seegrund, bis Giordinos Warnung die Fahrt stoppte.

»Wir nähern uns dem Dock und irgendeiner dazugehörigen Infrastruktur. Links von uns befindet sich eine mögliche Pipeline sowie Rohranschlüsse und Ventileinrichtungen. Und voraus ist ein Schatten zu sehen. Um was genau es sich handelt, ist nicht zu erkennen.«

Giordino spürte, wie die Vorwärtsbewegung des Tauchboots stoppte. »Siehst du irgendwas?«

Pitt gab keine Antwort. Er konzentrierte sich auf ein bewegliches Objekt am Rand ihres Gesichtsfeldes. Giordino folgte seinem Blick und richtete sich auf seinem Platz ganz plötzlich kerzengerade auf.

Vor dem Sichtfenster, das Maul weit aufgerissen und die Augen kalt und bedrohlich starrend, erschien eine lang gestreckte grüne Kreatur der Unterwelt.

48

Es war kein Monster, sondern ein fast anderthalb Meter langer europäischer Aal.

»Das ist aber ein kapitaler Bursche«, stellte Giordino beeindruckt fest.

»Sieh dir nur an, wie er schwimmt«, sagte Pitt. Er ließ das U-Boot ein kleines Stück vorwärtsschweben. In seinem Scheinwerferlicht war zu beobachten, wie der Aal sich geschickt durch die Maschen eines Netzes schlängelte, das von der Unterseite des Docks bis hinab auf den Seegrund reichte.

»Unser gelenkiger Freund hat soeben das Sicherheitssystem der Gegenseite offengelegt. Wir sollten ihm dankbar sein«, sagte Pitt.

»Jetzt wissen wir's. Taucher nicht erwünscht«, sagte Giordino. »Und Tauchboote auch nicht.«

»Wahrscheinlich wird die Barriere zusätzlich von Oberflächensensoren oder Videokameras überwacht. Bleibt zu hoffen, dass um diese Zeit niemand vor den Monitoren sitzt, vor allem da der Tanker erst vor Kurzem abgelegt hat.«

Ein paar Meter seitlich versetzt, entdeckte Pitt einen Pfeiler, der vom Seegrund aufragte und von einem Gitter eingerahmt wurde. Er bugsierte die *Sea Nymph* näher heran, um die Konstruktion besser in Augenschein nehmen zu können.

»Ich habe mehrere von diesen Dingern auf dem Sonar. Sie bilden eine Reihe, die sich in den See hinein erstreckt und L-förmig ist«, sagte Giordino. »Ich tippe darauf, dass es die Stützen des Docks sind.«

Im Scheinwerferlicht der *Nymph* war eine pyramidenförmige Gitterkonstruktion zu erkennen, die auf einer Betonbasis verankert war. Das stählerne Absperrnetz schirmte sie zum See hin ab. Pitt veränderte die Position des Tauchboots, um erkennen zu können, was sich über ihnen befand. Es war natürlich das Dock – sowie eine hydraulische Hubvorrichtung an der Spitze des Stützpfeilers.

»Das magische Loch-Ness-Dock«, stellte Pitt fest. »Sie können es um ein paar Meter anheben oder absenken, damit es nicht zu sehen ist.«

»Ein Riesenaufwand«, meinte Giordino, »nur um ein paar Transportaktivitäten geheim zu halten. Das Ganze erinnert mich an die Arbeitsweise eines mittelamerikanischen Drogenkartells.«

Pitt lenkte das Tauchboot am Kai und seinen Stützpfeilern entlang, bis die Reihe in Richtung Ufer abknickte. Im Winkel des Knicks schlängelte sich ein dicker biegsamer Schlauch über den Seeboden, stieg am Eckpfeiler hoch zu einer Art Ventilkopf auf dem Kai, mittels dessen Tanker, die am Kai lagen, beladen werden konnten.

Pitt folgte der Reihe Stützpfeiler und dem ansteigenden Seeboden bis dicht ans Ufer. Er bremste die *Sea Nymph* erst in dem Moment, als die Kamera an der Spitze des GPS-Masts aus dem Wasser auftauchte und ein Bild von der Wasseroberfläche und dem Uferabschnitt übertrug. Es war jedoch nicht viel zu erkennen. Sowohl der Kai als auch das Labor wirkten vollkommen dunkel.

»Wie es aussieht, schläft alles tief und fest«, entschied Pitt.

»Dann sollten wir die Gelegenheit nutzen und uns gründlich umschauen. Auch wenn ich zugeben muss, dass ich zutiefst bedaure, die Nachtsichtbrille in meinem anderen Anzug zurückgelassen zu haben.«

Pitt ließ das U-Boot auftauchen und bugsierte es an die Außenseite des Kais heran, während Giordino die Einstiegsluke öffnete, auf den Kai kletterte und die *Nymph* an einem Poller vertäute. Kurz darauf kehrte er wieder ins U-Boot zurück.

»Ich fürchte, wir bekommen Besuch«, sagte er und schüttelte den Kopf. Ein amüsiertes Lächeln spielte um seine Lippen, als lautes Hundegekläff durch die offene Luke zu hören war.

»Ja, den habe ich schon kennengelernt«, sagte Pitt. Er griff in die Tasche seiner Windjacke und holte den in die Serviette eingewickelten Lammbraten heraus. »Versuch, ihn damit abzulenken.«

Giordino öffnete die Serviette und schaute mit skeptischem Blick hinein. »Soll das der Weg zum Herzen eines Rottweilers sein?« Er schob sich lange genug aus der Einstiegsluke heraus, um das Fleisch auf den Kai zu werfen. Damit reizte er noch einmal zu lautem Gekläff, bis sich der Hund näherte, um den Leckerbissen gründlich zu untersuchen.

»Ich bin mir nicht ganz sicher, ob eine Lkw-Ladung Filet Mignon ausreichen würde, um diesen Burschen satt zu kriegen«, sagte Giordino.

»Dieses Appetithäppchen sollte eigentlich ausreichen.« Pitt grinste. »Wir müssen ihm nur ein paar Minuten Zeit lassen, seine Mahlzeit ein wenig zu verdauen.«

»Hast du irgendeine geheime Wundersauce hinzugefügt?«

»Nein, aber ich habe etwa ein Dutzend Dramamine-Tabletten hineingedrückt. Loren hat immer welche bei sich, wenn sie auf Reisen geht. Das war das Beste, was mir kurzfristig eingefallen ist.«

Er veränderte die Stellung der Videokamera, um den Kai zu beobachten. Sie verfolgten, wie der Hund das Lammfleisch verschlang und dann misstrauisch zum Tauchboot herüberschaute.

»Was ist mit dem Hundehalter?«, fragte Giordino.

Pitt richtete die Kamera auf den Uferabschnitt, konnte jedoch dort keine Bewegung feststellen. »Als ich ihn das erste Mal gesehen habe, schien er frei und allein auf dem Gelände herumzulaufen.«

»Falls du nicht noch ein ganzes Schaf an Bord versteckt hast, hoffe ich inständig, dass er keine Freunde hat.« Giordino kramte in einer Werkzeugkiste herum und holte einen Schraubenschlüssel als Verteidigungswaffe heraus.

Sie verfolgten auf dem Monitor, wie sich der Hund auf dem Kai ausstreckte und die Augen schloss. Also verließen sie den Kai und gingen ein paar Schritte auf dem Fußweg bergauf, dann blieben sie stehen. Im matten Licht des Sternenhimmels erkannten sie, dass der Weg zum Haupteingang des Gebäudes führte und vor einer hohen stählernen Flügeltür endete. Es war nicht der imposante Eingang, der sie innehalten ließ. Vielmehr war es eine kurze, schmale Treppe rechts von ihnen, die abwärts zu einer unterirdischen Tür führte.

Giordino folgte Pitt, als er die Treppe benutzte und am Knauf der Seitentür drehte. Er ließ sich leicht bewegen, die Tür gab nach. Pitt öffnete sie einen Spaltbreit, um einen sichernden Blick hineinzuwerfen, dann trat er über die Schwelle.

Er befand sich in einem kleinen Kontrollraum, der halb in den Berghang hineingebaut war. Durch ein schmales Fenster in Augenhöhe konnte er auf das Dock hinausblicken. Eine breite Konsole unterhalb des Fensters enthielt ein wahres Durcheinander von Drehreglern, Schaltern und Kontrollhebeln. Videomonitore zeigten Aufnahmen von beiden Enden des Docks. Während das vertäute U-Boot zu tief im Wasser lag, um bemerkt zu werden, zeigte eine der Kameras den schlafenden Rottweiler.

»Das muss die Kontrollstation sein, um das Produkt aus dem Labor in die Tankschiffe zu leiten«, sagte Giordino. »Wir können nur froh sein, dass niemand unser Erscheinen bemerkt hat.«

Im hinteren Teil des Kontrollraums fand Giordino eine Tür und drehte probeweise den Knauf. Sie schwang auf zu einem Korridor, der von Deckenleuchten erhellt wurde. »Das ist genau die Art von Eingang, die wir lieben.« Er duckte sich unter dem Türbogen und machte einen Schritt in den Korridor.

Pitt folgte ihm nun durch einen schmalen abwärtsführenden Tunnel, dessen Decke und Seitenwände aus glattem Beton bestanden. Der Tunnel erstreckte sich etwa einhundert Meter weit zum Hauptgebäude und endete vor einer schmalen Treppe. Auf ihr stiegen sie etwa ein Stockwerk hoch zu einer weiteren Tür, die sie weit offen vorfanden. Giordino wollte gerade einen Blick hineinwerfen, als auf der anderen Seite ein Telefon klingelte.

»Maguire«, erklang eine heisere männliche Stimme, als der Anruf angenommen wurde. »Nein, es wurden keine unbekannten Fahrzeuge beobachtet.« Der Mann lauschte einen Moment lang. »Aye, Richards ist zurzeit in der Unterkunft. Ich wecke ihn und einen der anderen Wächter und mache dann einen Rundgang.« Wieder eine Pause. »Okay«, sagte er, dann legte er auf.

Der Mann führte offenbar ein zweites Telefongespräch. Außerdem verrieten entsprechende Geräusche, dass er sich eine Jacke anzog und dann entfernte. Als Pitt und Giordino hörten, wie in einiger Entfernung eine Tür geöffnet und wieder geschlossen wurde, ließen sie die Treppe hinter sich und betraten den Korridor.

Es war eine Art Wachzimmer im Eingangsbereich des Gebäudes. Eine Reihe von Monitoren über einem einzelnen Schreibtisch lieferte Echtzeitbilder von versteckten Kameras überall in und auf dem Komplex. Eine Kamera war auf den Außeneingang gerichtet, wo in diesem Moment der bewaffnete Nachtwächter auf seinem Weg zur Einfahrt zu sehen war.

»Irgendwie habe ich den Eindruck«, sagte Giordino, »als ob es bei Weitem schwieriger ist, aus diesem Fuchsbau herauszukommen als in ihn hinein.« Er streckte die Hand nach einem Videomonitor aus, der den Hauptkorridor zeigte, und veränderte den Blickwinkel der Kamera so, dass sie zur Decke des Flurs gerichtet war.

»Ich bin sicher, dass wir einige Verwirrung stiften können, wenn Not am Mann ist«, sagte Pitt. »Vorläufig sollten wir aber zusehen, so viele Informationen wie möglich zu sammeln.«

Sie gelangten in einen breiten zentralen Flur, der sich über die gesamte Länge des Gebäudes erstreckte. Fußboden, Decken und Wände bestanden aus Beton, waren leuchtend weiß gestrichen und erzeugten eine abweisende, sterile Atmosphäre. In den Türen, die den Flur säumten, befanden sich kleine Glasfenster, die einen Blick in die dahinter liegenden Räume gestatteten. Kleine Büros und größere Laborräume, in denen jeweils ein oder zwei mit Laborkitteln bekleidete Personen irgendwelchen konzentrierten Tätigkeiten nachgingen. Pitt und Giordino blieben vor einer Tür stehen, hinter der Tierkäfige aufgereiht waren. Jeder dieser Käfige war mit einem Beagle oder einem ähnlichen Hund mittlerer Größe besetzt.

»Offensichtlich werden hier Snoopy-Massentests durchgeführt«, sagte Giordino leise. »Mir sind diese Leute schon jetzt absolut unsympathisch.«

Sie setzten den Weg fort, bis hinter ihnen ein Türschloss klickte. Zu seiner Linken entdeckte Pitt einen dunklen Raum und schlüpfte hinein. Giordino folgte ihm eilig und schloss die Tür hinter sich. Zu Salzsäulen erstarrt standen sie in der Dunkelheit und hörten, wie jemand durch den Flur ging. Eine andere Tür wurde geöffnet und gleich wieder geschlossen. Dann knipste Pitt das Licht an.

Als die LED-Lampen aufflammten, stellten sie fest, dass sie sich in einem medizinischen Operationssaal befanden. Arbeitstische mit Desktopcomputern, Mikroskopen und Schränke, gefüllt mit chemischen Lösungen in unterschiedlichen Glasbehältern, säumten die hintere Wand und die Seitenwände. Mehrere Röntgengeräte waren an einen zentralen Monitor in einer Ecke des Raums angeschlossen. In der Mitte stand ein fahrbarer OP-Tisch unter einer Traube heller OP-Strahler. Auf einem Nebentisch lag eine Kollektion von Skalpellen und Sonden bereit. Beunruhigender war jedoch die kleine Gestalt, die mit einem Laken zugedeckt auf dem Operationstisch lag.

Pitt und Giordino näherten sich dem Tisch. Einige Sekunden

lang betrachtete Pitt die verhüllte Gestalt, dann nahm er eine Ecke des Lakens zwischen Daumen und Zeigefinger und zog es zur Seite. Er war sich nicht sicher, was er hätte erwarten sollen. Vielleicht einen der Testhunde aus dem Raum mit den Tierkäfigen.

Stattdessen legte er gerade den gut erhaltenen Leib einer dreieinhalbtausend Jahre alten ägyptischen Mumie frei.

49

Für Pitts ungeschultes Auge ließen die mit Streifen aus uraltem Leinen umwickelten Beine sowie der ebenfalls mit Leinen umhüllte Oberkörper auf ein mumifiziertes Kind von zehn oder zwölf Jahren schließen. Dem rasierten Schädel nach war es ein Junge. Der Kopf lag im Nacken, und ein kleiner Gummiklotz war zwischen die Zähne geklemmt worden, um den Mund offen zu halten.

»Ich hatte nicht erwartet, ausgerechnet hier König Tut anzutreffen«, sagte Giordino.

»Wer immer es ist«, sagte Pitt, »er ist weit von seiner Heimat entfernt.«

Giordino massierte sein Kinn. »Sind Summer und Dirk nicht gerade am Nil auf ein ägyptisches Grab gestoßen?«

»Ja, das sind sie. Und es enthielt einen Kindersarg, der leer war. Offenbar wurde das Grab geplündert.« Pitt beugte sich herunter und untersuchte den Schädel. »Sieh dir mal seinen Mund an.«

Giordino betrachtete die Zähne, dann wanderte sein Blick zu dem Tablett mit den medizinischen Werkzeugen. »Offenbar haben sie ihm einen der unteren Backenzähne auf der rechten Seite gezogen.«

»Sicherlich, um seine DNS zu isolieren.« Pitt deckte das Laken wieder über den Körper und sah sich in dem Raum um. Eine Schranktür im hinteren Teil mit einer elektronischen Schalttafel neben dem Türpfosten fiel ihm ins Auge. Er öffnete die Tür zu einem Raum, dessen Temperatur ständig konstant gehalten wurde. Er war mit Regalfächern gesäumt, die mit roten Lichtern erhellt wurden. Auf einer Seite standen ein halbes Dutzend Holzsärge in altägyptischer Machart. Vergoldet und mit den Porträts derer verziert, die in den Särgen gelegen hatten. Auf der anderen Seite wurden in separaten Plexiglasbehältern weitere mumifizierte Überreste aufbewahrt.

»Eine Kollektion von Särgen und Mumien«, sagte Giordino. »Da sag noch mal einer, es gebe kein schöneres Hobby als Golfspielen.«

Pitt deutete auf die Mumien. »Ich sehe keine Erwachsenen. Das sind ausnahmslos Jungen, und alle noch in einem sehr frühen Kindesalter.«

Giordino registrierte auffällige Lücken in ihren freigelegten Gebissen. »Und sie alle sehen aus, als hätten sie vor Kurzem Besuch von einem Zahnarzt gehabt.«

»McKees Interesse für das alte Ägypten geht offenbar weit über die Begeisterung ihres verstorbenen Mannes für Archäologie hinaus.«

Die beiden Eindringlinge verließen den Lagerraum und durchsuchten das Labor nach weiteren Hinweisen. Pitt entdeckte einen weißen Laborkittel und schlüpfte hinein. Da sie nichts weiter von Bedeutung fanden, löschten sie das Licht und kehrten in den Korridor zurück. Sie passierten einige kleinere Büros und betraten einen großzügigen Konferenzraum. Dicke Aktenordner lagen auf einem langen Tisch in der Mitte verstreut, und die Wände waren mit Tabellen, Landkarten, Produktionszahlen und Regalen bedeckt, die wieder mit weiteren Aktenordnern vollgestellt waren.

Pitt schlug einen Ordner auf und fand darin ausführliche Beschreibungen verschiedener kommerziell vermarkteter Produkte.

»Dirk, sieh dir das mal an.«

Giordino stand vor einer großen Weltkarte. Selbstklebende Etiketten befanden sich neben verschiedenen Großstädten oder

Regionen. Jedes Etikett war mit einem Zahlencode beschriftet, der aus den Buchstabenpaaren BR- oder EP- und einer nachfolgenden 1, 2 oder 3 bestand.

Pitt sah sich einige der Aufkleber näher an. »›Golf von Mexiko, BR-1.‹ ›Mumbai, EP-2.‹ ›Detroit, EP-3.‹ Es handelt sich offenbar um die Produkte, die an den jeweiligen Orten zum Einsatz kamen.«

»Wenn ja, dann schau mal, wo EP-2 angewendet wurde.« Giordino deutete auf Mittelamerika. Pitt folgte seinem Finger zu einem Etikett mit der Aufschrift CERRON GRANDE, EP-2.

»Also«, sagte Pitt, »ich glaube, von diesem EP-Produkt hätte ich gern eine Probe. Dann können wir, so glaube ich, getrost die Bühne verlassen.«

Er hatte den Satz kaum beendet, als eine Tür geöffnet wurde. Eine junge Frau mit kurzem schwarzem Haar kam in einem Laborkittel herein, unter dem Arm einen gelben Aktenordner. Sie musterte Pitt und Giordino flüchtig, während sie den Ordner in ein Regal schob. Während sie sich wieder zur Tür wandte, sah sie Pitt an und zögerte. »Ich will nicht aufdringlich sein, Dr. Andrews, aber kann ich Ihnen irgendwie helfen?«

Pitt zögerte keine Sekunde, um die Frage zu beantworten. »Ich war gerade auf der Suche nach der Liste mit den Lieferterminen.«

Sie rümpfte die Nase ein wenig geringschätzig und zuckte die Achseln. »Tut mir leid, ich arbeite in der Forschungsabteilung. Die Listen, die Sie suchen, müssten in der Produktionsabteilung zu finden sein.«

»Dann muss ich wohl oder übel dort nachschauen. Vielen Dank, Miss …«

»Thomkins. Gern geschehen.« Und sie verließ den Raum wieder.

»Eine Freundin von Ihnen, Dr. Andrews?«, fragte Giordino.

Pitt warf einen Blick auf das Namensschild, das an das Revers seines Laborkittels angeklemmt war. Darauf war über dem Foto eines dunkelhaarigen Mannes, der eine entfernte Ähnlichkeit mit Pitt auswies, in Blockbuchstaben DR. EUGENE ANDREWS zu lesen.

»Offenbar habe ich ein Gesicht, das man schnell vergisst.«

»Meinst du, sie meldet uns irgendwo?«

»Damit sollten wir lieber rechnen.« Er wandte sich wieder zu der Weltkarte um. »Sie liefern dieses Zeug an jeden Punkt der Erde. Wäre doch schön zu wissen, wohin überall genau.« Er riss die Karte von der Wand, faltete sie zusammen und steckte sie in die Tasche.

»Das ist doch schon mal ein Anfang.«

»Dann sollten wir uns jetzt auf die Suche nach der Produktionshalle machen.«

Als sie den Konferenzraum verließen, war der Korridor leer. Sie wären beinahe am nächsten Raum vorbeigegangen, als Giordino dort einen Mann an einem Schreibtisch sitzen sah. Pitt zögerte, als der Mann sich umwandte und zu dem kleinen Fenster in der Tür blickte. Er war nicht mehr der Jüngste, hatte ein rundes Gesicht, trug eine Brille und hatte schütteres Haar. Er musterte Pitt mit einer Mischung aus Angst und Resignation.

»Al, ich kenne diesen Mann.«

Pitt versuchte, die Tür zu öffnen, aber sie war verschlossen. Der Mann in dem Raum zuckte die Achseln, um anzudeuten, dass auch er sie nicht öffnen konnte. Pitt entdeckte ein Kartenlesegerät neben der Tür, dann fiel ihm das Namensschild an seinem ausgeborgten Laborkittel ein. Er wedelte mit Dr. Andrews' Ausweiskarte vor dem Lesegerät herum und hörte ein Klicken. Dann drehte er den Türknauf und betrat den Raum mit Giordino im Schlepptau.

Der Mann sah sie mit einem Ausdruck gespannter Erwartung an, sagte jedoch kein Wort.

»Dr. Perkins?«, fragte Pitt.

»Ja bitte?«

»Mein Name ist Pitt.« Er sah sich in dem Zimmer um. Eingerichtet war es wie ein Zimmer in einem Studentenheim mit einem

Einbaubett und einem kleinen angrenzenden Bad. »Werden Sie gegen Ihren Willen hier festgehalten?«

Perkins zögerte, dann nickte er, während er die beiden Männer misstrauisch musterte. »Was haben Sie gesagt – wie heißen Sie?«

»Wir gehören zur NUMA«, antwortete Pitt. »Wir untersuchen einige ungewöhnliche Todesfälle, die möglicherweise auf die Anwendung eines BioRem-Produkts zurückzuführen sind.«

»Gott sei Dank, ist es endlich jemandem aufgefallen«, sagte Perkins. »Wie sind Sie hier hereingekommen?«

»Wir haben uns durch die Hintertür auf der Seeseite hereingeschlichen«, erklärte Giordino.

Perkins sprang auf und stürzte zur Tür, um durch das kleine Fenster in den Flur zu schauen. »Sie bringen Sie um«, flüsterte er. Er sah Pitt verzweifelt an. »Sie haben mich gezwungen, für sie zu arbeiten.«

»Können Sie uns unter Umständen helfen, an eine Probe von diesem Zeug heranzukommen?«, fragte Pitt.

Perkins schüttelte den Kopf. »Zu spät. Es wurde bereits überall verteilt. Sie produzieren den Stoff schon seit Monaten in Massen. Millionen werden davon geschädigt.«

»Dann helfen Sie uns, diese Entwicklung aufzuhalten.«

Der Biochemiker starrte zu Boden und schüttelte den Kopf. Aus seinem Mund kam ein Murmeln, das kaum zu verstehen war. »Es gibt keine Möglichkeit mehr, es aufzuhalten.«

»Dann helfen Sie uns wenigstens, es zu versuchen.«

Perkins sah seinen beiden überraschten Besuchern in die Augen. Er studierte Pitt und Giordino mit dem analytischen Blick des unbestechlichen Naturwissenschaftlers. Was er vor sich sah, waren keine naiven Idealisten auf irgendeinem lächerlichen Kreuzzug. Stattdessen hatte er es offenbar mit zwei Männern zu tun, die ihr ganzes Leben lang nichts anderes getan hatten, als stets hauchdünne Chancen zu nutzen und sich durch hohe Risiken nicht abschrecken zu lassen. Was sie ausstrahlten, waren Standhaftigkeit, ein hoher moralischer Anspruch und eine absolute Entschlossenheit.

Zum ersten Mal seit langer Zeit verspürte Perkins einen winzigen Funken Hoffnung. »Aye«, sagte er schließlich mit einem Kopfnicken.

Pitt wedelte wieder mit der Ausweiskarte vor dem Lesegerät herum, öffnete die Tür einen Spaltbreit und trat in den Flur hinaus. »Die Luft ist rein.«

Perkins folgte ihm, während Giordino die Nachhut bildete. Als Perkins über die Schwelle trat, schrillte plötzlich eine Alarmglocke. Der Wissenschaftler zog sein Hosenbein hoch und deutete auf eine elektronische Fessel an seinem Fußknöchel.

»Es tut mir leid. Ich trage dieses Ding schon so lange, dass ich es total vergessen habe.«

Giordino schob ihn vorwärts. »Daran lässt sich jetzt nichts mehr ändern. Lassen Sie sich dadurch nicht aufhalten. Haben Sie irgendeine Idee, wie man schnell aus diesem Bunker herauskommt?«

Der Wissenschaftler überlegte kurz. »Es gibt im Produktionsbereich eine externe Lieferantentür, die sich von innen verschließen und öffnen lässt.« Er deutete zum Ende des Korridors und verfiel in einen schwerfälligen Laufschritt.

Pitt und Giordino folgten ihm bis zum Flurende, wo der Mann durch eine Doppeltür eilte.

Dahinter befand sich ein weitläufiger Produktionssaal mit deckenhohen Regalwänden, in denen die Bakterienkulturen in Behältern gezüchtet wurden, die mit Nährlösung gefüllt waren. Stählerne Tanks, so groß wie Badewannen, standen in Türnähe. Größere Tanks waren an den Wänden aufgereiht, während riesige Tanks das Zentrum der Halle beherrschten. Ein Gewirr von Rohrleitungen verlief unter der hohen Decke des Saals und verband die einzelnen Behälter miteinander. Auf einer erhöhten Plattform an der Wand neben der Tür befand sich die Schaltzentrale, von der aus sämtliche Aktivitäten in der Halle überwacht und gesteuert wurden.

Ein drahtiger Mann in einem dunklen Overall stand auf der Plattform, in der Hand ein Klemmbrett, und überwachte einen Computermonitor. Als die drei Männer, begleitet vom durchdringenden Lärm des ausgelösten Alarms, in die Halle stürmten, blickte er hoch.

»Hey!« Er sprang von der Plattform herunter und rannte ihnen entgegen. Er legte Perkins eine Hand auf die Brust und hinderte ihn daran weiterzugehen.

»Sie haben hier nichts verloren! Für Sie ist der Zutritt verboten!« Er musterte Pitt und Giordino misstrauisch,

»Die Erlaubnis kann ich ihm gleich hier erteilen.« Giordino trat zwischen die beiden Männer und verpasste dem Techniker eine präzise gezielte kurze, knochentrockene Gerade, die ihn am Kinn traf. Die Augen des Mannes verdrehten sich, und er ging zu Boden.

Pitt fing ihn auf, ehe er auf dem Beton zusammensackte.

»Entwickelst du auf deine alten Tage noch so etwas wie Mitgefühl?«, fragte Giordino, während er seine Knöchel massierte.

»Das ist reine Sympathie für das arbeitende Volk.« Pitt ließ den Techniker einigermaßen sanft auf den Boden gleiten. Dann stand er auf und sah Perkins an. »Die Hintertür, Doktor. Wo?«

»Hier … dort entlang.« Perkins schlängelte sich zwischen den Tanks in der Mitte der Halle hindurch bis zur Rückwand und blieb vor einem großen Dropdown-Tor stehen. Ein kleines Bedienfeld steuerte die Funktionen der Tür, und Perkins drückte auf Knopf, der das Tor öffnete. Nichts geschah.

»Wahrscheinlich ist die Funktion durch ein Lesegerät gesichert«, sagte Pitt. »Ich versuche mal mein Glück mit der ID-Karte.« Er hielt sie vor das Bedienfeld, aber auch jetzt rührte sich nichts.

Pitt wandte sich an Giordino. »Wir brauchen wahrscheinlich die Hilfe deines schlafenden Freundes.«

Sie machten kehrt, um zurückzugehen, als Schüsse erklangen und Betonsplitter vor ihren Füßen aus dem Fußboden herausgesprengt wurden.

Sie blieben stocksteif stehen, während zwei Männer mit Sturmgewehren im Anschlag zwischen den großen Tanks in der Mitte der Halle hervortraten. Ein dritter Mann, der Perkins-Imitator, tauchte hinter ihnen auf. Von seinen beiden Kollegen flankiert, hob er eine automatische Pistole und richtete sie grinsend auf Pitt.

50

»Dr. Perkins, es ist mir eine wahre Freude, Sie wiederzusehen«, sagte Pitt zu dem Sicherheitsmann namens Richards. Er deutete auf den echten Wissenschaftler. »Ich glaube, Dr. Perkins kennen Sie, oder?«

»Halten Sie die Klappe.« Richards kam einen Schritt näher und ließ die Pistole sinken, sodass der Lauf auf Pitts Brust zielte. Einer der Wächter durchsuchte auf sein Zeichen hin die drei Männer. Pitt musste mit Bedauern zusehen, wie die Weltkarte aus seiner Tasche gezogen und Giordino um seinen Schraubenschlüssel erleichtert wurde.

Sie mussten sich mit dem Rücken zur Wand aufstellen und wurden etwa zwanzig Minuten lang in Schach gehalten. Als das Tor zur Produktionshalle wieder aufschwang, kam Audrey McKee herein, begleitet von einem bewaffneten Mann und einer Frau. Pitt erkannte in ihren Begleitern das Paar, das Dr. Nakamura an der Universität von Maryland getötet hatte.

Audrey kam Pitt mit dem Ausdruck milden Tadels auf dem Gesicht entgegen. »Mr. Pitt, Sie können es offenbar nicht lassen. Immer wieder tauchen Sie an Orten auf, an denen Sie partout nichts zu suchen haben.«

»Ich dachte, Sie hätten mich aufgefordert, mich wie zu Hause zu fühlen.«

Sie schüttelte den Kopf. »Ich habe Ihr Unterseeboot am Dock gesehen. Sehr schick und auch sehr raffiniert.«

»Wir haben gehört, dass Nessie die Gegend mal wieder unsicher macht«, sagte Giordino, »und sind vorbeigekommen, um uns das mal mit eigenen Augen anzusehen.«

»Es wird wohl das Letzte sein, was Sie je mit eigenen Augen sehen werden.«

»Dies hier hatten sie bei sich.« Richards reichte ihr die Weltkarte. Sie warf einen kurzen Blick darauf und gab sie Richards gleich wieder zurück. »Sie hätten sich in El Salvador nicht einmischen sollen«, sagte sie zu Pitt.

Er sah sie einen Moment lang prüfend an, dann ging ihm ein Licht auf, dass sie die falsche Ärztin war, die in Suchitoto versucht hatte, Elise Aguilar zu töten. »Jetzt wieder Dr. McKee, nicht wahr? Ich wusste gar nicht, dass das Austesten von Bakterien an unschuldigen Kindern der Dritten Welt oder auch an Hunden zu den Tätigkeiten eines Arztes gehört.«

Darauf wollte sie etwas erwidern, aber Perkins kam ihr zuvor. »Sie wissen genau, was hier los ist.«

Audrey reckte hochmütig die Nase in die Luft. »Wir stellen umweltfreundliche Remediationsprodukte für die Beseitigung und Überwachung von Umweltschäden her. Sollte jemand auf die Idee kommen, unseren Betrieb zu kontrollieren, können wir sämtliche Produkte, die sich noch in der Entwicklung befinden, auf dem Grund des Lochs versenken. Niemand außerhalb des Betriebs wird davon auch nur das Geringste bemerken.«

Perkins nickte mit düsterer Miene. »Ihr Vater hätte so etwas niemals zugelassen.«

»Mein Vater … mein Vater war ein Tier.«

»Nicht im Vergleich zu Ihrer Mutter.«

Während Audreys Gesicht vor Zorn rot anlief, ergriff Pitt das Wort. »Ihre Tankschiffe werden überwacht. Und am Ende wird man sie zu Ihnen zurückverfolgen. Man wird Sie als Auslöser identifizieren.«

»Ich glaube Ihnen nicht. Aber selbst wenn zutreffen sollte, was

Sie behaupten – es wäre zu spät. Wir haben EP-3 an fast einem Dutzend Punkten des Globus ausgebracht. Sogar direkt vor Ihrer Nase – in Detroit. Wir verändern die Welt, Mr. Pitt, und es gibt nichts, was Sie oder sonst irgendwer dagegen tun kann.« Sie lächelte knapp. »Und jetzt müssen Sie mich entschuldigen, ich habe noch einiges vorzubereiten. Wir haben nämlich mit Ihrer Frau morgen früh eine ganze Menge vor.«

Sie klopfte mit den Knöcheln gegen den großen Stahlbehälter neben ihr und wandte sich an Richards. »Da unsere Gäste so brennend daran interessiert sind, unsere Produktionsmethoden kennenzulernen, können Sie vielleicht der Herstellung der nächsten Partie hautnah beiwohnen. Fesseln Sie sie, setzen Sie sie in einen der Zuchtbehälter und geben Sie ihnen die Möglichkeit, den Prozess aus nächster Nähe zu verfolgen.«

Sie würdigte sie noch eines Blicks. »Sie sind die Letzten einer aussterbenden Art. Goodbye, Gentlemen.«

Während sie mit ihrer bewaffneten Eskorte den Ort des Geschehens verließ, schickte Richards einen seiner Männer los, um geeignete Fesseln zu suchen. Er kehrte mit einem Messer und einer dicken Rolle Nylonseil zurück. Während die anderen Wachmänner die Gefangenen weiterhin in Schach hielten, ging der Mann von einem Gefangenen zum anderen und schnürte fachgerecht ihre Handgelenke und Ellbogen auf dem Rücken zusammen. Nachdem er sein Werk vollbracht hatte, zerknüllte er Perkins' Hemd auf der Brust und zog ihn hinter sich her. »Hier entlang.«

Er führte Perkins zur Rückseite eines der gewaltigen Behälter, wo eine große Klappe offen stand. »Dort hinein«, befahl er seinem Gefangenen.

Pitt und Giordino wurden mit vorgehaltener Pistole ebenfalls dorthin geführt und genötigt, durch die Öffnung der Klappe zu kriechen, wo Perkins schon auf sie wartete. Richards und die beiden Wachmänner folgten ihnen, und einer knipste eine Stablampe an.

In dem Behälter herrschte Dunkelheit, und er war leer. Lediglich eine stählerne Leiter war an der Innenwand des Behälters angeschweißt, die bei Inspektionsarbeiten benutzt wurde. Die Gefangenen wurden zu der Leiter getrieben und mit den Ellbogen und den Gesichtern zur Außenseite gewandt daran angebunden.

Richards schickte die beiden Wachmänner hinaus, dann ging er zu der Seitenklappe und wandte sich an die Gefesselten.

»Die Getränke gehen auf mich.« Er lachte schallend, während er die Klappe zuschlug und das Verschlussrad festzog.

Im Innern des Behälters war es nun vollkommen dunkel. Die Luft roch feucht und abgestanden. Pitt und Giordino begannen, an ihren Fesseln zu zerren, aber die Knoten waren gut gearbeitet und ließen sich keinen Deut lockern. Perkins gab einen Seufzer von sich und lehnte sich gegen die Leiter.

»Suchen Sie an der Leiter nach irgendeinem scharfkantigen Vorsprung oder nach einer rauen Stelle, um damit die Fesseln durchzuscheuern«, sagte Pitt. Seine Bewegungsfreiheit war extrem eingeschränkt, und er konnte nur einen winzigen Abschnitt der Leiter abtasten.

»Ich glaube, ich habe einen rostigen Spalt am Ende einer Sprosse gefunden«, meldete Giordino. »Ich schaffe es nur nicht, das Seil bis dorthin zu schieben, um es durchzuscheuern.«

In dem Behälter wurde es still, während jeder der Männer versuchte, seine Fesseln zu lockern. Dann hörten sie das mechanische Knirschen eines Ventils, das geöffnet wurde. Nur Augenblicke später ergoss sich ein Wasserfall aus einem Rohr hoch über ihnen auf ihre Köpfe. Innerhalb weniger Sekunden war der Boden des Behälters bedeckt, und die Flut begann, langsam, aber sicher an den Beinen der Gefangenen hochzusteigen.

51

»Sehe ich es richtig, dass uns jetzt ein kaltes Bad bevorsteht, Doktor?«, fragte Giordino.

»In der Tat«, antwortete Perkins. »Die Bioremediationssubstanz wird erst in kleinen Chargen angesetzt, dann zum endgültigen Wachstum schrittweise in zunehmend größere Behälter umgefüllt. Aus diesen Riesentanks werden die Schiffe beladen, die durch den Caledonian Canal vom Atlantik heraufkommen.«

Während die Flüssigkeit bereits ihre Unterschenkel benetzte und ihre Füße umspülte, hatte Giordino noch eine Frage, die ihm auf der Zunge brannte. »Ist dieses Zeug giftig?«

»Ganz und gar nicht. Momentan füllen sie ausschließlich eine Nährlösung für die Bakterien ein. Sie setzt sich vorwiegend aus Wasser, Glyzerin und Nitraten zusammen. Damit befüllen sie die Tanks zu fünfundneunzig Prozent, ehe sie die Mikrobenlösung aus einem der kleineren Behälter hinzufügen. Aber bevor das geschieht, sind wir längst ertrunken.«

»Was genau enthält die Mikrobenlösung?«, wollte Pitt wissen.

»Bis vor ein paar Jahren hat die Firma verschiedene Petroleum zersetzende bakterielle Organismen hergestellt, die bei Öllachen zum Einsatz kommen sollten. Sie waren genetisch manipuliert, dies jedoch unter den sichersten Bedingungen und unter Einhaltung der international gültigen Vorschriften. Die Mikroben waren entsprechend präpariert, um sich selbst zu vernichten, falls sie in eine andere Umgebung gelangten als in das verseuchte Milieu, für das sie entwickelt worden waren.« Er seufzte. »Frasier McKee war ein Mann mit hohen Idealen, und all seine Forschungen und seine Produkte sollten den Menschen das Leben erleichtern.«

»Und irgendwann war er plötzlich völlig von der Rolle.« Giordino stemmte seine schwellenden Armmuskeln ohne den geringsten Erfolg gegen seine Fesseln.

»Nicht er war es, der auf einmal abdriftete«, sagte Perkins. »Es war seine Frau, Evanna, die aber eigentlich nie so richtig auf der Höhe gewesen war. Um fair zu sein, Frasiers Trinkgewohnheiten und seine Frauengeschichten machten ihr das Leben nicht unbedingt einfacher. Aber irgendetwas ist geschehen, und sie flippte richtig aus. Ihn zu töten reichte auch nicht aus ...« Seine Stimme versiegte.

»Auf dem Weg hierher haben wir die Überreste seines Bootes entdeckt«, sagte Pitt. »Für uns sah es nicht wie ein Unfall aus.«

»Das war es auch nicht. Aber die Polizei konnte das Gegenteil nicht beweisen, daher ist die Geschichte als Unfall zu den Akten gewandert. Sie haben sich nicht einmal die Mühe gemacht, das Boot zu suchen. Ich dachte immer, Evanna müsse irgendjemanden bezahlt haben.«

»Ihre Mordserie hörte damit nicht auf.« Pitt dachte an Mike Cruz und die Kinder in El Salvador.

»Ich weiß«, sagte Perkins. »Nach seinem Tod wurde sie ein anderer Mensch. Besessen und geistig verwirrt. Sie umgab sich mit gemieteten Schlägern, unterzog ihre beiden Töchter einer Gehirnwäsche und verwandelte das Labor in eine geheime Einrichtung – während sie weiter von ihrer vollkommen verrückten Version einer Welt träumte. Und nun verbreitet sie überall den Tod.«

»Aber ... worum geht es dabei?«, fragte Giordino. »Und was meinte diese Frau damit, als sie sagte, wir seien die Letzten einer aussterbenden Art?«

»In Wirklichkeit war es Frasiers und meine Schuld«, sagte Perkins mit versagender Stimme. »Er ist vom alten Ägypten regelrecht besessen gewesen. Ständig hat er irgendwelche Ausgrabungen gesponsert. Schleppte mich sogar mehrmals zu den jeweiligen Orten mit, auch wenn ich die Hitze entsetzlich fand. Er war fasziniert von einem Pharao namens Echnaton und veranstaltete einige Ausgrabungen an Orten, die während dessen Regierungszeit eine gewisse Bedeutung gehabt hatten. Im Verlauf mehrerer Ausgrabungen fand er die Grabmäler und Mumien von Kindern, vorwiegend Jungen. Er kam dann korrekterweise zu dem Schluss, dass sie alle an Krankheiten gestorben waren.«

»Wir haben die makabre Sammlung in der Nähe des Konferenzraums gesehen«, sagte Pitt. »Sehr eindrucksvoll.«

»Ja, obwohl ich annehme, dass das ägyptische Antiquitätenministerium alles andere als begeistert wäre. Frasier war zuallererst Wissenschaftler und wollte wissen, wie und woran sie gestorben sind. Daher hat er die Leichen in sein Labor geschmuggelt.«

»Ist das nicht ein wenig gewagt nach dreieinhalbtausend Jahren?«, fragte Giordino.

»Normalerweise schon. Aber wenn das Untersuchungsobjekt nach einer längeren Krankheit starb, besteht die Möglichkeit, dass dies in der DNS gespeichert wurde. Und im Fall der ägyptischen Mumien findet man die Antwort auf solche Fragen in den Zähnen.«

»Weil sie nicht oft genug geputzt wurden?«

»In der Zahnpulpa sind häufig winzige Elemente Blut zu finden – zusammen mit dem genetischen Code der Bakterien, die den Tod ausgelöst haben. Und im Fall der Kindermumien aus der Zeit Echnatons war eine Seuche die Todesursache.«

»Eine Seuche?«, fragte Pitt.

»Die Evolution Plague – wie McKee sie nannte.«

»Waren bestimmte männliche Erstgeborene besonders anfällig?«, fragte Pitt.

»So schien es auf den ersten Blick, aber in Wirklichkeit waren *alle* männlichen Nachkommen betroffen.«

»Ich habe gehört, dass es mit der Cholera zusammenhängen könnte.«

»Das tut es. Frasier kam zu dem Schluss, dass es sich um eine durch Wasser übertragene Krankheit handelte, deren Erreger im Nil vorkamen. Er hat die Theorie aufgestellt, dass Krieg führende Nachbarn flussaufwärts in Namibia die Entstehung ausgelöst haben mussten, indem sie ihre verendeten Haustiere oder auch jeglichen Abfall, der bei Schlachtungen anfiel, im Fluss entsorgten. Es gibt immerhin einige physische Parallelen zum Cholerabakterium«, erklärte Perkins. »Und auch einige ungewöhnliche genetische Unterschiede.«

»Nachdem wir die Bakterien rekonstruieren konnten, haben wir keinen Aufwand gescheut, sie gründlich zu untersuchen. Wir fanden eine Variante des Pathogens, die die Fähigkeit hat, seine chromosomale Struktur zu verändern und damit vor allem das männliche Y-Chromosom anzugreifen. Dort lag anscheinend die Ursache für den großen Anteil an männlichen Toten.«

»Heißt das, diese Seuche ist heute noch virulent?«, fragte Pitt.

»Das befürchte ich. Frasier glaubte, dass dort der Schlüssel zu finden sein könnte, um einen Impfstoff gegen die moderne Form der Cholera zu entwickeln. Deshalb beschloss er, den Erreger wiederzubeleben. Wir waren extrem vorsichtig, als wir diesen Prozess in Gang setzten. Erst recht nachdem wir seine Resistenz gegenüber Chemikalien – wie zum Beispiel Chlor – registrieren mussten, das bekanntermaßen benutzt wird, um Wasser keimfrei zu machen. Natürlich änderte sich alles, als Evanna die Firmenleitung übernahm und entdeckte, was wir bis dahin herausgefunden hatten.«

»Dann verbreitet sie also«, fragte Pitt, »diese Evolution Plague, getarnt als hochleistungsfähiges Hilfsmittel zur Abwehr von Umweltkatastrophen?«, fragte Pitt. »Wir haben die Weltkarte gesehen, auf der die Orte markiert waren, an denen Produkte mit den Bezeichnungen EP und BR verwendet wurden.«

»Das ›BR‹ ist unser kommerzielles Produkt für die Bioremediation und wird vorwiegend bei Ölunfällen eingesetzt. Es ist absolut sicher und effektiv. Aber ›EP‹ bezeichnet die Evolution Plague.« Perkins' Stimme wurde brüchig. »Sie hat mich gezwungen, die Substanz genetisch umzuordnen und ihre Chromosomen verändernden Eigenschaften in einer harmloseren Form zu erhalten. Ich hatte keine Wahl. Sie hat meine Frau bedroht und mich hier eingesperrt. Meine Frau hält mich wahrscheinlich längst für tot … falls sie überhaupt noch am Leben ist.«

Er verstummte, als die Lösung im Tank um ihre Knie spülte.

»Wie kommt es«, fragte Pitt, »dass sich die Cholerasymptome je nach Einsatz der Substanz unterschiedlich bemerkbar gemacht haben?«

»Nach dem ersten Einsatz, in dessen Verlauf wir die Nebenwirkungen beobachten konnten, waren drei weitere Korrekturen nötig, um die unmittelbar tödliche Wirkung zu mildern. McKee wollte die Substanz verteilen, ohne Aufsehen zu erregen. Die ersten beiden Fertigungschargen, EP-1 und EP-2, riefen bei männlichen, vorwiegend jungen Infizierten heftige choleraähnliche Symptome hervor. Sie entsprachen dem Verlauf der eigentlichen Krankheit. Es ist in Mumbai und Kairo zu schrecklichen Todesfällen gekommen«, sagte er, und seine Stimme begann wieder zu zittern. »Soweit ich gehört habe, erwies sich die dritte Fertigungscharge zumindest bis jetzt nicht als tödlich.«

»Wenn sie keine Menschen tötet«, sagte Giordino, »weshalb wird sie dann weiter eingesetzt?«

»Wegen ihrer Wirksamkeit auf dem DNS-Level, um die männliche Geschlechtsdetermination zu blockieren«, erwiderte Perkins. »Sehen Sie, das Bemerkenswerte und Einzigartige an der Evolution Plague ist nicht nur ihre Widerstandfähigkeit gegen äußere Einflüsse. Ständig entstehen neue gegen Antibiotika resistente Bakterienstämme. Was dieses Bakterium von allen anderen unterscheidet, ist seine Wirksamkeit auf dem mikrozellularen Level.

Dieses Bakterium nistet sich im Zytoplasma ein und enthält einen Mechanismus, der das SRY-Gen im Y-Chromosom blockiert.«

»Können Sie das möglicherweise auch so erklären, dass ich es verstehe, Doc?«

»Es bedeutet, dass nach der Befruchtung kein männlicher Embryo mehr entsteht. Mit der EP infiziert, bringt eine Frau keine männlichen Nachkommen mehr zur Welt. Deshalb gab es nach dem Tod von Echnatons Sohn Tutanchamun für fünfzig Jahre keine männlichen Nachfolger auf dem ägyptischen Thron. Wenn alle Frauen auf dem Planeten damit infiziert wären, würden die Männer nach und nach verschwinden. Wie Audrey McKee es so treffend ausdrückte, wir sind die letzten Vertreter einer aussterbenden Art.«

»Das ist es also, was hinter der Boudicca-Schwesternschaft steckt«, murmelte Pitt.

»Ja, die Schwesternschaft …« Perkins stöhnte. »Ihr Ziel ist die Auslöschung der Männer.«

»Aber wäre das im Endeffekt nicht auch für die Frauen das Todesurteil?«, fragte Giordino.

»Fortschritte auf dem Gebiet der genetischen Reproduktion werden es nicht so weit kommen lassen«, sagte Perkins. »Die asexuelle menschliche Reproduktion ist im Labor bereits möglich. Frauen werden irgendwann ohne Zutun von Männern zur Fortpflanzung fähig sein. Es ist nur eine Frage der Zeit.«

»Und ich bin sicher, McKee ist davon überzeugt, dass alle Frauen diese neue Weltordnung befürworten«, fügte Giordino hinzu.

»Mit ihren Tankern, die diese Evolution Plague an jedem Punkt des Globus verteilen«, sagte Pitt, »sind sie jedenfalls auf dem besten Weg dorthin.«

»Sie konzentrieren sich darauf, die EP in jeden Süßwassersee und in jeden Binnenwasserlauf einzuleiten, der ausgedehnte Stadtgebiete mit Trinkwasser versorgt.«

»Indem sie in diesen Regionen Schiffsunfälle inszenieren«, sagte Pitt.

»Richtig. Dieses Szenario ermöglicht es ihnen, an Ort und Stelle zu erscheinen, die schädlichen Folgen mit dem Bioremediationsprodukt der Firma zu beseitigen und gleichzeitig unbemerkt die EP-Substanz einzuleiten. Kairo, Mumbai, Shanghai ... An all diesen Orten gelangt die EP in unmittelbarer Nähe von Trinkwasseraufbereitungsanlagen in den Kreislauf. Die Bakterien überleben den Aufbereitungsprozess und infizieren die Frauen über den Wasserkran. Niemand kann sagen, wie weit sich die Seuche schon verbreitet hat.«

»Aber sie können auf diese Weise unmöglich alle Frauen auf dem Planeten erreichen«, sagte Giordino.

»Nein, sicherlich nicht, aber einige hundert Millionen Frauen könnten längst infiziert sein. Das Geschlechtergleichgewicht könnte für immer gestört sein. Weitaus beängstigender ist an der ganzen Geschichte, dass wir es mit einem vollkommen neuen Organismus zu tun haben. Wir wissen nichts über seine Bereitschaft, zu einer tödlicheren Version zu mutieren.«

Ein weiteres Ventil wurde geöffnet, und nun ergoss sich ein zweiter Strom Nährlösung in den Tank. Die Männer spürten, wie die Flüssigkeit an ihren Beinen emporkroch, und setzten ihre Bemühungen fort, sich von ihren Fesseln zu befreien.

»Ich kann nicht behaupten, dass ich bei meinem Seil wesentliche Fortschritte mache«, sagte Giordino. »Du vielleicht?«

»Auch nicht, nein«, sagte Pitt. »Aber ich habe eine Idee.«

»Klar. Warum rufst du nicht die dunkelhaarige Frau aus dem Konferenzraum an und bittest sie, hierherzukommen und uns loszubinden?«

»Eigentlich hatte ich jemand anders im Sinn«, sagte Pitt. »Nämlich meinen befreundeten Amtskollegen Dr. Eugene Andrews.«

52

Dr. Eugene T. Andrews, mit einem Doktorgrad in Biochemie, erworben an der Universität von Glasgow, hatte einige Wochen zuvor bei BioRem Global gekündigt, nachdem er erfahren hatte, dass die Firma gefährliche Pathogene in Umlauf brachte. Evanna McKee hatte ihm eine hohe Abfindungssumme in Aussicht gestellt, um sich sein Schweigen zu erkaufen, aber eine Überweisung des Betrags war nicht mehr notwendig gewesen, nachdem er bei einem mysteriösen Verkehrsunfall ohne Beteiligung eines zweiten Wagens ums Leben gekommen war.

Pitt zählte nicht auf einen wiederauferstandenen Dr. Andrews als Retter in der Not, sondern lediglich auf seinen Laborkittel. Oder noch genauer, auf sein Namensschild. Nachdem er es benutzt hatte, um Perkins' Gefängnis zu öffnen, hatte er die Klammer an der Brusttasche des Kittels befestigt, wo sie jetzt allerdings wegen seiner auf dem Rücken gefesselten Arme genauso unerreichbar war wie an ihrem vorherigen Platz. Er wies Giordino an, sich so weit wie möglich zu ihm herüberzulehnen. Nachdem er sich das Namensschild bei einem ersten Versuch ins Auge gestoßen hatte, schaffte Giordino es schließlich, es mit den Zähnen zu erfassen und vom Kittel abzuziehen.

Der schwierige Teil der Operation bestand nun darin, es an Pitt zu übergeben. Während seine Handgelenke und seine Ellbogen durch die Fesseln fixiert waren, konnte er die Hände in begrenztem Umfang frei bewegen. Er drehte sich zur Seite und streckte die Finger an der Leiter vorbei, während sich Giordino ihm entgegenneigte und den Mund öffnete, um das Namensschild fallen zu lassen.

Die wässrige Nährlösung hatte mittlerweile ihre Taillen erreicht, und Pitt hörte ein leises Schwappen, nachdem das Schild seine Fingerspitzen berührt hatte. Im letzten Moment konnte er es noch festhalten, fast wäre es weggespült worden.

»Hast du's?«, fragte Giordino.

»So gerade eben. Jetzt müsste ich nur noch eine Möglichkeit finden, eine Kante zu schärfen.«

»Ich wäre wem auch immer auf ewig dankbar, wenn dies eher früher als später geschähe.« Da Giordino fast dreißig Zentimeter kleiner war als Pitt, stand ihm die Nährlösung bereits bis zur Brust.

Pitt drehte die Plastikkarte, legte sie sich flach auf die Hand und wischte damit über die Leitersprosse bis zur vertikalen Stütze. Am Verbindungspunkt befand sich ein rauer Fleck, an dem Pitt mit einer Kante des Schildes entlangfuhr. Er zog das kleine Schild mehrmals darauf hin und her, dann drehte er es um und schärfte die Rückseite. Da diese Aktion ausschließlich unter Wasser stattfand, konnte er nicht feststellen, ob seine Bemühungen von Erfolg gekrönt wurden. Er hielt inne und fuhr mit dem Daumen über die Kante. Sie war schon spürbar dünner und schärfer.

»Klappt es?«, fragte Giordino, während sich der Wasserspiegel seinem Nacken näherte.

»Ich hab's gleich geschafft«, sagte Pitt mit ruhiger Stimme. Er spürte, wie sich sein Freund hin und her wand und gegen seine Fesseln stemmte, um eine höhere Position einzunehmen. Perkins, der auf der anderen Seite stand, begann leise Seufzer von sich zu geben, blieb ansonsten aber vollkommen ruhig. Offenbar hatte er sich mit seinem Schicksal abgefunden.

Das hatte Pitt absolut nicht. Er fuhr fort, seine Behelfsklinge zu schärfen, und führte sie mit schnellen Bewegungen über die raue Oberfläche des zu einem Wetzstein umfunktionierten Leiterholms. Er überprüfte den Stand seiner Bemühungen noch einmal und fand die Kante erstaunlich scharf. Der entscheidende Test wäre die Begegnung zwischen Namensschild und Nylonschnur.

Er verdrehte die Hände und setzte das Plastikschild mit der Kante auf das straff gespannte Seil und begann zu sägen. Obgleich es sich nicht so gerade anfühlte wie eine heiße Klinge, die durch Butter schneidet, spürte er, wie sich die geschärfte Kante des kleinen Namensschilds langsam durch die Nylonfäden arbeitete.

»Nur damit du Bescheid weißt, ich glaube, ich werde in Kürze schon mal einen kräftigen Schluck trinken müssen«, sagte Giordino, dem die Nährlösung bereits gegen das Kinn schwappte.

Pitt verstärkte seine Bemühungen. Er glaubte spüren zu können, wie das Seil allmählich nachgab, und drückte stärker auf seine Minisäge. Schließlich gab es tatsächlich einen Ruck, und das Seil rutschte von seinem Handgelenk.

»Alles klar, Al«, sagte er.

Es war nur eine Seilwindung, und er hatte einige Mühe, die gesamte Fessel zu lösen und die Hände aus den Schlingen herauszuziehen. Dann befreite er die Arme von dem Seil, das die Ellbogen an der Leiter fixierte.

Giordino sagte nichts, aber Pitt hörte sein Keuchen, während er den Kopf so weit es ging aus dem Wasser reckte.

Pitt griff um Giordinos Ellbogen herum und tastete nach einem freien Seilende. Es war jedoch kraftvoll festgezurrt worden. Pitt tauchte ab, um eine bessere Hebelwirkung zu entfalten, und löste es schnell von der Leiter, dann entfernte er die restlichen Seilabschnitte und befreite Giordinos Hände.

»Danke … Bruder …«, sagte Giordino hustend und schnaufend. »Das war verdammt knapp.«

Pitt kümmerte sich bereits um Perkins, der einen Kopf größer war als Giordino. Pitt löste die Fesseln des Wissenschaftlers, während das Wasser bis zu seinem Kinn anstieg. Die drei Männer hielten inne, klammerten sich an die Leiter und gönnten sich ein paar Sekunden Nichtstun, um sich auszuruhen.

»Jetzt müssen wir irgendwie die Klappe aufbekommen«, sagte Pitt.

Sie schwammen zur gegenüberliegenden Tankwand und tasteten sich zu der Klappe hinunter. Pitt fand sie als Erster und tauchte gleich wieder hinab, um dem Verschluss zu Leibe zu rücken. Er drehte das Rad, um die Klappe zu entriegeln, dann zog er daran. Die Klappe gab jedoch keinen Millimeter nach. Er stieg wieder zur Oberfläche hoch, um Luft zu holen.

»Die Klappe ist genau unter uns. Ich brauche Hilfe, um eine stärkere Hebelwirkung gegen den Wasserdruck zu entwickeln.«

Giordino kam mit einigen Schwimmzügen zu ihm. »Ich bin bereit.«

Zusammen tauchten sie ab und bekamen den Sperrhebel zu fassen. Pitt stemmte einen Fuß gegen die Tankwand, und gemeinsam zogen sie an dem Griff. Die Tür gab ein wenig nach, dann wurde sie von den Wassermassen wieder in den Rahmen gepresst. Pitt und Giordino tauchten auf, um Luft zu holen und zu beraten.

»Wir müssen«, sagte Pitt, »irgendetwas in die Öffnung klemmen, bis der Druck so weit nachgelassen hat, dass wir die Klappe ganz öffnen können.«

»Hier drin werden wir nicht viel finden, womit wir uns behelfen könnten«, sagte Giordino.

Perkins war zur Leiter zurückgekehrt und hatte einen Lichtblitz gesehen, als die Klappe für einen kurzen Moment aufgegangen war. »Ich trage stabile Arbeitsschuhe«, sagte er. »Wenn Sie die Klappe noch einmal einen Spaltbreit aufbekommen, kann ich versuchen, einen Zeh in den Spalt zu zwängen. Dann hätten wir den sprichwörtlichen Fuß in der Tür.« Er kam zu ihnen herüber.

»Sie könnten ihn aber verlieren«, gab Giordino zu bedenken.

»Ein Fuß für ein Leben – kommt mir vor wie ein guter Tausch.«

Pitt und Giordino gingen wieder auf Tauchstation. Beide

stemmten sich gegen die Tankwand und zogen am Türgriff. Die Klappe öffnete sich, um sich gleich wieder zu schließen. Ihre Hoffnung wurde auf eine harte Probe gestellt und verflüchtigte sich allmählich, und beide wussten es.

Pitt tippte Giordino erst mit einem Finger, dann mit dem zweiten und schließlich mit dem dritten auf den Arm, und sie setzten noch einmal ihre geballte Kraft ein. Die Klappe gab nach, öffnete sich ein paar Zentimeter, und sie hielten sie in dieser Position, bis ihre Kräfte erlahmten, dann ließen sie den Verschlussgriff los und schossen zur Wasseroberfläche hinauf.

Der Tank veränderte sein Aussehen. Ein Lichtstrahl drang ein und erzeugte wabernde Schatten auf der oberen Wölbung. Perkins, der in der Nähe der Lichtquelle stand, verzog gequält das Gesicht. Ein dumpfes Rauschen umgab ihn.

»Ich hab's geschafft«, sagte er.

Die dicke Ledersohle seines Schuhs bog sich zwar, hielt jedoch die Klappe offen und garantierte den Wassermassen einen Abfluss. Perkins hatte Mühe, den Fuß im Türspalt zu halten, und presste seinen Körper gegen die Tankinnenwand, wodurch sich die Sogwirkung auf seinen Körper verringerte.

Der Wasserspiegel sank allmählich, und Perkins musste seine Position noch für etwa zwei Minuten halten, bis der Wasserstand auf Taillenhöhe abgesunken war. Pitt und Giordino zogen dann die Klappe vollständig auf, sodass der restliche Tankinhalt hinausströmte.

Perkins stolperte in der Wasserflut, dankbar, dass er den Tank hinter sich lassen konnte, auch wenn er das Gleichgewicht verlor und auf den nassen Boden stürzte. Pitt half ihm erst auf die Füße und zog ihn danach zur Seite.

Alarmsirenen erklangen, während das Wasser über den Hallenboden schäumte. Zu spät hörte Pitt einen lauten Ruf und sah einen bewaffneten Mann aus der Richtung der Kontrollstation auf sie zurennen. Er war wohl die Ablösung für den Techniker, der vorher seinen Dienst dort versehen hatte, und trug einen braunen Overall und hatte eine Pistole in der Hand. Er blieb dicht vor Pitt und Perkins stehen und hielt sie mit zitternder Hand in Schach.

Pitt erkannte, dass er kein ausgebildeter Wächter war, und ging zusammen mit Perkins auf ihn zu, neben sich die gekrümmte Tankwand.

»Bleiben Sie, wo Sie sind«, befahl der Mann.

Pitt hob einen Arm, ging jedoch weiter und stützte Perkins.

»Wir brauchen einen Arzt«, sagte Pitt, während er die Distanz zu dem Mann mit jedem Schritt verringerte.

»Ich habe gesagt, Sie sollen stehen bleiben.« Der Mann wich ein paar Schritte zurück, um den Abstand zu seinen Gegnern zu halten. Es reichte aus, um ihn in eine Position zu bringen, von der aus er die Tanköffnung nicht sehen konnte.

»Können Sie einen Arzt rufen?«, fragte Pitt. »Mein Freund hat sich den Fuß gebrochen.«

Der Techniker blickte auf Perkins zerquetschten Schuh. Er griff nach dem Sprechfunkgerät an seinem Gürtel und drückte auf den Sendeknopf. »Ich brauche Hilfe im Produktionssaal.«

Dann wandte er sich an Pitt. »Wo ist der andere Mann? Waren Sie nicht zu dritt?«

Pitt schüttelte den Kopf und blickte betreten zu Boden. »Ertrunken.«

Als er wieder hochschaute, musste er sich zwingen, auf den Mann mit der Pistole zu achten. Das war nicht so einfach, denn er konnte noch einen anderen Mann sehen, der sich hinter dem Techniker bewegte. Wie er gehofft hatte, war Giordino inzwischen aus dem Tank geklettert und um den Behälter herumgeschlichen.

Das Geheul der Alarmsirenen und das Rauschen der Wasserflut reichten aus, um Giordinos Erscheinen zu kaschieren. Außerdem redete Pitt weiter, um den Mann von dem abzulenken, was hinter ihm geschah.

»Dürfen wir die Arme herunternehmen?« Noch während er sprach, ließ Pitt seinen Arm sinken. »Das Ganze hier ist ein Missverständnis. Wir gehören zu dem Trupp, der die Tanks regelmäßig inspiziert, und müssen an diesem einige Reparaturen durchführen. Wir haben zahlreiche Lecks gefunden.«

»Behalten Sie die Arme oben.« Der Mann deutete mit dem Pistolenlauf zur Decke der Halle. Er sah auf der Tankwand die Reflexion einer Bewegung. Aber ehe er sich umdrehen konnte, hatte Giordino ihn erreicht und umschlang seinen Oberkörper mit beiden Armen.

Der Techniker wehrte sich zwar, doch gegen Giordinos Umklammerung hatte er keine Chance. Pitt kam seinem Freund zu Hilfe und beendete das Handgemenge mit einer Rechts-Links-Kombination ans Kinn des Technikers, der benommen in die Knie ging. Giordino riss dem Mann die Pistole aus der Hand und ließ ihn vollends auf den Boden sacken.

»Du wirst hier wohl kaum einen Job kriegen, wenn du die Angestellten weiter so grob behandelst«, sagte Pitt.

Giordino schüttelte den Kopf. »Wie ich hörte, haben sie auch einen armseligen Pensionsplan.«

Sie nahmen Perkins in die Mitte und schlugen den Weg zum Hintereingang ein.

Der alte Wissenschaftler hob eine Hand. »Einen Moment, wenn ich bitten darf.« Perkins humpelte zur Kontrollplattform und begann Hebel umzulegen und Regler zu verstellen. Ventile in der Decke wurden geöffnet, und Nährflüssigkeit ergoss sich in die Halle. Perkins kam zu Pitt und Giordino zurück, trotz der Schmerzen in seinem Fuß ein fröhliches Zwinkern in den Augen. »Ein bisschen zusätzliches Chaos, um sie noch für einige Zeit auf Trab zu halten.«

Sie kehrten zur Hintertür zurück, wo Giordino zwei Kugeln in das Schloss jagte.

Pitt drückte die Tür auf. Vor ihnen verlief ein Asphaltweg in einem weiten Bogen zur Einfahrt. Direkt vor ihnen erstreckte sich dichtes Buschwerk bis hinunter ans Ufer des Loch Ness.

Giordino legte Perkins einen Arm um die Taille und half ihm durch die Tür, dann hielt er inne. Pitt machte keinerlei Anstalten, ihm zu folgen. »Hast du etwa plötzlich sentimentale Gefühle, dass du dich nicht von dieser heimeligen Stätte trennen willst?«, fragte er.

»Die Pläne. Wir müssen wissen, in welche Gewässer diese Evolution Plague eingeleitet wurde und welche Schiffe damit beladen wurden.«

»Ich glaube, diese Informationen befinden sich in einem grünen Aktenordner, der im Konferenzraum steht«, sagte Perkins.

»Und vergiss nicht, dass unser schlafender Freund da drüben vorhin um Hilfe gerufen hat«, sagte Giordino. »Das heißt, dass schon bald jemand, der besser mit einer Waffe umgehen kann, hier erscheinen wird.«

Pitt nickte.

Giordino wusste, dass es keinen Sinn hatte, auch nur den Versuch zu machen, Pitt umzustimmen. Er reichte ihm die Pistole, die er dem Techniker abgenommen hatte, eine SIG Sauer P320. »Wir warten in der *Sea Nymph* auf dich.«

Pitt griff nach der Pistole. »Ich versuche, noch vor euch dort zu sein.«

Danach hatten es beide eilig, Giordino damit, Perkins durch die Hintertür hinaus zum Kai zu bringen, und Pitt, den Produktionssaal zu durchqueren und zum Vordereingang zu gelangen.

Wasser sickerte in den Korridor, als Pitt die Produktionshalle verließ. In der gesamten Anlage herrschte ein allgemeines Durcheinander. Alarmsirenen heulten, Angestellte rannten kopflos durch den Flur. Aus ihren Käfigen befreit, tobten die Hunde kläffend über das Außengelände des Laborkomplexes.

»Was zur Hölle ist hier denn los?«, fluchte ein Mann in weißem Kittel, der an Pitt vorbei in die Produktionshalle stürmte.

Froh, dass er einen eigenen Laborkittel trug, suchte Pitt einen Weg durch das Gedränge im Flur, wobei er nur gelegentlich wegen seiner nassen Kleidung argwöhnisch gemustert wurde. Am Ende des Flurs tauchten mehrere Männer in dunklen Overalls auf und sprinteten in seine Richtung. Er schlüpfte in ein leeres Büro und beobachtete, wie Richards und zwei Wachmänner zur Produktionshalle rannten.

Dann tauchte Pitt wieder im Gedränge der BioRem-Angestellten unter und ließ sich bis zum Konferenzraum mittreiben. Glücklicherweise hatte sich niemand hierher verirrt. Er ging an den Wandregalen entlang und hielt nach dem grünen Aktenordner Ausschau. Es dauerte einige Minuten, bis er tatsächlich im letzten Aktenregal fündig wurde. Ein schlichter Aufkleber auf dem Deckel trug die Aufschrift EP LIEFERUNGEN.

»Das bleibt hier«, erklang eine tiefe Stimme von der Tür. »Ebenso wie Sie.«

Pitt sah über die Schulter und erblickte Richards, der mit einer Pistole im Anschlag in der Türöffnung stand.

53

Ganz langsam drehte sich Pitt vollends um und hielt den Aktenordner wie einen Schild vor sich, Richards atmete heftig von seinem schnellen Lauf, aber die Pistole in seiner Hand schwankte keinen Millimeter.

»Müssen Sie sich nicht um ein paar undichte Wasserleitungen kümmern?«, fragte Pitt.

»Ich stopfe sie einfach mit Ihrer Leiche zu«, erwiderte Richards. »Legen Sie den Ordner auf den Tisch und kommen Sie mit. Und glauben Sie nicht, dass es mir etwas ausmacht, in diesem Raum ein Blutbad zu veranstalten, wenn Sie sich weigern.«

Das war alles, was Pitt hören musste. Richards hatte die kompakte SIG-Sauer-Pistole, die Pitt hinter dem grünen Aktenordner versteckte, nicht gesehen. Aber er befand sich nicht in der Position, genau zu zielen und zu feuern. Noch nicht.

Pitt machte einen Schritt vorwärts, um das Geschehen besser unter Kontrolle zu bekommen. »Es gibt in diesem Buch einige interessante Details«, sagte er. »Sie reichen aus, um Sie und Ihre Chefin für einige Jahre hinter Gitter zu bringen.«

»Ich rate es Ihnen noch einmal. Legen Sie den Ordner auf den Tisch.«

»Hier, nehmen Sie ihn.« Trotz der Entfernung quer durch den Raum streckte Pitt den Ordner mit der linken Hand vor. Gleichzeitig drehte er die SIG Sauer in der rechten Hand und schoss zwei Mal durch den Ordner.

Beide Neun-Millimeter-Projektile trafen Richards in der Brust und warfen ihn nach hinten. Er schaffte es noch, selbst zwei Schüsse in die Decke abzufeuern, während er zusammenbrach. Dann fiel er gegen die Tür des Konferenzraums, rutschte langsam an ihr entlang zu Boden und rührte sich nicht mehr. Ein leerer Ausdruck trat in seine Augen, während Pitt über ihn hinwegstieg.

»Das nächste Mal schieß zuerst und rede später«, sagte Pitt.

Da er davon ausging, dass das Wachpersonal momentan in der Produktionshalle beschäftigt war, eilte Pitt durch den Korridor zum Ausgang. Dabei kamen ihm mehrere Angestellte in weißen Kitteln entgegen, die in Richtung Produktionshalle rannten. Die meisten machten einen weiten Bogen um den Mann in dem nassen Laborkittel, mit einem grünen Aktenordner in der einen Hand und einer Pistole in der anderen.

Der Schalter des Wachdienstes am Haupteingang war unbesetzt, als Pitt ihn passierte und durch die Tür hinaustrat. Die ersten Vorboten des neuen Tages geisterten bereits über den Himmel und enthüllten eine dichte graue Nebeldecke auf dem Loch. Still und ruhig lag die Landschaft vor ihm, abgesehen von dem Lärm eines Motorbootes irgendwo draußen auf dem See.

Pitt folgte einem mit Steinplatten belegten Fußweg, der sich von niedrigen Hecken auf beiden Seiten gesäumt zum See hinunterschlängelte. Als der Pier in Sicht kam, nahm er in seiner Nähe eine Bewegung wahr. Es waren Perkins und Giordino, die von der Rückseite des Laborgebäudes kommend das Gelände in Richtung Ufer überquerten. Perkins humpelte, da die Schmerzen in seinem Fuß offenbar heftiger waren, als er zuzugeben bereit war. Sie hatten einen deutlichen Vorsprung vor Pitt, während sie den Kai betraten.

Das Motorengeräusch hatte an Lautstärke zugenommen, und Pitt schloss daraus, dass das Boot mit hoher Geschwindigkeit unterwegs war und Kurs auf den Kai nahm. Nur wenige Sekunden später tauchte das schwarze Schnellboot, das er im Bootshaus von McKee Manor gesehen hatte, aus dem Nebel auf.

Als sein Lenker den Gashebel zurückzog, wurde der Motorenlärm von dem hektischen Stakkato einer Maschinenpistole abgelöst. Mündungsblitze zuckten im Boot, und Perkins brach neben Giordino auf dem Kai zusammen.

Pitt startete zu einem Sprint durch. Er hob die SIG Sauer und feuerte vier Schüsse auf das Boot ab. Der Schlitten klappte nach dem letzten Schuss hoch. Er schleuderte die Waffe beiseite, als ein zweites Mündungsfeuer auf dem Boot aufblitzte. Steinsplitter wurden wenige Schritte vor ihm aus dem Fußweg gesprengt. Pitt tauchte zur Seite weg, setzte über eine Hecke und rollte sich hinter einen Baum.

Ein paar Sekunden später strich Gewehrfeuer über den Kai und das Seeufer. Giordino hatte Perkins vom Kai heruntergezogen, und die beiden Männer kauerten hinter der Hecke am Ende des Fußwegs. Noch waren sie für den Schützen nicht zu sehen, aber das würde sich schlagartig ändern, sobald das Boot den Kai erreichte.

Während das Boot sich näherte, entdeckte Pitt nicht weit entfernt zu seiner Linken den kleinen Kontrollraum, den sie kurz vorher betreten hatten. Er streifte den Laborkittel ab, der für jeden Schützen der Gegenseite ein ideales Ziel abgab, und rannte zu dem Gebäude hinüber. Er überwand die Distanz, ohne gesehen zu werden, und ging die Treppenstufen zum Eingang hinab. Der Schütze gab weiterhin kurze Feuerstöße auf Giordino und Perkins ab, während das Boot im Leerlauf an den Kai herantrieb.

Pitt betrat den Raum und blieb vor der Kontrolltafel stehen. In dem Gewirr von Stellknöpfen und Anzeigeinstrumenten fand er einen Kippschalter mit der Bezeichnung POWER. Er legte ihn um, und mehrere grüne Lichter leuchteten auf. Gleichzeitig erwachte ein geteilter Videobildschirm zum Leben. Die linke Seite zeigte den Entnahmeschlauch samt Anschlussmechanismus auf dem

Kai. Auf der rechten Bildschirmhälfte war die gesamte Kaianlage mitsamt dem Schnellboot zu sehen, das jeden Moment seinen Anlegeplatz erreichen würde.

Pitt entdeckte einen mit TRANSFER PUMP bezeichneten Kippschalter neben einer Reihe mit Tanknummern versehener Drehregler. Er schaute auf den Videobildschirm, während das schwarze Schnellboot in Sicht kam. Es war mittlerweile um neunzig Grad herumgeschwenkt und machte Anstalten, am Kai längsseits zu gehen. In der grauen Morgendämmerung machte er drei Personen auf dem Boot aus – eine Frau am Ruder, einen Mann mit einem Sturmgewehr und eine Frau, die hinter ihm saß.

Pitt erkannte alle drei.

Die Frau am Ruder und der Mann mit der Maschinenpistole waren das Paar, das ihm und Elise Aguilar im Büro von Dr. Nakamura aufgelauert hatte und ihn wahrscheinlich seitdem mit dem BMW verfolgte. Die zweite Frau war Audrey McKee.

Das Boot legte direkt vor dem Anschlusskopf des Entnahmeschlauchs an. Pitt streckte die Hand aus und öffnete wahllos den Regler mit der Bezeichnung TANK #3. Dann schaltete er die Pumpe ein. Elektromotoren begannen unter seinen Füßen zu summen, während mehrere Kontrolllichter auf der Konsole zu blinkten. Pitt hoffte, dass Tank #3 in der Produktionshalle gefüllt war und liefern konnte.

Das Schnellboot stieß gegen den Kai, und die Frau am Ruder schlang eine Leine um eine Klampe am Heckspiegel. Der Gewehrschütze erhob sich von seinem Platz und setzte einen Fuß auf den Kai, als ein lautes gurgelndes Geräusch aus der Abfüllvorrichtung drang. Er schaute hoch, während aus dem offenen Ende ein dicker Feuerwehrstrahl Bioremediationslösung herausschoss.

Da er genau davor stand, traf ihn der Strahl in Brusthöhe und fegte ihn nach hinten. Er stürzte über Audrey, sodass beide im Boot landeten.

Während sich das Boot mit der Mikrobenlösung füllte, leitete

Pitt die zweite Phase ein. Er konzentrierte sich auf einen Hebel unterhalb der Konsole, der die Hubvorrichtung des Kais steuerte. Während er den Hebel in die AUFWÄRTS-Position schob, verfolgte er das Resultat seiner Aktion auf dem Videobildschirm.

Konstruiert, um die jahreszeitlich bedingten Wasserstandschwankungen des Sees auszugleichen, erlaubte eine Hydraulik, den Kai um drei Meter über den derzeitigen Pegelstand anzuheben. Pitt hielt den Hebel in der AUFWÄRTS-Stellung, während der Kai senkrecht hochstieg und das Sicherheitsnetz bis über die Wasseroberfläche hinter sich herzog. Da das Boot mit der Heckleine am Kai vertäut war, wurde das Schnellboot achtern ebenfalls angehoben.

Als sie begriff, was hier geschah, versuchte die Frau im Cockpit die Leine zu lösen, stürzte jedoch ins Boot, ehe sie die Leine auch nur zu fassen bekam. Während sich das Boot immer steiler aufrichtete, taumelte die Frau gegen Audrey und den Gewehrschützen. Alle drei landeten Hals über Kopf im überfluteten Bug des Bootes.

Während der Bug durch die weiter hereinregnende Mikrobenlösung immer schwerer wurde, wälzte sich das Boot langsam herum in Richtung Kai. Das offene Cockpit legte sich gegen das stählerne Netz, in dem sich Bug und Windschutzscheibe verhakten.

Als das Boot regelrecht gefangen war wie eine Fliege in einem Spinnennetz, legte Pitt den Hebel um in die Funktion ABWÄRTS. Die Hydraulik reagierte augenblicklich, und der Kai versank unter der Wasseroberfläche. Selbst in dieser Entfernung vom See konnte Pitt die Hilferufe der Bootsinsassen hören, als das manövrierunfähige Boot mit dem Bug ins eisige Wasser des Loch Ness eintauchte. Pitt sah für einen kurzen Moment auf dem Monitor, wie Audrey McKee verzweifelt versuchte, sich aus dem Netz zu befreien, ehe das Boot in der trüben Brühe verschwand.

Plötzlich verblasste das Video, und der Bildschirm verdunkelte sich, desgleichen die Innenbeleuchtung des Kontrollraums. Außerdem stellten die Elektromotoren unter Pitts Füßen ihre Tätigkeit ein. Irgendwo im Hauptgebäude musste jemand die Stromzufuhr unterbrochen haben. Pitt verließ den Kontrollraum und rannte zum Kai hinunter.

»Seid ihr okay?«

Giordino stand mit Perkins am Seeufer und beobachtete einen Punkt nicht weit vom Ufer entfernt, an dem Luftblasen aus der Tiefe aufstiegen und an der Wasseroberfläche zerplatzten. Er wandte sich zu Pitt um.

»War das dein Werk?«

Pitt nickte. »Ich schätze, deren Sicherheitssystem arbeitet trotz allem absolut zuverlässig.« Er suchte die Wasseroberfläche ab. Von dem Schnellboot und seinen Insassen war nichts zu sehen.

Giordino sah zu Perkins, und beide Männer grinsten zufrieden.

»Das tut es.«

54

Die Alarmsirenen schnitten durch den stillen Morgen, während sich Pitt und Giordino um Perkins' Verletzungen kümmerten. Eine Kugel hatte sein Schienbein gestreift, eine andere war glatt durch seinen Oberschenkel gedrungen. Pitt holte den Laborkittel zurück und benutzte die aneinandergeknoteten Ärmel, um die Wunden notdürftig zu verbinden.

Trotz der sicherlich heftigen Schmerzen seiner nicht unbeträchtlichen Blessuren blieb Perkins hellwach und watete ohne jedes Anzeichen schlappzumachen mit einem Arm um Giordinos Schulter über den überfluteten Kai. Sie registrierten den betäubten Wachhund, der, nachdem er durch das Absinken des Kais unsanft geweckt worden war, nicht weit von ihnen entfernt in Richtung Ufer paddelte. Pitt angelte die Fangleine des Tauchboots aus dem Wasser, die während der Kapriolen der Kaianlage gerissen war, zog das Boot in Position, und sie zwängten sich hinein. Da es lediglich über zwei Sitzplätze verfügte, überließ Giordino ihrem verwundeten Gefährten seinen Kopilotenplatz und kauerte sich hinter dem Sessel auf die Einstiegsleiter.

Pitts Miene war angespannt, während er das Tauchboot vom Kai weglenkte. Giordino kannte auch den Grund.

Loren.

Da es in diesem Moment darum ging, so schnell wie möglich zu handeln, verzichtete Pitt auf Tarnung, sondern nahm über Wasser mit voller Kraft Kurs auf McKee Manor. Das Bootshaustor stand offen, und er lenkte das Tauchboot durch die schmale Einfahrt an den Pier im Innern. Giordino öffnete die Einstiegsluke und sprang mit der Fangleine in der Hand auf den Steg, während Pitt herauskletterte.

»Richtig nobel dieser Schuppen. Den Leuten fehlt es jedenfalls an nichts«, meinte Giordino, während er sich umsah. »Wie geht es jetzt weiter?«

»Du bringst Perkins am besten mit der *Nymph* zu einem Arzt. Folge einfach dem Seeufer nach Osten. Etwa fünf Meilen von hier kommt eine Stadt namens Drumnadrochit. Der Bootshafen liegt in einer kleinen Bucht.«

»Kommst du allein zurecht?«

Pitt nickte.

»Ich werde so schnell ich kann mit Hilfe zurück sein.«

Eine Minute später lenkte Giordino die *Sea Nymph* aus dem Bootshaus hinaus auf den Loch Ness. Unterdessen schlug Pitt die andere Richtung ein und gelangte durch den Zugang vom Bootshaus direkt in den Keller des Herrenhauses und stieg über die schmale Nebentreppe ins Erdgeschoss hinauf. Der Flur, an dem seine und Lorens Suite lag, war menschenleer. Mit einem unguten Gefühl öffnete er die Tür. Das Zimmer war ebenfalls leer.

Er durchquerte die vordere Rotunde und warf einen Blick in den Speisesaal. Auch dort traf er keine Menschenseele an. Pitt folgte dem Flur in Richtung See und kehrte zur Treppe und dann wieder in den Keller zurück. Dort ging er an den Weinregalen vorbei, gelangte in den kleinen Antiquitätenraum und öffnete diesmal die hintere Tür. Der Korridor, in den sie führte, war erleuchtet. Durch eine Flügeltür an seinem Ende drang gedämpftes Stimmengewirr.

Pitt hielt für einen Moment inne und ließ den Blick über die Exponate in der Waffenvitrine gleiten. Eine ganz besondere Stichwaffe fiel ihm ins Auge. Es war eine englische Enterpistole mit Steinschloss und einem Sprungfederbajonett unterhalb des achteckigen Pistolenlaufs. Die Waffe lag in einem Holzkasten zusammen mit einer schwarzen Pulverflasche, Baumwollschusspflastern und einer Schale mit einer kleinen Pyramide Bleikugeln.

Pitt öffnete die Vitrine und nahm die Pulverflasche heraus. Sie war gefüllt. Er schüttete eine Portion in den Lauf der Pistole, umwickelte eine Bleikugel mit einem Schusspflaster und stampfte sie mit einem Ladestock fest, der am Lauf der Waffe befestigt war. Dann hielt er die Waffe hoch, überprüfte das Steinschloss, streute ein wenig Pulver auf die Zündpfanne und schloss die Batterie. Die geladene Pistole schob er sich auf den Rücken in den Hosenbund, dann ging er den Flur hinunter.

Die Büros am Flur, die er auf seinem Weg zur Flügeltür am Ende des Korridors passierte, waren dunkel. Er legte eine Hand um einen der Türknäufe und drehte ihn nur wenige Millimeter. Hinter der Tür war McKees Stimme deutlich zu erkennen. Pitt holte tief Luft, dann stieß er den Türflügel auf und trat über die Schwelle.

Zu seiner Überraschung fand er sich in einem Raum wieder, der so geschmackvoll ausgestattet war wie ein Salon in einem Wellness-Zentrum. Topfpflanzen und ein Wasserfall bildeten den Rahmen für ein breites Sofa und Liegestühle. Eine Reihe Massageliegen mit erhöhtem Kopfteil stand in der Mitte unter einer Batterie violetter Lichtstrahler. Loren ruhte auf einer der Liegen, auf der Liege neben ihr lag die Australierin, Abigail Brown.

Der Eindruck zwangloser Entspannung wurde durch den Anblick der Arm- und Beingurte, mit denen die Frauen auf den Liegen fixiert waren, empfindlich gestört. Jede trug ein Paar Kopfhörer sowie eine Virtual-Reality-Brille. Und neben jeder Liege stand ein kleiner Tisch, auf dem eine umfangreiche Kollektion Ampullen und Injektionsspritzen bereitlag.

Pitts Sorge verstärkte sich, als er auch noch die Empfangsdame namens Irene entdeckte, die den Lastwagen gelenkt hatte. Sie saß an einer Computer-Workstation, mit der die beiden Frauen durch

Drahtleitungen verbunden waren, schaute bei seinem Eintreten vom Bildschirm hoch und musterte ihn keineswegs überrascht.

Neben ihr stand Evanna McKee und entblößte ihre Zähne zu einem Lächeln, das die Wärme eines Polarwolfs ausstrahlte. »Hallo, Mr. Pitt. Ich hatte Sie viel früher erwartet. Allerdings nicht lebendig.«

Er machte einen Schritt auf sie zu, dann erstarrte er, als der kalte Stahl einer Pistolenmündung gegen seinen Nacken gepresst wurde.

55

Rachel hatte hinter der Tür gestanden und darauf gewartet, dass er hereinkam.

Pitt registrierte zu spät, dass auf einen Monitor an Irenes Workstation Videos der Überwachungskameras, die im ganzen Haus verteilt waren, übertragen wurden. Von dem Moment an, als er das Gebäude betreten hatte, hatte sie jeden seiner Schritte überwacht.

»Ich muss meine Einladung zur Foltersitzung verlegt haben«, sagte er.

»Sie sind niemals eingeladen worden«, erwiderte McKee. »Und von einer Foltersitzung kann keine Rede sein. Zumindest noch nicht. Ich nenne es lieber eine kleine psychologische Neuorientierung.«

»Ich glaube, dass Sie über Bewusstseinsveränderungen recht gut Bescheid wissen.«

Der Druck des Pistolenlaufs in seinem Nacken verstärkte sich.

»Ihrer reizenden Ehefrau wird kein Leid zugefügt«, sagte McKee. »In einen vollkommen entspannten Zustand versetzt, hält sie sich zurzeit in einer virtuellen Welt auf, in der Liebe und Frieden regieren, während unter den Mitgliedern der Schwesternschaft der Frauen absolutes Vertrauen herrscht. Allerdings fürchte ich, Sie werden feststellen müssen, dass ihr Interesse an Männern deutlich nachgelassen hat, wenn sie wieder in diese Welt zurückkehrt. Aber Sie werden sowieso nicht allzu lange bei uns bleiben.«

»Sind hier keine Männer zugelassen?«

»Nicht in der Welt, in der sie sich momentan aufhält. Und auch nicht in unserer zukünftigen Welt.«

»Ich dachte immer, dass zu einer Vermehrung notwendigerweise zwei Individuen zusammenkommen müssen.«

»Dieses Problem hat die Wissenschaft bereits weitgehend gelöst, Mr. Pitt. Die weibliche Empfängnis ohne Beteiligung eines männlichen Partners ist bereits wissenschaftliche Realität. Nicht mehr lange, und sie wird eine weitverbreitete Praxis sein.«

»Ich denke, viele Menschen werden Ihrer Vorstellung von einer neuen Welt nicht viel abgewinnen.« Rachel stieß den Pistolenlauf jetzt schmerzhaft gegen Pitts Hinterkopf und brachte ihren Mund dicht an sein Ohr. »Ich rate Ihnen, mit Mrs. McKee nicht in diesem Ton zu reden.«

»Ihre Tage sind gezählt, McKee.«

McKee gab Rachel mit dem Kopf ein Zeichen, und die athletische Frau schob Pitt vor sich her zu einer freien Massageliege neben Loren. Während Pitt vorwärtsstolperte, zog Rachel die Steinschlosspistole aus seinem Hosenbund. »Nicht nur, dass Sie hier unbefugt eingedrungen sind, Sie vergreifen sich auch noch an unseren Antiquitäten«, sagte sie. Während sie die Pistole nachlässig auf Pitt richtete, ging Rachel zum Instrumententisch und deponierte die Steinschlosspistole darauf.

Ihre Finger hatten die Waffe kaum losgelassen, als Pitt auch schon herumwirbelte und ihren Arm zur Seite schlug. Ehe sie reagieren konnte, erwischte er sie mit einem linken Uppercut an der Kinnspitze.

Ihr Kopf schlug nach hinten, und ihre Knie gaben nach, während sie den freien Arm in einer Abwehrgeste hob.

Pitt ignorierte das Rascheln hinter sich und holte zu einem zweiten Schlag gegen ihren Arm aus. Er wollte ihr die Pistole aus der Hand winden – und spürte einen Stich in seinem Rücken, gefolgt von einem Nerven zerfetzenden Stromschlag.

Irene hatte Pitt mit einem Elektroschocker attackiert und einen Impuls von zehn Millionen Volt in seinen Körper gejagt. Der Stromstoß löste Krämpfe in sämtlichen Gliedmaßen aus und überschüttete seinen Körper mit einer Schmerzwoge. Pitt ließ von Rachel ab und hatte Mühe, sich auf den Beinen zu halten, während Irene den Schocker für eine zweite Attacke in Position brachte.

Rachel erholte sich so weit, um ihn vor sich her und gegen die Massageliege zu schieben. Pitt stieß dagegen, verlor das Gleichgewicht und stürzte, immer noch leicht benommen, auf die Liege. Diese Gelegenheit nutzten Irene und Rachel, erreichten mit wenigen Schritten die Liege und fesselten seine Arme und Beine, ehe er sich zur Wehr setzen konnte. Dann schlug Rachel ihm ins Gesicht.

McKee lächelte. »Sie sind mit Ihrem unsensiblen Verhalten zu weit gegangen, Mr. Pitt. Aber für Ihre Frau besteht noch Hoffnung.«

Pitt verzichtete auf einen Kommentar, während das Gefühl allmählich in seine Gliedmaßen zurückkehrte. Er blickte zu Loren und verfluchte sich dafür, in diese Lage geraten zu sein.

McKees Mobiltelefon klingelte, und sie entfernte sich ein paar Schritte, um den Anruf entgegenzunehmen. Ihr Gesicht wurde aschfahl, während sie stumm zuhörte, dann trennte sie die Verbindung. Sie kam zu Pitt zurück und musterte ihn feindselig. »Was ist mit Audrey passiert?« Ihre Stimme war nicht mehr als ein nahezu lautloses Flüstern.

»Ich glaube, sie hatte Lust auf ein kleines Wettschwimmen mit Nessie.«

McKee starrte ihn an. Jetzt zitterte sie, und ihre Fassade der Unbesiegbarkeit zerbrach. Ein wirrer Ausdruck trat in ihre Augen, und sie wandte sich von Pitt ab. Ein, zwei unsichere Schritte brachten sie an Irenes Seite, der sie etwas ins Ohr flüsterte. Dann winkte sie Rachel, die zu ihr kam. Zusammen verließen sie den Raum, während Rachel ihre zitternde Chefin stützte.

Irene trat zwischen Pitt und Loren. Sie wählte eine Ampulle mit der Aufschrift LSZ aus – es war ein synthetisches Halluzinogen auf LSD-Basis – und füllte damit eine Injektionsspritze. Sie wandte sich um, rollte Lorens Ärmel hoch und injizierte die Lösung in ihren Arm.

»Lassen Sie sie in Ruhe!« Pitt stemmte sich gegen die Fesseln, während das taube Gefühl in seinen Extremitäten endlich nachließ.

»Jetzt gehört sie zu uns.« Irene zog ein Mobiltelefon aus der Tasche und aktivierte die Kamera. »Machen Sie ihr eine Freude und lächeln Sie jetzt«, sagte sie und fotografierte Pitts Gesicht.

Dann kehrte sie zu ihrer Workstation zurück und tippte mehrere Minuten lang auf der Tastatur. Pitt wurde nicht müde, sich weiter gegen seine Fesseln zu wehren, aber ohne den geringsten Erfolg. Kochend vor Wut über seine Hilflosigkeit blickte er immer wieder voller Sorge zu Loren hinüber.

Seit Pitt den Raum betreten hatte, lag sie still auf der Liege, nur ein gelegentliches Zucken verriet, dass sie nicht vollkommen bewusstlos war. Nach der Injektion wurden ihre Bewegungen heftiger, und offenbar litt sie auch unter Schmerzen. Während sie sich in ihrem gefesselten Zustand hin und her wand, kam Irene herüber, verfolgte Lorens vergebliche Mühen und lächelte.

»Der Verstand ist ein erstaunliches Medium«, sagte sie zu Pitt. »Mit dem Einsatz spezieller mentaler Hilfsmittel« – sie deutete auf das Tablett mit den Injektionsspritzen – »kann die virtuelle Welt sehr real erscheinen.«

Loren bäumte sich auf, dann stieß sie einen Schrei aus. Ihr Kopf wurde hin und her geworfen, als schlüge ihr jemand ins Gesicht.

»Machen Sie dem ein Ende«, verlangte Pitt.

Irene grinste bösartig. »Nicht ich bin es, der sie in diesem Moment misshandelt. In ihrer Realität wird sie von Ihnen angegriffen.«

Knirschend biss Pitt die Zähne zusammen und krümmte sich,

als Lorens Schreie ertönten. Sie zitterte, drehte den Kopf zur Seite, um den imaginären Schlägen auszuweichen. Dann wimmerte sie. Tränen sickerten unter der elektronischen Brille und den Ohrmuscheln des Kopfhörers hervor und rannen über ihre Wangen.

Noch nie hatte sich Pitt derart hilflos gefühlt. »Aufhören!« Seine Muskeln brannten von den Anstrengungen, sich zu befreien.

Irene lachte. »Sie sollten sich Ihren Wunsch, dass dieser Zustand gestoppt werden soll, gut überlegen, Mr. Pitt, denn in diesem Augenblick werden Sie erleben, wie stark die menschliche Einbildungskraft sein kann.«

Sie sah einige Sekunden lang auf den Monitor der Workstation, dann kam sie mit dem Elektroschocker in der Hand zurück. »Ihre Frau hat genug von Ihren Gewalttätigkeiten – sie ist jetzt bereit, sich dagegen zu wehren.«

Loren lag immer noch zitternd auf der Liege.

Irene löste ihre Arm- und Beinfesseln, dann entfernte sie den Kopfhörer. Und schließlich nahm sie ihr das Daten-Headset ab.

Pitt konnte die Augen seiner Frau sehen. Sie waren kaum wiederzuerkennen. Normalerweise violett, strahlend und lebhaft, wirkten sie in diesem Moment bloß dunkel, leer und willenlos. Loren sah Irene an und lächelte matt.

Dann wanderte ihr Blick zu Pitt, und sie zuckte mit einem Ausdruck des Entsetzens zurück.

Irene lehnte sich vor. Sie legte die Hände auf Lorens Schultern und beugte sich zu ihrem Ohr hinab. »Du musst ihn töten«, flüsterte sie. »Du musst ihn jetzt töten.«

Loren nickte automatisch, während Irene ihr beim Aufstehen half. Für einen Moment lehnte sie sich gegen Irene, bis sie ihr Gleichgewicht fand. Gleichzeitig starrte sie Pitt mit einem Ausdruck tiefster Abscheu an.

»Loren«, sagte Pitt.

Der Klang dieses Wortes verstärkte ihr Zittern.

Irene brachte den Mund dicht an ihr Ohr. »Tu es.«

Sie ergriff die antike Steinschlosspistole, spannte den Hammer und drückte die Waffe Loren in die Hand.

Loren betrachtete die Pistole, dann schaute sie zu Pitt und anschließend wieder auf die Pistole.

»Loren.«

Sie ignorierte ihn und ließ die Hand mit der Pistole sinken. Loren schritt wie in Trance um Pitts Liege herum und näherte sich ihm von der anderen Seite, während sie ihn wachsam fixierte. Als sie für einen kurzen Moment stehen blieb, den Blick über Abigail Brown, die Workstation und den Instrumententisch voller Glasampullen und Injektionsspritzen wandern ließ, blieb ihre Miene starr und vollkommen emotionslos. Dann konzentrierte sie sich wieder auf Pitt und machte einen Schritt in seine Richtung.

Irene näherte sich von der anderen Seite der Liege und nickte. Sie hielt noch immer den Elektroschocker in der Hand.

»Loren.«

Ihr Gesicht verzog sich bei dem Laut, bis Irenes Stimme noch einmal erklang.

»Du musst es tun.«

Pitt schaute zu Loren hoch, die seinen Blick mit einem eisigen, roboterhaften Ausdruck erwiderte. Pitt suchte in ihren leeren Augen nach einem Schimmer des Erkennens. Für einen Moment glaubte er, ein vertrautes Zucken wahrzunehmen, aber es war wohl nur ein Lichtreflex.

Dass er sich geirrt hatte, wurde ihm schmerzlich klar, als sie die Pistole in Anschlag brachte und abdrückte.

56

Beim ersten Licht des Tages vergewisserte sich Riki, dass Dirk noch fest schlief. Sie nahm sein Mobiltelefon vom Beistelltisch, ergriff ihre Reisetasche und begab sich leise ins Bad. Dort verriegelte sie die Tür, und drehte die Dusche auf, hatte jedoch nicht die Absicht, sich darunter zu stellen.

Sie durchsuchte ihre Reisetasche und holte einen schlanken Laptop heraus, über den sie sich ins WLAN des Hotels einloggte. Sie rief die Website einer Firma auf, die Telefonüberwachungssoftware verkaufte, und meldete sich auf einem registrierten Konto an. Sie schaltete Dirks Mobiltelefon ein und folgte den Anweisungen auf dem Laptopbildschirm, um eine getarnte Überwachungsapplikation auf Dirks Telefon herunterzuladen.

Nachdem sie ihn über seine Suche nach dem Grab Meritatons am Vorabend ausgefragt hatte, hatte sie sich sein Telefon mit der Begründung ausgeliehen, ihr eigenes sei defekt, und prägte sich seinen PIN-Code ein. Nachdem sie die Antivirus-Software deaktiviert hatte, lud sie ein Tracking-Programm herunter und fügte eine geheime Telefonnummer hinzu. Mit ihr konnte sie sich mit Dirks Telefon jederzeit in Verbindung setzen und über sein Mikrofon alles mithören, was in seiner Umgebung gesprochen wurde.

Nachdem sie den Download abgeschlossen und die Spuren ihres Zugriffs gelöscht hatte, duschte sie und zog sich an.

Dirk hörte das Rauschen der Dusche, stand auf und war bereits angezogen, als sie aus dem Bad kam. »Ich habe gar nicht mitbekommen, wie du aufgestanden bist.«

»Ich wollte dich nicht wecken.« Sie versteckte sein Telefon hinter der Reisetasche. »Ich habe heute Vormittag einen Termin beim Generalsekretär der Umweltbehörde in Dublin.«

»Kannst du heute Abend zurückkommen?«

»Ich fürchte, nein. Heute Abend findet noch ein Geschäftsessen statt, an dem ich teilnehmen muss. Aber morgen Abend bin ich frei.«

»Okay, dann sehen wir uns morgen.«

Während sie sich küssten, legte sie sein Mobiltelefon hinter seinem Rücken auf die Schubladenkommode. An der Zimmertür blieb Riki stehen, wandte sich um und schaute Dirk für einige Sekunden in die Augen, dann machte sie schnell kehrt und eilte den Hotelflur hinunter.

Auf dem Parkplatz stieg sie in den silbermetallicfarbenen Audi, nachdem sie die Reisetasche im Kofferraum deponiert hatte. Sie verließ den Parkplatz und stoppte nur ein paar Blocks weiter vor einem kleinen Hotel. Dort warteten Gavin und Ainsley schon am Bordstein.

»Wir haben Sie heute Morgen gar nicht in der Hotellobby gesehen«, sagte Gavin, während er auf den Beifahrersitz rutschte.

Riki ging kommentarlos über die Bemerkung hinweg. »Haben Sie ein Boot für uns organisiert?«

»Ja, aber nicht in Portmagee«, antwortete Gavin. »Wir haben etwas Geeignetes in Cahersiveen gefunden.« Er hielt sein Telefon hoch, auf dessen Display das Foto eines soliden Arbeitsbootes zu sehen war. »Das war das beste, was wir nach Ihrer Morgennachricht auftreiben könnten. Und dann auch noch um diese frühe Uhrzeit.«

»Wo ist Cahersiveen?«

»Etwa zehn Meilen vor Portmagee. Es liegt ein Stück landeinwärts an einem Meeresarm, ebenso wie Portmagee. Wir können uns dort auf die Lauer legen und auf dem Wasser auf sie warten.

Das heißt, wenn sie es nicht allzu eilig haben. Wir können das Boot nicht vor halb neun übernehmen.«

Riki sah auf ihre Armbanduhr. »Okay, dann sollten wir uns auf den Weg machen«, sagte sie und programmierte den Ortsnamen ins Navigationssystem des Audi ein.

Sie fuhr hinter Tralee nach Südwesten, ehe sie dem Südufer der Dingle Bay folgte. Nach weniger als einer Stunde erreichten sie Cahersiveen, eine malerische Kleinstadt an den Ufern des River Fertha. Riki parkte neben dem Bootshafen der Stadt, und Gavin ging voraus zu einem blau-weiß lackierten Arbeitsboot, das zwischen zwei Segelbooten vertäut war.

»Das ist der Kahn«, sagte er. »Der Eigentümer hat sich zur Ruhe gesetzt und vermietet ihn an Touristen. Ich habe ihm erklärt, wir wollten einen Tag lang Dorsche angeln.«

Im Bootshafen war noch niemand zu sehen. Ainsley sah auf die Uhr. »Kurz vor acht«, sagte sie. »Gavin und ich hatten heute Morgen keine Gelegenheit zu frühstücken. Haben Sie was dagegen, dass wir uns in der Stadt etwas zum Mitnehmen besorgen?«

Riki reichte ihr die Autoschlüssel. »Seien Sie so nett und bringen Sie mir einen Kaffee mit. Aber beeilen Sie sich. Und dann holen Sie auch mein Tablet aus dem Auto, wenn Sie zurückkommen.« Sie fand auf dem Kai eine große Aufbewahrungskiste, die sich als Sitzgelegenheit anbot, und ließ sich darauf nieder, um auf den Bootseigner zu warten.

Ainsley setzte sich wieder hinters Lenkrad des Audi, während Gavin den Beifahrersitz okkupierte. Rikis Tablet lag auf dem Sitz, und er nahm es auf den Schoß und tippte mit der Fingerspitze auf den Bildschirm. Dieser hellte sich auf und zeigte eine Landkarte der Umgebung, in deren Mittelpunkt ihr derzeitiger Standort markiert war.

»Meinst du, dass draußen auf dem Meer heftiger Seegang herrscht?«, fragte Ainsley, während sie rückwärts aus der Parklücke setzte.

»Hast du Angst vor Wasser?«

»Nein. Ich werde nur leicht seekrank.«

»Da draußen sind zweitausend Meilen offener Ozean, die hier gegen die irische Küste branden. Ich wette, wir werden immer raue See haben.«

Die junge Frau, die in Glasgow geboren war, wurde blass. Gavin lachte wieder, dann studierte er die Landkarte auf dem Tablet. Ein winziger roter Punkt bewegte sich über die Straße und entfernte sich von Tralee.

»Unsere Freunde sind schon unterwegs.« Er hielt den Computer hoch, damit Ainsley einen Blick auf das Display werfen konnte. »Warum regeln wir die Angelegenheit nicht schon jetzt auf unsere Weise und ersparen uns eine ungemütliche Seefahrt?«

»Wie meinst du das?«, fragte Ainsley.

Gavin tippte auf das Tablet und grinste. »Fahr aus der Stadt hinaus, und ich zeig's dir.«

* * *

Während sie im Hotel ein schnelles Frühstück einnahmen und sich dann auf den Weg nach Portmagee machten, erwähnte Dirk Summer gegenüber nichts von Rikis Erscheinen am Vorabend. Als sie die Außenbezirke von Tralee hinter sich ließen, herrschte kaum Verkehr, und der versiegte gänzlich, als sie auf eine Straße nach Westen abbogen.

»Glaubst du wirklich, dass sie Meritaton aus den Sliabh Mis Mountains heruntergeholt und auf eine Insel vor der Küste gebracht haben, um sie dort zu bestatten?«, fragte Summer und blickte auf das ebene Weideland hinaus, das am Fenster vorbeiglitt.

»Diese Möglichkeit besteht«, sagte Dirk. »Wenn ihre Söhne auf Skellig Michael gestorben sind, dann erscheint es sogar durchaus logisch.«

Die Straße folgte dem Verlauf des River Fertha zu ihrer Rechten, der sich zu einem breiten Meeresarm erweiterte, der sich nach Westen zum Atlantik fortsetzte. Als sich die Straße zur Küste hinabschlängelte, passierte Dirk einige verstreute alte weiße Bauernhäuser. Nicht allzu weit vor Cahersiveen trafen sie auf einen schnurgeraden Straßenabschnitt, und er tippte aufs Bremspedal. Ein Stück vor ihnen wurde die Straße von einem Pkw blockiert.

Es war ein silbermetallicfarbener Audi. Er parkte schräg auf einer schmalen zweispurigen Brücke, die einen Flussarm überspannte. Die Warnleuchten des Wagens blinkten, und eine übel gelaunt dreinblickende Frau stand hinter der offenen Fahrertür und winkte mit dem linken Arm.

Während Dirk das Tempo nach und nach reduzierte, passierte er einen Mann mit kräftiger Statur, der in Höhe der Brückeneinfahrt am Straßenrand stand und sich offenbar nicht für die Frau interessierte.

»Warum blockiert sie die Straße?«, fragte Summer.

»Keine Ahnung. Sie sieht nicht aus, als sei sie in Schwierigkeiten. Vielleicht ist mit der Straße irgendetwas nicht in Ordnung, und sie will uns warnen.«

Dirk brachte den Wagen vor dem Audi zum Stehen. Er ließ das Seitenfenster herunter, als die Frau die andere Hand mit einer Pistole hob, die sie hinter der Wagentür versteckt gehalten hatte. Sie zielte damit auf Dirk und Summer und feuerte drei Schüsse auf ihre Windschutzscheibe ab.

»Runter!«, brüllte Dirk sofort und ging hinter dem Armaturenbrett in Deckung.

Er legte den Rückwärtsgang ein, rammte den Fuß aufs Gaspedal, sodass der Wagen mit kreischenden Reifen zurücksetzte. Er wagte einen Blick über den Rand des Armaturenbretts, um sich zu orientieren, da fielen schon weitere Schüsse. Als Nächstes zersplitterte das Heckfenster, gefolgt vom Armaturenbrett.

Im Seitenspiegel entdeckte Dirk den korpulenten Mann, den

sie kurz zuvor passiert hatten. Er stand mitten auf der Straße, hatte beide Arme vorgestreckt und feuerte ebenfalls mit einer Schusswaffe auf sie.

»Bring uns schnellstens von hier weg«, drängte Summer, die im Fußraum vor dem Beifahrersitz kauerte.

»Ich versuche mein Bestes«, murmelte Dirk.

Von hinten und vorn aufs Korn genommen, entschied er, dass die Flucht nach vorn die besten Chancen bot, halbwegs heil davonzukommen. Er bremste scharf, schaltete in den Vorwärtsgang und gab abermals Vollgas. Der kleine Mietwagen, ein Nissan Crossover, geriet leicht ins Schlingern, als seine Reifen Widerstand fanden und ihn nach vorn katapultierten. Dirk visierte die Frau an, die sich mit einem Sprung zur Seite in Sicherheit brachte. Während er auf das Hindernis zuraste, kurbelte er am Lenkrad und nahm die Lücke zwischen dem Heck des Audi und dem Brückengeländer aufs Korn.

Wie Dirk gehofft hatte, schwang das Heck des Audi zur Seite weg und öffnete damit eine Fluchtroute über die Brücke. Was er allerdings nicht erwartet hatte, war, dass sein eigener Wagen ebenfalls zur Seite schwang. Während beide Airbags ausgelöst wurden, krachte das Heck des Mietwagens gegen das Brückengeländer. Es war nur eine dünne Metallkonstruktion, und der Nissan rasierte sie sauber ab.

Dirk behielt den Fuß auf dem Gaspedal, doch er erzielte damit keine nennenswerte Wirkung, weil das Wagenheck von der Fahrbahn und weiter über den Brückenrand rutschte. Dort verharrte der Nissan, während seine Hinterräder lediglich heftige Luftwirbel verursachten. Dann gewann die Schwerkraft die Oberhand, und der Wagen rutschte rückwärts von der Brücke herunter.

Die Entfernung zum Wasser betrug weniger als drei Meter. Mit einem dumpfen Laut schlug der Wagen auf der Wasseroberfläche auf und drehte sich sofort auf den Rücken. Für einen kurzen Moment trieb er auf dem Wasser, seine Antriebsräder rotierten immer noch. Dann, mit einem Gurgeln und begleitet von einer Traube zerplatzender Luftblasen versank das Fahrzeug.

Gavin rannte zu dem geborstenen Brückengeländer und blickte über den Rand der Fahrbahn in die Tiefe. Nur eine gelegentlich aufsteigende Luftblase, die mit einem Rülpsen an der Oberfläche zerplatzte, markierte in dem trüben Wasser die Position des havarierten Fahrzeugs. Während er seine Waffe im Schulterhalfter verstaute, wandte sich Gavin grinsend zu Ainsley um.

»Das klappte ja viel besser als geplant.« Er warf einen Blick in den bedeckten Himmel. »Wenn es weiter so kräftig regnet und der Fluss so viel Wasser führt, könnte es einige Monate dauern, bis man sie findet.«

Er bückte sich und bog das abgebrochene Ende des Geländers in seine alte Position, um die Beschädigung ein wenig zu kaschieren.

Ainsley kam mit zögernden Schritten näher, um sich selbst einen Eindruck zu verschaffen. Einige kleine Wellen plätscherten gegen die Uferböschung, aber sonst war von Dirk, Summer und ihrem Mietwagen nichts zu sehen. Lediglich ein Motorengeräusch in der Ferne verriet, das sie auf dieser Straße nicht die einzigen Verkehrsteilnehmer waren.

»Wir sollten lieber verschwinden.« Ainsley wandte sich um und deutete auf die demolierte Heckstoßstange des Audi. »Wie erklären wir dies der Sadler?«

»Na, wir sagen einfach die Wahrheit«, erwiderte Gavin. »Es ist zu einem Unfall gekommen, sie haben uns gerammt und sind im Bach gelandet.«

57

Die alte Steinschlosspistole feuerte viel langsamer als eine moderne Waffe. Als Loren den Abzug betätigte, fiel der Hammer herab, und das an ihm befestigte Stück Feuerstein schlug auf eine sogenannte Batterie aus Metall. Bei diesem Aufprall spritzten Funken von der Batterie in die darunter liegende Zündpfanne und trafen auf eine Ladung besonders leicht entzündlichen Schießpulvers, das sogenannte Zündkraut. Dieses bildete eine kleine Stichflamme. Es dauerte einen Moment, bis sich das Schwarzpulver durch das Zündloch brannte und die Hauptladung im Lauf der Waffe erreichte und zur Explosion brachte.

Als Loren die Pistole abfeuerte – nicht auf Pitt, sondern auf Irene –, blieb dieser eine winzige Zeitspanne, um zu reagieren. Sie stürzte sich auf Pitt mit dem Elektroschocker in der Hand, darauf hoffend, die Pistole zur Seite schlagen zu können. Aber sie schätzte die Entfernung, die sie überwinden musste, falsch ein und traf Lorens Handrücken genau in dem Moment, als die Steinschlosspistole feuerte.

Pitt, der unter dem Geschehen lag, sah den purpurroten Schein des elektrischen Lichtbogens, der Lorens Handgelenk für einen kurzen Moment knisternd umhüllte, während gleichzeitig eine weiße Explosionswolke aus dem Steinschloss drang. Beide Frauen verschwanden in dieser Wolke.

Links von Pitt sank Loren zu Boden, bewusstlos von der kombinierten Wirkung des Stromschlags und des Betäubungsmittels, das Irene ihr injiziert hatte. Rechts von ihm taumelte Irene von der Liege zurück. Sie krampfte eine Hand in ihren Leib, und in ihren Augen loderte das nackte Entsetzen. Als sich der Pulverrauch verzog, sah Pitt einen sich ausdehnenden Blutfleck auf den Kleidern unter ihren Fingern, wo die Bleikugel dicht unterhalb des Brustbeins in ihren Oberkörper eingedrungen war.

Irene wollte etwas sagen, aber die Worte kamen nicht über ihre Lippen. Dann quittierten ihre Beine den Dienst. Die Frau sackte zusammen und stieß den Instrumententisch um, als sie mit Abigail Browns Massageliege kollidierte und auf den Boden sackte. Auf dem Rücken liegend, presste sie beide Hände auf den Bauch und stöhnte leise.

Pitt kam sich wie in einem surrealen Traum vor. Auf der einen Seite sah er Loren, mit Drogen betäubt und bewusstlos, auf der andere Seite lag Irene im Sterben. Und die ehemalige Ministerpräsidentin von Australien bekam in ihrer virtuellen Welt von alldem nichts mit. Und mittendrin lag Pitt. Aber Loren hatte ihm die Möglichkeit hinterlassen, sich zu befreien. Als sie von dem Elektroschocker getroffen wurde, war die Steinschlosspistole aus ihrer Hand gerutscht und neben Pitt auf seiner Liege gelandet.

Er verrenkte seinen Körper und bugsierte die Waffe näher an seine linke Hand heran. Seine Fingerspitzen berührten den Lauf, und er zog die Waffe zu sich, bis er die Hand um den Griff legen konnte.

Es war nicht die Pistole, worauf er es abgesehen hatte, sondern die Bajonettklinge. Er drehte die Waffe und drückte die Schneide gegen den Gurt, der sein Handgelenk fixierte. Die alte Klinge war zwar stumpf, aber trotzdem noch scharf genug, um die Lederfessel zu zerfasern. Einige Minuten lang sägte er an dem Gurt herum, bis er zerriss, als er seinen Arm spannte und als Hebel benutzte. Mit der freien linken Hand öffnete er den Gurt um seinen Brustkorb und die Fessel um sein rechtes Handgelenk, dann befreite er seine Beine.

Mit zwei schnellen Schritten war er bei Loren, hob sie vom Boden auf und bettete sie auf die Liege. Ihre Augenlider öffneten sich flatternd, als sie nach und nach das Bewusstsein wiedererlangte. Ihr Blick fiel auf Pitt, und ihr gequälter Gesichtsausdruck entspannte sich und verwandelte sich in ein zufriedenes Lächeln. »Habe ich meine Sache gut gemacht?«, flüsterte sie.

Pitt nickte und küsste sie.

»Ich habe ihren Kaffee und ihren Tee nicht getrunken, sondern nur so getan als ob«, sagte sie mit einem leichten Lallen. »Beides war voll von Drogen, wie du prophezeit hast. Ich konnte die Wirkung bei Abigail beobachten.« Sie schaute zu der Australierin hinüber, dann fiel ihr Blick auf Irene, die in einer Blutpfütze lag.

»Ich hatte allerdings einen schlimmen Traum, nachdem sie die Nadel in mich hineingestochen hatte.« Für einen kurzen Moment schloss sie die Augen, dann kehrte sie wieder in die Gegenwart zurück. »Du musst Abigail helfen.«

Pitt ging zur Liege der Australierin und nahm ihr sowohl den Kopfhörer als auch die Datenbrille ab. »Sind Sie so weit okay?«, fragte er sie.

Sie erwiderte seinen Blick vollkommen verständnislos, als hätte sie Probleme, zwischen ihren virtuellen Träumen und dem Keller von McKee Manor zu unterscheiden.

Pitt versuchte ihren durch die Drogen verursachten Betäubungszustand zu lösen. »Was halten Sie davon, wenn wir einen kleinen Spaziergang an der frischen Luft machen?«

Er entfernte ihre Fesseln und geleitete sie zu einer Treppe, wobei er darauf achtete, dass sie Irenes Leiche nicht entdeckte. Dann kehrte er zurück, um Loren zu holen, die sich zwar noch taumelnd erhob, dann aber mit jedem Schritt sicherer wurde.

Pitt half den Frauen die Treppe hinauf. Eine geheime Tür brachte sie in den Speisesaal. Sie durchquerten die Rotunde und gelangten durch den Haupteingang nach draußen, ohne einer Menschenseele zu begegnen.

Während sie die Eingangstreppe hinuntergingen, rauschten zwei Streifenwagen der Polizei von Inverness mit rotierendem Blaulicht durch die Einfahrt. Giordino sprang aus einem der Wagen heraus und kam im Laufschritt zu Pitt und den Frauen herüber.

»Wie ich sehe, hast du die Kavallerie gleich mitgebracht«, sagte Pitt.

»Dank einer freundlichen Dame im Bootshafen, die sich an dich erinnert hat. Zufälligerweise ist sie mit dem Chef der örtlichen Polizei verheiratet.« Giordino sah Loren prüfend an. »Ist sie okay?«

»Besser als es einem auf den ersten Blick vorkommen dürfte. Die Polizei sollte sich einmal gründlich im Keller des Hauses umsehen. Jemand hat dort mit einer antiken Feuerwaffe herumgespielt und wurde dafür bestraft.«

»McKee?«

Pitt schüttelte den Kopf. »Die hat sich aus dem Staub gemacht. Vielleicht ist sie im Labor.«

In diesem Moment raste ein Privatjet, der soeben in Inverness gestartet sein musste, im Tiefflug über sie hinweg. Er überflog das Herrenhaus, dann stieg er steil in den Himmel, nahm Kurs nach Süden und lieferte Pitt den Beweis, dass er sich gründlich geirrt hatte.

58

Eisig kaltes Wasser spritzte Dirk ins Gesicht, und automatisch streckte er die Hand nach dem Bedienknopf des Fensterhebers aus. Die Elektronik des Mietwagens war noch nicht durch Kurzschluss ausgefallen, und das Fenster fuhr nach oben und drosselte die Wasserflut, die in den Wagen eindrang. Dirk schob den Airbag beiseite, der sich in sein Gesicht entfaltet hatte, und versuchte, sich in der Dunkelheit des Wageninnern zu orientieren.

Sein Hals, sein Rücken und seine Knie schmerzten nach dem Rückwärtsabsturz von der Brücke, und eine Platzwunde seitlich an seinem Kopf machte sich durch einen dumpf pochenden Schmerz bemerkbar. Aber die hochlehnigen Sitze des Mietwagens hatten sein und Summers Gewicht sicher aufgefangen, ihren Absturz gedämpft und sie vor ernsteren Verletzungen bewahrt. Er spürte, wie sein Körpergewicht auf seinem Schultergurt lastete, und das Wasser, das sich um seinen Kopf ansammelte, machte ihn darauf aufmerksam, dass der Wagen auf dem Dach lag. Er spürte, wie sich das Fahrzeug kurz aufbäumte, ehe es mit einem gedämpften Knirschen auf dem Grund des Flusses aufsetzte.

Er tastete nach dem Überkopfschalter der Kartenlampe. Sie erhellte das zur Hälfte mit schlammigem Wasser gefüllte Wageninnere mit einem gedämpften Lichtschein so weit, dass er Summer erkennen konnte, die neben ihm saß – oder genauer – hing. Er gewahrte einen dunklen Blutfleck auf ihrer Schulter.

»Alles okay?«, fragte er, während er gegen seinen Sicherheitsgurt kämpfte, der sich offenbar nur mit Mühe öffnen ließ.

»Ja, alles klar«, erklang eine schwache und wenig überzeugende Antwort. Dirk konnte sehen, dass ihr herabhängendes Haar von dem ansteigenden Wasser triefnass war.

Dirk öffnete den Verschluss seines Sicherheitsgurtes und musste seine Sitzlehne in Liegeposition bringen, um sich aus der Gurtschlinge zu befreien. Herumgerollt und auf der Innenseite des zerbeulten Dachs kniend, verstellte er Summers Sitzlehne, dann öffnete er auch ihren Gurt. Einige nahezu akrobatische Verrenkungen waren nötig, bis er sie herumgezogen hatte und ihre Köpfe in den oben liegenden Fußraum des Beifahrersitzes hineinragten.

»Sieht … so … aus … als … hättest … du … einen … anderen … Wagen … gekauft«, murmelte sie. Selbst bei der schwachen Beleuchtung konnte Dirk den glasigen Ausdruck in den Augen seiner Schwester erkennen, und er befürchtete, dass sie jeden Moment das Bewusstsein verlieren würde.

»Zumindest habe ich ihn diesmal versichert«, sagte er. »Kannst du die Luft anhalten?«

Sie antwortete mit der Andeutung eines Kopfnickens. Wasser drang bereits durch die Risse in der Windschutzscheibe und im Heckfenster und füllte den Innenraum des Nissan bis zu ihren Schultern.

»Okay, es ist nur eine kurze Strecke. Und auf geht's.«

Noch brannte die Kartenlampe, daher entschied er sich für den Fensterheber auf der Beifahrerseite. Er holte tief Luft, während die Scheibe ungehindert nach unten glitt und die verbliebene Luftblase sich mit Wasser füllte. Abtauchend schlängelte er sich durch das offene Fenster. Während er sich am linken Außenspiegel festhielt, drehte er sich unter Wasser um und streckte eine Hand nach Summer aus.

Sie war vollkommen schlaff, als er nach oben griff und sie unter den Armen fasste. Er musste sie nach unten zum Fenster ziehen.

Ihr Oberkörper ragte bereits aus dem Fenster, als ihre Hosentasche am Schaltknüppel hängen blieb. Sie wand sich hin und her, das Gesicht schmerzverzerrt, ehe sie sich endgültig befreien konnte. Dirk schleppte sie von dem Autowrack weg und schoss mit ihr zur Wasseroberfläche dicht über ihnen hoch.

Keuchend pumpten beide die frische Luft in ihre Lungen. Dann zog Dirk seine Schwester zum nächsten Ufer unter der Brücke. Über ihnen erklang Motorengeräusch. Es war der Audi, der sich gerade entfernte. Eine Minute später überquerte ein anderes Fahrzeug die Brücke.

Dirk achtete jedoch nur auf Summer, die mühsam atmete und zwischen Wachsein und Bewusstlosigkeit hin und her schwankte. Die Schulterpartie ihrer Bluse war mit Blut durchtränkt, und er konnte im Stoff zwei kleine Löcher erkennen. Er presste eine Handfläche auf die beiden dicht beieinanderliegenden Wunden, während er erneut Luft holte und dann einen Arm um sie schlang.

»Komm schon, Mädchen, den Berg schaffen wir auch noch.«

Halt trug, halb schleifte er Summer die Böschung hinauf und setzte sie an den Straßenrand. Er hielt nach Hilfe suchend Ausschau, aber das nächste Haus war weit entfernt. Die Rettung erschien in Gestalt eines Palettenwagens, der sich ihnen von Osten näherte und auf der Seitenfläche die Aufschrift DINGLE PLUMBING trug.

Dirk stoppte den Wagen mit einer Handbewegung, während er die Brücke im Schritttempo überquerte, und ging zum Seitenfenster des Fahrers.

»Meine Schwester wurde bei einem Verkehrsunfall verletzt. Können Sie mit ihr an einem Krankenhaus vorbeifahren?«

Der Klempner ließ den Blick von dem durchnässten und sichtlich ramponierten Mann zu der kauernden Gestalt Summers am Straßenrand wandern.

»Aye, das St. Anne's steht auf der anderen Seite der Stadt.«

Er stieg aus und half Dirk, Summer ins Frachtabteil zu heben und so bequem wie möglich auf den Boden zu setzen. Während der Handwerker sich wieder hinters Lenkrad setzte und die Fahrt fortsetzte, versorgte Dirk so gut es ging die Verletzungen seiner Schwester. Bis zum Städtchen Cahersiveen war es nur eine Meile, und dort gelangten sie durch einige stille Straßen zur Westseite der Stadt, wo das Krankenhaus stand.

Dirk und der Fahrer trugen Summer zum Eingang, wo sie vom Personal der Notaufnahme schon erwartet wurden. Dirk hatte kaum Zeit, sich bei dem Klempner zu bedanken, ehe eine Krankenschwester ihn in einen Untersuchungsraum führte, um seine Kopfwunde zu verbinden. Ein Blick in den Spiegel zeigte ihm, dass seine triefnasse Kleidung mit Blut besudelt war und sein Gesicht aussah, als sei es durch die Mangel gedreht worden. Aber seine einzige Sorge galt seiner Schwester.

»Sie sehen ja aus, als wären Sie von einem Hochhaus gesprungen«, meinte die Krankenschwester, während sie seinen Kopf mit einer Bandage umwickelte.

»Ziemlich gut geraten. Tatsächlich war es eine Brücke.«

Während die Krankenschwester ihr Werk vollendete, meldete sich das Mobiltelefon in seiner Tasche. Obgleich damit geworben wurde, dass es wasserdicht sein sollte, wunderte er sich, dass es den Absturz und das ausgiebige Bad im Fluss tatsächlich überstanden hatte. Er nahm den Anruf an und hörte Brophys Stimme am anderen Ende.

»Das Boot liegt bereit«, meldete er. »Leisten Sie mir heute auf dem Wasser Gesellschaft?«

»Nein«, antwortete Dirk und massierte seinen schmerzenden Hals. »Wir haben unser Bad bereits hinter uns.«

59

Riki ging vor dem vertäuten Charterboot ungeduldig auf und ab, als Ainsley und Gavin den Kai betraten. Mit mürrischer Miene hielt sie die Zündschlüssel des Bootes hoch, die sie vom Bootseigner erhalten hatte, der sich nur kurz hatte blicken lassen und den Bootshafen längst wieder verlassen hatte.

»Warum haben Sie so lange gebraucht? Und was ist mit dem Wagen passiert?«, fragte sie, als sie die beschädigte Stoßstange registrierte.

Ainsley reichte ihr das Tablet und eine Tasse Kaffee, während Gavin den Kopf schüttelte und triumphierend grinste.

»Kein Grund zur Sorge. Die fahren nirgendwohin … und das für lange Zeit nicht mehr.«

»Wovon reden Sie?«

»Wir sind ihnen begegnet«, sagte Ainsley.

Gavin nickte. »Wir haben sie auf Ihrem Tablet entdeckt, und dann erwarteten wir sie außerhalb der Stadt. Sie erwiesen sich als überaus kooperativ. Lenkten ihren Wagen praktisch aus freien Stücken von einer Brücke herunter.« Er deutete auf den Audi. »Nun, sie haben uns vorher noch erwischt und uns eine Beule ins Blech gefahren. Aber dafür sind sie jetzt im Bach versunken und nicht mehr zu sehen. Es wird wie ein Unfall aussehen, falls sie überhaupt gefunden werden.«

Riki starrte ihn wortlos an. Überraschenderweise regte sich ein seltsames Gefühl der Traurigkeit in ihrem Innern. Lange sagte keiner der drei ein Wort, bis ihr Mobiltelefon klingelte. Sie sah, dass der Anruf von ihrer Mutter kam, und nahm ihn an.

Das Gespräch war einseitig. Riki hörte eine Minute lang zu, bis ihre Mutter die Verbindung abrupt trennte. Während sie das Telefon in die Tasche steckte, wandte sich Riki mit auffällig bleicher Miene zu ihren Mitarbeitern um.

»Meine Mutter erwartet uns heute Abend auf einem Flugplatz, der Abbeyfeale heißt«, sagte Riki mit gepresster Stimme. »Bei dieser Gelegenheit können Sie dann auch erklären, was heute geschehen ist.«

60

Eamon Brophy traf Dirk im Wartezimmer der Krankenhausnotaufnahme, während Summer im Operationssaal unters Messer kam. Ihre Geduld wurde auf eine harte Probe gestellt, da auf die Operation noch ein längerer Aufenthalt im Aufwachraum folgte. Dirk nutzte die Zeit, um seinem Vater eine E-Mail zu schicken, nachdem er vergeblich versucht hatte, ihn per Telefon zu erreichen. Außerdem fertigte er einen Bericht für die Polizei von Inverness an. Schließlich kam der Unfallchirurg zu ihnen und informierte Dirk, dass seine Schwester wohlauf sei und es ihr den Umständen entsprechend gut gehe.

»Sie hat zwei tiefe Stichwunden – eine oberhalb der Schulter, die andere im Trizeps«, erklärte er. »Dabei hatte sie sogar ziemlich viel Glück, weil kein Knochen beschädigt wurde. Dass es sich um Stichwunden handelt, war auch nur ein erster oberflächlicher Befund.« Er sah Dirk fragend an. »Ich tippe eher auf Schusswunden, nicht wahr?«

Dirk druckste ein wenig herum, dann nickte er. »Wir wollten es nicht an die große Glocke hängen. Es war ein Unfall. Die Polizei ist bereits informiert.«

»Sie wird vollständig genesen und außer kleinen Narben keinerlei Schäden zurückbehalten. Sie können sie jetzt sehen, aber sie wird wohl noch einige Zeit schlafen.«

Er führte sie in ein kleines Einzelzimmer. Summer lag halb sitzend im Bett und schlief infolge der Betäubungsmittel, die man ihr vor der Operation verabreicht hatte. Dirk setzte sich für einige Zeit neben ihr Bett, bis sein Magenknurren nicht mehr zu überhören war.

»Kommen Sie, mein Lieber, es ist Abendbrotzeit«, sagte Brophy. »Wir sollten eine Kleinigkeit essen. Ihre Schwester wird uns nicht weglaufen. Außerdem habe ich in der Nähe einen Pub entdeckt, der eine recht passable Küche haben soll.«

Nur widerstrebend willigte Dirk ein und ließ zu, dass Brophy mit ihm nach Cahersiveen zurückfuhr. In einem kleinen Pub, dessen Innenraum mit verstaubten Krebsreusen dekoriert war, bestellten sie die obligatorische Portion Fish and Chips, dann kehrten sie kurz nach Sonnenuntergang ins Krankenhaus zurück. Als sie Summers Krankenzimmer betraten, war sie zu Dirks grenzenloser Verwunderung nicht allein. Pitt, Loren und Giordino umringten ihr Bett und unterhielten sich mit seiner Schwester.

»Wie seid ihr denn hierhergekommen?«, fragte er die Besucher und machte sie dann mit Brophy bekannt.

»Deine E-Mail hat mich erreicht, kurz nachdem wir in Inverness gestartet waren«, antwortete Pitt. »Wir hatten uns gerade über Galway befunden. Rudi hatte uns eine Gulfstream geschickt, daher konnten wir kurzfristig das Flugziel ändern und nach Killarney ausweichen. Dort nahmen wir ein Taxi, und hier sind wir.«

Dirks Interesse an dem Privatjet ließ merklich nach, als er Loren sah. Ihre Augen hatten einen seltsam desorientierten Ausdruck, und sie war ungewöhnlich blass. Ihm ging durch den Sinn, dass sie vielleicht lieber den Platz mit Summer tauschen sollte, die mittlerweile hellwach und gesprächig in ihrem Krankenhausbett saß.

»Was genau ist euch beiden zugestoßen?«, fragte Pitt mit einem vielsagenden Blick auf Dirks verbundenen Kopf.

Dirk berichtete von ihrer Suche nach Meritaton, von dem Feuer in der Bibliothek und dem morgendlichen Hinterhalt auf der Brücke mitsamt ihrem Bad im Fluss.

»Das klingt ja, als habe in letzter Zeit jeder seinen Spaß gehabt«, stellte Giordino fest.

»Gab es Probleme in Schottland?«, fragte Dirk.

Pitt nickte mit ernster Miene, dann schilderte er, wie sie das geheime BioRem-Global-Labor entdeckt hatten und von der weltweiten Verbreitung der durch Trinkwasser übertragenen Seuche erfahren hatten. »Rudi meinte, die CDC hätten bestätigt, was Dr. Perkins uns erzählte. Das Pathogen hat die Fähigkeit, die DNS in den Zellen infizierter Frauen dergestalt zu verändern, dass sie nur noch weibliche Nachkommen hervorbringen. Außerdem muss mit der Möglichkeit gerechnet werden, dass die Bakterien weiter mutieren und auf wesentlich schlimmere Weise wirksam werden. Was wir mit Sicherheit wissen, ist, dass es zurzeit kein Heilmittel gibt.«

»Wie viele Menschen sind bereits infiziert worden?«, fragte Brophy.

»Möglicherweise Millionen. Sie haben ganze Schiffsladungen dieses Teufelszeugs rund um den Globus geschickt und in Süßwasserquellen aller Art eingeleitet, die zur Trinkwasserversorgung genutzt werden. Außerdem haben sie Unglücksfälle ausgelöst, um in wichtigen Schlüsselpositionen unauffällig agieren zu können. Zum Beispiel gehen wir davon aus, dass sie den Tankerunfall in Detroit inszeniert haben, um mit ihrem Pathogen das Trinkwasser der Stadt zu verseuchen.«

Summer runzelte die Stirn. »Wie konnten sie es schaffen, eine derart gefährliche Substanz zu entwickeln?«

»Die Grundlage war eine im alten Ägypten grassierende Seuche, deren Erreger in Mumien gefunden wurden.« Giordino beschrieb die Särge, die sie in Schottland gefunden hatten. »Sie nennen ihr Produkt Evolution Plague.«

»Ägyptische Mumien?«, fragte Summer.

Dirk holte sein Mobiltelefon hervor und rief Rod Zeibigs Fotos aus Ägypten auf. Er hielt eine Aufnahme von dem Grabmal hoch, das sie in Amarna entdeckt hatten. »Ist das einer der Särge?«

Pitt und Giordino studierten das Foto, dann nickten sie. »In dem Labor befanden sich mehrere Mumien von Kindern sowie die Särge, in denen sie bestattet wurden«, sagte Pitt. »Durchaus möglich, dass auch dieser Sarg dabei war.«

»Sie müssen die Seuche, die Ägypten damals heimsuchte, auf irgendeine Weise wieder aufgefrischt und aktiviert haben«, sagte Summer. »Demnach waren es die BioRem-Leute, die sich im wahrsten Sinne des Wortes brennend für Meritaton interessiert haben.«

Pitt sah sie fragend an. »Hab ich dich richtig verstanden, dass diese Prinzessin Meritaton in Irland gestorben ist, nachdem sie zuvor aus Ägypten geflohen war?«

Summer nickte. »BioRem verfügte bereits über das Pathogen, demnach muss es das Heilmittel sein, hinter dem sie her sind. Du sagtest, die CDC wüssten von keinem Gegenmittel, um die Krankheit zu bekämpfen. Aber es gibt ein Heilmittel. Es heißt Apium von Faras. Es rettete Meritaton, und außerdem rettete es die Apiru-Sklaven. Diese gehörten zu einer kleinen Volksgruppe, wurden vorwiegend beim Pyramidenbau eingesetzt und lagen Meritaton offenbar besonders am Herzen.«

»Dann könnte dieses Apium von Faras auch heute die Rettung sein«, sagte Pitt.

»Es wurde aus einer Pflanze mit dem Namen Silphium gewonnen«, sagte Dirk. »Wir nehmen an, dass einige Exemplare in Meritatons Grab zu finden sein müssten. Schließlich galt sie als besonders wertvoll und wurde sicherlich als angemessene Grabbeigabe betrachtet. Das muss der Grund sein, weshalb BioRem Meritatons sterbliche Überreste sucht – oder uns offenbar um jeden Preis davon abhalten will, sie zu finden.«

»Es geht um nichts anderes als um eine seltene Pflanze?«, fragte Giordino ungläubig.

»Nicht selten, sondern ausgestorben«, sagte Dirk. »Sie ist zurzeit des Römischen Reichs verschwunden. Unsere einzige Hoffnung ist, dass in Meritatons Grab Reste davon vorhanden sind.«

»Ich finde, das klingt ziemlich aussichtslos«, sagte Pitt skeptisch.

»Möglich«, gab Summer zu, »aber auf dem Wandgemälde in Amarna ist deutlich zu erkennen, dass Meritaton die Pflanze in ihrem Reisegepäck hatte.«

»Hast du irgendeine Ahnung, wo sie begraben sein könnte?«, fragte Giordino.

»Ich denke schon. Wir haben einen Markierungsstein mit einer Inschrift gefunden, aus der hervorgeht, dass sie in der Nähe eines Ortes namens Falcon Rock bestattet wurde. Dr. Brophy nimmt an, dass sich dieser Ort auf einer Insel vor der Küste in Höhe von Kerry befindet.«

»Skellig Michael«, bestätigte der Ire mit einem Kopfnicken.

»Können Sie uns dorthin bringen?«, fragte Pitt.

Brophy warf einen kurzen Blick auf Summers verbundene Schulter und nickte. »Aye. Aber wir sollten uns beeilen, ehe uns die Konkurrenz zuvorkommt.«

61

Riki wartete mit Gavin und Ainsley in einem kleinen kahlen Raum, der den Terminal des Abbeyfeale Airfield darstellte. Nachdem sie diese private Einrichtung am Ende einer schmalen Landstraße entdeckt hatte, erkannte sie sofort, dass die Bezeichnung Flugplatz kaum angemessen war. Eine einzige asphaltierte Rollbahn mit einer weißen Linie in der Mitte querte eine leere Weide und wurde durch zwei Hangars und ein kleines von den Unbilden der rauen Witterung gezeichnetes Gebäude vervollständigt, in dem Verwaltung, Flughafenhalle und Terminal untergebracht waren. Der Inhaber hatte die Funkanlage schon vor längerer Zeit für die Luftverkehrsüberwachung deinstalliert und war momentan im Begriff, einen der Hangars anlässlich McKees in Kürze zu erwartender Ankunft zu öffnen.

Riki hatte ihren Laptop aufgeklappt und aus Langeweile auf der Tastatur herumgetippt, als Gavin auf das Panoramafenster deutete.

»Da kommen sie schon.«

Die Positionslichter einer kleinen Maschine funkelten in der Ferne, und Riki beobachtete, wie der Learjet ihrer Mutter aufsetzte und auf der Asphaltpiste näher gerollt kam. Der Jet stoppte für einen kurzen Moment, sodass Evanna McKee und Rachel durch die Seitentür aussteigen konnten, ehe er seine Fahrt fortsetzte und im offenen Hangar verschwand.

Als die beiden Frauen das Gebäude betraten, registrierte Riki auf Anhieb, dass etwas fehlte. Nachlässig mit einem von der Reise zerknitterten Outfit bekleidet, bewegte sich ihre Mutter ungewohnt schwerfällig. Ihr Gesicht war von Erschöpfung und Gram gezeichnet, und sie ließ sich in einen freien Sessel neben Riki sinken.

»Mutter, du siehst gar nicht gut aus. Möchtest du einen Tee?«

»Audrey ist tot«, erwiderte McKee mit monotoner Stimme. Den Schock, ihre jüngere Tochter verloren zu haben, hatte sie entweder zum Teil überwunden oder mithilfe von Drogen gemildert. »Das Labor wurde zerstört und ist kein geheimer Ort mehr.«

»Audrey … tot?«

Riki musste diese Hiobsbotschaft erst einmal verarbeiten. Sie hatte ihrer jüngeren Halbschwester eigentlich nie besonders nahegestanden, und als Erwachsene war sie von ihr regelmäßig dominiert worden. Audrey hatte nie verwinden können, dass Frasier McKee Riki immer wie seine eigene Tochter behandelt hatte, was vielleicht aus Mitgefühl für den frühen Tod ihres eigenen Vaters im Irakkrieg geschehen war. Auf jeden Fall erwuchs daraus ein Gefühl der Eifersucht, das Audrey niemals überwunden hatte.

Gleichzeitig hatte ihre Mutter Audrey in allen Bereichen vorgezogen. Riki wusste es auch, denn sie hatte schon sehr früh erkannt, dass die beiden einander besonders ähnlich waren – hinterlistig, gefühllos und absolut eigennützig. Riki versuchte, ihrer Halbschwester darin nachzueifern, aber es waren Eigenschaften, die ihr im Grunde fremd waren.

»Wie ist es passiert?«

»Der Amerikaner – Pitt. Er ist ins Labor eingedrungen. Mittlerweile sollte er tot sein und auf dem Grund des Lochs liegen. Ich hielt es für das Beste, dass wir uns für einige Zeit nicht in Schottland blicken lassen, bis ein wenig Gras über die Sache gewachsen ist.« Sie sah sich in dem spartanischen Raum um und rümpfte die Nase. »Wir haben einen weiten Umweg gemacht, um hierherzukommen. Der Pilot meinte, unsere Landung auf diesem Flugplatz würde den Behörden nicht gemeldet werden. Natürlich müssen wir einen stolzen Preis dafür bezahlen. Vielleicht können wir uns für einige Zeit in Italien verstecken.«

McKee warf einen Blick auf Rikis aufgeklappten Laptop. Auf dem Bildschirm war die untere Hälfte der Dingle Bay zu sehen. Zwei rote Lichter blinkten auf beiden Seiten einer Stadt namens CAHERSIVEEN. »Was ist das?«, fragte sie.

»Der Wagen des jüngeren Pitt und sein Telefon«, antwortete Riki. Sie blickte auf den Computer und runzelte die Stirn. »Sie meinten, sie seien am Ende der Stadt von einer Brücke gestürzt«, sagte sie zu Gavín und Ainsley gewandt. »Aber hier befindet sich sein Telefon westlich von Cahersiveen.«

Gavin und Ainsley sahen sich irritiert an.

Riki wandte sich mit düsterer Stimme an ihre Mutter. »Sie haben die beiden jungen Pitts mit einem Autounfall heute Morgen aus dem Weg geräumt.«

»Sein Telefon sagt aber etwas anderes«, stellte McKee fest.

»Vielleicht wurden sie mittlerweile aus dem Fluss gefischt«, sagte Gavin.

Riki vergrößerte die Landkarte auf dem Bildschirm. »Das Signal zeigt, dass sich sein Telefon zurzeit im St. Anna's Hospital befindet. Es funktioniert noch. Ich habe es mit einer Lausch-Software präpariert.«

»Dann aktiviere sie«, drängte McKee.

Riki holte ihr Mobiltelefon aus der Tasche und wählte die Geheimnummer in Dirks Telefon. Nach einem Klicken hörten sie mehrere Stimmen, die in Summers Krankenzimmer durcheinanderredeten. Warnend legte Riki einen Finger auf die Lippen, da die Verbindung nach beiden Seiten hin offen war.

»Demnach sind es die BioRem-Leute gewesen, die sich im wahrsten Sinne des Wortes brennend für Meritaton interessierten.«

Beim Klang von Summers Stimme weiteten sich Rikis Augen. »Sie sind am Leben«, flüsterte sie.

Gavin wurde bleich. »Sie haben verdammt noch mal neun Leben«, murmelte er.

Sie hörten weiter wortlos zu, bis Pitts und Lorens Stimmen deutlich zu erkennen waren. McKee war vollkommen perplex, dann deutete sie auf das Telefon, und ihr Gesicht lief rot an. »Das ist Pitt!«, fauchte sie wütend, wobei sie sich kaum bemühte, ihre Stimme zu dämpfen.

Sie holte ihr eigenes Telefon hervor und schickte eine Textnachricht an Irene. Mit zunehmender Wut lauschte sie den Stimmen im Krankenhaus. Als sie ihren Zorn kaum noch im Zaum halten konnte, verließ sie den Raum und rief Irene direkt an.

Als sich niemand meldete, versuchte sie ihr Glück bei anderen Mitgliedern des Hauspersonals und erreichte schließlich einen der weiblichen Wachtposten an der Einfahrt.

»Irene … ist tot«, sagte die Frau. »Alle Gäste sind abgereist. Die Polizei ist hier und kämmt das gesamte Gelände durch. Und auf dem See sind Polizeiboote mit Suchscheinwerfern zu sehen. Sie wollen wissen, wo Sie sind. Was soll ich ihnen sagen?«

McKee trennte die Verbindung. Ihre ganze Welt brach um sie herum zusammen.

Sie holte tief Luft. Aber vielleicht gab es doch noch eine Möglichkeit zur Rettung. Niemand konnte wissen, wo die Evolution Plague ausgebracht worden war. Vielleicht hatte Richards die entsprechenden Protokolle versteckt und die Lösung vernichtet, ehe die Polizei eintraf. Möglich, dass die Behörden einige Orte identifizieren konnten, aber das wären dann reine Zufälle. Die Evolution Plague als solche war noch nicht identifiziert worden – und ein Heilmittel existierte nach wie vor nicht. Sie könnte sich in ein freundlich gesinntes Land der Dritten Welt zurückziehen und die Produktion einfach fortsetzen. Die Vision war noch immer realisierbar. Es gab lediglich ein Hindernis, das beseitigt werden müsste.

Sie kehrte ins Flughafengebäude zurück, während die Pitts einen Plan entwickelten, um die Suche nach Meritaton auf Skellig Michael fortzusetzen.

Riki trennte die Verbindung. Sie wandte sich um und sah ihre Mutter gespannt an. McKees Gesicht war nur noch eine wütende Fratze.

»Mutter?«, fragte Riki.

»Wir machen uns auf den Weg zu der Insel«, entschied McKee. »Und dort eliminieren wir beide – Meritaton und die Brut der Pitts.«

TEIL IV

SKELLIG MICHAEL

62

»Und Sie sind ein braves Mädchen und sehen zu, dass Ihre Schulter so schnell wie möglich verheilt, okay?«, sagte Eamon Brophy.

Summer lehnte sich in ihrem Rollstuhl so weit wie möglich nach vorn und umarmte den Iren. »Vielen Dank für Ihre Hilfe, Dr. Brophy. Ich wünschte, ich könnte Sie nach Skellig Michael begleiten.«

»Wir werden die Prinzessin schon finden, keine Sorge.«

Brophy winkte Summer, während Dirk ihr half, in den Gulfstream-Jet der NUMA einzusteigen, der auf dem Kerry Airport bereitstand. Pitt war bereits an Bord und brachte Loren zu ihrem Platz.

»Keine sportlichen Höchstleistungen, bis ich wieder nach Hause zurückkomme«, ermahnte Pitt seine Tochter und gab ihr einen Kuss auf die Wange. Dann ging er zum Flugzeugheck und umarmte Loren. »Bist du sicher, dass du nichts mehr brauchst?«

Loren nickte und drückte ihn an sich. »Die ganze Reise kommt mir mittlerweile wie ein böser Traum vor. Aber ich denke, von den Drogen ist in meinem Körper schon jetzt nichts mehr übrig. Wenn ich zu Hause bin, schlafe ich mich zuerst mal gründlich aus.« Sie küsste ihn und drückte ihn ein zweites Mal. »Pass auf dich auf.«

Ehe Dirk die Kabine verließ, legte Summer eine Hand auf seinen Arm und hielt ihn zurück. »Wage bloß nicht, mich im Ungewissen zu lassen. Ich erwarte regelmäßige Updates über den Stand eurer Suche.«

Dirk nickte. »Ich habe es gespeichert und werde mich wie gewünscht melden.«

»Aber … da ist noch etwas, worüber ich mit dir reden wollte.« Ihre Stimme wurde leise, und sie sah ihn ernst an. »Als ich am Frühstückstisch auf dich gewartet habe, glaubte ich gesehen zu haben, wie Riki das Hotel verließ. Möglicherweise habe ich mir aber auch nur etwas eingebildet.«

»Nein, das hast du nicht. Sie war es.«

»Sie stieg in einen Audi ein – silbermetallic – und fuhr damit weg. Ich glaube, es war derselbe Wagen wie der auf der Brücke.«

Dirk nickte niedergeschlagen. »Ich bin zu dem gleichen Ergebnis gekommen. Sie war die Einzige, die wusste, dass wir nach Portmagee fahren wollten. Es hätte uns beinahe das Leben gekostet. Tut mir wahnsinnig leid, dass ich es nicht rechtzeitig erkannt habe. Vielleicht wollte ich es auch nicht erkennen.«

»Du bist nicht der Einzige, dem es entgangen ist. Zumindest wissen wir jetzt Bescheid.«

Dirk strich mit einer Hand über ihre Schulter und verließ das Flugzeug. Er gesellte sich zu Pitt, Brophy und Giordino und verfolgte mit ihnen, wie die Maschine startete und von der Wolkendecke des grauen Himmels über ihnen verschluckt wurde. Dann stiegen die vier Männer in ein SUV, das Giordino gemietet hatte, und fuhren auf kürzestem Weg nach Portmagee, diesmal jedoch, ohne durch einen Unfall aufgehalten zu werden.

Mit Irlands westlichster Atlantikinsel Valentia Island als direktes Gegenüber war Portmagee ein kleines Fischerdorf, das zwei Meilen vom offenen Ozean entfernt am Ende eines von hohen Bergen rundum geschützten Meeresarms lag. Dirk fand auf Anhieb die Zufahrt zu dem kleinen Hafen und parkte das SUV nicht weit von dem städtischen Pier, an dem weniger als ein Dutzend Boote vertäut lagen. Brophy ging über den Kai voraus zu einem breiten Arbeitsboot, neben dem er stehen blieb, um seine Pfeife anzuzünden.

»Das Boot ist vollgetankt und bereit, in See zu stechen«, sagte er, »aber ich bin mir nicht sicher, ob wir es so eilig haben sollten, unseren Liegeplatz zu verlassen.«

»Und warum sollten wir nicht?«, fragte Dirk.

»Der Seewetterbericht meldet Winde der Stärke 5 und 6 im nahen Küstenbereich.« Er deutete mit dem Mundstück seiner Tabakspfeife auf den Meeresarm, der in den Atlantik mündete. »Abgesehen von dem heftigen Seegang dürfte es eine ziemlich nasse Angelegenheit werden. Zu rau für die Ausflugsboote, die heute ausnahmslos im Hafen bleiben.«

»Gibt es auf der Insel irgendeine Stelle, wo man anlegen und das Boot festmachen kann?«, fragte Al Giordino.

»Am Ostufer befindet sich ein schmaler Pier. Aber dort anzulegen könnte bei den Wetterverhältnissen trotzdem schwierig sein.«

»Das Boot macht zumindest einen stabilen Eindruck.« Pitt sprang auf das Deck hinunter. »Schauen wir uns mal an Ort und Stelle um.«

Er trat ins Ruderhaus und startete den Innenbordmotor. Brophy verfolgte seine Aktivitäten mit betretener Miene. Offenbar war ihm nicht ganz wohl in seiner Haut.

Dirk trat neben ihn und legte ihm eine Hand auf die Schulter. »Kommen Sie, Professor, Sie haben den Mann gehört. Jetzt ist nicht der Zeitpunkt, um sich vor einem kleinen Wildwasserritt zu fürchten.«

Sie kletterten ins Boot, während Giordino die Leinen losmachte. Pitt tippte den Gashebel an und lenkte sie in den Meeresarm hinein. Er dirigierte das Boot nach Westen und erhöhte die Geschwindigkeit. Sie bewegten sich in ruhigem Wasser und kamen zügig voran, bis sie das offene Meer erreichten.

Bei einer steifen Brise, die eine starke Dünung erzeugte, präsentierte sich der Atlantik in düsterer, feindseliger Wildheit. Schon bald rollte und stampfte das Boot im Rhythmus der aufgewühlten Wassermassen, aber Pitt hatte das Ruder fest in der Hand und blieb unerschütterlich auf Kurs.

»Sind dies die Skelligs?« Er wandte sich halb zu Brophy um und deutete auf ein felsiges Paar steil aufragender Inseln in acht Meilen Entfernung südwestlich von ihnen.

»Ja. Little Skellig auf der linken Seite und Skellig Michael rechts davon«, sagte Brophy und hielt sich an einem Seitenholm fest, als sich das Boot gerade durch ein Wellental wälzte.

»Was können Sie uns über die Inseln erzählen?«, fragte Dirk.

»Skellig Michael hat einen festen Platz in der irischen Folklore. Wie ich bereits erwähnt habe, bedeutet *skellig* ›steiler Felsen‹ oder ›spitzer Stein‹. Weshalb, das werden Sie sehen, wenn die Insel direkt vor uns liegt. Michael bezieht sich natürlich auf den Erzengel. Der Legende zufolge erschien der heilige Michael auf dieser Insel, um St. Patrick zu helfen, die giftigen Schlangen ins Meer zu treiben.«

»In Schottland wäre er uns eine große Hilfe gewesen«, witzelte Giordino.

»Aber die Legenden über die Insel reichen viel weiter zurück«, fuhr Brophy fort. »Ich habe Ihnen bereits erzählt, dass Meritaton und ihr Mann zwei Söhne bei einem Schiffsunglück verloren hatten. Einer soll im Meer ertrunken sein, während der andere auf der Insel beerdigt wurde.«

»Ist die Insel denn irgendwann bewohnt gewesen?«, fragte Dirk.

»Genau das macht ihren Bekanntheitsgrad aus. Die frühen Christen gründeten dort im sechsten Jahrhundert ein Kloster. Diese frommen Seelen lebten für einige Jahrhunderte auf dem Felsen, ehe die Siedlung aufgegeben wurde. Höchstwahrscheinlich aufgrund wiederholter Raubzüge der Wikinger. Die Überreste des Klosters existieren noch, und bis auf den heutigen Tag wird die Insel von Pilgern besucht.«

Pitt blickte zum Horizont. »Sie hätten keinen abgelegeneren Ort auswählen können.«

»Sie haben diese Art von Isolation und Einsamkeit gesucht. Man nimmt an, dass sie Anhänger von Antonius dem Großen aus Ägypten waren.«

»Aus Ägypten?«, fragte Giordino verblüfft.

Brophy nickte. »Er ist einer der ersten christlichen Mönche. In Ägypten lebte er als Einsiedler und Asket lange Zeit in der Wüste.«

»Eine interessante Verbindung«, sagte Dirk.

Sie stampften an der felsigen Insel Little Skellig vorbei und näherten sich nach einer Meile dem Ufer von Skellig Michael. Die Insel ragte über zweihundert Meter hoch wie eine Schieferpyramide aus dem Ozean.

Nackte Felsenklippen, die auf breiter Front senkrecht bis hinab ins Meer abstürzten, weckten bei Pitt begründete Zweifel, dass sie einen Anlegeplatz finden könnten. Brophy dirigierte ihn zur nordöstlichen Ecke, wo sich ein schmaler kurzer Meeresarm namens Blind Man's Cove hinter einer zerklüfteten Felsnadel öffnete. Vor dem heftigen Westwind geschützt, beruhigte sich das Wasser, und Pitt manövrierte das Boot längsseits an einen kurzen Betonkai dicht hinter der Einfahrt in die Bucht. Dort war bereits ein blauweißes Arbeitsboot vertäut.

»Ich nehme an, wir werden heute nicht die Einzigen sein, die dem Sturm trotzen«, sagte Dirk, »wenn ich auch gut verstehen kann, weshalb die Touristenboote es heute vorgezogen haben, im Hafen zu bleiben.« Selbst in der geschützten Bucht schaukelte und schwankte das Boot heftig auf den Wellen.

»Wie ich gehört habe, toben hier gelegentlich Winterstürme mit zehn Meter hohen Brechern.« Brophy schüttelte den Kopf. »Das ist ganz sicher kein Ort für zarte Gemüter.«

Sie machten das Boot an dem freien Abschnitt des Kais fest und stiegen an Land. Dirk wollte einen prall gefüllten schweren Rucksack aufheben, den er ins Boot mitgenommen hatte, aber Giordino kam ihm zuvor. »Ich nehme den lieber«, sagte der kleinere Mann und schwang sich die schwere Last mühelos auf die Schultern. »Du siehst heute aus, als würdest du es nicht mal schaffen, einen Luftballon zu tragen.«

»Ist das so offensichtlich?«, erwiderte Dirk. Sein Rücken und sein Hals sandten immer noch bei jeder Bewegung heftige Schmerzwellen durch seinen Körper, dabei war ihm aber nicht bewusst, dass seine gebückte Haltung den anderen nicht verborgen blieb.

Die Männer versammelten sich am Ufer und folgten einer schmalen Straße, die in die Steilwand der Klippen eingeschnitten war. Sie stieg leicht an und folgte dem Küstenverlauf der Insel nach Süden. Eine stabile Zementmauer auf der Außenseite bewahrte Besucher vor einem Sturz ins Meer.

Giordino schlug mit einer Hand gegen das Bollwerk. »Wie ich sehe, sind die Mönche nicht die Einzigen gewesen, die sich hier als Baumeister verewigt haben.«

Brophy lächelte amüsiert. »Die Regierung hat diese kleine Straße angelegt. Sie führt zu einem Leuchtturm am äußersten südlichen Zipfel der Insel. Früher waren hier Leuchtturmwärter stationiert, um das Licht in Gang zu halten. Nun geschieht alles automatisch.«

Nachdem sie eine kurze Strecke auf der Straße zurückgelegt hatten, kamen sie zu einer Treppe, die steil nach Westen anstieg. Am Ende der Straße konnten sie den Leuchtturm auf der südlichen Landzunge der Insel sehen.

»Ab hier müssen wir klettern.« Brophy deutete auf die Treppenstufen. »Und können gleichzeitig die Baukunst der alten Mönche bewundern.«

Die Stufen waren grob aus dem soliden Fels herausgehauen und verwittert, aber Pitt fand, dass sie überzeugend von der harten Arbeit kündeten, die vor vierzehnhundert Jahren geleistet worden war, um sie an dieser Stelle zu erschaffen. Die Treppe schraubte sich bis zur Mitte der Insel empor, dann schwenkte sie nach Norden. Die Stufen waren nass und glitschig vom

Regen, und die Vierergruppe brauchte ihre Zeit, um sie zu erklimmen.

Nach mehreren Minuten hielt Dirk an, um Atem zu schöpfen. Jetzt merkte er deutlich, dass sein Körper von den Strapazen des Vortages immer noch fühlbar geschwächt war. »Kann man mit Sicherheit davon ausgehen, dass sie Mönche und keine Bergziegen waren?«

»Es war gewiss ein schönes Stück Arbeit für sie, die Vorräte, die sie brauchten, in ihre Behausung zu schaffen«, sagte Brophy, der genauso außer Atem war. »Es sind sechshundertachtzehn Stufen bis zum Kloster.«

Als sie den Aufstieg fortsetzten, fiel Dirk die reichhaltige Vogelwelt der Insel auf. Farbenfrohe Lunde nisteten in Wassernähe, während größere Tölpel und Tordalken über ihren Köpfen mit schrillen Warnrufen ihre Kreise zogen. Aus gegebenem Anlass hielt er automatisch nach Wanderfalken Ausschau.

Nachdem sie eine schlanke Felsspitze namens Needle's Eye passiert hatten, fiel das Gelände in Terrassenform bis zum Kloster ab. Dieses war von einer halbhohen Mauer umgeben und klebte zwischen einem Steilabfall auf der einen Seite und der höchsten Erhebung der Insel auf der anderen. Sechs bienenkorbförmige Steinhütten standen auf dem Gelände sowie die Ruinen zweier Andachtsräume und einer Kapelle.

»Das Kloster ist viel kleiner, als ich erwartet hatte«, gestand Dirk, »aber die Hütten sind schon beeindruckend.«

»In seiner Blütezeit sollen hier nicht mehr als ein Dutzend Mönche gelebt haben«, erklärte Brophy. »Werfen wir doch mal einen Blick ins Innere dieser Hütten. Ich habe die Hoffnung, dass wir dort etwas finden, das für unsere Suche von Bedeutung sein könnte.«

Das nächstgelegene Steinbauwerk stand auf einer Grundfläche von etwa einem Meter Seitenlänge und war doppelt so hoch. Sie gelangten durch eine Türöffnung hinein und stellten fest, dass der

Innenraum dunkel und vollkommen kahl war. Brophy knipste eine Stablampe an und suchte die Innenwände nach Inschriften, Zeichnungen oder anderen Hinweisen ab, konnte jedoch nichts dergleichen finden.

Er inspizierte die restlichen fünf Hütten genauso sorgfältig und fand auch dort keinerlei Zeichen oder Markierungen. Dann knipste er die Stablampe aus und verließ den Bienenkorbbau mit den anderen.

»Ich hatte gehofft, die Mönche hätten etwas gewusst und vielleicht den ein oder anderen Hinweis hinterlassen«, sagte Brophy. »Schade, da war nichts.«

»Ich könnte mir vorstellen«, sagte Pitt, »dass Zeugnisse ihrer Existenz oder Inschriften, die ihr Leben und ihre Gedankenwelt betreffen, eher in ihren Gebetszellen oder in der Kapelle zu finden sein müssten.«

»Im Prinzip haben Sie recht. Die Andachtsräume und die kleine Kirche befinden sich zwar in einem wesentlich schlechteren Zustand, aber sich dort umzuschauen wird sicher nicht schaden.«

Sie untersuchten die noch existierenden Wände der Kapelle und des Oratoriums unterhalb der Hütten, stießen dabei aber lediglich auf einige von Hand behauene Steinkreuze. Sie gingen weiter zum letzten Bauwerk, einem kleinen Oratorium, das ein wenig abseits von den anderen am nördlichen Ende der Klosteranlage stand. Nur wenig kleiner als die Hütten, waren sein pyramidenförmiges Dach und die meterdicken Wände noch einigermaßen erhalten. Im hinteren Teil fanden sie die Überreste eines Altars, zu dem einige Stufen hinaufführten. Brophy untersuchte mit seiner Lampe die anderen Wände, dann hielt er in einer Ecke inne. Auf einer großen, glatten Steinplatte waren die feinen Striche einer Zeichnung zu erkennen. Es war kaum mehr als die Darstellung eines Dreiecks und einer s-förmig gekrümmten Linie, die das Dreieck mit einem kleinen Symbol unter ihm verband. Dieses Symbol hatte die Umrisse eines keltischen Kreuzes.

Brophy studierte die Darstellung einige Sekunden lang, dann wandte er sich ab und wollte weitergehen.

»Moment mal.« Pitt hielt ihn am Arm fest, um die Stablampe in seiner Hand auf die Zeichnung zu richten. »Sehen Sie sich dieses Kreuz doch ein wenig genauer an. Ich denke, es ist auf irgendeine Weise verändert worden.«

Brophy hatte einige Mühe, bei dem sparsamen Licht seiner Stablampe jedes Detail der Zeichnung zu erkennen. »Ich sehe, was Sie meinen. Das untere Symbol hat die Form des klassischen Keltenkreuzes. Das Kreuz und der obere Halbkreis wurden präzise und sorgfältig mit einem scharfen Werkzeug ausgeführt. Der untere Halbkreis wurde offenbar später hinzugefügt, wobei sich der Zeichner nicht allzu viel Mühe gegeben hat.«

»Das Gleiche gilt für den oberen Abschnitt des Stützbalkens über dem T«, sagte Pitt.

»Ja, jetzt seh ich es auch.«

Brophy kniete sich auf den Boden. »Wenn wir die gröberen Partien der Zeichnung entfernen, wären dies der obere senkrechte

Balken und der untere Halbkreis, und übrig bliebe dies.« Mit dem Finger zeichnete er ein T mit einem Halbkreis über dem Mittelpunkt des Querbalkens in den Sand vor seinen Knien.

»Sieht wie ein ägyptisches Ankh aus!«, stellte Dirk erstaunt fest.

Brophy nickte zögernd. »Die ägyptische Hieroglyphe, die das Leben symbolisiert. Oder vielleicht – im Fall Meritatons – ewiges Leben.«

Nachdenklich betrachteten sie die grobe Zeichnung, fotografierten sie mit ihren Smartphones und verließen dann das düstere Bauwerk.

»Wenn wir davon ausgehen, dass dieses Zeichen ein ägyptisches Ankh ist und Meritatons Grabstätte bezeichnet«, sagte Brophy, »dann stellt die s-förmige Linie möglicherweise einen Weg dar, der vom Kloster herunterführt.«

»Das ist dann aber nicht der Weg, den wir benutzt haben«, wandte Giordino ein, »der hat eher einem großen U entsprochen.«

»Es gibt tatsächlich drei Treppen, über die man das Kloster erreichen kann.« Brophy holte eine Landkarte der Insel aus seiner Jackentasche. »Abgesehen von der Hauptroute, die wir genommen haben, beginnt am Blue Cove – am Westufer der Insel – ein Weg, der einem Zickzackkurs folgt. Dieser Weg stößt unterhalb des Klosters auf den Weg, den wir gegangen sind. Und der entspricht nicht der Darstellung auf der Steinplatte.«

»Und was ist mit dem dritten Weg?«, fragte Dirk.

»Der ist steil und aufgrund der Tatsache, dass er nur selten benutzt wird, dicht überwachsen. Er führt anscheinend weitaus direkter zum Ziel, aber auch diese Route entspricht nicht der Steinzeichnung.«

Pitt beugte sich über die Schutzmauer des Klostergeländes und schaute den steilen Berghang hinab nach Norden. Was er sah – Little Skellig mit der irischen Küste als Hintergrund –, war das reinste Ansichtskartenmotiv. Direkt unter ihm führten die Überreste einer steilen Steintreppe fast auf geradem Weg zur Anlegestelle im Blind Man's Cove hinunter. Pitt richtete sich auf und warf einen zweiten Blick auf Brophys Inselkarte. Die Felszeichnung passte zu keiner der drei bekannten Aufstiegsrouten und gab auch keine mögliche vierte Route wieder, die vielleicht in Vergessenheit geraten war. Sein Gesicht verzog sich zu einem listigen Grinsen, während sein Blick über das unwegsame Gelände wanderte.

»Ich glaube nicht, dass diese Linie überhaupt einen Weg darstellt«, sagte er.

»Aber wenn sie keinen Weg zeigt«, sagte Brophy, »was könnte sie sonst zeigen?«

»Wahrscheinlich gibt es nur eine Möglichkeit«, erwiderte Pitt mit einem siegessicheren Lächeln. »Eine Höhle, durch die man in einen Tunnel gelangt.«

63

Ihr versteckter Beobachtungsstand befand sich auf einer Anhöhe oberhalb des Klosters und nicht weit von der Basis des Needle's Eye entfernt. Er war eher ein Bunker als ein Hochsitz, eine felsige Anhebung, die aus dem Erdreich aufragte und damit eine Art verdeckten Unterstand schuf, der ausreichend geräumig war, um vier Personen für alle Blicke vom Kloster – und von jedem Punkt des Wegs dorthin – unsichtbar zu machen.

»Was tun sie im Augenblick?«, fragte McKee und trank einen Schluck Tee aus einer Thermosflasche. Heute trug sie zum ersten Mal seit längerer Zeit keine Designerkleidung, sondern Jeans, Wanderschuhe und eine dunkle Allwetterjacke. An einer goldenen Halskette hing ihr allgegenwärtiger Skarabäus, der ebenfalls golden war.

Nachdem sie Ainsley nach Schottland zurückgeschickt hatte, damit sie die dortigen Geschehnisse im Auge behielt, hatte sich McKee zu Riki, Gavin und Rachel gesellt, um sie bei einem frühmorgendlichen Ausflug nach Skellig Michael zu begleiten. Sie alle hatten während der Überfahrt eine kräftige Dosis Seekrankheit verabreicht bekommen, hatten deren Nachwirkungen jedoch während ihres Aufstiegs bereits überwunden und waren mittlerweile wieder so leistungsfähig wie zuvor.

McKee hatte die gleiche Landkarte erworben wie Brophy und wusste, dass darauf nur wenig mehr zu erkennen war als der Leuchtturm und der hoch gelegene Klosterkomplex. Und ebenso wie Brophy nahm sie an, dass sämtliche Hinweise auf Meritaton und ihr weiteres Schicksal in ihrer unmittelbaren Umgebung zu finden sein müssten. In ihrem engen Unterstand würden sie abwarten, während Brophy und die Männer der NUMA ihnen die Suche nach Meritaton abnahmen.

»Sie sind zur nördlichen Seite der Klostergeländes gegangen«, meldete Gavin. Er hatte einen Spalt im Felsüberhang gefunden und konnte durch diesen mit einem Fernglas auf das Kloster hinunterschauen. »Gerade habe ich sie jedoch aus dem Blick verloren.«

Er ließ das Fernglas sinken und wandte sich zu den drei Frauen um. Rachel saß neben ihm, mit klarem Blick und einer Beretta in der Hand. Die Einzige, auf die er sich verlassen konnte, dachte Gavin.

Riki saß am anderen Ende der schmalen Steinbank. Sie war nicht nur still, sondern ihre Haltung drückte auch Widerwillen, Protest und Ablehnung aus. Ihre Laune hatte sich deutlich gebessert, als sie die vier Männer von ihrem Versteck aus entdeckt hatte und vorbeimarschieren sah, doch nun war sie wieder in ihre düstere Stimmung zurückgesunken. Von ihrer sonst üblichen Selbstsicherheit war – wie üblich, wenn ihre Mutter in der Nähe war – nichts mehr zu spüren.

Und dann war da noch McKee. Sie hatte während des Aufstiegs eine überraschende Entschlossenheit an den Tag gelegt und strahlte noch immer eine enorme Tatkraft aus. Sie saß auf ihrem Platz und schien jederzeit auf dem Sprung zu sein. Dabei beobachtete sie ihre Umgebung so wachsam wie ein Falke, der einen Feldhasen als Beute auserkoren hatte und jetzt nur auf den richtigen Zeitpunkt wartete, um zuzuschlagen. Aber ein Ausdruck von Resignation hatte sich in ihre unablässig kontrollierte und emotionslose Miene geschlichen. Gavin kannte sie lange genug, um zu erkennen, dass sie sich trotzdem niemals kampflos geschlagen geben würde.

»Haben Sie Geduld, junger Mann, und geben Sie denen noch ein paar Minuten«, instruierte sie ihn. »Egal, was geschieht, sie werden die Insel nicht lebend verlassen.«

64

Die drei Männer sahen Pitt verständnislos an, dann hellte sich Brophys Miene auf, als hätte er in der irischen Nationallotterie den Haupttreffer gelandet.

»Ein Tunnel. Lieber Himmel, Sie könnten recht haben. In den Überlieferungen ist tatsächlich von einem unterirdischen Tunnel in Verbindung mit dem Kloster die Rede. Aber er ist nie gefunden worden.«

»Vielleicht nur deshalb nicht, weil niemand so richtig Bescheid wusste, wie und wo danach gesucht werden sollte«, sagte Dirk und ging zu dem voluminösen Rucksack, den Giordino den Berg hinaufgeschleppt hatte. Er öffnete seinen Reißverschluss und begann, Teile des Tiefenradars herauszuholen, das er auseinandergenommen und in dem Rucksack verstaut hatte.

»Also das war es, was mir den Aufstieg zu einem fast unvergesslichen Erlebnis machte«, sagte Giordino. »Ich hatte gehofft, es wäre ein Kasten Bier.«

»Sieh da, unser geliebter alter Rasenmäher«, sagte Brophy. »Er hat uns bereits bei einer anderen Gelegenheit geholfen. Vielleicht tut er es auch dieses Mal.«

Während Giordino dabei half, das Radar zusammenzubauen, deutete Pitt auf den Klostergarten. »Haben Sie irgendeine Vorstellung, wo sich der Tunnel befinden könnte?«

Brophy schüttelte den Kopf. »Ich fürchte, jede Vermutung wäre reine Spekulation. Irgendwo in der Nähe der Kapelle mit der Suche zu beginnen wäre sicher kein Fehler. Sie hat höchstwahrscheinlich ein Spitzdach besessen, wie in der Steinzeichnung dargestellt.«

»Dann sollten wir dort starten«, stimmte Dirk zu.

Sobald das Radar einsatzbereit war, wurde es zur Kapellenruine gerollt, deren Innenraum und nähere Umgebung durchkämmt wurden. Als der Radarschirm keinerlei Hinweise auf einen größeren Hohlraum lieferte, wurde die Suche auf die Bienenkorbhütten und das große Oratorium und danach auf den Berghang unter- und oberhalb der Bauwerke ausgedehnt. Dabei wechselten sich die Männer paarweise ab, das Gerät auf dem steilen und rutschigen Berghang hin und her zu ziehen. Außer einigen kleinen Objekten und begrabenem Schutt in der Nähe der Hütten fanden sie keine verlässlichen Anzeichen für einen unterirdischen Laufgang.

»Hier oben ist nichts«, entschied Dirk, hob das Radar über einen großen Stein und blieb stehen, um sich auszuruhen. »Das kleine Oratorium ist der einzige Bereich innerhalb des ummauerten Geländes, den wir noch nicht unter die Lupe genommen haben.«

»Dann muss es dort sein«, sagte Giordino hoffnungsvoll. Er ergriff die Lenkstange des Geräts und bugsierte es zu dem kleinen Bau am Rand des Klostergrundstücks. Nachdem er es ergebnislos umkreist hatte, zog er das Radar auf den darüber liegenden Berghang hoch. Er hielt an einem Punkt inne, wo die Grundstücksmauer ins Erdreich des Steilhangs eintauchte. Dann studierte er einige Sekunden lang den Radarschirm, und danach wandte er sich zu seinen Gefährten um und stieß eine Faust in die Luft.

»Ich glaube, Al, der alte Maulwurf, hat einen Treffer gelandet.«

Dirk war mit einigen schnellen Schritten bei ihm und blickte über seine Schulter auf den Bildschirm des Radars. Eine kleine röhrenförmige unterirdische Luftblase war als weißer rechteckiger Fleck inmitten des Waberns dünner grauer Linien zu erkennen.

»Hier ist es zwar klein, aber deutlich definiert«, sagte Giordino.

»Und es scheint größer zu werden, bevor es verblasst, wenn man den Berghang quert.«

Er änderte die Richtung und schob das Gerät bergauf. Dirk klebte an seiner Seite und ließ den Radarschirm keine Sekunde lang aus den Augen.

»Das Radarsignal wird mit zunehmender Tiefe schwächer«, kommentierte er.

Pitt und Brophy gingen zum Rand des Oratoriums und warteten, während die beiden Männer mit einem breiten Grinsen auf ihren Gesichtern zu ihnen zurückkehrten.

»Sieht so aus, als beginne ein Tunnel genau dort, wo die Steinmauer auf den Berghang trifft«, sagte Dirk und deutete über den Klostergarten.

»Ich fürchte, diesmal haben wir vergessen, eine Schaufel mitzunehmen«, sagte Brophy bedauernd.

»Möglicherweise brauchen wir gar keine«, erwiderte Dirk. Er folgte dem Verlauf der Mauer bis zu dem Punkt, wo sie sich in Brusthöhe in den Berghang bohrte. An ihrem Ende begann er, die aufgestapelten Steine abzuräumen und sie der Reihe nach auf dem Boden abzulegen.

»Dann können wir die Mauer wieder genauso zusammenfügen, wie wir sie vorgefunden haben«, erklärte er, während die anderen zu ihm herüberkamen.

»Ich bin sicher, dass dies nicht das erste Mal ist, dass die Mauer im Laufe der Jahrhunderte auseinandergenommen und wieder zusammengefügt wurde«, sagte Brophy.

Pitt und Giordino beteiligen sich an der Abräumarbeit und legten eine Wand aus zusammengepresster Erde hinter den aufgestapelten Mauersteinen frei. Als sie das gesamte Mauerende entfernt hatten, stießen sie auf einen großen, flachen Felsbrocken, der vertikal im Erdreich eingebettet war. Mit den Fingern legte Dirk seine Ränder frei und versuchte, ihn zu bewegen. Er rührte sich nicht, sosehr sich Dirk auch anstrengte.

»Pack die linke Seite«, sagte Giordino, während er sich neben ihn zwängte. Gemeinsam zogen sie an der Felsplatte. Sie konnten sie ein paar Zentimeter weit lockern und zerrten sie hin und her, bis sie regelrecht aus ihrem Bett heraussprang und flach auf den Boden kippte.

Dahinter erschien eine schmale Öffnung.

»Eine Art Vorratskeller?«, fragte Giordino.

»Oder viel mehr«, sagte Brophy.

Giordino trat zur Seite und deutete mit einer einladenden Geste auf die Öffnung. »Du darfst der Erste sein, mein Junge.«

Dirk nickte lächelnd, knipste seine Stablampe an und kroch durch den Eingang. Nach ein oder zwei Minuten hörten die anderen, wie er nach ihnen rief. Giordino folgte ihm als Nächster, dann kamen Brophy und Pitt hinterher.

Pitt bewegte sich durch eine etwa anderthalb Meter lange leicht abfallende niedrige Röhre, die sich nach und nach verbreiterte. Er kroch weiter, bis er sich aufrichten konnte und die anderen erreichte, die auf einem schmalen Vorsprung standen. Sie richteten ihre Stablampen in den dunklen Abgrund vor ihnen.

»Was haben wir denn hier?«, fragte Pitt. »Ist das eine Höhle oder ein Tunnel?«

»Etwas viel Besseres«, erwiderte Dirk und lenkte den Lichtstrahl seiner Lampe auf eine Folge aus dem Fels gemeißelter Stufen, die in den schwarzen Abgrund vor ihnen eintauchten. »Eine Treppe in die Unterwelt.«

65

»Jetzt habe ich sie wieder aus den Augen verloren.«

Gavin nahm sein Fernglas herunter und wandte sich zu Evanna McKee um. »Ich glaube, sie haben irgendetwas gefunden.«

McKee sah über die Mauer ihres Unterstandes auf das leere Kloster hinunter. »Schleichen Sie sich so nahe heran wie möglich, ohne dass man Sie bemerkt. Und melden Sie sich über Funk, wenn es etwas zu berichten gibt.«

Gavin nickte und reichte sein Fernglas an Rachel weiter. Er zog eine Ruger-SR9c-Pistole aus dem Schulterhalfter, entsicherte sie und steckte sie wieder zurück. Dann kletterte er aus dem felsigen Kommandostand heraus und arbeitete sich langsam die Anhöhe hinab.

Am Einlass zum Klostergelände kauerte er sich hinter eine Steinmauer und lauschte nach dem Klang von Stimmen. Die einzigen Laute, die an seine Ohren drangen, waren das Rascheln des Windes im Gras und der schrille Ruf einer Möwe über seinem Kopf. Er schlich weiter, gelangte bis zur ersten Bienenkorbhütte und schob sich um sie herum, bis er einen Blick in den Klostergarten werfen konnte. Von den vier Männern war nichts zu sehen.

Er überquerte das Gelände und schaffte es ungesehen bis zu dem kleinen Oratorium an der gegenüberliegenden Grundstücksgrenze. Hier beugte er sich über die Mauer, um nachzusehen, ob sie den Steilhang hinuntergeklettert waren, aber auch dort konnte er sie nicht entdecken. Dann fielen ihm das freigelegte Ende der

Mauer, eine wuchtige Steinplatte im Gras und eine dunkle Öffnung im Berghang auf.

Er schaute kurz hinein, dann zog er sich ein paar Schritte zurück und hakte ein Funkgerät von seinem Gürtel los.

»Sie haben einen Tunnel gefunden und sind in ihn hineingekrochen«, gab er seine Beobachtung an McKee durch. »Dort unten können wir sie ausschalten. Und niemand wird sie jemals finden.«

66

Die Stufen waren in eine nahezu senkrechte Felswand hineingemeißelt worden, die bis in die vollkommene Dunkelheit hinabreichte. Eine oberflächliche Überprüfung ergab, dass die vier Männer am Rand einer riesigen unterirdischen Erdspalte standen, die einige hundert Meter tief sein musste. Pitt richtete seine Lampe auf die steilen schmalen Stufen und versuchte sich vorzustellen, wie mühsam es gewesen sein musste, sie aus der Felswand herauszuhauen.

»Ich hoffe, dass niemand von den Anwesenden unter Höhenangst leidet«, sagte er und begann mit dem gefährlichen Abstieg.

»Immer wenn man einen Fahrstuhl braucht, ist keiner da«, schimpfte Giordino halblaut.

Dirk folgte seinem Vater als Erster, Giordino als Zweiter, und Brophy bildete die Nachhut. Keiner der vier sagte ein Wort, weil sie viel zu sehr damit beschäftigt waren, darauf zu achten, wo sie hintraten. Außerdem waren sie von dem Anblick dieses gigantischen unterirdischen Hohlraums, in den sie im wahrsten Sinne des Wortes hineingestolpert waren, geradezu gebannt.

Die Stufen folgten der Krümmung der Felswand, deren Neigung sich auf einem kurzen Flachstück nahezu vollständig reduzierte, um dann in entgegengesetzter Richtung weiter in die Tiefe zu führen. Die Männer tasteten sich voran, und das Geräusch ihrer Schuhe auf den Stufen durchbrach die Jahrtausende währende Stille in dieser unterirdischen Welt. Brophy richtete den Lichtstrahl seiner Lampe in kurzen Abständen immer wieder über den Rand der Treppe, aber ihr Ende verlor sich weiterhin in der vollständigen Dunkelheit.

»Passt genau«, platzte Dirk plötzlich heraus.

Jeder der vier blieb für einen Moment stehen, um Atem zu schöpfen.

»Was passt genau?«, fragte Giordino.

»Die Inschrift auf der Wand des Oratoriums. Die Stufen haben den gleichen gekrümmten Verlauf, wie er in der Felszeichnung dargestellt wurde.« Während er sprach, deutete er mit dem Daumen über die Schulter auf die Stufen, die sie bereits hinabgestiegen waren.

Die anderen sahen an ihm vorbei. Sie achteten nicht auf seine Worte, sondern hatten ausschließlich Augen für das, was sie hinter ihm sahen. Vier kleine Lichtpunkte waren am oberen Ende der Treppe erschienen.

Schüsse hallten durch die unterirdische Schlucht wie Glockengeläut in einer Kathedrale.

»Licht aus!«, brüllte Pitt, während Gesteinssplitter über ihnen aus der Felswand gesprengt wurden und auf sie herabregneten.

Die vier Männer duckten sich und löschten ihre Lampen, während Gavin und Rachel sie von oben mit einer weiteren Salve beharkten. Dirk schaute dorthin und konnte vier Gestalten auf dem obersten Absatz erkennen.

»Weiter. Bewegt euch«, drängte Pitt mit leiser Stimme. »Tastet euch an der Wand entlang.«

Dirk befolgte den Rat seines Vaters und fuhr mit der Hand über die Felswand neben ihm, um sich abzustützen, während seine Füße in der Dunkelheit die nächsten Treppenstufen ertasteten. Giordino wollte ihm folgen, hielt jedoch inne, als er hinter sich ein lautes Stöhnen hörte.

»Alles okay?«, flüsterte er.

Brophy sackte in der Dunkelheit kraftlos auf seinen Rücken und stieß ihn beinahe von der Treppe herunter.

»Sorry«, keuchte Brophy. »Mein Bein … ich glaube, ich habe einen Treffer abbekommen.«

»Ich hab Sie, Professor«, erwiderte Giordino. »Halten Sie sich an mir fest, während wir Sie von hier wegbringen.«

Er setzte den Weg treppab fort, wobei er Brophy huckepack auf dem Rücken trug. Pitt ging voraus und gab im Flüsterton gelegentlich Anweisungen zum Verlauf der Treppe, während sie sich dem Ende der Schlucht näherten, das sich allmählich in dem matten Lichtschein von oben aus der Dunkelheit schälte.

Auf dem obersten Treppenabsatz stehend, leuchtete McKee mit der Lampe ihres Mobiltelefons in die Tiefe. Die vier Männer auf der Flucht waren außerhalb des Lichtkegels nur als vage Schatten zu erkennen.

»Los, folgen Sie ihnen«, befahl sie Gavin. »Sie sind bestimmt nicht bewaffnet. Ich bin gespannt, wohin sie uns führen.«

»Jawohl, Ma'am.« Während er seine Pistole ins Holster zurückschob, beleuchtete Gavin mit seinem Smartphone die Treppe vor ihm, dann machte er einen ersten vorsichtigen Schritt in die Dunkelheit.

67

Pitt spürte ebenen Grund unter den Füßen und hielt an. Er knipste seine Stablampe an und legte einen Daumen auf die Linse, um den Lichtstrahl bis auf ein mattes Schimmern zu dämpfen. Als er sich prüfend umschaute, meinte er erkennen zu können, dass sie den Grund der Felsspalte erreicht hatten. Der ebene Absatz war von drei mächtigen Felsklötzen, so groß wie Lokomotiven, umgeben. Sie drängten sich dicht an die aufragenden Wände der Felsspalte.

»Ende der Fahnenstange«, knurrte Giordino, während er die letzte Treppenstufe verließ.

»Scheint so«, bestätigte Pitt. »Wie geht es dem Professor?«

»Die Kerle haben mich an der Hüfte erwischt«, sagte Brophy, während ihm Giordino dabei behilflich war, auf dem Boden eine bequeme Sitzposition zu finden. Seine Stimme klang merklich schwächer, aber sein Kampfgeist war offenbar ungebrochen.

Dirk kniete sich neben ihn, um die Wunden in dem gedämpften Lichtschein zu untersuchen. Feucht glänzende rote Flecken waren im Bereich der rechten Hüfte und des rechten Oberschenkels auf seiner Hose zu sehen. Dirk zog sein Sweatshirt aus und reichte es Giordino.

»Das ist vielleicht eine kleine Hilfe.«

»Danke, Kumpel«, murmelte Brophy, während Giordino das Shirt in zwei Hälften zertrennte und diese um die Wunden wickelte.

Pitt legte den Kopf in den Nacken und entdeckte die zitternden Lichter ihrer Verfolger hoch oben auf der Felswand. Er rechnete sich aus, dass sie noch einen Vorsprung von fünf Minuten hatten und nichts, womit sie sich hätten wirkungsvoll zur Wehr setzen können.

Er richtete seine Lampe auf die Felsklötze und untersuchte sie von oben bis unten. Auf dem Boden der Felsspalte nahm er die Spuren eines Pfades wahr, der zu dem hinteren Felsklotz auf der rechten Seite führte. Er folgte dieser Spur und gelangte zu einer niedrigen dreieckigen Öffnung zwischen dem Felsklotz und der Felswand. Als er in die Öffnung hineinleuchtete, sah er, dass sie zu einem Tunnel führte, der aus dem Fels gemeißelt worden war.

»Hier entlang«, rief er leise.

Nach wenigen Sekunden erschienen Dirk und Giordino neben ihm, mit Brophy zwischen ihnen, den sie stützen mussten. Pitt registrierte gleichzeitig, dass ihre Verfolger auf der Felsentreppe stetig zu ihnen aufholten.

»Können Sie sich noch auf den Beinen halten, Professor?«, fragte Pitt.

»Solange es die beiden Packesel hier schaffen, einen Sack alter Knochen durch die Unterwelt zu schleppen, ganz bestimmt.«

»Ich fürchte, jetzt wird es ein wenig eng.«

Pitt führte sie durch die Öffnung in einen niedrigen, schmalen Tunnel. Er musste sich ducken, um zu vermeiden, mit dem Kopf anzustoßen. Allmählich wurde der Tunnel höher, nahm jedoch nicht an Breite zu. Schließlich konnte Pitt sich vollends aufrichten.

»Ich tippe auf einen natürlichen Tunnel, der vergrößert wurde«, meldete sich Dirk von hinten, als er an der Decke und den Seitenwänden Spuren entdeckte, die auf den Einsatz von Hammer und Meißel hindeuteten.

Der Tunnel schlängelte sich in zahlreichen Windungen abwärts. Irgendwann blieb Pitt plötzlich stehen und lauschte auf ein fernes Rumpeln.

»Ich glaube nicht, dass sie schon so dicht hinter uns sind«, sagte Dirk.

»Nein, das ist das Meer«, entschied Pitt, als das rhythmische Pulsieren einer Brandung zu hören war. »Wir befinden uns in Wassernähe.«

»Und hoffentlich auch in der Nähe eines Ausgangs«, fügte Giordino hinzu, dem der Schweiß vom Tragen seiner menschlichen Last über das Gesicht rann.

Als er die Gruppe durch eine weit geschwungene Gangbiegung führen musste, legte Pitt einen Schritt zu. Dann kam er zu einer Stelle, wo sich der Tunnel gabelte. Der Haupttunnel schwenkte nach rechts. Und ein schmalerer Korridor verlief weiter geradeaus. Pitt leuchtete in beide Öffnungen hinein, aber in keinem der Felsengänge war ein Ende zu erkennen.

»Nach links oder nach rechts?«, fragte Giordino.

Pitt richtete die Lampe auf ihn. Die Strapaze, Brophy bis zu diesem Punkt mehr oder weniger getragen zu haben, zeichnete sich auf seinem Gesicht ab. Der irische Archäologe, der auf seiner Schulter lag, war bleich. Seine Augen waren glanzlos.

»Vielleicht solltest du mit dem Professor lieber die weniger einladende Route nehmen«, sagte er und deutete auf den engeren Tunnel. »Ich seh mir einmal an, wohin der andere Felsengang führt.«

Während Dirk, dem die zunehmende Erschöpfung ebenfalls deutlich anzusehen war, sich näherte, winkte Pitt ihn weiter. »Ich schlage vor, du hilfst Al beim Transportieren des Professors.«

Dirk nickte und beeilte sich, Giordino zu folgen und ihn – der im linken Korridor bereits eine beachtliche Strecke zurückgelegt hatte – einzuholen.

Pitt wandte sich um und startete zu einem Dauerlauf durch den größeren Tunnel auf seiner Rechten. Er brauchte nicht weit zu laufen. Nach etwa fünfzehn Metern erreichte er eine Biegung, hinter der sich das Ende des Tunnels befand. Aber nicht in Gestalt einer soliden Felswand oder einer künstlichen Barriere, die den Gang versperrte. Es war eine große Höhle, in die der Tunnel mündete.

Pitt trat auf einen erhöhten Absatz, unterhalb dessen sich die längliche Grundfläche der Felsenkammer erstreckte. Die natürliche hohe Decke hatte die Form einer Kuppel, die dem Raum den Charakter eines Felsendoms verlieh. Gut ein Dutzend winziger Öffnungen in einer Wand aus großen Felsklötzen am Ende der Höhle ließen so viel Licht herein, dass der Raum ausreichend erhellt wurde, um auch Einzelheiten zu erkennen. Das nunmehr deutlich hörbare Getöse der Atlantikwellen verriet Pitt, dass sie sich in allernächster Nähe des Ufers befanden und dass die Höhle möglicherweise früher einmal eine vom Meer direkt erreichbare Grotte gewesen war.

Ein mächtiger, aufrecht stehender Felsblock versperrte den Eingang, aber in Stein gemeißelte Stufen führten an der Seite nach unten. Am Fuß der Treppe war ein tiefes Becken in den Boden eingelassen, das sich über die gesamte Länge der Höhle erstreckte. Etwa in der Mitte des Beckens stand ein Pfahl aus Holz, der bis weit über den erhöhten Absatz am Eingang aufragte.

Pitt zögerte auf der Eingangsterrasse, als er den Klang von Stimmen hörte, die sich hinter ihm näherten. Sie gehörten nicht zu seinen Gefährten. Als er sich umwandte, um die Stufen hinunterzusteigen, glitt der Lichtstrahl seiner Lampe für eine Sekunde über den Holzpfahl und holte ein Seil aus dem Dunkel, das von seiner Spitze herabhing. Pitt erkannte schlagartig, dass dies kein einfacher Holzpfahl war, sondern der Mast eines Schiffes. Daran hing ein zerfetztes Rechtecksegel. Und unter ihm lag tatsächlich ein Schiff, dreißig Meter lang, mit einem Rumpf aus Zedernholzplanken. Während er näher herantrat, richtete er seine Lampe auf die ihm zugewandte Rumpfseite des seltsamen Schiffes und entdeckte eine lange Reihe von Rudern, die aus dem Rumpf herausragten. Sogleich drängte sich ihm die Frage auf, wer dieses Schiff vor so vielen Jahrhunderten als Letzter benutzt haben mochte.

68

Der schmale Tunnel, der an der Gabelung nach links abzweigte, erwies sich als die weitaus mühsamere Route. Über zweihundert Meter verlief er in scharfen Zickzackwindungen und stieg stufenartig an. Die Seitenwände rückten stellenweise näher aufeinander zu, sodass Giordino und Dirk gezwungen waren, Brophy seitlich durch die Engstellen zu bugsieren. Der Tunnel richtete sich schließlich horizontal aus und endete in einer kleinen natürlichen Felsenkammer mit nahezu quadratischem Grundriss. Ein hoher Hügel aus Steinklötzen türmte sich auf einer Seite des Eingangs auf, doch ansonsten war die Kammer offen. Und sie war nicht vollkommen leer.

Vor der gegenüberliegenden Höhlenwand hatten die ursprünglichen Benutzer der Höhle nämlich einen Altar aus Holz errichtet. Zwei Öllampen aus Bronze flankierten ein hohes silbernes Kreuz, das auf einem antiken Anker ruhte. An der Felswand hinter dem Kreuz befand sich ein verblichenes Wandgemälde, das einen Mann in einer Wüstenumgebung zeigte. Auf einer Seite war eine Pyramide zu erkennen, und über seinem Kopf schwebte ein goldener Heiligenschein.

»Ich denke, jetzt stecken wir in einer Sackgasse«, stellte Giordino nüchtern fest. Er trug Brophy durch die Kammer und setzte ihn in einer Ecke behutsam auf den Felsboden. Der Professor schaute hoch, und seine Augen belebten sich und begannen zu glänzen, als Dirks Lampenstrahl über das Wandgemälde huschte.

»Das ist der heilige Antonius von Ägypten«, sagte der Professor und richtete sich aus seiner kauernden Haltung kerzengerade auf. »Dies hier muss ein geheimer Gebetsraum oder vielleicht sogar eine Kapelle sein, beides sind offenbar Werke der Mönche und als solche dem heiligen Antonius geweiht.«

»Was auch immer dieser Raum gewesen sein mag, er hat keinen Ausgang«, sagte Dirk. »Dies könnte der geeignete Moment sein, um diesen Antonius anzurufen und um Hilfe zu bitten.«

Giordino betrachtete den Altar, dann richtete er seine Lampe auf den Steinhügel neben dem Eingang.

»Ich weiß nicht, wer dieser heilige Antonius ist und welche Qualitäten er hat«, sagte er, »aber ich denke, dass er uns bereits geholfen hat.«

69

Gavin erreichte die Tunnelgabelung und legte eine kurze Ruhepause ein, um zu verschnaufen. Übergewichtig, vollkommen unsportlich und gegen jede Art von anstrengender körperlicher Betätigung geradezu allergisch, bewegte sich der bezahlte Mörder hier auf vollkommen fremdem Terrain. Die Kletterpartie am Anfang des Inselabenteuers, gefolgt von diesem unterirdischen Abstieg, hatte ihm eine akute Atemnot beschert und ihm trotz der kühlen Temperatur den Schweiß auf die Stirn getrieben. Drei schwankende Lichter tauchten hinter ihm auf, als McKee, Rachel und Riki zu ihm aufschlossen. Ebenso wie Gavin schien McKee von dem Marsch erschöpft zu sein, während die beiden jüngeren Frauen mehr Durchhaltevermögen bewiesen.

»Der Haupttunnel sieht aus, als verlaufe er weiterhin nach rechts«, meldete Gavin.

McKee inspizierte die beiden Tunneleingänge, dann richtete sie ihre Telefonlampe auf den Boden. In dem Staub und dem losen Geröll, das den Boden bedeckte, fand sie den Teil eines Fußabdrucks, der in die Richtung des kleineren Tunnels wies.

»Nehmen Sie diesen Tunnel. Rachel und ich folgen dem größeren.« Sie tippte auf ein Funkgerät an ihrem Gürtel. »Melden Sie sich in fünf Minuten und geben Sie mir einen Statusbericht.«

Gavin nickte und ging ein paar Schritte in den engen Felsenkorridor. Dann blieb er stehen und wandte sich um. Obwohl sie von ihrer Mutter nicht aufgefordert worden war, ging Riki an McKee vorbei und folgte Gavin.

Rachel übernahm im rechten Tunnel die Führung, und McKee hielt sich dicht hinter ihr. Sie bewegte sich vorsichtig, leuchtete den Tunnel mit ihrer Telefonlampe aus und hielt die Beretta in der rechten Hand schussbereit. Die beiden Frauen erreichten das Ende des Tunnels und gelangten in die Höhle. Auf dem erhöhten terrassenähnlichen Absatz blieben sie stehen und leuchteten mit ihren Stablampen in den Felsendom. McKee betrachtete den hohen Holzpfosten in der Mitte und entdeckte gleichzeitig ein schlaffes Hanfseil, das sich zu der Wand an der Seite spannte. Sie gab Rachel mit der Hand ein Warnzeichen, und beide Frauen blieben stocksteif stehen, verursachten keinen Laut und lauschten in die Stille, um sich zu vergewissern, ob sie Gesellschaft hatten.

In der Höhle war es für einen Moment totenstill, dann vernahmen sie ein leises Rascheln. McKee ortete seinen Ursprung über ihnen. Sie richtete die Lampe auf die Spitze des Holzpfostens. Das Hanfseil war nun straff gespannt und schwang in einem weiten Bogen auf ihre Position zu. McKee wandte sich zur Seite, und als sie einen Schatten wahrnahm, der sich mit hohem Tempo auf sie zubewegte, machte sie einen Satz zurück.

Von Pitt aus einer Nische in der seitlichen Felswand herausgeschleudert, raste ein Kalksteinanker wie ein Pendel durch die Luft auf sie zu. Mittels einer Öffnung im oberen Bereich mit der Mastleine verknüpft, schwang der Anker des antiken Schiffes in weitem Bogen über die erhöhte Plattform. Er verfehlte McKee, traf jedoch Rachel, die gerade in die andere Richtung geblickt hatte.

Der Steinanker prallte gegen ihre Schulter und ihren Hinterkopf. Sofort sackte sie korkenzieherartig auf der Plattform in sich zusammen und verlor das Bewusstsein. Als der Anker den äußersten Punkt seiner Pendelbahn erreichte und über McKees Kopf zurückschwang, ließ sie sich einfach fallen. Sie kroch auf allen vieren zu der zusammengebrochenen Frau hinüber und brachte die Beretta an sich, die neben ihren Füßen lag. McKee richtete sich auf den Knien auf, dann nahm sie mit Lampe und Pistole die Felswand ins Visier, von der aus das fliegende Objekt gestartet war.

Das steinerne Pendel schlug gegen die Wand, dann flog es in zunehmend engeren Kreisen um den Mast herum, wobei es stetig an Schwung verlor. Von der Person, die es gestartet hatte, war nichts zu sehen.

70

»Hilfe … wer hilft mir … bitte …«

Der Ruf erklang leise und schwach, aber mit unverwechselbar irischem Akzent. Gavin zögerte, hielt die Pistole entsichert und schussbereit in der Hand, dann ging er langsam und wachsam in Richtung der Stimme.

Gavin konnte erkennen, dass der schmale Tunnel zu einem größeren Durchlass führte. Die Stimme erklang in der bodenlosen Dunkelheit jenseits dieser Öffnung. Von dem mühsamen Aufstieg noch außer Atem, verharrte Gavin für einen Augenblick, um sich zu orientieren und zu sammeln, ehe er sich weiter vorwagte. Riki blieb wie ein Schatten an seiner Seite und sagte kein Wort.

Während Gavin die Felsenkammer betrat, richtete er Lampe und Pistole auf die Ecke, die sich dem Durchlass gegenüber befand. Brophy saß auf dem Boden, hatte eine Hand auf seine blutende Hüfte gepresst und blinzelte mit einem Ausdruck der Qual ins Licht, die auf keinen Fall gespielt schien.

»Können Sie mir helfen?«, fragte er mit einer Stimme, die plötzlich laut und fest klang.

Diese Worte waren das vereinbarte Signal für Dirk und Giordino. Hinter dem Steinhaufen neben dem Höhleneingang in sicherer Deckung lauernd, richteten sich die beiden Männer auf und hoben mit vereinten Kräften das silberne Kreuz an, das sie sich von dem Altar ausgeliehen hatten. Sein unteres Ende hatten sie unter einen mächtigen runden Felsklotz geklemmt, der die Spitze des Steinhaufens bildete. Der Stein löste sich aus seinem Bett und rollte auf der anderen Seite der Steinpyramide abwärts.

Als Gavin das Knirschen des herabstürzenden Felsblocks hörte, herumfuhr und nach oben blickte, war es bereits zu spät. Der Findling hatte ihn schon fast erreicht, als er versuchte, sich durch einen verzweifelten Sprung in Sicherheit zu bringen. In einem Moment nackter Panik feuerte er zwei Schüsse aus der Ruger ab, die als Querschläger von den Felswänden abprallten. Der Felsklotz traf ihn von der Seite und zerquetschte seinen Arm, während er ihn gegen die Höhlenwand drückte.

Ein Seufzer drang über seine Lippen, als seine Pistole und das Mobiltelefon, das ihm den Weg geleuchtet hatte, neben seinem Körper klappernd auf dem Boden landeten. Dann wurde es in der Kammer still.

Dirk und Giordino kletterten über den Steinhaufen in die dunkle Höhle und knipsten ihre Lampen an.

»Ich glaube, Sie haben sie erwischt«, meldete Brophy aus seiner Ecke.

»Sie waren aber auch der ideale Lockvogel«, lobte Dirk. »Sind Sie okay?«

»Angesichts der herrschenden Umstände kann ich nicht klagen.«

Giordino hatte den Steinhaufen bereits umrundet und richtete seine Lampe auf den Höhleneingang. Zwei Körper lagen reglos auf dem Boden. Ihnen am nächsten war Gavin, der offenbar nicht mehr atmete. Nachdem er sich ihm einen weiteren Schritt genähert hatte, konnte Giordino sehen, dass unter seinem Kopf eine Blutlache glänzte. Er musste mit dem Kopf gegen die Felswand geschlagen sein.

Giordino spürte, wie sich Dirk an ihm vorbeidrängte und zu der zweiten Gestalt eilte. Es war eine attraktive Frau, wie er sehen konnte, die auf der Seite lag und die Augen geöffnet hatte. Seltsamerweise gab es keinerlei äußere Anzeichen, dass sie von dem Felsklotz getroffen worden war.

Dirk kniete neben ihr und hob behutsam ihren Oberkörper an. Rikis Gesicht verzerrte sich vor Schmerzen, dann aber – als ihr Blick auf Dirk fiel – entspannte es sich wieder. Etwas Warmes rann über seine Hand, und er bemerkte einen kleinen Riss in ihrer Jacke. Ein Querschläger aus Gavins Pistole musste sie erwischt haben und war seitlich in ihren Brustkorb eingedrungen. Dirk presste die Hand auf die Wunde, dann blickte er ihr im Licht von Giordinos Lampe in die Augen.

»Ich wollte dir nichts Böses antun«, sagte sie mit brüchiger Stimme. »Alles war das Werk meiner Mutter. Es tut mir leid.«

»Mir auch.« Dirk sah, dass ihr nicht mehr viel Zeit blieb. Er bückte sich zu ihr hinab und küsste sie auf die Stirn.

»Finde es«, flüsterte sie. »Finde Meritaton und das, was sie hatte. Und rette uns alle.« Sie sah Dirk in die Augen, brachte ein mühsames Lächeln zustande, und dann brachen ihre Augen.

71

Evanna McKee kauerte am Eingang der Höhle und schwenkte den Lichtstrahl ihres Mobiltelefons durch den Raum. Sie erkannte, dass der Balken, an dem das Seil hing, in Wirklichkeit der Mast eines kleinen Schiffes war, das in dem schmalen Becken lag. Auf den Stegen auf beiden Seiten des Beckens war niemand zu sehen, woraus sie schloss, dass ihr Angreifer sich irgendwo unter dem Schiff versteckte.

Sie kniete sich neben Rachel und rief ihren Namen, um festzustellen, ob sie noch am Leben war. Offenbar war sie es nicht. McKee richtete sich auf und griff nach ihrem Funkgerät.

»Gavin. Sind Sie da?«

Stille.

»Gavin, antworten Sie, wenn Sie mich hören können.«

»Oh, ich kann Sie sehr gut hören«, antwortete die gereizte Stimme Al Giordinos. »Wie das hässliche Kreischen eines Truthahngeiers.«

»Wo … wo ist Gavin?«

»Er und seine Freundin haben sich für den langen Schlaf entschieden. Wenn Sie jetzt vielleicht so freundlich wären …«

McKee stieß einen jammernden Schrei aus, dann schleuderte sie das Sprechfunkgerät in die Dunkelheit. Als es gegen die Felswand prallte, verstummte Giordinos Stimme, und zu hören war für einen kurzen Moment nur noch das leise Knistern, als seine Trümmer auf dem Höhlenboden aufschlugen.

Sie hatte einen Schwindelanfall, und ihre Knie gaben nach. Sie machte mehrere schnelle Atemzüge, um sich zu beruhigen und wieder klar denken zu können. Was in diesem Moment auf sie einstürmte, war einfach zu viel. Wie konnte alles nur so furchtbar schiefgehen?

Die Antwort auf diese Frage erhielt sie in Form einer Stimme aus dem Dunkel.

»Es ist vorbei, McKee«, sagte Pitt. »Ein für alle Mal vorbei.«

Als sie die Stimme erkannte, verwandelte sich ihre Verzweiflung in Wut. Dem Klang der Stimme folgend, stieg sie die Treppe zum oberen Ende des Beckens hinab und blickte nach unten. Die auf natürliche Weise entstandene Vertiefung war nahezu perfekt rechteckig und etwa vier Meter tief. Sie reichte bis zur hinteren Höhlenwand. Was sich in dem Becken befand, war jedoch nicht natürlichen Ursprungs.

Es war ein langes Boot und maß dreißig Meter, aber es war sehr schlank. Vorder- und Hintersteven waren in elegantem Schwung aufwärts gebogen, und in der Mitte stand ein einzelner Mast mit einem zerfetzten Segel. Ein halbes Dutzend Ruder ragten auf jeder Seite aus dem Rumpf und ruhten auf dem Boden des Bassins. Hinter dem Mast erhob sich eine einzelne geschlossene Hütte, die bis zum Heck reichte – offenbar war dies so etwas wie eine Kabine. McKee hatte zwar keine Ahnung vom Schiffsbau, aber auch in dem schwachen Licht ihrer Lampe konnte sie erkennen, dass sie hier ein antikes Boot vor sich hatte.

Ihr Interesse für das Boot und seine Konstruktion hielt sich in diesem Augenblick jedoch in Grenzen. Sie konzentrierte sich ausschließlich auf den Mann, der sich in seinem Schatten verbarg. Aus der Nähe der Reling auf der anderen Bootsseite hörte sie ein Scharren auf Holz, dann brachte sie die Beretta in Anschlag und feuerte drei Schüsse in die Dunkelheit. Für einen Moment rollte das Echo der Schüsse durch die Felsenkammer und wurde nach und nach wieder durch Totenstille ersetzt.

In Bugnähe gewahrte McKee eine Rampe, die vom Beckenrand bis zum Bootsdeck hinabreichte. Während sie zu dieser Rampe ging und sie auf Zehenspitzen überquerte, erkannte sie, dass das niedrige Boot auf Stützen ruhte, die auf dem Boden des Beckens standen. Nach einem ersten Schritt auf das Bootsdeck hörte sie in der Nähe des Kabinenaufbaus ein dumpfes Geräusch. Sie fuhr herum und feuerte zwei weitere Schüsse auf einen Schatten ab, der am hinteren Ende der Kabine verschwand.

»Für Sie ist das Spiel zu Ende«, erklang Pitts Stimme am Bootsheck.

McKee knirschte mit den Zähnen. Ihr Herz klopfte wie wild, und ihre Hände zitterten vor mühsam gebändigter Wut. Als sie den Bug überquerte, passierte sie auch den Mast in der Mitte und hörte ein weiteres Geräusch, diesmal auf der rechten Bootsseite. Sie leuchtete in diese Richtung und erhaschte einen kurzen Blick auf den Oberkörper eines Mannes, der auf das Deck stürzte. Sie hob die rechte Hand und feuerte.

Während ihre linke Hand das zur Lampe umfunktionierte Smartphone festhielt, bockte die Pistole in ihrer rechten Hand. Sie feuerte eine ganze Salve ab, deren Einschläge sich dem Ziel unaufhaltsam näherten. Pitts Körper zuckte und wurde hin und her geworfen, als sie ein Projektil nach dem anderen in die dunkle Gestalt hineinpumpte, bis die Kammer der Beretta nach dem letzten Schuss aufklappte und offen blieb.

Sie ging auf ihr Opfer zu, während das Zittern ihrer linken Hand nachgelassen hatte und der Lichtstrahl nicht mehr unkontrolliert hin und her wanderte. In einiger Entfernung konnte sie die Jacke des Mannes erkennen, die von ihren Treffern vollkommen zerfetzt war. Doch plötzlich bewegte sich die Jacke. Sie wälzte sich nicht herum, sondern richtete sich auf und erhob sich über das Deck. McKee verfolgte das Geschehen mit einem Gefühl des Schocks, das sich in nackte Angst verwandelte. Niemand steckte in der Jacke. Sie war leer und war von einem der langen Ruder des Bootes hochgehalten worden.

Mit erhobenen Armen in dem Bassin stehend, hatte Pitt seine Jacke über dem Bootsdeck herumschweben lassen, um McKee ein Ziel zu bieten. Er wusste, wie schwierig es war, mit einer Pistole bei ungünstigen Lichtverhältnissen ein bewegliches Ziel zu treffen, und hatte sich so gut wie unsichtbar gemacht und stattdessen seine Jacke geopfert. Pitt konnte wegen des Schusslärms in der Höhle das Klicken nicht hören, als der Hammer der Beretta auf die letzte leere Patronenhülse schlug, aber er sah den Lichtkegel von McKees Lampe auf seiner Jacke zittern und dann herabsinken.

McKee gab sich nun geschlagen und sackte in sich zusammen. Sie machte einige Schritte rückwärts, bis sie gegen den Mast und Pitts baumelnden Steinanker an seiner Basis stieß. Sie betrachtete den Anker einige Sekunden lang, dann schleuderte sie die Pistole in das Bassin. Sie legte die Lampe auf das Bootsdeck und befreite den Anker von dem Seil, an dem er befestigt war. Dann richtete sie sich auf und ging mit dem Seilende zum Bootsrand. Wortlos wickelte sie sich das Seil mehrmals um den Hals und zog die Schlingen zu. Dann stieg sie auf die Reling, beugte sich vor und sprang.

In der sonst vollkommen stillen Höhle konnte Pitt das Knacken hören, als McKees Genick brach, und auch das Poltern, als ihr Körper gegen den Bootsrumpf schlug, aus den Seilschlingen herausrutschte und mit einem dumpfen Laut auf dem Boden des Bassins aufschlug. Er ging langsam zu der Gestalt hinüber und knipste die Stablampe an, als er keine Bewegung mehr in der Höhle wahrnahm.

McKee hatte einen starren Ausdruck im Gesicht, ihre offenen leeren Augen blickten ins Nichts. Ihr goldener Skarabäus lag neben ihrem Kopf, da ihre Kette bei dem Sturz gerissen war. Pitt betrachtete die zwar geistig verwirrte, aber dennoch früher einmal schön gewesene Frau einige Sekunden lang. Dann drückte er ihr behutsam die Augen zu. Als Nächstes hob er den Skarabäus auf und legte ihn auf das Bootsdeck.

»Deine Zeit ist abgelaufen, deine Herrschaft ist vorbei. Eine Welt ohne Männer sollte niemals Wirklichkeit werden.« Bei diesen Worten klang seine Stimme beinahe sanft und mitfühlend. Dann richtete sich Pitt auf und betrachtete das dreieinhalbtausend Jahre alte Boot, wie es da vor ihm lag.

72

Der hohe Vordersteven war das Erste, was ihm ins Auge fiel. Geschnitzte ägyptische Ankhs und keltische Kreuze, umschlungen von Lotosblüten, schmückten den Bugabschnitt des Schiffes. Es war diese ungewöhnliche Kombination von kulturellen Symbolen, die auf das Alter und die Herkunft des Bootes hinwies.

Die Konstruktion des Schiffes an sich war mit unterschiedlich langen Balken und Planken und stellenweise weit aufklaffenden Fugen eher grob und nachlässig, wie Pitt feststellen konnte. Dieses Schiff war ohne Zweifel nicht gebaut worden, um lange Strecken zurückzulegen. Als Trauer- oder Bestattungsschiff hatte es eine frappierende Ähnlichkeit mit dem Khufu-Königsschiff, das neben der Cheops-Pyramide in Gizeh gefunden worden war.

Pitt überquerte das schmale Deck auf seinem Weg zu der rundum geschlossenen Kabine. Schon vor Jahrtausenden vertrocknete Blüten zerbröselten knisternd unter seinen Schuhsohlen, als er sich der niedrigen Tür näherte, die mit einem hölzernen Riegel versperrt war.

Nachdem er den Riegel angehoben hatte, schwang die Tür knarrend auf, und er duckte sich, um einzutreten. Während er sich wieder aufrichtete, ließ er den Lichtstrahl seiner Lampe herumwandern, um sich einen Eindruck vom Innern der Kabine zu verschaffen. Tongefäße unterschiedlicher Größe waren vor den Wänden aufgereiht und umstanden eine erhöhte Plattform in der Mitte der Kabine. Auf dieser Plattform ruhte ein bemalter Sarg, auf dessen Deckel das Bild dessen verewigt worden war, der darin lag.

Pitt ging näher heran. Wie das Boot, so war auch der Sarg offenbar nur mit geringerer Sorgfalt angefertigt worden als die Königsgräber im alten Ägypten. Dennoch konnte kein Zweifel bestehen, dass die Gestalt mit den großen Augen und dem gestreiften Nemes-Kopftuch ägyptischer Herkunft war. Pitt legte seine Lampe auf das Deck und untersuchte den Sargdeckel. Er ließ sich ungehindert bewegen, daher nahm er ihn vorsichtig ab und lehnte ihn aufrecht stehend gegen die Wand. Dann hob er seine Lampe auf und leuchtete damit in den Sarg.

Meritaton, die Prinzessin aus Ägypten, war in Leinentücher eingewickelt, die den größten Teil ihres Körpers verhüllten. Ihr frei liegender Kopf hatte eine dichte schwarze Haarmähne und war mit einer Krone aus getrockneten Blumen geschmückt. Ein verrostetes Schwert lag an ihrer Seite. Außerdem trug sie um den Hals eine goldene Kette, besetzt mit türkisfarbenen Fayence-Perlen. Seitlich an ihrem Kopf klebten kreisrunde goldene Ohrringe.

Aber es war nicht der Schmuck, der zu der eingewanderten irischen Königin in den Sarg gelegt worden war, der Pitt ins Auge fiel.

* * *

Giordino platzte mit Gavins Pistole in der Hand in die Höhle und stolperte beinahe über die reglose Gestalt Rachels. Ein erleichtertes Lächeln breitete sich auf seinem Gesicht aus, als er sah, dass Pitt offenbar wohlbehalten aus dem Bassin herauskletterte.

»Wie ich sehe, hast du den Palast gefunden«, sagte er und blickte sich in der offenen Höhle um. »Ich denke, wir sind nur auf den Vorraum gestoßen. Dort gab es einen kleinen Altar und ein paar dicke Steine.«

»Sind alle okay?«, fragte Pitt.

»Ja, die Jungs sind dicht hinter mir.« Giordino richtete seine Lampe auf Rachels Leiche. »McKee?«, fragte er.

»Nein, sie liegt hier drüben«, antwortete Pitt und deutete auf das Becken. »Als ihr klar wurde, dass sie die letzte Überlebende war, hat sie den einfachen Ausweg gewählt.«

Giordino lehnte sich über die Treppe und leuchtete in das Bassin. McKees lebloser Körper war unter dem ägyptischen Boot zu erkennen, neben sich das Ende des Seils, das vom Mast herabhing. Er wandte sich um, als er in der Nähe des Eingangs ein schlurfendes Geräusch hörte.

Brophy betrat die Höhle, einen Arm um Dirks Schulter, um sich auf den Beinen zu halten. Die Augen des Iren weiteten sich beim Anblick der Höhle, während Dirks besorgte Miene sich entspannte, als er seinen Vater entdeckte.

»Kommen wir zu spät zur Party?«, fragte Brophy und ging um Rachel herum.

»Ich befürchte es«, sagte Pitt. Er deutete auf die seewärts gelegene Felsmauer mit ihren zahlreichen Lichtpunkten. »Ich glaube, wir haben es einfacher, wenn wir diesen Weg nach draußen wählen. Vor allem bleibt Ihnen das mühsame Treppensteigen erspart.«

»Tausend Dank. Was haben Sie hier sonst noch gefunden?«, fragte Brophy, da seine Wissbegierde offenbar stärker war als die Schmerzen, die gewiss nicht nachgelassen hatten.

»Hier liegt ein Boot«, antwortete Giordino und blickte in das Becken. »Kommen Sie und sehen Sie selbst.«

Giordino übernahm es, Brophy zu stützen, und ging mit ihm die Treppe hinunter und am Bassin entlang. Nur Sekunden später erschienen ihre schwankenden Lampen auf dem Bootsdeck.

Dirk trat neben seinen Vater, der das kleine Schiff von oben betrachtete.

»Es sieht fast genauso aus wie das, das neben den Pyramiden in Ägypten vergraben war.«

»Es ist ein Toten- oder Bestattungsboot«, erwiderte Pitt, »mit keltischen und ägyptischen Symbolen.«

»Befindet sie sich an Bord?«

Pitt nickte. »So wie du und Summer es vorausgesagt habt: Meritaton liegt in einem königlichen Sarg, der in der Kabine steht. Die Mönche haben ihn nie angerührt. Sie müssen es als ein Zeichen des heiligen Antonius gedeutet haben, als sie das Schiff gefunden haben.«

Dirk betrachtete das Boot eine längere Zeit, während er gleichzeitig an Summer und Riki dachte. Dann rang er sich dazu durch, die Frage zu stellen, die ihm in diesem Moment auf der Zunge brannte. »Was ist mit dem Apium von Faras?«

Pitt schlug seine von Kugeln durchlöcherte Jacke zurück und deutete auf einen prall gefüllten Lederbeutel an seinem Gürtel. Dann klopfte er seinem Sohn anerkennend auf den Rücken.

»Scheint ganz so, als seien unsere Tage noch lange nicht gezählt.«

EPILOG

KÖNIGIN DES ALTERTUMS

73

WASHINGTON D. C.

ZWEI JAHRE SPÄTER

Auf einer erhöhten Plattform präsentiert und von einer Batterie Punktscheinwerfer angestrahlt, die jedes Detail hervorhoben, war das Bestattungsboot der Prinzessin Meritaton ein Artefakt, das die Blicke der Besucher auf sich zog wie kein anderes Exponat im Smithsonian Museum of Natural History. Mit seinen langen Rudern und dem elegant geschwungenen und mit reichen Schnitzereien verzierten Bug war das antike Zeremonienboot eines der ältesten vollständig erhaltenen Schiffe, die je gefunden wurden.

Einzig Meritatons Sarg und die Mumie der ägyptischen Prinzessin, beides in Plexiglasvitrinen ausgestellt, konnte die Aufmerksamkeit der kleinen Besuchergruppe, die den Saal mit der Sonderausstellung im Parterre des Museumsgebäudes bevölkerte, auf ähnliche Weise auf sich ziehen.

Die Meritaton-Ausstellung präsentierte das ganze Leben der Prinzessin inklusive ihrer Reisen von Ägypten über Spanien nach Irland und ihrer Beerdigung auf Skellig Michael. Vitrinen enthielten ihr Schwert, ihren Schmuck und die Kanopenkrüge mit den inneren Organen der Verstorbenen, die in ihrem Bestattungsschiff gefunden wurden. Evanna McKees Skarabäus war in der Ausstellung ebenfalls ein Platz eingeräumt worden.

Aber der wertvollste und bedeutendste Gegenstand unter Meritatons Besitztümern wurde abseits in einem kleinen Glaskasten präsentiert, der nur wenig Aufmerksamkeit erregte. Es war ein kleiner grauer Beutel aus Ziegenleder, der zusammen mit einigen Exemplaren getrockneter Pflanzen, die in ihm enthalten waren, gezeigt wurde.

Pitt und Loren passierten den Sicherheitscheck am Museumseingang und gesellten sich zu der kleinen Gruppe von Honoratioren, die zusammengekommen waren, um vor der offiziellen Eröffnung der Ausstellung an einer exklusiven Führung teilzunehmen. Vertreter der Museumsleitung, Politiker und international bekannte Archäologen bewunderten die seltenen Artefakte.

Ein kleiner, lebhafter Mann mit sorgfältig gestutztem rotem Bart und einer kalten Zigarre im Mundwinkel entdeckte Pitt und Loren am Eingang und steuerte geradewegs auf sie zu, im Schlepptau ein vielköpfiges Kontingent von Leibwächtern und anderen Sicherheitsexperten. Vizepräsident James Sandecker machte vor Loren einen artigen Diener, begleitet von einem formvollendeten Handkuss, und wandte sich dann an Pitt.

»Eine bemerkenswerte Entdeckung, mein Junge, absolut fantastisch«, sagte der Vizepräsident, der früher als Pitts Chef die NUMA geleitet hatte.

»Wir dürfen uns glücklich schätzen, die Exponate ausstellen zu dürfen«, sagte Pitt. »Dirk und Summer haben eng mit Dr. Eamon Brophy in Irland zusammengearbeitet, um Meritaton überhaupt ausfindig zu machen und ihren Spuren zu folgen. Nachdem Brophy von seinen Verletzungen genesen war, hat er die Bergung und Konservierung des Bestattungsbootes geleitet. Es wird in Zukunft im National Museum in Dublin ständig zugänglich sein. Das Museum war zwar nicht sehr begeistert von der Vorstellung, Meritaton wieder auf Reisen gehen zu lassen, aber Dr. Brophy bestand darauf, sie auch hier der Öffentlichkeit zu präsentieren.«

»Das ist das Mindeste, was sie tun konnten, um Ihre Hilfe bei der Suche nach ihr zu honorieren«, sagte Sandecker. »Aber noch wichtiger ist Ihre Rolle bei den Bemühungen, Evanna McKee das Handwerk zu legen.«

»Eine *wirklich* böse Frau. Die für den Tod unzähliger Menschen verantwortlich war«, sagte Loren und schüttelte voller Abscheu den Kopf.

»Es hätte viel schlimmer kommen können«, sagte Sandecker. »Apropos böse, wie ich gehört habe, gab Senator Bradshaw im Laufe einiger Verhöre durch das FBI zu, umfangreiche, nicht verbuchte Spenden zur Finanzierung seines Wahlkampfs von McKee angenommen zu haben.«

»Sich mit Geld Einfluss zu erkaufen gehört zum Niederträchtigsten, das man sich vorstellen kann«, sagte Loren. »Die Ethik-Kommission des Senats hat nur ein wenig an der Oberfläche gekratzt, aber was sie gefunden haben, reichte aus, um ihn in die Wüste zu schicken. Ich denke, er wird noch heute Abend seinen Rücktritt bekannt geben.«

»Zumindest hat er begriffen, dass er am Ende ist«, sagte Sandecker.

Dann deutete der Vizepräsident auf den Glaskasten mit Meritatons Lederbeutel. »In diesem unscheinbaren Säckchen soll die ausgestorbene Pflanze gesteckt haben, die unsere Art retten wird?«

»So scheint es«, sagte Pitt, und in diesem Augenblick bemerkte er, wie Elise Aguilar die Ausstellungshalle betrat, und winkte sie zu sich herüber. »Hier ist die junge Dame, der wir das alles zu verdanken haben.«

Er stellte Loren und Sandecker die Agrarexpertin vor und registrierte amüsiert, dass sie tatsächlich nervös wurde, beide so zwanglos kennenzulernen. »Seit der Entdeckung von Meritatons Grab hat Elise sehr eng mit dem Landwirtschaftsministerium und den Centers for Disease Control zusammengearbeitet, um die ausgestorbene Pflanze wieder zum Leben zu erwecken.«

»Haben Sie ein Heilmittel in Arbeit, um diese Evolution Plague wirksam zu bekämpfen?«

»Dank der intakten DNS, die wir isolieren konnten«, erklärte die Agrarexpertin, »waren wir tatsächlich in der Lage, das Silphium – die Pflanze, die mit Meritaton bestattet wurde – zu regenerieren. Wir haben außerdem herausgefunden, aus welchem Grund sie ausgestorben war. Es ist sehr schwierig, sie anzubauen, selbst in einer kontrollierten und geschützten Umgebung. Offenbar gedeiht sie ausschließlich in einer bestimmten Bodenart und unter speziellen Niederschlagsbedingungen. Die ursprüngliche Pflanze, die wild wachsend in Libyen vorkommt, hatte nicht die Fähigkeit, aus eigener Kraft nachzuwachsen, nachdem die Römer sie massenweise geerntet hatten.«

»Können Sie die Pflanze jetzt gezielt anbauen?«, fragte Loren.

Elise Aguilar nickte. »Es ist unmöglich, genug Pflanzenmaterial auf natürlichem Weg zu erzeugen, um denen zu helfen, die von der Evolution Plague heimgesucht wurden. Unser eigentlicher Plan sieht darum vor, die chemischen Verbindungen, die das Pathogen abschirmen oder zerstören und die wir im Silphium gefunden haben, synthetisch herzustellen. Wir haben bereits eine solche Verbindung geschaffen, die wir zurzeit testen. Wir hoffen, dass wir sie schon in Kürze überall dort einsetzen können, wo die Evolution Plague die Trinkwasserversorgung kontaminiert hat.«

»Müssen wir in der Zwischenzeit«, ergriff Sandecker das Wort, »mit einer bedeutenden Zunahme von weiblichen Nachkommen rechnen?«

»Eigentlich sollte es nur ein zeitlich eng begrenzter Ausreißer nach oben sein«, sagte Elise. »Vielleicht für ein oder zwei Jahre, danach müsste sich alles wieder auf die gewohnten Werte einpendeln, sobald das Gegenmittel weltweit verteilt wurde.« Sie nickte Pitt zu. »Dank der Geschäftsunterlagen von BioRem Global und den Laborberichten kennen wir diese Stellen auch ziemlich genau.«

»Eine ganze Reihe Tanker wurden auf See gestoppt, bevor sie das Pathogen an die jeweiligen Zielorte bringen konnten«, sagte Pitt. »Dennoch geht aus den Unterlagen der Firma hervor, dass einige der größten Städte der Welt betroffen waren.«

»Es ist ein wenig beängstigend, wenn man sich die Zahl potentiell betroffener Frauen bewusst macht«, sagte Elise. »Glücklicherweise gibt es keinen Grund, weshalb sie nicht alle kuriert werden können, vorausgesetzt, uns stehen ausreichende Ressourcen zur Verfügung. Außerdem erstreckt sich die Wirkung des Gegenmittels auch auf die choleraähnlichen Symptome der früheren Versionen der Seuche. Besonders wichtig wird sein, die Frauen, die noch keine Symptome zeigen, von der Notwendigkeit der Einnahme des Mittels zu überzeugen. Was mich betrifft, so kann ich es kaum erwarten, nach El Salvador zurückzukehren und die Menschen am Cerrón-Grande-Stausee mit der Medizin zu versorgen.«

Sandecker deutete mit seiner Zigarre auf die Artefakte. »Es sieht so aus, als ob Prinzessin Meritaton nicht nur die Männer ihrer Generation gerettet hat, sondern auch die zukünftigen.«

»Das hat sie ganz sicher getan«, stimmte Elise Aguilar ihm zu. »Ich sollte noch erwähnen, dass wir bei unserem Projekt von Dr. Miles Perkins unterstützt wurden, einem ehemaligen Angestellten von BioRem Global.«

»Ich habe gehört, dass die Universität von Edinburgh die McKee-Labore übernommen habe und diese jetzt von ihm geleitet werden«, sagte Pitt. »Er ist ein guter Mann.«

»Ja, Dr. Perkins war eine große Hilfe«, bestätigte Elise Aguilar. »Tatsächlich war er sogar derjenige, der die Bezeichnung für das synthetische Produkt erfunden hat, von dem wir hoffen, dass es die bisherigen Opfer der Evolution Plague heilen wird.«

»Gibt es schon einen Namen für ein Heilmittel?«, fragte Pitt.

Sie nickte. »Er fand es angemessen, mit dem Namen auf diejenigen aufmerksam zu machen, die die Entwicklung dieses Heilmittels erst ermöglicht haben.«

»Und wie wollen Sie es nennen?«, fragte Loren.

Elise Aguilar ließ den Blick von Loren zu Pitt und wieder zurück wandern und lächelte verlegen. »Es wird DP-1 genannt – nach Ihrem Mann.«

Loren versetzte Pitt einen Rippenstoß. »Der Retter der männlichen Hälfte unserer Spezies. Bist du nicht enttäuscht, dass es in Zukunft nicht mehr Frauen auf der Welt geben wird?«

»Ich finde es überhaupt nicht schlecht«, sagte Pitt mit einem wölfischen Grinsen. »Tatsache ist nämlich, dass es nur *eine* Frau auf der Welt gibt, die für mich zählt.«

Er bot Loren seinen Arm an, machte kehrt und schlenderte durch die Ausstellungshalle, an seiner Seite seine eigene Prinzessin.